भारतनामा

सुनील खिलनानी

अनुवाद
अभय कुमार दुबे

राजकमल पेपरबैक्स

मूल अँगरेज़ी में यह पुस्तक 'The Idea of India' शीर्षक से 1997 में हेमिश हैमिल्टन द्वारा और 1998 में पेंगुइन बुक्स द्वारा प्रकाशित की गई।

पहला पुस्तकालय संस्करण
राजकमल प्रकाशन प्राइवेट लिमिटेड द्वारा
2001 में प्रकाशित

राजकमल पेपरबैक्स में
पहला संस्करण : 2001
तीसरा संशोधित और परिवर्द्धित संस्करण : 2023

राजकमल पेपरबैक्स : उत्कृष्ट साहित्य के जनसुलभ संस्करण

राजकमल प्रकाशन प्रा.लि.
1-बी, नेताजी सुभाष मार्ग, दरियागंज
नई दिल्ली-110 002
द्वारा प्रकाशित

शाखाएँ : अशोक राजपथ, साइंस कॉलेज के सामने, पटना-800 006
पहली मंजिल, दरबारी बिल्डिंग, महात्मा गांधी मार्ग, प्रयागराज-211 001

वेबसाइट : www.rajkamalprakashan.com
ई-मेल : info@rajkamalprakashan.com

बी.के. ऑफसेट
नवीन शाहदरा, दिल्ली-110 032
द्वारा मुद्रित

मूल्य : ₹350

BHARATNAMA
by Sunil Khilnani
Translated by Abhay Kumar Dube

ISBN : 978-81-267-0013-4

सुनील खिलनानी

सुनील खिलनानी राजनीतिशास्त्र और इतिहास के प्रोफ़ेसर हैं। दिल्ली में जन्मे सुनील की शिक्षा कैम्ब्रिज के ट्रिनिटी हॉल और किंग्स कॉलेज से पूरी हुई है। उन्होंने लंदन विश्वविद्यालय के बर्कबेक कॉलेज में राजनीतिशास्त्र का अध्यापन किया। प्रिंसटन यूनिवर्सिटी और सीकी यूनिवर्सिटी, टोक्यो में राजनीतिशास्त्र के विजिटिंग प्रोफ़ेसर रहे।

फ्रांस के वामपंथी आन्दोलन पर *आर्ग्यूइंग रिवोल्यूशन : द इंटलैक्चुअल लेफ़्ट इन पोस्ट वार फ्रांस, द आइडिया ऑफ़ इंडिया, इनकारनेशंस : ए हिस्ट्री ऑफ़ इंडिया इन फ़िफ्टी लाइव्स* आदि कई महत्त्वपूर्ण किताबों का लेखन।

उन्हें भारत सरकार के 'प्रवासी भारतीय सम्मान' (2005) से सम्मानित किया गया है।

फ़िलहाल भारत में अशोका यूनिवर्सिटी में अध्यापन कर रहे हैं।

ई-मेल : sunil.khilnani@ashoka.edv.in

अभय कुमार दुबे

लम्बे समय तक विकासशील समाज अध्ययन पीठ (सीएसडीएस) में फ़ैलो और भारतीय भाषा कार्यक्रम के निदेशक रहे। कई पुस्तकों का सम्पादन और प्रस्तुति। कई विख्यात विद्वानों की रचनाओं के अनुवाद किए। समाज-विज्ञान और मानविकी की पत्रिका *प्रतिमान : समय समाज संस्कृति* के सम्पादक रहे।

उनकी प्रमुख पुस्तकें हैं—*क्रांति का आत्मसंघर्ष : नक्सलवादी आंदोलन के बदलते चेहरे का अध्ययन;* कांशी राम, बाल ठाकरे और मुलायम सिंह यादव के राजनीतिक जीवन का अध्ययन करके तीन पुस्तकों की रचना। सम्पादन—*समाज-विज्ञान विश्वकोश, साम्प्रदायिकता के स्रोत, लोकतंत्र के सात अध्याय, आधुनिकता के आईने में दलित।*

फ़िलहाल डॉ. बी.आर. अम्बेडकर विश्वविद्यालय, दिल्ली के सेंटर फ़ॉर रिसर्च एंड अर्काइविंग इन इंडिया एंड इंडिजेनस लैंग्वेज एंड नॉलेज सिस्टम (CRA-IILKS) में निदेशक।

ई-मेल : abhaydubey@aud.ac.in

संजय साराभाई की स्मृति में

क्रम

बीसवें अंग्रेजी संस्करण की भूमिका

साल 2017 में जब भारत औपनिवशिक शासन से अपनी आजादी का सत्तरवाँ साल मनाने की तैयारी कर रहा था, विदेशी राजधानियों में सांस्कृतिक झाँकियाँ देश से बाहर भारत की पहचान को ताकत देनेवाली थीं और देश के भीतर मिलिट्री परेड से भारतवासियों को प्रभावित करने की तैयारी चल रही थी; उस समय मेरा दिमाग दो छवियों पर अटका हुआ था जो कुछ सप्ताह पहले ही ली गई थीं। मैं उन्हें किसी भी तरह अपने मन से नहीं झटक पा रहा था।

पहली छवि, जो किसी दानेदार वीडियो का स्टिल था, भारत की नृशंसतापीड़ित सीमाओं में एक, जम्मू-कश्मीर राज्य से आई थी। यह वीडियो किसी भयभीत व्यक्ति ने कहीं से गुजरते हुए ली थी और उसे कई कश्मीरी वेबसाइटों पर अपलोड कर दिया था। भारत सरकार ने इन बेवसाइटों को फ़ौरन बन्द करने की कोशिश की। चित्र में ऊनी फिरन और नीली जींस पहने एक मुस्लिम युवक दिख रहा था, निश्चेष्ट और स्तब्ध। यह फारूक डार था जो शालों पर एम्ब्रायडरी से अपनी रोजी-रोटी कमाता था। आज वह भारतीय सेना की जीप के बम्पर पर बँधा था, उसके घायल हाथ उसके आजू-बाजू लटक रहे थे। भारतीय सेना मुस्लिम युवकों की भीड़ से गुजरते हुए उसे जबर्दस्ती एक मानव-ढाल के तौर पर इस्तेमाल कर रही थी। वे युवक सेना की ज्यादतियों का विरोध कर रहे थे।

दूसरी तस्वीर : यह व्यावसायिक कौशल से लिया गया एक फोटोग्राफ था जिसे साफ तौर पर एक विशिष्ट छवि के रूप में तैयार किया गया था। फोटो में एक केशरहित भगवाधारी योगी, देखने में कुछ-कुछ लड़का सा और स्वस्थ-सतड़, मुस्कराते हुए विजय-संकेत के साथ दिखाई दे रहा था। अभी-अभी उसे उसकी हिन्दू राष्ट्रवादी पार्टी के प्रतिनिधियों ने उत्तर प्रदेश के मुख्यमंत्री के रूप में पदासीन किया था। उत्तर प्रदेश जो 20 करोड़ की आबादी वाला, देश का सर्वाधिक जनघनित प्रदेश है। योगी आदित्य नाथ भारत के प्रभावशाली मठों में से एक के नेता हैं, और अपना राजनीतिक कैरियर उन्होंने अतिवादी सरोकारों और मुस्लिमों के प्रति घृणा-प्रचार के सहारे बनाया है। मुस्लिम जो उत्तर प्रदेश की जनसंख्या

का लगभग पाँचवाँ हिस्सा हैं। एक प्रसन्न और भयकारी व्यक्ति के इस चित्र को अनेक बार ट्विटर और इंस्टाग्राम पर डाला गया होगा।

भारत स्वयं को लोकतंत्र कहलाना पसन्द करता है, वह भी दुनिया का सबसे बड़ा और विविधतापूर्ण लोकतंत्र। आजादी के बाद से ही भारत की आत्मछवि की धुरी लोकतांत्रिक बहुलतावाद रहा है। यही लोकतांत्रिक बहुलतावाद भारत का वह प्राथमिक विचार है जिसका अन्वेषण मैंने इस किताब में किया है। यही विचार था जो अपने पूर्ववर्ती उपनिवेशों को आँख में आँख डालकर देखने का एक आधार रहा है, खुद को अपने से अलग रूप में दिखाने का भी, दुनिया की महाशक्तियों की वैचारिक बदमाशियों का मुकाबला करने का भी और अपनी एक निश्चित आधुनिक छवि को प्रक्षेपित करने का भी। लेकिन मेरी निगाह में, एक दूसरे के विपरीत खड़ी ये दो तस्वीरें भारत की पहचान को लेकर कुछ गम्भीर प्रश्न उठाती हैं। वे प्रश्न जिनको दबाने की उम्मीद झाँकियों और परेडों से की जाती है।

आज भारतीय होने का मतलब क्या है? नागरिक समूह में किसका होना मायने रखता है और वह कौन है जिसके बिना भी काम चल सकता है।

बीसवीं सदी के आरम्भ में जब आजाद भारत के एक सार्वभौमिक मताधिकार पर आधारित लोकतंत्र होने का विचार सामने आया तो उपमहाद्वीप के विभिन्न अल्पसंख्यक वाजिब तौर पर अपने भविष्य को लेकर चिन्तित हुए। मुस्लिमों, सिखों और अछूत कहे जानेवाले दलितों ने इन खतरों को सबसे पहले देखा और क्षेत्रीय अथवा संवैधानिक सुरक्षा के लिए संघर्ष में भी उन्होंने ही पहल की। अन्तत: उपमहाद्वीप के दो-तिहाई मुसलमानों ने क्षेत्रीय विकल्प को चुना जिसका नतीजा 1947 के विभाजन के रूप में सामने आया।

आगे के सालों में भारत ने अपने आप को एक संवैधानिक लोकतंत्र के रूप में पुनर्रचित किया जो हर प्रकार की अल्पसंख्यक आस्थाओं की सुरक्षा को लेकर प्रतिबद्ध था। इस व्यवस्था के रचयिताओं में से कुछ लोग यह सोचकर चिन्तित थे कि हो सकता है इससे बहुसंख्यक भड़क जाएँ या सामाजिक-धार्मिक पूर्वग्रह इन्हें खत्म कर दें। लेकिन जैसे ही देश अपनी आर्थिक और सैन्य स्थिति को पुष्ट करने, ग़रीबी हटाने और जातिवाद से निबटने में जुटा, यह तथ्य कि इस देश की सरकार को दुनिया की जनसंख्या के पाँचवें हिस्से के बराबर और मानवीय विविधता से सम्पन्न लोगों ने स्वतंत्रतापूर्वक चुना है, वैध साबित हो गया।

लेकिन भारतीयों द्वारा इतना प्रशंसित वही लोकतंत्र क्या एक झूठ भी हो सकता है, अपने ही राज्य द्वारा रूटीन स्तर पर होनेवाली क्रूरता को सही ठहराने का एक बहाना जैसा कि भारी सैनिक मौजूदगी से त्रस्त कश्मीर, अब भी लगभग अशान्त उत्तर-पूर्व और सुदूर आदिवासी क्षेत्रों में होता है?

क्या यह राज्य-शक्ति के प्रयोग का स्वयंभू बहाना बन चुका है, जो एक उग्र

हिन्दू बहुमत की सेवार्थ काम करता है, जो मान चुका है कि उसकी संख्या उसकी अप्रतिरोध्य शक्ति का जायज कारण है।

आज जब ये प्रश्न सामने आते हैं; मैं उन्हीं दिनों जैसी व्यग्रता का अनुभव करता हूँ जैसी 'द आइडिया ऑफ इंडिया' के पहली बार प्रकाशित होने के समय थी। यह किताब 1997 में छपी थी। वह भारत की आजादी का पचासवाँ साल था। उत्सव और व्याकुलता की एक और घड़ी। इसी दशक के आरम्भ में हिन्दू प्रदर्शनकारियों ने मुगल दौर की एक मस्जिद, बाबरी मस्जिद, को इस उम्मीद में ध्वस्त कर दिया था कि उसकी जगह राम का मन्दिर बनाया जाएगा, क्योंकि राम का जन्म मस्जिद-स्थल पर ही हुआ था। इसके बाद हुए दंगों में सैकड़ों लोग मारे गए और हिन्दू राष्ट्रवाद और मजबूत हुआ जिसका नेतृत्व एक पुनरुत्थानवादी पार्टी 'भाजपा' के हाथ में था। इससे भारतीय लोकतंत्र के बहुलतावादी चरित्र के उलट जाने का खतरा पैदा हो गया। महात्मा गांधी और जवाहरलाल नेहरू जैसे लोकतंत्र के संस्थापकों के प्रयासों के विरुद्ध जो विश्वासों की विविधता के लिए एक सुरक्षित स्थान का निर्माण करना चाहते थे, लगा कि एक 'सिंग्यूलर' सांस्कृतिक खाँचा आरोपित कर दिए जाएगा।

बहुमत द्वारा राज्य पर कब्जा कर लिए जाने का ख़तरा कई उत्तर-औपनिवेशक सरकारों के सामने रहा है। लेकिन भारत में इस प्रवृत्ति को लेकर नब्बे के दशक तक कोई जगह दिखाई नहीं देती थी। भाजपा के ताकतवर होने के बाद, इस किताब को लिखने के पीछे मेरी एक इच्छा यह थी कि मैं उन लोगों के सिद्धान्तों को पुन: जीवित करूँ जिन लोगों ने 'आधुनिक भारत' कही जानेवाली इस अद्‌भुत राजनीतिक इकाई का आविष्कार किया था।

जिन बहसों से आधुनिक भारत के निर्माण को बल मिला, वे निकट अतीत के राजनीतिक इतिहास की सबसे जटिल बहसों में आती हैं—अस्मिता और भिन्नता, प्रतिनिधित्व और गरिमा, उदारवाद और समुदाय-चेतना, न्याय और असमानता, स्वातंत्र्य और शक्ति को लेकर तर्कों की लम्बी श्रृंखला इसमें आती है। ये तर्क लम्बे और सतत चले राष्ट्रीय आन्दोलन के दौरान उभरे थे और इन्हें सिर्फ़ गांधी और नेहरू ही नहीं बी.आर. अम्बेडकर, वल्लभभाई पटेल और इसी कद के अन्य नेताओं का स्वर मिला था। इन आधारभूत तर्कों और बहसों की विरासत आज हमारे लिए राजनीतिक और बौद्धिक संसाधनों के रूप में अत्यन्त मूल्यवान है।

इस किताब को लिखते समय मैं अपने देशवासियों की आत्मसन्तुष्टि को बचाने की कोशिश में भी था ('हाँ, बेशक हम एक दूसरे के प्रति थोड़े दुष्ट हो सकते हैं, लेकिन हैं तो हम एक लोकतंत्र ही...') और भारतीय अनुभव को लेकर कुछ आसान रियायत बरतनेवाले पश्चिमी टिप्पणीकारों को भी ('हाँ, आप अपने को लोकतंत्र कह सकते हैं, लेकिन...')। मैं भारत को, इसकी तमाम राजनीतिक विशिष्टताओं

के साथ, वैश्विक सन्दर्भ में प्रस्तुत करना चाहता था, जो उसकी वाजिब जगह भी है। संयुक्त राज्य अमेरिका और फ्रांस जैसे दुनिया के महान लोकतांत्रिक प्रयोगों की श्रेणी में—हर पहलू से उतनी ही जटिल जितना उन इतिहासों को होना था, और अपनी सम्भावनाओं में लोकतंत्र के भविष्य के लिए न सिर्फ एशिया, बल्कि पूरे विश्व में ज्यादा फलप्रद। मेरा विचार था कि अगर हम आधुनिक भारत के निर्माणकारी जटिल इतिहास को ज्यादा साफ ढंग से देख पाते हैं, और राष्ट्र तथा राज्य के बारे में गहन बौद्धिक चर्चा व तर्कों से उभरे और कठिनाईपूर्वक अर्जित सिद्धान्तों को पहचानते हैं तो शायद भारत के आधारभूत चुनावों की अहमियत समझना हमारे लिए आसान हो जाए। मेरी उम्मीद यह भी थी कि इन चुनावों और प्राथमिकताओं को बजाय किसी तरह निभाने के, तब हम शायद ज्यादा बेहतर ढंग से आगे ले जा पाते।

संग्रहालयों और पुस्तकालयों में अपनी खोज के साथ-साथ मैंने पूरे देश की यात्रा की। अयोध्या में बाबरी मस्जिद स्थल पर मैंने उन पुलिसवालों से बात की जो सभी हिन्दू थे, और जिस मस्जिद की हिफाजत का काम उन्हें दिया गया था, उसी के साथ उनके सहधर्मियों ने जो किया था, उससे खुश थे। दक्षिण में, तुमकुर में मैंने चुनाव-प्रचार करते हुए एल.के. आडवाणी को देखा, जो मस्जिद ध्वंस के लिए लोगों को भड़कानेवालों में प्रमुख रहे थे, और अब अपने उस काम की प्रशंसा उत्तेजक भाषा में कर रहे थे। मैं चंडीगढ़ में रुका, और कार्बूजियर की ऐतिहासिक इमारतों को देखा जिन्हें सिख देश के हिमायती अतिवादियों से बचाने के लिए रेत के बोरों से सुरक्षित किया गया था। नागालैंड और उत्तर-पूर्व की रौंद दी गई खूबसूरती से गुजरते हुए मैं अंगामी, आओ और कोन्याक नाम के युवाओं से मिला जिनके लिए दिल्ली कहीं दूर स्थित एक शाही राजधानी थी। वापसी के सफ़र में मुझे लगा कि मैं एक खाई के दोनों तरफ़ पैर रखकर चल रहा हूँ जो लगभग उतनी ही ख़तरनाक हो सकती है जितनी 1947 की खाइयाँ थीं, जिनके चलते देश का विभाजन हुआ।

इस किताब के एक अध्याय 'हू इज एन इंडियन' में मैंने लिखा था : 'कुछ' शुरुआती दशकों के दौरान, सहनशील और सामान्य भारतीयता की नेहरू की परिष्कृत अवधारणा भारत की अपनी अस्मिता के आधार का अहसास देती थी। यह स्पष्टतया एक राजनीतिक अवधारणा थी और खुद को बचाए रखने के लिए इसे लगातार पोसा जाना जरूरी था लेकिन, यह अवधारणा अपनी जगह छोड़ रही थी, यह मेरा तर्क था। मुझे अपनी किताब इस पतन की प्रक्रिया का ऐतिहासिक विश्लेषण और अपने तईं एक राजनीतिक समझाइश का प्रयास लगी जिसका उद्देश्य एक बहुलतावादी लोकतंत्र के निर्माण में सार्वजनिक निवेश का नवीनीकरण करना था।

जैसे-जैसे मैं किताब को पूरा करने की दिशा में बढ़ रहा था, मुझे ठीक-ठीक नहीं मालूम था कि यह किताब किस रूप में उपयोगी होगी। उस समय अगर कोई

कहता कि अगले दो दशकों के दौरान 'द आइडिया ऑफ इंडिया' पद प्रधानमंत्रियों और नेताओं की जबान पर रहेगा और लोक-विमर्श की मुख्यधारा में शामिल हो जाएगा, तो मैं हँस पड़ता।

सबसे पहले यह पद राष्ट्रीय पहचान के बहुवचनात्मक नज़रिये के लिए एक संकेतक पद बना जिसको मैंने भारत की स्थापना के साथ जोड़कर देखा। बाद में चलकर दक्षिणपंथी राष्ट्रवादी इसका प्रयोग उन लोगों को बदनाम करने के लिए करने लगे जो हिन्दू राज्य के मुक़ाबले ज्यादा जटिल भारत में विश्वास करते थे। फिर भी, और यह एक दिलचस्प बात है, उन्होंने इस पद को अपने लिए भी वाजिब पाया : उदाहरण के लिए प्रधानमंत्री नरेन्द्र मोदी जो भाजपा की पहली बहुमत सरकार के नेता हैं, ने इस पद को अपने हिन्दू राष्ट्रवादी विचारों के हित में उन्नीस बार प्रयोग किया। मुझे लगता है कि मात्र चार शब्दों को लेकर इस खींचतान का अभिप्राय बहुलतावादी और बहुमतवादी अवधारणाओं के बीच विभाजन को रेखांकित करने से ज्यादा कुछ है। सम्भवत: वे तर्कों को एक दूसरे से जोड़ने और यहाँ तक कि आगे बढ़ाने में भी मदद कर सकते हैं।

1997 के साल की तरह एक बहुलतावादी भारत का विचार जो विविध और स्पर्द्धाशील विश्वासों के लिए खुला हो, अभी भी मेरे लिए ऐसा आदर्श है जो हासिल नहीं हो सका है। इस पर काम अभी चल ही रहा है : तनाव है, बहसें हैं, और भारत की विविध अवधारणाओं पर परस्पर टकराव की गुंजाइश है; समझने-समझाने और एक दूसरे को सुनने की इच्छा भी है। फिर भी एक ऐसे राष्ट्र की वह अवधारणा, जो आत्मालोचना के रास्ते से अपने स्वत्व की कहीं ज्यादा जटिल समझ की तरफ़ बढ़ रहा है, अभी भी देश और समुदाय की शुद्धतावादी सोच के निशाने पर रहती है। इसलिए किताब में ऐतिहासिक विश्लेषण के साथ, यह तर्क भी निहित है कि अगर हम बहसों को जीवित नहीं रखते तो क्या कुछ खो देते हैं।

1947 के बाद भारत के विचार ने नए-नए आजाद लेकिन अभी भी बिखरे हुए देश के समर्थन में एक निर्णयात्मक आख्यान की भूमिका अदा की। लेकिन वह इससे बढ़कर कुछ था। इसने वे सिद्धान्त दिए जिन पर भारत के संस्थापकों ने एक राजनीतिक व्यवस्था स्थापित की। जैसा कि आजाद भारत के संविधान के माध्यम से स्पष्ट किया गया, इसने राज्य और राष्ट्र के रिश्ते को अभूतपूर्व ढंग से परिभाषित किया।

अपनी महत्त्वाकांक्षा को बिना छिपाए संविधान ने धार्मिक और सांस्कृतिक विविधताओं के लिए स्थान बनाने, युगों पुरानी सामाजिक असमानताओं का मुकाबला करने, व्यक्तिगत स्वतंत्रताओं के लिए रास्ता बनाने और सरकार की विभिन्न शाखाओं में शक्ति-विभाजन करने को अपना लक्ष्य बनाया ताकि सम्पूर्ण वैधता किसी एक व्यक्ति या एक कार्यालय तक सीमित होकर न रह जाए। इसने सत्ता को जिसे लम्बे समय

तक ब्रिटिशों ने भोगा था, भारतवासियों के हाथों में दिया, लेकिन किन्हीं विशेष लोगों के हाथों में नहीं। भारत के संस्थापकों ने राष्ट्रीयता के प्रचलित प्रतीकों, धर्म, जाति और भाषा आदि को नकार दिया, जिन्हें शास्त्रीय यूरोपियन राष्ट्रवाद ने विज्ञापित-प्रचारित किया था (विदेश से मिली सहूलियत जिसे उपमहाद्वीप के हिन्दू और मुस्लिम दोनों ही तरफ़ के धार्मिक राष्ट्रवादियों ने हाथोंहाथ लिया।) संस्थापकों ने यह माना कि इस राजनीतिक संयंत्र को चलायमान रखने के लिए वैध प्रारूप और कौशल के साथ-साथ न्याय, परिष्कार और स्वीकार की क्षमता और जबर्दस्त भाग्य की जरूरत होगी।

अनपेक्षित नतीजों और आगे आनेवाली उन पीढ़ियों द्वारा की गई उलटफेर के चलते जिनका मूलभूत तत्त्वों से सम्बन्ध और ज्यादा कमजोर होगा, संविधान अपने सभी लक्ष्यों के लिहाज से काफी वेध्य था। बी.आर. अम्बेडकर ने जो संविधान रचयिताओं में से एक थे, संविधान के अपनाए जाने से पहले इसकी अपरिहार्य सीमाओं में से एक का उल्लेख किया था। यह अधिकाधिक जो कर सकता था, वह था राज्य की आधारभूत संरचना की स्थापना—विधायिका, कार्यकारिणी और न्यायालय की अलग-अलग शाखाओं की स्थापना। व्यवहार में यह प्रणाली किस तरह काम करेगी यह निर्भर करेगा 'लोगों पर और उन राजनीतिक दलों पर जिन्हें वे (भारतीय) अपनी इच्छाओं और राजनीति को आगे बढ़ाने के लिए खड़े करेंगे।'

जैसाकि अम्बेडकर ने भविष्यवाणी की थी कि 1947 के बाद भारतीय आख्यान लगातार तनावों में रहेगा—जिनमें से कुछ की पड़ताल मैंने इस किताब में की है। औपनिवेशिक शक्ति, जिसके खिलाफ भारतवासी संगठित हो सके थे, उसके चले जाने के बाद लोकतांत्रिक प्रक्रिया में कुछ नए अन्तर्विरोधों ने जन्म लिया। अनेक समूह अपने-अपने हितों को लेकर बोलने लगे, उन अभिजात तबक़ों समेत जो स्वतंत्रता आन्दोलन की अधिकतर बहसों के दौरान खुद को उपेक्षित महसूस कर रहे थे। लोकतांत्रिक प्रक्रिया के दौरान जो लामबन्दियाँ वजूद में आईं, उनके चलते भारतीय इतिहास के कुछ संघटन भी ख़तरे में आते दिखाई दिए। नए नायक सामने आए, पुराने को गोदाम में सरका दिया गया। (उनमें से कुछ उग्र ऐतिहासिक पुनर्संयोजनों और उनकी राजनीतिक परिणतियों को मैंने अपनी ताजातरीन पुस्तक 'इनकार्नेशंस' में रेखांकित किया है)।

'द आइडिया ऑफ इंडिया' यहाँ ('भारतनामा') का पहला अध्याय मैंने संविधान के महानतम विश्वास (आप उसे एक दुस्साहसी जोखिम भी कह सकते हैं, यह आपके नजरिये पर निर्भर है) को समर्पित किया है : यानी राजनीतिक शक्ति के आधार के रूप में सार्वजनिक मताधिकार को स्वीकृति और जिस उत्साह के साथ भारतवासियों ने मतदान की प्रक्रिया में हिस्सा लिया, सिर्फ उसके आधार पर कहा जा सकता है कि उन्होंने संविधान-संस्थापकों के भरोसे को पुरस्कार ही दिया। सर्वेक्षण बताते हैं कि आज पहले से कहीं ज्यादा मतदाताओं को यह विश्वास है कि उनके वोट से

फर्क पड़ता है, और 2014 के चुनावों में 814 मिलियन वैध मतदाताओं में से 66 प्रतिशत ने अपने मताधिकार का प्रयोग किया।

लेकिन यह लोकतंत्र था किस तरह का? कुछ वामपंथी आलोचकों के लिए, भारत की संवैधानिक-व्यवस्था जिसकी जड़ें जाति और धर्म में जकड़े समाज के ही भीतर हैं—हमेशा और निश्चित रूप से धार्मिक बहुमत के पक्ष में झुकी होती है। (इस प्रिज्म से देखें तो योगी आदित्यनाथ एक ऐसे साधु थे जो बस चुनावी राज्याभिषेक का ही इन्तजार कर रहे थे।) तर्क की अपरिहार्य परिणति यह है कि औपनिवेशिक अतीत से विरसे में प्राप्त मजबूत दमनकारी ताकतों का प्रयोग, ठीक उस समय किया जाता है जब बहुमत को अपनी संख्या या राजनीतिक शक्ति के लिहाज से कमजोरी या खतरा महसूस होता है। *उस दृष्टिकोण से, अगर कश्मीर और उत्तर-पूर्व जैसे क्षेत्र तात्त्विक रूप में अधिकृत क्षेत्रों की तरह रखे गए हैं, तो इसमें आश्चर्य की कोई बात नहीं है।*

दूसरी तरफ़ दक्षिणपंथी आलोचक-विचारक भारत के संवैधानिक लोकतंत्र को हिन्दू हितों की कीमत पर, देश के अल्पसंख्यकों, खासतौर पर मुस्लिमों और निम्न जातियों की तरफ़ झुका हुआ देखते हैं। उनकी दृष्टि में, यह ऐसा संविधान था जो अल्पसंख्यकों को विशिष्ट दर्जा देता है, जिसे एक वंचित बहुमत के ऊपर थोपा गया है, और जिसके धर्मनिरपेक्षता और सहिष्णुता जैसे प्रावधान कांग्रेसप्रधान राजनीतिक प्रतिष्ठान के लिए स्वार्थकेन्द्रित चालाकियों का बहाना हो गए हैं। इस किताब के लिखे जाते समय, सत्ता-प्रतिष्ठान की असफलता स्पष्ट हो चली थी, और संविधान पर दक्षिणपंथी सन्देहों का मार्ग प्रशस्त होता दिख रहा था। बीस साल बाद, इसके समर्थक सत्ता के केन्द्र में हैं, और उसके लक्ष्य नजदीक दिखाई देने लगे हैं।

1997 में मैंने लिखा था कि 'हिन्दू राष्ट्रवाद की महत्त्वाकांक्षा एक ऐसे भारतीय राष्ट्र को साकार देखने की थी जो उसे अपने तर्क की परिपूर्णता के रूप में दिखाई पड़ता है : सांस्कृतिक और जातीय आधार पर साफ-सुथरा एक ऐसा समरूप समुदाय, जहाँ एक भारतीय नागरिकता हो और जिसकी सरकार के पीछे ईश्वर के साथ-साथ परमाणु शक्ति भी खड़ी हो। यह भाजपा ही थी जिसने सर्वाधिक समर्पण के साथ राष्ट्रवाद की पश्चिमी अनुभवों पर आधारित आधुनिकीकरण की महत्त्वाकांक्षा को लगातार जीवित रखा।' जब मैं यह लिख रहा था उस समय भाजपा के पास जो नहीं था, वह था अपने आधुनिकीकरण और पश्चिमीकरण की परियोजना के लिए एक अगुवा।

जब वह अगुवा सामने आया तो वह ऐसे रूप में आया जैसा मैंने बिलकुल नहीं सोचा था! यह थे नरेन्द्र मोदी—एक वर्चस्ववादी नेता। नब्बे के दशक में एक आधुनिक राजनीतिक आन्दोलन के रूप में उभरने के बाद से ही हिन्दू राष्ट्रवाद दृढ़तापूर्वक संचालित अपनी संस्थाओं, अपने अनुशासिक कार्यकर्ताओं और एक हद तक सामूहिक नेतृत्व की धारणा को देखते हुए शक्तिशाली वैयक्तिक नेताओं से

किनारा करता रहा था। इस परिप्रेक्ष्य में, मोदी का उभार, वह भी राजनीतिक उद्यमिता के ऐसे प्रमुख के जरिये जिसका भारत के लोकतांत्रिक अनुभव से कोई मेल नहीं था, उनके अपने आन्दोलन के कुछ लोगों के साथ-साथ भारतीय राजनीतिक प्रतिष्ठान के लिए भी हताशाजनक था।

मोदी ने मतदाताओं को अपने आर्थिक विज़न पर भरोसा दिलाया; और अपनी विकास की क्षमता पर : एक ऐसे आधुनिक व्यक्ति के रूप में जो कुछ करके दिखा सकता था। लेकिन उनकी राजनीतिक महत्त्वाकांक्षाएँ इतनी सीधी नहीं थीं। उन्होंने एक ऐसे मजबूत राज्य की रचना का सपना प्रस्तुत किया जो हिन्दू हितों से परिचालित हो और अर्थव्यवस्था इसमें उपकरण के रूप में काम आए। अपने राज्य गुजरात के मुख्यमंत्री के रूप में वे विकास में बढ़ोत्तरी और साथ ही 1947 में विभाजन के दंगों के बाद की सबसे बड़ी मुस्लिम-विरोधी हिंसा के साक्षी रहे।

जैसे-जैसे उन्होंने हिन्दुत्व के एक नए संस्करण का प्रचार करते हुए अपनी राष्ट्रीय छवि को गढ़ा, विकास और धार्मिक प्रतिशोध की हरदम मौजूदगी का यह संयोजन एक ट्रेडमार्क हो गया। हिन्दुत्व जो है वह बीसवीं सदी के शुरू के दिनों से हिन्दू ग्रन्थों से उठाई गई कुछ चीजों, मेजिनी के राष्ट्रवाद, व्यक्ति-विरोधी समुदायवाद और उन्नीसवीं सदी के यूरोपियन जाति-सिद्धान्तों का एक मिश्रण है जिससे निकली विचार-सरणि यह बताती है कि भारत पर सिर्फ़ हिन्दुओं का हक़ है। लेकिन मोदी ने धार्मिक विचारधारा को आर्थिक क्षमता के साथ एक हाँडी में डालकर पका दिया। उन्होंने कहा कि आर्थिक विकास की एक कुंजी उनके हाथ आई है : केन्द्रीकृत प्रबन्धन और कारपोरेट के साथ सख्त और कोरिया के चेबोल जैसा गठबन्धन। और उन्होंने यह किया। जैसे-जैसे कभी ताकतवर रहे कुछ मुस्लिम देश पहले पश्चिम के सैन्य-हस्तक्षेप और फिर अपनी आन्तरिक हिंसा के शिकार होकर कमजोर हुए, जिनकी हिंसा कई बार भारत समेत अन्य जगहों तक पहुँची, उन्होंने यह कर दिखाया। किसी ऐसे समाज में जहाँ अल्पसंख्यक मुसलमान हों, स्टीरियोटाइप और भय की कौड़ी फेंकने का इससे अच्छा वक्त राजनीतिक उद्यमियों के लिए और क्या हो सकता था?

आज के भारत में, भाजपा की कठोर विचारधारा जैसे-जैसे राजनीतिक शक्ति के ऊपर अपनी पकड़ मजबूत करती जा रही है, और जिस तरह उसके सहयोगी धार्मिक संगठन नागरिक समाज को अपनी गिरफ्त में ले रहे हैं, और विपक्षी दल जिस तरह ढीले पड़े हैं, प्रतीत यह होता है कि देश सिर्फ़ एक 'ग्लोबल पैटर्न' का सामना कर रहा है। दुनिया के कई हिस्सों में, स्थापित अभिजात वर्ग को दबंग व्यक्तियों द्वारा चालित आन्दोलनों के सामने अपनी जगह छोड़नी पड़ी है, जिनमें से ज्यादातर को राष्ट्रीय समुदाय की इकहरी दृष्टि पसन्द रही है और असहमति को लेकर जो बहुत उदार नहीं हैं। इन कठिन हालात में कुछ लोगों को यह अपरिहार्य लगता है कि 'भारत

के विचार' की जगह स्थायी रूप से एक संकीर्णतर, और आक्रामक राष्ट्रवाद आ डटेगा। मेरे खयाल से यह अपरिहार्य नहीं है, लेकिन स्थितियों को देखते हुए इसे रोकना कठिन जरूर है।

जिस तरह मोदी और उनके सहयोगी पूरे विपक्ष को निर्मूल करने, एक 'कांग्रेस मुक्त भारत' बनाने का सपना देख रहे हैं, और जिस तरह आलोचना और असहमति को देशद्रोह कहा जा रहा है—यह लोकतंत्र की राजनीति के लिहाज से एक रुग्ण अपवृद्धि है, उसकी प्राकृतिक और क्षमतावर्धक स्थिति नहीं। स्वतंत्र विचार के संस्थान—विश्वविद्यालय, मीडिया, नागरिक संगठन—राज्य-शक्ति का शिकार हो रहे हैं, कभी-कभी धूर्ततापूर्वक, तो कभी-कभी सधे और क्रूर ढंग से। मोदी और हिन्दू दक्षिणपंथ ही इन स्थानों पर हमले नहीं कर रहा है, बल्कि संघ के तमाम राज्यों में हर राजनीतिक दल के क्षेत्रीय नेता कभी-न-कभी सत्तावादी अवतार में आकर अपनी नियंत्रण-शक्ति को केन्द्रीकृत करने का प्रयास करते रहे हैं। लेकिन ठीक केन्द्र में स्थित शक्ति की इस आकांक्षा का प्रयास कहीं ज्यादा विनाशकारी और दूर तक असर करनेवाला है जिसमें सत्ता-निर्देशों से इधर-उधर भटकनेवाले लोगों पर हमलों को भले ही वे न उकसाते हों, लेकिन उनको लेकर उनकी धूर्त चुप्पी बौद्धिक स्वतंत्रता को विकलांग बनाती है। देश को इस रूप में अवधारित करने का नतीजा अन्तत: उन्हीं नसों को कमजोर करना होगा जिनसे आधुनिक भारत ने अपनी ताकत ग्रहण की है : रचनात्मक राजनीतिक तर्क की क्षमता, आलोचनात्मक सामाजिक कल्पना और एक स्वतंत्र चेतना जो सत्ता की प्रकृति पर ही प्रश्न करती है और कभी-कभी जैसा कि गांधी ने किया, उसे बदल भी देती है।

अगर इस किताब की कोई केन्द्रीय चालक शक्ति है तो वह भारतीय अनुभव में राजनीति की केन्द्रीयता—एक आधारभूत तथ्य जिस तरह मैंने उसे कहा, कि भारत में राजनीति सिर्फ होती नहीं, यह बना ही राजनीति से है। पुस्तक के आने के बाद के वर्षों में यह विचार जो फैशनेबल तो कभी नहीं था, कमजोर हुआ है। कई लोगों का तर्क है कि भारत की दुविधाओं का उत्तर अर्थशास्त्र से मिलेगा, खासतौर से वहाँ जहाँ राजनीति साफतौर पर असफल साबित हुई है।

इसमें दो राय नहीं कि पिछले दो दशकों में भारत की अर्थव्यवस्था बहुत अच्छी रही है, मेरी उम्मीद से कहीं ज्यादा तेज और शानदार। 1990 के दशक के शुरुआती वर्षों से अब तक के पच्चीस वर्षों के दौरान जीडीपी की वृद्धि-दर 7 प्रतिशत प्रतिवर्ष रही है जिससे भारतीय अर्थव्यवस्था में आठ गुना इजाफा हुआ और औसत आय पाँच गुने से भी ज्यादा बढ़ी है। इस वृद्धि से भारतीय अभिजात तबक़ों में आत्मविश्वास बढ़ा और उन्हें लगा कि देश का अपना समय बस आ ही पहुँचा है। इसी के साथ-साथ देश के कर राजस्व में बढ़ोत्तरी के चलते देश के सैन्य ख़र्च में भी इजाफा हुआ जिसके चलते भारत सेना पर ख़र्च के मामले में दुनिया के पाँच

शिखर देशों में आ गया। (इन पाँच देशों में दूसरे स्थान पर लोकतांत्रिक देश संयुक्त राज्य अमेरिका है)। मनमोहन सिंह के नेतृत्व में कांग्रेस-नीत गठबन्धन सरकार के दौरान महत्त्वाकांक्षी नीतियों के चलते वृद्धि राजस्व का कुछ हिस्सा शिक्षा और सामाजिक स्रोतों की तरफ़ भी मोड़ा गया। आधिकारिक आँकड़ों के पैमाने पर ग़रीबी आकस्मिक रूप में घटी और देश ने साम्प्रदायिक शान्ति का एक लम्बा दौर देखा।

लेकिन उस दौर में भी भ्रष्टाचार बढ़ा, राजनीतिक जड़ता और आत्मसन्तुष्ट प्रवृत्ति की जड़ें फैलीं और कांग्रेस पार्टी की लम्बी बीमारी, सरकारी सामन्तशाही ने अपना रुतबा दिखाया। भारतवासियों के मानवीय विकास संकेतक जो पहले भी बदलने को तैयार नहीं थे, और जिनकी अपनी अलग-अलग दुनिया थी, मसलन जीवन-सम्भावना, उनकी खाई और चौड़ी हुई। आज अकेले मुम्बई में लॉस एंजेल्स और सान फ्रांसिस्को दोनों के मुक़ाबले दोगुने अरबपति हैं, जबकि भारत की आधी आबादी सिर्फ़ प्राथमिक शिक्षा पर रुकी हुई है।

1997 में लिखते हुए मुझे आशा थी कि प्रादेशिक असमानताएँ जो पहले से इतनी गहरे पैठी हैं, अभी दशकों तक अलग-अलग तरीक़े से केन्द्र और सहयोगी राष्ट्रीय पहचान का इम्तिहान लेती रहेंगी। जैसाकि मैंने भारतीय शहरों पर लिखे अपने अध्याय में लिखा था कि पहले से ही सफल स्थानों की तरफ़ भारतीय तथा वैश्विक पूँजी के आकर्षित होने से असमानता गहन हुई है—यह पैटर्न अब गहरा हुआ है।

परिणाम विभिन्न राज्यों के बीच और उनके अपने भीतर भी आर्थिक विचलनों का और सघन होना—जिसमें इसकी प्रवृत्ति से पता चलता है कि मामला सिर्फ अलग-अलग प्रदेशों की अलग-अलग शासन-प्रणाली का नहीं, समस्या भारत के आर्थिक विकास के प्रारूप में ही है। मोदी का 'प्रतिस्पर्द्धी संघवाद का सिद्धान्त' जिसके पीछे यह आशावादी विश्वास है कि बाजार का अनुशासन राज्य सरकारों को निवेशक-प्रिय नीतियाँ बनाने पर बाध्य करेगा और इससे क्षेत्रीय असमानता कम होगी, उन राजनीतिक तनावों की अनदेखी करता है जिन्हें भारत की विकास-रेखा केन्द्र पर आयद करती है। प्रान्तीय स्तर पर आर्थिक विचलन पहले ही नए राज्यों के निर्माण की माँग को हवा दे रहा है और देश के ज्यादा जनसंख्या वाले ग़रीब प्रान्तों की वृहत्तर राष्ट्रीय प्रतिनिधित्व की इच्छा को भी।

देश के नागरिक आर्थिक वृद्धि को बहुत अलग-अलग ढंग से अनुभव कर रहे हैं, और यह तथ्य इस बात को मुश्किल बनाता है कि अखिल भारतीय सामाजिक वर्ग—लम्बे समय तक मतभेदों और संघर्षों को कम प्रभावी करने के लिए कोई लम्बा प्रयास कर सकेंगे। वास्तविक तनावों के सम्मुख भाजपा जैसी पार्टियों का कहना रहता है कि सांस्कृतिक एकता से भारतीय लोग आसानी से अपने मतभेदों से ऊपर उठ पाएँगे, लेकिन यह भी भारत की अपरिहार्य राजनीतिक परिस्थिति को अनदेखा करने की ही कोशिश है।

जैसाकि मैंने 1997 में लिखा था, ऐसी कोई आर्थिक, वैचारिक या सांस्कृतिक गारंटी नहीं है जो देश को एक करके रख सके। 'यह सिर्फ़ मानव कौशल पर निर्भर है। यही वजह है कि राजनीति, यानि वह क्षेत्र जहाँ विभिन्न परियोजनाओं को प्रस्तावित किया जाता है और उनके पक्ष या विपक्ष में फ़ैसले होते हैं, कभी भारतीयों के लिए महत्त्वपूर्ण चीज नहीं रही है।' जो चीज भारत को एक गतिमान संघ बनाती है, और जिसने इसे दुनिया के विशालतम बाजारों में से एक बनाया है और वैश्विक अर्थव्यवस्था का एक सम्भावनाशील इंजिन भी, वह चीज सांस्कृतिक विशिष्टता का अन्तर्निहित गुण नहीं, बल्कि वह चीज है जिसे हम 'भारतीय सहनशीलता' कह सकते हैं। यह एक राजनीतिक आविष्कार को चलाए रखने का सौभाग्यशाली नतीजा है—वह राजनीतिक आविष्कार जिसे भारत के संस्थापकों ने राज्य, राष्ट्र और संवैधानिक लोकतंत्र के एक अपूर्ण ढाँचे के रूप में चालू किया था।

मेरे सामने यह 1997 में भी स्पष्ट था कि बढ़ती हुई अमीरी के चलते एक खुले दिमाग वाला मध्यवर्ग और उदार लोकतांत्रिक राजनेता पैदा होंगे ही, यह जरूरी नहीं है। इन वर्षों के दौरान बढ़ते हुए उपभोक्तावाद और फैलते बाजार का पर्यवेक्षण करते हुए मैंने लिखा था कि 'इससे न तो वयैक्तिक नायकों और न ही उदार व्यक्तियों को बल मिलेगा। बल्कि देखा यह गया कि इस अवसर का लाभ उठाते हुए आधुनिकता के आनन्द को सामूहिक इकाइयों, जैसेकि 'परिवार' या 'धार्मिक समूहों के तौर पर भोगा गया।' 'भारत के अनेक लोगों ने आधुनिकता को धार्मिक शुद्धता, नैतिकतावाद और घरेलूपन के फिल्टरों से छानकर ग्रहण किया। मोदी के गृह राज्य गुजरात से बेहतर उदाहरण इसका क्या होगा जिसे राजनीतिक स्थिरता और आर्थिक उत्साह के लिहाज से टैक्स्ट बुक केस माना जा सकता है। भारत के निर्धनतम राज्य से तीन गुना आय और एक महत्त्वाकांक्षी मध्यवर्ग, जिसके तार विश्व-भर के प्रवासी समुदाय तक जाते हैं, के बावजूद यह प्रदेश एक नए ढंग की रक्तपिपासु धार्मिकता का केन्द्र भी रहा। सन् 2002 के वसन्त में कई दिन तक हिन्दू जत्थे मोबाइल फोन और शासनप्रदत्त मतदाता-सूचियों के प्रिंटआउट हाथ में लिये मुस्लिम घरों को ढूँढ़ते और उन पर हमला करते घूमते रहे, और उनका नेतृत्व सम्पन्न-शिक्षित लोग कर रहे थे जिनमें डॉक्टर और वकील भी शामिल थे।'

अगर नागरिकताबोध वाला एक मध्यवर्ग भारत की राजनीतिक एकजुटता की गारंटी नहीं दे सकता तो फिर कौन देगा? एक भौगोलिक इकाई के रूप में भारत को एक रखने के लिहाज से हम भारतीय सेना और नौकरशाही की भूमिका को भी कम करके नहीं आँक सकते, जो कभी-कभी अपने तौर-तरीक़ों में क्रूर और मनमाने हो जाते हैं। ब्रिटिश राज की इन विरासतों को भारत के सत्ताधारी बीच-बीच में अपने से पहले के शासकों यानी अंग्रेजों जैसी निर्दयता और क्रूरता के साथ ही इस्तेमाल

करते हैं। एक युवक को जीप के सामने बाँधकर नागरिकों को मानव-ढाल के रूप में इस्तेमाल करना हालाँकि एक नई तकनीक मालूम होती है, फिर भी यह आती है तकनीकों के उसी जखीरे से जिन्हें भारतीय राज्य ने अपनी सीमागत अखंडता को बनाए रखने के क्रम में विकसित किया है। (जिस अफ़सर ने जीप पर युवक को जीप पर बाँधने का आदेश दिया था, उसे उसके इस आविष्कार के लिए उचित सम्मान और पुरस्कार से नवाजा गया)। फिर भी सिर्फ़ सेना और नौकरशाही कभी भारत की अखंडता को बचाए रखने में काफी नहीं रहे, और न कभी होंगे। इसके लिए इतना ही अहम देश का संवैधानिक लोकतंत्र भी रहा है, और आगे भी रहना चाहिए।

भारतीय राष्ट्र-राज्य के निर्माण के समय इसके शिल्पकारों ने सबसे बड़ा दाँव उस ढाँचे पर खेला जो यह सुनिश्चित करता था कि केन्द्र में स्थित कोई एक विचारधारा, कोई एकाकी आवेग, या कोई सशक्त स्त्री या पुरुष ही सब कुछ को अपनी मुट्ठी में न कर ले। फौरी दबावों के सामने वह ढाँचा हमेशा अपना काम नहीं भी कर पाया; और आनेवाले दिनों में उसके सामने और बड़ी चुनौतियाँ आना अभी बाकी हैं।

एक आवेग है जो भारत में अभी सजीव है और एक शक्तिशाली पुरुष भी जो आवेग को लोकतांत्रिक तरीकों से ही गति भी दे सकता है : *राष्ट्रीय* ध्येय का एक विचार, राजनीति और सामाजिक जीवन को नैतिक रूप से पुनर्संयोजित करने की ललक और राज्य को इसके लिए एक वाहन की तरह इस्तेमाल करना। यह देश और काल को पार कर बार-बार लौटनेवाली एक कामना है, एक इच्छा कि सरकार उनके सुरक्षित हाथों में रहे जो ईश्वर की आवाज के, या इतिहास या जन-गण की आवाज के संरक्षक हैं। "मैं सिर्फ़ माध्यम हूँ", स्वतंत्रता दिवस के अपने उद्बोधन के पहले 2017 में नरेन्द्र मोदी ने कहा था, "मैं सिर्फ़ माध्यम हूँ। जो आवाज सुनाई दे रही है वह तो जनता की है।" इस तरह की राजनीतिक पेटबोली (Ventriloguy) का ऐतिहासिक रिकॉर्ड अत्यन्त विनाशकारी रहा है। अगर यह चीज भारत में सफल होती है तो यह 'भारत के विचार' की या उसके समर्थकों की असफलता उतनी नहीं होगी जितनी हमारी कोशिशों की, अपने विचार को मनवाने की कोशिशों की। यह असफलता होगी लोकतांत्रिक विमर्श की, उसके तर्क की।

जिस व्यक्ति को भारतीय सेना ने अपनी जीप के बोनट पर बाँधा, उस व्यक्ति फारूक डार ने कुछ ही समय पहले विधानसभा चुनावों में अपना वोट भी दिया था। जिन कुछ कश्मीरियों ने इस लोकतांत्रिक प्रक्रिया में हिस्सा लिया था, वह भी उनमें से एक था। लेकिन छूटने के बाद उसने कसम खाई कि अब चुनावों के दिन वह घर से कदम भी नहीं निकालेगा। यह एक मामूली बात हो सकती है, खासतौर पर भारत की विशाल दुविधाओं के भारी-भरकम खाते के मुक़ाबले, लेकिन कब तक? धीरे-धीरे यह भी दोगुनी-तिगुनी होती हुई अपना आकार बढ़ाती जाएगी।

पहले हिंदी संस्करण की भूमिका

पुरानी सभ्यता : नई कल्पनाएँ

1998 के मध्य में समाचार-माध्यमों ने आधुनिक भारतीय चेतना के एक पहलू की अनोखी तस्वीर पेश की। इसमें भगवा वस्त्रधारी साधू राजस्थान के पोकरण में रेत पर पदयात्रा करते हुए दिख रहे थे। रेत के इन्हीं ढूहों के बीच वह जगह थी जहाँ भारत द्वारा पाँच आणविक परीक्षण किए गए थे। ये साधू वहाँ की रेडियोधर्मी रेत जमा कर रहे थे ताकि उसे पवित्र भभूत की तरह सारे देश में ले जाया जा सके। मीडिया द्वारा प्रस्तुत यह छवि प्रभावित तो करती थी, लेकिन इसके अर्थ चिंताजनक भी थे। देश-विदेश के प्रेक्षकों के लिए यह चित्र भारत की आत्म-छवि में हुए गहरे परिवर्तन का सूचक था। साफ़ लग रहा था कि धार्मिक बहुलवाद और शांति के उसूलों के प्रति वचनबद्धता के आधार पर खड़ा देश अब फूहड़ सैन्यवाद और घोर धार्मिक संकीर्णता के घटिया घालमेल में फँस गया है।

कुछ ही साल पहले नब्बे के दशक के शुरू में एक बार ऐसा लगा था कि शायद भारत अपने दरवाजे दुनिया के लिए खोल रहा है। इसके कई प्रमाण उपलब्ध थे। अर्थव्यवस्था को उदार बनाने के लिए सुधार हो रहे थे, नई शैली की गठजोड़ राजनीति चल रही थी, अलगाववादी आवाज़ें ख़ामोश होती जा रही थीं और पड़ोसी देशों के साथ संबंध सुधारने के प्रयास किए जा रहे थे। समझा जा रहा था कि इक्कीसवीं सदी एशिया की होगी और भारत भी अंततः उस नई सदी के लिए ख़ुद को तैयार करना शुरू कर चुका है। लेकिन जैसे-जैसे शताब्दी का अवसान निकट आया, वैसे-वैसे अंतर्मुखी प्रवृत्तियों की काली छाया फिर गहराने लगी। सवाल यह है कि क्या भारत अपने बुनियादी चिन्तन में इतने बड़े परिवर्तन के साथ इक्कीसवीं सदी में जाएगा? यह पुस्तक *भारतनामा* इसी प्रश्न को केंद्र बनाते हुए दीर्घकालीन ऐतिहासिक परिप्रेक्ष्य में इसका उत्तर देने की कोशिश करती है।

घटनाओं का प्रवाह कह रहा है कि शायद भारत की आत्म-पहचान में भारी संशोधन हो चुका है। धार्मिक जज़्बात और धर्मनिष्ठ अनुदारतावाद की विकृतियाँ सार्वजनिक जीवन में व्याप्त हो गई हैं और अक्सर इनसे हिंसा फूटती रहती है।

इसके मामूली साक्ष्य भी देखे जा सकते हैं, और गंभीर प्रमाण भी। एक ओर मंत्रियों द्वारा टेलीविजन-उद्घोषिकाओं के लिए पूरी बाँहों वाले ब्लाउज पहनने की संहिता बनाने की कोशिश हो चुकी है और दूसरी ओर हिंदू राष्ट्रवादी 'मैकालेवाद की व्याधि' की भर्त्सना कर रहे हैं। कहीं देश के एक अत्यंत प्रतिष्ठित चित्रकार (जो मुसलमान हैं) पर शारीरिक हमले किए जा रहे हैं, तो कहीं निजी और यौन जीवन की स्थापित वर्जनाओं को चुनौती देने वाली फ़िल्मों के प्रदर्शन रुकवाए जा रहे हैं। कहीं हिंदू राष्ट्र बनाने के लिए कटिबद्ध तत्त्वों द्वारा ईसाई ननों से बलात्कार हो रहा है, तो कहीं कोढ़ियों की सेवा करने वाले ईसाई धर्म-प्रचारक को उसके बच्चों समेत जिंदा जलाया जा रहा है। ऐसे हालात की रोशनी में हिंदू राष्ट्रवादियों के नेतृत्व में बनी केंद्र सरकार द्वारा आणविक परीक्षण किए जाने का निर्णय यही पुष्टि करता लगता है कि संभवत: पिछले पचास वर्ष में विकसित की गई भारत की अवधारणा आज नष्ट हो चुकी है।

लेकिन, इस घटनाक्रम से जल्दबाज़ी में नतीजे निकालना अक्लमंदी नहीं होगी। देश के पहले हिंदू राष्ट्रवादी प्रधानमंत्री ने जो भी शेखी बघारी हो, आणविक परीक्षण और देश की आणविक क्षमता को घोषित करने का सरकारी निर्णय किसी भी तरह भारतीय इतिहास का 'निर्णायक क्षण' नहीं था। भारत की आणविक क्षमता पहले से ही एक खुला रहस्य थी और सरकारी घोषणा एटमी संकोच के परित्याग से ज़्यादा कुछ नहीं थी। इससे भी ज़्यादा उल्लेखनीय सच्चाई तो यह है कि आणविक परीक्षणों के बावजूद भारत अंतर्राष्ट्रीय महाशक्ति बनने से काफ़ी दूर रह गया है, हालाँकि उस समय कुछ देशवासियों के मन में इस तरह के लड्डू अवश्य फूट रहे थे। पश्चिम के कुछ लोकतंत्रों की प्रतिक्रिया भी उतनी ही दुराग्रहपूर्ण थी। कुछ देशों के अंदेशों के विपरीत असलियत यह थी कि भारत किसी निरंकुश और आक्रामक राज्य में नहीं बदल गया था। ब्रिटिश प्रधानमंत्री के इस दावे का कोई आधार नहीं था कि भारत विश्व-शांति के लिए खतरा बन गया है। शहरी भारत को चढ़े उग्रराष्ट्रवादी बुखार और अमेरिका और ब्रिटेन जैसे वरिष्ठ लोकतंत्रों की अनुचित प्रतिक्रियाओं के बीच आणविक परीक्षणों का यथार्थ दरअसल काफ़ी नीरस था।

कहना न होगा कि परीक्षणों का समय और फौरी मकसद पूरी तरह राजनीतिक और घरेलू था। हिंदू राष्ट्रवादी सरकार कमज़ोर थी। उसने इस तरह एक जुआ खेला था ताकि आनन-फानन में राजनीतिक फ़ायदों की फसल काटी जा सके। बहरहाल, राजनीति के इस मौक़ापरस्त खेल का एक दूसरा पहलू भी था। पोकरण के विस्फोटों से जुड़ी जन-भावनाओं के पीछे एक तरह की व्यापक चिढ़ और असंतोष की भावना थी कि दुनिया के ताक़तवर देश भारत को कम करके क्यों आँकते हैं। पश्चिमी राष्ट्र भारत को ख़ासतौर पर ग़रीब और आसानी से झुकाया जा सकने वाला तीसरी दुनिया का देश मानते रहे हैं। उनकी निगाह में भारत गंभीर

अंतर्राष्ट्रीय महत्त्वाकांक्षाओं से वंचित, सस्ता माल बनाने वाला एवं बाहरी समर्थन और अनुमोदन का मोहताज मुल्क है। हालाँकि भारतीय अर्थतंत्र का महत्त्व बढ़ चुका था, फिर भी भारतवासियों को लगता था कि उनके देश के साथ वैसा ही सलूक किया जा रहा है जैसा किसी शांत और कुछ-कुछ मंदबुद्धि बच्चे के साथ किया जाता है। परीक्षणों के बाद अमेरिकी राष्ट्रपति बिल क्लिंटन द्वारा भारत को दी गई स्कूल मास्टर जैसी नसीहत में भी यही भाव झलक रहा था : 'मैं भारत सरकार से इतना तो समझने की उम्मीद करता ही हूँ कि बिना ऐसे काम किए भी भारत 21वीं सदी में काफ़ी महान देश बन सकता है।'

भारतीय परीक्षणों की प्रतिध्वनि पाकिस्तान द्वारा थोड़े ही दिनों बाद किए गए जवाबी परीक्षणों में सुनाई पड़ी। इसने उपमहाद्वीप में शांति के लिए ख़तरे को और बढ़ा दिया। ज़ाहिर है कि परीक्षणों से भारत की सैन्य-सुरक्षा में किसी भी तरह की बढ़ोतरी नहीं हुई। आणविक परीक्षण ने एक गंभीर सवाल और उठा दिया। क्या दुश्मनी और सीमाई तनाव की भींच में फँसे ये दोनों देश आणविक ताक़त हासिल कर लेने से प्राप्त शक्ति-संतुलन के कारण युद्ध के अंदेशों से बच सकेंगे? अतीत में इस प्रकार का संतुलन थोड़ा-बहुत ही कारगर साबित हुआ है। दरअसल, शीतयुद्ध का अनुभव इस बारे में ज़्यादा उत्साहित नहीं करता कि युद्ध के अंदेशों (अर्थात हथियारों की होड़) को शांति की गारंटी करने के लिए किसी ख़ास तरह से संयोजित किया जा सकता है।

हालाँकि परीक्षण करने का समय ठीक नहीं था, लेकिन अपने आणविक कार्यक्रम को आगे बढ़ाने के भारतीय इरादे के औचित्य से भी इनकार नहीं किया जा सकता था। पचास के दशक में बनाई गई नीतियों से ही इस कार्यक्रम की नींव पड़ गई थी। आर्थिक क्षेत्र में आत्मनिर्भरता और अंतर्राष्ट्रीय मंच पर स्वतंत्र अस्तित्व का दावा इन नीतियों का आधार था। नेहरू ने उस ज़माने में इस रास्ते पर क़दम बढ़ाए थे जब शीतयुद्ध अपने चरम पर था। तब पश्चिमी ताक़तें उनकी 'गुटनिरपेक्षता' से चिढ़ गई थीं। चूँकि निरस्त्रीकरण का झंडा बुलंद करने वालों में नेहरू प्रमुख थे इसलिए उन्हें आणविक हथियारों में दिलचस्पी नहीं हो सकती थी। उन्होंने जिस आणविक ऊर्जा एवं अंतरिक्ष विभाग की स्थापना की थी, उसके लक्ष्य पूरी तरह अ-सैनिक थे। भारत की असली उपलब्धि आणविक विज्ञान का शांतिपूर्ण उद्देश्यों के लिए इस्तेमाल करने की क्षमता विकसित करना था। नेहरू की नीतियों को ही इसका श्रेय जाता था।

उस समय पश्चिम ने भारत की नीतियों को बचकाना आदर्शवाद क़रार देकर उनका उपहास किया था, लेकिन आज भारत की आलोचना शक्ति-संतुलन की राजनीति करने के लिए हो रही है। क्या यह एक अजीब विडंबना नहीं है? दरअसल, भारत ये नीतियाँ अपनाने के लिए मजबूर होता जा रहा था। पश्चिमी लोकतांत्रिक

देशों के रवैये से ज़ाहिर था कि वे कुछ शर्तों पर ही भारत के दोस्त बनने को तैयार हैं। इसके बावजूद 1962 में जब तक चीन ने भारत पर हमला नहीं कर दिया और उसके दो साल बाद पहला आणविक परीक्षण नहीं कर डाला, तब तक भारत में आणविक हथियार बनाने के तर्क को मज़बूती मिलना शुरू नहीं हुई। साठ और सत्तर के दशकों में भारत को अपने दोनों पड़ोसियों, पाकिस्तान की फ़ौजी तानाशाही और चीन के माओवादी सर्वसत्तावाद, से सीमाई ख़तरा महसूस होता रहा। पश्चिमी देशों ने इस सिलसिले में भारत को कभी समर्थन दिया और कभी नहीं। वियतनाम युद्ध के सवाल पर अपनी आलोचना से चिढ़कर अमेरिका ने साठ के दशक में पाकिस्तान को अपना क्षेत्रीय दोस्त बना लिया और सत्तर के दशक में चीन पर डोरे डालकर अमेरिका ने भारत को आणविक शस्त्रीकरण की दिशा में धकेल दिया। इंदिरा गांधी ने सोवियत संघ से घनिष्ठता बढ़ा कर अमेरिका को जवाब दिया और 1974 में 'शांतिपूर्ण' उपयोग के लिए पहला भारतीय आणविक परीक्षण करने का निर्णय ले लिया। इसी के बाद से भारत ऐसी स्थिति में आ गया कि वह कभी भी ख़ुद को आणविक शस्त्रसंपन्न देश घोषित कर सकता था।

सोवियत संघ के बिखराव से शीतयुद्ध ख़त्म ज़रूर हो गया, पर भारतीय समरनीति का मुख्य आधार भी गिर गया। इससे असुरक्षा की भावना उत्पन्न हुई। ऊपर से ब्रिटेन और अमेरिका के प्रति अविश्वास का अहसास पहले से ही था। इन दोनों कारणों ने भारत को छठी आणविक शक्ति बनने के लिए परीक्षण करने पर मजबूर किया। अंतर्राष्ट्रीय प्रतिक्रिया काफ़ी कर्कश निकली, लेकिन इसका मतलब यह क़तई नहीं था कि भारत पर अंतर्राष्ट्रीय गुंडागर्दी करने वाले देश का बिल्ला चस्पाँ कर देना चाहिए था। यह एक तथ्य है कि भारतीय सेना ने हमेशा ही नागरिक नियंत्रण में काम किया है। पचास साल में भारत ने चार युद्ध लड़े। किसी में भी उसकी भूमिका आक्रामक की नहीं रही, फिर भी उसे बड़े लोकतांत्रिक देशों का समर्थन नहीं मिला। दुनिया के सबसे बड़े लोकतंत्र के प्रति पश्चिम के बेसिलसिलेवार रवैये को भारतीय परीक्षणों का एक बड़ा कारण मानना अनुचित नहीं होगा। परीक्षणों का निर्णय लेकर भारत ने अंतर्राष्ट्रीय मंच पर अपनी मौजूदगी को एक बार फिर स्थापित कर दिया है। खेद की बात केवल यही है कि अपनी शर्तों पर नहीं, बल्कि शक्ति-संतुलन की वह भाषा बोल कर ही भारत ऐसा कर पाया जो उसके पड़ोसी और पश्चिमी देश अच्छी तरह समझते हैं। अब अगर भारत अपनी स्थायी अंतर्राष्ट्रीय उपस्थिति क़ायम करना चाहता है, तो उसे अपनी सुरक्षा को केवल फ़ौजी संदर्भों में न देख कर आर्थिक शक्ति के संदर्भों में भी देखना होगा।

जिस तरह आणविक परीक्षण भारतीय राज्य के चरित्र में परिवर्तन का द्योतक नहीं बन पाए, उसी तरह केंद्र में भाजपा द्वारा सरकार बना लेने को भी एकनिष्ठ राष्ट्र की अवधारणा के हावी हो जाने का सूचक नहीं माना जा सकता। इस पुस्तक

के पृष्ठों में जिस रुझान का ज़िक्र है, अल्पमत की भाजपा सरकार बनाने वाले चुनाव ने भी उसी की पुष्टि की है। नब्बे के पूरे दशक में मतदाताओं ने मोटे तौर पर देश में एक ही ढंग से वोट डाले : दोनों राष्ट्रीय पार्टियों, कांग्रेस व भाजपा, को पड़े हुए मतों के तक़रीबन पच्चीस-पच्चीस फ़ीसदी मिले। यानी उन्होंने वोट डालने वालों की आधी संख्या का समर्थन आपस में बाँट लिया। बाकी बचे हुए आधे वोटरों ने क्षेत्र और जाति में आधार रखने वाली उन पार्टियों को समर्थन दिया जिनका प्रभाव स्थानीय दायरे में ही रहता है और जिनकी राजनीतिक समझ व्यापक नहीं है।

ज़ाहिर है कि देश में हिंदू राष्ट्रवाद के लिए पर्याप्त समर्थन उपलब्ध नहीं है। भारतीय राजनीति के लिए राष्ट्रवाद की यह धारणा अभी भी विघटन और हिंसा के अंदेशों का कारण बनी हुई है। अंततः यह भविष्य की पदचाप के बजाय भारत के निकट अतीत का शेषांश-भर है। भाजपा की राजनीतिक दृष्टि आधुनिकता की बदरंग छवि की देन है। वह आधुनिकता के इसी फीके चेहरे की पैरोकार है। वह ऐसे राज्य का सपना देखती है जो एकनिष्ठ संस्कृति वाले राष्ट्र पर ही हुकूमत कर सकता है। हिंदू राष्ट्रवादियों के दावे और उम्मीद के विपरीत भारत अपने बुनियादी विचार में कोई एकरूप अथवा एक ही आवाज़ में बोलने वाला देश नहीं बनने जा रहा है। एक अरब भारतवासियों की ऊर्जा, आक्रोश और उम्मीदों के विविध रूपों को कोई एक विचार आकर्षित कर ही नहीं सकता। न ही किसी एक प्रवृत्ति पर आधारित कोई संकीर्ण विचार उनकी आकांक्षाओं को तृप्त कर सकता है।

भारत एक है, लेकिन उसके विचार अनेक हैं और वह इन्हीं तरह-तरह के विचारों के साथ घिसटते हुए नई सदी में पहुँच गया है। ऐसे हालात में हो सकता है कि भारत के किसी एक समग्र बुनियादी विचार का मेरा यह दावा बेतुका और अड़ियल लगे। लेकिन, मेरी इस पुस्तक का एक मक़सद निश्चित रूप से उस विचार पर पचास साल के गर्द-ओ-गुबार से निकाल कर रोशनी डालना तो है ही जिसने आधुनिक भारत की बौद्धिक और व्यावहारिक नींव रखी थी। हमें यह नहीं भूलना चाहिए कि इसी विचार के कारण आधी सदी तक भारत की सबसे अलग पहचान बनी रही और इसी के कारण भारत अन्य नवस्वतंत्र देशों की अपेक्षा लोकतांत्रिक, सहिष्णु और बड़े मन वाला देश बना रहा। आज यह विचार अपेक्षाकृत संकीर्ण अवधारणाओं से पराजित होने के ख़तरे से ग्रस्त ज़रूर है, पर यह पहले से कहीं अधिक प्रासंगिक भी है। किसी एकरूप राष्ट्र के भाजपाई सपने के विपरीत भारत की विविधता रोज़-ब-रोज़ कम होने के बजाय बढ़ती जा रही है। यह देश बहुत सारे विचारों में पनप रहा है।

अन्य देशों की भाँति भारत में भी आज की राजनीति अतीत की अवधारणाओं के आधार पर बनी है। भारतीय इतिहास की मोटे तौर पर दो अलग-अलग दृष्टियाँ प्रचलित हैं। एक नज़रिया भारत को बार-बार होने वाले हमलों के शिकार के रूप

में देखता है। इसके अनुसार कभी इस देश पर आर्यों के कबीलों ने, मुसलमान घुड़सवारों ने और यूरोपीय व्यापारियों ने हमला किया था एवं आज उपग्रहीय टीवी चैनल चलाने वाली कंपनियाँ हमला कर रही हैं। दूसरा नज़रिया भारत को सांस्कृतिक अन्योन्यक्रियाओं की धरती के रूप में देखता है। इसके अनुसार असमान हैसियत के पैरोकारों के बीच हुई इन अन्योन्यक्रियाओं ने कई बार बेचैनियाँ पैदा कीं लेकिन उनसे संस्कृति के विलक्षण और बेहतरीन रूपों का जन्म हुआ। पहली दृष्टि पिछले एक हज़ार साल के भारतीय इतिहास की अपमानजनक व्याघातों के रूप में व्याख्या करती है और अपने अनुयायियों को इन व्यवधानों का ख़ात्मा करके पुरातन शुद्धता को लौटाने का आश्वासन देती है। दूसरी दृष्टि भारतीय जन-गण और उनके इतिहासों के मिश्रित चरित्र का गुणगान करती है, विशुद्धता के पीछे भागने के बजाय संकरण के क्षणों को सृजनात्मकता और कल्पनाशीलता की पराकाष्ठा क़रार देती है। इस दृष्टि का आग्रह है कि आक्रमण को समन्वय में, क्रम-भंग को नैरंतर्य में और विभाजन को विविधता में बदल डालने की क्षमता ही भारतीय अतीत की विशेषता है।

अभी तक भारत की परस्पर भिन्न अवधारणाओं का शुरू से चले आ रहे गणतंत्रात्मक ढाँचे से सहअस्तित्व बना हुआ है। राष्ट्र के संस्थापक विचार ने इस ढाँचे को परिभाषित किया था। यह विचार बहुलवाद और.लोकतंत्र के अमूर्त मूल्यों के प्रति वचनबद्धता का ही परिणाम नहीं था, वरन इसकी जड़ें भारतीय राजनीति की व्यावहारिक अनिवार्यताओं और सीमाओं में निहित थीं। हमें यह ग़लतफहमी नहीं पालनी चाहिए कि नई सदी में खड़े हुए भारतवासी दुनिया के किसी भी अन्य देश के वासियों से ज़्यादा सद्‌गुणी, उदार अथवा सिद्धान्तनिष्ठ हैं। उन्होंने तो ज़्यादा सहिष्णु होने तक का परिचय नहीं दिया है। भारतवासी भी काफ़ी गहराई से आत्मकेंद्रित हैं। उनकी स्वार्थकेंद्रीयता राजनेताओं के आचरण में साफ़ दिखती है लेकिन यही स्वार्थ उन्हें समझौतों और समन्वय की तरफ़ ले जाता है। भारतीय राजनीति एक काले जादू की तरह है जिसके सतही गोलमाल और गड़बड़झाले के नीचे एक विशिष्ट लोकतांत्रिक अनुभव मौजूद है। ऐसे ही लोकतांत्रिक अनुभव की आहट दो सौ वर्ष पहले जेम्स मेडीसन और उसके संघवादी साथियों ने सुनी थी। एकरूप और एकनिष्ठ राज्यों के मुक़ाबले विविधता और परस्पर विपरीत हितों से भरे हुए विशाल गणतंत्रात्मक राज्यों में आज़ादी का निवास कहीं बेहतर ढंग से हो सकता है। निरंकुशता के मुक़ाबले ऐसे राज्य ज़्यादा सुरक्षित हैं क्योंकि वहाँ विभिन्न धड़े एक-दूसरे को संयमित कर देते हैं, विचारधारात्मक उत्तेजना शांत हो जाती है और सत्ता की कठोरता नरम पड़ जाती है।

जैसा कि ऊपर कहा जा चुका है : भारत एक है, लेकिन उसके विचार अनेक हैं। इन्हीं में एक अवधारणा पर यह पुस्तक ज़ोर देती है। कारण साफ़ है : एकनिष्ठ क़िस्म की और अन्य अवधारणाओं के मुक़ाबले भारत की केवल यही अवधारणा

ऐसी है जो अन्य विचारों को उभारने तथा दूसरी अवधारणाओं से सहअस्तित्व की गुंजाइश देती है। हमें विश्वास है कि नई सहस्राब्दि में सामूहिक विकास के कई विचार भारतवासियों के मानस को आकर्षित करने के लिए आपस में होड़ करते दिखाई देंगे। रचनाशीलता के इस प्रसार को जारी रखने के लिए उसी भारत की उसी कल्पना की ज़रूरत होगी जिस पर आधुनिक भारत की आधारशिला रखी गई थी।

26 जनवरी, 2000

—सुनील खिलनानी

अनुवादक की ओर से

कथ्य और शैली के अंतर्संबंध जैसे ही पारंपरिक दायरे को तोड़ते हैं वैसे ही रचना का अनुवाद मुश्किल हो जाता है। आजकल ऐसा अक्सर होने लगा है। सृजनात्मक साहित्य अपनी काव्य-भाषा या गल्प-शैली के माध्यम से समाजशास्त्रीय वक्तव्य जारी करने लगा है और समाजशास्त्र अपने तथ्यों और कथ्य को साहित्य की ललित शैलियों में बयान करने की कला विकसित कर रहा है। ज़ाहिर है कि अनुवादकों की दुनिया पहले से कहीं ज़्यादा कठिन होती जा रही है। ऐसी ही कठिनाई का अनुभव गायत्री चक्रवर्ती स्पिवाक ने उस समय किया था जब वे महाश्वेता देवी की कालजयी कृतियों का बांग्ला से अँगरेज़ी में अनुवाद करने बैठी थीं। उन्होंने पाया कि मूलत: गल्प होते हुए भी महाश्वेता का साहित्य समाजशास्त्र की सीमाओं में चला जाता है। इस स्थिति में आत्मगत और वस्तुगत का समीकरण अनपेक्षित शक्ल अख़्तियार कर लेता है। रचना का मूल पाठ अनुवादक से अपने प्रति कुछ इस तरह का समर्पण माँगता है जिसे 'संपूर्ण' या 'आत्यंतिक' जैसे विशेषणों से भी परिभाषित नहीं किया जा सकता। संभवत: इसे रचना के साथ एकाकार होने के रूप में देखना होगा।

सुनील खिलनानी की यह पुस्तक *भारतनामा* एक ऐसी ही रचना है। मूलत: राजनीतिशास्त्र की कृति होने के बावजूद इसकी शैली ललित निबंध से बेहद प्रभावित है। वस्तुगत तथ्यों से भरपूर होते हुए भी इसकी वाक्य-रचना समाजविज्ञान की अन्य रचनाओं की तरह एक क्षण भी सपाटबयानी से अपना काम नहीं चलाती। इसमें उद्धरणों का इस्तेमाल भी इस तरह किया गया है कि वे एक सतत प्रवहमान अनुभूति का अंग लगते हैं। नेहरू, गांधी, आंबेडकर और सावरकर समेत भारतीय राजनीति के कई नायक शैलीगत विशिष्टता के योगदान से व्यक्ति नहीं रहते बल्कि एक विचार में तब्दील हो जाते हैं। *भारत* या *इंडिया* नाम का राष्ट्र अपने भौगोलिक और ऐतिहासिक अस्तित्व के साथ धीरे-धीरे एक समग्र विचार के रूप में उभरता है। खिलनानी का राजनीतिशास्त्र ग़ालिब के पत्रों में दर्ज पुरानी दिल्ली के ध्वंस की

त्रासदी से होते हुए भारतीय उपमहाद्वीप के सीने पर विभाजन की अमिट लकीर खींचने वाले सिरिल रेडक्लिफ़ की एकांत हवेली का वर्णन डब्ल्यू.एच. ऑडेन की कविता के ज़रिये करता है। वह पंचवर्षीय योजनाएँ बनाने वाले प्रशांत चंद्र महलनोबीस की सांख्यिकीय निपुणता और रवीन्द्रनाथ टैगोर के गद्य-काव्य के संबंधों को स्पर्श करता है। यह समाजविज्ञान राजनेताओं के साथ-साथ नीरद सी. चौधरी, नायपॉल और मंटो के माध्यम से राष्ट्रवाद, औपनिवेशिकता व विभाजन की जाँच-पड़ताल करता है। भारतीय वर्तमान को राजनीतिक इतिहास के साथ गूँथकर पेश करने वाली यह रचना अपनी शब्दावली की विविधता के कारण भी अनुवादक के लिए हर क़दम पर मुश्किलें पेश करती है। खिलनानी की अधिकांश उपमाएँ और रूपक यूरोपीय साहित्य और परंपरा से निकले हैं, इसलिए अनुवादक को उनके भारतीयकरण की समस्या से भी जूझना पड़ा है।

अँगरेज़ी के जटिल और लंबे वाक्यों को हिंदी के सीधे वाक्यों में उतारने की समस्या का सामना तो लगभग हर अनुवादक को करना पड़ता है, लेकिन खिलनानी की भाषा अपनी संकुल वाक्य-रचना के कारण ही अंतर्राष्ट्रीय स्तर पर सराही गई है। छोटे-छोटे वाक्यों में अख़बारी हिंदी लिखने का आग्रह इस भाषा की आंतरिक समृद्धि को सरलीकरण की वेदी पर चढ़ा सकता था। इसलिए वाक्यों को तोड़ने की प्रक्रिया में मूल पाठ के अर्थ की बारीकियों को बनाए रखने के लिए नए वाक्य और अभिव्यक्तियाँ जोड़नी पड़ी हैं।

कई मित्रों के सहयोग के बिना *भारतनामा* के अनुवाद का यह भगीरथ कार्य संपूर्ण नहीं हो सकता था। इस संबंध में मैं सबसे पहले योगेंद्र यादव को धन्यवाद दूँगा जिनके आग्रह के कारण ही यह संभव हो पाया। ग़ालिब के पत्र का मूल उर्दू पाठ तलाशने में मनोहर नायक ने मदद की और निसीम एजेकिएल व ऑडेन की कविताओं के अनुवाद का श्रेय कवि मित्र मंगलेश डबराल को जाता है। उर्दू शब्दों की वर्तनी दुरुस्त करने में चेतनक्रांति ने सहायता की। अपनी अवधारणाओं को स्पष्ट करने के लिए लंदन और भारत के बीच यात्राएँ करते हुए सुनील खिलनानी ने समय निकालने में कभी कोताही नहीं की। तमाम परिश्रम और सहयोग के बावजूद इस अनुवाद में अभी भी सुधार की गुंजाइश है। जो कमियाँ रह गई हैं उनकी ज़िम्मेदारी सिर्फ़ मेरी है।

मई, 2000

—अभय कुमार दुबे

भारत मेरी धमनियों में बह रहा था...फिर भी मैंने एक अजनबी आलोचक की नज़र से उसे समझा क्योंकि मुझे उसका वर्तमान पूरी तरह नापसंद था। साथ ही मेरी जानकारी में उसके अतीत के कई अवशेष ऐसे थे जिनसे मुझे गहरी अरुचि थी। एक तरह से मैं भारत के नज़दीक पश्चिम के ज़रिये आया और उसे एक हमदर्द पश्चिमवासी की निगाह से ही देखा। मैं भारत के नज़रिये और चेहरे को बदलने के लिए आतुर और बेचैन था। मैं उसे आधुनिकता का लबादा पहनाना चाहता था। पर मेरे दिमाग़ में शंकाओं ने सिर उठा लिया।

जवाहरलाल नेहरू, 1946[1]

जब हर तरफ़ जनता रोटी के लिए पुकार रही थी, उस समय राष्ट्र के नेता शानदार दावत उड़ाते हुए सोने, चाँदी, पीतल और लोहे के देवताओं की स्तुति में लगे हुए थे। उसी क्षण एक हाथ की पाँच उँगलियाँ प्रकट होकर दीवार पर कुछ लिखने लगीं। राष्ट्र के नेताओं को लिखने वाले हाथ का केवल एक हिस्सा ही दिखाई पड़ा। उनका चैन चला गया और वे सोच में पड़ गए। तब राष्ट्र के नेताओं ने चीख़ कर ज्योतिषियों और भविष्यवक्ताओं को बुलाने का आदेश दिया। सयाने लोग आए, पर कोई भी दीवार पर लिखी इबारत नहीं पढ़ पाया। न ही वे राष्ट्र के नेताओं को उसका मतलब समझा पाए। ऐसा कोई बड़ा अक्लमंद नहीं मिला जिसके पास उसे पढ़ सकने वाली नज़र होती, जो उसे समझ सकता और उसका मतलब बताकर दिमाग़ साफ़ कर सकता।

वेद मेहता, 1970[2]

आमुख

यह किताब भारत के सार्वजनिक जीवन के बारे में है। 1947 में भारत को आज़ादी मिलने के बाद हमारे इतिहास की अशांत, पेचीदा और निर्णायक घटनाओं से इस जीवन की रचना हुई है। इन पृष्ठों में इसी अवधि पर प्रकाश डाला गया है। ज़ाहिर है कि इसमें हमारे अतीत को अपनी भूमिका निभानी ही थी, लेकिन भारत कई बार इस दौर में अपने अतीत से मुँह मोड़ते हुए भी दिखा। इसलिए पुस्तक को आज़ादी से पहले के इतिहास में भी बार-बार झाँकना पड़ा। भारत की आबादी एक अरब होने वाली है और इस लिहाज़ से यह चीन के बाद दुनिया का सबसे बड़ा देश है। आकार की विशालता के हिसाब से भी दुनिया में सिर्फ़ छः देश ही भारत से बड़े हैं। एक तो इसकी विशालता, विविधता और ऊपर से इसकी निरी जटिलता के कारण पुस्तक की रचना में तथ्यों की निर्मम छँटाई करनी पड़ी है। घटनाओं और व्यक्तियों का प्रस्तुतिकरण विषयवस्तु-संबंधी और व्याख्यात्मक सरोकारों के रंग में रँगा हुआ है। बीसवीं सदी के भारत ने बहुत-सी सार्वजनिक हस्तियों को जन्म दिया है। इनमें से कई की उपमहाद्वीप के इतिहास में निर्णायक भूमिका रही है। इनमें से कुछ लोग इस किताब के पन्नों में मौजूद हैं लेकिन चर्चा में उनका आगमन अनुसंधान की प्रक्रिया के ज़रिये नहीं, बल्कि आह्वान की शैली में होता है। निबंध शैली अपना कर विवरण को संक्षिप्त करने की चेष्टा की गई है। इसी शैलीगत आग्रह के कारण वर्णन के दौरान सार्वजनिक जीवन की ये हस्तियाँ प्रतीकों की तरह उभरती हैं। हर निबंध की भाँति इस लंबे निबंध में भी एक केंद्रीय प्रतीक जवाहरलाल नेहरू के रूप में मौजूद है। इतिहास का अंग बन चुके नेहरू के व्यक्तित्व को यहाँ विस्तृत रूप में पेश करने के बजाय केवल सांकेतिक अभिव्यक्ति ही दी गई है। विस्तार में जाने का काम मैंने नेहरू की उस जीवनी पर छोड़ दिया है जिस पर मैं आजकल काम कर रहा हूँ। लेकिन, मेरी आशा के अनुरूप इस पुस्तक से इतना तो साफ़ हो ही जाना चाहिए कि नेहरू आधुनिक भारत के इतिहास के लिए इतने महत्त्वपूर्ण क्यों हैं और भारतीय सार्वजनिक जीवन के मौजूदा ज्वार-भाटे में उनके योगदान को नए सिरे से समझने की ज़रूरत क्यों है।

इस पुस्तक को लिखने के दौरान मैं कई तरह से कई लोगों की सहायता पर आश्रित रहा हूँ। विद्वानों द्वारा रचित भारत संबंधी रचनाओं के प्रति अपनी कृतज्ञता मैंने ग्रंथावली-विषयक निबंध में व्यक्त कर दी है। संस्थागत समर्थन के लिए मैं बर्कबेक कॉलेज का आभारी हूँ। इस कॉलेज द्वारा 1995-96 में प्रदत्त एक छोटे-से अनुसंधान-अनुदान द्वारा ही मुझे अध्यापन की ज़िम्मेदारी से मुक्ति मिल पाई और मैं यह पुस्तक लिख पाया। मैं पेंग्विन बुक्स के एंड्रयू फ्रेंकलिन और पीटर कार्सन का भी आभारी हूँ कि उन्होंने यह निबंध लिखने की मेरी पेशकश को उत्साह से ग्रहण किया। मैं पीटर कार्सन का ख़ासतौर से शुक्रिया अदा करना चाहता हूँ जिन्होंने मेरे सुझावों को स्वीकार किया और शुरू से आख़िर तक मेरी मदद की। फर्रार, स्ट्राउस और ज़ेरू में एलिसाबेथ सिफ्टन द्वारा दिए गए एक-से-एक बढ़िया और प्रखर सुझावों से मुझे अपने मसविदे का परिष्कार करने में काफ़ी सहायता मिली। जिल कोलरिज़ से बेहतर एजेंट मिलना तो मेरे लिए तक़रीबन नामुमकिन ही था। उनके मार्गदर्शन और सहयोग का मुझे काफ़ी लाभ हुआ। दोस्तों और परिजनों ने बड़े धैर्य के साथ मेरी मदद की। ताकाशी काटो के माध्यम से मुझे कई मौक़ों पर अपने कई विचारों को टोक्यो के सेइकेई विश्वविद्यालय में आज़माने का अवसर मिला। उन्होंने जो दिलचस्पी और उदारता दिखाई, उसके लिए मैं उनका कृतज्ञ हूँ। मैं बियांकॅमॅरिया फोंटाना, रामचंद्र गुहा, कीथ हार्ट, रॉन इंडेन, रॉब जेनकिन्स, विजय जोशी, प्रवीना किंग, अरविंद कृष्ण महरोत्रा, बेन पिमलॉट, सुगुना रामनाथन, आशा साराभाई, मार्तण्ड सिंह, जाइल्स टिलॉटसन और स्टीफन विल्सन का भी कृतज्ञ हूँ कि उन्होंने मेरा उत्साह बढ़ाया, सुझाव दिए और कुछ टिप्पणियाँ भी कीं। पुस्तक का अधिकांश मसविदा काफ़ी कम समय में ज्ञानेंद्र पांडेय और योगेंद्र यादव ने पढ़ा और इसके लिए मैं इन दोनों का आभारी हूँ। योगेंद्र यादव की गहन, विचारपूर्ण और सुचिंतित टिप्पणियों के लिए मैं विशेष रूप से आभारी हूँ। कई मजबूरियों के कारण मैं उदारतापूर्वक की गई बहुत-सी प्रतिक्रियाओं और सुझावों का न तो प्रत्युत्तर दे पाया और न ही उन्हें अपने मसविदे में शामिल कर पाया। मैं एक बार फिर जॉन डन, ज्यॉफ्री हॉथॉर्न और रॉय फ़ोस्टर का शुक्रगुज़ार हूँ। उनकी आलोचना, सलाह और बौद्धिकता मेरे लिए मिसाल की तरह रही और उनका सहयोग मुझे कई नाज़ुक मौक़ों पर भी लगातार मिलता रहा। पिछले कुछ वर्षों में मेरे भारत संबंधी विचारों को विकसित करने का श्रेय सुदीप्त कविराज से हुए विचार-विमर्श को जाता है। उनकी असाधारण बौद्धिक उदारता, उनकी दोस्ती और निरंतर प्रोत्साहन मेरे लिए बेहद महत्त्वपूर्ण साबित हुए हैं। और, इन सबसे अलग कृतज्ञता की अनुभूति तो मेरे मन में रेबेका विलियम्स के प्रति है : मैं उन्हें सबसे ज़्यादा धन्यवाद देता हूँ।

—सुनील खिलनानी

26 जनवरी, 1997

परिचय

भारत एक : विचार अनेक

आज़ाद भारत के सार्वजनिक जीवन का उद्घाटन 1947 में हुआ था। वह ज़माना अपने नाटकीय घटनाक्रम, उत्तेजना और विभीषिका के लिए जाना जाता है। तब से अब तक इस सार्वजनिक जीवन की कोख से न जाने कितने शानदार नज़ारे निकले, एक-से-एक अद्भुत शख़्सियतों का जन्म हुआ, उम्मीद से कहीं ज़्यादा उपलब्धियाँ हुईं और ऐसी नाकामियाँ भी सामने आईं जो माफ़ करने क़ाबिल नहीं हैं। रिपोर्ताजों, यात्रा-वृत्तांतों, कहानियों और फ़िल्मों की दुनिया में इतिहास का यह अंश अपने रंग-बिरंगे रूपों में फैला हुआ है। इस विषय पर विशेषज्ञों द्वारा रचित विपुल सामग्री भी मौजूद है। लेकिन, सवाल यह है कि इस सार्वजनिक जीवन की विषयवस्तु क्या है? इस बारे में कौन-सी कहानी कही जा रही है? 1947 के बाद के भारत का इतिहास और उस इतिहास का इतिहास क्या है?

अँगरेज़ों द्वारा लिखे या लिखवाए गए वृत्तांतों के साथ-साथ ब्रिटिश शासन के बाद तैयार किए गए ब्योरों में इन प्रश्नों का उत्तर देने की कोशिश दिखती है। इसी तरह राष्ट्रवादी इतिहासकारों ने भी यह प्रयास किया है। लोकप्रिय क़िस्म के भारत संबंधी लेखन पर भी इस इतिहास-रचना का असर है और विशेषज्ञों की कृतियों की बुनियादी समझ भी इसी छाप से रँगी हुई है। स्वाधीनता के बाद की यह कहानी कुछ इस तर्ज़ पर परवान चढ़ाई गई है कि उससे पतन और पराभव के निष्कर्ष निकलते हैं। यह कहानी बयान करती है कि ब्रिटिश राज द्वारा निर्मित रेत के महल कैसे धीरे-धीरे ढहे, लेकिन कुछ इस तरह से मानो उन्हें ढहना ही था। उनके ऊपर से भारत के अमिट अतीत की उफनती लहरें गुज़रती चली गईं। समुदाय, धर्म व जाति के जज़्बात ने एक बार फिर सिर उठा लिया। वे अपने पुरातन और आदिम रूपों में परिदृश्य पर छा गए। इस कहानी के अनुसार यह साबित हो गया कि समुदाय, धर्म और जाति प्राचीन भारतीय इतिहास के केंद्र में तो थे ही, लेकिन आधुनिक इतिहास के लिए भी वे उतने ही प्रासंगिक हैं। दरअसल, इस धारणा के पीछे अँगरेज़ों के चले जाने के बाद विकसित हुई एक नफ़ीस क़िस्म की साहित्यिक शैली थी। पतन

और पराभव पर आधारित कथा-योजना ने ही इस शैली के लिए आधार-सामग्री मुहैया कराई थी। औपनिवेशिक ऐतिहासिकता में रचे-बसे इस साहित्य का दावा था कि अँगरेज़ी सत्ता के सुरक्षा-कवच के बिना भारतीय गणतंत्र की असफलता अनिवार्य थी। नीरद सी. चौधरी की अरुचिकर अँगरेज़परस्ती इसी प्रवृत्ति की पैदाइश थी। वे गिब्बन नामक उस इतिहासकार की शैली के लोकप्रिय संस्करण थे जो साम्राज्यों के उत्थान और पतन की महागाथाएँ लिखता था। इसकी एक अन्य उपज थे वी.एस. नायपॉल जो चौधरी की अपेक्षा युवा तो थे ही, चिन्तन और शैली में उनसे ज़्यादा नाज़ुकमिज़ाज भी थे। उनकी विवेचना पर एक सुविचारित उदासी छाई रहती थी। उनका रिश्ता अपने परदादा की धरती से शमा और परवाने का था। यह देश उन्हें हमेशा विकलता के साथ याद दिलाता रहता था कि 'नए भारतीय विघटन के सिहरा देने वाले अहसास के ख़िलाफ़ लड़ते रहना ज़रूरी है।'[1] विदेशों में बसे हुए इन रचनाकारों के गृह-मोह ने पत्रकारिता की भाषा में भी वाणी प्राप्त की। उसने चौधरी और नायपॉल के भारत को कभी यूँ ही 'शाश्वत भारत' के रूप में व्यक्त किया, कभी उसे 'राजनीतिक राजवंश' की संज्ञा दी और कभी उसे 'सामंती भ्रष्टाचार' के बहाने याद किया। मंद्र स्वर में किए जा रहे इस भारत संबंधी आलाप की राष्ट्रवादी खेमे में तीखी प्रतिक्रिया होनी ही थी क्योंकि राष्ट्रवादियों के लिए 1947 का मतलब कुछ और था। उनकी निगाह में 1947 का साल स्वतंत्रता संघर्ष के दौरान खोजे गए रास्ते में एक महत्त्वपूर्ण मील के पत्थर और उज्ज्वल भविष्य की ओर ले जाने वाले रोमांचक आवेग की तरह था। वे समझते थे कि भविष्य का सुस्थापित और सुपरिभाषित आधुनिक भारतीय राष्ट्र किसी विघटन का शिकार होने की बजाय 'भावात्मक एकात्मकता' में परिपक्व होकर अपनी नियति का मालिक स्वयं बनेगा।

राष्ट्रवादियों की यह मान्यता आज अपनी साख खो चुकी है। विचार और अवधारणा के रूप में एकीकृत भारत की अनुभूति किसी ज़माने में भारतीय कहानी को बुनने वाले धागों को एक पल में परिभाषित कर देती थी। यह अनुभूति अब प्रेरणादायी नहीं रही। इसके दो कारण हैं। पहला तो यह है कि भारतीय राष्ट्र-राज्य को कई तरह के तत्त्वों से लगातार सीधी चुनौती मिलती रही है। इन तत्त्वों के पास अपने तर्क हैं जिनके आधार पर वे मानते हैं कि इस राष्ट्र-राज्य को उन पर शासन करने का अधिकार नहीं है। दूसरे, इतिहासकारों की नई पीढ़ी ने तरह-तरह से अपनी कलाकारी दिखाई। उन्होंने अध्ययन के सर्वथा नवीन क्षेत्रों का आविष्कार कर डाला। उन्होंने ढेर सारे नए-नए विषयों और सरोकारों की रचना की जिनसे आधुनिक भारतीय इतिहास की संभावनाएँ असीमित हो गईं। 'ग़ैर-राष्ट्रीय' अस्मिताओं पर अनुसंधान का दौर चल निकला। कुछ इतिहासकारों ने उन प्रक्रियाओं की बारीकी से जाँच शुरू कर दी जो नाना प्रकार की राष्ट्रीय अस्मिताओं की रचना के लिए ज़िम्मेदार थीं।

सत्ता के गर्भ से निकले दबावों और अवसरों ने इन अस्मिताओं को ढालने में साँचे का काम किया था। होता यह था कि इन प्रक्रियाओं की पृष्ठभूमि में व्यक्तिगत और समूहगत अस्मिताएँ एक-दूसरे की सीमाओं में घुल-मिल जाती थीं और एक अजीब तरह का गोलमाल पैदा हो जाता था। इस जाँच-पड़ताल के ज़रिये औपनिवेशिक और राष्ट्रवादी मान्यताओं पर बौद्धिक आक्रमण किया गया। एक बात पर जम कर ज़ोर दिया गया कि भारतीय उपमहाद्वीप में राजनीतिक समुदाय के सभी रूप किसी-न-किसी तरह की कारीगरी के परिणाम हैं। धार्मिक हों या राष्ट्रवादी, उन रूपों का नक़लीपन इस नए इतिहास-लेखन की निगाह में एकदम स्पष्ट था। यद्यपि राष्ट्र या राजनीतिक समुदाय की कृत्रिम प्रकृति अपने-आप में कोई नई खोज नहीं थी (हॉब्स के ज़माने में ही यह धारणा मौलिक नहीं रह गई थी)। बहरहाल, इसका एक लाभ ज़रूर हुआ। यह पता चल गया कि भारतीय समाज की विभिन्न स्थितियों और कालखंडों में तरह-तरह के समुदायों ने अपनी राष्ट्र संबंधी विशिष्ट धारणाएँ कैसे विकसित कीं। यह अलग बात है कि इस जानकारी की भारी क़ीमत चुकानी पड़ी। इस चक्कर में राजनीतिक इतिहास उपेक्षित ही रह गया। राज्य, उसके प्रभु वर्ग और बीसवीं सदी के भारतीय इतिहास की महत्त्वपूर्ण शख़्सियतों की कारगुज़ारियों को नज़रअंदाज कर दिया गया। इस सिलसिले में जो राजनीतिक इतिहास लिखा भी गया, वह या तो प्रशासनिक इतिहास-लेखन की औपनिवेशिक शैली से ग्रस्त था, या फिर 1947 के बाद इसी तर्ज़ पर रचा गया राजनयिक यानी विदेश नीति के संदर्भ में लिखा गया इतिहास था। राष्ट्रवादियों द्वारा महान नेताओं के जीवन पर आधारित ऐतिहासिक वृत्तांत भी तैयार किए गए जो काफ़ी दोहराव के शिकार थे। बहरहाल, समग्र राष्ट्रीय परिदृश्य पर एक नए तरह की निगाह डालने का जोख़िम उठाने की कोशिश नहीं के बराबर की गई।

यह इतिहास-लेखन दो खानों में साफ़-साफ़ बाँटा जा सकता है। एक तरफ़ उत्तर-औपनिवेशिक कल्पनाशीलता का श्वेत-श्याम संसार है जो एकीकृत राष्ट्र के प्रस्थान-बिंदु से लिखे गए राष्ट्रवादी इतिहास के मुक़ाबले खड़ा है। दूसरी तरफ़ इन दोनों प्रवृत्तियों के ख़िलाफ़ नए क़िस्म के भारतीय इतिहासकारों द्वारा ईजाद की गई शैली उभरती है। यह किसी ज़माने में चित्रकारों द्वारा अपनाई गई बिंदुचित्रण की विधा से मिलती-जुलती है। इसके तहत राष्ट्र और राज्य संबंधी विचार का 'प्रतिरोध' करने वाले उदाहरणों की तलाश की गई। अभिलेखागारों को नए-नए तरीक़ों से छान कर हाथ लगे दस्तावेज़ों को बार-बार पढ़ा गया। 'प्रतिरोध' के जो उदाहरण मिले थे वे वास्तविक प्रतिरोध के तो थे ही, दस्तावेज़ों की पाठालोचन प्रक्रिया की पैदाइश भी होते थे। इतिहास-लेखन की इन दो धारणाओं के बीच एक गुंजाइश अवश्य थी। इसका इस्तेमाल राजनीतिक इतिहास की ज़मीन को पूरी तरह छोड़े बिना नए-नए रास्ते खोजने के लिए किया जा सकता था। यह पुस्तक इसी तरह की कोशिश के

ज़रिये स्वतंत्र भारत के राजनीतिक इतिहास का वर्णन करती है। इसके विमर्श से समग्र भारतीय परिदृश्य के बारे में चिन्तन को प्रोत्साहन मिल सकता है, लेकिन यह पुस्तक कुछ लोगों को इस संबंध में क्षुब्ध भी कर सकती है। बहरहाल, दोनों ही स्थितियों में यह कृति एक प्रमुख मक़सद में कामयाब हो जाएगी।

स्वतंत्र भारत के इतिहास को समझने का पहला तरीक़ा तो यह हो सकता है कि उसे एक राज्य के इतिहास के तौर पर देखा जाए। ज़ाहिर है कि यह दृष्टि काफ़ी संकीर्ण होगी, लेकिन विमर्श का दायरा छोटा होने के कारण इस दृष्टि में पैनापन आ जाएगा। इसमें भारत का अध्ययन एक ऐसे राज्य के रूप में किया जा सकता है जिसे यूरोपीय उपनिवेशवाद के उतार के दिनों में और द्वितीय विश्वयुद्ध की समाप्ति पर रचा गया था। इस राज्य की विशालता और दरिद्रता भी इस संबंध में विचारणीय होगी। पिछले डेढ़ सौ साल में भारतीय परिदृश्य में आधुनिक राज्य के प्रवेश, उसके विकास और 1947 के बाद उसके सुस्थिर होते चले जाने के निर्णायक ऐतिहासिक तथ्यों को नकारा नहीं जा सकता। ज़ाहिर है कि यहाँ दूसरे देशों से तुलना के आधार पर भारतीय राज्य का मूल्यांकन करना पड़ेगा। इस संदर्भ में भारतीय राज्य को अँगरेज़ों द्वारा विरासत में मिली अपनी भौगोलिक सीमाओं की सुरक्षा, घरेलू सत्ता क़ायम रखने और नागरिकों की सुरक्षा करने की क्षमता के आधार पर आँकना होगा। उसका आकलन आर्थिक विकास और नागरिकों के लिए सामाजिक अवसर मुहैया करा सकने वाले माध्यम के रूप में भी करना होगा। यहाँ ध्यान रखना होगा कि आधुनिक यूरोप की स्थिति इस मामले में भारत से भिन्न थी। यूरोप ने इन ज़िम्मेदारियों को एक-एक करके क्रमवार उठाया था, जबकि भारत जैसे नए राज्य को उन्हें एक साथ हाथ में लेना और उन्हें तेज़ी से पूरा करते हुए दिखना था। अपने नागरिकों के जीवन को बेहतर बनाने के लिए किसी भी आधुनिक राज्य को इन भारी-भरकम ज़िम्मेदारियों को निभाना ही पड़ता है। लेकिन, भारत के संदर्भ में हुआ यह कि इन ज़िम्मेदारियों के कारण भारतीय राज्य से बढ़ा-चढ़ाकर अपेक्षाएँ की जाने लगीं, जबकि उसकी व्यावहारिक क्षमता कहीं कम थी।

भारत के राजनीतिक इतिहास को समझने का दूसरा व्यापक तरीक़ा यह हो सकता है कि 1947 से अभी तक के इतिहास को लोकतंत्र नामक राजनीतिक विचार को धरती पर उतारने के अपूर्व प्रयोग के रूप में देखा जाए। यहाँ आज़ाद भारत का इतिहास अमेरिकी और फ्रांसीसी क्रांतियों द्वारा अट्ठारहवीं सदी के आख़िर में शुरू किए गए हान लोकतांत्रिक प्रयोगों के तीसरे चरण के रूप में सामने आता है। ये प्रयोग लोकतंत्र के प्राचीन आदर्श को एकदम अलग-अलग परिस्थितियों में पुनर्जीवित और मूर्तिमान करने की कोशिश थे। ये क्रांतियाँ ऐसे हालात में हुई थीं जब सामुदायिक एकता किसी नैतिक आदर्श अथवा सदाचार की अवधारणा पर आधारित नहीं रह गई थी। उन दिनों समुदाय अचानक हो जाने और टूट जाने वाली

एकताओं और विभाजनों के दौर से गुज़र रहा था। इसमें औद्योगिक उत्पादन और वाणिज्यिक विनिमय से उपजी मजबूरियों की भूमिका भी थी। इन प्रयोगों की कोख से विपुल ऊर्जा का जन्म हुआ, उम्मीदों के अंबार निकले और उन्होंने अफ़सोसनाक असफलताओं का सामना भी किया। इस लिहाज से भारतीय प्रयोग अभी शुरुआती दौर में ही माना जाएगा और इसका परिणाम अन्य सभी प्रयोगों के मुक़ाबले सर्वाधिक महत्त्वपूर्ण होगा। कुछ तो इसलिए कि इसके साथ मनुष्यों की विशालतम संख्या जुड़ी हुई है, और कुछ इसलिए कि यह एक ऐसे इलाक़े में घटित हो रहा है जो एशियाई महाद्वीप में स्वतंत्रता की आकांक्षा का एक संवेदनशील मुक़ाम है। आज का एशिया आर्थिक रूप से दुनिया का सर्वाधिक गतिशील क्षेत्र है, लेकिन यहाँ राजनीतिक पराधीनता ने सबसे ज़्यादा लोगों को अपनी गिरफ़्त में ले रखा है। अधिकांश एशियाई नेता बड़े यक़ीन के साथ दावा करते रहते हैं कि क्रांति का विचार और व्यवहार यहाँ की जनता के सौम्य संस्कारों की दुनिया के लिए एकदम प्रतिकूल और उसमें अनधिकार प्रवेश की तरह है। इस तरह की दलीलों के लिए भारतीय उदाहरण सीधी चुनौती पेश करता है।

तो, इस तरह एक ओर एक राज्य का इतिहास उभरता है और दूसरी ओर एक विचार का। समकालीन भारत के ये दो तैयारशुदा परिप्रेक्ष्य एक-दूसरे के बरअक्स खड़े दिखते हैं। एक तीसरा आयाम भी है जो सर्वाधिक कल्पनाप्रवण और महत्त्वाकांक्षी होने के साथ-साथ विश्लेषण के लिहाज से शायद काफ़ी मुश्किल भी है। इसका ताल्लुक़ एक प्राचीन सभ्यता और आधुनिक बाज़ार-केंद्रित समाज के बीच हुई दीर्घकालीन अन्योन्यक्रिया से है। इसकी गति और गहनता 1947 के बाद से काफ़ी बढ़ गई है। भारतीय सभ्यता की पेचीदा डिज़ाइन एक समाज के रूप में उसके टिकाऊपन की गारंटी करने के मक़सद से तैयार की गई थी। उसका समुदाय नैतिक मूल्यों की एक साझी व्यवस्था पर आधारित था जिसमें 'विराट' और 'लघु' परंपराएँ अनूठी नफ़ासत के साथ बुन दी गई थीं। उधर, आधुनिक बाज़ार-केंद्रित समाज के दो आयाम थे। एक था राजनीतिक प्रणाली के रूप में, जिसका मर्म था व्यक्तिगत अधिकार और प्रतिनिधित्व का सिद्धान्त। दूसरा था अर्थतंत्र, जो निजी संपत्ति के अधिकार और बाज़ार-विनिमय की प्रक्रिया पर आधारित था। उम्मीद की जाती थी कि प्राचीन भारतीय सभ्यता इन दोनों के बीच सूत्र का काम करेगी। लेकिन ऐसा न हो सका क्योंकि यह आधुनिक तंत्र मूलतः अस्थिर होने के साथ-साथ स्वयं को समय-समय पर शक्तिमंत करते रहने की क्षमता से वंचित था। नतीजतन, राजनीतिक इतिहास की इस तीसरी दृष्टि ने पाया कि भारतीय उपमहाद्वीप की कई सभ्यतामूलक धाराएँ अनिवार्यतः आधुनिकता के साथ एक बेचैन टकराव में उलझी हुई हैं। इस संदर्भ में आधुनिकता सतही तौर पर बड़ी मोहक, लेकिन अंदर से यांत्रिक बुद्धिवाद, उपयोगितावाद और निजी स्वायत्तता व चयन की स्वतंत्रता के एक अस्थिर घालमेल

की तरह सामने आती है। अतएव, इस परिप्रेक्ष्य के ज़रिये इतिहास-लेखक इस सवाल की जाँच-पड़ताल कर सकता है कि क्या कोई संस्कृति और उसमें रचे-बसे लोग अपनी नियति को स्वेच्छा या विवशतावश आधुनिक राज्य के हवाले करने के बाद भी अपनी सांस्कृतिक विशिष्टता बचाए रख सकते हैं।

दरअसल, ये तीनों नज़रिये एक दूसरे से पूरी तरह कटे हुए नहीं हैं। अपनी वैभवशाली प्राचीनता और सुदीर्घ इतिहास के बावजूद समकालीन भारत हर हालत में आधुनिक विश्व की ही एक कृति है। इसकी शक्ल-सूरत यूरोपीय उपनिवेशवाद के विस्तार, राज्य, राष्ट्रवाद, लोकतंत्र और आर्थिक विकास जैसी बुनियादी संस्थाओं और आधुनिकता के विचारों ने गढ़ी है। यहाँ के आधुनिक, शिक्षित व शहरी प्रभु वर्ग ने अपना दाँव तो भारत को एक एकीकृत राजनीतिक समुदाय के रूप में गठित करने की सफलता पर ही लगाया था। इस वर्ग के बौद्धिक क्षितिज का विस्तार इन्हीं आधुनिक विचारों की देन था और उसकी गतिविधियों के प्रसार की बुनियाद में यही आधुनिक संस्थाएँ थीं। यह बाज़ी एक विचार पर लगाई गई थी और उसका नाम था भारत। ख़ास बात यह है कि यह राष्ट्रवादी प्रभु वर्ग स्वयं उस विचार की किसी एक स्पष्ट परिभाषा से लैस नहीं था। राष्ट्रीय आंदोलन की प्रकृति का एक अनूठा तथ्य यह था कि उसमें नाना प्रकार की और एक दूसरे से टकराती हुई भारत संबंधी दृष्टियों को एक जगह लाने की क्षमता थी। इस बारे में कवि और आलोचक ए.के. रामानुजन की टिप्पणी थी, 'भारत की विविधता को परिभाषित करने का एक तरीक़ा किसी आयरलैंडवासी की पतलून संबंधी समझ से सीखा जा सकता है। यह पूछने पर कि पतलून एकवचन है या बहुवचन, आयरलैंडवासी का जवाब था : पतलून ऊपर से एकवचन और नीचे से बहुवचन है।'[2] लेकिन स्वतंत्रता-पूर्व भारतीय राष्ट्रवाद ऊपर से भी एक ऐसी धोती की तरह बहुवचन था जिसमें अनगिनत चुन्नटें होती हैं। भारतीय राष्ट्रवाद के स्मारक भवन की दीर्घा में लटके तमाम चित्र इस विविधता का प्रतीकात्मक प्रतिनिधित्व करते हैं। इतने वर्षों बाद भी बालसुलभ ताज़गी से भरे हुए इन चिर युवा चेहरों का प्रदर्शन जारी है। आज भी देश-भर में चाय की दुकानों पर स्नेह के भड़कीले रंगों से सने कैलेंडरों और पोस्टरों में इन्हें देखा जा सकता है। चौराहों या सड़क के किनारे लगी और सिर्फ़ सामान्य ज्ञान के आधार पर फ़ौरन पहचानी जा सकने वाली प्रतिमाएँ भी इसका सबूत हैं।

भारतीय राष्ट्रवाद की इस चित्र-दीर्घा में कई चेहरे ऐसे भी हैं जो एकदम भिन्न पृष्ठभूमियों से आए थे, लेकिन उनकी जीवनधारा तक़रीबन समांतर चली। इनमें से ज़्यादातर ने किसी-न-किसी प्रकार की पश्चिमी शिक्षा (अक्सर वकालत) प्राप्त की। कुछ ऐसे भी थे जिनकी जीवन-शैली पर सार्वदेशिक प्रभाव था। इस दीर्घा के शीर्ष पर हैं मोहनदास करमचंद गांधी नामक महात्मा। गुजरात के बंदरगाह शहर पोरबंदर में 1869 में जन्मे गांधी के पिता और दादा एक देशी रियासत के दीवान थे। गांधी

शैशवकाल में ब्रिटिश प्रभुओं की तर्ज़ पर मर्द और बलवान बनने के तजुर्बों से गुज़रने के बाद क़ानून की पढ़ाई के लिए लंदन रवाना हुए। उन्होंने ग्रे साउथम्पटन में अपना जहाजी सफ़र ख़त्म किया। वे मानकर चले थे कि विलायत की धरती पर श्वेत वस्त्र पहनकर ही उतरना चाहिए लेकिन वहाँ की जमा देने वाली सर्दी के कारण उनकी सफ़ेद पोशाक ने उन्हें ठिठुरा दिया। दक्षिण अफ्रीका जाकर बैरिस्टरी करने से पहले होलबोर्न में उन्होंने शाकाहार अपनाया। रंगभेदी सरकार की निर्दयता ने उनका राजनीतिकरण किया। भारत लौटकर बीस के दशक के बाद यही गांधी नामक महाशय भारतीय राष्ट्रीय कांग्रेस के सर्वप्रमुख नेता और बीसवीं सदी की सर्वाधिक असाधारण सार्वजनिक शख़्सियत साबित हुए। इस चित्र-दीर्घा के एक अन्य सदस्य हैं बल्लभभाई पटेल। इनके व्यक्तित्व की विशेषताओं से लोग कुछ कम परिचित हैं। जन्म इनका भी गुजरात में ही हुआ था। ये गांधी से छः साल छोटे थे। बड़े भूस्वामियों के परिवार में पैदा होकर पटेल ने भी लंदन के इंस ऑफ़ कोर्ट से क़ानून की परीक्षा पास की। नगरपालिका और प्रांतीय राजनीति से गुज़रते हुए पटेल 1948 में गांधी की मृत्यु और 1950 में अपने देहांत के बीच थोड़े समय के लिए भारतीय राजनीति के शिखर-पुरुषों में से एक बने। गांधी और पटेल के अलावा इस चित्र-दीर्घा में उन सुभाष चंद्र बोस का चेहरा भी शामिल है जो 1897 में ओडिशा में एक बंगाली वकील के घर पैदा हुए थे। इंडियन सिविल सर्विस में दाख़िले की परीक्षा पास करने के बावजूद सुभाष बाबू रेडिकल क़िस्म के कांग्रेसी और बंगाल के एक प्रवक्ता के रूप में विकसित हुए। तीस के दशक के मध्य में यूरोपीय प्रवास के दौरान मुसोलिनी, हिटलर और अतातुर्क जैसी हस्तियों का सम्मोहक असर उन पर भी पड़ा। उन्होंने ब्रिटिश राज से लड़ने के लिए फ़ौज बनाई और इसके लिए नाज़ियों और जापानियों को राजी कर दिखाया। द्वितीय विश्वयुद्ध के अंतिम दौर में वे एक विमान दुर्घटना में खेत रहे। भीमराव आंबेडकर का चेहरा भी इसी चित्र-दीर्घा में है। बोस से उम्र में छह साल बड़े आंबेडकर महाराष्ट्र की अछूत जाति महार समुदाय के पुत्र थे। उन्होंने निरक्षरता के गर्त में डूबी अपनी जाति की सीमाएँ लाँघ कर कोलंबिया और लंदन विश्वविद्यालयों से डॉक्टर की उपाधियाँ प्राप्त कीं। ग्रेज़ इन से बैरिस्टरी पास करके आंबेडकर भारत के सर्वाधिक दबे-पिसे समूहों के नेता बने। शांत, सुस्पष्ट और केंद्रीभूत आक्रोश के विचारक आंबेडकर ने भारतीय संविधान की रचना में मुख्य भूमिका निभाई। वे 1956 में अपने देहावसान तक राष्ट्रवादी प्रभु वर्ग की सवर्ण निष्ठाओं को लगातार चुभते रहे। लेकिन, इन सबसे कहीं ज़्यादा आज़ाद भारत की राजनीतिक संभावनाओं को प्रभावित करने का श्रेय जवाहरहाल नेहरू को जाता है। 1889 में प्रांतीय स्तर के एक बेहद सफल और महत्त्वाकांक्षी ब्राह्मण वकील के परिवार में जन्मे जवाहर को हैरो, कैंब्रिज और लंदन के इनर टैंपल में शिक्षा प्राप्त करने के लिए भेजा गया। लौटने पर थियोसॉफ़ी और

एनी बेसेंट के प्रभाव के कारण वे राजनीति में चले गए। उन्होंने गांधी के साथ एक बड़ा ऊर्जावान और रहस्यमय रिश्ता क़ायम किया। 1947 के बाद भारत के प्रधानमंत्री के रूप में नेहरू ने इस देश की राजनीति को निर्णायक शक्ल दी।

अन्य राष्ट्रवादियों की तरह इन लोगों को भी अपने व्यक्तित्व के सार्वजनिक आयामों का आविष्कार करके उन्हें गढ़ना पड़ा। आधुनिकता की माँग सदा ऐसी ही होती है। इन नेताओं ने अपने सार्वजनिक व्यक्तित्व को प्राय: साहित्य की उस विधा में व्यक्त किया जिसे उपदेशात्मक आत्मकथा लेखन कहते हैं। यह विधा भारत में अट्ठारहवीं और उन्नीसवीं सदी में प्रचलित हुई थी। आयरलैंडवासियों की तरह भारतवासियों ने भी इसके तहत निजी जीवन के तीसमारखाँपन से जुड़े आख्यान को एक राष्ट्र की महायात्रा के साथ गुंफित करने में महारत हासिल कर ली थी। लेकिन इन नेताओं की बौद्धिक उद्घोषणाओं से ज़्यादा महत्त्व उनके व्यावहारिक कामों को मिला। उन्होंने एक ख़ास तरह की पोशाक, हाव-भाव, लहजे और शैली को सायास अपनाया ताकि अपने भारत संबंधी विचार व्यक्त करने में उन्हें सुविधा हो। हर नेता के लिए ये विचार और उनका तात्पर्य अलग-अलग था और हर नेता को उसी के मुताबिक़ स्वयं को भारतीय रूप में पेश करना होता था। विदेशी शासन की मौजूदगी के कारण उनके लिए भारतीय अस्मिता स्वत: उपलब्ध नहीं थी। इसलिए कुछ ने 'परंपरा' के आडंबर से अपने व्यक्तित्व को सजाना पसंद किया और कुछ ने बिना लाग-लपेट के ख़ुद को कहीं अधिक आधुनिक और पश्चिमी घोषित कर दिया। जो भी हो, इन नेताओं को अपनी सार्वजनिक शख़्सियतों की रचना करने के दौरान पश्चिमी आधुनिकता की आँखें तरेरती हुई संभावनाओं के दायरे से गुज़रना ही पड़ा। उनकी अपनी विशिष्ट भारतीय आधुनिकता पर इसी अनुभव की छाप पड़ी। आज़ादी के बाद इस राष्ट्रवादी प्रभु वर्ग पर जिस विचारदृष्टि का सर्वाधिक प्रभाव पड़ा उसका स्रोत नेहरू का व्यक्तित्व और कृतित्व था। ज़ाहिरा तौर पर नेहरू में इन सबके मुक़ाबले अंगरेज़ियत कहीं अधिक थी। उनके ऊपर अँगरेज़ों की सांस्कृतिक संस्थाओं का प्रभाव नज़रअंदाज करना तक़रीबन नामुमकिन था। चाहे पब्लिक स्कूल और कैंब्रिज की शिक्षा हो या अँगरेज़ों की जेलों में गुज़ारे गए दिन हों, इन सभी तजुर्बों ने नेहरू की अँगरेज़ियत को बढ़ाया ही था। लेकिन, उनका एक दूसरा पहलू भी था। वे भारत के अतीत और उसकी अखंडता की गहन अनुभूति से संपन्न थे। इसी के मुताबिक़ वे अपने निजी जीवन की आदतों में भी पूरी तरह से भारतीय थे।

नेहरू की इच्छा भारत को आधुनिक बनाने की थी। अपने ढंग से अंतर्राष्ट्रीय इतिहास की गति को समझते हुए वे भारत को उसके दायरे में प्रवेश दिलाना चाहते थे। हुआ यह कि इस महत्त्वाकांक्षा के परिणामस्वरूप जो भारत बना वह पश्चिमी आधुनिकता की धाराओं से प्रेरणा लेने के बावजूद एक तरह के विडंबनापूर्ण और अस्वीकार्य विचलन की तरफ़ झुकता चला गया। भारत के अंदर आधुनिकीकरण

की प्रक्रिया उलझती चली गई। उसने आधुनिकता की पटकथा के मुताबिक़ अभिनय नहीं किया। नेहरू ने जिसे 'आधुनिकता का लबादा' कह कर ख़ूबसूरती से रूपायित किया था, वह सभी भारतवासियों के लिए एक जैसा नहीं निकला। भारतवासियों ने उसे पहनने के तरह-तरह के उम्दा तरीक़े ईजाद कर डाले। नेहरू तथा अन्य कई राष्ट्रवादियों की निगाह में पश्चिम का वर्तमान भारत के भविष्य की रूपरेखा का सूचक था। इसके उलट आज वस्तुस्थिति यह है कि भारत का वर्तमान पश्चिम के अपने राजनीतिक भविष्य के लिए एक पूर्वसंकेतक का काम कर सकता है। आज भारत की राजनीति कई तरह के बुनियादी सरोकारों और संघर्षों से धड़क रही है। आज देश में समुदाय और समूहों के अधिकारों का दावा एवं सामूहिक अस्मिताओं की पुष्टि के लिए लोकतंत्र का इस्तेमाल आम बात है। यहाँ बड़े पैमाने के बहु-सांस्कृतिक राजनीतिक संगठनों को चलाना मुश्किल हो रहा है। भारत की मजबूरी यह है कि उसे आर्थिक कठिनाइयों के बावजूद और अमीरी के बिना ही लोकतंत्र को कारगर और टिकाऊ बना कर दिखाना है।

इस पुस्तक के चार अध्यायों में मैंने इसी तरह के परिवर्तनों, अंतर्विरोधों और विषयवस्तुओं की जाँच की है। इस चर्चा में राजनीति एक धारा की तरह व्याप्त है। वह ऐसे मानवीय उपक्रम के तौर पर उभरती है जिसकी सीमाओं का निर्धारण करना असंभव है। राजनीति निरंतर होड़, रणनीति और व्यावहारिक कार्यक्रमों की दुनिया होती है, पर उसका व्यवहार अधूरी और आंशिक जानकारी के आधार पर ही करना पड़ता है। गांधी और नेहरू, दोनों ने अपने ज़माने में अपनी-अपनी शैली से समझा था कि आधुनिकता तक पहुँचने और उसका तजुर्बा करने के भारतीय प्रयास मूलत: राजनीतिक ही होंगे। इस लिहाज़ से भारत का न केवल 'राजनीतिक' होना, वरन राजनीति द्वारा ही उसकी रचना होना एक बुनियादी तथ्य बन जाता है। किसी ज़माने में यह समाज कमोबेश स्थिर श्रेणीक्रम पर आधारित था जिसमें राजनीति की भूमिका दर्शनीय होने के बावजूद हाशिये पर थी। आज वही भारत की राजनीति में सबसे ज़्यादा गहराई से रमा समाज है। लॉर्ड कर्ज़न ने कभी भारतवासियों को चिंतित होकर सलाह दी थी कि उन्हें राजनीति के दायरे में अपनी मुक्ति नहीं तलाशनी चाहिए। कर्ज़न के इस मूल्यांकन को ऐतिहासिक रूप से ठुकराते हुए भारतवासियों ने राजनीति को ही अपनी आस्थाओं का केंद्र बना लिया है। एक ज़माने में उन्होंने कांग्रेस पार्टी जैसे महान आंदोलन से आशाएँ लगाई थीं तो आज उनकी उम्मीदें कांग्रेस को चुनौती देने वाले हिंदू राष्ट्रवाद अथवा निचली जातियों और दलित पार्टियों के उमड़ते हुए आंदोलनों पर टिकी हैं। यह राजनीति ही है जो एक साथ इस देश को विभाजित भी करती है और इसे एक साझे संसार के रूप में एकजुट भी करती है। विशाल जन-जाँगर से भरे इस संसार में तरह-तरह की माँगों और दावों की संख्या बढ़ती जा रही है जिन्हें समझौतावार्ताओं और समायोजन के

ज़रिये निबटाया जा रहा है। यह राजनीति ही है जिसके ज़रिये भारतवासी समकालीन दुनिया से दो-चार हो रहे हैं।

लेकिन, राजनीति के ज़रिये ऐसा कर पाने की सबसे बड़ी वजह है—लोकतंत्र की मौजूदगी। यह स्वातंत्र्योत्तर भारत का एक सर्वाधिक उल्लेखनीय तथ्य है कि इंदिरा गांधी द्वारा थोपे गए छोटे-से आपातकाल को छोड़ कर भारत में लोकतांत्रिक ढर्रा लगातार क़ायम रहा है। इस मामले में यह देश यूरोपीय साम्राज्य के पतन के बाद उभरे नए राष्ट्र-राज्यों से अलग खड़ा दिखाई देता है। भारतीय लोकतंत्र की रचना विषमतामूलक जाति-व्यवस्था पर आधारित समाज और एक साम्राज्यवादी व तानाशाही हुकूमत के बावजूद हुई है। यहाँ की शुरुआती परिस्थितियाँ तो लोकतंत्र की स्थापना के प्रतिकूल थीं ही, उसके बने रहने के लिए भी हालात अनुकूल नहीं थे। इस लोकतंत्र के नागरिक बेहद ग़रीब, निरक्षर और अत्यधिक विविधता के कारण बँटे हुए थे। प्रचलित राजनीतिक सिद्धान्तों के लिहाज से ये परिस्थितियाँ लोकतंत्र के लिए अशुभ थीं। लेकिन, भारत में लोकतंत्र न सिर्फ़ बचा रहा, बल्कि इसने समाज को अभूतपूर्व ढंग से ऊर्जस्वित भी कर दिया। क़ानूनी बारीकियों में यक़ीन रखने वाले राष्ट्रवादी प्रभु वर्ग ने प्रारंभ में लोकतंत्र को सिर्फ़ एक शासन-विधि के तौर पर ही स्थापित किया था। लेकिन आगे चल कर यही लोकतंत्र विस्तृत और गहन होकर समाज का सिद्धान्त बन गया। वह भारतवासियों के लिए उपलब्ध संभावनाओं को रूपांतरित करने लगा। देशवासियों ने लोकतंत्र को अंगीकार किया और राजनीतिशास्त्र की पाठ्य-पुस्तकों से नहीं, वरन ज़रूरत के मुताबिक़ किए गए व्यवहार के ज़रिये उसका ज्ञान प्राप्त किया। इस कहानी का विचित्र पहलू यह है कि भारतीय लोकतंत्र की सफलता ही उसके संस्थागत रूप से क़ायम रहने के लिए ख़तरा बन गई। लोकतंत्र में निहित राजनीतिक समता के विचार से ही धार्मिक बहुसंख्यकवाद का क्रूर दबाव निकल पड़ा। 1992 में कट्टर हिंदू कारसेवकों द्वारा अयोध्या में बाबरी मस्जिद तोड़े जाने की हाहाकारी घटना इस ख़तरे का सबसे बड़ा सबूत है।

राजनीति के क्षेत्र में अभी भारत को सापेक्षिक सफलता ही मिल पाई है और इसकी स्थिति काफ़ी नाज़ुक भी है। भारत में लोकतंत्र के कारण उसके जैसे ही नए राष्ट्र-राज्यों की तुलना में अधिकांश नागरिक पहले से कहीं ज़्यादा आज़ादी के साथ जीवन-यापन कर पा रहे हैं। इस मामले में वह चीन से आगे लगता है। लेकिन आधुनिक स्वतंत्रता के मानकों के अनुसार इन नागरिकों का जीवन-स्तर अच्छा नहीं है। यहाँ भारत चीन से पीछे नज़र आता है। आधुनिकता के आर्थिक आयामों के कारण भारतीय लोकतंत्र की तस्वीर कुछ ऊबड़-खाबड़ प्रतीत होती है। अधिकांश भारतीय इस संबंध में लोकतंत्र को असफल मानते हैं। अभाव और असमान वितरण का बोलबाला है। इसके अनगिनत कारण हैं। तकनीकी, पेचीदा और विवादग्रस्त

कारणों की इस पृष्ठभूमि का नतीजा राजनीतिक नाकामी में निकला है जो इस लोकतंत्र की अपनी कारस्तानी है। भारतीय अर्थव्यवस्था का अजीब ढंग से मिला-जुला और ऊँचा-नीचा चरित्र कुछ ख़ास क़िस्म के विचारों के प्रति आग्रह तथा उस प्रतिबद्धता को राजनीतिक रियायतों और समझौतों के ज़रिये कमज़ोर करने की देन है। नतीजे के तौर पर इस अर्थतंत्र में आश्चर्यजनक विलासिता और नितांत अभावग्रस्तता का विरोधाभासी अस्तित्व मिलता है। यदि यहाँ जड़ता का शिकार सार्वजनिक क्षेत्र है, तो निजी उद्यमियों का सरपट दौड़ता पूँजीवाद भी है। अतिआधुनिक प्रौद्योगिकी और बेहद अमानवीय शारीरिक श्रम के उदाहरण साथ-साथ दिखते हैं। 1947 के बाद आर्थिक आधुनिकता के इस एकतरफ़ा ढाँचे को बनाने में महत्त्वाकांक्षाओं की होड़ अपनी भूमिका निभाती रही है। बड़े उद्योगपतियों के स्वार्थ, लघु और कुटीर उद्योगों में आस्था रखने वाले गांधीवादियों की उम्मीदें, नेहरूवादी बुद्धिजीवियों की हसरतें और भूस्वामी वर्ग का रंग-रुतबा एक दूसरे से टकराते रहे हैं। विजयश्री इनमें से किसी भी विचार-दृष्टि को नहीं मिल पाई है।

इस टकराव और प्रतिद्वंद्विता से जो निकलकर आया, वह सभी की निगाह में अवांछनीय है, लेकिन उसे बनाने में सभी ने जाने-अनजाने हाथ बँटाया है। यही है भारतीय अर्थतंत्र का डाँवाडोल चरित्र जो परिवर्तनोन्मुख रहने के बावजूद कभी परिवर्तन को अंजाम तक नहीं पहुँचा पाता। राजनीति को यह श्रेय जाता है कि उसने बड़े नाटकीय ढंग से भारतीय समाज के द्वार इतिहास के लिए खोल दिए हैं, लेकिन इसके विपरीत उसका अर्थतंत्र अस्सी के दशक के उत्तरार्द्ध तक विश्व-अर्थव्यवस्था का निर्माण करने वाली ताक़तों से कटा रहा। किसी लोकतांत्रिक देश के लिए यह एक विचित्र बात ही मानी जाएगी। नब्बे के दशक के पूर्वार्द्ध से भारत ने अपनी आर्थिक पहचान को बदलने की ज़ोरदार कोशिश शुरू की और अंतर्राष्ट्रीय आर्थिक धाराओं और प्रतियोगिता के लिए अपने दरवाज़े खोले। उदारीकरण से निकली उम्मीदें आसमान छूने लगीं और पूर्वी एशिया का मुक़ाबला कर सकने वाले भारतीय आर्थिक 'चमत्कार' की कल्पना की जाने लगी। इस दौर में निश्चित रूप से बहुत से भारतवासियों की आर्थिक संभावनाओं में वृद्धि हुई, लेकिन देश की आबादी का बहुसंख्यक हिस्सा इंतज़ार ही करता रह गया। इनमें से कुछ को अभी भी थोड़ी-बहुत उम्मीद है, लेकिन ज़्यादातर की आशाओं का दीपक बुझ चुका है। इस दौरान अपने वैकासिक आग्रहों के फलस्वरूप राज्य कई बार अपने ही नागरिकों की ज़िन्दगी और वजूद के लिए ख़तरे का कारण बन गया। उसकी विकास परियोजनाओं ने जनता के उन तबक़ों को ऐसे संकटों में फँसा दिया जिनके पास उनसे बचने की कम-से-कम क़ुव्वत थी।

इस देश के शहर हमारे आधुनिक जीवन के प्रतीक बनकर उभरे। शहरों में ही आज़ादी के बाद चली राजनीतिक और आर्थिक धाराओं का सबसे प्रभावशाली संगम हुआ। यहीं आधुनिकता के असमतल, अंतर्विरोधी और खलबली-भरे आयाम सामने

आए। शहरों के इस विस्तार में पतित-पावनी काशी (बनारस) से लेकर कलकत्ता की क्षयग्रस्त औपनिवेशिक भव्यता भी शामिल है। चंडीगढ़ की सुसंगत नगर योजना और बंगलूरु का अलभ्य सॉफ़्टवेयर स्वर्ग इसी का अंग है। उग्र क्षेत्रीयतावाद और सार्वदेशिकता का अशांत घालमेल मुंबई का आधार बना हुआ है। प्रगति की धकापेल में लगे उत्तर भारत के नए शहरों की चालक शक्ति का स्रोत देहात के चुनिंदा तबक़ों की समृद्धि है। इन शहरों का ऐतिहासिक तारतम्य इस क़दर बिगड़ा हुआ है कि उसके नागरिक जीवन को व्यथित कर रहे असमान अवसरों की असलियत का पर्दाफ़ाश हो जाता है। इन शहरों का मोटापा देहातों से काम की तलाश में आने वाले बेरोज़गारों और बाहर की दुनिया के सांस्कृतिक और आर्थिक दबावों के कारण बढ़ता चला जा रहा है। इनकी रचना शुरू में जटिल और विच्छिन्न इतिहास के हाथों हुई थी। फिर ब्रिटिश शासन ने इन्हें अपनी शहर संबंधी धारणाओं के मुताबिक़ पुनर्निर्मित किया। शहरों के बारे में अँगरेज़ों ने बड़े नियमनिष्ठ लेकिन परिवर्तनशील विचार बना रखे थे जो ज़्यादातर भारतवासियों को ताज्जुब में डाल देते थे। तीसरे चरण में इन्हें राष्ट्रवादियों ने आधुनिक शहरों के बारे में अपनी कल्पना के मुताबिक़ पुनर्व्यवस्थित किया। अब एक बार फिर उत्तर-राष्ट्रवादी महत्त्वाकांक्षाएँ इन शहरों को नया रूप देने में लगी हैं। भारतीय शहरों में लोकतांत्रिक समता आर्थिक-सामाजिक अवसरों की विषमता के सीधे टकराव में खड़ी है। नागर जीवन अलगाव की जिस भींच में फँसा हुआ है, उससे अलग-अलग तरह के राजनीतिक रुझानों को ताक़त मिली है। इससे ऐसी संभावनाएँ फूटी हैं जिनके बारे में पूर्वानुमान नहीं किया जा सकता था और जो कभी-कभी हानिकारक भी होती हैं। लेकिन नागरिक जीवन के अलगाव ने नए-नए रास्ते खोजने और नए-नए प्रयोग करने की परिस्थितियों को भी जन्म दिया है। हालाँकि भारत की आबादी का एक छोटा-सा हिस्सा ही शहरों में रहता है लेकिन फिर भी शहरी जीवन का बिंब पूरे समाज में व्याप्त है और उसने सभी देशवासियों की कामनाओं को आवेशित कर दिया है।

इस विश्लेषण से स्पष्ट है कि भारतवासी अस्मिता के जिन स्वरूपों और प्रवृत्तियों को अपना मानते हैं, उन्हें किन तत्त्वों ने बनाया है। उनकी प्रकृति और विविधता को लोकतांत्रिक राजनीति के प्रसार, चुनावी प्रतियोगिता, आर्थिक अवसरों की असमानता और शहरी जीवन से जुड़े ज़मीनी और स्वप्निल यथार्थ ने मिल-जुल कर आकार दिया है। यह भी स्पष्ट है कि 1947 में राष्ट्रवादी इस मामले में अति आत्मविश्वास के शिकार थे कि भारतीय राज्य की स्थापना होते ही भारतीयता और उसे धारण करने वालों की परिभाषा स्थायित्व ग्रहण कर लेगी। राज्य हस्तगत करने, फिर उसे चलाने की प्रक्रिया हाथ में लेने व उसे नियंत्रित करने की लगातार तीखी होती जा रही होड़ ने भारत में विभिन्न सामाजिक अस्मिताओं को नए-नए राजनीतिक संगठनों और राजनीतिक कर्म की संभावनाओं से दो-चार कर दिया है।

राजनीतिक हिंदुत्व उभर आया है। क्षेत्रीय माँगें अपनी आवाज़ बुलंद कर रही हैं। जातिगत अस्मिताएँ दावा ठोक रही हैं। केवल भारतीय संविधान पर इन प्रवृत्तियों की ज़िम्मेदारी नहीं डाली जा सकती। अन्य अस्मिताएँ भी हैं जो ऐतिहासिक उत्पीड़न के घावों का अवहेलना-भरा प्रदर्शन करती रहती हैं। ये सब मिलकर उस सवाल में कभी-कभी एक घातक ऊर्जा का समावेश कर देते हैं जो 'भारतीय कौन है?' के रूप में उभरता है।

नेहरू का भारत संबंधी विचार आधुनिक राज्य के ढाँचे में कई तरह के मूल्यों को समन्वित करना चाहता था : ये मूल्य थे लोकतंत्र, धार्मिक सहिष्णुता, आर्थिक विकास और सांस्कृतिक बहुलवाद। 1947 के बाद से इन सभी मान्यताओं की ऐतिहासिक धाराएँ अनपेक्षित रूप में बदली हैं। इसके कारण देश में राजनीतिक होड़ की शर्तों में परिवर्तन हो गया है। प्रतियोगियों की पहचान भी कुछ और हो गई है। परिणामस्वरूप एक राजनीतिक समुदाय बनाने का सपना धरती पर उतारना कहीं ज़्यादा मुश्किल साबित हो रहा है।

फिर भी कहा जा सकता है कि भारत के बुनियादी विचार ने असाधारण दृढ़ता प्रदर्शित की है। अपने राष्ट्रवादी पूर्वजों की तरह ही एक-दूसरे से काफ़ी भिन्न पृष्ठभूमियों और महत्त्वाकांक्षाओं के बावजूद आज भी भारतवासी इस विचार को अपनाने का दावा पेश करना चाहते हैं। आधुनिक भारतीय राजनीति आज भी अपनी प्रतीक-योजना राष्ट्रवादी स्मारक भवन की चित्र-दीर्घा से चुरा रही है, लेकिन साथ-साथ व्यावहारिक संघर्षों के दौरान वह राष्ट्रवादी संसार और उसके विशिष्ट स्वभाव से दूर भी होती जा रही है। पुरानी बहसें और पुरानी मुठभेड़ें फिर दोहराई जा रही हैं, लेकिन अब इसमें नई पीढ़ी ने नए अर्थों और नई आकांक्षाओं का निवेश कर दिया है : आंबेडकर को एक बार फिर गांधी के मुक़ाबले खड़ा कर दिया गया है और नेहरू से निबटने के लिए फिर पटेल का इस्तेमाल किया जा रहा है। ये संघर्ष तोड़ते हैं, लेकिन ये एक समान इतिहास और साझा अतीत के प्रमाण भी हैं। अतीत के लिए किया जा रहा संघर्ष निश्चित रूप से आगामी भारत के बुनियादी विचारों को निर्धारित करने के लिए है। यह एक ऐसी जद्दोजहद है जिसमें जुटे हुए लोगों की रचना परंपरा से प्राप्त आदतों और आधुनिक महत्त्वाकांक्षा ने मिल कर की है। इस संघर्ष के नायकों ने लोकतांत्रिक गतिविधियों के उस आश्वासन को समझ लिया है कि इसके ज़रिये वे अपनी नियति के मालिक बन सकते हैं। 1947 के बाद के भारतीय इतिहास की शक्ल इन्हीं संघर्षों के हाथों से बनी है। भारत को परिभाषित करने वाले सभी विचारों को अपने दायरे में सम्मिलित करने की इसी क्षमता के कारण स्वातंत्र्योत्तर भारत का इतिहास इस राष्ट्र के बुनियादी विचार अर्थात उसके स्वप्न और उसके वर्तमान यथार्थ को अभिव्यक्त कर देता है।

एक

लोकतंत्र की विचारयात्रा

राजनीति की दुनिया में हम एक व्यक्ति-एक वोट और एक वोट-एक मूल्य के उसूल को अपनाने जा रहे हैं। लेकिन, सामाजिक और राजनीतिक जीवन में हम अपने आर्थिक और सामाजिक ढाँचे के कारण एक वोट-एक मूल्य के उसूल को नकारते ही रहेंगे। अंतर्विरोधों की इस दुनिया में हम आख़िर कब तक जिएँगे?

भीमराव आंबेडकर, 1949[1]

1

हर वर्ष की भाँति 15 अगस्त, 1996 को एक बार फिर दिल्ली के लाल क़िले पर तिरंगा फहराया गया। यह सरकारी रस्म 49 वर्ष पहले भारत के प्रथम प्रधानमंत्री जवाहरलाल नेहरू के हाथों ईजाद की गई थी। लेकिन, इस बार ब्रिटिश शासन से मुक्ति के उपलक्ष्य में होने वाले इस समारोह का नेतृत्व एक ऐसा व्यक्ति कर रहा था जिसकी दुनिया नेहरू की दुनिया से उतनी ही दूर थी जितनी दूर ज़मीन से आसमान होता है। तीन महीने पहले ही सत्तारूढ़ हुए हरडनहल्ली डोड्डगौड़ा देवगौड़ा देश के हिंदी न बोल सकने वाले पहले प्रधानमंत्री थे। अँगरेज़ी पर भी उनका अधिकार नहीं था। ख़ुद को 'अदना किसान का बेटा' बताने वाले देवगौड़ा भारतीय राजनीति को कर्नाटक की देन थे। चूँकि प्रधानमंत्री की हैसियत से स्वतंत्रता दिवस पर राष्ट्र के लिए किए जाने वाले संबोधन की घड़ी आने से पहले ही उन्होंने हिंदी सीख लेने का संकल्प कर रखा था, इसलिए इस मौक़े पर वे हिंदी में ही बोले। जगह-जगह अटकने और कहीं-कहीं उच्चारण-दोष के कारण श्रोताओं को उनकी हिंदी बेढंगी लगी। एक अख़बार ने देवगौड़ा से हमदर्दी जताने के लिए टिप्पणी की जिसमें अनायास ही कुछ-कुछ व्यंग्य का पुट था, 'चूँकि हिंदी से श्री देवगौड़ा का परिचय कुछ ही महीने पुराना है इसलिए साफ़ दिख रहा था कि उनके भाषण

में शाब्दिक पैंतरे नहीं हैं।'[2] अजीब सी हिंदी में दिए गए इस भाषण के बावजूद भारतीय सार्वजनिक जीवन के लिए यह क्षण परिवर्तन का एक रूपक था। बीसवीं शताब्दी के भारतीय इतिहास पर छाई रहने और लगभग दुर्जेय समझी जाने वाली कांग्रेस जैसी ताक़तवर पार्टी मई में अपने जीवन की सबसे बुरी हार देख चुकी थी। यह कोई मामूली चुनाव-परिणाम नहीं था। यह भारतीय अस्मिता को परिभाषित करने वाली उस कांग्रेस का पराभव था जो नेहरू परिवार से अंतरंग संबंध रखती थी। इस चुनाव में स्पष्ट बहुमत किसी पार्टी को नहीं मिला। पुनरुत्थानवादी हिंदू राष्ट्रवाद का प्रतिनिधित्व करने वाली भारतीय जनता पार्टी (भाजपा) ने सबसे बड़े दल के रूप में उभर कर कांग्रेस को प्रतिस्थापित करने की चुनौती दी। वह तेरह दिन सत्ता में भी रही और इस तरह सिर्फ़ ग़ैर-धार्मिक पार्टियों द्वारा शासित होने का भारतीय रिकॉर्ड भंग हो गया। पूर्ण बहुमत न होने के कारण भाजपा सरकार टिक नहीं पाई और देश की केंद्रीय सत्ता क्षेत्रीय राजनीति का प्रतिनिधित्व करने वाले नेताओं के हाथ में चली गई। भानुमती के कुनबे की तरह बनाए गए एक दर्जन से ज़्यादा पार्टियों के गठजोड़ का नेतृत्व कर्नाटक से आए 'अदना किसान के बेटे' देवगौड़ा को सौंप दिया गया।

इस सत्ता-परिवर्तन ने आज़ादी के पचास साल में निर्मित भारतीय राजनीति की स्थापित मान्यताओं को छिन्न-भिन्न कर दिया। कुछ भी निश्चित नहीं रह गया। केवल एक निरंतरता ही बची—इस अर्द्धशताब्दी की तमाम भव्य और अक्सर अशांत घटनाओं में व्याप्त इस ताक़तवर सिलसिले का नाम था लोकतांत्रिक राज्य। एक राज्य द्वारा नियंत्रित एक विशाल भू-भाग के रूप में भारत का अस्तित्व एक ज़माने से पहेली बना रहा है। इसे अपने साम्राज्य का अंग मानने वाले अंगरेज़ भी इसके अनोखेपन से चकित रह जाते थे। मैकॉले ने भारत को 'समस्त राजनीतिक असंगतियों में सर्वाधिक विचित्र"[3] क़रार दिया था। अँगरेज़ों के चले जाने के बाद भी एक स्वतंत्र लोकतांत्रिक राज्य के रूप में भारत एक सामान्य राज्य की कसौटियों पर खरा उतरने से इनकार करता रहा है। ज़ाहिर है कि अत्युक्तियों में बोलने के अभ्यस्त इस अँगरेज़ बुद्धिजीवी की यह अतिरंजना कम-से-कम इस संदर्भ में तो सटीक थी ही।

यूरोपीय साम्राज्य के अंत के बाद आज़ाद हुए देशों में कुछ ही देश ऐसे हैं जो लोकतंत्र के लिए आवश्यक गतिविधियों के ढर्रे को बरक़रार रखने में सफल हुए हैं। भारत के लिए यह उपलब्धि बेहद मुश्किल थी क्योंकि उसका विशृंखलित अतीत ही नहीं, उसकी एकता पर अचानक आ जाने वाली आफ़तें भी उसे लोकतंत्र क़ायम रखने के लिए बेहद कमज़ोर आधार मुहैया कराती थीं। एक तरफ़ उसकी भौगोलिक विशालता व आर्थिक दरिद्रता थी और दूसरी तरफ़ उसके संसार पर सांस्कृतिक-धार्मिक विभिन्नताओं और ऊँच-नीच वाली समाज व्यवस्था छायी हुई थी। ऐसी धरती पर लोकतंत्र के चल पाने की प्रत्याशा न के बराबर ही थी। इन परिस्थितियों

के बावजूद आधी सदी के बाद आज भी विधायिकाएँ, अदालतें, राजनीतिक दल और स्वतंत्र प्रेस भारतीय सार्वजनिक जीवन के आधार बने हुए हैं।

आज भी करोड़ों मतदाताओं की भागीदारी के साथ यहाँ चुनाव होते हैं जिनके परिणामस्वरूप सरकारें अपदस्थ होती और गठित होती हैं। लोकतंत्र में सरकार संहिताओं और संस्थाओं की एक राजनीतिक शासन-प्रणाली के आधार पर चलती है, लेकिन उसकी बुनियादी समझ अपनी शक्ति उस आश्वासन से प्राप्त करती है जिसके अनुसार राज्य जैसी विजातीय और ताक़तवर मशीन को भी मानवीय इच्छा की अधीनता में लाया जा सकता है। सांविधिक क़ानून के तहत इस व्यवस्था में लोग राजनीतिक रूप से बराबर व अपने इतिहास का स्वयं निर्माण कर सकने में सक्षम माने जाते हैं। लोकतंत्र ऐसे ही लोगों के राजनीतिक समुदाय की संभावनाओं पर टिका होता है। भारत के संदर्भ में ख़ास बात यह रही कि अट्ठारहवीं शताब्दी में प्रारंभ हुए अमेरिका और फ्रांस सरीखे महान लोकतांत्रिक प्रयोगों की भाँति भारत भी लोकतंत्र बन गया। अमेरिका और फ्रांस की तरह भारत को भी लोकतांत्रिक प्रयोग के तरीक़े, कारण और अर्थ का भान नहीं था। इस विचित्रता के बावजूद लोकतंत्र का विचार न केवल उसकी राजनीतिक अवधारणा में व्याप्त हो गया वरन इस विचार ने भारतीय समाज-व्यवस्था और राज्य के माई-बाप चरित्र का क्षय करना भी शुरू कर दिया। एक विश्व-दृष्टि और एक वैश्विक व्यवहार-शैली के रूप में लोकतंत्र ने भारतवासियों के आपसी संबंधों को बदलना शुरू कर दिया। आइए देखें कि लोकतंत्र का यह विचार भारत तक कैसे पहुँचा? इस विचार ने भारत पर क्या प्रभाव डाला? और, भारत ने इसे किस तरह प्रभावित किया?

2

भारत का प्राक्-औपनिवेशिक इतिहास स्वशासी 'ग्राम गणराज्यों' के लुभावने वर्णनों से भरा पड़ा है। इन्हीं वृत्तांतों में से इस देश के स्वाभाविक राष्ट्रत्व की पुराणगाथाएँ निकलती हैं। लेकिन, आधुनिक लोकतंत्र के लिए अतीत के इन अवदानों से कोई आधार नहीं मिलता। जिस तरह भारत में लोकतंत्र प्राचीन इतिहास की देन नहीं था, उसी तरह भारत छोड़ कर जाते हुए अँगरेज़ों से भी लोकतंत्र इस देश को तोहफ़े के तौर पर नहीं मिला। वस्तुतः, लोकतंत्र की स्थापना के लिए भारत को इतिहास के एक बेहद संघर्षपूर्ण दौर से गुज़रना पड़ा। उसने उपनिवेशवाद का सामना किया। यह एक हाहाकारी अनुभव था जो एक ओर अपमानजनक था, तो दूसरी ओर उसे नई क्षमताओं से लैस भी करता था। उपनिवेशवाद के कारण समस्या यह पैदा हुई कि भारतवासी भविष्य का सामना करने के लिए अपने अतीत द्वारा प्रदत्त सामग्री का इस्तेमाल नहीं कर पाए। वे न केवल विदेशी राज की कुटिल कारगुज़ारियों के

ख़िलाफ़ वरन स्वयं अपने ख़िलाफ़ भी संघर्ष करने के लिए अभिशप्त हो गए। परंतु इस संघर्ष के दौरान उन्हें नई संभावनाओं को कल्पित करने का मौक़ा भी मिला। इस संघर्ष ने उन्हें अन्य राष्ट्र-राज्यों की दुनिया में अपनी शर्तों पर एक राष्ट्र बनने और अपना राज्य स्थापित करने के लिए प्रेरित किया। अँगरेज़ों ने भारत की विशाल धरती पर धीरे-धीरे जो संप्रभु राज्य खड़ा किया, उसने राजनीति की ऐसी अनिवार्य ज़मीन तैयार की जिस पर चल कर भारतवासी भविष्य की कार्रवाइयों के लिए शिक्षा ग्रहण कर सकते थे।

प्राक्-औपनिवेशिक भारत में सत्ता राज्य की अवधारणा में निहित नहीं थी, चाहे वह गणतांत्रिक राज्य हो अथवा सर्वसत्तावादी राज्य। यह उपमहाद्वीप विविध अर्थतंत्रों और संस्कृतियों से भरा हुआ था। उन्हीं के मुताबिक़ यहाँ तरह-तरह की राजसत्ताएँ थीं लेकिन औपनिवेशिक और मार्क्सवादी इतिहासकारों द्वारा कल्पित 'प्राच्य-निरंकुशता' की जड़ता कहीं नहीं थी। राजनीति के विमर्शी और मंत्रणात्मक रूप अवश्य मौजूद थे, लेकिन प्रतिनिधित्वमूलक सरकार चलाने लायक संस्थाएँ स्थापित करने के लिए किसी दीर्घकालीन ऐतिहासिक संघर्ष के प्रमाण उपलब्ध नहीं थे। यद्यपि गाँव अथवा शहरों की ग़रीब जनता की प्रकृति निश्चेष्ट नहीं थी फिर भी शासकों के अधिकारों को नियंत्रित करने के लिए बड़े पैमाने पर कोई लोकप्रिय जनांदोलन भी नहीं चलाया गया था। सबसे महत्त्वपूर्ण तथ्य तो यह था कि अँगरेज़ों द्वारा अधिकांश क्षेत्र पर धीरे-धीरे क़ब्ज़ा ज़माने से पहले संपूर्ण भारतीय उपमहाद्वीप के विशाल त्रिकोण पर किसी एक राजशाही ने कभी शासन नहीं किया था। भारतीय समाज-व्यवस्था हर बार राजसत्ता की इन महत्त्वाकांक्षाओं को नियंत्रित और कुंद करने में कामयाब रही थी। उसने भारत को किसी राजनीतिक ढाँचे में फिट करने के ख़िलाफ़ असाधारण प्रतिरोधात्मक क्षमता विकसित कर ली थी।

प्रतिरोध का आधार गाँव और समुदाय के विशिष्ट रूप *जाति* में निहित था। सजातीय विवाह और छुआछूत के आग्रहों से संचालित हज़ारों की संख्या में ये जाति-समूह वर्ण के सामाजिक श्रेणी-क्रम में व्यवस्थित थे। यद्यपि इस प्रणाली के वैचारिक उद्‌गम की ठीक-ठीक जानकारी उपलब्ध नहीं है, फिर भी इसके कुछ तत्त्वों को ऋग्वेद के एक अत्यंत परवर्ती स्तोत्र (पुरुष सूक्त) से जोड़ कर समझा जा सकता है। इस स्तोत्र में विराट पुरुष के अंगच्छेद का वर्णन किया गया है कि किस तरह उस आदि पुरुष की बलि से सृष्टि की रचना हुई : *जब उन्होंने विराट पुरुष का विभाजन किया तो उसे कितने हिस्सों में बाँटा? उसके मुख, उसकी दोनों भुजाओं, उसकी जंघाओं और पैरों को क्या कहा गया?/ उसके मुख ने ब्राह्मण का रूप ले लिया, उसकी भुजाओं को योद्धा (क्षत्रिय) का रूप दिया गया, उसकी जंघाओं से प्रजा (वैश्य) और पैरों से सेवकों (शूद्रों) की उत्पत्ति हुई।'*[4] वर्ण-व्यवस्था का नतीजा ऐसी बेहद दुर्बोध सामाजिक कारीगरी में निकला जो एक साथ जोड़ती भी थी और

बाँटती भी थी। एक ऐसे श्रेणी-क्रम की रचना हुई जो अपनी जटिलता में बेमिसाल था। अचंभित पश्चिमी विद्वानों ने इसे 'जाति' का नाम देकर वर्णित करना चाहा लेकिन जाति-व्यवस्था को समझने का दावा करने वाली इस भ्रामक सैद्धांतिक समझ और एक स्थानीय लघुस्तरीय प्रणाली के रूप में इस व्यवस्था के असली कामकाज के बीच भारी अंतर बना रहा। इसके दो लक्षण ज़रूर ऐसे थे जिनकी आसानी से शिनाख़्त की जा सकती थी। *जाति* और *वर्ण* की प्रणाली में एक ऐसी विशेष क्षमता थी जिसके सहारे वह अपने सामाजिक परिणामों की जवाबदेही व्यक्तियों अथवा संस्थाओं पर डालने के बजाय अलौकिक ब्रह्मांड में विकीर्ण कर देती थी। इस तरह सामाजिक अन्याय और दमन का दोष किन्हीं विशेष व्यक्तियों या समूहों पर डालना असंभव हो जाता था। अपने सामाजिक दर्जे में जातियाँ अपरिवर्तनीय नहीं थीं और *वर्ण-व्यवस्था* में उनकी हैसियत नियमित रूप से उठती-गिरती रहती थी। लेकिन, इनकी बुनियादी संरचना असाधारण लचीलेपन के कारण घूम-फिर कर वैसी ही बनी रहती थी। इसके अलावा, इस प्रणाली की दूसरी ख़ास बात यह थी कि यह हैसियत, संपत्ति और सत्ता को किसी एक ही सामाजिक समूह में केंद्रित रखने के बजाय समाज व्यवस्था के विभिन्न हिस्सों में बाँट देती थी। परिणामस्वरूप कोई सामाजिक समूह अपनी मर्ज़ी पूरे समाज पर थोपने की स्थिति में नहीं आ पाता था।

यहाँ इस वर्णन के कारण भारत को जातिगत रिश्तों के बंधनों में क़ैद केवल ग्रामों का एक द्वीप-समूह मान लेना उचित नहीं होगा। दरअसल, इसके साथ-साथ एक अपेक्षाकृत विशाल और अधिक सुसंगत सत्ता की मौजूदगी के प्रमाण भी पूरे देश में समान सौंदर्यशास्त्रीय मूल्यों व वास्तुशिल्पीय शैलियों के रूप में मिलते हैं। पूरे देश में व्याप्त मिथकों और धर्म-विधि संबंधी अभिप्रायों में मिलने वाली समानता भी इसी ओर इशारा करती है। सत्ता के इस रूप का स्रोत निरंकुश राज्य जैसे किसी ख़ास तरह के राजनीतिक प्राधिकार में निहित नहीं था। न ही यह किसी चर्च द्वारा नियंत्रित अतिकेंद्रित व संहिताबद्ध धर्म से निकला था। इसका उद्‌गम तो प्राक्-औपनिवेशिक भारत के उन विचारधारात्मक विन्यासों की देन था जिनका आधार था पढ़ाई-लिखाई पर एक वर्ण की इजारेदारी। साक्षरता पर केवल ब्राह्मणों के सामाजिक समूह का ही क़ब्ज़ा था। आर्थिक उत्पादन के लिहाज से ब्राह्मणवादी व्यवस्था निश्चित रूप से एक दमनकारी प्रणाली थी और उसने शुद्धता व छुआछूत के अमानवीय नियमों को भी समाज पर थोपा था। ब्राह्मण ही तय करते थे कि शिक्षा प्राप्त करने योग्य कौन है और कौन नहीं। साक्षरता के इस औजार का इस्तेमाल करके ब्राह्मण अपने नकारात्मक पहलुओं के बावजूद विशाल भौगोलिक क्षेत्र पर अपना वर्चस्व क़ायम रखने में सफल रहे। ब्राह्मण-प्रभुत्व जारी रहने का कारण यह नहीं था कि उन्होंने वक़्त के हाकिमों से गठजोड़ कर लिया था। न ही ब्राह्मणों ने समाज पर एक समान धार्मिक विश्वास थोप कर यह उपलब्धि की

थी। बजाय इसके, उन्होंने विविध धार्मिक विश्वासों और धर्म-विधियों के प्रति ऊँचे दर्जे की सहिष्णुता विकसित की, ख़ुद को अर्थ के क्षेत्र यानी कोरी दुनियादारी से अलग कर लिया और अपनी ऊर्जा सामाजिक संबंधों के विनियमन में लगाई। उन्होंने अनिवार्य कर्मकांडों को संपन्न करने के लिए किसी-न-किसी ब्राह्मण की उपस्थिति को अपरिहार्य बना दिया। उन्होंने सामाजिक जीवन के प्रत्येक क्षेत्र के लिए नियम बनाए। ब्राह्मणों के पास शास्त्रों की जो व्याख्यात्मक क्षमता थी, वह जातिगत शासन के लिए सर्वोच्च अनुमोदन और प्राधिकार का स्रोत बन गई। राजनीतिक सत्ता का त्याग करके ब्राह्मणवादी व्यवस्था ने नैतिकतावादी प्रणाली पर आधारित एक ख़ास तरह के आत्म-दमनकारी और आत्मानुशासनकारी समाज की रचना की। यह एक ऐसा समाज था जो आसानी से शासित हो सकता था, लेकिन जिसे बदलना बेहद मुश्किल था। हर नए शासक को पहले की तरह शासन करने के लिए केवल सत्ता की प्रतीक राजगद्दी को ही हस्तगत करना होता था। ऐसे भारत को परास्त करना आसान था, पर उसका समाज हमेशा अविजित और अपरिवर्तनशील रहता था।

यही थी वह विशेषता जिसने भारत में राजनीति को मात्र प्रदर्शन और समारोह की वस्तु बना कर रख दिया। राज्य की ऐसी कोई धारणा विकसित ही नहीं हो पाई जो एकरूप पहचान पर टिकी हो और जिसमें राज्य की सत्ता व्यक्ति-आधारित न होकर सार्वजनिक हो। इस धरती पर राजा सिर्फ़ स्वयं का प्रतिनिधित्व करते रहे। वे टिकाऊ राज्यों का प्रतिनिधित्व कभी नहीं कर पाए। भारतीय प्राक्-औपनिवेशिक इतिहास की विलक्षणता को ग्रहण करने के लिए सत्ता के इस विन्यास को समझना आवश्यक है क्योंकि इसी कारण से हमें यह इतिहास राजनीतिक शासन की निरंतर अस्थिरता और राजवंशों व साम्राज्यों के निरंतर उत्थान-पतन से भरा हुआ लगता है। साथ में दिखती है इसके समाज की असामान्य स्थिरता व सांस्कृतिक संगति। यहाँ राज्य की पहचान का आधार किसी अल्पकालीन राजसत्ता में न होकर समाज-व्यवस्था में निहित था। जिस तरह यूरोप में शासक आसानी से निरंकुश महत्त्वाकांक्षाएँ पाल लेते थे, उस तरह भारत में किसी शासक के लिए निरंकुश होना नामुमकिन था, क्योंकि वे किसी ख़ास लक्ष्य के लिए समाज को रूपांतरित अथवा गोलबंद कर ही नहीं सकते थे। समाज को बदलने, उसके आर्थिक संबंधों को परिवर्तित करने, उसकी आस्थाओं को नियंत्रित अथवा नियमों की पुनर्रचना करने की क्षमता रखने वाले संप्रभु माध्यम के रूप में राज्य का कभी वजूद नहीं रहा। भारतीय उपमहाद्वीप के कई हिस्सों में जो राजनीतिक प्राधिकार था भी, वह किसी क़िस्म की प्रभुसत्ता से लैस होने के बजाय ज़्यादा-से-ज़्यादा प्रजा के ऊपर श्रेष्ठता का दावा ही कर सकता था। राजा अपने राजत्व का दावा अधिकारों और कर्तव्यों की मिली-जुली परिधियों के तहत करते थे। ये परिधियाँ विविध स्थानीय

समुदायों के बीच सूत्र की भूमिका तो निभाती थीं, लेकिन किसी एक शासक द्वारा अपने मामलों में हस्तक्षेप से समुदाय को बचाती भी थीं। शासक लगान के रूप में धन-दौलत निचोड़ने तक ही सीमित रहते थे। उनके पास संपत्ति संबंधी नियमों के पुनर्संयोजन का कोई ज़रिया नहीं था। वे एक समूह से दूसरे समूह के बीच धन-दौलत के संतुलन को बड़े पैमाने पर बदल कर स्थायी वफ़ादारियाँ और गठजोड़ उपलब्ध नहीं कर सकते थे।

यूरोपीय इतिहास के विपरीत प्राक्-औपनिवेशिक भारत में राज्य की क्षमता और ज़िम्मेदारियों का ग्राफ़ ऊपर चढ़ते नहीं दिखाई पड़ता। राजनीति समाज की परिधि पर स्थित थी। समाज के नैतिक मर्म से उसकी दूरी ही समाज की स्थिरता का मुख्य कारण थी। लेकिन, इस परिस्थिति ने एक काम और भी किया। उसने राजनीति की दुनिया को समाज की बगल में मौजूद एक ऐसे खुले पार्श्व-क्षेत्र के रूप में प्रस्तुत किया जिसके साथ बाहरी दुनिया आसानी से संपर्क कर सकती थी। रोज़मर्रा के व्यापारिक और वाणिज्यिक विनिमय के अतिरिक्त राजनीति एक ऐसी ड्योढ़ी बन गई जिस पर बाहरी तत्त्वों की अगवानी की जाती थी, उन्हें सुना जाता था और आमतौर पर वहीं तक उनकी सीमा भी बाँध दी जाती थी। ज़ाहिर था कि इस तरीक़े से भारतवासी अपनी अस्मिताओं के मर्म से छेड़-छाड़ की चिंता किए बिना राज-काज की विदेशी तकनीकें सीख सकते थे। भारतवासियों की इसी इच्छा का सहारा लेकर पश्चिमी राजनीति की अवधारणाओं ने अपने लिए भारत में सामाजिक गुंजाइश निकाली। फिर इसी प्रारंभिक सूत्र के माध्यम से पश्चिम ने पूरे समाज पर ही वर्चस्व स्थापित कर लिया। उसने साबित किया कि उसकी यह ताक़त यूँ ही इतिहास-विख्यात नहीं है।

भारतीय इतिहासकारों में अगर किसी मुद्दे पर सबसे ज़्यादा मतभेद है, तो वह है उपनिवेशवाद के प्रभाव को लेकर। क्या ब्रिटिश शासन ने भारतीय समाज के ताने-बाने को बुरी तरह नष्ट-भ्रष्ट किया था? अथवा वह यहाँ के शासकों की शैली को ही अपनाने पर मजबूर हुआ और उन्हीं की तरह केवल गद्दी पर विराजमान रह कर भारतीय इतिहास की अंतर्भूत गतियों को देखता-भर रहा? ब्रिटिश साम्राज्य के आर्थिक-सामाजिक परिणामों के विषय में इतिहासकारों की जो भी राय हो, उसके बहुचर्चित राजनीतिक प्रभावों की स्पष्टता से इनकार नहीं किया जा सकता। विदेशी शासक अपने साथ राज्य की ऐसी समझ लाए थे जिसने भारत के सत्ता संबंधी चिन्तन को काफ़ी हद तक बदल दिया। साथ में उनकी प्रशासनिक और फ़ौजी तकनीक भी थी जिसे वे अक्सर स्थानीय हालात के अनुसार ढाल लेते थे। अँगरेज़ों की भारत संबंधी समझ तीन संकल्पों से बनी थी। वे एक निश्चित भू-भाग पर शासन करना चाहते थे। वे समाज-सुधारों की शुरुआत करना और सामुदायिक बुनावट को बदल डालना चाहते थे। ब्रिटिश शासकों ने क्रमशः लेकिन निर्णायक

रूप से सत्ता को राजनीतिक संदर्भों में परिभाषित करते हुए उसे संप्रभु व केंद्रीकृत राज्य में अवस्थित माना। राज्य के तर्कसंगत उद्देश्यों और भारतीय समाज के चरित्र से संबंधित ब्रिटिश विचारधारा में परिवर्तन के साथ ही औपनिवेशिक राजसत्ता का ढाँचा भी बदलता रहा। उदाहरण के लिए जब ब्रिटेन के अपने मध्ययुगीन इतिहास को व्याख्यायित करने वाली इतिहास-लेखन की प्रवृत्तियाँ बदलीं, तो उनका असर ब्रिटिश राज के राजनीतिक व्यवहार पर भी पड़ा। जहाँ पहले भारत को एक ऐसे 'सामंती' समाज के रूप में देखा जाता था जिसके राजाओं, सरदारों और कारिंदों की स्वाभाविक व्यवस्था में कम-से-कम हस्तक्षेप किया जाना था, वहीं उन्नीसवीं सदी का अंत होते-होते भारत को ऐसा समाज समझा जाने लगा जिसके हर समय आपस में लड़ते रहने वाले 'समुदायों' में से प्रत्येक को ब्रिटिश राज द्वारा प्रतिनिधित्व देना और पितृसुलभ संरक्षण देना आवश्यक था। शुरुआत में ब्रिटिश शासन ईस्ट इंडिया कंपनी नामक व्यापारिक संस्था का कठोरतापूर्वक हित-साधन करने वाले स्थानीय उपादानों की शृंखला से ज़्यादा कुछ नहीं था। उन्नीसवीं सदी के आख़िर में उसने अधिक ठोस रूप लेना शुरू किया। ब्रिटिश राजशाही के तहत आने के बाद इस राज्य की ज़िम्मेदारियाँ अधिक ठोस और सुपरिभाषित हो गईं। अब उसे व्यापारिक और आर्थिक लाभों को कहीं अधिक सक्षमता से पितृ-देश भेजना था। उसे हर क़ीमत पर 1857 जैसे किसी भी दोहराव को रोकना था, जब उत्तर भारत में सिपाहियों द्वारा शुरू की गई एक बग़ावत ब्रिटिश राज को मिलने वाली सबसे गंभीर फ़ौजी चुनौती में बदल गई थी।

अँगरेज़ों ने भारत में जिस राज्य का निर्माण किया उसने समय के साथ-साथ भारतीय समाज से एक ख़ास तरह का सांस्कृतिक संबंध क़ायम कर लिया। अँगरेज़ राज्य के हॉब्सवादी दर्शन पर चलते थे। उनकी सबसे बड़ी प्राथमिकता थी एक सीमांकित भू-भाग में शांति-व्यवस्था क़ायम रखना। लेकिन, वे केवल दमन या सिर्फ़ हितों के जोड़-तोड़ के ज़रिये शांति क़ायम रख पाने के भ्रम में भी नहीं थे। ब्रिटिश राज जानता था कि उसे भारतीय अभिमत को अपने पक्ष में करना होगा। इसके लिए उसने भड़कीले प्रदर्शनों, शाही दरबारों और रस्मी शोभा-यात्राओं के आयोजनों का सहारा लिया। शाही चाय पार्टियों के ज़रिये ब्रिटिश शासकों ने अपने वफ़ादारों का एक छोटा-सा दायरा तो बना लिया, लेकिन समाज में व्याप्त समान आस्थाओं की बड़े पैमाने पर किसी पुनर्रचना का प्रयास नहीं किया। इस काम में उनके सामने सबसे बड़ी बाधा भाषा की थी। यह समस्या आज तक स्वतंत्र भारत में भी जारी है। राजस्व जमा करने, सांपत्तिक क़ानून लागू करने और राज-काज को असरदार बनाने के लिए प्रशासन की भाषा के रूप में सबकी समझ में आने लायक एक संकर क़िस्म की विस्तृत और भड़कीली शब्दावली तैयार की गई और उसका नमूना एंग्लो-इंडियन शब्दों के हॉब्सन-जॉब्सन शब्दकोश के रूप में सामने

आया। परंतु राजनीति और विधि-निर्माण की भाषा अँगरेज़ी ही बनी रही। ब्रिटिश शासक एक अजनबी और शक्तिशाली भाषा में स्वयं को अभिव्यक्त करते हुए भारतीय जनता के लिए रहस्यमय बने रहे। उनकी प्रजा का बहुत छोटा-सा हिस्सा ही उन्हें समझ सकता था।

भाषा की बाधा के कारण ही ब्रिटिश शासकों को एक स्थानीय प्रभु वर्ग विकसित करना पड़ा जो उनकी भाषा में बात कर सके और उनकी शासन संबंधी अवधारणाओं को समझ सके। अँगरेज़ इस प्रभु वर्ग को राजनीति में और इस तरह 'सार्वजनिक जीवन' के दायरे में शामिल करना चाहते थे जहाँ उसे ब्रिटिश सम्राट के प्रति निसंकोच निष्ठा और वफ़ादारी व्यक्त करनी थी। मैकॉले ने अपने विख्यात शिक्षा संबंधी कार्यवृत्त-विवरण (मिनट्स) में इसी तबक़े का वर्णन 'व्यक्तियों के ऐसे वर्ग' के रूप में किया था जो 'रंग और रक्त में तो भारतीय हो परंतु रुचियों, अभिमत, नैतिक मानदंडों और प्रतिभा के मामले में अँगरेज़ हो।'[5] मैकॉले का यही शिक्षा संबंधी कार्यवृत्त-विवरण आगे चल कर भारतीय विश्वविद्यालय-प्रणाली का आधार बना। राजनीति की भाषा के रूप में अँगरेज़ी के आरोपण ने भारतीय सार्वजनिक जीवन को रूपांतरित करने में दो तरह से भूमिका निभाई : उसने भारतीय प्रजा और अँगरेज़ शासकों के बीच एक खाई बना दी और स्वयं भारतवासियों को भी अँगरेज़ी बोल सकने और न बोल सकने वाले दो हिस्सों में विभक्त कर दिया। ख़ास बात यह थी कि भारतवासियों का अँगरेज़ीयत में पूरी तरह से रचा-बसा यह वर्ग द्विसांस्कृतिक ख़ूबियों से लैस था। एल्बर्ट डाइसी के जटिल क़ानूनी सिद्धान्तों की अँगरेज़ी और चार्ल्स डिकेंस की क़िस्सागोई वाली लोकप्रिय अँगरेज़ी के फ़र्क़ को समझ सकने के स्तर का अँगरेज़ीदाँ होने के साथ-साथ मराठी, बाँग्ला अथवा हिंदुस्तानी में भी उसकी पूरी गति थी। इसी उभयचरीय गुण के कारण यह वर्ग अँगरेज़ी राज का उपयोगी ताबेदार बन सकता था। समाज के दायरे से धीरे-धीरे शक्ति को निचोड़ कर उसे राज्य की संस्था में केंद्रित करने की प्रक्रिया भारतीय संदर्भों में निर्णायक रूप से भाषा के साथ जुड़ी हुई थी। किसी ज़माने में जो सामाजिक रंग-रुतबा पहले संस्कृत और फिर फ़ारसी को हासिल था, वह अब कहीं ज़्यादा रहस्यमय और ताक़तवर राजकीय भाषा अँगरेज़ी को मिल गया था।

अँगरेज़ी शासन की बाँहें जहाँ तक पहुँचती थीं, वहाँ तक उसका सांस्कृतिक प्रभाव था। लेकिन, इस असर में ज़्यादा गहराई कभी नहीं रही। अँगरेज़ी राज के स्थायी असर का कारण यह नहीं था कि उसने सात समुंदर पार बैठी हुई महारानी के प्रति स्थानीय वासियों के हृदय में स्नेह की कोई भावना पैदा कर दी थी। इसी तरह उस आंग्ल-भारतीय सांस्कृतिक अंतरंगता का भी कोई वास्तविक आधार नहीं था जो उत्तर-औपनिवेशिक कल्पनाशीलता द्वारा बड़े चाव से गढ़ी गई थी। अँगरेज़ी राज के स्थायी असर का असली कारण तो उसके द्वारा रचित राजनीतिक संभावनाओं

में निहित था। अँगरेज़ी राज धन-दौलत निचोड़ने वाला, दमनकारी और विजातीय भाषा बोलने वाला तो था, लेकिन वह विलायत-पलट भारतवासियों के लिए बेहद मोहक सात समुंदर पार की धरती पर बसे हुए ब्रिटिश राज्य की प्रतिकृति नहीं था। इस संबंध में ब्रिटिश राज के बुनियादी द्वैत को बड़ी कुशलता से व्यक्त करते हुए हेनरी समर माइन ने कभी कहा था कि भारत के ब्रिटिश शासकों को अपनी घड़ियाँ दो अक्षांशों पर संयोजित रखनी चाहिए। माइन के इस कथन का अर्थ था कि ब्रिटिश शासकों को लगातार दो दिशाओं की ओर उन्मुख रहना है, उन्हें दो तरह के श्रोताओं अथवा ब्रिटिश 'लोक' व भारतीय 'लोक' को संबोधित करना है। अपनी शुरुआत से ही ब्रिटिश राज अपनी धर्मनिरपेक्ष तथा ईसाई चिंताओं के मुताबिक़ पिछड़े हुए मूर्ति-पूजकों के लिए समाज-सुधार की भाषा बोलने लगा था। उन्नीसवीं सदी के उत्तरार्द्ध तक उपयोगितावाद का अटल और लौकिक सिद्धान्तशास्त्र ब्रिटिश राज पर छाया रहा। लेकिन, जब तक कलकत्ता और बंबई के ब्रिटिश प्रशासकों द्वारा जारी अध्यादेशों के रूप में इसके नतीजे निकलते, तब तक इस मतवाद का आमूलवादी आवेग 'सरकारी उपयोगितावाद' के रूप में निस्तेज हो गया। यह 'सरकारी उपयोगितावाद' निश्चित रूप से जेम्स फिट्ज़ेम्स स्टीफन सरीखे उद्धत बौद्धिकों के लोकतंत्र-विरोधी विचारों का सर्वसत्तावादी और पितृसुलभ वाहक था। भारतीय प्रवृत्तियों को दुरुस्त करने के आग्रह ने उत्साही प्रशासकों को ब्रिटिश राज की गतिविधियों के दायरे का विस्तार करने के लिए प्रेरित किया। परिणामस्वरूप ब्रिटिश राज भारतीय जनता के सामाजिक रीति-रिवाजों और आदतों में टाँग अड़ाने लगा। सती प्रथा के उन्मूलन का क़ानून पारित किया गया। राजनीतिक सत्ता द्वारा सामाजिक रीति-रिवाजों में दख़लअंदाजी की ऐसी मिसाल भारतीय इतिहास में अभूतपूर्व थी। इसी सिलसिले में ब्रिटिश राज ने कुछ विकृत ढंग से ही सही, प्रतिनिधित्वमूलक राजनीति के सिद्धान्त को भी स्थापित किया।

प्रतिनिधित्वमूलक राजनीति की भाषा ने जब भारत में प्रवेश किया तो वह उपयोगितावादी रंग में रँगी हुई थी। उस समय ब्रिटिश उदारतावाद बेहद समूहवादी दौर से गुज़र रहा था और पितृसुलभ रवैये की गिरफ़्त में था। अतएव भारत में उदारतावाद के रूपों की संभावनाएँ और कम हो गईं। आधुनिक उदारतावाद के लिए अनिवार्य प्राकृतिक अधिकारों का विचार कमज़ोर ढंग से व्यक्त होने के कारण राष्ट्रवादी चिन्तन में अपनी जगह नहीं बना सका। अँगरेज़ों ने निर्णय किया कि भारतवासियों के हित व्यक्तिवाचक ढंग से निर्धारित नहीं किए जा सकते। नतीजा यह निकला कि जब प्रांतीय विधायिकाओं के निर्वाचन पहली बार हुए तो प्रतिनिधित्व की इकाइयाँ ब्रिटेन की तरह परिभाषित नहीं की गईं। ब्रिटेन में अधिकारों व परिवर्तनशील हितों को धारण करने वाले व्यक्तियों से युक्त भू-क्षेत्रीय निर्वाचन-क्षेत्रों के रूप में इन इकाइयों की रचना की जाती है। प्रांतीय विधायिकाओं के निर्वाचन की नौबत भारत-सचिव

जॉन मॉर्ले और वायसरॉय लॉर्ड मिंटो द्वारा अनुशंसित 1909 के संवैधानिक सुधारों के कारण आई। मनमाने तरीक़े से सीमांकित भू-क्षेत्रों के रूप में ब्रिटिश भारत के प्रशासनिक प्रांतों की विधायिकाओं ने व्यक्तियों का नहीं, बल्कि सामुदायिक समाजों का प्रतिनिधित्व किया। समय के साथ प्रतिनिधित्व का दायरा बढ़ा और 1919 के मांटेग्यू-चेम्सफोर्ड सुधारों के ज़रिये भारतवासियों को पहली बार उत्तरदायी सरकार हासिल हुई। 1935 के गवर्नमेंट ऑफ़ इंडिया एक्ट ने ब्रिटिश राज को एक संघीय संरचना प्रदान कर दी और पहले से ज़्यादा भारतवासी प्रशासन में भागीदारी करने लगे। इस सबके बावजूद प्रजा के एक तिहाई से कम हिस्से के पास ही मतदान का अधिकार रहा। देशी रियासतों की प्रजा यानी उपमहाद्वीप की आबादी का चौथा हिस्सा इस अधिकार से वंचित रह गया।

जिन समूहों को राजनीतिक प्रतिनिधित्व दिया गया उनकी पहचान धार्मिक 'समुदायों' के रूप में हुई। अँगरेज़ों का आग्रह था कि हिंदू, मुसलमान, ईसाई और पारसी समुदायों को भारतीय समाज का शाश्वत घटक और उनके हितों को अपरिवर्तनीय व अधिकारों को सामूहिक माना जाए। इनमें किसी समुदाय को बहुसंख्यक और किसी को अल्पसंख्यक की तरह परिभाषित करके संप्रदाय आधारित मतदाता-मंडलों के बाड़े बना दिए गए। इस प्रकार अँगरेज़ों ने एक समुदाय के अधिकारों की दूसरों से सुरक्षा करने का ठेका ख़ुद ले लिया। फिर, रजवाड़ों के साथ-साथ इन समुदायों के प्रतिनिधियों का एक ऐसे संसार में प्रवेश कराया गया जिसकी राजनीति साफ़ नहीं थी। इस दुनिया में उन्हें क़ानूनियत और प्रतिनिधित्व की बोली बोलनी थी। इन नगरीय और प्रांतीय सदनों को क़ानून बनाने का कोई अधिकार नहीं था। उनके सदस्यों को सिर्फ़ औपनिवेशिक क़ानूनों पर अपनी मुहर लगानी थी। इस माध्यम से अँगरेज़ों ने जिस जन-राजनीति को जन्म दिया वह प्राणहीन क़िस्म की थी। सड़कों, चौराहों और बाज़ारों की जीवंत दुनिया पर छा जाना इस राजनीति का मक़सद नहीं था। इसमें तो केवल उन ऊँघते हुए सदनों का बोलबाला था जिनके अधिवेशन भारतीय और अरबी स्थापत्य में रचे गए म्युनिसिपल सभा-भवनों में होते थे। राजनीति की यह संधिकालीन दुनिया अपनी भव्य नपुंसकता में इतराती रहती थी। इसके पीछे वायसरॉय के रूप में लॉर्ड कर्ज़न की नियोजित हथकंडेबाज़ी थी। कर्ज़न की कोशिश यह थी कि देशी राजाओं के ज़रिये शासन चला कर भारतीय राजनीति की पहुँच सीमित कर दी जाए। राजाओं की भूमिका सिर्फ़ पगड़ियाँ धारण करके वॉल्टर बैजहोट द्वारा रचित ब्रिटिश संविधान का अध्ययन करते रहने तक थी। उनसे एक साथ परंपरानिष्ठ और उदारतावादी बने रहने की उम्मीद की जाती थी। दरअसल, अँगरेज़ पूर्व के प्रताप और पश्चिम के सांविधिक औचित्य का एक घालमेल तैयार करना चाहते थे।

ब्रिटिश साम्राज्यशाही के विचारों और वरिष्ठता-कनिष्ठता संबंधी नियमों की

बेमेल खिचड़ी से बने इस अस्वाभाविक रिश्ते ने भारतीय प्रभु वर्ग को पहले तो उत्तेजित किया और फिर वह उससे चिढ़ने लगा। इसका नतीजा 1885 में भारतीय राष्ट्रीय कांग्रेस के गठन में निकला। इस तरह भारतीय प्रभु वर्ग ब्रिटिश राज के सामने पहली बार संगठित रूप में आया। शुरू में कांग्रेस सिर्फ़ निवेदन की भाषा बोलती रही कि ब्रिटिश प्रजा को मिलने वाली सुविधाएँ वफ़ादार भारतवासियों को भी मिलनी चाहिए। बीस के दशक तक यह निवेदन राष्ट्र के नाम पर राज्य और उसके भू-क्षेत्र पर क़ब्ज़े के दावे में बदल गया। कांग्रेस का इतिहास अपने निरंतर पुनराविष्कार की असाधारण क्षमता रखने वाली परिवर्तनशील पार्टी का इतिहास है। 1885 में इसकी स्थापना में प्रमुख भूमिका निभाने वाले एलन ऑक्टेवियन ह्यूम ब्रह्मविद्यावादी (थियोसॉफ़ी में यक़ीन रखने वाले) और पक्षी-वैज्ञानिक थे। उस समय यह पार्टी क्रिसमस की सालाना छुट्टियों में अपना अधिवेशन करने वाले औपचारिक बहस-मुबाहिसे के क्लब की तरह थी। फिर इसने एनी बेसेंट और मोतीलाल नेहरू की कांग्रेस का नया रूप धारण किया। तीसरे चरण में यह महात्मा गांधी के नेतृत्व में गुटबाज़ी में फँसे हुए लेकिन संकल्पबद्ध जन-संगठन के रूप में खड़ी हुई। जवाहरलाल नेहरू की कांग्रेस आकार में बड़ी और विस्तृत होने के बावजूद अनुशासित भी थी। उसके हाथ में देश की बागडोर थी। नब्बे के दशक तक यह पार्टी ठेके पर राजनीति करने वाले अस्वच्छ तत्त्वों का जमावड़ा बन चुकी थी। सवाल यह है कि इस पूरी यात्रा में यह पार्टी अपने वजूद को कैसे क़ायम रख सकी? इस प्रश्न का उत्तर सतही तौर पर देना नामुमकिन है। एक बार नेहरू ने कांग्रेस को 'राष्ट्र का दर्पण' कहा था। बेहतर होगा कि किसी एकीकृत इच्छा से संपन्न सुसंगत संस्था के बजाय इस पार्टी को एक ऐसी स्क्रीन के रूप में देखा जाए जिस पर राष्ट्र अपनी बदलती हुई राजनीति की फ़िल्म चलाता रहा है।

कांग्रेस ने शुरुआती दिनों से ही राष्ट्र का प्रवक्ता होने का दावा किया और उसके लिए सामूहिक स्वतंत्रता के भारतीय अधिकार पर बल दिया। यह तथ्य कांग्रेस के नरमदली दौर से भी प्रमाणित होता है। 1885 से प्रथम विश्वयुद्ध के अंत तक की इस अवधि को 'भिक्षुक प्रवृत्तियों वाला संविधानवाद' कहा जाता है लेकिन इस दौरान भी कांग्रेस की माँगें सभी व्यक्तियों के लिए समान अधिकारों तक ही सीमित नहीं रहीं। उसका आग्रह था कि किसी भी भारतीय का उपनिवेशवादियों द्वारा सांस्कृतिक तिरस्कार नहीं किया जाना चाहिए। श्रेष्ठता का रुआब ज़माने की तुच्छ अँगरेज़ी हरकतें भारतवासियों को बेहद क्षुब्ध कर देती थीं। इसके अलावा कांग्रेस का दावा था कि भारतवासियों को आर्थिक समृद्धि अर्जित करने का अधिकार भी मिलना चाहिए। इस पार्टी ने आज़ादी को व्यक्ति के अधिकार के रूप में पेश न करके एक राष्ट्र द्वारा आत्म-निर्णय के सामूहिक अधिकार के रूप में पेश किया। मुक्ति के व्यक्तिवादी आग्रहों को मौन रखने की कांग्रेसी रणनीति कोई आश्चर्यजनक नहीं

थी। ऐसा नहीं था कि भारतीय समाज में व्यक्ति द्वारा अलग से मुक्ति का प्रावधान न हो। व्यक्तिगत मुक्ति प्राप्त की जा सकती थी लेकिन उसके लिए संन्यासी बनकर समाज के हाशिये पर चले जाना पड़ता था। समाज के अंग के रूप में व्यक्तिवादी आग्रह को जोख़िम का सामना करना पड़ता था। यही कारण था कि भारतीय उदारतावाद जन्म से ही विकलांग हो गया। उस पर उपयोगितावाद ने अपनी मुहर ठोक दी और उसे उस संस्कृति की सीमाओं में बँध जाना पड़ा जिसमें व्यक्ति के लिए न के बराबर गुंजाइश थी।

गांधी ने पहली पीढ़ी के कांग्रेसजनों के किताबी क़िस्म के तुनकमिज़ाज उदारतावाद की आमूल-चूल पुनर्रचना कर डाली। उन्होंने कांग्रेस को जनांदोलन में बदल दिया। इस प्रयास का विरोधाभासी पहलू यह था कि गांधी ने कांग्रेस के अनुदारवादी और ख़ास तरह के ग़ैरक्रांतिकारी चरित्र को भी क़ायम रखा। यद्यपि कांग्रेस ने कभी किसी एक वर्ग की आवाज़ बुलंद नहीं की, लेकिन जिस ढंग से उसने प्रतिनिधित्वमूलक राजनीति में क़दम रखा, उससे उसके अनुदार स्वभाव को ही बढ़ावा मिला। 1935 के गवर्नमेंट ऑफ़ इंडिया एक्ट के तहत ब्रिटिश राज ने 1937 में विस्तारित प्रांतीय विधायिकाओं के चुनाव करवाए। उसका इरादा अपना प्रतिनिधित्व-आधार विस्तृत करना और अप्रत्यक्ष शासन की पद्धति पर अधिक ज़िम्मेदारियाँ डालना था। कांग्रेस शुरू में तो इन चुनावों में भाग लेने से हिचकी लेकिन बाद में उसने चुनाव लड़ने का निर्णय लिया। चुनाव जीतने के लिए उसे प्रभावशाली भूस्वामियों, सवर्ण ज़मींदारों और धनी किसानों से गठजोड़ करना पड़ा। इस ज़माने में कांग्रेस का ध्यान पूरी तरह ब्रिटिश राज के सिंहद्वार में धीरे-धीरे प्रवेश करने पर टिका था। लोकतंत्र उस समय तक उसकी संकेंद्रित चिंता का विषय नहीं था। 1947 में कांग्रेस ने सांविधिक लोकतंत्र की पद्धति ज़रूर अपनाई लेकिन उसके अंदरूनी संगठन संबंधी नियमों से यह पता नहीं चलता कि उसने किस बिना पर ऐसा किया होगा। वैसे राष्ट्रवादी खेमा इसके लिए अपने मुँह मियाँ मिट्ठू बनता रहता है। बीस के दशक में कांग्रेस पर गांधी का प्रभुत्व शुरू हुआ और चालीस के पूर्वार्द्ध तक चला। इस पूरी अवधि में कांग्रेस की नीतियाँ आला कमान कही जाने वाली उसकी कार्यसमिति द्वारा तय की जाती रहीं। इस छोटे-से गुट में प्रांतों के ताक़तवर नेता भी शामिल रहते थे। अपने ठेठ अंदाज में बीस के दशक के शुरुआती वर्षों को छोड़ कर गांधी ने कार्यसमिति का औपचारिक सदस्य बनने को अहमियत नहीं दी, लेकिन वे उसे ऐसे फ़ैसलों पर मुहर लगवाने के लिए बार-बार इस्तेमाल करते रहे जो पार्टी सदस्यों की राय के ख़िलाफ़ जाते थे। 1939 में पार्टी अध्यक्ष के निर्वाचित पद से सुभाष चंद्र बोस को हटवाने का उदाहरण इसका सबसे बड़ा सबूत है। गांधी ने कांग्रेस के साथ प्रचार और संवाद के रिश्ते तो क़ायम किए, लेकिन उपवास, मौन व्रत और प्रायश्चित की कड़ी अनुशासनात्मक विधियों के ज़रिये उन्होंने पार्टी को

अपनी मुट्ठी में रखा। इस तरह वे बल-प्रयोग और प्रलोभन का दोतरफ़ा हथकंडा आज़माते रहे। अपने मन की चलाने वाले पिता की तरह यह तकनीक कांग्रेस पर नियंत्रण में काफ़ी मददगार हुई, लेकिन इससे कांग्रेस को एक लोकतांत्रिक संस्था का स्वभाव मिलने में कोई सहायता नहीं मिली। तीस और चालीस के दशक तक कांग्रेसी राष्ट्रवाद जिन मतों में बँटा हुआ था, उनका उदारतावादी लोकतंत्र से कोई लेना-देना नहीं था। एक तरफ़ प्रत्यक्ष लोकतंत्र का प्रबल आग्रह था जिसके पैरोकार गांधी थे और जो चाहता था कि राज्य की मध्यस्थता के बिना सीधे-सीधे बहुमत को राजसत्ता थमा दी जाए। यह विचार-दृष्टि अधिकारों और संविधान संबंधी चर्चाओं को ठुकरा देती थी। दूसरी तरफ़ बोस और नेहरू द्वारा व्यक्त विरोधी धारा थी। पश्चिमी विचारों के असर में इसकी मान्यता थी कि समाजवाद ने उदारतावादी लोकतंत्र को ऐतिहासिक रूप से प्रतिस्थापित कर दिया है।

ज़ाहिर है कि आज़ादी से पहले कांग्रेस के पास कहने के लिए भी लोकतंत्र का कोई विकसित चिन्तन नहीं था। हाँ, उसमें राजसत्ता प्राप्त करने की इच्छा कूट-कूट कर ज़रूर भरी हुई थी। कांग्रेस का इतिहास बताता है कि भारतवासियों में राज्य द्वारा सुलभ अवसरों का लाभ उठाने की कितनी जबर्दस्त क्षमता होती है और वे सत्ता के लिए गोलबंद होने के लिए किस क़दर तैयार रहते हैं। लेकिन, समस्या यह थी कि सत्ता मिलने पर वे उसका करते क्या? जैसे-जैसे आज़ादी की घड़ी नज़दीक आई और सत्ता के अंगूर सामने झूलते नज़र आए, वैसे-वैसे कांग्रेस की दरारें चौड़ी होती चली गईं। कांग्रेस अनेक आवाज़ों में बोलती थी—गांधीवादी, समाजवादी, अनुदारवादी, पूँजीवादी, हिंदूवादी आदि। मतलब यह था कि सपनों में खोए रहने वाले अन्य राष्ट्रवादों की तरह कांग्रेस के पास भी आज़ादी के बाद शासन चलाने का कोई सुसंगत कार्यक्रम नहीं था। लोकतंत्र तो निश्चित रूप से उसके लिए गहन अध्ययन का विषय था ही नहीं। बीसवीं सदी के पहले पचास सालों के भारतीय इतिहास में तरह-तरह के नए विचारों, बहसों, भाषाओं और उम्मीदों की भीड़ मिलती है, लेकिन इस बौद्धिक गहमागहमी में लोकतंत्र का विचार एक कोने में अकेला खड़ा नज़र आता है। इसीलिए, 1947 के बाद जब इसी विचार ने पूरे माहौल को अपनी गिरफ़्त में लिया तो उसके आसपास भारतीय ज़मीन पर लोकतंत्र का पौधा रोपने के नतीजों पर ग़ौर करने वाली बहसों, सिद्धान्तों, प्रतिबद्धताओं अथवा अनुमानों का जीवंत संसार नहीं था। अँगरेज़ कहते थे कि भारतवासी लोकतंत्र के योग्य नहीं हैं और भारतीय जवाब होता था कि वे भी अच्छे सांसद पैदा कर सकते हैं। इस तर्क-वितर्क के अलावा जनता को लोकतंत्र के लिए तैयार करने का कोई प्रयास नहीं किया गया जबकि उसे जल्दी ही अपनी नियति लोकतंत्र की अपेक्षाओं के हवाले करनी थी।

3

अँगरेज़ों का शासन ख़त्म हो गया। साम्राज्य की शक्ति और प्रभुत्व से प्राधिकार ग्रहण करने वाली शासक इकाइयों ने अपने क़दम वापस खींच लिए। सवाल यह था कि अब उनका उत्तराधिकारी कौन होगा? भारत पर शासन करने और उसे अपने क़ब्ज़े में रख सकने लायक़ किसी भी राज्य की क्षमता के बारे में कई तरह के नाज़ुक सवाल खड़े किए गए। अँगरेज़ों को यक़ीन नहीं था कि उनके जाने के बाद किसी भी तरह की भारतीय एकता क़ायम रह पाएगी इसलिए उन्होंने ब्रिटिश भारत के टुकड़े-टुकड़े (बाल्कनाइजेशन) करने का इरादा बनाया। इस योजना के हिसाब से भारत के विभिन्न हिस्सों को रजवाड़ों और धार्मिक नेताओं की प्रभुता के हवाले कर दिया जाना था। कांग्रेस के लिए बाल्कनाइजेशन की यह योजना अकल्पनीय और आज़ादी के नाम पर भद्दे मज़ाक़ की तरह थी। वह तो अपने आपको राष्ट्र का स्वघोषित प्रतिनिधि मानती थी और इसी रूप में उसने ब्रिटिश भारत के संपूर्ण भू-क्षेत्र और राज्य पर दावा ठोक दिया था। उसकी सबसे बड़ी दिक़्क़त यह थी कि तीस के दशक के उत्तरार्द्ध से अँगरेज़ों द्वारा प्रोत्साहित मुसलमानों के प्रतिनिधि कांग्रेस के इस दावे का विरोध ऊँची-से-ऊँची आवाज़ में करते आ रहे थे। अंततः एक हिंदू भारत और एक मुसलमान पाकिस्तान बना कर इस झगड़े को आख़िरी तौर पर निबटाने की कोशिश की गई कि ब्रिटिश भारत पर कौन हुकूमत करेगा। यह योजना भारत-विभाजन के ज़रिये अँगरेज़ों का उत्तराधिकार दो राज्यों को सौंपने की योजना थी। लेकिन, विभाजन से भी यह विवाद समाप्त नहीं हुआ और हमेशा के लिए उपमहाद्वीप के आगामी इतिहास की अनसुलझी समस्या बन गया। इस विवाद के कारण उपमहाद्वीप की सांस्कृतिक स्मृति बुरी तरह सहम गई और दोनों राज्यों की भू-क्षेत्रीय सत्ताएँ सतत चुनौती का सामना करने के लिए अभिशप्त हो गईं। इस विवाद ने इतिहास के आग़ोश में चुपचाप समा जाने से इनकार किया और उसके इस इनकार के प्रमाण जगह-जगह बिखरे देखे जा सकते हैं। चाहे 1971 में पाकिस्तान से टूट कर बना बांग्लादेश हो या भारत द्वारा अपने इलाक़ों को टूटने से बचाने या यदा-कदा दूसरे के इलाक़ों पर क़ब्ज़ा करने के लिए छेड़े गए रक्तरंजित युद्ध हों, इन सभी घटनाओं की जड़ में वही विवाद है। भारत के हिंदू राष्ट्रवादियों द्वारा यह तय करने की कोशिश की पृष्ठभूमि में भी यही अनसुलझा विवाद है कि किसकी वफ़ादारी किसके साथ है।

कांग्रेस ने जिस समय ब्रिटिश भारत का अधिकांश इलाक़ा और ब्रिटिश शासन का संपूर्ण दमनकारी अधिकारी तंत्र अपने हाथ में लिया, उस समय हालात अनिश्चित और संकटपूर्ण थे। राज्य की बागडोर सँभालने वाले राष्ट्रवादी प्रभु वर्ग को उम्मीदों से खदबदाते समाज में काम करना था। राष्ट्र क्या है और राज्य को क्या करना

चाहिए—जैसी धारणाओं के सवाल पर यह समाज बँटा हुआ था। कांग्रेस आत्मसंघर्ष में फँसी हुई थी। विभाजन के कारण उसके हिंदू तत्त्व प्रबल हो गए थे। इसी दौरान समाजवादी-वामपंथी उससे पृथक हो गए और गांधी ने अपनी ख़ास रहस्यवादी शैली में आह्वान कर डाला कि कांग्रेस के बने रहने की वजहें ख़त्म हो चुकी हैं और अब उसे भंग कर दिया जाना चाहिए। कोई ज़रूरी नहीं था कि इस उतार-चढ़ाव से भारत सार्विक मताधिकार पर आधारित, धार्मिक जुड़ाव से मुक्त और समाज-सुधार के लिए प्रतिबद्ध संसदीय लोकतंत्र के रूप में ही उभरता। उस पर जबर्दस्त दबाव थे जो उसे एक परंपरावादी, धर्म से बँधे और यथास्थिति के रक्षक राज्य की दिशा में धकेलना चाहते थे।

अगस्त 1947 में कुछ निर्णायक संयोगों ने कांग्रेस और आज़ाद भारत के राज्य की बागडोर नेहरू को थमा दी। लेकिन, नेहरू का प्रभुत्व कभी सुस्थापित नहीं हो पाया। प्रधानमंत्री के रूप में वे हमेशा अकेले खड़े रहे। उन्हें अपनी पार्टी और राज्य की नौकरशाही के सुझावों के ख़िलाफ़ काम करना पड़ा। बावजूद इसके, यह एक तथ्य है कि 1947 से लेकर 1964 में नेहरू की मृत्यु तक की अवधि भारतीय राज्य के लिए असाधारण महत्त्व की रही। इस दौरान राज्य ने स्थिरता प्राप्त की और सामाजिक जीवन के प्रत्येक क्षेत्र में हस्तक्षेप करने वाली वैकासिक संस्था का रूप ग्रहण किया। इस बीच राज्य ने यह भी दिखाया कि वह लोकतांत्रिक क़ायदे-क़ानूनों के तहत काम कर सकता है। लेकिन, नेहरू युग की यह सुसंगत स्थिरता सिंहावलोकनात्मक दृष्टि से देखने पर एक मृगतृष्णा ही लगती है। नेहरू कुछ बौद्धिक सिद्धान्तों और एक तरह के इतिहास-दर्शन को मानते थे। उनके निर्णयों का आधार भी यही होता था और उनके विचारों से सहमत लोग भी काफ़ी संख्या में थे। लेकिन, उनके पास कोई स्पष्ट सैद्धांतिक कार्ययोजना नहीं थी। न ही कांग्रेस के अंदर और उसके बाहर समाज में ऐसी कोई सहमति मौजूद थी जो नेहरू-युग को सुसंबद्ध बना सकती। नेहरू की दृष्टि जिस ऐतिहासिक संभावना पर टिकी थी वह पश्चिम की ऐतिहासिक धारा के बारे में उनकी समझ की देन थी। उनकी निगाह में इसका सार्वभौमिक महत्त्व था। उन्हें पक्का यक़ीन था कि अपनी नवजात स्वतंत्रता को क़ायम रखने के लिए भारतवासियों को अपना भविष्य एक राष्ट्र-राज्य के हवाले करना ही पड़ेगा और उस राज्य की केंद्रीय ज़िम्मेदारी होगी आर्थिक विकास को निर्देशित करना। साथ ही इस राज्य को एक संविधानसम्मत-ग़ैरधार्मिक शासन क़ायम करना होगा, सामाजिक अवसरों की संख्या बढ़ानी होगी और अंतर्राष्ट्रीय दायरे में अपनी प्रभुसत्ता अक्षुण्ण रखनी होगी। नेहरू का यह खाका बेहद महत्त्वाकांक्षी तो था, पर यथार्थ पर आधारित नहीं था। 1947 के बाद लगा कि यह ठोस रूप ले सकता है। नेहरू की दलील विचारधारात्मक अथवा सिद्धान्तपरक नहीं थी : वह

तो राजनीतिक आकस्मिकताओं के कारण लगातार करने पड़ रहे व्यावहारिक तालमेलों की उपज थी।

नेहरू के प्रधानमंत्रित्व के शुरुआती वर्ष ऐसी ही कई आकस्मिकताओं से भरे हुए थे। इनमें सबसे प्रबल थी विभाजन की विपदा। विभाजन के अंदेशों को बहुत कम लोग भाँप पाए थे। इस क़दर उग्र विनाशकारी रूप में उसके टूट पड़ने का अंदाजा भी बहुत कम लोगों को था। हालत यह थी कि जब भारत अपने विभाजन की विभीषिका झेल रहा था, उस समय भी इसके नतीजों का किसी को अंदाज़ा नहीं था। नेहरू समेत कई लोग इसे एक अस्थायी समायोजन मान रहे थे जिसे आगे चल कर पलटा जा सकता था। लेकिन, विभाजन एक प्रलय की तरह आया। लाशों से भरी हुई ट्रेनें और शरणार्थियों की मीलों लंबी क़तारें इस बात का पक्का सबूत थीं कि विभाजन न देश के हिसाब से उचित था और न काल के हिसाब से। लाहौर और अमृतसर में सांप्रदायिक हत्याओं का लावा फूटते ही नेहरू को संकट का सामना करना पड़ा क्योंकि न तो उनकी मंत्रिपरिषद और न ही उनकी पार्टी उनके पीछे एकजुट थी। मुसलमान बहुमत वाले पाकिस्तान की रचना ने कांग्रेस के अंदर कई लोगों को यह माँग करने के लिए उकसाया कि भारतीय राज्य को खुल कर राष्ट्र की हिंदू बहुसंख्या के हित-रक्षक की भूमिका में आ जाना चाहिए। बल्लभभाई पटेल और राजेंद्र प्रसाद जैसे प्रभावशाली नेताओं ने अपील की कि मुसलमान अधिकारियों को बर्ख़ास्त कर दिया जाना चाहिए। उन्होंने यह भी कहा कि अब फ़ौज द्वारा मुसलमान नागरिकों की रक्षा करने की भी कोई तुक नहीं रह गई है। उधर नेहरू विभाजन से निजी तौर पर मर्माहत थे। अक्तूबर 1947 में उन्होंने लिखा, 'यहाँ जीवन किसी दुःस्वप्न की तरह चल रहा है। लगता है कि हर चीज़ गडबड़ा गई है।'[6] लेकिन, उन्होंने अपनी ज़िम्मेदारी निभाने में मिसाल क़ायम की। वे दिल्ली की सड़कों पर निकल पड़े। उन्होंने कनॉट सर्कस और पुराने शहर में क़त्ल व लूट-मार रोकने के लिए स्वयं पहल की। उन्होंने मुसलमान परिवारों को सरकारी सुरक्षा के प्रति आश्वस्त किया। उन्होंने बार-बार हिंदू सांप्रदायिकों पर प्रहार किया और सरकार का नियंत्रण हिंदू कट्टरपंथियों को सौंपने के लिए क़तई राजी नहीं हुए। नेहरू राज्य के मुखिया थे और गांधी राज्य की संस्था को ही नापसंद करते थे, लेकिन इसके बावजूद सांप्रदायिक तनाव व हिंसा की यह अवधि इन दोनों नेताओं को और क़रीब ले आई। 1947 के जाड़ों में नेहरू प्रतिदिन गांधी से भेंट करने जाते थे। जनवरी 1948 में एक हिंदू अतिवादी द्वारा गांधी की हत्या से नेहरू को सबसे ज़्यादा नुक़सान हुआ। उन्होंने कांग्रेस के अंदर अपना सबसे महत्त्वपूर्ण निज़ी और राजनीतिक सहयोगी खो दिया। हाँ, इस हत्या ने नेहरू को अतिवादी हिंदू सांप्रदायिक संगठनों पर पाबंदी लगाने का तर्क ज़रूर प्रदान कर दिया। कुल मिलाकर भारत का विभाजन राज्य की प्रभुसत्ता की कड़ी परीक्षा साबित हुआ।

उसने भारतीय राज्य को कसौटी पर कसा कि वह अपने नागरिकों की रक्षा कर सकता है या नहीं, शांति-व्यवस्था क़ायम रह पाती है या नहीं और वह इस भू-क्षेत्र के स्वामित्व के योग्य है या नहीं!

इस प्रकार भारतीय राज्य शुरुआत से ही अपने भू-क्षेत्र पर अधिकार के सवाल पर संघर्ष में फँस गया। दो इलाक़ों में यह विवाद कभी हल नहीं हो सका और आज भी जारी है। उत्तर-पूर्व में नगा आदिवासियों के इलाक़े की समस्या यह थी कि अँगरेजों ने जल्दबाज़ी में उसे भारत और बर्मा के बीच विभक्त कर दिया था। दूसरा विवादित क्षेत्र था कश्मीर जिसका राजा हिंदू था लेकिन अधिकांश प्रजा मुसलमान थी। 1948 में बेहद संदिग्ध परिस्थितियों में राजा ने भारतीय संघ में कश्मीर के विलय का फ़ैसला किया था। भारतीय संघ की सांविधिक रचना का यह एक ऐसा पहलू है जिसकी रूपरेखा आज तक साफ़ नहीं हो पाई है। संविधान की दृष्टि से भारतीय संघ एक धर्मनिरपेक्ष गणतंत्र था जिसमें मुसलमान बहुसंख्या वाला एक क्षेत्रीय राज्य भी शामिल हो गया था। भारत में कश्मीर के विलय से संबंधित काग़ज़ात बड़े रहस्यमय ढंग से खुर्द-बुर्द हो गए। इसके सबूत के तौर पर 1995 में एक ख़बर छपी कि श्रीनगर के अभिलेखागार से ये काग़ज़ात 'ग़ायब' हैं। आज़ाद भारत की राजनीति के ये नासूर हमेशा रिसते रहे और बाद के दशकों में अन्य पृथकतावादी दावों ने इस तकलीफ़ को और बढ़ा दिया। इनमें पंजाब और असम के अलगाववादी संगठनों की ख़ास भूमिका रही। राज्य अपनी तरफ़ से नए क्षेत्रों को हस्तगत करने या अपने क़ब्ज़े वाले क्षेत्र को क़ाबू में रखने की पूरी कोशिश करता रहा। 1961 में पुर्तगालियों के क़ब्ज़े से गोवा को छीनने का प्रकरण कामयाब फ़ौजी जीत का उदाहरण था और 1975 में सिक्किम का अधिग्रहण संवैधानिक कारीगरी की मिसाल था। अस्सी के उत्तरार्द्ध में किए गए एक ऐसे ही प्रयास में भारतीय राज्य को करारा झटका भी लगा। तब उसने श्रीलंका और तमिल पृथकतावादियों के झगड़े में टाँग अड़ाने की कोशिश की थी। भारत की सीमाओं और भू-क्षेत्र पर शासन के उसके अधिकार का सवाल इतना उलझा हुआ था कि स्वयं नेहरू इस बारे में साफ़ बात नहीं बोलते थे। एक तरफ़ वे मानते थे कि एक लोकतांत्रिक राष्ट्र 'नित्य-प्रति जनमत संग्रह' के दौर से गुज़रतः रहता है और शायद इसीलिए उन्होंने कश्मीरी जनता से जनमत-संग्रह का वायदा भी कर दिया था। लेकिन, दूसरी तरफ़ वे राज्य के तर्क और उद्‌देश्य की अधीनता भी स्वीकार करते थे।

कश्मीर और नगालैंड के मामले में भारत ने अपनी संप्रभुता का दावा करने के लिए फ़ौजी तरीक़ों का सहारा लिया। विभाजन के तुरंत बाद कश्मीर के विवादग्रस्त क्षेत्र पर पाकिस्तान से पहला युद्ध हुआ। इसके बाद भारतीय संघ में सैकड़ों रजवाड़ों के विलय के दौरान सेना का इस्तेमाल भी करना पड़ा। हैदराबाद का निज़ाम काफ़ी सनकी क़िस्म का था। उसकी एक ही झक थी : अपनी स्वाधीन रियासत क़ायम

करना और तेलंगाना क्षेत्र में कम्युनिस्टों की अगुआई वाले किसान विद्रोह को कुचलना। सेना ने निज़ाम की इन महत्त्वाकांक्षाओं को ठिकाने लगा दिया। सेना के आंतरिक इस्तेमाल की प्रत्येक घटना से ब्रिटिश राज की उन्हीं प्रवृत्तियों को मज़बूती मिली जिनके ख़िलाफ़ भारतीय राष्ट्रवादी संघर्ष करते रहे थे। ये थीं बल-प्रयोग का अधिकार और उसके ज़रिये शांति-व्यवस्था क़ायम रखने की प्रवृत्तियाँ। सेनाओं ने भारतीय राज्य को सुस्थापित करने और सुरक्षित रखने की अनिवार्य भूमिका निभाई, लेकिन शासन की बागडोर जनरलों के हाथ में कभी नहीं गई। सेना को बड़ी कामयाबी के साथ नागरिक नियंत्रण में रखा गया, जबकि अन्य दक्षिणी और उत्तर-पूर्वी एशियाई राज्यों में हालात इसके विपरीत थे।

नियंत्रण और शासन के लिए नए राज्य की सत्ता ब्रिटिश राज द्वारा राजभवन के ज़रिये हुकूमत करने के तौर-तरीक़ों पर निर्भर नहीं रह सकती थी और न ही सुरक्षा का अर्थ शांति बनाए रखने से जुड़ी औपनिवेशिक समझ तक सीमित रह सकता था। राष्ट्रवादियों का आग्रह था कि नए राज्य की सत्ता को नागरिकों के कल्याण और स्वतंत्रता का भी ध्यान रखना होगा। इन आकांक्षाओं को मूर्तिमान करने की विधियों पर संविधान सभा में लंबी-लंबी और अक्सर तीखी बहसें हुईं। जिस समय देश इतिहास के भँवर में डूब-उतरा रहा था, उस समय संविधान सभा शांतिपूर्ण विचार-विमर्श के द्वीप की तरह काम कर रही थी। 1946 से 1949 के बीच तीन साल तक इस सभा की बैठक चली। इसने नए राज्य के चरित्र के कुछ पहलुओं को साफ़ कर दिया। संविधान सभा ने संविधान की रचना की जिसे 26 जनवरी 1950 को लागू कर दिया गया। इसके अनुसार अब भारत 'संप्रभु, लोकतांत्रिक गणराज्य' बन गया था। राज्य को पूरी तरह मंसूख़ करके शासन की पारंपरिक पद्धतियों की तरफ़ लौटने का आग्रह रखने वाला स्वाधीन भारत का गांधीवादी सपना जल्दी ही तिरोहित हो गया। संविधान स्पष्ट रूप से पश्चिमी परंपराओं के अनुसार बनाया गया था। इस प्रकार के संविधान से लज्जित एक राष्ट्रवादी ने सभा की बैठक में टिप्पणी भी की थी, 'हम तो वीणा और सितार का संगीत चाहते थे, लेकिन हमें सुनने को अँगरेज़ी बैंड मिला।'[7]

संविधान सभा और कांग्रेस के अंदर असली संघर्ष पटेल और नेहरू के बीच हुआ। सर्वथा विपरीत चरित्र के इन दोनों नेताओं का यह संघर्ष आधुनिक भारत की दो परस्पर विपरीत अवधारणाओं के संघर्ष का प्रतीक था। पटेल चाहते थे कि राज्य भारतीय समाज की यथास्थिति को ही व्यक्त करे और उसे क़ायम रखे। समाज की सभी ऊँच-नीच, अन्य सभी विशेषताओं और धार्मिक अभिरुचियों को प्रोत्साहित किया जाए। इसके उलट नेहरू राज्य को भारतीय समाज की पुनर्रचना के लिए इस्तेमाल करना चाहते थे। वे राज्य का परिष्कार करके उसे विश्व इतिहास के आवेग का अंग बनाना चाहते थे। इस संघर्ष का अंत नेहरू की जीत से हुआ।

उनका लोकतांत्रिक और सुधारवादी तर्क पटेल की अनुदार और अधिनायकवादी दलीलों के ऊपर धीरे-धीरे हावी हो गया। लेकिन, यह एक अस्थिर और आंशिक जीत थी : इसने कुछ बुद्धिजीवी और अँगरेज़ी भाषी हलक़ों की हमदर्दी तो जीती, लेकिन इसे किसी शक्तिशाली समूह के समर्थन का भरोसा कभी नहीं मिल पाया।

इसका परिणाम लोकतांत्रिक शासन के रूप में अवश्य निकला। सार्विक मताधिकार पर आधारित सांविधिक लोकतंत्र भारतीय समाज के अंदर से निकले किसी लोकप्रिय दबाव का परिणाम नहीं था। न ही इसे जनसाधारण ने राज्य से जीता था। लोकतंत्र तो ख़ास तरह के बुद्धिजीवी प्रभु वर्ग की राजनीतिक पसंद के कारण जनता को प्राप्त हुआ था। संविधान सभा की संरचना प्रतिनिधित्व की दृष्टि से बेइंतिहा कमज़ोर थी। पहले उसमें तीन सदस्य थे। बाद में रजवाड़ों के संघ में विलय के कारण कुछ और सदस्य जोड़े गए। इनका निर्वाचन प्रांतीय विधायिकाओं के सीमित मतदातामंडलों के आधार पर हुआ था। इनमें कांग्रेस पर छाए हुए सवर्ण और ब्राह्मणवादी प्रभु वर्ग का बोलबाला था। सभा में भारतीय मुसलमानों का कोई संगठित प्रतिनिधित्व नहीं था और न ही हिंदू सांप्रदायिक संगठनों की कोई नुमाइंदगी थी (हालाँकि कांग्रेस में कई हिंदू अनुदारवादियों के लिए गुंजाइश रहती थी)। 1948 के बाद संविधान सभा में समाजवादियों की भागीदारी भी ख़त्म हो गई। गांधी की दृष्टि में भी यह सभा किसी भी तरह से संप्रभु संस्था नहीं थी। सभा के अंदर भी संविधान के मसविदे का लेखन क़रीब दो दर्जन वकीलों के हाथ में ही रह गया था।

देश के अधिकांश लोगों को कुछ अता-पता नहीं था कि आख़िर उन्हें दिया क्या गया है। ब्रिटिश साम्राज्य की जगह भारतीय गणतंत्र ने ज़रूर ले ली, पर संविधान सभा ने जब सांविधिक लोकतंत्र की स्थापना की तो उसे इसके आगामी नतीजों का अहसास नहीं था। दरअसल, भविष्य के प्रति यह असावधानी न तो अनायास थी और न ही इसके पीछे विचार-विमर्श की कमी थी। केवल एक अर्थ में इसे अनजाने में किया गया काम कहा जा सकता था कि सांविधिक-लोकतंत्र को लागू करने वाला प्रभु वर्ग आश्चर्यजनक रूप से अपने इस क़दम के संभावित नतीजों के प्रति उदासीन था। अनगिनत पृष्ठों में फैली हुई संविधान सभा की बहस बाल की खाल निकालने वाली एक-से-एक नफ़ीस दलीलों से भरी हुई है। उसमें कार्यपालिका और न्यायपालिका के रिश्तों और राष्ट्रपति के कार्यकाल की अधिकतम सीमा संबंधी भाषणों की कमी नहीं है। लेकिन, उनमें लोकतंत्र-विषयक उन अनिवार्य अंदेशों की तनिक भी झलक नहीं है जो उन्नीसवीं सदी के यूरोपियन लोकतंत्रों को सताते रहे थे। इनमें सबसे बड़ा अंदेशा तो यह था कि जब ग़रीबों, अशिक्षितों और वंचितों को वोट का हक़ मिलेगा तो क्या होगा? अछूतों के दुर्जेय नेता भीमराव आंबेडकर ने संविधान सभा की बहसों का समापन करने वाले अपने तेजस्वी भाषण में कहा था :

> 26 जनवरी 1950 को हम अंतर्विरोधों की दुनिया में क़दम रखने जा रहे हैं। राजनीति में हम समान होंगे लेकिन सामाजिक और आर्थिक जीवन में ऊँच-नीच रहेगा। राजनीति की दुनिया में हम एक व्यक्ति-एक वोट और एक वोट-एक मूल्य के उसूल को अपनाने जा रहे हैं। लेकिन, सामाजिक और आर्थिक जीवन में हम अपने सामाजिक और आर्थिक ढाँचे के कारण एक मूल्य-एक वोट के उसूल को नकारते रहेंगे। अंतर्विरोधों की इस दुनिया में हम आख़िर कब तक जिएँगे? सामाजिक और आर्थिक जीवन में हम समता को कब तक ठुकराते रहेंगे? अगर हमने देर तक समता को नकारना जारी रखा तो परिणामस्वरूप हम अपने राजनीतिक लोकतंत्र को ही संकटग्रस्त कर देंगे।[8]

अन्य अंतर्विरोधों के साथ-साथ भारतीय लोकतंत्र का बुनियादी अंतर्विरोध भारत के बेतहाशा लंबे संविधान में ही निहित है। संविधान भारतवासियों के अभिमतों अथवा प्राथमिकताओं को व्यक्त नहीं करता। न ही यह प्रक्रिया संबंधी नियमों के उल्लेख तक सीमित रहता है। वह तो अत्यंत अलंकारपूर्ण भाषा में लिखे गए एक ऐसे क़ानूनी रुक़्क़े की तरह सामने आता है जिसके तक़रीबन चार सौ अनुच्छेद पहली नज़र में काफ़ी महत्त्वाकांक्षी राजनीतिक योजना के वाहक लगते हैं। बहरहाल, अपने निर्माण के दौरान गंभीर गड़बड़ियों के बावजूद इस संविधान का भारत के आगामी इतिहास पर ज़बर्दस्त प्रभाव पड़ा। वह विधिसम्मत और प्रक्रियात्मक आचरण का आदर्श बन गया। चूँकि व्यावहारिक रूप में लगभग सभी स्तरों पर भारतवासियों ने बड़ी चतुराई से इसकी उपेक्षा की, इसलिए यह संविधान सार्वजनिक जीवन का ऐसा स्मारक बन गया जो सभी को हमेशा लज्जित करता रहता है। इस संविधान के रक्षक और व्याख्याता के रूप में सर्वोच्च न्यायालय सार्वजनिक जीवन की केंद्रीय संस्था बन गया। ग़रीब हो या अमीर, शिक्षित हो या अशिक्षित, सभी को संविधान के हवाले के लिए उसका दरवाज़ा खटखटाना पड़ता है।

संविधान ने जो सबसे निर्णायक योगदान किया, वह था भारतीय संघ को सुस्थिर राजनीतिक अस्मिता से संपन्न करना। लेकिन, इसके कारण भी राजनीति में दो तरह के बुनियादी तनाव पैदा हो गए। पहला तनाव केंद्र और राज्य के अधिकारों अर्थात केंद्र सरकार और केंद्र को संघीय रूप देने वाले क्षेत्रीय प्रांतों की सरकारों के बीच था। आज़ादी से पहले के राष्ट्रवादियों ने राज्यों को पर्याप्त स्वायत्तता देने का वायदा किया था। लेकिन, 1947 के बाद पैदा हुए हालात में केंद्रीय राज्य की सुरक्षा का उद्देश्य सर्वोपरि हो गया और इसीलिए संविधान सभा ने ब्रिटिश राज से प्राप्त अधिकांश केंद्रीय अधिकारों को बरक़रार रखा। फ़ौजी ताक़त और आपातकालीन प्रावधान केंद्र के पास रहे। नोट छापने और व्यापारिक ऋण लेने जैसे राजकोषीय

अधिकारों का समावेश भी केंद्र में ही किया गया। (जबकि ब्राजील व अमेरिका जैसे बड़े संघात्मक राष्ट्रों के घटक राज्यों को अधिक राजकोषीय स्वायत्तता उपलब्ध है।) राज्यों को भी अधिकार दिए गए : चूँकि देहातों के भूस्वामी सवर्णों ने कांग्रेस को समर्थन दिया था इसलिए उसके बदले संविधान में गाँवों की संपत्ति संबंधी संरचना बदलने की केंद्रीय ताक़त सीमित कर दी गई। आज़ादी से पहले कांग्रेस के कई सदस्यों ने बड़े ज़ोर-शोर से भूस्वामियों से यह वायदा किया था। इसी के मुताबिक़ जिन सामाजिक व आर्थिक सुधारों के महत्त्व पर आंबेडकर ने ज़ोर दिया था और जिन्हें नेहरू भी बेहद ज़रूरी मानते थे, उन्हें प्रांतीय विधायिकाओं के हवाले कर दिया गया। ज़ाहिर है कि वहाँ भूस्वामियों की ताक़त धन-संपत्ति के दोबारा बँटवारे के किसी भी कार्यक्रम के ख़िलाफ़ स्थानीय दबाव का इस्तेमाल कर सकती थी।

तनाव का दूसरा स्थायी स्रोत नागरिकता को लेकर था। कुछ ख़ास समुदायों के साथ हुए ऐतिहासिक अन्याय को दी गई मान्यता ने सभी को नागरिकता के सार्विक अधिकार देने में बाधा डाल दी। सकारात्मक पक्षपात का उसूल बनाया गया ताकि समाज-व्यवस्था के सबसे ग़रीब और निचले तबक़ों पर अतीत में थोपे गए उत्पीड़न की भरपाई की जा सके। इसके लिए जाति-व्यवस्था से बाहर के पंचम वर्ण अर्थात 'अछूतों' के लिए सरकारी नौकरियों और शिक्षा संस्थाओं में 'आरक्षण' का प्रावधान किया गया। इस प्रकार संविधान ने एक ऐसे समाज में सामुदायिक अधिकारों की भाषा का इस्तेमाल किया जहाँ व्यक्तिगत अधिकारों और समता की उदारतावादी भाषा का न के बराबर प्रयोग होता था। अधिकारों का विशेष समुदायों में निवेश किया गया जिससे राष्ट्र के अंदर अलग से विशेष हितों को मान्यता मिल गई। इसका प्रभाव यह पड़ा कि सार्विक अधिकारों के लिए दबाव कमज़ोर पड़ गया और चुनिंदा समूहों के लिए विशेष प्रावधान करने की माँगों को प्रोत्साहन मिलने लगा। यह तय करना भी प्रांतीय विधायिकाओं पर छोड़ दिया गया कि किस समूह और किस हित को 'आरक्षण' का लाभ मिलना चाहिए। इससे स्थानीय राजनेताओं के हाथों में असीमित राजनीतिक उखाड़-पछाड़ करने का मौक़ा आ गया।

आरक्षण का प्रावधान कुछ कम अन्यायपूर्ण समाज बनाने के अस्थायी उपाय की तरह था। लेकिन, विडंबना यह रही कि जाति की शाश्वत और अंदर से समरूप समझी जाने वाली श्रेणियाँ ख़त्म करने की इच्छा ने जाति को राजनीतिक पहचान का माध्यम बना कर नई ताक़त दे दी। जाति का धर्मविहित दर्जा और उससे उपजने वाली अप्रतिष्ठा के आधार पर ही आर्थिक अवसर देने और उससे वंचित करने का निर्णय होता था। लेकिन, जैसे-जैसे लोकतांत्रिक संघर्ष गहन हुआ, वैसे-वैसे इसी धर्मविहित दर्जे को बार-बार राजनीतिक लेन-देन और जाति की पुनर्परिभाषा का आधार बनाया गया। चुनाव के समय नेताओं ने समाज के नाम पर आरक्षण का प्रतिशत बढ़ाने और उसे नवनिर्धारित 'पिछड़े वर्गों' को देने का वायदा करने का

रवैया बना लिया। दूसरी तरफ़ जातियों ने सामाजिक प्रगति के आदर्श को धता बताते हुए 'पिछड़े' के रूप में परिभाषित होने की होड़ शुरू कर दी ताकि वे आरक्षण के लाभों को हड़प सकें। कांग्रेस के विरोधियों ने आरक्षण की नीति का इस्तेमाल हथियार की तरह किया। अस्सी के दशक तक विपक्षी राजनीति मंडल आयोग की रपट की सिफ़ारिशों को लागू करने के लिए प्रतिबद्ध हो गई। (1978 में जनता पार्टी की ग़ैरकांग्रेस गठजोड़ सरकार ने मंडल आयोग का गठन किया था ताकि 'पिछड़े वर्गों' के लिए अवसर मुहैया कराने के तरीक़े खोजे जा सकें)। आयोग की रपट में सिफ़ारिश की गई थी कि आधी से कुछ कम सरकारी नौकरियाँ आरक्षित कर दी जानी चाहिए। इस सिफ़ारिश ने जाति-आधारित अधिकारों को बड़े जबर्दस्त विवाद का केंद्र बना दिया। आरक्षण की यह कहानी बताती है कि इसकी राजनीति को मान्यता देकर संविधान ने सामुदायिक अस्मिताओं को ही पुष्ट किया और व्यक्तिगत अधिकारों पर आधारित समान नागरिकता का अहसास जड़ नहीं पकड़ पाया।

संविधान ने लोकतांत्रिक शासन की स्थापना ज़रूर की लेकिन यह अनिर्णीत ही रह गया कि राज्य वास्तव में काम कैसे करेगा। जनवरी 1950 में जैसे ही भारत को गणराज्य घोषित किया गया, वैसे ही नियोजित आर्थिक विकास और सहिष्णुता की नीतियाँ अपनाने की नेहरू की इच्छा पर ज़ोरदार हमला शुरू हो गया। 1950 में ही पूर्वी पाकिस्तान से आई शरणार्थियों की नई लहर ने हिंदू कट्टरपंथियों को फिर मौक़ा दे दिया और वे राज्य को हिंदू-हितरक्षक घोषित करने की माँग करने लगे। कांग्रेस के अंदर पटेल ने नेहरू को सरकार क़ा नियंत्रण न मिलने देने के लिए जम कर पैंतरेबाजी की। लेकिन, इसी वर्ष के आख़िर में पटेल का अचानक देहांत हो जाने से पार्टी की बागडोर नेहरू के हाथों में चली गई। नेहरू के सांगठनिक कौशल को अक्सर कम करके आँका जाता है, लेकिन इस मौक़े पर पार्टी-प्रबंधक के रूप में उन्होंने कुशलता दिखाई और संगठन पर अपनी पकड़ फटाफट मज़बूत कर ली। नेहरू के वैचारिक सहयोगी बहुत कम थे और उन्हें भरोसा नहीं था कि पार्टी उनकी प्रतिबद्धताओं को समझेगी या उनमें साझीदार बनेगी। बावजूद इसके कि नेहरू के सुधारवादी रुझानों के प्रति व्यापक तौर पर कोई ख़ास उत्साह नहीं था, उन्हें राजनीतिक स्थायित्व मिल गया। इसके पीछे नेहरू की सांगठनिक कुशलता और 1952, 1957 और 1962 के आम चुनाव आसानी से जीत लेने के कारण बनी कांग्रेस की चुनावी मज़बूती थी। नेहरू के आसपास जमा अभिजनों का समूह और स्वयं नेहरू इच्छा न होते हुए भी अधिकारी तंत्र पर निर्भर होते चले गए। उन्होंने सुधारों के मुख्य एजेंट के रूप में कांग्रेस के बजाय नौकरशाही को देखा। स्वातंत्र्य-पूर्व भारत की विरल आकांक्षाएँ इस प्रकार औपचारिक रूप से अधिकारी तंत्र की 'नियमबद्ध दक्षता' के हवाले कर दी गईं।

राज्य ने बहुत तेज़ी के साथ अलग-अलग क़िस्म की बहुत-सी ज़िम्मेदारियाँ

अपने ऊपर ओढ़ लीं। अब बर्फ़ से ढँकी सीमाओं पर गश्त से लेकर छुआछूत मिटाने तक की ज़िम्मेदारी राज्य की हो गई। धार्मिक भावनाएँ भड़कने से रोकना और आणविक रिएक्टर बनाना भी उसी का काम था। राज्य को पक्का यक़ीन था कि वह समाज को नए साँचे में ढाल सकता है इसलिए वह जनता का पूर्णकालिक ट्रस्टी बन गया। लेकिन, जनता के इस अभिभावक के सामने एक अंदेशा भी था। उसे एक ऐसी दुनिया में अपनी हिफ़ाज़त का ख़याल भी करना था जिसके अधिकांश वासी सांविधिक लोकतंत्र के नियमों और उद्देश्यों से अच्छी तरह वाक़िफ़ नहीं थे। उस समय तक लोग आदर्शवाद के प्रति संजीदा थे इसलिए उन्हें संविधानसम्मत आचरण और लोकतांत्रिक प्रक्रियाओं का पालन करने की प्रेरणा मिलती रहती थी। वह ज़माना पेशेवर राजनीतिज्ञों का नहीं था। राजनीति में ज़्यादातर लोग राष्ट्रवादी आंदोलन की देन थे। कांग्रेस पार्टी के अंदरूनी विचारधारात्मक संतुलन ने संविधानसम्मत आचरण और लोकतांत्रिक प्रक्रियाओं के प्रति सम्मान की भावना के लिए ज़मीन बनाने में कहीं अधिक योगदान किया था। कांग्रेस में आधुनिकीकरण के तरफ़दार आमूलवादी अभिजनों और अनुदारवादी भूस्वामी अभिजनों के बीच प्राथमिकताओं व हितों का टकराव होता रहता था। इनमें कोई इतना ताक़तवर नहीं था कि दूसरे पर हावी हो पाता। इसलिए उन्हें व्यावहारिक रूप से नियमों का पालन करना और अपनी बारी आने पर सत्ता का इस्तेमाल करना ठीक लगता था। दिक़्क़त यह थी कि कांग्रेस के बाहर अधिकांश नागरिकों को सत्ता के इस कारोबार का कुछ अता-पता नहीं था। इसकी जटिलता उनकी उलझन और बढ़ाए दे रही थी। नेहरू को इसका अहसास था। वे बार-बार राज्य के काम-काज और लोकतांत्रिक राजनीति को जनता के सामने खोल कर रखने पर ज़ोर देते थे। लेकिन, भाषा की बाधा के कारण उनकी अभिव्यक्ति सीमित हो जाती थी। वे जनता तक अपनी बात उतनी ही पहुँचा सकते थे जितनी सत्ता की भाषा अँगरेज़ी उन्हें इजाज़त देती थी। विचार-विमर्श के इस दायरे को विस्तृत करने की कोई ख़ास कोशिशें नहीं की गईं। ऐसी कोई सार्वजनिक शब्दावली नहीं बन पाई जिसके माध्यम से एक भारतीय दूसरे भारतीय से भारतीय के रूप में बात कर पाता।

नेहरू के विचार से नए राज्य का प्राधिकार केवल सांविधिक लोकतंत्र के घरेलू काम-काज पर ही निर्भर नहीं था। वे समझते थे कि राज्य को अंतर्राष्ट्रीय क्षेत्र में भी अपनी संप्रभुता स्थापित करनी होगी। विदेशी मामलों में नेहरू का हाथ तक़रीबन खुला हुआ था। इस क्षेत्र में घरेलू शक्तियाँ उनके रास्ते में बहुत थोड़ी बाधा ही डाल पाती थीं। वे भारतीय संप्रभुता की हिफ़ाजत के लिए कटिबद्ध थे इसलिए उन्होंने गुटनिरपेक्षता का विचार विकसित किया। 1955 में गुटनिरपेक्ष देशों के बांदुंग सम्मेलन में नेहरू द्वारा पेश सिद्धान्त आज आदर्श के तौर पर फीके और गुज़रे ज़माने की चीज़ लगते हैं। लेकिन, पचास के दशक के मध्य में शीत युद्ध

के विकट ध्रुवीकरण के मुक़ाबले गुटनिरपेक्षता का सिद्धान्त कहीं ज़्यादा रेडिकल था। सक्रिय निरपेक्षता का यह उसूल एक-आध बार लड़खड़ाता-सा भी लगा। ख़ासतौर पर 1956 में सोवियत संघ द्वारा हंगरी पर किए गए हमले की निंदा करने में भारत की क्षणिक हिचक इसका प्रमाण थी। लेकिन, कुल मिला कर नेहरू को असाधारण सफलता मिली और उन्होंने अंतर्राष्ट्रीय राजनीति में भारत की स्वतंत्र आवाज़ को मज़बूती से स्थापित कर दिया। औपनिवेशिक भींच से हाल ही में छूटे किसी भी ग़रीब देश के लिए यह एक चौंका देने वाली उपलब्धि थी। नेहरू को पक्का यक़ीन था कि यूरोप के प्रभुत्व की छाया से बाहर निकलकर अब एशिया अपने इतिहास का स्वयं मालिक बन रहा है। उनका यही विश्वास गुटनिरपेक्षता के विचार के केंद्र में था। उनकी निगाह में चीन और भारत की नियति विश्व इतिहास के इस नए चरण की प्रमुख चालक शक्ति बनने में निहित थी। चीन के संदर्भ में ही उन्होंने पहली बार *पंचशील* के उन पाँच उसूलों की रूपरेखा पेश की जिसके आधार पर उन्हें एशिया को शांति का क्षेत्र बनाने की उम्मीद थी।

विदेश नीति, और ख़ासतौर से, चीन के साथ संबंधों में ही नेहरू को सबसे बड़ी नाकामी मिली। 1962 का अनर्थकारी युद्ध उनके लिए दोहरी विडंबना लेकर आया। नेहरू ने तीस के दशक में एशियाई सभ्यताओं के बारे में अपनी समझ बनाई थी। उसी आधार पर वे मानते थे कि चीन और भारत का टकराव ऐतिहासिक रूप से असंभव है। यही वजह थी कि वे चीन के हमलावर इरादों में हो रही बढ़ोतरी को नहीं देख पाए। 1950 में चीन के तिब्बत पर आक्रमण के समय उनका यह भोलापन स्पष्ट हो गया क्योंकि उन्होंने उस पर कोई आपत्ति नहीं की। जब चीन और आगे बढ़ने की तैयारी कर रहा था, नेहरू अपने पेईचिंग स्थित राजदूत को लिख रहे थे, 'मैं भारत और चीन की दोस्ती को बहुत महत्त्व देता हूँ। मेरा विचार है कि एशिया और कुछ हद तक विश्व का भविष्य इस पर निर्भर करता है।'[9] नेहरू का अगले बारह साल तक यही रवैया रहा और वे अपने सेनापतियों द्वारा दी गई सीमाई क्षेत्रों में आवश्यक तैयारियाँ करने की सलाह को नज़रअंदाज़ करते रहे। नतीजे के तौर पर भारतीय सेना को 1962 में अपमानजनक पराजय का सामना करना पड़ा। नेहरू अब अपने आक्रोश का दयनीय प्रदर्शन करने के अलावा कुछ नहीं कर सकते थे (उन्होंने अपने मंत्रियों के सामने गरजते हुए कहा था, 'मैं उनके (चीनियों के ख़िलाफ़, डंडे से लड़ूँगा')।[10] दरअसल यह अंतर्राष्ट्रीय संबंधों की पुनर्रचना के उनके प्रयासों का दुःखद अंत था। नेहरू की विदेश नीति के इस हश्र ने भारत को विदेशी निर्भरता के दौर में धकेल दिया। पहले अमेरिका और पश्चिमी ताक़तों का मुँह ताका गया और अंततः नेहरू की बेटी इंदिरा गांधी ने 1971 में सोवियत संघ से संधि कर ली। इस तरह गुटनिरपेक्षता का विचार ख़त्म हो गया। चीन-युद्ध के बाद प्रतिरक्षा की ज़रूरतों और माँगों पर ज़्यादा ध्यान दिया गया। धीरे-धीरे सेना

का आकार बढ़ता चला गया। वह नए-नए हरबे-हथियारों से लैस होती चली गई और भारतीय राज्य के सीमित संसाधनों पर भारी बोझ बन गई।

आज़ाद भारत के इतिहास के शुरुआती दौर में नेहरू के योगदान का स्थायी महत्त्व था। लेकिन इस सफलता में उनके कार्यकाल के आख़िरी दौर की भारी नाकामी का ग्रहण लग गया। इसकी वजह थी नेहरू-युग का बुनियादी विरोधाभास। उस युग में लोकतंत्र और समाज-सुधार की ऊँची-ऊँची बातें ख़ूब की जाती थीं, और शासन-पद्धति के तौर पर उस समय का भारतीय लोकतंत्र एक मिसाल था। संसदीय और दलीय कार्यविधियों का अनुपालन करने में बड़े गर्व का अहसास किया जाता था। घोटाले न के बराबर थे। व्यवस्था पर क्षमता से अधिक बोझ नहीं था। कम-से-कम इतने भारतीय तो वोट डालते ही थे कि व्यवस्था को जन-वैधता मिल जाती थी। (पहले तीन आम चुनावों में मतदान का औसत पचास से थोड़ा ही कम था)। कांग्रेस विभिन्न माँगों में उचित ढंग से छाँटा-बीनी करके धार्मिक व जातिगत हितों को स्थानीय स्तर तक ही सीमित रखने में कामयाब थी। नेहरू ने लोक-आधारित प्रत्यक्ष संप्रभुता की अतिवादी रेडिकल (जेकोबिन) मान्यताओं को ठुकरा दिया था। उन्होंने अपनी धारणा तत्कालीन पीढ़ी की उस सुविवेचित इच्छा के आधार पर बनाई थी जो 'राष्ट्र' को एक अमूर्त और ऐतिहासिक रूप से स्थायी विचार की तरह देखती थी। दरअसल, यह अप्रत्यक्ष संप्रभुता की अवधारणा थी। यह अलग बात है कि नेताओं और सांसदों की आगामी पीढ़ियाँ इसे मानने के लिए तैयार नहीं हुईं। उन्होंने चुनावी बहुमत द्वारा प्राप्त फ़ौरी क़िस्म के अस्थिर प्राधिकार को ज़्यादा पसंद किया।

बहरहाल, नेहरू के शासन की असली ऐतिहासिक सफलता लोकतांत्रिक आदर्शवाद के प्रचार-प्रसार की नहीं थी। उनका सबसे बड़ा कारनामा तो यह था कि वे राज्य की संस्था को भारतीय समाज के केंद्र में सुस्थापित करने में सफल रहे। नेहरू के ज़माने में राज्य का प्रभाव-क्षेत्र बढ़ता चला गया। उसकी महत्त्वाकांक्षाएँ आसमान छूने लगीं। भारतवासियों को जो राज्य कभी अजनबी और सुदूर लगता था, वह उनके दैनिक जीवन में घुसपैठ की इच्छा करने लगा। उसने दावा किया कि वह हर चीज़ के लिए ज़िम्मेदार है : चाहे वह नौकरियों का मामला हो, राशन-कार्ड जारी करने हों, शिक्षा-संस्थानों में दाख़िले का सवाल हो, सुरक्षा बंदोबस्त हों या सांस्कृतिक मान्यता का प्रश्न हो। इस तरह राज्य भारतीय मानस पर पूरी तरह अंकित हो गया। यह काम अतीत की कोई भी राजनीतिक संस्था नहीं कर सकी थी। यही थी नेहरू-युग की स्थायी विरासत। 1964 में नेहरू के देहांत के बाद जल्दी ही लोकतांत्रिक आचरण खोखले ढर्रे तक सीमित रह गया और केवल दस साल बाद उनकी बेटी ने ही देश को एकदम अलग तरह की राजनीति में धकेल दिया। ज़ाहिर था कि नेहरू के ज़माने में बना संस्थागत ढाँचा कोई ख़ास मज़बूत साबित नहीं हुआ।

शायद उनके नेतृत्व की उस छोटी-सी अतिसक्रिय अवधि से और ज़्यादा उम्मीदें लगाना ठीक भी नहीं था। कभी-कभी नेहरू की उपलब्धियाँ वास्तविकता से ज़्यादा ठोस लगने का भ्रम ज़रूर देती थीं। असल में यह करामात उनकी अपनी ज़ोरदार बौद्धिक क्षमता की थी, जिसके दम पर वे अपनी परियोजनाओं की शक्ल बनाते थे। नेहरू अपने कामों के महत्त्व को समझाने के लिए मिसालें देने और कहानियाँ कहने में माहिर थे। निश्चित रूप से ऐसा करते हुए वे कहीं-न-कहीं ख़ुद को भी आश्वस्त करते रहते थे। मसलन, संसदीय लोकतंत्र के लिए उपयुक्त स्वभाव विकसित करने के लिए उनका प्रण था कि वे संसद में छोटी-छोटी ग़ैरकांग्रेसी पार्टियों के नेताओं के साथ ऐसा सुलूक करेंगे जैसे कि वे वास्तव में महत्त्वपूर्ण विपक्षी नेता हों। नेहरू युग ने एक काम और किया। उसने राजनीतिक नेतृत्व को स्पष्ट रूप से भारतीय राज्य का केंद्रीय तत्त्व बना दिया और इसी वजह से देश उनकी मृत्यु के कारण उत्तराधिकार के लंबे संकट में फँसा। आने वाले दशकों में तो नेतृत्व के सवाल ने निर्णायक भूमिका ही अख़्तियार कर ली। चूँकि राज्य की शक्ति का विकास इतने विकृत तरीक़े से हुआ था कि कहीं वह ताक़तवर हो गया और कहीं कमज़ोर, इसलिए उसे नेतृत्व पर निर्भर होना ही पड़ा।

4

नेहरू की मृत्यु के बाद बीस साल तक सत्ता का केंद्रीकरण चलता रहा। यह एक दीर्घकालीन ऐतिहासिक प्रक्रिया थी जिसकी शुरुआत ब्रिटिश राज में हुई थी। इन वर्षों में इसकी रफ़्तार बढ़ी। लेकिन, इसी दौरान समाज में नए हितों और समूहों की केंद्रीकृत होती हुई इस सत्ता तक पहुँच भी शुरू हो गई। इस अवधि में ज़्यादातर नेहरू की इकलौती पुत्री इंदिरा का शासन रहा। उनका प्रधानमंत्री बनना एक आकस्मिक घटना थी। उत्तराधिकार का प्रश्न किसी भी लोकतांत्रिक राज्य के लिए केंद्रीय महत्त्व का होता है। नेहरू का पहला उत्तराधिकारी भी कठिन हालात में चुना गया था। नेहरू वंशानुगत उत्तराधिकार नहीं चाहते थे, हालाँकि इंदिरा गांधी ने राजनीति में पहला क़दम अपने पिता की देख-रेख में ही रखा था और पचास के दशक में वे कांग्रेस अध्यक्ष के रूप में एक सालाना कार्यकाल भी गुज़ार चुकी थीं। इसमें भी कोई शक नहीं था कि इंदिरा गांधी राजनीति करना चाहती थीं। लेकिन, यह मानने का कोई कारण नज़र नहीं आता कि नेहरू ने उन्हें शासन करने के लिए ही तैयार किया था। जनवरी 1966 में नेहरू के उत्तराधिकारी लालबहादुर शास्त्री की अकाल मृत्यु हो गई। वे दो वर्ष से कम समय तक प्रधानमंत्री रह पाए। इस आकस्मिक घटना ने इंदिरा गांधी को एक झटके में सत्ता तक पहुँचा कर भारतीय इतिहास को बदल दिया।

कांग्रेस का नेता चुने जाते समय इंदिरा गांधी के पास न तो पार्टी में और न ही देश में सत्ता का कोई आधार था। वे संकोची स्वभाव की थीं। उनमें राजनीतिक नियंत्रण की बागडोर अपने हाथ में रखने की ज्वलंत महत्त्वाकांक्षा तो थी ही नहीं, किसी विचारधारात्मक आवेग का भी अभाव था। इंग्लैंड में विद्यार्थी जीवन के दौरान उन्होंने कुछ रेडिकल सोहबत अवश्य की थी और तीस के दशक के उत्तरार्द्ध में वे अपने पिता से भी कुछ ज़्यादा वामपंथी दिखाई देने लगी थीं (1938 में उन्होंने एक पत्र लिख कर अपने पिता को लॉर्ड लोथियन द्वारा दिया गया एक घरेलू पार्टी का निमंत्रण स्वीकार न करने की सलाह दी थी क्योंकि 'उससे इस देश के उन सभी लोगों पर बेहद ग़लत प्रभाव पड़ेगा जो जरा से भी 'वाम' हैं)।'[11] पर, साठ का दशक आते-आते इंदिरा गांधी की सैद्धांतिक आग ठंडी पड़ गई थी। उनके व्यक्तित्व की इन्हीं दुर्बलताओं और नेहरू की पुत्री होने के प्रकट लाभ ने उन्हें कांग्रेस के ताक़तवर प्रांतीय नेताओं के लिए एक आकर्षक मोहरा बना दिया। इन्हीं नेताओं के जमावड़े को 'सिंडीकेट' कहा जाता था। नेहरू के अंतिम दिनों में पार्टी का नियंत्रण सिंडीकेट के हाथों में चला गया था। इसी बूढ़े पंचकौड़ी गुट ने भुवनेश्वर की उस चाँदनी रात में शास्त्री को उत्तराधिकारी चुना था, जब नेहरू पल-पल मृत्यु के क़रीब खिसकते जा रहे थे। इसी गुट ने जनवरी 1966 में इंदिरा गांधी को इस यक़ीन के साथ अपना मुखिया चुना कि प्रधानमंत्री की लगाम उनके हाथ में बनी रहेगी। यह एक घातक भूल थी। ये अनुभवी नेता न तो अपनी क्षमताओं का ठीक से अंदाजा लगा पाए और न ही इंदिरा गांधी के चरित्र की उन्हें सही-सही थाह हो पाई। अपनी ज़िंदगी के आख़िरी बीस सालों में इंदिरा गांधी के रूपांतरण की कहानी बेहद दिलचस्प है। वे एक ऐसी महिला के रूप में उभरीं जिसे अपने राजनीतिक लक्ष्यों के प्रति कोई भ्रम नहीं था और जो बड़ी हिम्मत के साथ ठीक ऐसे वक़्त क़दम उठाती थी कि उसके विरोधी लाजवाब हो जाते थे। यह तथ्य केवल इंदिरा गांधी की जीवनी के लिए ही उल्लेखनीय नहीं है कि उन्होंने ख़ुद को बचाने के चक्कर में भारतीय राज्य और लोकतांत्रिक राजनीति के चरित्र को ही बदल कर रख दिया। इंदिरा गांधी को पहला संघर्ष अपनी ही पार्टी के अंदर करना पड़ा जिसमें वे पार्टी के ही ख़िलाफ़ चली गईं। चूँकि उनकी पार्टी भारतीय राजनीति का केंद्र थी इसलिए उनके हर क़दम के कारण राज्य के कामकाज और समाज के साथ उसके संबंधों को रूपांतरित होना ही था।

श्रीमती गांधी के नेतृत्व वाली साठ के उत्तरार्द्ध की कांग्रेस आज़ादी के बाद सबसे कमज़ोर हालत में थी। अर्थ-व्यवस्था अस्थिर थी। कांग्रेस ने 1967 का चुनाव जीत ज़रूर लिया था लेकिन पहली बार उसे आज़ादी के आंदोलन के वारिस के रूप में नहीं बल्कि महज एक राजनीतिक दल के रूप में मैदान में उतरना पड़ा। इस चुनाव में कांग्रेस को पहले की अपेक्षा आत्मविश्वास की कमी भी महसूस हुई।

आठ विधानसभाएँ उसके हाथ से निकल गईं। इनमें उत्तर भारत के बड़े-बड़े राज्य भी शामिल थे। चुनाव परिणामों से थकी हुईं श्रीमती गांधी ने पार्टी के इस फीके प्रदर्शन को एक मौक़े के रूप में लिया और संगठन पर क़ाबिज़ होने के लिए पार्टी के रोज़मर्रा के काम-काज को नीचे से ऊपर तक बदलना शुरू कर दिया। तीस के दशक से पार्टी की मशीन एक मज़बूत आलाकमान और काफ़ी-कुछ स्वतंत्र प्रांतीय क्षत्रपों के मिले-जुले प्रयासों के आधार पर चल रही थी। नेहरू को इस सांगठनिक तौर-तरीक़े से परेशानी तो होती थी लेकिन इस पद्धति से काम-काज ठीक ढंग से निबट जाता था। दूसरे, इस पद्धति से संभावित टकरावों को राजनीतिक व्यवस्था के निचले स्तरों तक ही सीमित रखने में आसानी भी होती थी। कांग्रेस अपने सूबेदारों पर निर्भर रहती थी और कांग्रेसी क्षत्रप अपने इलाक़ों में अपना समर्थन-आधार बना कर उसे तुष्ट रखते थे ताकि सामुदायिक 'वोट बैंकों' की वफ़ादारी पार्टी के साथ रखी जा सके। वोट बैंकों को पटाए रखने के लिए ये क्षत्रप केंद्रीय नेतृत्व के ज़रिये उन्हें रियायतें दिलवाते रहते थे।

श्रीमती गांधी ने इस पूरी संरचना को भंग कर दिया। सूबेदारों की बिचौलिया हैसियत को ख़त्म करने और अनुदारवादी सिंडीकेट के मुक़ाबले स्वयं को स्थापित करने के लिए उन्होंने वह क़दम उठाया जिसकी कल्पना भी नहीं की जा सकती थी : 1969 में उन्होंने कांग्रेस को तोड़ दिया। राष्ट्रवाद का महान प्रतीक और चालक शक्ति समझी जाने वाली कांग्रेस को विभाजित करके वे एक छलाँग में इलाक़ाई क्षत्रपों के प्रभाव-क्षेत्र को पार कर गईं। देखते-ही-देखते केंद्र से राज्यों और क्षेत्रों तक फैले संरक्षण के तार अस्त-व्यस्त हो गए और वरिष्ठ नेताओं के वोट बैंकों की हवा निकल गई। इसके बाद श्रीमती गांधी ने बाएँ बाज़ू की लफ़्फ़ाज़ी शुरू की। उन्हें उम्मीद थी कि वे समाज में एक नई दलबंदी को जन्म देकर करोड़ों ग़रीब देशवासियों को सीधे संबोधित कर सकेंगी। श्रीमती गांधी ने समाज के इस तबक़े की एक शक्तिशाली चुनावी संसाधन के रूप में एकदम सही पहचान की और उसे अपने पक्ष में गोलबंद करने के लिए रेडिकल हाव-भाव अख़्तियार करने की एक पूरी पद्धति ईजाद कर डाली : बैंकों का राष्ट्रीयकरण कर दिया गया। संविधान में राजाओं को मिली विशेष सुविधाएँ ख़त्म कर दी गईं। उन्होंने एक नितांत निर्विवाद नारा गढ़ा : ग़रीबी हटाओ। ठीक ऐसी ही रणनीति उस समय सीमा के पार पाकिस्तान में ज़ुल्फ़िक़ार अली भुट्टो अपना रहे थे। (राजनीतिक मुक्केबाज़ी की कला का ये दोनों नेता एक दूसरे को देख कर अभ्यास करते थे)। श्रीमती गांधी ने यह रणनीति ऐसी चुनावी परिस्थितियों में आज़माई जो सीधे-सीधे उनके अपने फ़ायदे के लिए तैयार की गई थी : समय से एक साल पहले उन्होंने चुनाव कराने की घोषणा करके एक तरह से 'राष्ट्रीय' मतदाता-मंडल की रचना ही कर डाली। उनके विरोधी भौंचक्के रह गए। राज्यों और केंद्र के चुनावों का आपसी तालमेल

भंग हो गया। इससे मतदाताओं का ध्यान क्षेत्रीय समस्याओं से हट कर दिल्ली पर केंद्रित होने के हालात बने।

इस रणनीति को अभूतपूर्व कामयाबी मिली। 1971 के चुनाव में श्रीमती गांधी को मिला ज़बर्दस्त बहुमत उनके पिता को मिले किसी भी बहुमत से बड़ा था। इंदिरा गांधी की जीत का सिलसिला यहीं नहीं रुका। इसी वर्ष पाकिस्तान से युद्ध में हुई विजय का श्रेय श्रीमती गांधी के संकल्पवान नेतृत्व को मिला। इसी युद्ध के गर्भ से पाकिस्तान से अलग हुआ बांग्लादेश निकला और श्रीमती गांधी ने इसी साख के दम पर 1972 में हुए राज्यों के चुनावों में विपक्ष का सूपड़ा साफ़ कर दिया। सिंडीकेट ध्वस्त हो गया और कांग्रेस का सितारा जगमगा उठा। लेकिन, सिक्के का दूसरा पहलू भी था। संगठन के रूप में कांग्रेस टूट गई थी। भारतीय राजनीति में एक ऐसी दरार पड़ चुकी थी जिसे दिनोदिन चौड़ा ही होते जाना था। फिर जल्दी ही कांग्रेस केवल चुनाव जीतने का धंधा करने वाली एक ऐसी कंपनी में पतित हो गई जो अपने कामों के लिए किसी के प्रति जवाबदेह नहीं थी। कांग्रेस में होने वाला गुटों का संघर्ष एक ज़माने में कहीं-न-कहीं विचारधारात्मक मतभेदों से ताल्लुक़ रखता था, लेकिन अब इसका अर्थ कोरी धड़ेबाज़ी ही रह गया। पार्टी सिर्फ़ धन जमा करने, टिकट बाँटने और चुनाव-अभियान चलाने की मशीन बन गई। उसकी दृष्टि में चुनाव, और सिर्फ़ चुनाव रह गए। यह दूरदृष्टिविहीनता एक गहरे परिवर्तन का सूचक थी। दो चुनावों के बीच की जाने वाली ख़ामोश राजनीति की उपेक्षा कर दी गई, जबकि यही वह अवधि होती थी जब जनाधार को पाला-पोसा जाता था, वायदे निभाए जाते थे और योजनाओं को ज़मीन पर उतारा जाता था। चुनाव अचानक शुरू हो जाने वाली नौटंकी की तरह हो गए और देशवासियों की स्थिति आशाओं और प्रत्याशाओं से बेचैन दर्शकों-सरीखी हो गई।

जैसे-जैसे कांग्रेस की पहचान फीकी पड़ी, इंदिरा गांधी ने अपनी निजी चमक से उसकी पूर्ति शुरू की। उन्होंने स्वयं को स्तुति के पात्र के रूप में पेश किया। उनकी कोशिश थी कि लोग उन्हीं के ज़रिये स्वयं को पहचानें और उन्हीं में अपना विश्वास आरोपित करें। इसकी प्रतिक्रिया में हुआ यह कि श्रीमती गांधी ही तमाम असंतोष और नाकामियों से उपजी निराशा का निशाना बन गईं। एकदम नए तरह की परिघटना प्रकाश में आई : चुनाव में मिला भारी समर्थन बड़ी तेज़ी से तिरोहित होने लगा और सरकार के लिए चुनावी बहुमत का अर्थ ऐसा टिकाऊ समर्थन नहीं रह गया जिस पर पूरे पाँच वर्ष तक भरोसा किया जा सकता हो। अपनी चुनावी सफलता से तीन-चार वर्ष बाद ही श्रीमती गांधी के मुक़ाबले वे तमाम लोग खड़े हो गए जिन्हें उन्होंने नया सवेरा लाने का भरोसा दिया था। अब उन लोगों की निराशा श्रीमती गांधी से टकरा रही थी। चूँकि स्थितियाँ बदल चुकी थीं और अब असंतोष कांग्रेस की चलनी में से छन कर नहीं निकलता था, इसलिए यह असंतोष सहना

पुरानी कांग्रेस के नेताओं, हाशिये पर अपने दिन काट रहे राजनीतिक संगठनों और बुझने से पहले पूरी शक्ति से जलने की कोशिश कर रहे जयप्रकाश नारायण के रूप में गांधीवादी समाजवाद के आसपास गोलबंद हो गया। जयप्रकाश तो इंदिरा गांधी को देश-भर में सड़कों पर चुनौती देने वाले विरोध-प्रदर्शनों और हड़तालों के प्रतीक पुरुष ही बन गए। यह राजनीति चाहे सरकार की हो या विपक्ष की, पार्टियों के संस्थागत ज़रिये से नहीं हो रही थी। उफनते हुए असंतोष का जवाब श्रीमती गांधी ने दमन से दिया। ब्रिटिश राज से विरासत में मिले और भारतीय संविधान में सावधानीपूर्वक सुरक्षित रखे गए तानाशाही अधिकारों का सहारा लेकर श्रीमती गांधी ने 1975 में राष्ट्रपति से देश में आपातकाल लागू करने की उद्घोषणा पर मुहर लगवा ली। लोकतांत्रिक अधिकार और न्यायिक प्रक्रियाओं को निलंबित कर दिया गया।

आपातकाल के कारण सत्ता राजधानी के कुछ बंगलों और कार्यालयों में सिमट कर रह गई। निर्णय लेने की प्रक्रिया से मंत्रिपरिषद और संसद को अलग कर दिया गया। अब निर्णय लेने का ज़िम्मा प्रधानमंत्री के कार्यालय के पास था जो पीएमओ के नाम से प्रचलित हो चुका था। यही पीएमओ आगे चल कर भारतीय राज्य का पवित्र गर्भगृह बना। प्रशासनिक सेवाओं और न्यायपालिका को उपदेश दिया गया कि उन्हें सरकार की नीतियों और आग्रहों के प्रति वफ़ादारी प्रदर्शित करनी चाहिए। ऐसा लगा कि तानाशाही के तत्त्वावधान में देश के एक ज़ोरदार पुनर्निर्माण के लिए कमर कसी जा रही है, लेकिन असल में ऐसा कुछ नहीं हुआ। कुछ विचित्र क़िस्म के अत्याचारी कारनामे अवश्य किए गए जिनका दायरा सीमित था : दिल्ली के उपराज्यपाल जगमोहन सरीखे छुटभैये चाटुकारों को दिल्ली के सुंदरीकरण के अधिकार दे दिए गए और नतीजतन झुग्गीवासियों को बुलडोज़रों के लिए रास्ता साफ़ कर देना पड़ा। अपनी प्रजनन संबंधी संभावनाओं का अंत करवा लेने के उपलक्ष्य में स्त्रियों और पुरुषों को ट्रांजिस्टर थमा दिए गए। वृक्ष रोपे गए और मुरझा जाने के लिए छोड़ दिए गए। चूँकि आपातकाल पर उसके स्रष्टा की स्पष्ट छाप थी, इसलिए उसके कारणों की व्याख्या भी उस नेता की मन:स्थिति के रूप में करने का चलन आम हो गया। कहा गया कि अकेली, असुरक्षित और स्वयं को संत्रस्त महसूस करने वाली श्रीमती गांधी ने स्वतंत्रता की देवी को अपनी निरंकुशता की ओढ़नी से ढँक दिया है।

श्रीमती गांधी दावा तो यह करती थीं कि वे अपने पिता द्वारा शुरू की गई परियोजना को पूरा करने के लिए वचनबद्ध हैं लेकिन लोकतांत्रिक राजनीति की अंतर्निहित अनिश्चितताओं को बर्दाश्त करना उनके बस की बात नहीं थी। 1957 में केरल की कम्युनिस्ट सरकार से निबटने के मसले पर ही पिता और पुत्री में मतभेद हो गया था। केंद्र और केरल सरकार के बीच 1959 में हुए टकराव के बारे में मद्रास के दैनिक *द हिंदू* के एक संवाददाता ने प्रधानमंत्री नेहरू और तत्कालीन

कांग्रेस अध्यक्ष इंदिरा गांधी से साक्षात्कार लिया था। इस बातचीत का लहजा ही इस मतभेद को साफ़ कर देता है :

> संवाददाता : आप कम्युनिस्टों से लड़ेंगे या उन्हें उखाड़ फेंकेंगे (यानी बर्खास्तगी)?
>
> नेहरू : उखाड़ फेंकेंगे? कैसे? आपका क्या मतलब है? वे भी तो चुन कर आए हैं।
>
> इंदिरा गांधी : पापू, इनसे ये क्या कह रहे हैं आप? चलिए, आप प्रधानमंत्री के तौर पर बोलिए। कांग्रेस अध्यक्ष के तौर पर मैं तो उनसे संघर्ष करना और उन्हें उखाड़ फेंकना चाहती हूँ।[12]

वही हुआ। अंत में ई.एम.एस. नंबूदिरीपाद के नेतृत्व वाली कम्युनिस्ट सरकार बर्खास्त कर दी गई। यह क्षेत्रीय राजनीति में केंद्र के नियमित हस्तक्षेप की शुरुआत थी। लेकिन आपातकाल इंदिरा गांधी की इस ख़ास व्यवहार-शैली के नतीजे के अलावा कुछ और भी था। विरासत में मिले कांग्रेस संगठन को धूल-धूसरित करके श्रीमती गांधी खुल कर सत्ता को नियंत्रित करने का मज़ा ले रही थीं। उनके रोम-रोम से सर्वोच्च सत्ता टपकती थी। लेकिन यह एक तानाशाह की निरुद्देश्य और बेतरतीब सत्ता थी जो कभी तो संपूर्ण नियंत्रण कर पाती थी और कभी नियंत्रण के अयोग्य साबित हो जाती थी।

कांग्रेस अपने (और इस कारण राज्य के भी) आंतरिक क्षय के कारण प्रांतों की पेचीदा राजनीति पर से पकड़ खो बैठी। पार्टी में सबको साथ लेकर चलने के हथकंडों में माहिर नेताओं के बजाय श्रीमती गांधी कुछ ऐसे तत्त्वों पर निर्भर होती चली गईं जिनकी प्रतिष्ठा संदिग्ध थी। ऐसे ही तत्त्वों से मिलकर बनी थी युवा कांग्रेस जो अपराधी प्रवृत्ति के बिगड़ैल छोकरों का जमावड़ा थी। इसे उनके पुत्र संजय गांधी चलाते थे। अपने इस बेटे पर माँ को अनन्य विश्वास था। युवा कांग्रेस के अधिकांश सदस्य अमीर तबक़े के ऐसे नौजवान थे जो अपनी चमचमाती अटैचियों के साथ राजनीति में धंधा करने के लिए आए थे। ये राजनीतिक यप्पी समृद्धि और रंग-रुतबे की सीढ़ियाँ राजनीति के ज़रिये चढ़ना चाहते थे जबकि समाज में उनके लिए अधिकारी तंत्र और बाज़ार तक पहुँचने की गुंजाइशें सीमित थीं। केंद्रीय नेतृत्व तक पहुँचने का सबसे आसान ज़रिया बनने में युवा कांग्रेस को देर नहीं लगी। इस संगठन ने लोकतंत्र की भ्रष्ट व्याख्या की। उसने इस व्यवस्था को खुले दरवाज़ों का लोकतंत्र क़रार देते हुए अपने द्वार असामान्य सामाजिक पृष्ठभूमि वाले ऐसे तत्त्वों के लिए खोल दिए जिनमें से कइयों का सिलसिला अपराधियों से भी जुड़ा हुआ था।

गुज़रे ज़माने की कांग्रेस सूचनाओं के सुसंगठित केंद्र की तरह काम करती थी। इसके उलट सत्तर के दशक के मध्य तक पीएमओ (प्रधानमंत्री कार्यालय) एक

ऐसा छत्ता बन चुका था जिसमें चाटुकारिता और अफ़वाहें भनभनाती रहती थीं। ऐसे अक्षम पीएमओ के ज़रिये केवल विकृत सूचनाएँ ही मिल सकती थीं। 1977 में ऐसी ही सूचनाओं के आधार पर श्रीमती गांधी ने चुनाव घोषित किया। उन्हें दी गई ये आधारहीन सूचनाएँ ही उनके इस यक़ीन का कारण थीं कि भारतवासी निरंकुशता की एक और खुराक पाने के लिए उन्हीं को वोट देंगे। आपातकाल का आम लोगों ने प्रतिरोध किया जिससे लोकतंत्र की पुनर्स्थापना में मदद मिली लेकिन अंतिम विश्लेषण में यह इंदिरा गांधी का अपनी जीत के प्रति मुग़ालता ही था जिसके कारण जनता को एक बार फिर लोकतंत्र का तोहफ़ा मिल सका। चुनावी परिणाम श्रीमती गांधी के ख़िलाफ़ गए और केंद्र में पहली बार ग़ैरकांग्रेसी सरकार गठित हुई। जनता पार्टी नामक यह गठजोड़ दक्षिणपंथी, हिंदुत्ववादी और किसान-आधार वाली पार्टियों से बना था। राजनीति और अर्थतंत्र को अपने सैद्धांतिक दावों के अनुकूल बनाने में नाकाम होने के बाद अंदरूनी कलह के कारण जनता गठजोड़ दो साल में बिखर गया। 1980 में हुए नए चुनावों के ज़रिये श्रीमती गांधी सत्ता में लौटीं। वक़्त उन्हें सबक़ सिखा चुका था। वे पहले से कहीं ज़्यादा विकल और अंधविश्वासी हो गई थीं। 1977 और 1980 के चुनाव परिणामों पर कई टिप्पणीकारों ने मतदाताओं को पहले बधाई दी और फिर उनकी भर्त्सना भी की। बधाई श्रीमती गांधी को हराने की 'परिपक्वता' दिखाने के लिए और भर्त्सना हड़बड़ी में फिर से उन्हें जिताने की 'नादानी' के लिए। दरअसल, ये चुनावी लहरें वोटरों की राजनीतिक अनुभवहीनता का परिणाम नहीं थीं। ये नतीजे बता रहे थे कि लोगों के मानस पर चुनाव की एक नई समझ अंकित हो गई है और अब वे राजनीतिक दुराचरण का कोई भी प्रमाण मिलते ही अपनी नाराज़गी को वोट के ज़रिये व्यक्त कर देते हैं।

श्रीमती गांधी के कामों का एक बड़ा नतीजा यह निकला कि लोकतंत्र का मतलब भारतीय राज्य और समाज के लिए सिर्फ़ चुनाव रह गया। उनके शासन के पहले दस साल ख़त्म होते-होते इस परिणाम ने अपने रंग दिखाने शुरू कर दिए। उनका बाक़ी का कार्यकाल चुनावी बवंडर में संतुलन बनाते हुए ही गुज़रा। राज्य की हालत यह हो गई कि संवैधानिक मर्यादा और संतुलन जनादेश के मातहत होकर रह गया और राजनेताओं ने जनादेश की व्याख्या चुनावी बहुमत के पर्याय के रूप में कर डाली। ज़ाहिर था कि हालात प्रत्यक्ष लोकप्रिय संप्रभुता के अतिरेडिकल संस्करण की तरफ़ खिसक रहे थे। ग़रीब और उत्पीड़ित समूहों को चुनावों का महत्त्व पहले से कहीं ज़्यादा समझ में आ चुका था। उन्हें अपने पक्ष में करने के लिए बेढंगे परिवर्तनवादी सिद्धान्त गढ़ कर नेता लोग लफ़्फ़ाज़ी में एक-दूसरे को मात देने में लगे हुए थे। 1971 के बाद श्रीमती गांधी ने अपने प्रचंड संसदीय बहुमत का सहारा लेकर ऐसा दिखाने की कोशिश की थी कि मानो संविधान उनके परिवर्तनकामी इरादों के रास्ते में एक अनुदारवादी बाधा के रूप में अड़ा हुआ हो। लोकलुभावन राजनीति

के इस इस्तेमाल ने राजनीतिक व्यवस्था में एक तरह का लोकतांत्रिक आवेग ज़रूर पैदा किया, परंतु नुक़सान भी हुआ। लोकतंत्र में संयम का समावेश करने के लिए आवश्यक नियमों और कार्यविधियों के अनुपालन की परंपराएँ कमज़ोर हुईं। इससे पहले शासन करने के इन नियमों और कार्यविधि संबंधी नियंत्रणों का सावधानी से पालन किया जाता था, लेकिन अब उनकी उपेक्षा की जाने लगी। चुनाव परिणामों के उतार-चढ़ाव के कारण राजनीति का दीर्घकालीन नज़रिया एक फ़ौरी क़िस्म की दृष्टि में सिमट कर रह गया। नतीजा यह निकला कि राजनेताओं का एकमात्र उद्‌देश्य सत्ता का ज़िम्मेदारीपूर्ण निर्वहन न रह कर येन-केन-प्रकारेण सत्ता पर क़ब्ज़ा करना रह गया। सत्ता की होड़ में कूदे नए तत्त्वों ने पाया कि राज्य के संसाधनों पर क़ाबिज़ हो जाने का एक ही तरीक़ा है कि वे चुनाव में जीत हासिल करें। राज्य ने ये संसाधन सरकार नियंत्रित आर्थिक विकास के लंबे दौर में जमा किए थे। इन तत्त्वों का मुख्य मक़सद इस ज़रिये ज़्यादा-से-ज़्यादा चाँदी काटना था।

जैसे-जैसे चुनावों का महत्त्व बढ़ा, वैसे-वैसे राष्ट्रीय और प्रांतीय राजनीति में लोगों की भागीदारी का स्तर भी बढ़ा। (1967 से 1984 के बीच हुए पाँच आम चुनावों में औसत मतदान 60 फ़ीसदी रहा।) साथ में हिंसा का भी प्रसार हुआ और चुनाव व हिंसा का यह संबंध आकस्मिक नहीं था। लोकतंत्र की आम समझ यह है कि इस प्रणाली में व्यक्ति अपने हितों की पूर्ति के लिए राजनीतिक पार्टियों का तर्कसंगत चुनाव करते हैं। लेकिन, असलियत यह है कि भारत या अन्य प्रतिनिधित्वमूलक लोकतंत्रों का संचालन प्रतिनिधि और उसके मतदाता के बीच सीधे और सरल कार्य-कारण संबंधों के ज़रिये नहीं होता। राजनेताओं और उनके समर्थकों के रिश्ते में एक व्यापक सांस्कृतिक सूत्र भी शामिल होता है जिसके तहत पहचान और विश्वास की आपसी अनुभूति पैदा होती है। लोकतांत्रिक राजनीति के लिए अस्मिताओं और हितों के बोध की स्थिरता ज़रूरी समझी जाती है, लेकिन असलियत यह है कि राजनीतिक अस्मिताएँ और हित राजनीति में पहले से मौजूद नहीं होते बल्कि राजनीति के ज़रिये उनकी रचना करनी पड़ती है। यही लोकतांत्रिक राजनीति का विरोधाभास है कि उसे उन हितों और अस्मिताओं को पैदा करना पड़ता है जिनका पूर्वअस्तित्व माने बिना वह संचालित हो ही नहीं सकती। अस्मिताओं की रचना करने का यह लोकतांत्रिक उपक्रम काफ़ी जोख़िम भरा है क्योंकि इससे होड़ की बजाय टकराव पैदा होने का अंदेशा रहता है। भारत अस्सी के दशक से इसी समस्या का शिकार है। सार्वजनिक जीवन में समाती जा रही हिंसा ने इसी दशक में स्वयं को व्यक्त करना शुरू किया। उसने उन टकरावों की भाषा बोली जिनका रिश्ता लोकतांत्रिक भागीदारी के बढ़ते हुए स्तरों से था। उदारतावादी निष्ठाओं के अनुसार लोकतंत्र को एक शमनकारी शक्ति के रूप में काम करना चाहिए, लेकिन भारत का यह अनुभव कमोबेश अमेरिका अथवा फ़्रांस के लंबे ऐतिहासिक तजुर्बे से प्राप्त अनुभवों से अलग नहीं लगता।

राजनीति में क़दम रखने वाले नए तत्त्वों ने स्वयं को समूहों और समुदायों के सदस्यों के रूप में देखा और उसी के मुताबिक़ आचरण भी किया। उन्होंने ख़ुद को उदारतावादी व्यक्तियों के रूप में नहीं माना। कई जगहों पर ये समूहगत अस्मिताएँ एक-दूसरे पर ज़बर्दस्त हमला करती हुई नज़र आईं : बिहार जैसे क्षेत्रों में सवर्णों ने निचली जातियों के ख़िलाफ़ युद्ध छेड़ दिया क्योंकि उन्हें अपनी ताबेदारी कर रहे वोट बैंकों के नष्ट होने से अपनी सत्ता ख़तरे में पड़ती दिखाई दी। राज्य और समाज के बीच हिंसा में भी बढ़ोतरी हुई। उन सामाजिक समूहों के बीच टकराव बढ़ गए जिनकी अस्मिताएँ राजनीतिक लक्ष्यों की पूर्ति के लिए भड़काई जा सकती थीं। ये सामाजिक समूह धार्मिक भी थे और जातिगत भी। ये समूह शहरी भी थे और ग्रामीण भी। भाषा, वर्ग और जातीयता भी इनका स्रोत थी। इस प्रकार के समूहों को राजनीतिक प्रतिनिधित्व मुहैया कराने के लिए संस्थाओं की कोई कमी नहीं थी। राजनीतिक दल थे ही, ट्रेड यूनियनें, धर्म और जाति-आधारित संगठन, व्यापारिक महासंघ और चैंबर्स ऑफ़ कामर्स भी थे। नारी आंदोलन, सामाजिक आंदोलनों, आदिवासी संगठनों और हथियारबंद बाग़ियों ने भी यह भूमिका निभाई। भारत के राजनीतिक दल भी इस विविधता के अच्छे-खासे सूचक हैं। यहाँ धार्मिक राष्ट्रवाद के आधार पर गठित पार्टियाँ भी रहीं (जैसे भाजपा)। जाति और वर्ग के आधार पर (जैसे लोक दल), केवल जाति के आधार पर (जैसे बहुजन समाज पार्टी), जनजातीय आधार पर (जैसे झारखंड मुक्ति मोर्चा), धार्मिक पृथकतावाद के आधार पर (जैसे अकाली दल), सांस्कृतिक पहचान के आधार पर (जैसे तमिलनाडु की द्रविड़ पार्टियाँ) और स्थानीयतावाद के आधार पर भी (जैसे शिव सेना) दल मौजूद हैं।

लोकतंत्र ने इन सामाजिक अस्मिताओं का आकर्षण काफ़ी बढ़ा दिया और कई बार इसके अंतर्विरोधी नतीजे निकले। केंद्र में सत्ता हासिल करने के लिए पार्टियों ने धर्म, भाषा और जाति-आधारित गोलबंदी की संभावनाओं को ध्यान में रख कर रणनीतियाँ बनाईं जिन्होंने क्रमशः हिंदू धर्म, हिंदी भाषा और निचली जातियों को अपना केंद्र बनाया। क्षेत्रीय राजनीति ने भी हिंसक ढंग से अपना सिर उठाया। इस बार यह प्रक्रिया पचास के दशक से काफ़ी अलग क़िस्म की थी। नेहरू ने क्षेत्रीय स्वायत्तता की जिन माँगों का सामना किया था वे ब्रिटिश शासन की विरासत की प्रतिक्रिया में पैदा हुई थीं। ब्रिटिश शासन द्वारा भारतीय राज्य के लिए छोड़े गए प्रशासनिक क्षेत्रों में विभिन्न भाषाई समूह रहते थे। इन समूहों के असंतोष का कारण अवसरों की अनुपलब्धता थी। अस्सी के दशक की क्षेत्रीय माँगें पचास के दशक के मुक़ाबले साफ़ तौर पर केंद्र के ख़िलाफ़ खड़ी हुई थीं। केंद्र ने साठ के दशक से ही क्षेत्रीय मामलों में लगातार दख़लअंदाजी करके अधिकारों के संघात्मक बँटवारे को अर्थहीन बना दिया था। राज्यों में बार-बार राष्ट्रपति शासन लगा कर उनके शासन को सीधे अपने हाथ में लेने का यह आपातकालीन अधिकार केंद्र को ब्रिटिश राज

की देन था। संविधान में इसे वैसे-का-वैसा ही बरक़रार रखा गया था। 1947 से 1966 के बीच राज्यों में दस बार राष्ट्रपति शासन लगाया गया। लेकिन 1967 से 1986 के बीच में 70 बार इस अधिकार का इस्तेमाल हुआ। संविधान द्वारा राज्यों को दिए गए अधिकारों को केंद्र द्वारा लगातार हड़पे जाने के रवैये ने क्षेत्रीय और राष्ट्रीय राजनीति को एक-दूसरे से जोड़ दिया। पहले स्थानीय मुद्दों को स्थानीय स्तरों तक ही सीमित रखा जाता था और उन्हें मुख्यमंत्रीगण और काफ़ी स्वायत्त अधिकारों से संपन्न क्षेत्रीय नेता ही निबटा दिया करते थे। केंद्र सरकार को इस पद्धति के कारण दीर्घकालीन लक्ष्यों के लिए काम करने की आज़ादी मिल जाती थी। वह रोज़मर्रा के असंतोष का शिकार होने से बच जाती थी। लेकिन, नए हालात में हर क्षेत्रीय ताक़त का रास्ता दिल्ली से होकर गुज़रने लगा।

केंद्र के इस रवैये के नतीजे कभी-कभी मनहूस ढंग से हास्यास्पद भी निकलते थे। 1980 में अपनी सत्ता में वापसी के दो साल में ही श्रीमती गांधी ने आंध्र प्रदेश पर अपनी पसंद के चार मुख्यमंत्री थोप डाले। इन चाटुकारों में अपने बनाए और हटाए जाने को लेकर सबसे ज़्यादा भौंचक्के एक नेता ने साफ़ तौर पर माना, 'मैं तो मैडम की वजह से आया था, और उन्हीं की वजह से जा रहा हूँ। मुझे तो यह भी नहीं पता है कि यहाँ आया कैसे था।'[13] कभी-कभी इसका परिणाम दुखद भी होता था। इसका उदाहरण पंजाब था। इस अशांत क्षेत्र को पहले तो विभाजन ने विदीर्ण किया और फिर लगातार भू-क्षेत्रीय विवादों के कारण इसे कई आंतरिक विभाजनों का सामना करना पड़ा। देश के अन्य भागों के मुक़ाबले पंजाब को अपनी क्षेत्रीय अस्मिता की अधिक ठोस अनुभूति थी। इसके पीछे एक कारण तो ब्रिटिश साम्राज्य द्वारा पुष्ट किया गया यह मिथक था कि सिख एक 'वीर' जाति है जिसका गृह-प्रदेश पंजाब है। दूसरा कारण यह था कि सिख धर्म और पंजाबी भाषा को एक-दूसरे से जोड़ कर देखा जाता था। आपातकाल में सिखों की क्षेत्रीय पार्टी अकाली दल ने श्रीमती गांधी का कड़ा विरोध किया था और 1977-79 के जनता गठजोड़ में भी भागीदारी की थी। श्रीमती गांधी और उनके पुत्र संजय इस गठजोड़ को तोड़ने के लिए बड़े व्याकुल थे। उन्होंने अकाली दल की कुख्यात कलह का फ़ायदा उठाते हुए जरनैल सिंह भिंडराँवाले नामक संत की पीठ पर इन्हीं झगड़ों को बढ़ावा देने के लिए हाथ रखा। भिंडराँवाले ने श्रीमती गांधी की यह ज़रूरत पूरी कर दी, लेकिन जैसे ही वे सत्ता में लौटीं उन्होंने उसकी उपेक्षा शुरू कर दी। केंद्र की बागडोर हाथ में आ जाने के बाद वे फिर से प्रांतों को नज़रअंदाज़ करने लगीं। लेकिन उस समय तक भिंडराँवाले ने अपने क़दम जमा लिए थे। उसका भड़काऊ संदेश ऑडियो कैसेटों के ज़रिये पंजाब के युवकों के एक उत्साही तबक़े से होता हुआ लंदन के साउथ हॉल और एक्टन तक फैल गया था। चूँकि भारतीय राज्य का अपने भू-क्षेत्र पर अधिकार अभी तक निर्विवाद नहीं हो पाया था, इसलिए भिंडराँवाले ने नौजवानों

को उस पर सवाल उठाने के लिए प्रोत्साहित किया। उसने सिखों के आत्मनिर्णय की भाषा बोलना शुरू की और उन्हें अपने अलग देश ख़ालिस्तान का सपना दिखाया। भिंडराँवाले की बातों को सिखों के बीच हाथोंहाथ लिया गया, लेकिन केंद्र सरकार विभिन्न प्रांतों के साथ-साथ पंजाब की उपेक्षा को न्यायोचित ठहराती रही। उसने पुराने लोकतांत्रिक तर्क को ही दोहरा दिया कि उसके पास तो राष्ट्रीय जनादेश है और उसकी अवज्ञा करने वाली क्षेत्रीय सरकारें राष्ट्रीय अखंडता के लिए ख़तरा हैं। क्षेत्रीय स्तर पर समर्थन जुटा लेने में सक्षम समूह पहले संघात्मक ढाँचे में अपने लिए गुंजाइश ढूँढ़ लेते थे। लेकिन, नए हालात में वे राष्ट्रीय मतदाता-मंडल में अल्पसंख्यक हैसियत के कारण स्थायी अलगाव में चले गए।

कई दशकों तक चले असमान आर्थिक विकास के नतीजे जब दिखना शुरू हुए तो केंद्र ने बड़े पैमाने पर अधिकारों को हड़पना शुरू कर दिया। इन केंद्रीय नीतियों के ख़िलाफ़ जो असंतोष उभरा, वह काफ़ी अलग क़िस्म का था। ख़ुशहाल हो चुके पंजाब जैसे क्षेत्रों ने अधिक स्वायत्तता की माँग की। असम जैसे क्षेत्रों ने केंद्र पर अपनी उपेक्षा का इल्ज़ाम लगाया और संसाधनों के बेहतर पुनर्वितरण के ज़रिये हस्तक्षेप की माँग की। लेकिन, इन शिकायतों को व्यक्त करने का राजनीतिक रूप एक ही था। चूँकि संघात्मक और प्रतिनिधित्वमूलक राजनीतिक ढाँचे में क्षेत्रों की सुनी ही नहीं जा रही थी इसलिए उनके लिए लोकतांत्रिक राजनीति का कोई ख़ास मतलब नहीं रह गया। पंजाब, असम और कश्मीर के संकटों की बुनियाद में यही सच्चाई थी। इसी कारण ये संकट भारतीय राज्य के केंद्र में और प्रधानमंत्री निवास के लॉन तक पहुँच गए।

आज़ाद भारत में राजनीतिक हत्याएँ प्राय: भीड़-भरे सार्वजनिक स्थानों में होती रही हैं। महात्मा गांधी की एक हिंदू अतिवादी ने प्रार्थना-सभा के दौरान हत्या की थी। भविष्य में राजीव गांधी 1991 की एक चुनाव सभा के दौरान तमिल मानव बम द्वारा मारे जाने वाले थे। इंदिरा गांधी की हत्या से पहले राजनीतिक सत्ता के गलियारों, भवनों और कक्षों में हत्याएँ नहीं हुई थीं और न ही उसके पीछे राज्य द्वारा हथियारबंद किए गए लोगों का उकसावा था। 1984 में अपने सिख अंगरक्षकों के हाथों श्रीमती गांधी की हत्या इसका अपवाद निकली। यह एक बेचैन कर देने वाली घटना थी क्योंकि इसके ज़रिये सिख अमृतसर के स्वर्णमंदिर पर भारतीय सेना के हमले का बदला लेना चाहते थे। इस हमले में भिंडराँवाले मारा गया था और दरबार साहिब के कई हिस्से ध्वस्त हो गए थे।

श्रीमती गांधी की हत्या के बाद सिखों के ख़िलाफ़ हुई योजनाबद्ध हिंसा विभाजन के बाद हुई सांप्रदायिक घटनाओं में सर्वाधिक गंभीर थी। इस हिंसा के दौरान न केवल सरकार अपने नागरिकों को बचाने के लिए अनिच्छुक दिखी वरन कांग्रेस पार्टी के सदस्य भी सिखों के ख़िलाफ़ हिंसा भड़काने में सक्रिय देखे गए। मुख्यत:

नई दिल्ली में क़रीब दो हज़ार सिखों को मौत के घाट उतार दिया गया। कई दिनों तक चले इन नियोजित 'दंगों' में मतदाता-सूचियों के सहारे हत्यारे और लुटेरे गिरोहों ने राजधानी में घूम-घूम कर सिख घरों और दुकानों की शिनाख़्त करके उन पर हमले किए। इस भीषण हत्याकांड के क़रीब 12 साल बाद भी इसके किसी दोषी को सज़ा मिलना तो दूर, किसी पर मुक़दमा नहीं चल सका : 1996 में आकर हिंसा को नियोजित करने वाले दो वरिष्ठ कांग्रेसजनों के ख़िलाफ़ मुक़दमा शुरू हो पाया।

श्रीमती गांधी के कार्यकाल के आख़िरी वर्षों में भारत के राष्ट्रीय मानस ने धीरे-धीरे लेकिन निर्णायक तौर पर नया रूप लिया। क्षेत्रों की ओर से पृथकतावादी दावे होने लगे। राज्य का आचरण था ही ऐसा कि उससे नागरिकों को उसके भू-क्षेत्रीय प्राधिकार पर सवाल करने का मौक़ा मिल जाता था। केंद्र सरकार ने इससे निबटने के लिए दो तरीक़े अपनाए। पहले तो फ़ौज की जम कर तैनाती की गई। कुछ क्षेत्रों को 'अशांत' घोषित करके काले क़ानून और विधेयकों के ज़रिये उन पर फ़ौजी शासन थोप दिया गया। नगालैंड, कश्मीर और पंजाब तो किसी विदेशी फ़ौज के क़ब्ज़े वाले क्षेत्र जैसे ही हो गए। इन राज्यों के हालात ने भारत में लोकतांत्रिक शासन की सीमाओं को स्पष्ट कर दिया और आज़ाद भारत के राज्य का प्राधिकार अँगरेज़ों के राज जैसा ही लगने लगा। दूसरे, भारत में राजनीतिक समुदाय की परिभाषा बदल दी गई। श्रीमती गांधी ने धार्मिक जज़्बात का खेल कुछ इस तरह से खेला कि 'ग़ैर-हिंदू' का मतलब 'राष्ट्र-विरोधी' निकाले जाने के संकेत मिलने लगे। इस प्रकार भारत के आधुनिकतावादी धर्मनिरपेक्ष प्रभु वर्ग ने ही धार्मिक गोलबंदी की भाषा को भारतीय राजनीति का अंग बनाया। सार्वजनिक जीवन में यह प्रवृत्ति राजनीति के हाशिये पर पड़े हुए अतीतवादी समूहों के ज़रिये नहीं, बल्कि राज्य के माध्यम से ही सार्वजनिक जीवन में पहुँची।

श्रीमती गांधी का शासन ख़त्म होते-होते उन्हें विरासत में मिला राजनीतिक परिदृश्य पूरी तरह से बदल चुका था। सबसे निर्णायक परिवर्तन तो अजीब ढंग से यह हुआ कि लोकतंत्र के चुनावी रूप से लोगों का जुड़ाव स्थायी हो गया। धनी किसानों, ग़रीबों और निचली जातियों के नए समूहों ने राजनीति में मतदाताओं और राजनीतिकों के रूप में प्रवेश किया। ज़ाहिर था कि भारतीय राजनीति के अभिनेताओं की सामाजिक और सांस्कृतिक पृष्ठभूमि बदल चुकी थी। चुनाव और उन्हें जीतना ही सब कुछ हो गया था, इसलिए सार्वजनिक जीवन को भ्रष्टाचार ने अपनी भींच में ले लिया। 80 और 90 के दशक में एक-के-बाद एक घोटाले इस परिघटना के प्रमाण के रूप में सामने आए। इससे पहले कांग्रेस का केंद्रीय नेतृत्व धन का जुगाड़ करने का काम उन स्थानीय महारथियों पर छोड़ देता था जिन्हें रुपयों से भरे हुए ब्रीफ़केस जमा करने में महारत हासिल थी। चंदा इकट्ठा करने का यह काम पार्टी की विभिन्न शाखाओं द्वारा अलग-अलग किया जाता था। इसके बारे में

सार्वजनिक रूप से कुछ जानकारी भी रहती थी। लोग खुशफ़हमी में बने रहते थे और ब्रीफ़केस-संस्कृति की बारीकियों और विस्तार में जाने की जहमत नहीं उठाई जाती थी। सत्ता के केंद्रीकरण ने ब्रीफ़केस-संस्कृति को भी केंद्रीकृत कर दिया। अब वह काम काफ़ी ख़ुफ़िया ढंग से होने लगा और नतीजतन लोगों का ध्यान इस ओर ज़्यादा जाने लगा। बड़े पैमाने पर धन-वसूली के कारण 'सूटकेस' छाप राजनेता प्रकट हो गए। चुनावी भागीदारी में हुई वृद्धि ने नेताओं को सांप्रदायिक अपील का सहारा लेने के लिए प्रोत्साहित किया। राजनीतिक समर्थन का जुगाड़ करने में ज़्यादा होशियारी बरतना ज़रूरी हो गया।

केंद्र ने अपना दायरा बढ़ा दिया था और इस विस्तारित केंद्र के हाथ में काफ़ी संसाधन थे। इन संसाधनों तक पहुँच बनाने के लिए होड़ तीखी होती जा रही थी। साथ ही कोई भी कुंठा, असंतोष और निराशा आसानी से केंद्र के ख़िलाफ़ मुड़ जाती थी। काम-काज के लिहाज से केंद्र पहले के संवैधानिक तौर-तरीक़ों से हट गया था। क़ानूनों और अधिकारों के आधार पर चलाए जाने वाले शासन के रूप में एवं राज्य की शक्तियों को मर्यादित करने वाली प्रक्रियाओं के रूप में लोकतंत्र क्षतिग्रस्त हो चुका था। नियमों के साथ राजनीतिक खिलवाड़ और उन्हें तोड़ना-फोड़ना आम बात हो गई थी। ऐसे माहौल में बौद्धिक आत्मालोचन की क्षमता में चौतरफ़ा गिरावट आना स्वाभाविक ही था। न राज्य को इसका भान था कि राज्य और समाज एक-दूसरे का क्या हाल किए दे रहे हैं और न ही उसके आलोचकों को। नेहरू के ज़माने का आत्मविश्वास तिरोहित हो चुका था। इसी आत्मविश्वास के दम पर भारत ने भविष्य का सामना करने की शानदार तैयारी की थी, लेकिन अब उसकी जगह राज्य पर अपनी पकड़ बनाए रखने की हड़बड़ी में फँसे हुए राजनीतिक प्रभु वर्ग की जड़वत और फ़ौरी क़िस्म की स्वार्थपरायणता ही रह गई थी। सरकार से बाहर कार्यरत बुद्धिजीवी हताशा अथवा उत्तेजना निकल जाने के बाद आने वाली सुस्ती के शिकार हो चले थे। हर तरफ़ 'संकट' की छाया थी : राष्ट्रनिर्माण की मूल परियोजना भ्रष्टाचार और पतन के गर्त में जाती लग रही थी। नतीजतन, जिस राज्य और जिस राजनीति से कभी राष्ट्र के लिए जीवनदायी बूटी की तरह काम करने की उम्मीद की जाती थी, अब उसे ही व्याधि की संज्ञा दी जाने लगी।

5

आज़ाद भारत के पहले पचास साल का ज़्यादातर समय केवल एक ही पार्टी कांग्रेस—के शासनकाल में गुज़रा। इसके बावजूद देश को हुआ राजनीतिक अनुभव न तो समरूप कहा जा सकता है और न ही उसमें निरंतरता मिलती है। इस अवधि के पहले दो दौर का असर तीसरे दौर में दिखाई पड़ा। नेहरू द्वारा संचालित राज्य

के पहले और इंदिरा गांधी मार्का लोकतंत्र के दूसरे दौर ने अस्सी के मध्य से शुरू हुए कांग्रेस के उत्कर्ष के अंतिम और सबसे व्याकुल दौर को काफ़ी प्रभावित किया। निश्चित रूप से इसके नतीजे जो समझे जा रहे थे, उनसे भिन्न निकले। राष्ट्रवादी प्रभु वर्ग ने नेहरू युग में लोकतंत्र की भाषा बोलने का जम कर अभ्यास किया था लेकिन उस युग की असली ऐतिहासिक उपलब्धि राज्य की संस्था को अभूतपूर्व ढंग से महत्त्वपूर्ण और अपरिहार्य बना देना थी। इसी तरह लोकतंत्र के लिए सबसे बड़ा ख़तरा लगने के बावजूद इंदिरा गांधी के शासन के कारण राज्य के दरवाज़े नए-नए समूहों और तबक़ों के लिए खुले। उन्हीं के ज़माने में चुनावी लोकतंत्र के विचार ने भारतीय राजनीतिक मानस पर अपनी अमिट छाप छोड़ी। इंदिरा गांधी की मृत्यु के बाद से ही भारतीय राजनीति इन ऐतिहासिक विरासतों के साथ तालमेल बैठाने की कोशिश में जुटी हुई है।

श्रीमती गांधी की हत्या से उपजी हमदर्दी की लहर के कारण कांग्रेस को 1984 में आख़िरी बड़ी सफलता मिली जो रिकॉर्ड-तोड़ होने के साथ-साथ अपने-आप में अनूठी भी थी। इसके बाद कांग्रेस का राजनीतिक ग्राफ़ बेरोकटोक नीचे गिरता चला गया। हालाँकि आज भी कांग्रेस एकमात्र पार्टी है जिसके पास देश के प्रत्येक क्षेत्र में कुछ-न-कुछ समर्थन ज़रूर है, लेकिन उसके वोटों का हिस्सा नीचे खिसक कर संसदीय अल्पमत के स्तर तक आ गया है (भारत में प्रचलित वेस्टमिनिस्टर शैली की प्रणाली में इस अल्पमत का अर्थ है क़रीब तीस फ़ीसदी वोट)। जाति और धर्म-आधारित गोलबंदी पर कांग्रेस की निर्भरता बढ़ने से इन सामाजिक श्रेणियों का राजनीतिकरण ज़रूर हुआ और वे राष्ट्रीय दायरे में आईं भी, लेकिन इससे कांग्रेस के विपक्षियों को आगे बढ़ने के मौक़े भी मिले। हिंदुत्व के आधार पर भारतीय राष्ट्रवाद को पुनर्परिभाषित करने के लिए संकल्पबद्ध भारतीय जनता पार्टी को तो कांग्रेस के इन कामों से बड़ा फ़ायदा पहुँचा। आज़ादी के बाद पहले चालीस वर्षों में हिंदू राष्ट्रवादी पार्टियों को कभी दस फ़ीसदी से अधिक वोट नहीं मिल पाए थे लेकिन नब्बे के दशक में भाजपा ने यह प्रतिशत दोगुना कर दिखाया, हालाँकि उसका समर्थन-आधार देश के उत्तरी और पश्चिमी क्षेत्रों तक ही सीमित रहा।

भारतीय लोकतंत्र के भविष्य के लिए हिंदू राष्ट्रवाद के उभार से भी ज़्यादा महत्त्वपूर्ण थी नए क़िस्म की जाति-आधारित राजनीति। यद्यपि कांग्रेस हमेशा स्वयं को अनुसूचित जातियों के पितृसुलभ अभिभावक के तौर पर पेश करती रही थी, इसके बावजूद जाति-व्यवस्था से पृथक किए जा चुके पंचम वर्ण ने दलितों अथवा बहुजनों के रूप में स्वयं को अलग से संगठित कर डाला। कांग्रेस से दलितों के अलगाव को विश्वनाथ प्रताप सिंह ने प्रोत्साहित किया। राजीव गांधी के मंत्रिमंडल के एक असंतुष्ट सदस्य के रूप में उन्होंने 1987 में सरकार छोड़ी और अपनी पार्टी बनाई जो नैतिक शुचिता, सामाजिक न्याय और कांग्रेस को अपदस्थ करने

के लिए समर्पित थी। वी.पी. सिंह ने संविधान की मौलिक प्रतिज्ञाओं और जाति आधारित आरक्षण पर मंडल आयोग की सिफ़ारिशों को लागू करने का क़दम उठाया (जाति-आधारित आरक्षण का मुद्दा 1980 से ही लगातार महत्त्वपूर्ण होता जा रहा था)। उन्होंने शिक्षा और रोज़गार में निचली समझी जाने वाली पिछड़ी जातियों को भारी आरक्षण देने का वायदा भी किया। इसका ख़ासकर उत्तर प्रदेश और बिहार के सर्वाधिक आबादी वाले प्रांतों पर चौंकाने वाला असर पड़ा। नए अवर्ण राजनेता उभरे। उधर दलितों ने पुराने राष्ट्रवादी नेताओं में आंबेडकर को अपने नायक के रूप में चुना। फ़र्क़ यह था कि आंबेडकर की तरह ये नेता न तो थ्री पीस सूट में रहते थे और न ही अदालती अँगरेज़ी बोलते थे। एक दलित महिला, मायावती, 1995 में उत्तर प्रदेश की 13 करोड़ 90 लाख जनता की मुख्यमंत्री बन गई। मायावती जैसे नेताओं ने अपने सामाजिक और सांस्कृतिक उद्गम को गर्व के साथ पेश किया और उसके ज़रिये सवर्णों की चौधराहट को खुल कर चुनौती दी। पिछड़ों और दलितों की ये नई जाति-आधारित पार्टियाँ भाजपा के हिंदू राष्ट्रवाद की उसूलन विरोधी थीं। उन्होंने मुसलमान और ईसाई समुदायों से गठजोड़ किया ताकि सवर्ण हिंदुओं का विरोध किया जा सके। इन पार्टियों का विचार था कि सवर्ण हिंदू देश को प्राचीन भारत की दमनकारी चातुर्वर्ण्य व्यवस्था की ओर लौटाने की साज़िश कर रहे हैं। उन्होंने उत्पीड़न के ख़िलाफ़ अपने संघर्ष को न्याय और अधिकारों के सिद्धान्तों पर आधारित नहीं किया। उनका ज़ोर साफ़ तौर पर अपने समुदायों के लिए विशेष सुविधाएँ प्राप्त करने पर रहा। इनमें दलितों की नुमाइंदगी करने वालों ने एक और गड़बड़ी की। सत्ता के लालच में उन्होंने ग़ैर-उसूली ढंग से भाजपा के साथ साज़-बाज़ करके अपने ग़ैर-हिंदू समर्थकों को नाराज़ कर लिया।

कांग्रेस का संघात्मक और गठजोड़ात्मक आधार कमज़ोर होने से क्षेत्रीय राजनीति में नई जान पड़ गई। नब्बे के दशक तक क्षेत्रीय पार्टियों की बढ़ती हुई संख्या और प्रसार ने राष्ट्रीय राजनीतिक मानस पर अपनी मुहर लगा दी। 1996 में गठित संसद में 28 पार्टियों ने भागीदारी की। यह संख्या पहले से कहीं ज़्यादा थी और इनमें ज़्यादातर सांसद क्षेत्रीय पहचान वाली पार्टियों से चुन कर आए थे। 1991 में नरसिंह राव की अल्पसंख्यक सरकार ने आर्थिक सुधारों की शुरुआत करके क्षेत्रीय सरकारों को ज़्यादा अधिकार दिए थे। इन सरकारों पर क़ब्ज़ा जमाने के लिए प्रतियोगिता और बढ़ गई। राजनीतिक होड़ की तीव्रता ने क्षेत्रीय राजनीतिकों की एक नई पीढ़ी पैदा की। इन नेताओं का राजनीतिक कौशल असाधारण था और उनमें जनता की सांस्कृतिक संवेदना को स्पर्श करने के नए-नए तरीक़े खोजने की क्षमता थी। बिहार के मुख्यमंत्री लालू प्रसाद यादव जैसे नेता इसका प्रमाण थे। लालू जब हेलीकॉप्टर से उतरते तो उनके कंधे पर उनका तोता बैठा होता और वे अपने भाषणों में हिंदी फ़िल्मों के गीतों का जमकर इस्तेमाल करते।

क्षेत्रीय राजनीति, जाति-आधारित राजनीति एवं हिंदू राष्ट्रवाद की संभावनाएँ अलग-अलग अवश्य हैं लेकिन ये तीनों परिघटनाएँ आज़ादी के बाद गुज़रे पहले चालीस वर्षों की ही उपज हैं। इन तीनों को राज्य और लोकतंत्र संबंधी विचारों के ख़िलाफ़ जाने वाले पुरातन रूपों की तरह नहीं लेना चाहिए। असल में ये तो इन विचारों की कामयाबी के प्रमाण हैं। लेकिन, इस सफलता के अपने विरोधाभास भी हैं। चुनावी राजनीति के प्रति लगाव बढ़ता जा रहा है। 1996 में किए गए एक राष्ट्रीय अध्ययन में 70 फ़ीसदी से अधिक मतदाताओं ने यह मानने से इनकार किया कि भारत का शासन राजनीतिक दलों और चुनावों के बिना बेहतर चलाया जा सकता है। सर्वेक्षण के ये परिणाम बताते हैं कि लोकतांत्रिक विचार कितना जड़ पकड़ चुका है। दूसरी ओर लोकतंत्र का अर्थ केवल चुनावों में सिमट जाने के कारण कुछ अंदेशे भी पैदा हुए हैं। जनता और चुनावों के ज़रिये सत्ता प्राप्त करने की महत्त्वाकांक्षाओं ने भद्दे क़िस्म की ग़ैरक़ानूनी हरकतों को प्रोत्साहन दिया है। हिंसा, भ्रष्टाचार, बूथ क़ब्ज़े के लिए पुराने ही नहीं, नए-नए तरीक़े भी अपनाए जाने लगे हैं। विधिसम्मत चुनाव कराने के लिए ज़िम्मेदार चुनाव आयोग का रवैया इस संबंध में निश्चित रूप से प्रभावशाली रहा है। नब्बे के दशक में मुख्य चुनाव आयुक्त टी.एन. शेषन के रुतबे ने नेताओं की महत्त्वाकांक्षाओं को कुछ संयमित किया। हालाँकि कई बार उनका रवैया सनकी क़िस्म का लगता था।

कुल मिला कर अन्य लोकतांत्रिक प्रक्रियाएँ उपेक्षा के कारण कमज़ोर हुई हैं। किसी भी आधुनिक लोकतंत्र में चुनाव राज्य को अधिकृत करने वाले व्यापक हितों और प्रथाओं का अंग होते हैं। लेकिन, भारत में समाज की आकांक्षाओं का सारा बोझ चुनावों को ही उठाना पड़ रहा है। वे राज्य और समाज के बीच एकमात्र सूत्र बनकर रह गए हैं। स्वयं लोकतंत्र के ही लाक्षणिक पर्याय के रूप में चुनावों की भाषा और उसका तात्पर्य अपनी सहजता के कारण आसानी से लोगों की समझ में आ जाता है। सत्तर के दशक से चुनावों के जनमत-संग्रही रूप ने इस समझ को जन-जन में व्याप्त कर दिया है। लोकतांत्रिक राजनीति के समग्र दायरे को केवल चुनाव द्वारा ही भरे जाने से पार्टियों द्वारा समर्थन जुटाने के तरीक़े बदल गए हैं। भारतीय लोकतंत्र के वर्तमान पर जाति और धर्म की शक्ल में सामुदायिक अस्मिताओं की स्थायी मज़बूती का काफ़ी असर है और केंद्र में शासन करने के लिए पार्टियों और समूहों को बहुमत के लिए ख़ूब जोड़-तोड़ करनी पड़ रही है। आज़ादी के पहले चालीस वर्षों में ये अस्मिताएँ कम महत्त्वपूर्ण थीं और अब वे राष्ट्रीय राजनीति पर छाई हुई हैं—यह तथ्य बताता है कि ये अतीत का अवशेष नहीं हैं वरन इनकी रचना आधुनिक राजनीति के हाथों ही हुई है।

भारत में लोकतंत्र को एक क़तई अलग तरह की जटिल संरचना वाले समाज में काम करना पड़ रहा है। यह समाज विभिन्न लौकिक और ऐतिहासिक स्तरों पर

एक साथ जीवित रहता है। भारत अभी भी मुख्यत: कृषि-प्रधान समाज है जहाँ लोग धर्म के प्रति अन्यमनस्क नहीं हुए हैं। इस समाज में व्यक्ति का अस्तित्व अपनी प्रभावशाली सामाजिक अथवा राजनीतिक उपस्थिति के लिए नहीं जाना जाता। स्थिति यह है कि आज इस समाज के ऊपर राज्य हावी हो गया है। ऊपर से यह राज्य पूरी तरह से सक्षम भी नहीं है। वह अक्सर अपने नागरिकों की सुरक्षा करने में नाकाम रहता है। वह उन्हें कल्याणकारी शासन देने और समाज के रूपांतरण के व्यापक आश्वासन की पूर्ति भी नहीं कर पाया। इन तमाम नाकामियों के बावजूद भारतीय राजनीतिक मानस राज्य के आसपास ही केंद्रित रहता है। क़रीब सौ साल पहले तक जाति-व्यवस्था ने राज्य की संस्था को महत्त्वहीन कर दिया था। 1947 में भारतीय राज्य ने संविधानसम्मत क़ानून और समाज-सुधार के ज़रिये जाति के पुराने और कठोर बंधनों को तोड़ डालने की प्रतिज्ञा की थी। पिछले पचास सालों में राज्य और लोकतंत्र के विचार ने इस मामले में अपनी ताक़त ज़रूर दिखाई है। जाति और धर्म जैसी भारत की प्राचीन सामाजिक अस्मिताओं की पुनर्रचना हुई है और उन्हें मजबूरन राजनीति से दो-चार होना पड़ा है। इस परिस्थिति का दूसरा पहलू यह है कि धर्म और जाति ने भी लोकतांत्रिक विचार को अपने अनुकूल ढालने में कोई कसर नहीं छोड़ी है। आज राजनीति पर छाई अनुसूचित, पिछड़ी, अन्य पिछड़ी, अतिपिछड़ी जैसी जाति-विषयक शब्दावली सिर घुमा देने के लिए काफ़ी है। आधुनिक राजनीति और क़ानून को हिंदू धार्मिक आत्म-पहचान का अच्छा-खासा दबाव झेलना पड़ रहा है। यह पदावली एकदम नए तरह की है। जाति और धर्म की परंपरागत भाषा में इसे नहीं तलाशा जा सकता। वह ब्राह्मण, शुद्र, वैश्य या शैव, वैष्णव, शाक्त से अलग तरह की भाषा है। ज़ाहिर है कि आज की भारतीय राजनीति के द्वंद्व आधुनिक राजनीति से निकले हैं और उसी से जुड़े हुए हैं। उनका ताल्लुक़ राज्य की संस्था से है। वे राज्य को हासिल करने की कोशिशों के फलितार्थ और आख़िरकार राज्य के ही अंग हैं। भारतीय राजनीतिक रंगमंच के अभिनेताओं की दुनिया न तो आधुनिक है और न पारंपरिक : वे तो आधुनिक राजनीति के गृहहीन संसार के वासी हैं। राज्य की संस्था के संदर्भ में भारत का रूपांतरण बहुत कम समय में हो गया है। एक ज़माने में भारतीय समाज का राज्य के साथ एक धुँधला-सा रिश्ता था। राज्य की ज़िम्मेदारियाँ सीमित थीं और उस तक बहुत कम लोगों की पहुँच थी। लेकिन अब राज्य की ज़िम्मेदारियों का दायरा बहुत ज़्यादा बढ़ चुका है और आज प्रत्येक व्यक्ति राज्य को प्रभावित कर सकने के ख़्वाब देख सकता है।

सवाल यह है कि आख़िर लोकतंत्र है क्या? द्वंद्व या टकराव तो लोकतंत्र का एक अंश मात्र होता है। असल में लोकतंत्र राजनीति के ऐसे अनगढ़, उत्तेजक और अनिवार्य रूप का नाम है जो आख़िरकार अपने आश्वासन की पूर्ति न कर पाने के कारण कहीं-न-कहीं निराश भी करता है। लेकिन, साथ ही यह रूप लोगों को

अपने अस्तित्व के बारे में चुनाव और फ़ैसला करने के मौक़े भी देता है। लोकतंत्र में लोग ख़ुद तय करते हैं कि वे कौन हैं और उनकी पहचान क्या है। लोकतंत्र में लोग उन तत्त्वों द्वारा शासित होने से इनकार कर सकते हैं जो उन्हें उनके ही तरीक़े से पहचानने को तैयार नहीं होते। भारत में लोकतंत्र के विचार की कोख से रचना और विध्वंस की बेतहाशा ऊर्जा पैदा हुई है। शासन-पद्धति के तौर पर लोकतंत्र को भी मानव जाति की अन्य संस्थाओं की भाँति उतार-चढ़ाव का शिकार होना पड़ेगा, लेकिन एक विचार के तौर पर वह भारतीय मानस का स्थायी अंग बन चुका है। भारतवासियों को लोकतंत्र में निहित आश्वासन लुभाता भी है और उलझन में भी डालता है। इसी आश्वासन के तहत जनता इतिहास को समतामूलक समुदाय की इच्छा के अधीन करने का सपना देखती है। लक्ष्यों और उनकी पूर्ति में हमेशा कुछ-न-कुछ अंतर रह जाता है। इस अपरिहार्य अंतर के कारण यह आश्वासन एक सीमा तक ही पूरा हो सकता है। फिर भी एक बार लोकतंत्र का विचार स्थापित हो जाने के बाद न तो पुरानी जाति-व्यवस्था की वापसी संभव रह गई है और न ही किसी तरह की साम्राज्यशाही वापस आ सकती है। समाज में प्राधिकार का सिद्धान्त लोकतंत्र के हाथों पूरी तरह बदल चुका है।

दो

भविष्य के मंदिर

इससे ऊँचा बाँध दुनिया में शायद ही कहीं हो...इसी जगह घूमते हुए मेरे दिमाग़ में ख़याल आया कि आज के सबसे बड़े मंदिर, मस्जिद और गुरुद्वारे वही तो हैं जहाँ लोग मानवता के कल्याण में जुटे हुए हों। इस लिहाज़ से इस भाखड़ा-नांगल से महान जगह और कौन-सी हो सकती है?

नेहरू, 1954[1]

आज के नौजवान की महत्त्वाकांक्षा क्या है?...वह अर्थशास्त्री बनना चाहता है क्योंकि आधुनिक दुनिया में आर्थिक विज्ञान के विशेषज्ञों की भूमिका बेहद अहम है।

नेहरू, 1948[2]

वह पचास का दशक था जब कंकरीट के विचार ने भारत को अपने मोहपाश में बाँध लिया। इसी बंधन के गर्भ से हीराकुड और भाखड़ा-नांगल जैसे विशाल बाँधों का जन्म हुआ। ओडिशा की महानदी के ऊपर बने हीराकुड और पंजाब के भाखड़ा-नांगल के निर्माण में लाखों टन कंकरीट झोंक दी गई। भाखड़ा का बाँध तो इन सबमें सर्वाधिक महाकाय था। इसे हिमालय की एक ऊँची-नीची तंग घाटी के आर-पार दो सौ मीटर ऊँची और आधा किलोमीटर लंबी कंकरीट की दीवार की तरह खड़ा किया गया था। 1954 में यह बाँध बनना शुरू हुआ धा। इससे सात साल पहले ही भारत-विभाजन को नक़्शों में उतारने वाले सिरिल रेडक्लिफ़ के हाथों खींची गई सीमा-रेखाओं के कारण दुनिया की सबसे जटिल नहर योजना भंग हो गई थी। रेडक्लिफ़ की रेखाएँ बताती थीं कि भारत कहाँ 'ख़त्म' होता है और पाकिस्तान कहाँ से 'शुरू' होता है।

क़रीब एक दर्जन नहरें पाकिस्तान के और तीन भारत के हिस्से में आई थीं। एक

नहर दोनों के बीच ईमानदारी से बाँट दी गई थी। यह विभाजन सिर्फ़ नहरों का ही नहीं था, इसने क़रीब पचास लाख हिंदुओं और सिखों को भी आज के पाकिस्तानी पश्चिमी पंजाब से भारतीय पंजाब में धकेल दिया था। और, इस पंजाब की समस्या यह थी कि इन सबका पेट भरने के लिए अनाज कैसे उगाया जाए। पचास के ही दशक में भारत के कंकरीट-प्रेम ने एक और उपलब्धि हासिल की; यह थी ल कोर्बूज़ियर द्वारा रचित चंडीगढ़। इसे पंजाब की नई राजधानी के रूप में डिज़ाइन किया गया था। अगर इस शहर को पाकिस्तान के हिस्से में चले गए लाहौर की ख़ूबसूरती का भारतीय जवाब कहा जा सकता था, तो भाखड़ा-नांगल उन महान आवेगों का प्रतीक था जो भारत को आर्थिक रूपांतरण की नई ऊँचाइयों की ओर ले जा रहे थे। इस बाँध की रचना में 35 लाख घन मीटर कंकरीट ख़र्च की गई थी और कंकरीट की इस विशाल मात्रा को बनाने में पूरे तीन साल लग गए थे। प्रति मिनट दस टन कंकरीट की दर से रोज़ सोलह घंटे इसका उत्पादन किया गया था (ज़ाहिर है कि बीसवीं सदी के मध्य का भारत आँकड़ों के इश्क़ में भी गिरफ़्तार था)। इंजीनियरिंग के इस शानदार कारनामे में न जाने कितने स्त्री-पुरुषों ने पसीना बहाया था। इन मज़दूरों का प्रेरणा-स्रोत क्या था? यही जानने के लिए जब नेहरू ने एक मज़दूर से पूछा कि, 'तुम यह काम किसलिए कर रहे हो?' तो उसका सीधा सा जवाब था 'साहिब बहादुर, उस आदमी ने मुझे ये पत्थर वहाँ तक ढोने के लिए कहा है। हफ़्ता पूरा होने पर वह हमें मेहनताना देगा। इसीलिए मैं यह काम कर रहा हूँ।'[3] लेकिन, इन बाँधों की कल्पना को धरती पर उतारने वालों के लिए इनका महत्त्व कुछ और था। वे इन्हें भारतीय आधुनिकता का मूर्तिमान प्रतीक मानते थे। भाखड़ा और हीराकुड की ही तरह बोकारो और भिलाई के इस्पात व विद्युत संयंत्र थे जिनके निर्माण में हाथ बँटाने के लिए सोवियत, जर्मन और ब्रिटिश सहायता तैयार बैठी थी। इन्हीं विशाल बाँधों और संयंत्रों के दर्पण में भारत अपने भविष्य की सूरत देख रहा था। उम्मीदों से भरे राष्ट्र के लिए प्रगति के इस भव्य चेहरे की सादगी किसी राजसी शान से कम नहीं थी। यह विराट छवि भारत को एक बेलौस भरोसा देती थी कि वह जल्दी ही एक विशाल औद्योगिक देश बन जाएगा।

भविष्य की छवियाँ जब उम्रदराज़ होती हैं तो उनकी शक्ल सबसे ज़्यादा बिगड़ जाती है। सिर्फ़ पचास साल गुज़रे हैं और आज यह मानने वालों की कमी नहीं है कि वह छवि एक बहुत बड़ी खुशफ़हमी थी जिसका आडंबर, व्यर्थता और विनाशकारी चरित्र अब साफ़ हो चुका है। पचास के दशक के बौद्धिक मॉडल का अर्थ था राज्य द्वारा निर्देशित और नियंत्रित भारी उद्योगों पर आधारित तथा अंतर्राष्ट्रीय होड़ से कटी हुई अर्थव्यवस्था। ज़ाहिर है कि यह आर्थिक नियोजन अपना आश्वासन पूरा करने में नाकाम रहा है। जंगलों और देहातों को अपनी डूब में बहा ले जाने वाले विशाल बाँधों ने जिस वैकासिक स्वैर कल्पना को जन्म दिया था वह हमारी आबो-हवा के

प्रति बड़ी निष्ठुर निकली। उसने लोगों को उनके अपने घरों में ही शरणार्थी बना दिया। दूसरी तरफ़ देहात और शहर में करोड़ों लोगों की ज़िंदगियाँ ग़रीबी की मार से बेहाल होती चली गईं। पूर्वी एशियाई अर्थव्यवस्थाओं की चकाचौंध कर देने वाली कामयाबी के मुक़ाबले भारतीय राज्य की यह नाकामी माफ़ करने क़ाबिल भी नहीं लगती। भारतीय राज्य तो यह भी भूल गया था कि एक सक्षम वाणिज्य नीति किसी भी आधुनिक राज्य की एक बुनियादी शर्त की तरह होती है। वह ऐसी कोई नीति तैयार नहीं कर पाया। गांधीवादी हों या समाजवादी, पर्यावरणवादी हों या मुक्त बाज़ार के उदारतावादी समर्थक, अपने-अपने नज़रिये से सभी मानते हैं कि पचास के दशक की वे परिकल्पनाएँ किस क़दर गड़बड़ थीं।

भारतीय आर्थिक विकास के इस हश्र का ज़िम्मा किस पर डाला जाए? इसका मूल्यांकन कैसे किया जाए? ये बड़े पेचीदा और तकनीकी सवाल हैं। इनके जवाब के लिए घरेलू व अंतर्राष्ट्रीय अर्थ-तंत्रों के संदर्भ में यह मानकर भी आकलन करना होगा कि अगर भारत बाज़ारोन्मुख रणनीति अपनाता तो क्या नतीजा निकलता। बहरहाल, इतना तो कहा ही जा सकता है इसकी ज़्यादातर ज़िम्मेदारी भारतवासियों पर ही डाली जानी चाहिए। कारण यह है कि भारतीय अर्थव्यवस्था में अफ़्रीकी और लातिनी अमेरिका के मुक़ाबले विदेशी सहायता और विदेशी निजी पूँजी की काफ़ी छोटी भूमिका रही है। निर्माण रहा हो या विध्वंस, दोनों के पीछे प्रमुख कारण आंतरिक ही रहे हैं। यहाँ फिर सवाल उठता है कि ज़िम्मेदारी किस पर डाली जाए? राज्य पर या किसी एक वर्ग पर? ध्यान रखना होगा कि अकेले भारतीय राज्य ने ही विराट वैकासिक महत्त्वाकांक्षाएँ नहीं पाली थीं। लेकिन, यह ज़रूर है कि भारत इन कामनाओं को लोकतांत्रिक ज़रियों से पूरा करने की कोशिश करने के मामले में अकेला राज्य था। भारत की वैकासिक अभिकल्पना और यहाँ की लोकतांत्रिक राजनीति के बीच जो पेचीदा रिश्ता बना, उससे निकलने वाले नतीजों को समझना आसान नहीं है। एक तरफ़ बुद्धिजीवियों की दलीलें व विचार थे; और दूसरी तरफ़ लोकतांत्रिक राजनीति के दबाव और फ़ौरी माँगें थीं। पलड़ा कभी इस ओर झुकता था, तो कभी उस ओर।

बुद्धिजीवियों के विकास संबंधी विचारों व सिद्धान्तों को स्थायी मंच प्रदान करने में कांग्रेस और नौकरशाही की प्रधान भूमिका थी। कांग्रेस ने लगातार चुनाव जीत कर अपना प्रभुत्व क़ायम कर लिया था और नौकरशाही का तंत्र बड़ा परिष्कृत और विस्तृत था। इन दोनों ने मिल कर भारतीय अर्थतंत्र की दिशा को एक असाधारण निरंतरता प्रदान की, यद्यपि इस निरंतरता को स्थायित्व की संज्ञा नहीं दी जा सकती थी। समस्या यह थी कि इन विचारों व सिद्धान्तों को ज़मीन पर उतारने का काम ऐसे समाज में किया जाना था जो उत्तरोत्तर राज्य की चौधराहट के तहत आता जा रहा था। नए-नए तबक़े राजनीतिक प्रतिनिधित्व हासिल करके अपनी माँगें पेश कर रहे

थे और राज्य को कभी इस तो कभी उस माँग की अपने हिसाब से पूर्ति भी करनी थी। भारत के पड़ोसी चीन ने लोकतंत्र की परवाह किए बिना औद्योगिकीकरण की ओर एक निर्मम क्रांतिकारी छलाँग लगा दी थी और फिर उसके उत्तर-माओ नेतृत्व और बुद्धिजीवी वर्ग ने उसे इरादतन बाज़ार की दिशा में मोड़ दिया था। लेकिन, भारत ने लोकतंत्र का दामन नहीं छोड़ा। उदारीकरण और बाज़ारोन्मुख सुधारों की धारणाओं से भारत का साबका नब्बे के दशक में पड़ा। इसकी नौबत तब आई जब राजकोषीय संकट हावी हो गया और बाज़ार-समर्थकों और बुद्धिजीवियों की दलीलों के बीच भारतीय राज्य को सुधारों के रास्ते चलने पर मजबूर होना पड़ा। ध्यान रखा जाना चाहिए कि यह राजकोषीय संकट भी भारतीय करनी का ही फल था। आइए देखें कि आर्थिक विकास के मोर्चे पर भारतीय विचार-दृष्टि कैसे बनी और उससे भारत को क्या फ़ायदा हुआ?

2

कोई ज़रूरी नहीं था कि भारत 1947 के बाद नियोजित औद्योगिकीकरण के रास्ते पर ही चलता। आज़ादी से पहले के इतिहास से ऐसा कोई निष्कर्ष निकलता दिखाई नहीं देता। भारत की विशाल खेतिहर अर्थव्यवस्था दुनिया में शायद सबसे ज़्यादा ग़रीबी का शिकार थी। ऊपर से औद्योगिकीकरण के रास्ते में गांधी भी थे जिनकी विरासत पर औद्योगिक आधुनिकता के विरोध की गहरी छाप थी। हालाँकि बड़े औद्योगिक पूँजीपतियों का एक ताक़तवर तबक़ा भी मौजूद था (द्वितीय विश्वयुद्ध के अंत तक भारत कारख़ाना निर्मित माल पैदा करने वाला दुनिया का दसवाँ सबसे बड़ा देश बन चुका था) लेकिन उसका प्रभाव सीमित था। उसमें एकजुट वर्ग के रूप में औद्योगिकीकरण की परियोजना को आगे ले जाने की क्षमता नहीं थी। भारतीय पूँजीपति अनुत्पादक आमदनी खाने वालों, किसानों और व्यापारियों के समाज के सामने बेबस थे। ऐतिहासिक रूप से आज़ादी से पहले के औपनिवेशिक राज्य ने भी भारतीय अर्थव्यवस्था के विकास का ज़िम्मा उठाने की कोई कोशिश नहीं की थी, और इस राज्य की वारिस कांग्रेस पार्टी किसी भी निर्णायक आर्थिक रणनीति को लागू करने के लिए प्रतिबद्ध नहीं थी। आज़ाद भारत के सामने आने वाली कुछ समस्याओं के बारे में सिर्फ़ एक मोटा-मोटी सहमति थी। नेतागण एकमत थे कि बेतहाशा ग़रीबी, बार-बार पढ़ने वाले अकाल और सामाजिक विषमताओं के ख़िलाफ़ एवं आर्थिक स्वतंत्रता क़ायम रखने के पक्ष में कुछ किया जाना चाहिए। लेकिन, इन समस्याओं के समाधान के मामले में मतभेद थे।

भारतीय राष्ट्रवाद के सरोकार कुछ ख़ास तरह के थे। उनमें संपत्ति और सत्ता के प्रश्नों पर गंभीर और विस्तृत चिन्तन की गुंजाइश न के बराबर थी। यह राष्ट्रवाद

आधुनिक परिस्थितियों में इन समस्याओं के समाधान के लिए व्यावहारिक बंदोबस्त पर सोचने की स्थिति में नहीं था। उसने तो आधुनिकता के ऐतिहासिक अनुभव को आमतौर पर अपनी सांस्कृतिक दुर्गति के संदर्भ में समझा था। अधिकांश भारतीय बुद्धिजीवियों ने उपनिवेशवादियों के इस नज़रिये को मान लिया था कि भारत की ख़ास पहचान और ख़ूबी तो उसके आध्यात्मिक गुणों में निहित है। इन बुद्धिजीवियों ने अपने फ़ायदे के लिए इस मान्यता को तोड़ने-मरोड़ने में कोई कसर नहीं छोड़ी। इसी सिलसिले में दलील दी गई कि भारत के लोग आर्थिक ताक़त और भौतिक उत्पादन के 'बाह्य' जगत में प्रतियोगिता करने योग्य नहीं हैं, इसलिए उन्हें अपनी नियति को धार्मिक और पारिवारिक जीवन के 'आंतरिक' जगत में ही नियंत्रित करना चाहिए। इनमें से कई बुद्धिजीवियों की छठी इंद्रिय ने तो उन्हें यह यक़ीन भी दिला दिया कि औपनिवेशिक शासन ख़त्म होते ही इस देश की आर्थिक अभावग्रस्तता अपने-आप ख़त्म हो जाएगी। लेकिन, हुआ यह कि आज़ादी का क्षण जैसे-जैसे नज़दीक आया, वैसे-वैसे कुछ लोग पश्चिम के इतिहास में भारत के भविष्य की छवियाँ ज़्यादा निकटता से देखने लगे। इस इतिहास का उनके लिए सबसे दिलचस्प आयाम तो पश्चिम की बेमिसाल समृद्धि और सुरक्षा का था। ये दो विशेषताएँ आधुनिक पश्चिम की जनता और राज्य को औद्योगिकीकरण के ज़रिये हासिल हुई थीं।

असलियत यह थी कि इतिहास पश्चिमी देशों के विकास की कहानियाँ अलग-अलग बयान करता था। ब्रिटेन और फ्रांस के विकास की स्वभावगत विशेषताएँ बाद में विकसित हुए जर्मनी और रूस की दिशा से क़तई मिलती-जुलती नहीं थीं। इन देशों की भिन्न-भिन्न ख़ूबियों को एक-दूसरे के ख़िलाफ़ खड़े हुए समाजवादी अथवा उदारतावादी सैद्धांतिक चश्मों से नहीं समझा जा सकता था। दिक़्क़त यह थी कि बीसवीं सदी के मध्य में भारतीय बुद्धिजीवी कुछ और ही उम्मीद लगाए बैठे थे। वे चाहते थे कि पश्चिम में जो इतिहास बहुत धीमी गति से लंबी अवधि में घटित हुआ है, वह सब भारत में एक साथ और तेज़ रफ़्तार से एक छलाँग में हो जाए। उनकी इच्छा थी कि धर्मनिरपेक्षीकरण, व्यक्ति-आधारित समाज का उदय, लोकतांत्रिक राजनीति की संस्थाओं की रचना और औद्योगिकीकरण की ऐतिहासिक प्रक्रियाएँ अत्यंत संक्षेप में संपूर्ण हो जाएँ। उनकी इस विकट महत्त्वाकांक्षा को उस विश्वव्यापी परिघटना ने और भड़का दिया जो द्वितीय विश्वयुद्ध के बाद 'वैकासिक अर्थशास्त्र' के रूप में उभरी। इस बौद्धिक अनुशासन से भारतीय बुद्धिजीवियों को आश्वासन मिला कि पश्चिम के अतीत के नाना प्रकार के अनुभवों को सार्वभौमिक नीतिगत सबक़ के रूप में ग्रहण किया जा सकता है; और यह कि नवोदित राज्य इस सबक़ के आधार पर पश्चिमी प्रगति को दोहरा सकते हैं। ग़रीब और अविकसित राज्यों को लगा कि अब उन्हें अपनी निजी औद्योगिक क्रांतियाँ करने का अवसर मिलने वाला है। उनकी अपनी आर्थिक उड़ान की संभावनाएँ बेहद उज्ज्वल लगने

लगीं। उन्हें प्रतीत हुआ कि वैकासिक अर्थशास्त्र के सिद्धान्तों को कड़ी मेहनत से लागू-भर कर देने की ज़रूरत है। देखते-ही-देखते भारतीय प्रगति के भविष्य पर केवल आर्थिक विकास की भाषा हावी हो गई। आज़ादी से पहले के राष्ट्रवादी आंदोलन में गूँजने वाली वह प्रखर और लंबी बहस पृष्ठभूमि में चली गई जो विकास की भारतीय धारणा के बारे में थी।

समस्या यह थी कि वैकासिक अर्थशास्त्र की पैरवी करने वाले बुद्धिजीवियों के पास अपना कोई सामाजिक अथवा आर्थिक आधार नहीं था। वे शहरों के शिक्षित और सवर्ण अभिजात वर्ग से आए थे। विभिन्न व्यवसायों में प्रशिक्षित इन लोगों के पास हैसियत और आवाज़ तो थी, लेकिन शक्ति बहुत कम थी। ब्रिटिश शासन की नीतियों ने शहरी अभिजनों को ग्रामीण भारत में आर्थिक सत्ता के धनी प्रभु वर्ग से काट दिया था। इन नीतियों ने भारतीय समाज में हैसियत और आर्थिक सत्ता के बीच बुनियादी विभाजन पर मुहर लगा दी थी। भारत में ग्रामीण सत्ता की प्रकृति इलाक़े, जलवायु और मिट्टी के हिसाब से बदलती रहती थी। इन नाना प्रकार की सत्ताओं में कोई एकता भी नहीं थी। पूरे देश में केवल एक बात समान थी कि ग्रामीण सत्ता ज़मीन और उसकी पैदावार पर नियंत्रण रखने वालों के हाथ में थी। यह भूस्वामी वर्ग कमोबेश औपनिवेशिक शासन की प्रत्यक्ष देन था। इस शासन ने 1790 के दशक में पहली बार बंगाल में भूमि-बंदोबस्त की शुरुआत की। फिर इसे बेतरतीब ढंग से पूरे देश में लागू किया गया। इस बंदोबस्त ने स्थानीय चौधरियों को ज़मीन की मिल्कियत दे दी और बदले में उनसे कंपनी राज के लिए लगान वसूला जाने लगा। इस तरह पूर्व और उत्तर में लगान देने वाले इन ज़मींदारों की सत्ता सैद्धांतिक और व्यावहारिक, दोनों तरह से स्थापित हो गई। पश्चिम और दक्षिण में यही फ़ायदा अपेक्षाकृत कम अवधि के पट्टों वाले काश्तकारों को मिला जिन्हें रैयत कहा गया। कुल मिलाकर इन लोगों को औपनिवेशिक इंतज़ाम के तहत जम कर लाभ पहुँचा और ब्रिटिश शासन से उनका विवाद नहीं के बराबर ही हुआ। ये भूस्वामी अपने स्वार्थ के बारे में जिस तरह सोचते थे, वह शहर में उनके हमवतन बुद्धिजीवियों के चिन्तन से मेल नहीं खाता था। इस बुद्धिजीवी वर्ग की बेचैनियों में एक नागर ऊर्जा थी। देहात पर इस ऊर्जा का प्रभाव बहुत कम था। बाद में शहर और देहात के बीच बने गांधीवादी पुल के बावजूद इन दोनों तबक़ों की चिन्तन-भूमि कभी एक नहीं हुई।

इस प्रकार ब्रिटिश राज ने एक तरफ़ तो भारतीय आर्थिक जीवन को विभाजित रखा, लेकिन दूसरी ओर उसे पहली बार एक आर्थिक सूत्र में भी बाँधा। ब्रिटिश सत्ता ने पूरे देश में एक मुद्रा चलाई और ऐसी क्षमताएँ विकसित कीं जिनके तहत पूरे उपमहाद्वीप में एक जैसी नीतियों को लागू किया जाने लगा। वैसे व्यावहारिक रूप से ब्रिटिश राज की आर्थिक गतिविधियों का दायरा सीमित था। वह संकीर्ण व्यापारिक प्रेरणाओं से संचालित था और उसके पास कोई वैकासिक महत्त्वाकांक्षा नहीं थी।

आर्थिक लाभों के पुनर्वितरण की कोई परिवर्तनकामी कामना तो निश्चित रूप से ग़ैरहाज़िर थी। ईस्ट इंडिया कंपनी और उसके वारिस ब्रिटिश राज में फ़र्क़ यह था कि कंपनी सीधे-सीधे मुनाफ़ा बटोरती थी और ब्रिटिश राज अप्रत्यक्ष विधियों से धन कमाता था। वह सीधे कराधान अथवा लगान पर निर्भर नहीं था। 1857 की कड़वी स्मृतियाँ अँगरेज़ों के दिमाग़ में ताज़ा थीं इसीलिए पहले वायसरॉय लॉर्ड केनिंग ने घोषणा की थी कि 'मैं भारत का शासन बिना किसी आय कर और 40,000 ब्रिटिश सैनिकों के दम पर चलाना चाहूँगा न कि इस तरह के टैक्स और उसके कारण ज़रूरी 1,00,000 सैनिकों के दम पर।'[4] ब्रिटिश शासन ने अपनी यह प्राथमिकता कभी नहीं बदली। (युद्ध-काल को छोड़ कर प्रत्यक्ष कराधान राष्ट्रीय आय के सात फ़ीसदी से ज़्यादा कभी नहीं हुआ)। अँगरेज़ों ने संपत्ति जमा करने के लिए मुख्यत: भारतीय मुद्रा और भुगतान अधिशेष के माध्यम को अपनाया। सामान्यत: कुछ उद्यमी स्कॉटलैंडवासियों को छोड़ कर अँगरेज़ों ने भारत में उत्पादक निवेश करने अथवा औद्योगिक कारख़ानों की स्थापना में अपने संसाधन खपाने में दिलचस्पी नहीं दिखाई। ब्रिटिश शासन के इस रवैये को साम्राज्य के आर्थिक इतिहासकारों ने 'भद्र पूँजीवाद' क़रार दिया। उनकी यह प्रवृत्ति उस तत्कालीन भारतीय समाज के अनुकूल बैठती थी जिस पर लगानख़ोर भूस्वामी और बड़े पैमाने पर सूदख़ोरी करने वाले सेठों की रुचियाँ छाई हुई थीं।

अँगरेजों के वैकासिक प्रयासों में कोई आपसी सिलसिला नहीं था। इसके लिए उनके पास कई तर्क थे। वे तरह-तरह की जलवायु संबंधी, सामाजिक और सांस्कृतिक बाधाओं का हवाला देते थे। उनका कहना था कि यह धरती मलेरिया से आक्रांत है और ख़ुश्क क्षेत्रों में बँटी हुई है। उन्होंने पूरे देश के किसानों को काहिल और धूर्त क़रार दिया और तर्क दिया कि ये तमाम कारण नीति-आधारित सुधारों के ख़िलाफ़ जाते हैं। इस प्रकार के भारत का विकास करने के लिए वे तैयार नहीं थे इसलिए उन्होंने अपने पीछे विकास का कोई मॉडल नहीं छोड़ा। ब्रिटिश शासन ने अपने वारिसों के लिए केवल एक व्यावहारिक विरासत छोड़ी जो अपने चरित्र में संकीर्ण होने के बावजूद किसी भी तरह के राज्य के लिए अनिवार्य थी। अँगरेज़ सरकारी काम-काज पर बेहद किफ़ायत से ख़र्च करते थे। ठोस वित्तीय प्रबंध से जुड़े इस तुनकमिज़ाज प्रशासनिक आग्रह की गहरी छाप उनके शासन पर अंकित हो गई थी। ग्लैडस्टोन छाप ईमानदारी के इस भारतीय संस्करण के कारण ही प्रशासनिक सेवा में वित्तीय अनुदारता के मूल्यों का समावेश हुआ।

अँगरेज़ों ने एक और महत्त्वपूर्ण निर्णय यह लिया कि आर्थिक हालात के बारे में आँकड़े जमा करने शुरू कर दिए। इससे उनकी भारतीय प्रजा का 'प्रगति' के विचार से पहली बार परिचय हुआ। ब्रिटिश शासन के अधिकारियों को नियमित रूप से 'भारत की आर्थिक व नैतिक प्रगति' के बारे में ब्रिटिश संसद को रपट देनी

पड़ती थी। इसी के चलते 1880 के दशक से विलियम हंटर जैसे औपनिवेशिक प्रशासकों ने कहना शुरू किया कि 'ऐसी किसी सरकार को बने रहने का हक़ नहीं है जो शासितों के हितों का ख़याल न करती हो। भारत में ब्रिटिश शासन की परीक्षा की कसौटी यह नहीं है कि उसने अपने लिए क्या किया, बल्कि यह है कि उसने भारतीय जनता के लिए क्या किया।'[5] शहरों के सतर्क भारतीय बुद्धिजीवियों ने इन विचारों, तथ्यों और बहसों को आत्मसात कर लिया। 'आर्थिक राष्ट्रवादी' के लक़ब से पहचाने गए इन बुद्धिजीवियों ने अँगरेज़ी दावों के पाखंड को पकड़ने में देर नहीं लगाई। इन दावों की पृष्ठभूमि में उन्नीसवीं शताब्दी के आख़िरी दौर में पड़े भयानक अकाल थे, जिनकी मदद से आर्थिक राष्ट्रवादियों को असलियत समझने में दिक़्क़त नहीं हुई। इन राष्ट्रवादियों ने राजनीतिक अर्थशास्त्र की भाषा को समझा और फिर उसे अँगरेज़ों के ख़िलाफ़ इस्तेमाल करना शुरू किया। यह कार्रवाई पूरी तरह संसदीय और स्वामिभक्त विपक्ष की शैली में की गई। इन राष्ट्रवादियों को भविष्य के राष्ट्रवाद का अग्रदूत मानना उचित नहीं होगा (दरअसल, इनकी स्वामीभक्ति ही ऐतिहासिक रूप से महत्त्वपूर्ण है)। आर्थिक राष्ट्रवादियों का ध्यान देहाती ग़रीबी पर गया, लेकिन उनकी रूपकों से सज्जित दलीलें भी अपने-आप में कम दरिद्र नहीं थीं। वे जो कहते थे, वह अस्पष्ट रहता था। ग़रीबों का वर्णन करने के लिए वे जिस भाषा का इस्तेमाल करते थे उसमें परवर्ती विक्टोरियाई गद्य की चमक होती थी, लेकिन ग़रीबी को साबित करने के लिए ज़्यादा ज़हमत उठाए बिना वे इसके लिए ब्रिटिश प्रशासकों द्वारा प्रदत्त आँकड़ों का ही इस्तेमाल कर लेते थे। इन राष्ट्रवादियों ने ऐसी शब्दावली का इस्तेमाल किया जो ग़रीबों की समझ से बाहर थी। उनकी निगाह में स्थिति कुछ ऐसी थी कि ग़रीब थे, रहेंगे और उनके पक्ष में इसी तरह आवाज़ उठाई जाती रहेगी। आर्थिक राष्ट्रवादियों ने आँकड़ों की जो तालिकाएँ पेश कीं उनका मक़सद हमेशा भारत की अन्य देशों से तुलना करना होता था। वे भारतवासियों की भारतवासियों से तुलना नहीं करते थे।

ब्रिटिश शासन के इन आलोचकों का ख़याल था कि भारतीय दरिद्रता का कारण कुछ तो राजस्व संबंधी औपनिवेशिक नीतियों में निहित है और कुल मिला कर उसकी वजह 'अ-औद्योगिकीकरण' की नीति में है। आर्थिक राष्ट्रवादियों का आरोप था कि ब्रिटिश शासन लगातार भारत के स्थानीय उद्योग-धंधों को ख़त्म करता जा रहा है। दादाभाई नौरोजी ने यह दलील बड़ी आकर्षक शैली में पेश की और कहा कि भारत में औपनिवेशिक शासन अँगरेजों द्वारा स्थापित मान्यताओं के अनुकूल नहीं है। यह 'अ-ब्रिटिश' शासन है जिसमें भारत से 'संपत्ति' लूट कर लंदन ले जाई जा रही है। पारसी समाज के विदग्ध पुत्र नौरोजी वेस्टमिनिस्टर में हाउस ऑफ़ कॉमंस की सदस्यता पाने वाले पहले भारतीय थे। नौरोजी ने अँगरेज़ों से पहले भारत को लूटने वाली ताक़तों और अँगरेज़ों की लूट में फ़र्क़ किया। नौरोजी के विचार से

अँगरेज़ों से पहले के लुटेरों ने इतनी भलमनसाहत तो दिखाई ही थी कि उनकी लूट भारत में ही ख़र्च की गई थी (जिससे स्थानीय अर्थव्यवस्था का जड़ चरित्र बरक़रार रह पाया), लेकिन इसके विपरीत अँगरेज़ अपनी लूट लगातार स्वदेश ले जाते रहे। भारतीय संपत्ति के लंदन की तरफ़ बहाव और उसकी मात्रा को साबित करने के लिए नौरोजी ने एक सरल आँकड़े का सहारा लिया। उन्होंने दिखाया कि व्यापार-संतुलन का चालू भारतीय खाता लगातार अधिशेष की स्थिति में है। 'ब्रिटिश गरिमा के प्रतिकूल' इस आचरण के प्रति नौरोजी का रवैया दुविधाग्रस्त ही रहा। (उन्होंने कहा, 'अगर भारत को इंग्लैंड के हाथों पुनर्जीवन प्राप्त करना है तो उसे उसकी क़ीमत चुकाने के लिए ख़ुद को तैयार करना होगा।'[6]) बहरहाल, नौरोजी की दलीलों की सरलता से कम-से-कम इतना तो हुआ कि 'ड्रेन थियरी' (भारत की संपत्ति को चूस कर उसे शक्तिहीन बना देना) का ख़ूब प्रचार हो गया। इस 'ड्रेन थियरी' का ही परिणाम था कि भारतीय मानस पर यह स्थायी छाप अंकित हो गई कि अंतर्राष्ट्रीय अर्थव्यवस्था में खुल कर भागीदारी करने से भारत के आर्थिक हित सुरक्षित नहीं रह सकते। ग्रामीण दरिद्रता की समस्या का जो समाधान आर्थिक राष्ट्रवादियों ने पेश किया वह कृषि में किसी परिवर्तन की पेशकश पर आधारित नहीं था। उन्होंने ऊँचे दामों और अंतर्राष्ट्रीय व्यापार के ज़रिये पैदावार बढ़ाने का प्रोत्साहन देने के तरीक़ों में दिलचस्पी नहीं दिखाई। बजाय इसके उन्होंने संसाधनों के बहाव को रोकने और उन्हें निजी पहलक़दमी वाले उद्योगों में लगाने पर ज़ोर दिया। उनका विचार था कि इससे न केवल ग्रामीण क्षेत्र में जान पड़ेगी और वह समृद्ध होगा वरन यह प्रक्रिया देश को और भी एकताबद्ध कर देगी। आर्थिक राष्ट्रवादी मानते थे कि समान राजनीतिक हितों के आधार पर बनी एकता से यह एकजुटता अधिक मज़बूत साबित होगी। नौरोजी के साथी और राजनीतिक अर्थशास्त्री महादेव रानाडे ने इस दलील को इस प्रकार पेश किया : 'राजनीतिक अधिकारों के लिए आंदोलन भारत की विभिन्न राष्ट्रीयताओं को कुछ समय के लिए एक कर सकता है। इन अधिकारों की उपलब्धि होते ही हितों की यह एकता समाप्त हो जाएगी। लेकिन विभिन्न भारतीय राष्ट्रीयताओं का व्यापारिक संघ एक बार स्थापित होने के बाद कभी ख़त्म नहीं होगा। व्यापारिक और औद्योगिक गतिविधियाँ इसीलिए एकता का बेहद मज़बूत बंधन हैं और इसीलिए महान भारतीय राष्ट्र की रचना का अत्यंत महत्त्वपूर्ण कारक हैं।'[7]

यहाँ तक तो ठीक था लेकिन उद्योगों के प्रति इस रुझान से कोई रणनीति या सुस्पष्ट संस्थागत मॉडल नहीं निकला। कांग्रेस के सालाना अधिवेशन और राष्ट्रवादी प्रेस के पन्नों में इस विषय पर बड़ी-बड़ी बातें होती रहीं लेकिन कोई ठोस प्रगति नहीं हुई। बीस के दशक के उत्तरार्ध में राष्ट्रवादी राजनीति बदल गई। गांधी के नेतृत्व में कांग्रेस ने नया रूप ले लिया। यह संगठन शहर-आधारित पढ़े-लिखे अँगरेज़ीदाँ

अभिजनों के लिए ही सुरक्षित न रह कर एक ऐसे जनांदोलन में बदल गया जिसे ग्रामीण क्षेत्रों में भी समर्थन मिलने लगा था। इस कांग्रेस में औद्योगिकीकरण और उसके ज़रिये भारत का भविष्य बनाने के मुद्दों पर ज़्यादा उत्सुकता से बहस हुई पर इस बात पर कोई सहमति नहीं हो पाई कि औद्योगिकीकरण देहाती ग़रीबी को निश्चित रूप से ख़त्म कर पाएगा या नहीं। औद्योगिक आधुनिकता का किसी-न-किसी क़िस्म का पक्ष लेने वालों और उसे अस्वीकार कर देने वालों के बीच एक दीवार खड़ी हो गई।

औद्योगिक आधुनिकता के पक्षधरों के बीच भी तीन धाराएँ थीं। अर्थव्यवस्था की सर्वाधिक व्यावहारिक रूपरेखा भारतीय उद्योगपतियों के पास थी। चालीस के दशक के मध्य में सर पुरुषोत्तमदास ठाकुरदास, जे.आर.डी. टाटा, जी.डी. बिड़ला, सर श्रीराम और कस्तूरभाई लालभाई समेत देश के प्रमुख व्यापारियों और उद्योगपतियों ने 'बंबई योजना' नामक *ए प्लान ऑफ़ इकॉनोमिक डेवलपमेंट ऑफ़ इंडिया* पर दस्तख़त किए। इसे बंबई के साथ इसलिए जोड़ा गया था कि इसका परिप्रेक्ष्य पश्चिमी भारत से संबंधित था। इसके अनुसार भारत की प्रगति बंबई और अहमदाबाद जैसे समृद्ध होते हुए शहरों की सूत मिलों और उपभोक्ता कारख़ानों के और अधिक विस्तार पर निर्भर थी। ये उद्योगपति अपनी रणनीति के समर्थन के लिए कांग्रेस को प्रभावित करना चाहते थे, इसलिए उन्होंने भविष्य में राज्य से पितृसुलभ भूमिका निभाने का अनुरोध किया। उनका प्रस्ताव था कि राज्य अधिरचनात्मक सुविधाएँ मुहैया कराए, इस्पात जैसे महँगे उद्योगों में निवेश करे और विदेशी पूँजी के परभक्षी रवैये से भारतीय उद्योगों की रक्षा करे। उद्योगपति ग़रीबी को बुनियादी समस्या मानने पर सहमत थे। लेकिन उन्होंने अर्थव्यवस्था के एक बड़े हिस्से पर सार्वजनिक स्वामित्व का प्रावधान नहीं किया और न ही वे राज्य को धन-संपत्ति के पुनर्वितरण की परिवर्तनकामी ज़िम्मेदारियाँ देने को राज़ी हुए।

इसी से कुछ मिलती-जुलती और कुछ अधिक तकनीकी रूपरेखा उन लोगों ने पेश की जो राष्ट्रवादी आंदोलन से बाहर के थे। दूसरी धारा के ये लोग या तो इंडियन सिविल सर्विस से जुड़े हुए थे या मैसूर और ट्रावणकोर जैसी प्रगतिशील देशी रियासतों से ताल्लुक़ रखते थे। इनमें प्रमुख थे सर आर्देशिर दलाल, जिन्हें द्वितीय विश्वयुद्ध के आख़िर में औपनिवेशिक सरकार ने अपने नियोजन व विकास-विभाग का मुखिया बनाया था और स्वप्नद्रष्टा इंजीनियर सर मोक्षगुंडम विश्वेसरैया। नियोजित आधुनिकीकरण के लिए अपनी प्रतिबद्धता के आधार पर इन लोगों ने राज्य और निजी पूँजी की गतिविधियों की सीमाएँ निर्धारित करने में पूरी तरह परिणामवादी नज़रिया अपनाया। मैसूर के महाराजा के दीवान रह चुके विश्वेसरैया बीस के दशक में ही जापान की सफलता की तरफ़ इशारा करके आग्रह कर चुके थे कि 'उद्योग और व्यापार की वृद्धि अपने-आप नहीं होती बल्कि संकल्प और नियोजन के साथ

उसका व्यवस्थित विकास करना पड़ता है।'[8] तीस के दशक के मध्य में उन्होंने इसी दलील को अपनी कृति *प्लांड इकॉनोमी फॉर इंडिया* में आगे बढ़ाया। विश्वेसरैया ने आग्रह किया कि इस औद्योगिकीकरण के लिए नियोजन की ज़िम्मेदारी बुद्धिजीवियों की एक केंद्रीय टीम के हाथों में सौंप देनी चाहिए। अर्थात विशेषज्ञ अर्थशास्त्रियों और व्यापारियों की एक आर्थिक परिषद बना देनी चाहिए जो पूरे समाज के लिए नीति-समन्वय और दिशा-निर्देश करे और एक तरह से 'दिमाग़' की भूमिका निभाए।

तीसरी धारा की नुमाइंदगी कांग्रेस पार्टी के वामपंथियों ने की। ये लोग संख्या में कम, लेकिन अपनी बात कहने में कुशल थे। ये लोग भी भारत के भविष्य को औद्योगिक आधुनिकता के संदर्भ में ही देखते थे। फ़र्क़ यह था कि वामपंथियों के पास भारतीय आज़ादी के स्थायित्व के लिए आवश्यक राजनीतिक परिस्थितियों के बारे में व्यापक नज़रिया था। शुरू में उन्होंने उद्योग और कृषि के क्षेत्र में अधिक स्पष्ट समतामूलक प्रतिबद्धताएँ अपनाने पर ज़ोर दिया। छाछ भी फूँक-फूँक कर पीने वाली कांग्रेस से इस प्रकार की बात मनवा लेना आसान नहीं था। लेकिन वामपंथियों ने 1931 के मशहूर कराची प्रस्ताव के रूप में यह सफलता हासिल कर ली। इस प्रस्ताव के ज़रिये पहली बार लगा कि कांग्रेस आमूलवादी सुधारों के पक्ष में खड़ी हो गई है। यह प्रस्ताव भारतवासियों को कुछ इस प्रकार का राजनीतिक संदेश देना चाहता था जो उनकी समझ में आसानी से आ जाए। प्रस्ताव में कहा गया था : 'चूँकि यह कांग्रेस उसके द्वारा अभिकल्पित 'स्वराज' का जनता के लिए मतलब जनता को ही समझाना चाहती है, इसलिए उसकी इच्छा है कि उसे आसानी से समझ में आने वाले ढंग से पेश किया जाए। जनता के शोषण का अंत करने के लिए राजनीतिक स्वाधीनता में भूख से जूझते लाखों-लाख लोगों की वास्तविक आर्थिक स्वाधीनता भी शामिल होनी चाहिए।'[9] समस्या यह थी कि ऐसी बातों के बावजूद यह प्रस्ताव कोई आर्थिक कार्यक्रम पेश नहीं कर पाया। यह ज़रूर है कि तीस के दशक में ही इन बुद्धिजीवियों ने अपनी सार्थक लगने वाली शब्दावली को आर्थिक उत्पादन से संबंधित एक अधिक विश्वसनीय वक्तव्य में सूत्रबद्ध करने की कोशिश की।

कांग्रेस के अंदर वामपंथियों में सबसे ज़्यादा प्रेरक स्वर जवाहरलाल नेहरू और सुभाष चंद्र बोस के थे। इन दोनों ने साम्राज्यवाद के विश्लेषण के ज़रिये राजनीतिक अर्थशास्त्र की समझ हासिल की थी। ये दोनों साम्राज्यवाद को पूँजीवादी उत्पादन के आग्रहों द्वारा प्रेरित एक आर्थिक संरचना की तरह देखते थे न कि नस्ली प्रभुत्व अथवा सभ्यतामूलक श्रेष्ठता स्थापित करने की परियोजना के रूप में। इसलिए वे इस नतीजे पर पहुँचे कि भारतीय आज़ादी को केवल एक राजनीतिक दृष्टि से समझना अथवा उसे सिर्फ़ एक राजनीतिक स्थिति के रूप में देखना मूर्खता होगी। उस ज़माने में कई कांग्रेसजनों पर आज़ादी की राजनीतिक दृष्टि हावी थी। इन दोनों

नेताओं का दावा था कि राजनीतिक आज़ादी आर्थिक साम्राज्यवाद के मुक़ाबले भारत की शक्तिहीनता को ख़त्म नहीं कर सकेगी। अंतर्राष्ट्रीय व्यवस्था में भारत के स्थान से जुड़े इन अंदेशों में दादाभाई नौरोजी और उनकी पीढ़ी द्वारा प्रस्तुत विमर्श की अनुगूँज साफ़ सुनी जा सकती थी। स्वतंत्रतापूर्व के इसी परिप्रेक्ष्य में नियोजित विकास की वह रणनीति छिपी हुई थी जिसे आगे चलकर नेहरू ने आज़ाद भारत में अपनाया। उद्योगपतियों के सुझावों के विपरीत नेहरू और बोस की राय थी कि भारत के आगामी राज्य को 'बुनियादी' अथवा 'मातृ' उद्योग लगाने का संकल्प करना चाहिए अर्थात उसे ऐसे भारी उद्योग स्थापित करने चाहिए जो अन्य उद्योगों के निर्माण तथा भारतीय प्रतिरक्षा का आधार बन सकें। इन नेताओं की निगाह में हल्के अथवा उपभोक्ता माल बनाने वाले उद्योगों को सरकारी समर्थन दिए जाने का तर्क तो स्वाधीन औद्योगिक भविष्य की तरफ़ जाने की एकमेव मुहिम से ध्यान हटाने के समान था। इन भारी उद्योगों को सार्वजनिक स्वामित्व में रहना था ताकि समतामूलक और प्रतिरक्षा संबंधी मक़सदों को हल किया जा सके। देश के औद्योगिक भविष्य की विचार-दृष्टि के अन्य पक्षधरों की तरह इन वामपंथी बुद्धिजीवियों को यक़ीन था कि औद्योगिकीकरण देहाती ग़रीबी का उन्मूलन कर देगा। वामपंथियों ने इसमें अपनी तरफ़ से यह जोड़ दिया था कि औद्योगिकीकरण के साथ-साथ बड़े ज़मींदारों से ज़मीन लेकर उसका पुनर्वितरण भी करना पड़ेगा।

औद्योगिकीकरण के पक्ष में उठी आवाज़ों का संगम तीस के दशक के उत्तरार्द्ध में राष्ट्रीय नियोजन समिति की छत्रछाया में हुआ। इसकी रचना के पीछे बोस का हाथ था। इसके 15 सदस्यों का चरित्र एक-दूसरे से काफ़ी अलग था। इसमें उद्योगपति, रजवाड़ों के सलाहकार, वैज्ञानिक और अर्थशास्त्री शामिल थे। गांधीवादी इनमें से केवल एक था और समिति के अध्यक्ष जवाहरलाल नेहरू थे। आगे चल कर यही समिति नियोजित औद्योगिकीकरण के कांग्रेसी संकल्प के भ्रूण-रूप में जानी गई। लेकिन अपने गठन के समय ही इसके सदस्यों में मतभेद था और उनका विभाजित चिन्तन किसी भी तरह से पार्टी के विचार की नुमाइंदगी नहीं करता था। नियोजन समिति की हैसियत कांग्रेस के अंदर कार्यरत कई समितियों में से एक समिति की तरह ही थी। इसकी तरफ़ ज़्यादा ध्यान नहीं दिया जाता था। उस समय हालत यह थी कि बोस ख़ुद पार्टी छोड़ने की कगार पर थे। उन्हें भविष्य में बिना फ़ौज के सेनापति की तरह इतिहास में अपनी भुतहा उपस्थिति दर्ज करानी थी। समिति के अध्यक्ष नेहरू लगातार शिकायत करते रहते थे कि समिति को कई तरह की सीमाओं का सामना करना पड़ रहा है। समिति के पास आँकड़ों और जानकारियों की कमी थी। ऊपर से प्रांतीय व औपनिवेशिक सरकारें उसे न के बराबर ही मदद दे रही थीं। 1940 में नेहरू को अपनी आठवीं जेल-यात्रा करनी पड़ी और यह समिति भंग कर दी गई। फिर इसका पुनर्गठन द्वितीय विश्वयुद्ध की समाप्ति से पहले नहीं हो

पाया। इस समिति के जोशीले सुझावों से राज्य और सार्वजनिक क्षेत्र की भूमिका के बारे में कोई सहमति नहीं निकली। न ही औद्योगिकीकरण के लिए रणनीति बन सकी और न ही भारी, हल्के और गांधीवादी 'कुटीर' उद्योगों को संतुलित करने के बारे में कोई ठोस प्रारूप तैयार हो सका।

ज़ाहिर है कि औद्योगिकीकरण के पक्षधर आपस में ही बँटे हुए थे। लेकिन, सबसे बड़ा वैचारिक मतभेद तो औद्योगिकीकरण के समर्थकों और गांधीवादियों के बीच में था। इस विभाजन से कांग्रेस का भ्रम और बढ़ गया। वह 'बुनियादी उद्योगों और सेवाओं' के राजकीय स्वामित्व का समर्थन करने वाले प्रस्तावों एवं केवल ग्रामीण व कुटीर उद्योगों को समर्थन देने की उद्घोषणाओं के बीच फँस गई। कांग्रेस का नेतृत्व इसी दुविधा के आसपास इधर-उधर की बातें बोलता रहा। संभावित टकराव के अन्य बुनियादी मुद्दों की तरह उसने आज़ादी मिलने तक इस मसले को भी लटकाए रखा।

इस विवाद की जड़ में गांधी द्वारा औद्योगिक आधुनिकता का संपूर्ण अस्वीकार था। जब विश्वेसरैया ने 'औद्योगीकृत हो, या नष्ट हो जाओ' का तकनीकशाही युद्धघोष किया तो गांधी ने जवाब दिया, 'औद्योगीकृत हो, और नष्ट हो जाओ'। गांधी का तर्क था कि अँगरेज़ों ने भारतवासियों को दास बनाने के लिए सबसे पहले जिस हथकंडे का इस्तेमाल किया था वह औद्योगिक और व्यापारिक समाज द्वारा निर्मित भड़कीले खिलौनों का क्षुद्र प्रलोभन ही था। ऐसा कोई दिन नहीं जाता था जब गांधी अपने *स्वराज* की अपनी निजी व्याख्या न पेश करते हों। वे कहते थे कि *स्वराज* का अर्थ है भारतवासियों को पश्चिम द्वारा बिना सोचे-समझे अपनाई जा रही औद्योगिक आधुनिकता के विनाशकारी, अन्यायपूर्ण और सीमाबद्ध रूपों की नक़ल करने के आग्रहों से मुक्ति दिलाना। उनकी मान्यता थी कि भारत की ग़रीबी का मामला सरकार की नीति से जुड़ा हुआ नहीं है। उसे पश्चिमी अर्थशास्त्र की पदावली में नहीं समझा जा सकता। उन्हें यक़ीन था कि 'अँगरेज़ी अर्थशास्त्र की नक़ल' भारत को तबाह कर देगी। गांधी का फ़ॉर्मूला था कि ग़रीबी उस वक़्त तक ख़त्म नहीं हो सकती जब तक हर भारतीय निजी तौर पर उत्पादन और उपभोग की अपनी दिनचर्या में उसके उन्मूलन का प्रयास नहीं करेगा। गांधी सादगीपूर्ण एवं किफ़ायती जीवन मूल्यों से बँधे थे। वे मज़ाक़ में कहते थे कि आना-पाई का हिसाब रखने का उनका आग्रह शायद उनके बनिया मूल में निहित है। दरअसल, उनके इस हिसाबी-किताबी रूप में एक ख़ूब सोचा-विचारा और गहरा पारिस्थितिकीय बोध मौजूद था। उनके पास आधुनिक मनुष्य और प्रकृति के बीच रिश्ते की एक दूरंदेश समझ थी। गांधी अपना ध्यान हमेशा अपने देशवासियों के आपसी रिश्तों पर केंद्रित रखते थे। इस मामले में उनका विचार था कि भारतीय समाज की सबसे बड़ी पीड़ा उसकी ग़रीबी नहीं (गांधी मानते थे कि ग़रीबी तो अँगरेज़ों के जाने के बाद घटती

चली जाएगी) बल्कि उसके अपमान का कारण तो जातियाँ हैं। वे ग्रामीण उत्पादन के संदर्भ में जाति को अनावश्यक मानते थे। जाति को आर्थिक उत्पादन-पद्धति के रूप में देखने के बजाय गांधी ने ज़ोर दिया कि जातिगत दर्जा धार्मिक कर्मकांड से जुड़े अपमान का प्रतीक है। उन्होंने दावा किया कि जाति की ग़ैरमौजूदगी में भी गाँव उत्पादन की इकाई के तौर पर बचा रहेगा, हालाँकि उनका यह आकलन विवादास्पद था। इसी विचार के कारण गांधी को यक़ीन हो गया कि नैतिक बहस और उदाहरणों के ज़रिये जाति का उन्मूलन किया जा सकता है। उनके विपरीत नेहरू की मान्यता थी कि औद्योगिकीकरण और उसके कारण बनने वाले सामाजिक संबंध जाति के बंधनों को तोड़ने के लिए ज़रूरी हैं।

आज़ादी जैसे-जैसे नज़दीक आई, इन अलग-अलग विचार-दृष्टियों के बीच मतभेद तीखा होता गया। राष्ट्रवादी अभिजन नई-नई 'योजनाओं' की भाषा में अपनी बात कहने लगे। उस समय तक कांग्रेस एक पार्टी के रूप में इतना बदल गई थी कि उसकी और बुद्धिजीवी वर्ग व उद्योगपतियों की घोषणाओं में कोई समानता हो ही नहीं सकती थी। तीस के दशक के उत्तरार्द्ध तक वह देहाती प्रभु वर्ग पर पहले से कहीं ज़्यादा निर्भर हो चुकी थी और यह वर्ग संपत्ति और सत्ता के पुनर्वितरण अथवा औद्योगिकीकरण में कोई दिलचस्पी नहीं रखता था। प्रांतीय चुनावी राजनीति में कांग्रेस की भागीदारी का व्यावहारिक परिणाम भी प्रगतिशील बुद्धिजीवियों की योजनाओं के लिए नुक़सानदेह होना था। इस राजनीति के कारण पार्टी ऐसे गठजोड़ों और प्रतिबद्धताओं से बँध गई जिनका असर साठ के दशक तक रहा। चुनाव जीतने के लिए पार्टी को सवर्ण ज़मींदारों और धनी किसानों का समर्थन हासिल करना पड़ा। 1947 के बाद भी निचली जातियों के वोट पाने के लिए वह इसी वर्ग पर निर्भर रही। देहाती अमीरों के समर्थन को क़ायम रखने के लिए कांग्रेस ने अपने समतामूलक और परिवर्तनकामी इरादों को ढीला कर दिया। ग्रामीण संपत्ति-संबंधों के बारे में फ़ैसला उन्हीं लोगों पर छोड़ दिया गया जो उन पर हावी थे। इस रणनीति ने कांग्रेस को एक मिली-जुली पहचान प्रदान की। शहरों में ऊँचा दर्जा रखने वाले अभिजनों और गाँवों के संपत्तिशाली वर्गों को जोड़ कर वह अपराजेय राजनीतिक मशीन में बदल गई। यह कांग्रेस एकदम अलग मिज़ाज की पार्टी थी। तुलनात्मक दृष्टि से चीनी कम्युनिस्ट पार्टी के मुक़ाबले कांग्रेस एक ऐसे जनाधारित दल के रूप में मानी गई थी जिसकी देहात में गहरी जड़ें थीं, लेकिन जो राजनीतिक अनुदारवाद की हामी थी। इस आकलन में भारतीय आर्थिक विकास की आगामी रूपरेखा का पूर्वाभास साफ़ दिख रहा था कि जिस देश में इतने ज़्यादा लोग और इतनी ज़्यादा संपत्ति देहातों में केंद्रित हो वहाँ औद्योगिकीकरण के लिए अपेक्षाकृत कम दबाव पड़ना स्वाभाविक ही था। परिवर्तनकामी पुनर्वितरण अथवा समाज-सुधारों की गुंजाइशें तो और भी कम थीं।

3

ज़ाहिर था कि जब आज़ादी मिली तो भारत का आर्थिक भविष्य अनिश्चित था। नेहरू ने पाया कि वे एक ऐसी पार्टी के नेता हैं जो आर्थिक विकास के सवाल पर मतभेदों की शिकार है। पार्टी के किसी एक धड़े में दूसरों से अपनी बात मनवा लेने लायक़ ताक़त नहीं थी। ऊपर से भारत-विभाजन से फैली अव्यवस्था ने भी हालात को अस्पष्ट कर दिया था। शरणार्थियों का संकट था। खाद्यान्न की भारी कमी थी। फ़ौज की तैनाती करना पड़ रही थी और फ़ौरी व अस्थायी समाधान परिस्थिति की माँग थे। संविधान सभा ने ग्रामीण धनी वर्ग के हितों की सुरक्षा सुनिश्चित कर दी। भूमि सुधार और कराधान केंद्र सरकार के हाथ में रखने के बजाय प्रांतीय विधायिकाओं के ज़िम्मे डाल दिए गए। अब उन पर ज़मींदारों की काली छाया पड़ने का पूरा अंदेशा था। कांग्रेस के अंदर पटेल भूस्वामी वर्ग और उद्योगपतियों के प्रवक्ता थे। 1948 में पार्टी से समाजवादियों को निकालने के पीछे उन्हीं की योजना थी। नेहरू अकेले पड़ चुके थे। गांधी की हत्या के बाद तो पटेल पार्टी में सबसे ज़्यादा ताक़तवर हो गए। चूँकि उन्हें आर्थिक नियोजन कभी पसंद नहीं था, इसलिए उस पर ध्यान कम दिया जाने लगा। पचास के दशक के पूर्वार्द्ध में जो हालात थे, उनकी 'पूरी तस्वीर देख कर' नेहरू को ख़ासी निराशा हो रही थी। प्रेक्षकों ने नियोजन के विचार को एक अल्पजीवी फ़ैशन और 'असफल' क़रार दे दिया था। लेकिन पचास के दशक के अंत में पटेल का निधन हो गया और राज्य की बागडोर पूरी तरह नेहरू के हाथ में आ गई।

सवाल यह है कि नेहरू की आर्थिक विकास परियोजना का मूल्यांकन कैसे किया जाए? उसकी रूपरेखा कितनी सुसंगत थी और उसके नतीजे क्या हुए? दरअसल, इस आकलन के लिए हमें इन दोनों पहलुओं में फ़र्क़ करके देखना पड़ेगा। इस बारे में कोई निर्णय करने से पहले यह भी ध्यान रखा जाना चाहिए कि नेहरू के बाद उनके विचारों का अनुपालन केवल नाम-मात्र के लिए ही हुआ। आमतौर पर माना जाता है कि नेहरू का आर्थिक चिन्तन नियोजित औद्योगिकीकरण के सोवियत मॉडल से कुछ ज़्यादा ही प्रभावित था। दरअसल, नेहरू के लक्ष्य और कोशिशों की यह समझ बेहद सरलीकृत है। नेहरू शुरुआत से ही सोवियत अनुभव के राजनीतिक परिणामों की आलोचना करने लगे थे (1927 में स्तालिनवाद के जन्म से बहुत पहले ही नेहरू अपने मॉस्को दौरे के बाद इस नतीजे पर पहुँच चुके थे)। 1947 के बाद उठाए गए क़दमों के पीछे भी उनका रवैया विचारधारात्मक कम और तात्कालिक क़िस्म का ज़्यादा था। उनका मक़सद परस्पर विपरीत लक्ष्यों को सुसंगत रणनीति में एकजुट करना था।

नेहरू को पश्चिम के इतिहास की चमकदार रोशनी में भारत की आर्थिक

संभावनाओं का छाया-चित्र दिखाई देता था। इसी कारण उन्हें यक़ीन हो चला था कि भारत एक साथ तीन रास्तों पर चल सकता है। वह राज्य द्वारा निर्देशित औद्योगिकीकरण की मुहिम छेड़ सकता है, सांविधिक लोकतंत्र क़ायम रख सकता है और आर्थिक-सामाजिक पुनर्वितरण कर सकता है। यह परियोजना सोवियत अनुभव से काफ़ी अलग और विश्वयुद्ध के बाद के यूरोपीय सामाजिक-जनवाद के अधिक नज़दीक थी। सच्चाई तो यह है कि चालीस के दशक के उत्तरार्द्ध में नेहरू का नज़रिया पूरी तरह सामाजिक-जनवादी हो चुका था। हालाँकि यह 1945 के बाद की लेबर पार्टी के रेडिकल रवैये के अनुकूल बैठता था, लेकिन नेहरू के पास अपनी धारणाएँ थीं। उन्होंने लोकतांत्रिक राजनीतिक व्यवस्था के संदर्भ में अंतर्राष्ट्रीय अर्थव्यवस्था की अपनी समझ बना कर उसे भारतीय विकास के घरेलू मॉडल से जोड़ लिया था।

तीस के दशक से विकसित हुए नेहरू के बौद्धिक चिन्तन में साम्राज्यवाद के मार्क्सवादी विश्लेषण की एक महत्त्वपूर्ण जगह थी। इससे उन्हें उपनिवेश और उपनिवेशवादियों के बीच आर्थिक संबंधों को गहराई से समझने में मदद मिलती थी। नेहरू ने इस विश्लेषण को कभी नहीं छोड़ा। वैसे भी विश्व-अर्थव्यवस्था की तत्कालीन संरचना में भारत जैसे नए राज्य के लिए अपनी आर्थिक संप्रभुता के समर्पण का जोख़िम काफ़ी था। औद्योगिकीकरण के चक्कर में वह विदेशी पूँजी पर निर्भर होकर नवउपनिवेशवादी फंदे में फँस सकता था। अपने इसी अंतर्राष्ट्रीय परिप्रेक्ष्य के तहत नेहरू ने भारतीय राज्य की मजबूरियों का आकलन किया और एक ऐसे विचार की पेशकश की जो घरेलू समस्याओं को कीन्स के विचारों के मुताबिक़ हल करना चाहता था। इसके अनुसार राज्य को आर्थिक प्रसार के लिए हालात बनाने में सक्रिय भूमिका का निर्वाह करना था। इसका अर्थ थोक मात्रा में राष्ट्रीयकरण न होकर सार्वजनिक क्षेत्र में निवेश और उसे निर्देशित करना था। सार्वजनिक क्षेत्र को मिश्रित अर्थव्यवस्था के तहत निजी उद्यमों के साथ-साथ काम करना था और निजी निवेश के ख़ुदगर्ज़ व नकारात्मक उतार-चढ़ाव वाले रवैये के मुक़ाबले एक संतुलनकारी भूमिका अदा करनी थी। इस क्षेत्र को एक और काम करना था। टैक्स लगाने के मामले में भारतीय राज्य कम कर लगाने की परंपरा का वारिस था और कृषि-कर पर बंदिशें संविधान में ही मौजूद थीं, इसलिए जनहितकारी पुनर्वितरण के मक़सद के लिए संसाधन जुटाने का काम भी उत्पादक सार्वजनिक क्षेत्र से ही लिया जाना था।

इस विश्लेषण से स्पष्ट है कि सार्वजनिक क्षेत्र के विचार का उद्‌गम सोवियत मॉडल की राज्य-नियंत्रित अर्थव्यवस्था में तलाशना उचित नहीं माना जा सकता। न ही यह क्षेत्र सामूहिकतावाद के प्रति विचारधारात्मक लगाव की उपज था। दरअसल, सार्वजनिक क्षेत्र और उसकी पुनर्वितरणकारी महत्त्वाकांक्षाओं को विश्वयुद्ध के बाद कई पश्चिमी यूरोपीय देशों द्वारा अपनाई गई नीतियों में ध्वनित होते हुए स्पष्ट सुना

जा सकता था। आमतौर पर भारतीय प्रयास को सोवियत अनुभव के साथ जोड़ कर देखा जाता है। इस छवि का कारण संयोग ही माना जाना चाहिए। पचास के दशक में नेहरू यह मान बैठे थे कि देश के आर्थिक विकास के लिए सहायता और समर्थन पश्चिमी ताक़तों की तरफ़ से प्राप्त होंगे। अमेरिका बहुत बड़े पैमाने पर खाद्यान्न सहायता दे भी रहा था : लेकिन अमेरिका लगातार ज़ोर देता रहा कि भारत को अपना विकास कृषि तथा उपभोक्ता माल बनाने वाले उद्योगों में निवेश करने के ज़रिये ही करना चाहिए। अमेरिका को विश्वास था कि इसी रणनीति से ऊँची विकास दर हासिल की जा सकती है।

नेहरू की निगाह में तेज़ विकास दर अपने-आप में कोई श्रेयस्कर लक्ष्य नहीं थी। उन्हें विकास का तालमेल स्वाधीनता और लोकतंत्र के लक्ष्यों के साथ बैठाना था। उपभोक्ता-उद्योगों में निवेश करने से अधिक उत्पादन प्राप्त किया जा सकता था, लेकिन लगता यह था कि भारी और प्रतिरक्षा उद्योग स्थापित किए बिना इस तरीक़े से आर्थिक स्वाधीनता दाँव पर लग जाएगी। उन दिनों सोवियत संघ दुनिया में अपने प्रभाव क्षेत्र का विस्तार करने में लगा हुआ था। भारत द्वारा भारी उद्योगों में निवेश की रणनीति को पश्चिम के बजाय सोवियत संघ की तरफ़ से लगातार उदार समर्थन मिला। इसके बावजूद नेहरू ने यह साफ़ करने में कोई कसर नहीं छोड़ी कि भारत लोकतांत्रिक राजनीति के लिए प्रतिबद्ध है और भारी उद्योगों की विकास दर सोवियत अथवा चीनी शैली में नहीं बढ़ाई जा सकती। नेहरू लोकतंत्र को अपने-आप में एक मूल्य मानकर चलते थे। उनका यह रवैया लोकतंत्र के प्रति आज के उपयोगितावादी नज़रिये की तरह नहीं था। आज तो बहस इस बात पर होती रहती है कि लोकतंत्र एक प्रणाली के रूप में आर्थिक विकास के लिए सुविधाजनक है या नहीं। कुछ अर्थशास्त्री दोनों में से किसी एक के 'निर्मम चुनाव' का आग्रह करते रहते हैं। लेकिन, नेहरू लोकतंत्र और विकास के बीच किसी सौदेबाज़ी के लिए तैयार नहीं थे। वे जिस आधुनिकता से प्रतिबद्ध थे, उसकी नैसर्गिक विशेषताओं में ये दोनों आयाम शामिल थे। दोनों के लिए एक साथ प्रयास किया जाना था। आर्थिक विकास संबंधी नेहरू की समझ का यह पहलू अपने-आप में बहुत स्पष्ट था।

यह एक तथ्य है कि पचास के दशक में अपने सभी प्रतिद्वंद्वियों के मुक़ाबले नेहरू की वैकासिक रूपरेखा अधिक सुसंगत थी। समस्या यह थी कि इसे ज़मीन पर उतारने के लिए उन्हें कुछ विशेष परिस्थितियों का सामना करना था। उनकी कठिनाइयों की जड़ थी ज़मीन के मालिकाने का बेहद असमान वितरण। ताक़तवर समाज-व्यवस्था इन ग्रामीण संपत्ति-संबंधों की हिफ़ाज़त में खड़ी हुई थी। नेहरू उत्पादकता के बेहद निचले स्तर से भी परेशान थे। इन्हीं सीमाओं के कारण नेहरू ने अपनी मंज़िल पाने के लिए सरकारी नौकरशाही का दामन पकड़ा। इस कार्यनीति की असफलता के बीज इसी के अंदर छिपे थे। नेहरू का ख़याल था कि औद्योगिकीकरण

करने से पहले खेतिहर संपत्ति-संबंधों में तब्दीली करना पड़ेगी। औद्योगिकीकरण के लाभ फ़ौरन तो मिलने वाले थे नहीं, इसलिए बीच की अवधि में कृषि विकास के ज़रिये ग्रामीण रोज़गार में आई गिरावट की भरपाई करना और सस्ता खाद्यान्न मुहैया कराना ज़रूरी था। नेहरू चौतरफ़ा ग़रीबी के कारण खाद्यान्न महँगा करने के सख़्त ख़िलाफ़ रहते थे। इसलिए उन्हें यक़ीन था कि भूमि-पुनर्वितरण के ज़रिये ही ग्रामीण विषमता कम की जा सकती है और किसानों को पैदावार बढ़ाने के लिए प्रोत्साहन दिया जा सकता है ताकि देश खाद्यान्न में आत्मनिर्भर हो सके।

इस तरह भूमि-सुधार नेहरू की योजना के केंद्र में थे, लेकिन दिक़्क़त यह थी कि उन्हें प्रांतीय विधायिकाओं के हवाले कर दिया गया था। अब ग्रामीण संपत्ति संबंध केवल एक ही तरीक़े से बदले जा सकते थे कि कांग्रेस पार्टी अपने नेता के विचारों को धरती पर उतारने में जुट जाती। साफ़ था कि इस काम के लिए आज़ादी के पहले दशक से ज़्यादा बढ़िया अवधि कोई और नहीं हो सकती थी। 1957 तक सभी राज्यों में कांग्रेस का ही शासन था और सिद्धान्ततः यह माना जा सकता था कि ऐसा हो सकता है। लेकिन इस तरह का कारनामा कांग्रेस के चरित्र के विपरीत था क्योंकि वह कभी भी विचारधारा आधारित पार्टी नहीं रही थी। उसे राजनीतिक कार्यक्रमों की घोषणा करके उन्हें कार्यान्वित करने का अभ्यास नहीं था। पार्टी के नाम पर वह एक व्यापक राजनीतिक गठजोड़ था, जिस पर व्यापारिक-औद्योगिक पूँजीपति, ग्रामीण भू-स्वामी, नौकरशाह और प्रबंधन-तंत्र के अभिजन हावी थे। कई प्रेक्षकों ने कांग्रेस की इसी रूप में व्याख्या की है (आगे चल कर नवधनाढ्य किसान यूनियनों में संगठित होकर और ताक़तवर हो गए, सार्वजनिक क्षेत्र के कर्मचारी भी कांग्रेसी गठजोड़ के बेड़े पर सवार हो गए)।

चुनाव के समय 'वोट बैंकों' के लिए कांग्रेस का नेतृत्व जिन प्रांतीय नेताओं, पार्टी सदस्यों और समर्थकों की तरफ़ देखता था, भूमि-सुधारों से सबसे ज़्यादा नुक़सान उन्हीं को होना था। पचास के दशक के मध्य तक यह साफ़ होने लगा था कि ग्रामीण संपत्ति-संबंधों को विधि-निर्माण के ज़रिये बदलने की रणनीति आगे नहीं बढ़ पा रही है। इस बीच राष्ट्रीय नेतृत्व ने सामुदायिक विकास योजना और पंचायती राज के स्थानीय स्वशासन के माध्यम से ग्रामीण सुधारों की ज़िम्मेदारी निचले स्तरों पर डालने की उम्मीद-भरी कोशिशें भी कीं। लेकिन, ये प्रयास आधे मन से किए गए थे और इन्हें बेअसर होना ही था। ज़िला और ग्राम परिषदों पर पारंपरिक रूप से रंग-रुतबे वाले लोग हावी हो गए। इसके लिए पटाने-फुसलाने और आतंक से लेकर सूदख़ोरी तक के हथकंडों का सहारा लिया गया। केरल जैसे कुछ क्षेत्रों में कम्युनिस्टों द्वारा भूमि-सुधारों को आगे भी बढ़ाया गया (यह एक ऐसा प्रांत था जिसमें विषमताएँ अपेक्षाकृत कुछ कम थीं। इसके पीछे केरल में संपत्ति के मातृवंशीय अधिकार की विशिष्ट सांस्कृतिक परंपरा थी)। यद्यपि बाद के वर्षों

में पश्चिम बंगाल ने भी भूमि-सुधार किए, लेकिन कुल मिला कर उनकी रफ़्तार रुक गई और समाज-व्यवस्था का अन्यायपूर्ण ताना-बाना बना रहा। खेती की कम उत्पादकता का लाइलाज मर्ज़ दुरुस्त करने का प्रयास भी इसके साथ ही नाकाम हो गया। भारत खाद्यान्न में आत्मनिर्भर नहीं हो सका। पचास के दशक में देश को बार-बार क़िल्लत का सामना करना पड़ा और कई जगहों पर अनाज के लिए दंगे-फ़साद हुए। नतीजतन, भारत अमेरिकी खाद्यान्न सहायता पर काफ़ी निर्भर हो गया। जापान, दक्षिण कोरिया और ताइवान और चीन के कामयाब भूमि-सुधारों के मुक़ाबले भारत के भूमि-सुधार फ़िलीपींस जैसे निकले। फिलीपींस पूर्वी एशिया में सबसे निचली विकास दर वाली अर्थव्यवस्था है।

इस तरह नेहरू एक विरोधाभास में फँस कर रह गए। कई प्रेक्षकों ने इसे अंतर्विरोध अथवा दुविधा की संज्ञा भी दी है। उनकी सरकार सांविधिक लोकतंत्र के क़ायदे-क़ानूनों का पालन करती थी। राष्ट्रीय आंदोलन की वारिस होने और 1952 से 1962 के बीच तीन आम चुनाव जीतने के कारण उसके पास लोकतांत्रिक वैधता भी थी। वह स्वतंत्र औद्योगिक-आधार स्थापित करने और सुधारवादी व पुनर्वितरणकारी लक्ष्यों से प्रतिबद्ध भी थी। लेकिन न तो पूरी तरह से कांग्रेस को और न ही जनता के लोकतांत्रिक बहुमत को इन प्रतिबद्धताओं के पक्ष में गोलबंद किया जा सका। लोकतांत्रिक बहुमत का बहुलांश देहातों में था और उसका नियंत्रण उन्हीं लोगों के हाथ में था जिन्हें सुधारों से नुक़सान होने वाला था। नौबत यह आई कि पहले सिद्धान्ततः और नेहरू के बाद व्यावहारिक रूप से भी लोकतंत्र में कटौती अथवा विकास में कटौती में से एक को चुनने की चर्चा होने लगी। कहा जाने लगा कि लोकतंत्र को सीमित करके विकास के सिद्धान्तबद्ध और सरकार-निर्देशित मॉडल को तेज़ी से लागू किया जाना चाहिए (यही 1975 में लगाए गए आपातकाल का बुनियादी तर्क भी था), अथवा लोकतंत्र को उसकी सभी बोझिल अड़चनों के साथ जारी रखा जाए और दीर्घकालीन विकास की महत्त्वाकांक्षा से पल्ला झाड़ लिया जाए। नेहरू के प्रधानमंत्रित्व के 17 वर्षों का सर्वाधिक प्रभावी पहलू यही था कि वे हमेशा लोकतंत्र या विकास में से किसी एक को चुनने से दृढ़तापूर्वक बचते रहे। उन्हें लोकतंत्र से किसी भी प्रकार का विचलन मंज़ूर नहीं था। साथ ही वे आर्थिक विशेषज्ञों की दलीलों को भी मान्यता देते थे। उन्होंने आर्थिक विज्ञान का दावा स्वीकार करते हुए विकास के लिए विशेषज्ञों की ज़रूरत को महसूस किया और 1950 में आर्थिक नीति के सूत्रीकरण के लिए एक संस्था गठित की। यह था योजना आयोग, जो लोकतांत्रिक राजनीति के रोज़मर्रा के दबावों से मुक्त था।

इसी के बाद से राष्ट्रीय प्रगति के प्रश्नों पर अर्थशास्त्र की तकनीकी शब्दावली में विचार-विमर्श होने लगा। यह बहस ज़्यादातर भारतवासियों की समझ से बाहर थी। योजना पर अमल का ज़िम्मा सिविल सर्विस के ऊपर डाला गया। विकास

की यह गंगा शिखर से बह कर जब नीचे आई तो इसका पानी गँदला हो चुका था और इसमें ग़रीबी को धोने की क्षमता कम रह गई थी। राष्ट्रवादी सिविल सर्विस को लेकर भी काफ़ी द्वैधग्रस्त रहते थे। चूँकि इस सेवा की पैदाइश औपनिवेशिक थी, इसलिए वे आईसीएस अफ़सरों पर अविश्वास करते थे, लेकिन दक्षता और विशेषज्ञता के लिए उनका आदर भी किया जाता था। तीस के दशक में ही नेहरू ने इंडियन सिविल सर्विस में आमूलचूल परिवर्तन का आह्वान किया था, लेकिन आज़ादी का क्षण आते-आते इस बारे में उनका रवैया काफ़ी नरम पड़ गया। 1947 के बाद पटेल आईसीएस अफ़सरों के पक्ष में खड़े हुए। उन्होंने संविधान सभा में उनकी तरफ़दारी करते हुए ज़ोरदार भाषण दिए। पचास के दशक के शुरुआती वर्षों में नेहरू भी पूरी तरह इसी सेवा की तरफ़ मुड़ गए। उन्होंने उम्मीद लगाई कि कांग्रेस पार्टी द्वारा डाली गई अड़चनों से पार पाने में आईसीएस अफ़सर उनकी मदद करेंगे। नेहरू के शासन-काल में सिविल सर्विस ने औपनिवेशिक युग में डाली गई राजकोषीय सख़्ती की परंपरा को बरक़रार रखा। लेकिन इसी दौरान अधिकारी-तंत्र को वैकासिक ज़िम्मेदारियाँ भी मिल गईं जिसके कारण उसके आकार और उसके अधिकारों में अनायास बहुत ज़्यादा वृद्धि हो गई। नौकरशाही में बढ़ोतरी की इस रफ़्तार को 1970 के दशक तक आते-आते 'लाइसेंस-कोटा राज' के कारण रोकना नामुमकिन हो गया। सरकार के अधिकारी तंत्र ने बाक़ायदा ख़ुद को राज्य के संसाधनों के परोपजीवी दावेदार के रूप में स्थापित कर लिया। इन परिणामों के बावजूद हमें याद रखना चाहिए कि नेहरू ने नौकरशाहों के प्रति अपना रवैया उनके प्रति किसी प्रेम के कारण नहीं, बल्कि ख़ास तरह के राजनीतिक कारणों से बदला था।

4

नेहरू सरकारी अफ़सरों को उन वैज्ञानिकों और अर्थशास्त्रियों की उच्चतर बौद्धिक क्षमता के मातहत लाना चाहते थे जिनका विशेषज्ञों के रूप में योजना भवन पर वर्चस्व था। नेहरू के शासन के दौरान राजनीतिक व्यवस्था के अंदर योजना आयोग की हैसियत असाधारण रूप से प्रभावशाली थी। यह हैसियत दरअसल राजनीतिक थी। आयोग के तत्कालीन महत्त्व के इस पहलू का आकलन आज भी ठीक से नहीं किया जाता है (आयोग के आर्थिक प्रस्तावों की बारीकी से जाँच-पड़ताल ज़रूर की जाती रहती है)। आयोग की ताक़त का स्रोत सीधे-सीधे उसकी पीठ पर रखा हुआ नेहरू का हाथ था। नेहरू पर उसकी निर्भरता के कारण ही वह आगे चल कर कमज़ोर और संस्थागत रूप से असुरक्षित भी हो गया। आर्थिक विकास के बारे में सोचने का काम नेहरू ने एक छोटे-से दल को दे रखा था। क़रीब दस साल तक बीस लोगों के दायरे में से ही योजना आयोग के सदस्य चुने जाते रहे। इन बीस में

भी केवल आधे लोग ही ऐसे थे, जिनका नीति-निर्धारण में कुछ महत्त्व था।

सार्वजनिक जीवन में बुद्धिजीवियों के बढ़ते प्रभुत्व की सबसे बड़ी मिसाल थे प्रशांत चंद्र महलनोबीस, जो 1949 में दिल्ली आए थे। वे अपने पत्रों पर 'प्रोफ़ेसर' के रूप में दस्तख़त करते थे। पचास के दशक में ही भारतीय बुद्धिजीवियों का अध्ययन करने भारत आए अमेरिकी समाजशास्त्री एडवर्ड शिल्स को लग गया था कि नियोजन की परियोजना पर महलनोबीस की 'कुछ-कुछ अमंगलकारी' छाया पड़ रही है। उन दिनों महलनोबीस का बुद्धिजीवी-जगत में बड़ा ज़बर्दस्त प्रभामंडल था। आयोग के लिए महलनोबीस की सेवाएँ अनायास ही ले ली गई थीं। यह तथ्य 1954 में उन्होंने स्वयं भी स्वीकार किया, 'जब मैं पहली बार दिल्ली आया तो मुझे नियोजन की मोटा-मोटी जानकारी ही थी। 1950 के बाद राष्ट्रीय आमदनी के आँकड़ों का इस्तेमाल करने पर मैंने नियोजन के बारे में सीखना शुरू किया।'[10] नियोजन की दुनिया में नवोदित होने के बावजूद एक व्यक्ति की हैसियत से प्रोफ़ेसर महलनोबीस ने भारतीय वैकासिक नियोजन को दिशा देने में सबसे महत्त्वपूर्ण भूमिका निभाई। उन्होंने भारतीय प्रगति के विचार को एक ऐसे तकनीकी मॉडल में सूत्रबद्ध किया जिससे राज्य को नीति-निर्देशन मिला। महलनोबीस के पास कभी कोई राजनीतिक पद नहीं रहा। वे योजना आयोग के मुख्य सलाहकार और 1955 के बाद से उसके 'वास्तविक' सदस्य रहे। सबसे बड़ी बात तो यह थी कि प्रधानमंत्री उन पर पूरा भरोसा करते थे। 1954-55 में तैयार की गई द्वितीय पंचवर्षीय योजना के सभी तकनीकी आयाम महलनोबीस की योग्यता के ही परिणाम थे। इसी योजना ने निवेश और संसाधनों को निर्णायक रूप से भारी उद्योगों की ओर मोड़ दिया था।

महलनोबीस का जन्म 1893 में एक बंगाली ब्राह्मण परिवार में हुआ था। उन्होंने कैंब्रिज के किंग्स कॉलेज से गणित और भौतिकशास्त्र की परीक्षा प्रथम श्रेणी में उत्तीर्ण की। 1915 में वे भौतिकी पढ़ाने के लिए कलकत्ता लौटे। अपनी प्रचुर बौद्धिक ऊर्जा के कारण वे जल्दी ही आधुनिक भारत के सांस्कृतिक व बौद्धिक इतिहास के प्रणेता बन गए। उन्हें बीसवीं सदी के मध्य में सक्रिय रहे भारतीय बुद्धिजीवियों के एक श्रेष्ठ उदाहरण के रूप में देखा जा सकता है। असल में महलनोबीस उन अद्‌भुत ऐतिहासिक क्षणों की उपज थे जब अतीव सांस्कृतिक प्रतिष्ठा और चमत्कारिक वैज्ञानिक प्रवीणता का किसी एक व्यक्तित्व में संगम हो जाता है। विविध क्षेत्रों की श्रेष्ठ हस्तियों के साथ उनकी निकटता आसानी से हो जाती थी। मसलन, रवीन्द्रनाथ टैगोर से उनकी घनिष्ठ मित्रता थी। कलकत्ता आने पर गुरुदेव महलनोबीस के बैरकपुर स्थित लंबे-चौड़े घर में ही रुकते थे और महलनोबीस अक्सर शांतिनिकेतन के विश्वभारती विश्वविद्यालय का दौरा करते रहते थे। (1919 में जब जलियाँवाला बाग़ में अँगरेज़ सिपाहियों की गोलियों से तीन सौ भारतीय मारे गए थे तो महलनोबीस टैगोर के ही साथ थे। गुरुदेव ने उसी समय क्षुब्ध होकर वायसरॉय

लॉर्ड चेम्सफ़ोर्ड को पत्र लिख कर सर की उपाधि वापस कर दी थी।) महलनोबीस को टैगोर के समस्त रचना-कोष की गहरी जानकारी थी। इतिहासकार ई.पी. थॉमसन ने अपने पिता ई.जे. थॉमसन और टैगोर की मित्रता के एक संस्मरण के अंत में निष्कर्ष निकाला है कि महलनोबीस 'कवि के शुरुआती लेखन के संग्रह के बारे में स्वयं कवि से भी ज़्यादा जानते थे।'[11] उन्होंने टैगोर की रचनाओं के अनुवाद और अध्ययन में थॉमसन की ब्योरेवार मदद की और भाषाशास्त्रीय, साहित्यिक और व्यक्तिगत क़िस्म की जानकारियाँ दीं। ई.जे. थॉमसन महलनोबीस की सांस्कृतिक और साहित्यिक परख से इतने प्रभावित हुए कि उन्होंने अपनी पुस्तक *ऑक्सफ़ोर्ड बुक ऑफ़ बंगाली वर्स* की तैयारी के दौरान उनका नाम भी अपनी सूची में शामिल कर लिया। हालाँकि थॉमसन की यह कृति कभी प्रकाशित नहीं हो पाई।

महलनोबीस की संस्कृत दर्शन और बांग्ला साहित्य में ज़बर्दस्त गति थी। साथ ही वे भौतिकशास्त्र और सांख्यिकी में भी आश्चर्यजनक रूप से प्रवीण थे। वे इस क़दर बहुमुखी बौद्धिकता से संपन्न थे कि उनके जैसे व्यक्ति के प्रति नेहरू का आकर्षित होना स्वाभाविक ही था। 1931 में उन्होंने कलकत्ता के प्रेसीडेंसी कॉलेज के कुछ कमरों को हस्तगत करके उनमें *भारतीय सांख्यिकीय संस्थान* की स्थापना कर डाली और 1933 में *सांख्य* नामक एक पत्रिका प्रकाशित की जो पचास और साठ के दशक में भारतीय नियोजकों का मुखपत्र बन गई। उस पत्रिका के लिए महलनोबीस ने टैगोर के एक गद्य-काव्य का अंश आशीर्वाद के रूप में उद्धृत किया। टैगोर ने यह काव्यांश यूँ ही लिख दिया था। इससे आभास होता था कि जैसे वे विज्ञान के सत्यों का गुणगान कर रहे हों : *'क्या है बौद्धिक सत्य आख़िर? वह तथ्यों के परस्पर संबंधों का आदर्श समन्वय नहीं तो और क्या है? यही समन्वय तो भर देता है व्यक्ति को विश्वासोत्पादक अनुभूति से और उसे लगने लगता है कि अरे, वह तो जानता है सत्य को। किसी सत्य को तथ्य मानते हैं हम उसी आधार पर कि उसमें होती है एक समस्वरता और विवेक की एक लय जिसकी प्रक्रिया को विश्लेषित कर सकता है गणित का तर्क।'*[12] पहले अंक के संपादकीय में महलनोबीस ने बताया कि पत्रिका 'सांख्यिकी...लोगों की गणना और देश के संसाधनों के बारे में संग्रह' के उद्‌देश्यों को समर्पित है। तीस और चालीस के दशक में *सांख्य* के पृष्ठों में प्रोफ़ेसर ने जिन विषयों पर लेख छापे, वे कुछ बेमेल-से थे। मसलन उन्होंने रिज़ले द्वारा दिए गए बंगाल की जनजातियों और जातियों से जुड़े मानवशास्त्रीय आँकड़ों के संशोधन पर लेख प्रकाशित किया (स्वयं महलनोबीस की 1922 में पहली प्रकाशित रचना कलकत्ता के आंग्ल-भारतवासियों के शारीरिक आकार-प्रकार के नृविज्ञानी अध्ययन पर केंद्रित थी)। इसके अलावा उन्होंने प्राचीन भारतीय क्रम-विज्ञान के क्षेत्र में एक नवीन सिद्धान्त को प्रतिपादित करने वाले, भारत की आबादी में मुसलमानों के वितरण के बारे में तथा 1939 के

कलकत्ता में मध्यवर्गीय परिवारों में चाय-पान के प्रचलन की जाँच-पड़ताल करने वाले लेख भी छापे। ज़ाहिर है कि नियोजित अर्थव्यवस्था के सैद्धांतिक मूलाधारों में उनकी दिलचस्पी नहीं थी। ये तमाम लेख तकनीकी रूप से आकर्षक तो थे, लेकिन बौद्धिक रूप से इनका कोई ख़ास महत्त्व नहीं था। एक बात ज़रूर थी कि उनमें सांख्यिकीय प्रवीणता का जम कर प्रदर्शन किया गया था।

महलनोबीस ने भारतीय बौद्धिक जीवन में बुद्धिवाद की गहन धारा का एक बार फिर समावेश किया। उन्होंने इस आस्था को आधार दिया कि गुणात्मक समस्याओं के परिमाणात्मक समाधान खोजे जा सकते हैं और जीवन के हर क्षेत्र में अनिश्चितताओं को घटाते हुए सांख्यिकीय मॉडलों के ज़रिये उनसे पार पायी जा सकती है। 1915 में भारत लौटकर उन्होंने ब्रिटिश सांख्यिकीविद, समाजवादी और सुजनन-विज्ञानी कार्ल पियर्सन की रचनाओं का अध्ययन किया एवं अपनी सांख्यिकीय तकनीकों को परिष्कृत किया। 1940 में उन्होंने नेहरू को अपना प्रबंध भेजा जिसमें आर्थिक नियोजन के क्षेत्र में सांख्यिकी के संभावित प्रयोगों की रूपरेखा दी गई थी। इस रूप में नेहरू से उनका यह पहला परिचय था। उनके तकनीकी रवैये ने नेहरू का ध्यान आकर्षित किया, लेकिन तत्कालीन कांग्रेस पार्टी में मोटे तौर पर चल रहे नियोजन संबंधी सोच-विचार से उसका कोई संबंध नहीं था। आज़ादी के बाद नेहरू को लगा कि उन्हें एक ऐसे व्यक्ति की ज़रूरत है जो उनके राजनीतिक लक्ष्यों को अर्थनीति की वैज्ञानिक और तकनीकी शब्दावली में सूत्रबद्ध कर सके। शुरू में महलनोबीस को राष्ट्रीय आमदनी के सांख्यिकीय आँकड़े जमा करने का ज़िम्मा मिला, लेकिन जल्दी ही नीति निर्माण में उनका महत्त्व केंद्रीय होता चला गया। नेहरू युग की तीनों पंचवर्षीय योजनाओं के पीछे प्रमुख रूप से उनकी बौद्धिक उपस्थिति ही थी।

महलनोबीस को इस बात का गहरा अहसास था कि भारत आर्थिक सिद्धान्त के विषय में दरिद्र है और यहाँ योजना निर्माण में शामिल किए जा सकने वाले अर्थशास्त्री भी उपलब्ध नहीं हैं। 1951 में उन्होंने सोवियत संघ की और 1954 में सोवियत संघ समेत यूरोप व अमेरिका की यात्राएँ कीं। उन्होंने उस ज़माने के कई प्रमुख अर्थशास्त्रियों से मुलाक़ातें कीं जिनमें रैग्नैर फ़्रिश, जॉन टिन्बर्जन, ऑस्कर लैंग, चार्ल्स बेतेलहम, रिचर्ड स्टोन, जोआन राबिंसन, साइमन कुज्नेनेट्स और पॉल बरान शामिल थे। उन्होंने इनमें से कई को भारत आने का निमंत्रण भी दिया ताकि नियोजन के प्रयोग पर उनकी राय ली जा सके। पचास के दशक के मध्य तक भारत में दुनिया-भर के अर्थशास्त्री समय-समय पर आने लगे। इन्हीं में से एक ने जब आर्थिक उदारीकरण के इस दौर में गुज़रे ज़माने पर निगाह डाली तो कहा, 'शहद मक्खियों को खींचता है और सोना उसे खोदने वाले खनिकों को।'[13] इन अर्थशास्त्रियों के साथ मेल-मुलाक़ात से इतना तो हुआ ही कि वैकासिक अर्थशास्त्र की नई विधा से महलनोबीस का परिचय प्रगाढ़ हुआ और इस मामले में अपनी क्षमताओं पर

उनका यक़ीन और बढ़ गया। 1954 में उन्होंने अपने पट्ट शिष्य पीतांबर पंत (वे भी नियोजक बनने से पहले भौतिकशास्त्री थे) को लिखा, 'मैं निस्संकोच कहना चाहता हूँ कि मैं अकादमीय अर्थशास्त्र के बारे में इतना कम जानता था और मेरे भारतीय सहयोगी अपनी अमोघता के प्रति इतने आश्वस्त थे कि मुझे आर्थिक मामलों के बारे में कुछ-कुछ हीनता की ग्रंथि सताने लगी थी। बार-बार पश्चिम की यात्रा करने से न सिर्फ़ मेरी दृष्टि व्यापक हुई है वरन मेरा आत्मविश्वास भी बढ़ने लगा है।'[14] महलनोबीस ने विदेशी अर्थशास्त्रियों के साथ मिल कर काम करने को एक राजनीतिक हथियार के रूप में भी देखा : 'प्रशिक्षित और अनुभवी अर्थशास्त्रियों से हमें इस मामले में भारी मदद मिल सकती है कि हम भारतीय अर्थशास्त्रियों से उनकी भाषा में बात कर सकते हैं (जो हम दरअसल नहीं कर पा रहे हैं)। साथ ही इससे प्रशासकों और राजनेताओं को विश्वास दिलाने में भी सहायता मिलती है।'[15]

जल्दी ही पेशेवर अर्थशास्त्री और तकनीकशाह भारतीय प्रगति के बारे में चल रहे सार्वजनिक बहस-मुबाहिसे पर छा गए। यह परिवर्तन असाधारण तेज़ी से हुआ। योजना आयोग आर्थिक नीति के सूत्रीकरण का विशिष्ट मंच बन गया। इन मुद्दों पर संसद और मंत्रिपरिषद में बहस होनी बंद हो गई। इन दोनों को विशेषज्ञों के छोटे-से दल द्वारा लिए गए निर्णयों की जानकारी दे दी जाती थी। योजना आयोग के सभी सदस्य अर्थशास्त्री नहीं थे लेकिन नेहरू की राजनीतिक परियोजना के साथ उनकी मोटा-मोटी सहमति होती थी और इसी आधार पर नेहरू ने उन्हें चुना था : आयोग के सदस्य भारतीय सामाजिक जनवाद के 'समाजवादी' और सुधारवादी आदर्शों से बँधे हुए थे। वे सभी बाज़ार की ताक़त को संदेह की निगाह से देखते थे। उन्हें यक़ीन था कि राज्य को अर्थतंत्र में संसाधनों के आवंटन का ज़िम्मा ले लेना चाहिए। भारत के भविष्य के बारे में किसी भी खुली बहस से पैदा होने वाले दबावों से योजना आयोग स्वतंत्र था। इसका असर द्वितीय पंचवर्षीय योजना पर दिखाई पड़ा। इस योजना ने निर्णायक ढंग से निवेश को भारी उद्योगों में झोंका और इसे औद्योगिक विकास की पूर्व शर्त के रूप में सैद्धांतिक जामा पहना दिया। लेकिन, आयोग ने यह साफ़ करने की कोई ज़रूरत नहीं महसूस की कि ऐसा सोचने का आधार क्या है। अपने गणितीय सूत्रीकरण में भी इस योजना ने उपभोग संबंधी चयन को छिपा लिया (उसने भविष्य में अधिक उपभोग के आधार पर वर्तमान में कम उपभोग करने का आग्रह किया)। निश्चित रूप से इस विषय पर खुली सार्वजनिक बहस होनी चाहिए थी। महलनोबीस मॉडल का इस्तेमाल राजनीतिक मापदंड के आधार पर और नेहरू द्वारा निर्धारित निवेश संबंधी फ़ैसलों का तकनीकी औचित्य प्रमाणित करने के लिए किया गया। अमर्त्य सेन ने इस मॉडल की इन समस्याओं को भाँप लिया था। वे समझ गए थे कि एक आर्थिक उपकरण के रूप में यह एक संकीर्ण मॉडल है और इसमें नीति संबंधी विकल्पों को भी ठुकरा दिया गया है।

उन्होंने 1958 में कहा था : 'सब कुछ इस पर निर्भर करता है कि आपका लक्ष्य क्या है। अगर आपसे (पंडित नेहरू या ख़ुश्चेव) पूछते हैं कि सरकार द्वारा वांछित एक ख़ास लक्ष्य हासिल किया जा सकता है या नहीं, तो उसका जवाब प्रोफ़ेसर महलनोबीस जैसे मॉडल के ज़रिये दिया जा सकता है।'[16]

आर्थिक विकास से जुड़ी भारतीय समझ पर योजना आयोग और उसकी गतिविधियों की अमिट छाप अंकित हो गई। लेकिन, आयोग का असली उत्कर्ष काल दस वर्ष से ज़्यादा नहीं चला। साठ के दशक के मध्य तक विशेषज्ञों ने घोषित कर दिया कि सांविधिक लोकतंत्र के दायरे में योजना आयोग जैसी किसी संस्था द्वारा भारत के आर्थिक विकास को निर्देशित करने का विचार 'संकट' में फँस चुका है। यद्यपि नियोजन-प्रक्रिया से घनिष्ठ रूप से जुड़े कुछ लोगों को अभी भी उम्मीद थी। इनमें से एक विशेषज्ञ का ख़याल था, 'संभवत: आयोग को एक झटके से अपना नवीकरण करने की ज़रूरत है।"[17] लेकिन, प्रोफ़ेसर महलनोबीस को भी मानना पड़ा कि नियोजन का प्रयोग कुछ ज़्यादा ही गहरी मुश्किलों का सामना कर रहा है। वैकासिक अर्थशास्त्र की असफलताओं पर रोशनी डालने वाली गुन्नार मिर्डाल की विख्यात कृति *एशियन ड्रामा* पर लिखे गए महलनोबीस के आलेख को आज भुलाया जा चुका है। लेकिन, इस लेख में प्रोफ़ेसर ने कई बातें स्वीकार की थीं। उन्होंने मिर्डाल के इस मुख्य तर्क से सहमति व्यक्त की थी कि 'भारत ने जिस सामाजिक और आर्थिक क्रांति का वायदा किया था, उसे मूर्त रूप नहीं दिया जा सका है।'[18] महलनोबीस ने यह भी माना कि भारतीय अर्थव्यवस्था प्रगति के रास्ते पर 'प्रस्थान' ही नहीं कर पाई है, न ही उसमें 'स्व-उत्पादक विकास' का आवेग पैदा हो सका है और न ही 'औद्योगिक क्रांति' हो पाई है। वैकासिक अर्थशास्त्र के विज्ञान ने इन्हीं वायदों के आधार पर पचास के दशक में सभी को लुभाया था। लेकिन असफलता के कारणों को लेकर मिर्डाल और महलनोबीस में मतभेद था। मिर्डाल इसका कारण संस्थागत अड़चनों और गंभीर समाज-सुधारों की ग़ैरमौजूदगी में देखते थे, जबकि महलनोबीस की मान्यता थी कि विज्ञान और प्रौद्योगिकी के स्तर पर कमी रह जाने के कारण आर्थिक विकास परवान नहीं चढ़ा। ज़ाहिर था कि मिर्डाल द्वारा खोजे गए कारण राजनीतिक थे, लेकिन महलनोबीस समस्या को अराजनीतिक नज़रिये से देख रहे थे। उनका ख़याल था कि आधुनिक विज्ञान के उदय ने 'निर्णयों का' एक तीसरा 'परिक्षेत्र' बना दिया है जो परंपरा की मौजूदा सत्ता और व्यक्तिगत चयन की स्वतंत्रता के मुक़ाबले श्रेष्ठ है। उन्होंने कहा : 'विज्ञान की परंपरा और दृष्टिकोण एक नए क़िस्म के तीसरे सिद्धान्त को स्वीकार करने की माँग करते हैं। वैज्ञानिक ज्ञान की वस्तुनिष्ठ वैधता के इस सिद्धान्त में ही यह मान्यता निहित है। इस सिद्धान्त के मूलाधार स्वयं प्रकृति में निहित हैं और उन्हें न तो ऊँची से ऊँची सत्ता द्वारा और न व्यक्तिगत चयन अथवा प्राथमिकता के आधार पर बदला जा सकता है।'[19]

महलनोबीस आर्थिक विकास की दर बढ़ाने के लिए विज्ञान को कुंजी मानते थे। उनके हिसाब से उद्योग के क्षेत्र में 'स्व-उत्पादक अर्थव्यवस्था' हो या कृषि का क्षेत्र हो, विज्ञान के बिना विकास दर नहीं बढ़ सकती थी। उन्होंने कहा, 'भारतीय नियोजन की सबसे कठिन समस्या शायद यह है कि खाद्यान्न के दाम बढ़ाए बिना कृषि की पैदावार कैसे बढ़ाई जाए।' और इस समस्या का समाधान उनकी निगाह में 'औद्योगिक और प्रौद्योगिकीय सामग्री का इस्तेमाल' था जिसके प्रभावी होने के लिए ज़रूरी था कि 'ग्रामीण आदतों और मनोविज्ञान...का रूपांतरण उस औद्योगिक दृष्टिकोण में हो जो औज़ारों, यंत्रों, नई-नई खोजों एवं उनका इस्तेमाल सीखने में रुचि रखता हो।'[20] परंतु महलनोबीस विज्ञान का प्रचार-प्रसार करने के अभियान में ख़ुद को अकेला महसूस करते थे। उन्हें लगता था कि न समाज और न अधिकारी-तंत्र विज्ञान की ख़ूबियों से वाक़िफ़ है : 'सरकारी अधिकारियों और प्रबंधन से जुड़े कर्मचारियों की संख्या बढ़ती जा रही है लेकिन विशेषकर निचले स्तर पर वैज्ञानिक नज़रिये वाले लोगों का प्रतिशत संभवत: घटता जा रहा है।'[21] इसलिए 'विज्ञान को सरकारी अधिकारियों के अधिनायकवादी नियंत्रण से मुक्त कराना' महलनोबीस को ज़रूरी लगा। उन्होंने निष्कर्ष निकाला कि जब तक ऐसा नहीं होता 'भविष्य अंधकारमय ही लगता रहेगा'। इन बातों से स्पष्ट था कि बुद्धिजीवियों और विशेषज्ञों की योजनाओं पर अमल करने के लिए अधिकारियों पर निर्भरता ने निराशा को ही जन्म दिया। समाज को बुद्धिवाद की रोशनी से जगमग कर देने का लक्ष्य हासिल नहीं किया जा सका।

5

महलनोबीस के अनुसार, 'समस्या का मर्म यह है कि सभी आवश्यक दिशाओं को एक साथ संतुलित करते हुए परिवर्तनों को इस प्रकार अंजाम कैसे दिया जाए कि संस्थागत रूपांतरण जल्दी-से-जल्दी हो जाए।'[22] नियोजित विकास के बारे में शायद यह सर्वाधिक सारगर्भित वक्तव्य था। नेहरू भी इसी तरह सोचते थे। देखने में सहज लगने वाले इस सूत्रीकरण के कार्यान्वयन में दरअसल बड़ी जटिलताएँ समाई हुई थीं। 1950 से 1964 तक इस प्रकार की कोशिशों के पक्ष में एक तरह का बौद्धिक तर्क दिया जाता रहा। राजनीतिक और सामाजिक हालात की मार से इस तर्क का हुलिया बिगड़ता रहा, लेकिन नेहरू लगातार इसे दोहराते रहे। उन्होंने इसके साथ समायोजन के प्रयास जारी रखे। अगले 25 वर्षों में उभरे आर्थिक विचार नेहरूवादी राजनीतिक अर्थशास्त्र के आवरण में ही लिपटे हुए थे, लेकिन वह सिर्फ़ आवरण ही था। इन विचारों ने नेहरू के इरादों से पल्ला छुड़ा लिया था, लेकिन दूसरी तरफ़ वे वैकासिक तर्क की नए सिरे से सुसंगत प्रस्तावना भी नहीं कर पा रहे

थे। बहरहाल, नेहरू युग ने लोगों को एक बात का यक़ीन अवश्य दिला दिया कि अर्थतंत्र को सचेत मानवीय नियंत्रण और कार्यक्रम के मातहत चलाया जा सकता है। शीर्ष पर बैठे हुए विशेषज्ञों को उम्मीद थी कि अर्थव्यवस्था अपनी मंजिल तक पहुँच सकती है और समाज को बेहतर बनाया जा सकता है। सत्तर के दशक की लोकतांत्रिक राजनीति ने इस आशावाद को और वैधता प्रदान की। उसने समाज और राज्य से अर्थतंत्र के रिश्तों के बारे में प्रचलित समझ को बदल डाला। अर्थतंत्र और उसका इंतज़ाम तकनीकी विशेषज्ञों, बुद्धिजीवियों और समाज-कल्याण में यक़ीन रखने वाले राष्ट्रवादी अभिजनों के एक छोटे-से दायरे की चीज़ नहीं रह गया। उसे चुनावी राजनीति में खींच लिया गया। ऐसे में अर्थव्यवस्था के क्षेत्र को आश्वासनों और प्रतियोगिता के अधिक सक्रिय दायरे में बदलना ही था।

नेहरू की वैकासिक रणनीति के तीन परिणाम हुए। एक साधारण विकास दर प्राप्त हो गई, राजनीति के प्रत्यक्ष दबावों से अलग रहते हुए भी उसकी लोकतांत्रिक साख बरक़रार रही और विवेकपूर्ण राजकोषीय प्रबंधन के कारण आर्थिक स्थिरता भी बनी रही। 1991 आते-आते अर्थव्यवस्था के ये तीनों आधार दरक गए। स्थिति यह हो गई कि अर्थनीति एक मुश्किल से निकलती तो दूसरी में फँस जाती। दावे के तौर पर वह अभी भी नेहरूवादी रणनीति से ही चिपकी हुई थी, इसलिए अर्थतंत्र का उत्तरोत्तर क्षय दिखाई नहीं दे रहा था। लेकिन, आज पीछे मुड़ कर निगाह डालने से साफ़ हो जाता है कि अर्थव्यवस्था की सभी दीर्घकालीन समस्याओं का उद्गम नेहरू के निधन के तुरंत बाद के वर्षों की देन था। यही वह समय था जब नियोजन की हैसियत गिरा दी गई थी और उसे फ़ायदेमंद समझा जाना बंद हो गया था। 1966 से 1969 के बीच 'योजना-अवकाश' घोषित कर दिया गया, अर्थात इस दौरान भारत के पास अर्थनीति के नाम पर कोई योजना नहीं थी। आर्थिक निर्णय करने के अधिकार इसी समय योजना आयोग से वित्त मंत्रालय की ओर खिसकना शुरू हुए। सरकारी तौर पर योजना आयोग के गुण गाए जाते रहे, लेकिन उसे उसके सिंहासन से उतार दिया गया। धीरे-धीरे योजना आयोग एक ऊँचे क़िस्म का लेखा-जोखा विभाग बनकर रह गया और समाज-कल्याण के साथ जुड़े वरिष्ठ लोगों को अपना चौथापन गुज़ारने के लिए उसमें भेजा जाने लगा। इससे पहले कांग्रेस पार्टी एक ऐसा मंच थी जहाँ विभिन्न माँगें और हित अपनी आवाज़ बुलंद करते थे और फिर उन्हें निबटाया जाता था। लेकिन, इस पार्टी के नेता में केंद्रीकरण के प्रति एक विकट आकर्षण विकसित हो गया जिससे पार्टी का संगठन भी केंद्रीकरण में फँस गया। माँगों और विवादों में मध्यस्थता पार्टी के ज़रिये होनी बंद हो गई और उनका दबाव सीधे-सीधे राज्य पर पड़ने लगा। प्रशासनिक सेवा स्वतंत्रता और आत्मविश्वास के मामले में कमज़ोर पड़ गई। महत्त्वपूर्ण पदों पर राजनेताओं की पसंद से नियुक्तियाँ होने लगीं। राजकोषीय सख़्ती ढीली पड़ी और साथ-साथ राज्य

की उत्पादक क्षमताओं में जड़ता का प्रवेश हुआ। इन सभी परिस्थितियों ने मिल कर 1991 के कष्टप्रद राजकोषीय संकट को जन्म दिया।

संकट के शुरुआती दौर ने आर्थिक विकास के दूसरे चरण को प्रभावित किया और नेहरूयुगीन महत्त्वाकांक्षाओं को अपने पैर काफ़ी समेट लेने पड़े। पहले नेहरू की मृत्यु और फिर डेढ़ साल के अंदर शास्त्री के देहांत से निरंतरता भंग हुई। 1962 और 1965 की लड़ाइयों ने राष्ट्रीय सुरक्षा के प्रश्न को केंद्र में ला दिया। 1962 में भारतीय सेनाएँ चीन द्वारा हिमालय क्षेत्र की विवादित ज़मीन पर क़ब्ज़े का मुक़ाबला नहीं कर पाई थीं, लेकिन 1965 में पाकिस्तान के मुक़ाबले युद्ध में अपेक्षाकृत ज़्यादा सफलता मिली। इन कारणों से फ़ौजी ख़र्च दोगुना हो गया। ऊपर से 1965 और 1966 में दो वर्ष लगातार मानसून की गड़बड़ी हुई जिसने खाद्यान्न-उत्पादन की अरसे से चली आ रही अक्षमताओं को और बढ़ा दिया। इन सभी कारणों से अर्थव्यवस्था में विश्व बैंक और अंतर्राष्ट्रीय मुद्रा कोष के दबावों का प्रतिरोध करने की ताक़त नहीं रह गई। इन संगठनों ने आपातकालीन मदद बढ़ाने के लिए रुपए के अवमूल्यन की शर्त रखी। इन मुश्किल हालात में श्रीमती गांधी को झुकना पड़ा। कांग्रेस और स्वयं उनके लिए इसके राजनीतिक नतीजे बहुत नुक़सानदेह निकले। अवमूल्यन ने उन सभी पुराने अंदेशों की पुष्टि कर दी जो अंतर्राष्ट्रीय अर्थव्यवस्था के मुक़ाबले भारतीय शक्तिहीनता के पहलू को उभारते थे। इस तरह राष्ट्रीय संप्रभुता की सुरक्षा करने का आग्रह धीरे-धीरे एक तरह के मानसिक रोग में विकसित हो गया। श्रीमती गांधी के आर्थिक चिन्तन पर इसका इतना गहरा असर पड़ा कि उस समय भी संरक्षणवादी नीतियाँ अपनाई गईं जब अंतर्राष्ट्रीय व्यापार को भारत के पक्ष में मोड़े जाने की गुंजाइश साफ़ दिख रही थी। सत्तर का दशक इस रवैये का सबसे बड़ा उदाहरण था।

इस संकट का सामना प्रधानमंत्री बनते ही श्रीमती गांधी को करना पड़ा। वे सीखने के दौर में थीं। उन्होंने संकट से निबटने के लिए सख़्त रवैया अपनाया और मुद्रास्फीति बढ़ाने वाली नीतियों को संयमित करने की कोशिश की ताकि विदेशी मदद पर भारत की निर्भरता कम हो सके। लेकिन, उनकी दिक़्क़त यह थी कि उनके पास अपने पिता की-सी बौद्धिक क्षमता नहीं थी। वे न तो घरेलू अर्थव्यवस्था का विश्लेषण कर सकती थीं और न ही अंतर्राष्ट्रीय जगत में उसके दर्जे का उन्हें कोई भान था। श्रीमती गांधी की ताक़त तो उनकी राजनीतिक छठी इंद्रिय में निहित थी, इसलिए उन्होंने स्वाभाविक रूप से अपनी परेशानियों को सिर्फ़ राजनीतिक नज़रिये से देखा और पाया कि उन्हें राजनीतिक समाधानों की ही ज़रूरत है। अपनी सत्ता को सुरक्षित करने के लिए उन्होंने अर्थनीति को राजनीतिक समर्थन जुटाने के औज़ार की तरह इस्तेमाल करना शुरू किया। पुत्री का रवैया अपने पिता के विपरीत था। नेहरू का पूरा प्रधानमंत्रित्व भारतीय समाज की प्रवृत्तियों के मुक़ाबले

अपने विचार को स्थापित करने के संघर्ष में बीता था। श्रीमती गांधी को अपने राजनीतिक प्रयासों से एक ख़ास तरह की छवि बनाने में मदद मिली। प्रधानमंत्रित्व के कुछ वर्षों में ही वे समाज के कई समूहों के लिए आर्थिक उद्धार का प्रतीक बन गईं। असलियत यह थी कि समाज न तो अचानक बदल गया था और न ही उसमें कोई आमूलवादी रुझान आ गया था। फ़र्क़ केवल यह था कि श्रीमती गांधी इसे नए तरीक़े से संबोधित कर रही थीं। वे एक नई शाब्दिक पैंतरेबाज़ी से समाज की लालसाओं को उकसा रही थीं। इस तरह उन्होंने समाज की कुंठाओं को सीधे-सीधे राज्य के आश्वासनों से जोड़ दिया।

नेहरू सरकार के आख़िरी दौर और शास्त्री सरकार के कार्यकाल में कृषि नीति को बदल दिया गया। पहले उसका ज़ोर गाँवों में संपत्ति-संबंधों के संरचनागत और संस्थागत सुधार पर था, लेकिन अब प्रमुखता 'हरित क्रांति' के प्रौद्योगिकीय समाधान को दी गई। इस नीति के तहत कुछ चुनिंदा क्षेत्रों (ख़ासकर पंजाब और हरियाणा) में बड़े पैमाने पर कृषि संबंधी निवेश किया गया और इससे कुछ निश्चित सामाजिक समूहों (मध्यवर्ती जातियों के मँझोले किसानों) को लाभ पहुँचा। 'हरित क्रांति' के नतीजे प्रभावशाली निकले। साठ के दशक के मध्य तक इन नए 'खेतिहर पूँजीपतियों' ने अपनी क्षेत्रीय राजनीतिक पार्टियाँ बनानी शुरू कर दीं (यह उस परिघटना की शुरुआत थी जिसने 1990 के दशक में भारतीय राजनीति को बदल कर रख दिया)। इन समूहों ने माँग की कि उन्हें 'शासनकारी सामाजिक गठजोड़' में पूरी इज़्ज़त के साथ शामिल किया जाए। उन्होंने धमकी दी कि अगर उन्हें ठोस फ़ायदे न मिले तो वे कांग्रेस को अपना समर्थन नहीं देंगे। इस परिघटना के राजनीतिक नतीजे 1967 के चुनाव में कांग्रेस को हुए नुक़सान के रूप में निकले। जवाब में श्रीमती गांधी ने इन ग्रामीण समूहों को राष्ट्रीय राजनीति में समायोजित करने की शुरुआत की। उन्होंने इन तबक़ों के नेताओं को कांग्रेस में पदों की पेशकश की और किसानों को तुष्ट करने के लिए कई तरह की सरकारी सबसिडी देने का प्रावधान किया। किसानों को बिजली, पानी, खाद और क़र्ज़ सरकार की तरफ़ से रियायती दरों पर मिलने लगा। ऊपर से खेती की आमदनी पर आय और संपत्ति कर से छूट बनी रही। इस तरह सरकारी उदारता का सबसे बड़ा हिस्सा इन तबक़ों ने अपने लिए सुरक्षित कर लिया। ख़ुशहाल किसानों के साथ-साथ कुछ अन्य तबक़ों ने भी सरकारी संसाधनों पर दावा किया। पब्लिक सेक्टर में ऊँचे पदों पर बैठे प्रबंधकों और यूनियनबद्ध कर्मचारियों ने मुद्रास्फीति के जवाब में 'महँगाई भत्ते' के लिए दबाव डाला। घाटे में चल रहे उद्यमों को सरकारी बैसाखियों से चालू रखा गया। चपरासियों, क्लर्कों और छुटभैये नौकरशाहों की अनाप-शनाप भर्ती करके स्टाफ़ की संख्या बढ़ाते चले जाना रोज़मर्रा की बात हो गई। छोटे व्यापारी और उद्यमी भी करों में रियायतों और अपनी छोटी इकाइयों को सुरक्षा देने की माँगों के साथ

आगे आए। राज्य ने उन लोगों की बात ज़्यादा ध्यान से सुननी शुरू कर दी जिन्हें राजनीति में अपना प्रतिनिधित्व करने में सफलता मिल गई थी। इस तरह भारत का 'राजकोषीय समाजशास्त्र' पूरी तरह बदल गया।

श्रीमती गांधी भी इसी रवैये से क़दम मिलाती हुई ग़रीबों को लुभाने के लिए निकल पड़ीं। ग़रीबों को आमतौर पर कहीं नुमाइंदगी हासिल नहीं थी। प्रधानमंत्री ने इस लोकलुभावनवाद को अभूतपूर्व ऊँचाइयों तक पहुँचा दिया। उन्होंने रजवाड़ों की लगभग भुलाई जा चुकी याद को कुछ इस तर्ज पर ताज़ा किया कि वे देश की समस्याओं के एक हद तक ज़िम्मेदार लगने लगे। इसी पैंतरे के आधार पर उनके प्रिवी पर्स समाप्त कर दिए गए, यद्यपि संविधान में उन्हें इसका आश्वासन मिला हुआ था। (नेहरू में रजवाड़ों के प्रति कोई हमदर्दी नहीं थी लेकिन उन्होंने संवैधानिक उसूलों के ख़िलाफ़ जाने के संसदीय दबाव को मानने से इनकार कर दिया था)। बैंकों का राष्ट्रीयकरण कर दिया गया जिससे सरकार को सस्ती दरों पर धन का स्रोत मिल गया। इसके बाद बीमा, कोयला उद्योग और 'बीमार' उद्यमों (ख़ासकर सूती वस्त्र उद्योग) का अधिग्रहण हुआ। इससे सार्वजनिक क्षेत्र का आकार बहुत ज़्यादा बढ़ गया। सत्तर के दशक में इंदिरा गांधी ने गेहूँ के व्यापार का राष्ट्रीयकरण करने की बेहद नुक़सानदेह कोशिश तक कर डाली, लेकिन उन्हें जल्दी ही अपने क़दम वापस खींच लेने पड़े। राष्ट्रीय संप्रभुता की रक्षा के नाम पर विदेशी निवेश पर अभेद्य प्रतिबंध लगा दिए गए।

वैज्ञानिकों और वामपंथियों के बुद्धिजीवी वर्ग ने इन क़दमों को हाथोंहाथ लिया। इन लोगों ने अपनी नकारात्मक क्षमताओं की मिसाल क़ायम करते हुए श्रीमती गांधी के इस उत्साह को आधुनिकीकरण और समतामूलक पुनर्वितरण की नेहरूवादी परियोजना का ही विस्तार क़रार दिया। लेकिन, स्वयं श्रीमती गांधी अपने क़दमों के बारे में अलग ढंग से सोचती थीं। एक पत्रकार के सामने उन्होंने साफ़ तौर पर माना कि वे समाजवाद के बारे में इसीलिए बोलती हैं कि लोग यही सुनना चाहते हैं। स्पष्ट था कि उन्होंने ज़मीन के मालिकाने के ढाँचे में परिवर्तन करने की कोई कोशिश नहीं की थी और न ही राज्य की उत्पादक क्षमताएँ रातोरात बढ़ गई थीं। इसके बावजूद वे समाजवादी नारों का भजन की तरह उच्चारण करती रहीं, उन्होंने अनाप-शनाप वायदे कर डाले और राष्ट्रीय राजनीति में समतामूलक पुनर्वितरण की एक भ्रामक छवि का समावेश कर दिया। आगे चल कर श्रीमती गांधी के प्रतिद्वंद्वियों ने भी उनके इन्हीं विचारधारात्मक हथकंडों की नक़ल की। इस लफ़्फ़ाज़ी ने भौंडे क़िस्म के लोकलुभावन कार्यक्रमों को बढ़ावा दिया। क़र्ज़ मेले लगने लगे। एकमुश्त वोट हासिल करने के लिए नेताओं द्वारा विभिन्न समूहों और समुदायों को मुफ़्त दूध, साड़ियों, खाद्यान्न और क़र्ज़ का प्रलोभन दिया जाने लगा।

बहरहाल, दीर्घकालीन अर्थनीति को चुनावी ज़रूरतों के मातहत कर देने के

बावजूद श्रीमती गांधी अपनी फौरी राजनीतिक वैधता भी नहीं बचा पाईं। 1971 में चुनावी सफलता की ऊँचाइयों पर पहुँचने वाली उनकी लोकप्रियता की हवा जल्दी ही निकल गई और चार साल के अंदर ही वे कहने लगीं कि इस देश पर तो शासन करना नामुमकिन हो गया है। उन्होंने आपातकाल थोपा जिससे कांग्रेस की संघात्मक पकड़ नष्ट हो गई और शासन-प्रशासन के लिए उन्हें अधिकारी-तंत्र पर निर्भर हो जाना पड़ा। नतीजतन उन्होंने नौकरशाही का राजनीतिकरण कर दिया और 'प्रतिबद्ध' नौकरशाहों से घिर गईं। जो अधिकारी कम आज्ञाकारी थे उन्हें रिटायर कर दिया गया या ज़िलों में भेज कर उनसे छुटकारा पा लिया गया। आपातकाल एक तरह से औद्योगिक विकास के तकनीकशाही रास्ते की पैरोडी था। पचास के दशक में इस रास्ते को लोकतांत्रिक वैधता का सहारा मिला हुआ था, लेकिन 1975 में इसकी पीठ पर निरंकुशता थी। आपातकाल ने एक और काम किया। उसके कारण बुद्धिजीवियों के सूर्य को ग्रहण लग गया। अर्थनीति का संपूर्ण राजनीतिकरण हो जाने के कारण पी.एन. हक्सर, डी.पी. धर और मोहन कुमारमंगलम जैसे बेहद योग्य, संस्कारवान और कम्युनिस्ट पृष्ठभूमि वाले बुद्धिजीवियों के लिए गुंजाइशें ख़त्म हो गईं। पहले ये लोग श्रीमती गांधी को सलाह दिया करते थे। निरंकुश राजनीति का यह मोड़ कोई सुसंगत आर्थिक दृष्टि पेश कर पाने में नाकाम रहा। अर्थनीति के क्षेत्र में उदारीकरण की हल्की-फुल्की पहल ज़रूर की गई, लेकिन उसके लिए प्रतियोगिता को बढ़ावा देने के बजाय विदेश व्यापार पर लगी पाबंदियों को ढीला करने का तरीक़ा अपनाया गया। इससे एक छोटे-से गुट को ही लाभ पहुँचा। इसी के साथ-साथ आपातकाल ने ग़रीबों के ख़िलाफ़ मानव-बधियाकरण की अत्याचारी मुहिम भी छेड़ दी।

नेहरू की मृत्यु के बाद शुरू हुए विकास के प्रयोग का यह दूसरा चरण काफ़ी लंबा था। इस दौरान आर्थिक मोर्चे पर कुछ सफलताएँ भी मिलीं। सत्तर के दशक में तेल-संकट के मुक़ाबले राज्य ने कुशलता से प्रतिक्रिया करते हुए रक्षात्मक मोर्चाबंदी की। सबसे उल्लेखनीय तो यह रहा कि हरित क्रांति की कृषि-नीति ने खाद्यान्न आयात पर भारत की निर्भरता के सिलसिले को तोड़ दिया। नेहरू की नीतियों के कारण शुरू हुए औद्योगिक आधार के विविधीकरण को सुदृढ़ किया जा सका। यद्यपि भारतीय अर्थव्यवस्था के क्षितिज पर अंदेशों के वही काले बादल छाए रहे जो आज़ादी मिलने के समय भी मौजूद थे, और परिस्थितियों का आकलन कभी उत्साह और कभी निराशा के बीच झूलता रहा। फिर भी अर्थव्यवस्था ने अनोखी स्थिरता प्रदर्शित की। कुछ लोगों की निगाह में यह स्थिरता ख़त्म न की जा सकने वाली जड़ता थी। जो भी हो, अर्थव्यवस्था की उपलब्धियाँ असामान्य थीं : पचास के दशक से लेकर अस्सी के दशक के उत्तरार्द्ध तक भारत मुद्रास्फीति की ऊँची दर और गंभीर औद्योगिक मंदी से बचता रहा। उसके ऊपर भारी क़र्ज़ भी नहीं लदा।

यह कामयाबी बहुत कम नए देश हासिल कर पाए थे और लोकतांत्रिक देशों में तो भारत इस मामले में अकेला था। नए देश आमतौर पर लोकलुभावनवादी हथकंडों के कारण मुद्रास्फीति बढ़ाने वाली रणनीतियाँ अख़्तियार करने के बाद बेतहाशा क़र्ज़ के बोझ से दब गए थे। भारत को इस दुर्गति से बचाने का श्रेय ब्रिटिश राज द्वारा विरासत में प्राप्त विवेकसम्मत राजकोषीय बंदोबस्त की परंपरा को जाता है। पचास के दशक के अत्यंत प्रसारात्मक दौर में भी भारतीय राज्य ने इस परंपरा को छोड़ा नहीं था। राष्ट्रवादी नेताओं ने सादगीपूर्ण जीवन-शैली अपना कर इस परंपरा को और भी बल प्रदान किया था। एक तरह से सरकारी ख़र्च में किफ़ायत के रूप में ग्लैडस्टोन द्वारा डाली गई परंपरा ने भारत में खादी टोपी पहनकर अवतार ले लिया था। अस्सी के दशक से यह परंपरा कमज़ोर पड़ने लगी।

साठ के दशक के मध्य से अस्सी के दशक के उत्तरार्द्ध के बीच सरकार के ख़र्च और राजस्व, दोनों में बढ़ोतरी हुई। इसमें राजस्व बढ़ोतरी का स्रोत उल्लेखनीय था। यह बढ़ोतरी प्रत्यक्ष करों की ज़्यादा वसूलयाबी से नहीं हुई थी क्योंकि देश में काले धन का एक समांतर और अस्थिर अर्थतंत्र बन गया था। नंबर दो में होने वाले सौदों के कारण कर-राजस्व में गिरावट आ गई थी (अस्सी के दशक के मध्य में लगाए गए एक अनुमान के अनुसार काली अर्थव्यवस्था रिकार्डों में दर्ज राष्ट्रीय आय के एक तिहाई के बराबर थी)। न ही यह बढ़ोतरी सार्वजनिक क्षेत्र के उद्यमों से मिले राजस्व का परिणाम थी (राजस्व की यह क़िस्म स्थिर ही रही)। बढ़ोतरी का कारण तो अप्रत्यक्ष कर, सीमा शुल्क, उत्पाद शुल्क व उनकी दरें थीं। इस दौरान ये कर दोगुने हो गए थे। उत्तर-नेहरू वर्षों में भारतीय राज्य नियंत्रण और विनियमन की संरक्षणवादी नीतियों पर काफ़ी निर्भर हो गया था। उसका मक़सद विकास न रह कर स्वयं को बचाए रखना भर था। अप्रत्यक्ष करों की बढ़ोतरी इसी रवैये का परिणाम थी।

दिक़्क़त यह थी कि राजस्व बढ़ने के बावजूद ख़र्च करने का राजनीतिक दबाव भी बढ़ गया था। इसका नतीजा राजकोषीय घाटे में निकलता था। अस्सी के दशक के आख़िर तक यह घाटा राष्ट्रीय आय का क़रीब दस प्रतिशत हो गया। इस समय तक सरकार लगातार कमज़ोर पड़ते हुए राजकोषीय संयम के बावजूद असंतुलित होने से बचती रही थी। उसकी इस कामयाबी के दो रहस्य थे—पहला, उसे रियायती मदद और 'नर्म क़र्ज़ों के रूप में बाज़ार की दर के लिहाज़ से सस्ती विदेशी मुद्रा मिल जाती थी, और दूसरा, घरेलू बैंकिंग की लगाम हाथ में होने के कारण सरकार अपने क़र्ज़ों के लिए निचली ब्याज दरें तय करने का लाभ उठा लेती थी। लेकिन, यह सुविधाजनक स्थिति अनंतकाल तक जारी नहीं रह सकती थी। अस्सी के दशक में सरकार ने जैसे ही अपने ऋणों को बढ़ाया वैसे ही संयोग से अंतर्राष्ट्रीय माहौल बदल गया। ब्याज दरों की बढ़ोतरी से सस्ती मदद की आपूर्ति रुक गई

और अंतर्राष्ट्रीय अनुदानकर्ताओं का सहायता के साथ शर्तें जोड़ने पर यक़ीन बढ़ गया। 1991 की शुरुआत में भारत सरकार को पता चला कि उसके पास केवल दो हफ़्ते के आयात का बिल चुकाने लायक़ ही विदेशी मुद्रा बची है। सरकार गहरे राजकोषीय संकट के कगार पर आ गई। ख़तरा यह था कि कहीं वह अपने ऋणों की अदायगी में नाकाम न हो जाए। उसे अंतर्राष्ट्रीय मुद्रा कोष की तरफ़ मुड़ना पड़ा। जो क़र्ज़ मिला उसके साथ विस्तृत 'संरचनागत' सुधारों की शर्त लगी हुई थी। इस प्रकार उदारीकरण के युग का आगमन हुआ।

6

1991 के आर्थिक संकट का हमला उस समय हुआ जब भारतीय लोकतंत्र राजनीतिक दिक़्क़तों का सामना कर रहा था। चुनावी राजनीति खंडित परिणामों, गठजोड़ों एवं अल्पमत सरकारों के दौर में प्रवेश कर चुकी थी। कांग्रेस का समर्थन आधार धीरे-धीरे छीजता हुआ जाति, धर्म और हिंदू राष्ट्रवाद के आधार पर चलने वाली पार्टियों के बीच बँट गया था। नतीजतन राज्य और अर्थतंत्र के संबधों को पूरी तरह से बदल डालने की पहल एक अल्पमतीय कांग्रेस सरकार ने की। यह आज तक की सबसे कमज़ोर सरकार थी। इसकी बागडोर पी.वी. नरसिंह राव के हाथ में थी जिन्हें मई 1991 में राजीव गांधी की हत्या के बाद पार्टी का नेतृत्व मिला था। नरसिंह राव पर्दे के पीछे से काम करने वाले नेता रहे थे और साफ़ दिख रहा था कि वे सहायता देने वाली अंतर्राष्ट्रीय एजेंसियों के इशारों पर चल रहे हैं। बहुत कम लोगों को उनके सफल होने की उम्मीद थी। लेकिन, राव नेहरू परिवार से बाहर के ऐसे अकेले प्रधानमंत्री साबित हुए जो पूरे पाँच वर्ष तक इस पद पर रहे। उनकी सरकार राजनीतिक रूप से कमज़ोर थी और विचित्र बात यह थी कि इस कमज़ोरी का लाभ उन्हें और उन तकनीकशाहों को मिला जो अर्थतंत्र को संचालित करते थे। वित्त मंत्रालय का नेतृत्व मनमोहन सिंह को दिया गया। वे एक प्रतिष्ठित अर्थशास्त्री थे। उन्होंने पचास के दशक में व्यापार नीति पर ऑक्सफ़ोर्ड विश्वविद्यालय से डॉक्टरेट की थी। एक तरह से वे नब्बे के दशक के महलनोबीस थे। उनके पास कांग्रेस से बाहर या अंदर राजनीतिक समर्थन-आधार नहीं था लेकिन प्रधानमंत्री का हाथ उनकी पीठ पर था। राव के कार्यकाल में सिर्फ़ मनमोहन सिंह ऐसे मंत्री थे जिनका मंत्रालय पाँच साल तक नहीं बदला गया। इस प्रकार बुद्धिजीवियों और तकनीकशाहों का रुतबा एक बार फिर अस्थायी तौर पर क़ायम हो गया। इस दफ़ा उनकी मंज़िल पचास के दशक से क़तई अलग थी।

घरेलू अर्थनीति में तब्दीली का एक कारण अंतर्राष्ट्रीय हालात में बड़े पैमाने पर आया परिवर्तन था। सोवियत संघ और पूर्वी यूरोपीय अर्थतंत्रों के ध्वंस के कारण

बाज़ार-आधारित पूँजीवादी अर्थतंत्र का एकमात्र वैचारिक विकल्प समाजवादी अर्थतंत्र के रूप में उपलब्ध नहीं रह गया था। कम्युनिस्ट देशों के साथ भारत का लाभकारी वस्तु-विनिमय बंदोबस्त भी गड़बड़ा गया था (इसके तहत भारत बिना क़ीमती विदेशी मुद्रा ख़र्च किए सोवियत संघ से माल ख़रीद लेता था)। नई अंतर्राष्ट्रीय परिस्थितियों में पश्चिमी सहायता और रियायती क़र्ज़ों का बहाव पूर्वी यूरोप के पूर्व-कम्युनिस्ट देशों की तरफ़ होने लगा था। यूरोप में सामाजिक जनवादी नीतियाँ या तो गहरी मुश्किलों में फँस गई थीं या फिर उनसे पल्ला झाड़ लिया गया था। परिणामस्वरूप सरकारें हर जगह बाज़ार की ताक़त पर भरोसा करने लगी थीं। खाड़ी युद्ध जैसी आकस्मिक घटनाओं के कारण मध्य-पूर्व में कार्यरत भारतीय आप्रवासियों द्वारा भेजी जाने वाली विदेशी मुद्रा भी आना बंद हो गई थी। इन तमाम हालात के कारण भी भारतीय अर्थतंत्र पर दबाव बढ़ गया था। लेकिन, कुल मिला कर उदारीकरण के रास्ते पर धकेलने वाला संकट भारतीय राज्य की अपनी करनी का फल था।

भारतीय उद्योगपति, व्यापारी और कुछ राजनीतिक तत्त्व राज्य द्वारा नियंत्रित अर्थतंत्र से नाख़ुश हो चुके थे। उनका विचार था कि इन नियंत्रणों को कम किया जाना चाहिए। स्थिति यह थी कि नियंत्रणों के व्यापक ताने-बाने के बावजूद पब्लिक सेक्टर उत्पादक नहीं बन पाया था, निजी उद्यमों की संभावनाएँ इन्हीं नियंत्रणों के कारण मंद पड़ गई थीं और सरकार संसाधनों का इस्तेमाल जनकल्याण में न करके इस या उस तबक़े को तुष्ट करने में कर रही थी। 1985 में राजीव गांधी सरकार ने बंदिशें घटाने का कुछ प्रयास किया था जिससे आर्थिक सुधारों का विचार कुछ-कुछ पनपने लगा था। नब्बे के दशक में ख़ास बात यह रही कि उदारीकरण की सबसे ज़्यादा प्रखर वकालत विदेशों में कार्यरत भारतीय बुद्धिजीवियों और अर्थशास्त्रियों ने की। ये लोग अंतर्राष्ट्रीय आर्थिक संस्थाओं और विश्वविद्यालयों में महत्त्वपूर्ण पदों पर थे। पचास के दशक से ही भारतीय अर्थशास्त्रियों की संख्या और पेशेवर साख में ज़ोरदार बढ़ोतरी हुई थी। भारत ने आध्यात्मिक उपदेशकों और गुरुओं के साथ-साथ अर्थशास्त्रियों को भी दुनिया-भर में निर्यात कर डाला था। इन तमाम विशेषज्ञों का मूल तर्क पचास के दशक में अपनाई गई विकास की बुनियादी रूपरेखा के ख़िलाफ़ केंद्रित था।

उदारीकरण के समर्थकों की दलीलों को सर्वाधिक सारगर्भित और तीखे ढंग से जगदीश भगवती ने पेश किया। उन्होंने दावा किया कि आज़ादी के बाद भारत के चतुर अर्थशास्त्रियों ने जिस मॉडल की रचना की थी वह कामयाब हो ही नहीं सकता था। भगवती की निगाह में इसका कारण था विकास दर का लगातार गिरा हुआ स्तर। भगवती ने बताया कि पचास के दशक में कम विकास दर का कारण बचत कम होना क़रार दिया गया था। लेकिन, असली वजह थी उत्पादकता के स्तर का निराशाजनक होना। इसकी तरफ़ नियोजकों ने भी कोई ध्यान नहीं दिया।

उनका मॉडल दक्षता की उपेक्षा करते हुए केवल आबंटन पर ही ज़ोर देता रहा। पूँजीगत निवेश उन उद्योगों में किया गया जो प्रतियोगिता से संरक्षित थे। इस कारण बड़े पैमाने पर नौकरशाही नियंत्रणों, अंतर्मुखी व्यापार और विदेशी निवेश से संबंधित नीतियों एवं भारी-भरकम पब्लिक सेक्टर का सरअंजाम खड़ा होता चला गया। नतीजा नियंत्रण-ग्रस्त व्यवस्था में निकला जिसने निजी पहलक़दमी को दबा दिया और न केवल राज्य-नियंत्रित अर्थतंत्र में बल्कि संपूर्ण राजनीतिक व्यवस्था में भी अक्षमता और भ्रष्टाचार को बढ़ावा दिया। बाज़ार की क्षमता और इरादों के प्रति अविश्वास और केंद्रीकृत नियंत्रणों में यक़ीन ने बिना सोचे-समझे बनाई गई अर्थनीतियों को पुष्ट किया। 'भारतीय समाजवाद' से बँधे हुए राजनीतिक दुराग्रह के कारण इन नीतियों को जारी रखा गया। समाजवाद की इस क़िस्म का मतलब था—निजी हाथों में आर्थिक सत्ता का केंद्रीकरण न होने देना, हथकरघा उद्योग सरीखे लघु उद्योग क्षेत्र को संरक्षण देना और संघात्मक व्यवस्था में क्षेत्रीय असंतुलन से बचते रहना।

भगवती का निष्कर्ष था कि भारत की आर्थिक परेशानियों की जड़ अनिवार्यतः बौद्धिक ग़लतियों और भ्रांतियों में थी। योग्य भारतीय अर्थशास्त्रियों की शानदार परंपरा के एक प्रतिष्ठित सदस्य होने के बावजूद भगवती ने ज़ोर देकर कहा, 'भारत की नाकामियों में अर्थशास्त्रियों की मुख्य भूमिका और ज़िम्मेदारी को हल्के ढंग से नहीं लिया जा सकता। इस नकारात्मक विचार से सहमत होना पूरी तरह ग़लत नहीं होगा कि भारत बदक़िस्मत इसलिए है कि उसके पास अर्थशास्त्री हैं। इस विपदा का सामना पूर्वी एशिया की शानदार प्रदर्शन करने वाली अर्थव्यवस्थाओं को नहीं करना पड़ा है।'[23] उन्होंने कहा कि भारत की आर्थिक प्रगति मंद होने का कारण आर्थिक सिद्धान्त के क्षेत्र में तलाशा जाना चाहिए। भगवती द्वारा खोजा गया यह सहज बौद्धिक निदान काफ़ी कुछ उनके राजनीतिक भोलेपन की देन था। दरअसल, उन्हें यक़ीन था कि भारत की आर्थिक नियति का निर्माण विचारों की ताक़त के दम पर किया जा सकता है और उनके विचार उन्हीं अवधारणाओं में निहित पूर्वमान्यताओं के ठीक उलट थे जिनका वे विरोध कर रहे थे। इसलिए उन्होंने समाधान बताया कि 'जवाहरलाल नेहरू ने अपने देशवासियों के लिए जिस आर्थिक जादू की कामना की थी उसे पैदा करने के लिए भारत को सिर्फ़ एक समुचित नीतिगत विन्यास की ज़रूरत थी। लेकिन नेहरू ने अपने समय के कई नेकनीयत अर्थशास्त्रियों की भाँति ग़लती से उन आर्थिक सिद्धान्तों की मदद ली जिनकी साख आज पूरी तरह गिर चुकी है।'[24] भगवती ने घोषणा की, 'बार-बार फिसल जाने वाला वह नीतिगत विन्यास अब आख़िरकार हमारी पकड़ में आ गया है।'[25] ज़ाहिर है कि भगवती की इन बातों में भारत की लोकतांत्रिक राजनीति में हुई तब्दीलियों का ध्यान नहीं रखा गया था। नए हालात में अर्थनीति के राजनीति से रिश्ते बदल गए थे और उसे चुनावी मजबूरियों से प्रभावित होना पड़ता था। भगवती के अतिरिक्त कुछ ऐसे अर्थशास्त्री

भी थे जो राजनीतिक परिवर्तनों के प्रति ज़्यादा संवेदनशील थे। विचारों की ताक़त को पुनर्जीवित करके उन्हें एक निर्देशक शक्ति बनाने पर इन लोगों का यक़ीन कुछ कम था। उनकी निगाह में विकल्प की गुंजाइश नहीं के बराबर थी। वे तो अगला संकट आते हुए देख रहे थे, जिसका निहितार्थ था बाहर से थोपी गई शर्तें। वे मानते थे कि इन्हीं शर्तों की मातहती से भारत अपनी आर्थिक बदहाली को दुरुस्त कर सकता है। अर्थात इन अर्थशास्त्रियों की मान्यता थी कि न तो लोकतांत्रिक राजनीति और न ही राज्य की तकनीकशाही और बौद्धिक प्रयास अर्थव्यवस्था में बदलाव लाने में सक्षम रह गए थे।

नौकरशाहों द्वारा नियंत्रित अर्थतंत्र इतना निरर्थक हो गया था कि उसमें सुधार अनिवार्य था। 1991 में इसके लिए जिन उपायों की शुरुआत की गई, वे मुख्यतः व्यापार और उद्योग के क्षेत्र में केंद्रित थे। इनके कारण उल्लेखनीय परिवर्तन हुए लेकिन इनकी प्रक्रिया एक ही झटके में की जाने वाली प्रघात चिकित्सा विधि के बजाय क्रमशः राजनीतिक बातचीत और समझौते पर आधारित थी। छह वर्ष बाद इन सुधारों के परिणाम ज़्यादा-से-ज़्यादा मिले-जुले निकले। राज्य की ऋण-सक्षमता और उसके कोष की हालत सुधरी। सीमा और उत्पाद शुल्क की दरें घटा दी गईं और व्यापार के लिए दरवाज़े खोल दिए गए। विदेशी निवेश बढ़ा और उत्पादकता बढ़ती हुई लगी। लेकिन, सरकार धुआँधार क़र्ज़ लेने में लगी रही और उसका ज़्यादातर हिस्सा उत्पादक तथा अधिरचनात्मक मदों के बजाय सबसिडी देने और विभिन्न तबक़ों को तुष्ट करने में ख़र्च होता रहा। खाद के लिए भारी पैमाने पर दी जाने वाली सबसिडी में कटौती का असर पैदावार का ख़रीद-मूल्य बढ़ा दिए जाने से कम हो गया और ट्रेड यूनियनों के प्रतिरोध के कारण सरकारी कारख़ानों का निजीकरण करने की कोशिशें नहीं हो पाईं। हालाँकि बाह्य परिस्थितियाँ कोई ख़राब नहीं थीं और फसल लगातार अच्छी हो रही थी फिर भी मुद्रास्फीति दस फ़ीसदी के आसपास रही। मुद्रास्फीति का यह आँकड़ा पिछले भारतीय स्तर से ऊँचा था। उदारीकरण ने कुछ और किया हो या न किया हो, उसने भ्रष्टाचार को नई ऊँचाइयों पर अवश्य पहुँचा दिया। स्टॉक एक्सचेंज में की जाने वाली सट्टेबाज़ी, चीनी आयात, विद्युत और दूरसंचार उद्योग के क्षेत्र में किए गए संदिग्ध सौदों के कारण मंत्रियों के पास काले धन के अंबार लग गए। स्वयं नरसिंह राव को भ्रष्टाचार के आरोपों का अदालत में सामना करना पड़ा।

सुधार-प्रक्रिया शुरुआत में तो ज़ोरदार ढंग से चली, लेकिन बाद में किसी आर्थिक रूपरेखा अथवा रणनीति का अभाव साफ़ दिखने लगा। सुधारों के सकारात्मक पहलुओं को जनता के सामने स्पष्ट न कर पाने के मामले में सरकारी अक्षमता साफ़ हो गई और इसने काफ़ी बेचैनी पैदा की। राव सरकार ने अपना आख़िरी दौर विभिन्न तबक़ों का मुँह बंद करते हुए गुज़ारा। ये समूह सरकारी संसाधनों में अपने

हिस्से की माँग कर रहे थे। अध्यादेशों के ज़रिये आर्थिक क़ानून बनाने का फटाफट तरीक़ा अपनाया गया जिससे क़ानून-निर्माण पर संसदीय बहस की गुंजाइशें न के बराबर रह गईं। 1996 में कांग्रेस की जगह तेरह पार्टियों के गठजोड़ ने ली। इसमें वामपंथी, सामाजिक न्यायवादी और किसान-आधारित पार्टियों की भागीदारी थी। इस सरकार ने अर्थनीति के क्षेत्र में जो टेढ़े-मेढ़े रास्ते अपनाए, उनसे और स्पष्ट हो गया कि सरकार के पास असल में विकास की कोई रणनीति है ही नहीं। इस गठजोड़ के नेता और प्रधानमंत्री एच.डी. देवगौड़ा ने विदेशी और भारतीय निवेशकों के लिए अपने संबोधन को इस याचना के साथ ख़त्म किया, 'मेहरबानी करके मेरी मदद कीजिए, मैं कोई अर्थशास्त्री नहीं हूँ, मुझे ठोस समाधान सुझाइए।'[26] ज़ाहिर है कि प्रधानमंत्री के इस दयार्द्र निवेदन का निवेशकों पर वांछित असर नहीं पड़ा।

जिस तरह पचास के दशक में सारा बहस-मुबाहिसा नियोजन पर केंद्रित रहता था, उसी तरह नब्बे के दशक के पूर्वार्द्ध में आर्थिक विचार-विमर्श उदारीकरण के इर्द-गिर्द ही बना रहा। नई परिस्थितियों से क़तई अप्रभावित वामपंथियों और पुरानी व नई शैली के हिंदुत्ववादियों ने वही घिसा-पिटा राग अलापा कि उदारीकरण से राष्ट्र की आर्थिक संप्रभुता पर आघात लग सकता है (हिंदू राष्ट्रवादियों ने मौक़ा ताड़ कर उदार अर्थनीतियों के समर्थक अपने पुराने नारों को 'स्वदेशी' के रंग में रँग दिया। इस रंग पर संरक्षणवादी आग्रहों की चमक चढ़ी हुई थी)। विशुद्ध अतिआत्मनिर्भरता का यह तर्क यथार्थ से कटा हुआ और दयनीय क़िस्म के अतीत-मोह का शिकार था। बहस का असली मुद्दा दो दिशाओं की तरफ़ इशारा कर रहा था। पहला, आर्थिक विकास में क्या इस तरह की संभावनाएँ हैं कि अधिकांश भारतीय उसमें भागीदारी कर सकें? यह सवाल इस संदर्भ में महत्त्वपूर्ण था कि आर्थिक विकास की कोई ऐसी समझ दिखाई नहीं दे रही थी जिस पर सबकी सहमति हो। लेकिन ग़रीबी, निरक्षरता, अभावग्रस्तता, बीमारी और सामाजिक अन्याय जैसी सभी बुनियादी समस्याएँ अपनी जगह क़ायम थीं। दूसरा, सरकार अपने संसाधनों (सार्वजनिक वित्त) का ठीक-ठीक बंदोबस्त करने की क्षमता दोबारा कैसे हासिल कर सकती है? यह दूसरा प्रश्न ख़ासतौर से महत्त्वपूर्ण था क्योंकि लोकतांत्रिक राजनीति की होड़ पहले से कहीं तीखी हो चुकी थी और नए-नए समूह अपने हितों की संगठित आवाज़ बुलंद करने में लगे हुए थे। आमतौर पर ये माँगें क्षेत्र, जाति अथवा धर्म-आधारित गोलबंदियों के आधार पर उठाई जा रही थीं।

उदारीकरण के समर्थकों की दलील थी कि भारत को विकास के लिए आवश्यक हालात तो बनाने ही पड़ेंगे क्योंकि बिना इसके ग़रीबी कम नहीं की जा सकती। ज़ाहिर है कि यह धारणा केवल विकास दर पर ज़ोर दे रही थी। इससे उस 'नीतिगत विन्यास' पर आस्था को बढ़ावा मिलता है जो जगदीश भगवती के शब्दों में 'बार-बार हाथ से फिसल जाता' था। इस धारणा में यह यक़ीन निहित

था कि इस नीतिगत विन्यास से ही भारत तीन फ़ीसदी विकास दर की सीमा को तोड़ सकेगा। पचास से लेकर अस्सी के दशक के बीच में चली इस मंद गति की विकास दर का अर्थशास्त्रियों ने 'हिंदू विकास दर' कह कर मज़ाक़ उड़ाया था। उदारीकरण के कारण सरकार के नीति-निर्माताओं, राजनेताओं और उद्योगपतियों में इस बात को लेकर काफ़ी उत्साह था कि भारतीय अर्थव्यवस्था अब 'उड़ान भरने के लिए तैयार' हो गई है। सरकार के एक आर्थिक सलाहकार ने तो उदारीकरण के पक्ष में अपनी दलील का उपसंहार कुछ इस विकट विश्वास के साथ किया कि अगर समुचित नीतियाँ अपनाई जाएँ तो 'अर्थव्यवस्था की विकास दर 7-8 फ़ीसदी सालाना तक बढ़ा कर उसे उसी स्तर पर टिकाया जा सकता है। अगर आमदनी इसी दर से बढ़ती रहे तो सन् 2020 तक प्रति व्यक्ति आमदनी चौगुनी की जा सकती है।'[27] (बंबई प्लान के रचयिताओं ने 1944 में 'मौजूदा प्रति व्यक्ति आय को 15 वर्ष में दोगुना करने'[28] की कल्पना की थी। उनकी निगाह में मुद्रास्फीति का संबंध केवल दामों से नहीं था)। विकास दर बढ़ा कर ही सारी समस्याएँ हल कर लेने के इस आग्रह ने उदारीकरण के पक्ष में लफ़्फ़ाज़ी करने की सुविधा ज़रूर प्रदान की लेकिन जल्दी ही कुछ अर्थशास्त्रियों को लगने लगा कि केवल विकास दर से उनका काम नहीं चलने वाला है। फिर इन विशेषज्ञों ने आर्थिक विकास की कुछ बेहतर अवधारणा पेश करना शुरू की जिसे 'ख़ुशहाली', 'जीवन की गुणवत्ता', 'क्षमताएँ' और 'जीवन-स्तर' जैसी शब्दावली के ज़रिये समझाया जाता था।

इस बहस का असली मुद्दा विकास दर न होकर वह समाज था जिसमें विकास दर उपलब्ध की जानी थी। चूँकि भारतीय समाज ग़रीबी, निरक्षरता, ख़राब स्वास्थ्य और स्त्री-पुरुष असमानता का बुरी तरह शिकार है, इसलिए अंदेशा यह था कि कहीं इसकी हालत ब्राज़ील जैसी न हो जाए। सत्तर के दशक में ब्राज़ील की अर्थव्यवस्था की विकास दर बड़ी ज़ोरदार थी, लेकिन इससे उसकी ग़रीबी कम नहीं हुई। 'लक्ष्यहीन उदारीकरण' से पैदा हुई विकास दर अर्थात बदहाल लोगों की हालत सुधारने के प्रति बेपरवाह विकास सामाजिक विषमताओं को तीन तरह से बढ़ा सकता है : इससे पूरे देश में ग़रीबों और अमीरों के बीच सामाजिक अवसरों के मामले में भारी विषमता पैदा हो जाएगी, शहरी और ग्रामीण भारत के बीच विभाजन और तीखा हो जाएगा (ग्रामीण आय के मुक़ाबले शहरी आय पहले ही तीन गुनी ज़्यादा है और शहरों की महिला साक्षरता दर देहात से दोगुना है)। क्षेत्रीय विकास के बीच पहले ही काफ़ी असमानता है और इस तरह का लक्ष्यहीन उदारीकरण इस असंतुलन को और बढ़ा देगा। इस समय समृद्ध क्षेत्रों की प्रति व्यक्ति आय दरिद्र क्षेत्रों के मुक़ाबले तीन गुना ज़्यादा है।

आज़ादी के पचास साल गुज़र चुके हैं और आज भी बहुत-से लोग पत्थर तोड़ कर गुज़ारा करते हैं। ये लोग बहुत दिन पहले ही राष्ट्रनायकों की जय-जयकार बंद

कर चुके हैं। भारत दुनिया के उन थोड़े-से देशों में से है जहाँ ग़रीबी की रेखा से नीचे रहने वाले लोगों की संख्या घटी है। लेकिन, अभी भी क़रीब चालीस करोड़ लोग ऐसे हैं जो आज़ादी के बाद बने आर्थिक चक्र और बाज़ार-विनिमय से बाहर हैं। ये लोग अधिकांशतः गाँवों में रहते हैं। इन लोगों के लिए दुनिया अभी वहीं-की-वहीं है। उदारीकरण के समर्थकों की बातों में इन लोगों को इस ज़िंदगी में अपनी बेहतरी के लिए कोई आश्वासन नहीं दिखता। अभी तक ये करोड़ों लोग राजनीतिक रूप से निष्क्रिय पड़े हुए थे, लेकिन लोकतंत्र के विचार ने भारतीय समाज में रिस-रिस कर उन्हें जागरूक बना दिया है। चूँकि कुछ जगहों पर कुछ तबक़ों के लिए आर्थिक अवसर तेज़ी से बढ़े हैं, इसलिए अब भारतीय राजनीति निश्चित रूप से शांत तो नहीं ही रह जाएगी। भारतीय समाज के लिए लोकतंत्र का जो भी अर्थ होगा, उससे भारतवासियों को रूबरू होना होगा। 1949 में इसी मुद्दे को आंबेडकर ने बड़ी स्पष्टता से देखा था और यही मुद्दा आज लोकतांत्रिक राजनीति की एक सबसे पुरानी बहस के केंद्र में है। क्या आबादी के एक हिस्से को राजनीतिक समुदाय की सदस्यता से वंचित रखना लोकतंत्र की जीवनी शक्ति के लिए ज़रूरी है? क्या लोकतंत्र दासों और मालिकों में ही बँटा रहना चाहिए? अगर नहीं तो फिर उस समय क्या होगा जब अंतिम व्यक्ति लोकतांत्रिक राजनीति से अपना हक़ माँगने लगेगा?

7

नब्बे के दशक में भारत का आदर्श पश्चिम न होकर पूर्व साबित हुआ। भले ही भारत के जंगलों में बाघों की नस्ल विलुप्त होती जा रही हो, लेकिन वह अपने अर्थतंत्र का पूर्व एशियाई टाइगर अर्थतंत्रों की तर्ज़ पर व्याघ्रीकरण अवश्य करना चाहता है। समस्या यह है कि आजकल इस मसले पर पचास के दशक जैसी आम सहमति का अभाव है। उस समय पश्चिम की प्रतिकृति बनने के लिए उपलब्ध उपकरणों और नीतियों पर मतैक्य था लेकिन आज पूर्व के आर्थिक चमत्कार की व्याख्या के बारे में विशेषज्ञों में भी मतभेद है। इस बात से इनकार नहीं किया जा सकता कि पूर्वी एशियाई सफलता के पीछे उन देशों में राज्य की संस्था का निर्णायक हाथ रहा है। दूसरे, प्राथमिक शिक्षा और भूमि संबंधी संस्थागत सुधार भी इन देशों के लिए ज़रूरी साबित हुए हैं। आज भारत की साक्षरता दर 50 फ़ीसदी है जो चीन और कोरिया की उस ज़माने की साक्षरता दर से कम है जब उनका आर्थिक उत्थान शुरू हुआ था। वैसे, शिक्षा अपने-आप में आर्थिक सफलता के लिए काफ़ी नहीं होती और इसका उदाहरण केरल है। लगभग संपूर्ण रूप से साक्षर इस प्रदेश की अर्थव्यवस्था लंबे अरसे से जड़ता की शिकार है। इसके बावजूद शिक्षा के प्रसार का महत्त्व अपने-आप में स्पष्ट है। राज्य द्वारा दृढ़तापूर्वक किए

जाने वाले प्रयासों के बिना इस क्षेत्र में कामयाबी नामुमकिन है। इसके लिए विभिन्न तरीक़े अपनाए जा सकते हैं। इनमें एक तरीक़ा बाज़ारोन्मुख नीतियों का भी है, मसलन : देहाती इलाक़ों में अध्यापकों के वेतन बढ़ा कर लोगों को इस दिशा में खींचा जा सकता है।

उदारीकरण के वकीलों ने उन क्षेत्रों को सही ही रेखांकित किया है जिनमें भारतीय राज्य ने कुछ कर गुज़रने की इच्छा दिखाई है, लेकिन सिक्के का दूसरा पहलू यह है कि राज्य ने जो किया है, वह बहुत ही कम है। ध्यान रखना होगा कि उदारीकरण के ज़रिये राज्य माँगों के दबाव से मुक्त नहीं होगा। माँगों की प्रकृति अक्सर अंतर्विरोधी भी रहेगी और उनकी संख्या भी बढ़ेगी। कभी उन्हें तबक़ों और क्षेत्रों के बीच पुनर्वितरण के पक्ष-विपक्ष में उठाया जाएगा, कभी उनके ज़रिये आबादी के किसी हिस्से के एक क्षेत्र से दूसरे में जाने का विरोध किया जाएगा और कभी समर्थन, कभी नदियों के पानी के बँटवारे को लेकर विवाद होगा और कभी पर्यावरण संबंधी ख़तरों को नियंत्रित करने के लिए आंदोलन चलेंगे। स्टॉक एक्सचेंज को विनियमित करने का सवाल भी उठाया जाता रहेगा। परेशानी की बात यह है कि इन नाना प्रकार की ज़िम्मेदारियों के बावजूद भारतीय राज्य के पास विभिन्न तरह के दावों पर इस या उस पक्ष में फ़ैसला देने के लिए ज़रूरी स्वीकृत उसूलों और प्रणालियों का अभाव है। उसके पास पर्याप्त संसाधन भी नहीं हैं। नियोजन वैकासिक लक्ष्यों के साथ-साथ क्षेत्रीय असंतुलन दूर करने का भी एक माध्यम था। कांग्रेस का आंतरिक संघवाद भी विभिन्न क्षेत्रों और तबक़ों की माँगों को ले-देकर निबटाने का ज़रिया था। आज इन दोनों में से कोई भी सुविधा उपलब्ध नहीं है। पब्लिक सेक्टर जिस समस्या के समाधान के लिए बनाया गया था, वह अभी भी मौजूद है। अर्थात समतामूलक पुनर्वितरण के लिए राज्य को बड़े पैमाने पर वित्तीय संसाधनों की आवश्यकता है लेकिन उसकी क्षमताएँ सीमित हैं। समाज पर प्रत्यक्ष कर ज़्यादा नहीं लगाए जा सकते। पुनर्वितरणकारी कराधान का सबसे प्रचलित रूप आय कर होता है और भारत की शहरी आबादी का केवल दो फ़ीसदी हिस्सा ही आय कर देता है। ऊपर से आर्थिक सुधार कृषि से होने वाली आय और संपत्ति पर कर लगाने के मुद्दे का सामना करने से कतरा रहे हैं। सरकारी कारख़ानों द्वारा समृद्धि पैदा न कर पाने और नियंत्रणों को घटाने से राजस्व में आई कमी से राज्य का आर्थिक स्वास्थ्य और ख़राब हो गया है।

आर्थिक सुधारों के कारण पिछले कई दशकों से जारी लाइलाज क़िस्म के भारी घाटे को कम करने के हालात भी नहीं बन सके हैं। उदारीकरण के समर्थन में दिए गए तर्कों से आश्वासन मिलता था कि सरकारी कारख़ाने बेच कर और राज्य के नियंत्रण में आने वाले दायरे को घटा कर इस समस्या का फ़ौरी समाधान हो जाएगा। लेकिन सुधारों के इतने वर्षों के बाद भी सरकार इन कारख़ानों की मालिक बनी हुई

है; उसे अपने घाटे में कुछ ख़ास कमी करने में भी कामयाबी नहीं मिल पाई है। विवेकसम्मत राजकोषीय नीतियाँ अर्थात किफ़ायत से ख़र्च करने की प्रवृत्ति सिर्फ़ नियोजित अर्थव्यवस्था अथवा निरंकुश शासन में ही नहीं अपनाई जाती। अर्थनीति उदारतावादी हो या राज्य-नियंत्रित, यह तो हर क़िस्म की अर्थनीति के सूत्रीकरण और कार्यान्वयन की पूर्व शर्त होती है।

सार्वजनिक वित्त के समुचित प्रबंधन और संसाधनों के आबंटन की सुसंगत दीर्घकालीन आर्थिक रणनीति बनाने का उत्तरदायित्व भारतीय राज्य का है। हालाँकि भारतीय लोकतंत्र के तौर-तरीक़े बहुत साफ़-सुथरे नहीं कहे जा सकते, लेकिन फिर भी उसके ठीक-ठाक संचालन के लिए ये दोनों ज़िम्मेदारियाँ बुनियादी महत्त्व की हैं। अर्थनीति के सभी पहलुओं में लोकतंत्र की भूमिका अहम है, चाहे वह वैकासिक पहलू हो या विशुद्ध सांख्यिकीय। बार-बार होने वाले चुनावों में जनता के सामने जवाबदेही के दबाव के कारण सरकारें ऐसी नीतियाँ बनाने से बचती हैं जिनसे मुद्रास्फीति तेज़ी से बढ़ने का अंदेशा होता है। आख़िरकार, राजनेताओं को एक ग़रीब देश में वोट माँगने पड़ते हैं जहाँ ज़्यादातर तनख़्वाहें सूचकांकों के आधार पर तय नहीं की जातीं। चूँकि देश में लोकतांत्रिक अधिकार क़ायम हैं, इसलिए उनके कारण जनता को अकाल के आतंक का सामना नहीं करना पड़ता। अँगरेज़ी राज में अकाल पड़ना आम बात थी। आख़िरी अकाल 1943 में पड़ा था जिसने इस उपमहाद्वीप पर क़हर बरपा कर दिया था। अँगरेज़ी राज में अनाज के वितरण से जुड़ी नाकामियों और निष्क्रियता का नतीजा था यह अकाल। इसने बंगाल के 30 लाख लोगों की बलि ले ली थी। आज़ाद भारत ने खाद्यान्न के किसी भी संकट को आफ़त में बदलने से पहले ही रोक लेने के मामले में निर्णायक क़दम उठाए हैं। सेंसरमुक्त प्रेस और स्वतंत्र संसदीय विपक्ष की मौजूदगी ने भी यह सुनिश्चित किया है कि सरकार इस ओर गंभीरता से ध्यान दे। (इसकी तुलना चीन से की जा सकती है जहाँ सूचना-प्रवाह को एक पार्टी शासन द्वारा दबा दिया जाता है। 50 के दशक के उत्तरार्द्ध में चीन में पड़े अकालों में क़रीब तीन करोड़ लोगों के मारे जाने का अंदाज़ा लगाया गया है)। लोकतांत्रिक राजनीति के कारण भी व्यक्तिगत और समूहगत रूप से आर्थिक विकास की सरकारी नीतियों पर बहस-मुबाहिसा होने की क्षमता और गुंजाइश पैदा हुई है। इन नीतियों का विरोध भी किया जाता है, हालाँकि इस मामले में सरकार का पलड़ा काफ़ी भारी रहता है। इस माहौल के कारण विकास संबंधी बहस में नए मूल्यों, नई प्राथमिकताओं और नए हितों का समावेश हुआ है। पर्यावरण और प्रदूषण जैसे विषयों का राजनीतिकरण हो गया है। बड़े पैमाने पर मानवीय विस्थापन और प्रकृति का विनाश करने वाली वैकासिक परियोजनाओं को चुनौती दी गई है। सरकारी नीति के मुक़ाबले अपने हक़ों की प्राप्ति के लिए सचेत नागरिकों ने सर्वोच्च न्यायालय का दरवाज़ा खटखटा कर न्यायिक समीक्षा

के ज़रिये यदा-कदा ऐसी परियोजनाओं को रुकवाने में सफलता भी प्राप्त की है।

'जनता के दबाव' की ताक़त में लोगों का यक़ीन बढ़ा है। इसके भी दो पहलू हैं। कुछ लोग मानते हैं कि छोटे-छोटे जन-दबाव गुटों को नर-नारी विषमता, निरक्षरता और भुखमरी के मुद्दों का राजनीतिकरण करते रहना चाहिए ताकि सरकार को इस बारे में क़दम उठाने पर मजबूर किया जा सके। दूसरा पहलू यह है कि आर्थिक विकास का काम तरह-तरह के ग़ैरसरकारी संगठनों, स्वसक्षम संगठनों और सामाजिक आंदोलनों द्वारा भी आगे बढ़ाया जा सकता है। आजकल बुद्धिजीवी हलक़ों में प्रचलित 'सिविल सोसाइटी' या 'नागरिक समाज' की अवधारणा को ज़मीन पर उतारने में इन संगठनों की भूमिका को ख़ासी मान्यता मिली हुई है। इस तरह के बहुत-से संगठन और समूह आजकल सक्रिय हैं। सेवा (अहमदाबाद की सेल्फ़-एंप्लायड वोमेंस एसोसिएशन) नामक संगठन का उदाहरण सामने है जो महिलाओं को छोटे-छोटे क़र्ज़ देकर उन्हें उद्यमी बनाने में मदद करता है। इसी तरह से जन-विज्ञान आंदोलन केरल में लोकप्रिय हुआ है। केरल शास्त्र साहित्य परिषद नामक संगठन ने गाँव की महिलाओं और चौराहों तक विज्ञान की शिक्षा ले जाने में अभूतपूर्व उपलब्धियाँ हासिल की हैं। इन संगठनों के प्रयास मिसाल तो पेश करते ही हैं, इनसे उम्मीद भी बँधती है कि और अधिक विश्वास के साथ काम करके ग़ैरसरकारी संगठन उन ज़िम्मेदारियों को उठा सकते हैं जिन्हें राज्य-निर्देशित विकास की हामी सरकार पूरा नहीं कर पा रही है या उदारीकरण की समर्थक सरकार जिन्हें पूरा करने के लिए कभी तैयार नहीं होगी। 'जनता के दबाव' वाली इस दलील में काफ़ी दम है। समस्या केवल यह है कि यह प्रवृत्ति देश में एक ख़ास तरह की राजनीति की माँग करती है जो सार्विक क़िस्म की होगी अर्थात जिसमें समुदाय और अस्मिता-आधारित हितों की राजनीति के बजाय उन 'व्यापक सरोकारों को अपनाया जाएगा जो वंचित तबक़ों के लोगों को प्रभावित करते हैं।'[29] इस तरह की राजनीति के उदय की संभावनाएँ कमज़ोर लगती हैं। असलियत यह है कि आज के भारत में जनता द्वारा दबाव डालकर अपनी बात मनवा लेने की संभावनाएँ काफ़ी जीवंत हैं, लेकिन ये तभी मज़बूत और प्रभावशाली बन पाती हैं जब उनमें स्थानीयता के सरोकारों का समावेश होता है। एक राज्य के रूप में भारत को कौन-सी अर्थनीति अपनानी चाहिए—यह परिप्रेक्ष्य ग़ैरसरकारी क्षेत्र के ज़रिये प्राप्त होने की गुंजाइश एकदम नदारद है।

भारतीय राज्य पचास साल से अर्थव्यवस्था के क्षेत्र में सक्रिय है। उसने आर्थिक क्षेत्र को एक विशाल दायरे के रूप में लिया है। परिणामस्वरूप राष्ट्रीय अर्थतंत्र का ऐसा ताना-बाना खड़ा हो गया है जो एकीकरण की ताक़तवर प्रवृत्तियों से लैस है। जो भी नीति होगी वह अर्थनीति के इसी विशाल राष्ट्रीय क्षेत्र के लिए बनाई जानी है। दूसरी तरफ़, लोकतांत्रिक राजनीति के गर्भ से निकली नाना प्रकार की माँगें और

तरह-तरह के हित हैं जिनके कारण विवेकसम्मत राजकोषीय बंदोबस्त करना और आर्थिक विकास की रणनीति बनाना व चलाना पहले से कहीं ज़्यादा पेचीदा हो गया है। अब उन माँगों को पुराने तरीक़ों से निबटाना मुमकिन नहीं रह गया है। न ही अब वे नियोजक रह गए हैं और न ही उस ज़माने के खद्दरधारी कांग्रेसियों का कोई रुतबा है। क्षेत्रीय दलों ने अपने अंदर और आपस में सौदेबाज़ी और बातचीत के नए-नए रूप अपना लिए हैं। 1991 में शुरू किए गए आर्थिक सुधारों के कारण केंद्रीय सरकारों को क्षेत्रों व उन पर छाई पार्टियों को ज़्यादा-से-ज़्यादा अधिकार देने पड़े हैं। विरोधाभास यह है कि केंद्र की सत्ता क्षेत्रीय दलों के गठजोड़ पर निर्भर है। इसके दो नतीजे निकल सकते हैं। पहला तो यह कि कहीं क्षेत्रीय दबाव में केंद्र अपनी राजकोषीय ज़िम्मेदारियों से पल्ला न झाड़ ले और गठजोड़ के क्षेत्रीय घटक अपने जनाधार, विशेष हितों, किसानों और ग़रीबों को तुष्ट करने के लिए ख़ज़ाना न खोल दें। लेकिन, इस अंदेशे के विपरीत दूसरी संभावना सकारात्मक है कि इस परिस्थिति के कारण क्षेत्रीय नेता भारतीय अर्थनीति की ज़रूरतों को समझ कर उसका और कुशल व परिपक्व प्रबंधन करने की तरफ़ भी जा सकते हैं। लेकिन, पहले पचास साल के आर्थिक तजुर्बे से नहीं लगता कि देश के राजनेताओं और बुद्धिजीवियों में सीखने की क्षमता कोई ख़ास बढ़ी है। उम्मीद केवल यह है कि विचार-विमर्श के ज़रिये काम करने वाली लोकतांत्रिक व्यवस्था के व्यावहारिक आग्रह इन तत्त्वों को अब कुछ तेज़ी से सीखने पर मजबूर करेंगे। आख़िरकार इस देश में लोकतंत्र समाज की प्राणवायु बन चुका है। फ़िलहाल आर्थिक लक्ष्यों को निर्धारित करने की बागडोर किसी बड़ी राष्ट्रीय पार्टी के हाथ में नहीं है। इसलिए तकनीकशाहों के हाथ में सत्ता थोड़े समय के लिए जा सकती है। लेकिन, हालात बदले हुए हैं। बुद्धिजीवियों के हाथ से सूत्र निकलकर जनसमूहों के हाथ में जा रहे हैं। इनमें अधिकारसंपन्न समूह भी हैं, अधिकारों का दावा कर रहे समूह भी हैं और हाशिये पर पड़े हुए समूह भी हैं। ज़ाहिर है कि विकास को परिभाषित करने और भारत के लिए उसके महत्त्व को निर्धारित करने के बारे में बहस और भी तीखी होगी। पहले से कहीं ज़्यादा हित आपस में टकराएँगे। आर्थिक विकास की दुनिया सहज नहीं रह जाएगी।

तीन

शहर और सपना

चिट्ठी न लिखें / बग़ैर ऑर्डर के नाश्ता हाज़िर
कंघी न करें / बालों से गंदा होता है फ़र्श
केबिन में ग़लत हरकतें बंद / हमारा बेयरा सारी ख़बर देता है
फिर आना / जात-पाँत कुछ भी हो सबका स्वागत है
तसल्ली न हो तो हमें बताएँ / वरना दूसरों को बताएँ
अल्लाह-हो-अकबर

निसीम एज़ेकिएल : ईरानी रेस्तराँ की हिदायतें[1]

मालगुडी। आर.के. नारायण की कल्पनाओं का चिरंतन शहर। 15 अगस्त, 1947 के बाद इसी मालगुडी में कुछ नई घटनाएँ घटना शुरू हुईं :

> मुद्दतों से लोग मालगुडी में किसी नगरपालिका के वजूद से वाक़िफ़ नहीं थे। शहर जैसा हो सकता था, वैसा ही था। महामारियाँ फैलतीं, अपना वक़्त पूरा करके ख़ुद-ब-ख़ुद ग़ायब हो जातीं। आख़िर बीमारियों की भी तो एक उम्र होती है। धूल और कूड़े की सफ़ाई हवा कर देती थी। नालों को पता था कि उन्हें बहना और अपना ख़याल ख़ुद रखना है। इस सबके बीच नगरपालिका पृष्ठभूमि में बनी रहती थी। 15 अगस्त, 1947 को जब तक आज़ादी मिल नहीं गई, पालिका वहीं-की-वहीं रही। उस दिन हिमालय से कन्याकुमारी तक जैसा जश्न मना उसकी मिसाल तो इतिहास में भी कम ही मिलती है। यहाँ तक कि उस नगरपालिका में भी जान पड़ गई। उसके कर्मचारियों ने सड़कों की सफ़ाई कर डाली और जगह-जगह तिरंगे लहरा दिए गए। और, जब तिरंगों और देशभक्ति के गीतों से गूँजता हुआ जुलूस सड़कों से गुज़रा तो लोगों के रोंगटे खड़े हो गए।

नगरपालिका का यह राष्ट्रीय उत्साह केवल यही सब करके ठंडा नहीं हुआ। आज़ादी का जश्न ख़त्म होते ही पालिका-अध्यक्ष ने फ़ैसला किया कि मालगुडी को बाक़ायदा आज़ाद और देशभक्त बनाने के लिए कुछ और भी किया जाना चाहिए।

> अध्यक्ष ने पालिका कमेटी की एक असाधारण बैठक बुलाई और सदस्यों के सामने एक ज़ोरदार तक़रीर झाड़ी। असर यह पड़ा कि कमेटी ने फ़ौरन शहर की सभी सड़कों और पार्कों के नामों के राष्ट्रीयकरण का फ़ैसला कर डाला। शुरुआत बाज़ार के चौक में बने पार्क से की गई। इसे *राजतिलक पार्क* कहा जाता था। भगवान जाने किस राजतिलक के उपलक्ष्य में यह नामकरण हुआ होगा। हो सकता है, विक्टोरिया का राजतिलक हुआ हो या फिर अशोक का। बहरहाल, इसकी चिंता किए बिना पार्क का पुराना बोर्ड उखाड़ कर घास पर पटक दिया गया और उसकी जगह एकदम नया बोर्ड लगा दिया गया जो ऐलान कर रहा था कि आज से इस पार्क को *हमारा हिंदुस्तान* पार्क कहा जाएगा। लेकिन नामों के राष्ट्रीयकरण का यह अभियान शहर की दूसरी जगहों के मामले में इतना आसान नहीं निकला। *महात्मा गांधी रोड* नाम के तलबगार सबसे ज़्यादा थे। आठ वार्डों के पालिका सदस्यों ने यह माँग की। छः सदस्य ऐसे थे जो अपने घर के सामने से गुज़रने वाली सड़क का नाम *नेहरू रोड* या *नेताजी सुभाष रोड* रखना चाहते थे। इस बहस के कारण उत्तेजना बढ़ने लगी... मेरे ख़याल में हालत यह हो गई कि पालिका कमेटी तक़रीबन बौरा गई और उसने चार सड़कों को एक ही नाम दे दिया। देखिए महोदय, शहर कितना भी लोकतांत्रिक और देशभक्त क्यों न हो, चार सड़कों को एक नाम से कैसे बुलाया जा सकता है। एक पखवाड़े में ही इसका हश्र सामने आ गया। नए नामों की भीड़ में उस शहर की पहचान खो गई... उस बीहड़ में कोई दिशासूचक नहीं बचा।'[2]

ज़ाहिर था कि नगरपालिका पूरे शहर को आज़ादी का स्मारक बना डालने के जोश में थी और उसके इस उत्साह ने शहर के मानचित्र का कबाड़ा कर दिया था। लेकिन, आर.के. नारायण के मालगुडी में जब यह सब हो रहा था, उसी समय देश के कई शहर भी इसी तरह की उत्तेजना में डूब-उतरा रहे थे। राष्ट्रवादी चिन्तन में शहरों के प्रति एक तरह की अस्पष्टता थी, लेकिन इसके बावजूद राष्ट्रवादी शहरों की उपेक्षा नहीं कर सकते थे क्योंकि शहरों के मंच पर ही रोज़-ब-रोज़ भारतीय पराधीनता का नाटक खेला जाता था। शहर के प्रति अपने अनमनेपन के बावजूद राष्ट्रवादी इन्हीं शहरों में रहते थे और इन्हीं शहरों को उन्होंने अपनी कामनाओं और ऐतिहासिक स्मृति का केंद्र बनाया था। आगे चलकर इन्हीं शहरों की सड़कों और

चौराहों पर गांधी को स्मारकों के ज़रिये अमर कर दिया गया, उन्हीं गांधी को जो आधुनिक शहरों के सबसे बड़े आलोचक थे।

1947 में सड़कों और पार्कों के राष्ट्रीय नामकरण की उस मुहिम के बाद से भारत के शहर अब पूरी तरह बदल चुके हैं। पचास साल की लोकतांत्रिक राजनीति से निकली उम्मीदें और असमान आर्थिक प्रगति के तंग होते दायरे की कुंठाएँ इन शहरों में कुछ ज़्यादा ही झलकती हैं। भारतीय आबादी के क़रीब एक चौथाई से ज़्यादा अर्थात लगभग 25 करोड़ लोग शहरों में रहते हैं। अंदाज़ा यह है कि सन् 2010 तक शहरी आबादी 40 करोड़ हो जाएगी जो दुनिया में सबसे ज़्यादा होगी। चाहे मिथ हो या तथ्य, दोनों तरह से भारत गाँवों का ही देश है; लेकिन, दूसरी ओर कोई भी भारतीय शहरों को नज़रअंदाज़ नहीं कर सकता। कोई दो शहर एक समान नहीं होते। एक तो उनकी विविधता अपने-आप में आकर्षक होती है और दूसरे हवाओं में उनकी समृद्धि की ख़बरें तैरती रहती हैं। उनकी यही अनन्यता और धन-धान्य का आश्वासन उन्हें सभी की कामनाओं का केंद्र बना देता है। टेलीविज़न और सिनेमा की स्क्रीन पर चमचमाता हुआ शहर देख कर हर कोई आधुनिकता के मज़े लूटना चाहता है। हरेक की आँखों में शहर सपने की तरह बसा रहता है।

भारतवासियों का शहर से संबंध कैसे बना? या शहर के प्रति वे क्यों आकर्षित हुए? इन सवालों का जवाब शहरों की आर्थिक गतिशीलता में निहित है। आज़ाद भारत की सरकार ने अपना दफ़्तर शहर में ही खोला और शहर में ही भारतीय समाज के आधुनिकीकरण और विकास का नेहरूवादी स्वप्न परवान चढ़ा। यहीं से विकास की तरंगें गाँवों की ओर गईं। शहर में ही आधुनिकता के गर्भ से वे अंतर्विरोध निकले जिन्होंने राष्ट्रीय जीवन का निर्माण किया। जिस दिन भारत लोकतांत्रिक गणतंत्र बना, उसी दिन से उसने इन अंतर्विरोधों को अपना लिया था। इन शहरों में मानवीय श्रम के सभी ऐतिहासिक रूप देखे जा सकते हैं। पत्थर तोड़ते मज़दूर भी और अत्याधुनिक वित्तीय लेन-देन करने वाले विशेषज्ञ भी। शहर में सफलता और असफलता एवं संगमरमर और कीचड़ एक-दूसरे से गुँथे हुए हैं। इस विरोधाभास ने शहरी जीवन को एक बेहद उत्तेजक अनुभव में बदल दिया है। शहर में आधुनिकता के सभी प्रलोभन मौजूद हैं लेकिन शहर में आकर ही लोगों को आधुनिक जगत की मृगतृष्णा का अहसास होता है। शहर ने जो सिखाया है उसने लोगों की आस्थाओं को बदल दिया है। उसने नए तरह की राजनीति पैदा कर दी है। शहर भारतीय लोकतंत्र के नाटकीय दृश्यों में बदल गए हैं। भारत की अवधारणा से जुड़े स्वप्न और यथार्थ पर बहस शहरों में ही होती है और उसके अंतर्निहित विचार को हर दिन नए-से-नए रूपों में परिभाषित किया जाता है।

समकालीन भारत के सभी प्रमुख शहर उपनिवेशवाद की रचना होने के साथ-साथ उसके प्रत्युत्तर भी हैं। भारत के पास अपने शहरी जीवन का एक समृद्ध इतिहास भी है जिससे इन शहरों का ताल्लुक़ टूट चुका है। अँगरेज़ों ने एक तरफ़ तो इस इतिहास

के कई पहलुओं की नक़ल मारी, और साथ-साथ भारत को ख़ाली कैनवास की तरह भी लिया ताकि उस पर शहर का चित्र नए सिरे से उकेरा जा सके। यह नया शहर अपने-आप में भिन्न तरह की कृति था। शेष समाज से उसके संबंध भी पहले जैसे नहीं थे। ब्रिटिश राज ने इन शहरों में अपनी विजातीय धारणाओं के आधार पर सार्वजनिक जीवन को संचालित किया। इस प्रक्रिया में एक ऐसे शहर की रचना हुई जो आधुनिकता का छद्म लिबास पहने हुए था। इसकी डिज़ाइन कुछ इस ढंग से की गई थी जिससे अँगरेज़ों की कथित रूप से श्रेष्ठ तार्किकता और सत्ता का प्रदर्शन हो सके। लेकिन, यह शहर उत्पादक क्षमता के मामले में कमज़ोर था। औपनिवेशिक शहर की आधुनिकता में एक तरह का सौम्य वैभव तो था, लेकिन वह सामाजिक जीवन से कटी हुई थी। उधर भारतीय समाज को इस आधुनिकता की कोई ख़ास परवाह नहीं थी।

1947 के बाद नेहरू की राष्ट्रवादी महत्त्वाकांक्षाओं ने रंग दिखाया। उन्होंने शहर की अपने मक़सद से पुनर्रचना करने का फ़ैसला किया ताकि उसे नई राष्ट्रीय संप्रभुता का प्रतीक बनाने के साथ-साथ आधुनिक विश्व में भारत की उपस्थिति दर्ज कराने के लिए एक प्रभावी वाहक की भूमिका प्रदान की जा सके। राष्ट्रवादी कल्पनाशीलता ने जिस शहर को रचा, वह अँगरेज़ों के शहर की भाँति केवल नाम का शहर नहीं था। भारत की राजनीति और आर्थिक विकास को कई बार पश्चिमी तौर-तरीक़ों की फीकी नक़ल मान लिया जाता है, लेकिन यह मान्यता उस समय खंडित हो जाती है जब उसका सामना ज़िंदगी से धड़कते हुए भारतीय शहरों से होता है। इन शहरों की जिजीविषा की अनुभूति कभी-कभी आप्लावित कर देती है। लेकिन, इस विशेषता के बावजूद यह कहा जा सकता है कि भारत के शहर राष्ट्रीय कसौटियों पर पूरी तरह खरे नहीं उतर सके हैं। उनकी आधुनिकता अपने-आप में न तो ख़ालिस है और न ही ख़ुशनुमा। यह आधुनिकता विभाजित और अशांत है। इस आधुनिकता की मिली-जुली संभावनाओं में गहरी दुर्बोधता के रंग भरे हुए हैं। यही कारण है कि हमारे शहर नाना प्रकार की भारत संबंधी अंतर्विरोधी अवधारणाओं के उद्गम बन गए हैं। शहरों में अगर एक तरफ़ अतिशय प्रांतीयता मिलती है, तो दूसरी तरफ़ बड़े शफ़्फ़ाफ़ क़िस्म की सार्वदेशिकता के दर्शन होते हैं। ये दोनों ही प्रवृत्तियाँ सार्वदेशिकता के उस सहिष्णु भारतीय संस्करण से कोई ताल्लुक़ नहीं रखतीं जिसे राष्ट्रवादियों ने कल्पित किया था। बीसवीं सदी के पहले पचास वर्षों की भाँति ये शहर आज भी भारतीय राजनीति के कारख़ाने बने हुए हैं। इन फ़ैक्ट्रियों से निकलने वाली राजनीति में भारतवासियों का यक़ीन बढ़ता जा रहा है और दिक़्क़त यह है कि यह राजनीति वह नहीं है जिसे उन शुरुआती दिनों में कल्पित किया गया था जब सड़कों और चौराहों के नामों के राष्ट्रीयकरण की अफरा-तफरी मच गई थी और शहरों के मानचित्र रातोरात बदल गए थे।

2

औपनिवेशिक शहर का भारत में आगमन दो अलग-अलग चरणों में हुआ। पहले चरण ने भारत को दुनिया के पैमाने पर विकसित होती जा रहीं उत्तरी यूरोप की अर्थव्यवस्थाओं से जोड़ दिया। यही वह अवधि थी जब सत्रहवीं सदी के दौरान मद्रास, कलकत्ता और बंबई के बंदरगाह-शहरों की नींव पड़ी। इनका मक़सद था व्यापारिक आमदनी को बढ़ाना और समृद्धि के शो-केस तैयार करना। इस प्रक्रिया में उत्तरी यूरोपीय अर्थव्यवस्थाओं और भारतीय उपमहाद्वीप के बीच मातहती और एकतरफ़ा शोषण के स्थायी संबंध बने। ये शहर दो धुरियों पर केंद्रित रहते थे। एक धुरी थी इन शहरों के दुर्ग और राजभवन। दूसरी धुरी गोदियों और घाटों के रूप में थी। औपनिवेशिक शहर का दूसरा चरण उन्नीसवीं सदी के उत्तरार्द्ध में शुरू हुआ। इस दौर में अँगरेज़ों ने अधिक योजनाबद्ध ढंग से छावनी-शहरों की रचना की। इनमें अँगरेज़ी फ़ौज का डेरा पड़ता था लेकिन ये तिरपाल और कैनवास के बजाय ईटों और चूना-मिट्टी से बनाए गए थे। इस प्रक्रिया की परिणति नई दिल्ली जैसे शहर में हुई, जो आधुनिक औपनिवेशिक शहरों में सर्वाधिक भव्य था। इसे सत्ता और व्यवस्था के प्रदर्शन के प्रतीक के रूप में रचा गया था। शहर-निर्माण के इन दोनों चरणों में अँगरेज़ों ने अपने औपनिवेशिक शहरों को भारत के मौजूदा शहरों से काटे रखा। एक तरह से वे भारतीय शहरों को तिरछी निगाहों से देखते रहे। मुर्शिदाबाद, फ़ैज़ाबाद या पटना जैसे शहर अपनी बेहतरीन वास्तुकला के कारण सराहे तो गए, लेकिन अँगरेज़ उनसे कतराते भी रहे। उपनिवेशवादियों की निगाहों में ये भारतीय शहर विषाद, पतनोन्मुखता और बेतहाशा गंदगी के अंबार थे। अँगरेज़ चाहते थे कि उनकी नवअर्जित समृद्धि ख़ास तरह की ताज़ा रँगी-पुती इमारतों और साफ़-सुथरे पार्कों के बीच बने ऐसे भवनों के ज़रिये प्रदर्शित हो जो देखने में कुछ ज़्यादा ही आकर्षक लगते हों (उन्नीसवीं सदी की शुरुआत में कलकत्ता आए एक पर्यटक ने विस्मित होकर कलकत्ता के चौरंगी को 'महलों के एक पूरे गाँव'[3] की संज्ञा दे डाली थी)। भारत के अपने शहरों और बाज़ारों की जर्जर होती इमारतें, बासी हवा और भूलभुलैया जैसी अव्यवस्था उनके किसी काम की नहीं थी। आगे चल कर प्राक्-औपनिवेशिक शहर के प्रति उनके इसी नज़रिये ने पश्चिमी और भारतीय अथवा 'एशियाई' शहर के बीच अकादमीय तुलना का रूप धारण कर लिया। यह तुलनात्मक अध्ययन अपने विस्तार और भव्यता में एशियाई शहर को अंधविश्वास, पिछड़ी और अनिश्चित व्यापार-प्रणाली, तानाशाही, धार्मिक जज़्बात और जातिगत बंधनों के आगार की तरह पेश करता था। इसके मुक़ाबले औपनिवेशिक शहर यूरोपीय तर्कशीलता, औद्योगिक पूँजीवाद, नागर प्रशासन, धर्मनिरपेक्षता और वैयक्तिकता के नमूनों के रूप में उभारे जाते थे।

अँगरेज़ों से पहले के भारतीय शहर को समझने के लिए ज़रूरी है कि इस पूर्वग्रह से ग्रस्त तुलनात्मक रवैये को एक क्षण के लिए छोड़ दिया जाए। प्राक्-औपनिवेशिक भारत में ऐसे कई शहरों की मिसाल मिलती है जो आधुनिक और पारंपरिक, प्राक्-औद्योगिक और औद्योगिक अथवा पूर्वी और पश्चिमी द्विभाजन के खाँचे में फिट नहीं होते। ऐसा ही एक शहर था अहमदाबाद। पश्चिमी भारत के इस व्यापारिक केंद्र के आश्चर्यजनक विकास-क्रम पर ठीक से ध्यान नहीं दिया गया है। इसी शहर की धुआँ उड़ाती चिमनियों के बीच 1915 में अफ्रीका से लौटने के बाद गांधी ने अपना राजनीतिक जीवन शुरू किया था। यहीं साबरमती के तट पर उन्होंने अपना 'सत्याग्रह आश्रम' बनाया था। शायद यह भारत का अकेला शहर है जो अपनी शर्तों पर आधुनिक बना। इसे यह रूप लेने के लिए औपनिवेशिक आधुनिकता के दौर से गुज़रने की कोई ज़रूरत नहीं पड़ी। अहमदाबाद का सुदीर्घ इतिहास बताता है कि उसने सूती कपड़ा और कारख़ाना-आधारित निर्माण के ज़रिये अपनी समृद्धि ख़ुद पैदा की। वह न तो किसी दरबार की मेहरबानी का मोहताज रहा और न ही उसने अपने आसपास के देहाती क्षेत्र का शोषण किया। अहमदाबाद का इतिहास यह भी बताता है कि यह नगर अपना प्रवर्धन ख़ुद करने के मामले में भी ख़ासा आत्मनिर्भर था। अहमदाबाद कोई स्वतंत्र शहर-राज्य नहीं था। ऐसा कोई शहर भारत में रहा भी नहीं। न ही इस शहर में ऐसा कोई नागर प्रशासन था, जिसके अधिकारों की क्षेत्रीय सीमाएँ बाक़ायदा सुपरिभाषित कर दी गई हों। पंद्रहवीं शताब्दी में अपनी स्थापना के बाद से ही इस शहर में व्यापारियों और कारीगरों के संघ और गिल्ड सक्रिय थे। इन संघों के सदस्यों को महाजन कहा जाता था (इनके सदस्य हर समुदाय, जाति और यहाँ तक कि सभी धर्मों से आते थे)। बाहर की राजनीतिक सत्ता अगर शहर-प्रबंधन में दख़ल देने की कोशिश करती थी तो ये व्यापारिक संघ उसके विरोध में अपनी व्यापारिक ताक़त का इस्तेमाल करते थे। कभी-कभी ये संघ शहर छोड़ कर चले जाने की धमकी का हथियार भी चलाते थे। अहमदाबाद की चारदीवारी में हिंदुओं, जैनों और मुसलमानों का निवास था, लेकिन इन समुदायों के बीच हिंसक धार्मिक संघर्ष शायद ही कभी हुए हों। इस शहर की धार्मिक बहुलता और उसकी समृद्धि की अभिव्यक्ति यहाँ के सार्वजनिक भवनों की वास्तुशिल्पीय परंपरा में होती थी। शहर में एक-से-एक शानदार मस्जिदें, मक़बरे और जैन व हिंदू मंदिर थे। ये सभी उस नागर परंपरा के वाहक थे जो बीसवीं सदी तक जारी रही। अहमदाबाद में औपनिवेशिक स्थापत्य का कोई उल्लेखनीय प्रमाण नहीं मिलता, हालाँकि केवल इसी शहर ने निजी पहलक़दमी के आधार पर ल कोर्बूज़ियर को निर्माण कार्य का दायित्व दिया था।

सबसे ज़्यादा उल्लेखनीय तो वह व्यापारिक चुनौती है जो अहमदाबाद ने ब्रिटिश शासन के सामने फेंकी थी। उपमहाद्वीप के अन्य समृद्ध शहरों की भाँति (नज़दीक

के सूरत या पूर्व के मुर्शिदाबाद और ढाका की तरह) अहमदाबाद की समृद्धि में बंबई और कलकत्ता जैसे नए बंदरगाह-शहरों के उदय से गिरावट नहीं आई। वह उन्नीसवीं सदी में भी फलता-फूलता रहा और उसका सूती कपड़ा अंतर्राष्ट्रीय बाज़ार में आसानी से यूरोपीय माल से टक्कर लेता रहा। अहमदाबाद ने अपनी स्थानीय संस्कृति, भाषा और पहनावा क़ायम रखा और यूरोपीय सामान में रुचि नहीं ली। उन्नीसवीं सदी के उत्तरार्द्ध में कुछ-कुछ यूरोपीय प्रभाव ज़रूर दिखा, जब कुछ सेठों और धनी व्यापारियों ने मोज़े पहनने शुरू कर दिए और पुराने शहर की अपनी नक़्क़ाशीदार हवेलियों से निकलकर शहर के उत्तर में शाही बाग़ की हरियाली में स्थित अँगरेज़ी शैली के चूना-मिट्टी से बने बड़े-बड़े भवनों में रहने लगे। अहमदाबाद की दूसरी उपलब्धि थी व्यापार से कमाई गई दौलत को औद्योगिक सफलता में तब्दील करना। उसने अपने दम पर औद्योगिकीकरण किया। अहमदाबाद में ब्रिटिश निवेश का उल्लेखनीय प्रमाण नहीं मिलता। उसका औद्योगिकीकरण उसकी अपनी भाषा में हुआ और उसके लिए अहमदाबादी संस्कृति व आचार-व्यवहार को बदलना नहीं पड़ा। उत्तर भारत का एक अन्य शहर कानपुर इस मामले में एकदम विपरीत उदाहरण पेश करता था। इस शहर का भी 1870 के दशक से औद्योगिकीकरण शुरू हो गया था लेकिन कानपुर की तुलना में अहमदाबाद ब्रिटिश-भारतीय सेना द्वारा अपना माल ख़रीदे जाने का मोहताज कभी नहीं रहा। अहमदाबाद के प्रारंभिक औद्योगिक अभिजात वर्ग की जड़ें शहर में ही थीं। यह वर्ग अनुभूति के स्तर पर भी ख़ुद को इसी शहर से जुड़ा हुआ महसूस करता था। इस अभिजात वर्ग का उदय ब्रिटिश संरक्षण का परिणाम नहीं था। यही कारण था कि अहमदाबाद अपनी एक अलग शहरी पहचान क़ायम रख पाया। व्यापारिक पूँजी हासिल करने के लिए अहमदाबाद के पास अपने ज़रिये थे। उसने एक परिष्कृत बैंकिंग और बीमा-प्रणाली बना रखी थी। उसके पास उच्च स्तर के सामाजिक न्यास थे। विवादों को निबटाने के लिए भी उसे औपनिवेशिक क़ानून और अदालतों पर निर्भर नहीं होना पड़ता था। इस सबके अलावा अहमदाबाद के पास जोख़िम उठाने वाले उद्यमी भी थे। रणछोड़लाल छोटालाल नामक एक सरकारी कर्मचारी ने कई बार कोशिश करने के बाद 1861 में शहर की पहली सूत मिल की स्थापना की (बंबई में भारत की पहली सूत मिल इससे दस साल पहले ही स्थापित हुई थी। आमतौर पर रेलवे को औद्योगिकीकरण का वाहक माना जाता है, लेकिन अहमदाबाद की सूत मिल वहाँ रेल की पटरियाँ पहुँचने के पहले ही खड़ी हो चुकी थी)। रणछोड़लाल छोटालाल जैसे लोगों की पीठ पर स्थानीय धनपतियों का हाथ था। ये लोग उस ज़माने में ही सूत मिलों में धन लगाने का जोख़िम उठाने को तैयार थे जब बंगाल में उनके समकक्ष लोग 'भद्रलोक' शैली में अनुत्पादक आमदनी चीरने में लगे हुए थे। बंगाल में अँगरेज़ों की प्रभावी मौजूदगी ने औद्योगिक उद्यमशीलता को हतोत्साहित

करके ज़मीन ख़रीदने में निवेश को बढ़ावा दिया था। अहमदाबाद भारत का ऐसा पहला आधुनिक शहर था जिसे पूर्ण रूप से भारतवासियों ने ही बनाया था। उसने सूती कपड़ा बनाने की परंपराओं के ज़रिये दौलत कमाई थी एवं अपने सांस्कृतिक चरित्र को क़ायम रखा था। गांधी ने इस शहर को अपनी नई राष्ट्रवादी राजनीति के आधार के रूप में चुना, तो शायद इसके पीछे भी यही कारण रहा होगा। गांधी के लिए यह शहर उनकी राजनीति में ख़र्च होने वाले धन का स्रोत भी था। (वह एक अहमदाबादी सेठ ही था जिसने कभी फुसफुसा कर कहा था कि महात्मा को दरिद्रता में रखने की लागत कितनी ज़्यादा है!)

जिस तरह अहमदाबाद अपने व्यापारिक और राजनीतिक गठन में यूरोपीय परंपरा के अनुकूल नहीं था, उसी तरह प्राक्-औपनिवेशिक भारत के अन्य शहर भी अपने समतुल्य यूरोपीय शहरों से अलग थे। अट्ठारहवीं सदी के भारत में लगभग हर क्षेत्र में बड़े-बड़े शहर छोटे क़स्बों अथवा गंजों के ज़रिये देहात से जुड़े रहते थे। ये क़स्बे आर्थिक प्रवाह के लिए नलिकाओं की भूमिका निभाते थे। ग्रामीण क्षेत्र और शहरों के बीच संपर्क की सघनता उस ज़माने के इतिहास की रफ़्तार पर निर्भर करती थी। क्षेत्रीय राजनीति जब दिल्ली के साम्राज्य से ज़्यादा जुड़ती थी तो यह संपर्क बढ़ जाता था और जब यह जुड़ाव घटता था तो इस संपर्क में भी गिरावट आ जाती थी। ऐसा नहीं था कि शहरी संपर्क और विनिमय का ग्राफ़ लगातार उठता ही जाता हो। प्राक्-औपनिवेशिक भारत के शहर अपने अलग-अलग चरित्रों के लिए जाने जाते थे। अहमदाबाद, सूरत और कोच्चि व्यापारिक और आर्थिक केंद्र थे। बनारस, पुरी और मदुरै तीर्थस्थल थे। इन शहरों का आकार धार्मिक कैलेंडर के अनुसार फैलता या सिकुड़ता रहता था। दिल्ली और आगरा जैसे शहरों का चरित्र राजनीतिक व प्रशासनिक था। इनका उदय और अस्त राजवंशों की नियति से जुड़ा रहता था। यूरोपीय शहरों की तरह वाणिज्यिक और आर्थिक ताक़त के राजनीतिक व प्रशासनिक सत्ता से जुड़े होने के उदाहरण भारतीय शहरों में दुर्लभ थे। औपनिवेशिक बंदरगाह कलकत्ता इस तरह के शहर की पहली मिसाल था।

भारतीय शहरों की आंतरिक संरचना भी भिन्न तरह की थी। इनमें काम की जगह और घर साथ-साथ ही होता था और जातियों, संप्रदायों और धार्मिक समुदायों के मुहल्ले अलग-अलग होते थे। हितों के संघर्ष और प्रतियोगिता के कारण काफ़ी कुछ स्थानीय ही रहते थे। सामाजिक संगठनों, आपसी मेल-जोल अथवा सामाजिक क्षितिज को और व्यापक करने के ज़रिये बहुत कम थे। (छापाख़ाना और रेलवे के साथ-साथ जनगणना जैसे प्रशासनिक उपकरण तो बाद में अँगरेज़ों के साथ आए। जनगणना ने अलग-अलग व्यक्तियों को समुच्चयों में रख कर 'समान' गुणों के समूहों के रूप में देखना शुरू किया।) शहरों के बीच लोगों और माल का आवागमन जाति के आधार पर होता था। नए शहर में आने वाला कोई मज़दूर पहले अपनी जाति के

मुहल्ले या अपनी जाति के मज़दूरों को तलाशता था। व्यापारी धंधे के लिए दूर-दूर तक जाते थे। उनकी खाता-बही के हिसाब-किताब में बड़ी बारीकी से लेन-देन दर्ज किया जाता था। दूसरे शहरों में जाने वाले व्यापारी अपनी ही बिरादरी में ठहरते थे। इसकी उल्लेखनीय मिसाल थे मारवाड़ी जिन्होंने राजस्थान की अपनी हवेलियों से व्यापार शुरू करके दूर-दूर तक व्यापारिक संबंधों का ताना-बाना तैयार कर लिया था।

इन भारतीय शहरों की राजनीतिक अथवा सामाजिक संस्थाएँ अट्ठारहवीं सदी के यूरोप जैसी 'सार्वजनिक' संस्थाओं की तरह नहीं थीं। यूरोपीय संस्थाओं की सदस्यता समान हितों वाला कोई भी व्यक्ति ले सकता था, लेकिन भारतीय शहरों की संस्थाओं की सदस्यता वंशानुक्रम, जाति और धर्म के मानदंडों के हिसाब से तय होती थी। ये संस्थाएँ ऐसे नियमों से संचालित होती थीं जो उन्हें एक-दूसरे से अलग कर देते थे। धार्मिक संघर्षों को रोकने के लिए ख़ास तरह के तरीक़े अपनाए जाते थें। हालाँकि कालांतर में राष्ट्रवादियों ने बड़े लगाव से इन तरीक़ों को सक्रिय सर्वधर्मसमभाव पर आधारित सच्ची 'सामासिक संस्कृति' के रूप में व्याख्यायित किया, लेकिन वास्तव में धार्मिक टकराव को रोकने के तरीक़ों का इससे कुछ लेना-देना नहीं था। असल में इन शहरों के अंदर एक-दूसरे के धार्मिक कार्यक्रमों की तरफ़ से आँखें बंद कर लेने का चलन था। यह परस्पर निरपेक्षता आपसी ख़ून-ख़राबे के अंदेशों से ग्रस्त भी रहती थी। सामाजिक संबंध निर्वैयक्तिक नहीं थे। न ही उन्हें किसी बाह्य सार्वजनिक सत्ता द्वारा अधिकारों और ज़िम्मेदारियों की सामाजिक संविदा के रूप में लागू किया जाता था। सामाजिक समूह एक-दूसरे के प्रति कर्तव्यों का निर्वहन करते थे—मसलन धनी लोगों की ओर से ग़रीबों और साधू या फ़क़ीरों के लिए दान वग़ैरह दिया जाता था। लेकिन, इस तरह की सामाजिक ज़िम्मेदारियों को पूरा करवाने के लिए किसी सार्वजनिक क़ानून अथवा प्राधिकार की व्यवस्था नहीं थी। यही था वह बुनियादी फ़र्क़ जिसके आधार पर यूरोपीय और एशियाई शहर अलग-अलग देखे जा सकते थे। इन शहरों का प्रशासन सभी निवासियों के लिए समान और किसी एक सत्ता द्वारा लागू किए जा सकने वाले सार्वजनिक रूप से घोषित नियमों के मुताबिक़ नहीं चलता था। इसीलिए इन शहरों में न कोई स्थानीय नागर प्रशासन होता था और न ही सुपरिभाषित अधिकार क्षेत्र वाली कोई राजसत्ता। कुल मिलाकर यह प्राक्-औपनिवेशिक शहर किसी सुसंगत और एकक क्षेत्र की तरह नहीं लगता था। उसे एक 'नामहीन अधीनस्थ' की तरह तर्कसंगत ढंग से संचालित, आदेशित और परिष्कृत नहीं किया जा सकता था।

इसके विपरीत उपनिवेशवाद की इच्छा शहर को अपनी मातहती में प्रशासित करने की थी। वह अपनी मर्ज़ी से शहर को सुधारना चाहता था। इसलिए ब्रिटिश राज ने ऐसे शहरों में रहना पसंद किया, जिनके परिसर स्वयं उसकी रचना थे। ये शहर उस समाज से कटे हुए थे जिस पर अँगरेज़ शासन करते थे। अपने बनाए हुए

इन शहरों पर ब्रिटिश साम्राज्य की रचनाशीलता की सबसे गहरी छाप थी। अँगरेज़ों ने मौजूदा भारतीय शहरों को 'पुराना शहर' अथवा 'काला शहर' क़रार देकर उनके साथ बदसलूकी की और साथ-साथ नए शहर खड़े करते गए। उनके इन दोनों क़दमों ने भारत में शहरों के अर्थ को बदल दिया। 1857 के विद्रोह के बाद अँगरेज़ों में एक असुरक्षा की भावना घर कर गई थी। उन्नीसवीं सदी के दूसरे पचास वर्षों में इसीलिए अँगरेजों ने औपनिवेशिक शहर के विचार का काफ़ी ज़ोरदार प्रचार-प्रसार किया। 1858 में भारत को ब्रिटिश साम्राज्य में मिला कर सम्राट के अधीन लाया गया। इससे पहले ही मद्रास, कलकत्ता और बंबई के बंदरगाह-शहर सुविकसित व्यापारिक केंद्र बन चुके थे। शहर में यूरोपीय और भारतीय शहरों के बीच फ़र्क़ स्पष्ट था, लेकिन समय के साथ यह धुँधला पड़ गया था। टुकड़ों-टुकड़ों में हुए उल्टे-सीधे व्यापारिक विकास के कारण शहरों में मिले-जुले जातिगत मुहल्लों को बढ़ावा मिलने लगा था। उन्नीसवीं सदी के आख़िरी वर्षों में अँगरेज़ों ने प्रतिरक्षा, साफ़-सफ़ाई, व्यवस्था और इन सबसे ऊपर अपनी सत्ता की ताक़त के प्रदर्शन को इतना महत्त्व दिया कि बाक़ी सभी पहलू पृष्ठभूमि में चले गए। उन दिनों दुनिया के अन्य महानगरों पेरिस, प्राग, बर्लिन, न्यूयॉर्क और ब्यूनस आयरस में प्रचलित फ़ैशनों ने भारतीय शहरों को भी अपनी लपेट में ले लिया।

पुराने शहरों के काफ़ी बड़े हिस्सों को गिरा दिया गया। दिल्ली का शहर अपने प्राक्-औपनिवेशिक संस्कारों में रचा-बसा था। उसका शानदार मुग़लकालीन लाल क़िला मैली-कुचैली बैरकों में बदल दिया गया। उसकी नहरें नालियों में बदल दी गईं। दिल्ली के बीचोबीच रेल की पटरियाँ निकाली गईं। देखते-देखते दिल्ली बदल गई। 1865 में इस शहर के महानतम कवि ग़ालिब ने इस हालत का बयान इस तरह किया :

> लो, अब मैं तुम्हें दिल्ली की ख़बर देता हूँ...बड़ा दरीबा का दरवाज़ा गिरा दिया गया है। क़ाबिल अत्तर गली का बचा हुआ हिस्सा भी बरबाद कर दिया गया है। कश्मीरी कटरे की मस्जिद ज़मीन से मिला दी गई है। सड़क की चौड़ाई दोगुनी कर दी गई है...शेर की तरह मज़बूत और हाथी के क़द-बुत का एक भारी-भरकम बंदर पैदा हो गया है। वह शहर में इमारतें गिराता घूम रहा है।[4]

अँगरेज़ों ने देश-भर में जगह-जगह 170 से भी ज़्यादा नए छावनी शहर खड़े किए और उन्हें रेलवे, सड़क और टेलीग्राफ़ से जोड़ा। यह नियंत्रण के नए भूगोल की स्थापना थी। सभी नए शहरों की डिज़ाइन तक़रीबन एक-सी थी। वे भारतीय और यूरोपीय भागों में बँटे हुए थे। यूरोपीय भाग के दो हिस्से होते थे—फ़ौजी और सिविल लाइंस। सिविल लाइंस में सरकारी अधिकारी और गणमान्य अँगरेज़ रहते थे।

ब्रिटिश राज के इन नए उदीयमान शहरों में घूमने वाले एक प्रेक्षक ने इन्हें 'यूरोपीय स्टेशनों' का लक़ब दिया था :

> ये यूरोपीय स्टेशन चौड़ी सड़कों के बीच आकार लेने वाले आयतों में स्थित हैं। (जबकि) देशी शहर मकानों के एक ऐसे झुंड की तरह हैं जिसे टेढ़े-मेढ़े रास्ते जगह-जगह से बेधते हुए चले जाते हैं...यूरोपीय लोग शहर से कटे हुए और ऊँची चारदीवारी से घिरे बड़े-बड़े बाग़ों, लॉनों और आउट-ऑफ़िस वाले घरों में रहते हैं। देशी लोग चाल की छोटी-छोटी कोठरियों में ठुँसे रहते हैं जो एक-दूसरे के सहारे खड़ी होने के कारण गिरने से बची रहती हैं।[5]

अपने नए शहरों के बरअक्स अँगरेज़ों ने अपने लिए एक नए तरह का देहात भी रचा। उन्हें नए शहरों के आसपास स्थित गर्मी और धूल-भरे मैदानों तथा नीचाई में बने गाँवों में ख़ास रुचि नहीं थी। इसलिए उन्होंने अपना देहात हिल स्टेशनों के रूप में बनाया। उन्होंने हिमालय की गोद में और दक्षिण की नीलगिरि पहाड़ियों के सौम्य वातायन में इनके लिए बेहतरीन जगहें तलाश लीं। हिल स्टेशनों पर ब्रिटिश ग्रामीण जीवन से मिलती-जुलती छवि को बड़े दुलार से पाला-पोसा गया। इसमें उसी तरह दरवाज़ों के चरमराने की आवाज़ें थीं और कटे-छँटे क़लमी गुलाब खिलते थे। ट्यूडर बंगलों की नक़ल में बनाए गए आवासों और लकड़ी के कॉटिजों में रहते हुए अँगरेज़ों का मन घर की यादों में रमा रहता था। लेकिन अँगरेज़ों ने अपने इस भारत स्थित ग्रामीण जीवन को शासन-कार्य से भी जोड़ा और कई बार उन्हें अस्थायी सचिवालयों में भी बदला। ऐसे हिल स्टेशनों में सबसे ज़्यादा भव्य और मनोरम शिमला तो गरमियों में ब्रिटिश राज की राजधानी ही बन जाया करता था।

भारत को सभ्य बनाने की ब्रिटिश महत्त्वाकांक्षा का रिहर्सल शहरों के मंच पर ही किया जाता था। सम्राट के अधीन होने के बाद शहर का उपयोग अँगरेज़ों के लिए सिर्फ़ दौलत लाद कर ब्रिटेन पहुँचाने वाले बंदरगाहों की तरह ही नहीं रह गया था। शहर उनके लिए ब्रिटिश संप्रभुता की शान और शौकत के शो-केस बन गए थे। वहीं से वे भारतवासियों पर शासन करते थे। शहर के विस्तार पर उनकी प्रत्यक्ष हुकूमत थी। इसी क्रम में यूरोपीय स्टेशन की आयताकार चारदीवारियाँ पूरे समाज के लिए मानक बन गईं। लेकिन इसके बावजूद सिविल और मिलिट्री लाइंस में बँटी हुई ब्रिटिश शहर की अवधारणा में किसी भी भारतीय अवधारणा की मिलावट नहीं होने दी गई और ब्रिटिश शहर के अर्थों को परिभाषित करने में भारतीय भूमिका न के बराबर ही रही। ब्रिटेन और फ्रांस की तरह भारत में शहर की परिभाषा और मक़सद को लेकर कोई दीर्घकालीन बौद्धिक द्वंद्व घटित नहीं हुआ। राज्य और जनता की भीड़ के बीच ऐसी कोई राजनीतिक रेल-पेल नहीं मची जिससे शहर के

सार्वजनिक चौकों अथवा मुख्य मार्गों को राजनीतिक सार्थकता मिल पाती। ज़ाहिर था कि बिना किसी बहस अथवा प्रतिरोध के शहर की औपनिवेशिक अवधारणा भारत पर थोप दी गई। यह प्रक्रिया इतने बड़े पैमाने पर चली और इसमें इतने ज़्यादा लोग भागीदार थे कि इसकी कामयाबी पुलिस और दूसरी तरह की निगरानियों पर कम निर्भर थी। इसके लिए अँगरेज़ों को शहर का एक ऐसा अर्थ गढ़ना पड़ा जिसमें उनके द्वारा शासित लोग भी अपनी सांस्कृतिक भागीदारी महसूस कर सकते थे। यह अर्थ भारतवासियों पर एक तरह का आत्मानुशासन भी लाद देता था। इस अर्थ में शहर की परिभाषा के अलावा व्यक्तिगत और सार्वजनिक स्थलों एवं उनके बारे में अलग-अलग नियमों की धारणा भी शामिल थी। यहाँ ध्यान रखना होगा कि शहर के इस नए साझे अर्थ के दायरे में केवल भारतीय अभिजात वर्ग और मध्य वर्ग ही आता था। बीसवीं सदी के शुरुआती दशकों में इस तबक़े ने शहरों में ख़ासी उपस्थिति दर्ज करा ली थी। इस तबक़े के लोगों को लगता था कि सड़क पर लगे रोशनी के खंभे, बिजली के पंखे, किनारे लगी हुई वृक्षों की क़तारें, क्लब, बाग़-बग़ीचे और पार्क उन्हें अपनी ओर खींच रहे हैं। वे आधुनिकता के इन चमचमाते प्रलोभनों को हासिल करने के लिए लालायित थे। इस तरह अँगरेज़ों ने अपने शहर में रहने के लिए आवश्यक व्यवहार-शैली की नक़ल करने और आधुनिक शहरवासी के आत्मसंयमी संस्कारों वाले एक वर्ग को तैयार किया। इस वर्ग ने ख़ुशी से यह सब अपनाया। इन प्रभावशाली लेकिन छोटे-छोटे दायरों से बाहर आधुनिक शहर की सार्वजनिक मान्यता अनायास ही भंग हो जाती थी। ग़रीबों, देहात से आए मज़दूरों और दीन-हीनों के लिए आधुनिक शहर के ब्रिटिश विचार का कोई अर्थ नहीं था। इस शहर की उन तक कोई पहुँच कभी थी भी नहीं।

आधुनिक शहर को आदर्श मानने की अभ्यस्त नज़र भारतवासियों के शहर संबंधी रवैये पर अक्सर आपत्ति करती रही है और उसकी इसी निरंतर आपत्ति में अँगरेज़ों के शहर संबंधी आग्रहों की अभिव्यक्ति देखी जा सकती है। चाहे औपनिवेशिक काल के हों या आज के आगंतुक हों, उन्हें भारतीय शहरवासियों के कूड़े-कचरे, मल-मूत्र और शवों से निबटने के तौर-तरीक़ों से बड़ी अरुचि होती रही है। बनारस जैसा शहर तो पश्चिमी पर्यटक की दृष्टि में एकदम त्रुटिपूर्ण था क्योंकि वह अपने सामाजिक जीवन को अलग-अलग ख़ानों में बाँटकर शहर के विभिन्न भागों के ज़िम्मे कर देने के लिए तैयार नहीं था। बनारस का शहर व्यक्तिगत और सार्वजनिक स्थलों के यूरोपीय द्विभाजन में दिलचस्पी नहीं रखता था। विदेशी आगंतुकों को लगता था कि मृत्यु तो इस शहर के मर्म में है और अंत्येष्टि की प्रक्रिया को शहर के हाशिये पर फेंकने के बजाय इसने मृत्यु को अपने दैनंदिन जीवन में मिला लिया है। गंगा में उतरती हुई पत्थर की सीढ़ियों के विस्तार पर शवों का दाह-संस्कार होता था। ये विशिष्ट घाट शहर के सबसे महत्त्वपूर्ण सार्वजनिक स्थल थे। विदेशी

निगाह में बनारस एक ऐसे शहर के रूप में गठित होने की ज़रूरत से बेपरवाह था जिसमें सार्वजनिक व व्यक्तिगत कर्म के बीच एवं साफ़-सुथरे व गंदे इलाक़ों के बीच सीमा-रेखाएँ खिंची हों। ख़ास बात यह है कि इस पश्चिमी दृष्टि को बनारस के शहर की गंदगी और उसकी धार्मिक पवित्रता के बीच विचित्र रिश्ते में सबसे कम उलझन दिखाई देती थी। रेवरेंड एम.ए. शेरिंग ने 1868 के अपने विख्यात वर्णन द *सेक्रेड सिटी ऑफ़* द *हिंदूज़* में किए गए वर्णन द्वारा इस पश्चिमी दृष्टि को साकार कर दिया है :

> यह शहर अपनी उन बहुमंज़िली इमारतों के लिए मशहूर है जो सँकरी सड़कों की बुनावट के ऊपर खड़ी हैं। निस्संदेह यह एक ख़ासी दिक़्क़ततलब समस्या है कि इस शहर की भरी-पूरी आबादी की स्वास्थ्य-रक्षा कैसे की जाए। ऊपर से जब हम इस शहर के कुछ हिस्सों के गँधाते कुओं और तालाबों के बारे में सोचते हैं, जिनका पानी बेहद नुक़सानदेह है और जो हवा को बुख़ार के अंदेशों और हैज़ा फैलाने वाली जहरीली भाप से भर देते हैं, तब हमें इस परेशानी का अहसास होता है। जब हम मशहूर मंदिरों के घिनौने हालात पर विचार करते हैं कि वहाँ चढ़ावा बेतहाशा गर्मी के कारण किस तेज़ी से सड़ता जा रहा है, और जब हम तक़रीबन सभी गलियों की गंदी हालत पर दिमाग़ दौड़ाते हैं कि कीचड़, कूड़े के ढेरों और मरे हुए जानवरों की लाशों के कारण उनकी क्या दुर्गति है, और इसके अलावा जब हमें ध्यान आता है कि शहर-भर में बिखरा पुलिस बल इस परिस्थिति की तरफ़ से किस क़दर बेपरवाह और उसे सुधारने में किस तरह अक्षम है, तो यह समस्या बहुत विराट लगने लगती है।[6]

उन्नीसवीं सदी के उत्तरार्द्ध तक भारतीय शहरी जीवन को अँगरेज़ों ने उसकी गंदगी के ज़रिये परिभाषित करना शुरू कर दिया था। इससे पहले उन्हें मुख्यत: उसके नारकीय और घिनौने माहौल से दिक़्क़त होती थी, लेकिन अब उन्हें भारतीय शहर में ही ख़तरा प्रतीत होने लगा और वे उसे नियंत्रित करने की ज़रूरत महसूस करने लगे। भारतीय शहर को देखने की यह दृष्टि विकसित होकर एक तरह की संपूर्ण समझ में बदल गई। आगे चल कर राष्ट्रवादियों के सोच में भी उसने स्वाभाविक रूप से जगह बना ली। गांधी ने बनारस की अपनी पहली यात्रा का जो वर्णन अपनी आत्मकथा में किया, उसमें वे अपनी व्याकुलता छुपा नहीं पाए :

> मैं दर्शन हेतु काशी विश्वनाथ मंदिर गया। मैंने जो वहाँ देखा उससे मेरा हृदय विदीर्ण हो गया...मंदिर तक पहुँचने के लिए एक सँकरी और फिसलन-भरी गली से जाना पड़ा। शांति तो वहाँ नाम-मात्र के लिए भी

नहीं थी। भिनभिनाती मक्खियाँ और दुकानदारों व श्रद्धालुओं का शोरगुल बर्दाश्त करना मुश्किल था। जहाँ साधना और धार्मिक भाईचारे के माहौल की उम्मीद की जाती थी, वहाँ उसकी नामौजूदगी साफ़ तौर पर दिख रही थी। यहाँ उस माहौल को अपने भीतर ही खोजना पड़ता था...मंदिर पहुँचते ही सड़ते हुए फूलों के बदबूदार ढेर ने मेरा स्वागत किया...'[7]

अँगरेज़ों को जितना गहरा लगाव जल-निकास एवं मल-व्ययन प्रणाली से था, उतनी ही दिलचस्पी उन्हें अपने साम्राज्य की शान और ताक़त के प्रदर्शन में थी। ब्रिटिश साम्राज्य कोई ट्रेडिंग कंपनी नहीं था जो दुकानों के ज़रिये अपनी प्रजा के सामने अपने आगमन की घोषणा करता। 1870 के दशक तक अँगरेज़ों ने सत्ता के प्रदर्शन की तरफ़ ख़ास ध्यान नहीं दिया था। समाज को भयभीत करने वाले कुख्यात 'फ़्लैग मार्चों' को छोड़ कर सार्वजनिक स्थलों पर ताक़त की परेड करने की घटनाएँ न के बराबर ही थीं। ये फ़्लैग मार्च 1857 के विद्रोह के कारण राजद्रोह के किसी ख़याल को भी दबा देने के मक़सद से किए जाते थे। लेकिन, अब अँगरेज़ महसूस कर रहे थे कि 1857 के विद्रोह के बाद मुग़ल सत्ता और संप्रभुता के प्रतीकों के ख़ात्मे के कारण उत्पन्न शून्य को भरा जाना चाहिए। इसके लिए अँगरेज़ों ने मुग़ल दरबार की परंपरा को ही चुन लिया। मुग़ल दरबार अपने अदब-क़ायदों के निहायत ही नफ़ीस अंदाज़ में सम्राट और उसकी प्रजा के बीच राजनीतिक विनिमय और स्वामिभक्ति के अनुष्ठान की तरह था। लेकिन, इसका ब्रिटिश संस्करण अपने संपूर्ण अर्थों में कोई सार्वजनिक आयोजन नहीं बन सका।

यूरोपीय महानगरों में होने वाले राजकीय अनुष्ठानों की तरह इसे भी मुट्ठी-भर चुनिंदा वफ़ादारों और टोडियों के लिए ही किया जाता था। 1877 में दिल्ली में हुए पहले शाही दरबार में रानी विक्टोरिया को औपचारिक रूप से हिंदुस्तान की मलिका यानी 'कैसरे-ए-हिंद' घोषित किया गया। उस समय ब्रिटेन उपयोगितावादी चिन्तन के परिणामस्वरूप किफ़ायतशारी के आग्रह में डूबा हुआ था। इसलिए दिल्ली के समारोह पर हुए भारी-भरकम ख़र्चे को वहाँ इस तर्क के आधार पर न्यायोचित ठहराया गया कि भारतवासियों को प्रभावित करने के लिए सत्ता के चकाचौंध कर देने वाले प्रदर्शन की ज़रूरत थी। वायसरॉय लॉर्ड लिटन ने 1876 में यही बात इस तरह कही थी, 'पूर्व की तरफ़ आप जितना बढ़ेंगे, सरकारी साज-सज्जा और झंडों की अहमियत उतनी ही बढ़ती जाएगी।'[8] दिल्ली के उत्तर-पश्चिम में स्थित छावनी इलाक़े को दरबार-शहर में बदल दिया गया। पूरे इलाक़े में शोख़ रंगों वाले परचम लहराने लगे। दरबार शहर पाँच मील की एक मेहराब की तरह था जिसमें दूर-दूर तक डेरे-तंबू फैले हुए थे। इनमें 84,000 लोगों के ठहरने का इंतज़ाम किया गया था। यह दरबार अँगरेज़ों द्वारा वफ़ादारों को दिए जाने वाले तमग़ों, दरबारी दाँव-पेचों

और जर्मन नगाड़ों की ताल का अनर्गल घालमेल था। दरबार के आख़िरी दृश्य में वायसरॉय ने घोड़े पर सवारी करते हुए दर्शन दिए और साथ में वॅगनर के ऑपेरा टैनहॉज़र की मार्चिंग धुन बजती रही। शाही दरबार के इन दृश्यों ने उपमहाद्वीप में सत्ता के प्रदर्शन की शैली को आख़िरी तौर पर बदल दिया। यह विचार इतना दीर्घजीवी हुआ कि आज़ादी के बाद के भारत ने भी इसे 26 जनवरी की गणतंत्र दिवस परेड के रूप में जीवित रखा। यह परेड ब्रिटिश राज के समारोहात्मक अवशेषों का सर्वाधिक स्पष्ट और विडंबनापूर्ण उदाहरण है। 1891 में इसी तरह का तीसरा शाही दरबार हुआ जिसमें जॉर्ज पंचम ने नेपोलियन सरीखी सौम्यता से पहले स्वयं सम्राट का ताज पहना और फिर कलकत्ता से राजधानी के स्थानांतरण की घोषणा की। नई राजधानी दिल्ली में बननी थी।

दिल्ली में राजधानी का निर्माण करके अँगरेज़ों ने भारतीय धरती पर साम्राज्य की पताका फहराने के अपने प्रयासों को शिखर पर पहुँचा दिया। इससे पहले कलकत्ता, बंबई और मद्रास के तटवर्ती प्रेसीडेंसी शहरों के निर्माण के पीछे कोई एक प्रेरक विचार-दृष्टि नहीं थी। इन शहरों में कहीं यूरोपीय स्थापत्य दिखता था, कहीं भारतीय-अरबी वास्तुकला थी, तो कहीं गॉथिक संरचनाएँ थीं। यह मिली-जुली रचना ढुलमुल क़िस्म के विचारधारात्मक और सौंदर्य संबंधी इरादों की झलक देती थी। प्रेसीडेंसी शहरों के विपरीत अँगरेज़ों के लिए नई दिल्ली की प्राचीनता का ख़ास महत्त्व था। पहली बात तो यह थी कि गुज़रे ज़मानों में दिल्ली साम्राज्यों की राजधानी रह चुकी थी। दूसरे, दिल्ली में अँगरेज़ों को खुली विस्तृत ज़मीन उपलब्ध थी जिस पर वे अपने कैनवस के दरबार-शहर को चट्टानी पृष्ठभूमि में स्थायी रूप से खड़ा कर सकते थे। यही थी वह जगह जहाँ सत्ता का साम्राज्यवादी विचार नई दिल्ली के रूप में अपना स्मारक बना सकता था। इसके साथ-साथ अँगरेज़ अपनी नई राजधानी को तर्कणावादी आधुनिकता का प्रमाण भी बनाना चाहते थे। जॉर्ज पंचम के निजी सचिव लॉर्ड स्टैमफोर्डम ने इसीलिए कहा था कि राजधानी के ज़रिये भारतवासियों पर वांछित असर पड़ना ही चाहिए ताकि वे 'पहली बार पश्चिमी विज्ञान, कला और सभ्यता की ताक़त को देख सकें'।[9] नई दिल्ली को परंपरा और बुद्धिवाद के दो परस्पर विपरीत सिद्धान्तों का समन्वय बनना था। नई दिल्ली की डिज़ाइन बनाने का यह अत्यंत महत्त्वपूर्ण दायित्व एडविन लुटियंस और हर्बर्ट बेकर को दिया गया। लुटियंस बड़े रंगबाज़ क़िस्म के वास्तुशिल्पी थे, लेकिन बेकर की प्रकृति शांत थी। इन दोनों ने मिल कर जिस शहर का निर्माण किया, वह विस्तृत केलाइडोस्कोप की तरह था, जिस पर नज़र डालने से षट्कोणों और त्रिकोणों के खंड विशाल गोलों की धुरी पर मचलते हुए से लगते थे। शहर की केंद्रीय धुरी था किंग्सवे (आज का राजपथ) जो तोरण द्वार के रूप में बने युद्ध-स्मारक से शुरू होकर ऊपर चढ़ता हुआ राइसीना हिल पर बने ग्रीक शैली के दुर्ग तक जाता था।

इसे शहर का हृदय-स्थल कहा जा सकता था। जयपुर स्तंभ को पार करते हुए किंग्सवे के अंत में लुटियंस ने अपना शाहकार वायसरॉय हाउस बनाया। इस पथ के इधर-उधर बने हुए सचिवालय के दोनों ब्लॉक बेकर की कृति थे। इन्हें 'शासन की सर्वोच्च अभिव्यक्ति के स्थलों' के रूप में कल्पित किया गया था। आज जो भारत की संसद है, वह उस समय कौंसिल चैंबर के रूप में बनाई गई थी। दरअसल, इसे नई दिल्ली की इस शानदार डिज़ाइन के साथ बाद में मजबूरी में नत्थी किया गया। 1919 के मोंटेग्यू-चेम्सफ़ोर्ड सुधारों के कारण इसकी ज़रूरत पड़ी। इन सुधारों के कारण ही ब्रिटिश राज आगे भी अप्रत्यक्ष शासन चलाने के लिए मजबूर हुआ था। इस चैंबर की आंतरिक सज्जा में ख़ूब सोच-समझ कर देशी लोगों को उनकी हैसियत का अहसास दिलाते रहने के लिए यह सूक्ति उत्कीर्ण कर दी गई थी कि 'स्वतंत्रता किसी राष्ट्र के लिए स्वयं अवतरित नहीं होती, राष्ट्र को स्वतंत्रता के स्तर तक स्वयं को उठाना पड़ता है; यह एक वरदान है जिसका फल भोगने से पहले उसे प्राप्त करना पड़ता है।'

नई दिल्ली का नगर शहर के विस्तार की सीमाओं और उसकी परिभाषा पर साम्राज्य के नियंत्रण की उदात्त स्वैर कल्पना की तरह था। इस शहर की सामाजिक संरचनाओं की रचना, उनके श्रेणी-क्रम का निर्धारण और अँगरेज़ी राज के अधिकारी तंत्र के सदस्यों के लिए स्थान आबंटित करना भी इसी स्वैर कल्पना का अंग था। नई दिल्ली के षट्कोणिक आकारों को विभिन्न भागों में बाँट दिया गया था। कोई भाग 'राजपत्रित अधिकारियों' के लिए सुरक्षित था, तो कोई यूरोपीय क्लर्कों के लिए और कोई भारतीय क्लर्कों के लिए। ग्रीक शैली के इस दुर्ग स्थित केंद्र से व्यक्ति की दूरी को उसके पदानुक्रम से समझा जा सकता था। भारतीय क्लर्कों के लिए निर्धारित स्थल इस केंद्र से सर्वाधिक दूरी पर रखा गया था (बावजूद इसके कि इस नए शहर में दूरियाँ प्राणांतक थीं और जनता के लिए आवागमन की कोई सुविधा उपलब्ध नहीं थी)। राजधानी में आवासीय प्राथमिकताएँ औपनिवेशिक सामाजिक मर्यादा के अनुसार तय की गई थीं। मसलन, यह निर्णय करने के लिए कि गाज़ीपुर की अफ़ीम फ़ैक्ट्री के अधीक्षक को उसका आवास राजपूताना सॉल्ट रिसोर्सेज़ के महाप्रबंधक से आगे देना है या नहीं, प्राथमिकता के उसी परवाने की मदद ली गई जो मिसेज़ बीटन द्वारा रचित वाइसरीगल आवास-व्यवस्था की निर्देशिका की प्रेरणा के आधार पर तैयार किया गया था। वास्तुकला के तकनीकी पहलुओं के हिसाब से नई दिल्ली का व्यास-मापन अपने-आप में केवल लंबवत ही नहीं था, लुटियंस तो इसे 'शिखर रेखा' के रूप में परिभाषित करने पर तुले हुए थे, क्योंकि उनके दिमाग़ पर शहर को ऊँचाई पर बसाने का आग्रह बुरी तरह छाया हुआ था। उन्होंने इस बात का पूरा ख़याल रखा कि कनिष्ठ पदों पर कार्यरत भारतवासियों ('तुच्छ कालों') के घर इस तरह कम ऊँचे बनाए

जाएँ कि वे कनिष्ठ पदों पर कार्यरत यूरोपीय लोगों ('तुच्छ गोरों') की उठी हुई जगहों पर स्थित घरों के मुक़ाबले निम्न (नीच) दिखाई भी दें। इन 'तुच्छ गोरों' को उसी क्रम में वरिष्ठ यूरोपीय लोगों ('अमीर गोरों') के मुक़ाबले निचली जगहों पर रखा गया था। इस तरह यह क्रम सिलसिलेवार उठता हुआ वायसरीगल गुंबद तक चला जाता था। लुटियंस उन्नयन कोण के प्रति इस क़दर संवेदनशील थे कि उनका अपने सहयोगी वास्तुकार बेकर से इस मामले में झगड़ा तक हो गया था। लुटियंस और बेकर का यह झगड़ा ख़ासा मशहूर है। दरअसल, लुटियंस रायसीना पहाड़ी की चोटी को अधिग्रहीत करके उस पर निर्माण करने के लिए इतने उत्सुक थे कि उन्होंने वायसरॉय हाउस के लिए शुरुआत में चुनी गई नीचाई पर स्थित जगह को छोड़ देने का फ़ैसला तक कर लिया था। इसका जो नतीजा निकला वह अनपेक्षित था। इमारत के स्तंभाधार को लुटियंस के निर्देश पर और पीछे सरका दिया गया जिसके कारण वह पहाड़ी के नीचे से दिखाई देना बंद हो गया। जबकि, पूर्वयोजना के अनुसार होना यह था कि भारतीय प्रजा को पहाड़ी के नीचे से मुँह उठा कर उम्मीद-भरी निगाहों से वायसरॉय के भव्य महल की ओर ताकना था। लुटियंस की ज़िद के कारण नीचे से देखने पर नज़र के दायरे में वायसरॉय हाउस का केवल इमारतविहीन गुंबद ही रह गया।

दरअसल, नई दिल्ली के नाम पर लुटियंस और बेकर ने जो कुछ बनाया वह केवल शहर मात्र नहीं था। नई दिल्ली का यह नगर अपने राजधानी होने के तथ्य से मदहोश था। उसे आवासीय परिसर समेत एक विराट और शीर्ष भवन के रूप में निर्मित किया गया था। नई दिल्ली के रूप में जिस आधुनिकता का जन्म हुआ, उसने कई लोगों को प्रभावित किया। 1929 में इस शहर का दौरा करने आए यात्रा-वृत्तांत लेखक रॉबर्ट बायरन ने अभिभूत होकर कहा, 'वायसरॉय हाउस ने आधुनिक वास्तुकला के औचित्य को वास्तव में पहली बार प्रमाणित कर दिया है...यह वास्तव में आधुनिक है। लुटियंस की जितनी प्रशंसा की जाए उतनी कम है।'[10] लेकिन, बायरन जिस आधुनिकता पर फ़िदा थे, उसके अंदर उसके जन्म-स्थान का लेशमात्र अंश भी नहीं रहने दिया गया था। दिल्ली के पुराने शहर से अपनी नई दिल्ली को जोड़ने के लिए लुटियंस ने केवल एक संपर्क सूत्र छोड़ा था—मिंटो रोड; वरना अँगरेज़ों की राजधानी अपनी स्थानिकता से वंचित अकेली ही खड़ी थी। साथ ही लुटियंस ने नई दिल्ली का उसकी यमुना नदी से भी कोई संपर्क नहीं रहने दिया था। नीरद सी. चौधरी ने नई दिल्ली और यमुना के इसी विलगाव पर टिप्पणी की थी, 'दिल्ली में आधुनिक होने का दावा करने वालों का नदी से कोई ताल्लुक़ नहीं है।'[11] दिल्ली के बेहतरीन भग्नावशेष, मक़बरे, स्मारक (पुराना क़िला, हुमायूँ का मक़बरा जो ताजमहल के बाद मुग़ल काल का सबसे शानदार गुंबदनुमा भवन है और सफदरजंग का अलंकृत मक़बरा) लुटियंस के अक्षीय स्थापत्य की गिरफ़्त के

सामने असहाय पड़ गए। उनका महत्त्व साम्राज्य की जागीर के लिए आनुषंगिक रह गया। उनकी स्थिति वाइसरीगल केंद्र के लिए केवल सजावटी हो गई।

इस तरह उपनिवेशवाद ने भारत में शहर की हैसियत को बदलकर शासन की नई विधियों को जन्म दिया। नए तरह के शासन ने शहरी बुनावट को परिवर्तित कर डाला। शहरों के अंदर और शहरों के बीच अब प्रभु वर्ग के सदस्य एक-दूसरे के अधिक और नियमित संपर्क में आने लगे। दशवार्षिक जनगणना की प्रशासनिक तकनीक ने भी अपनी भूमिका निभाई (इसे पहली बार 1871 में सीमित तौर पर शुरू किया गया था)। इस प्रक्रिया ने समुदायगत सामाजिक पैमाने के अहसास को पैदा किया। देश के दूरदराज़ कोनों में रहने वाले व्यक्ति और समूह अब स्वयं को एक बड़े समुदाय के सदस्य की तरह देख सकते थे। इस अनुभूति से पहली बार भारतवासियों के एक समान राष्ट्र को कल्पित करने की गुंजाइश निकली। लेकिन अँगरेज़ों ने कुछ ऐसे क़दम भी उठाए जिनका परिणाम अस्मिताओं को जोड़ने वाला नहीं था। जाति और धर्म की श्रेणियों के आधार पर किए गए वर्गीकरण और परिगणन एवं सांप्रदायिक आधार पर मतदाताओं की स्थापना ने भारतीय समाज में एक-दूसरे से पृथक समूहगत पहचानों को और ठोस कर दिया। यूरोप में शहर के माहौल से पारंपरिक सामुदायिक बंधनों के दमघोंटू संबंधों को ढीला करके मुक्त व्यक्तियों के समाज की संभावनाएँ निकलती थीं, लेकिन ब्रिटिश राज की नीतियों के आधार पर संगठित शहर ने भारतीय समाज में इसके उलट प्रवृत्तियों को मज़बूत किया। आधुनिकता की संभावनाओं से भरा हुआ क्षेत्र होने के बावजूद शहर के दायरे में हिंदू, मुसलमान, सिख और विभिन्न जातियाँ समूहों के रूप में सक्रिय होकर एक-दूसरे के साथ टकराव में चली गईं।

औपनिवेशिक समझ के अनुरूप शहर के आंतरिक क्षेत्रों को भी पुनर्व्यवस्थित किया गया। इसके पीछे इस क़िस्म के सार्वजनिक दायरे को रचने का इरादा था जिसमें व्यक्तियों के व्यवहार को सरकारी नियमों की मातहती में लाया जा सके। परिणामस्वरूप शहर में रहने का अर्थ हो गया निर्धारित निर्देशों के आधार पर शहर की सुविधाओं का इस्तेमाल करना। अँगरेज़ों ने इन निर्देशों को भारतीय प्रभु वर्ग और मध्य वर्गों के गले उतारने में कामयाबी हासिल की। बाद में यही भारतीय तबक़े इन निर्देशों के वाहक बन गए और और इन्हीं नियमों के आधार पर शहरी जीवन के अनुशासन के प्रति व्यापक भारतीय बेपरवाही की आलोचना की जाने लगी। नीरद सी. चौधरी जैसे लोगों ने तो नई दिल्ली जैसे एक आधुनिक औपनिवेशिक शहर में स्थान-निर्धारण की प्रक्रिया को पूरी तरह जज़्ब कर लिया था। वे समझते थे कि शहर में भी हर काम के लिए उसी तरह बाक़ायदा जगह तय होती है, जिस तरह किसी बंगले अथवा अँगरेज़ों के उद्यान में। इसीलिए जब वे देखते थे कि किस तरह दिल्ली में उनके देशवासी स्थान-निर्धारण के इन नियमों का रोज़-ब-रोज़ उल्लंघन कर रहे हैं, तो उनकी निराशा इस प्रकार व्यक्त होती थी :

एक आदत ऐसी है जिसे भारतीय कभी नहीं छोड़ सकते। और वह है मंज़िल तक पहुँचने के लिए शॉर्टकट अपनाने की आदत, भले ही उसके लिए उन्हें या दूसरों को कितना भी जोख़िम क्यों न उठाना पड़े। इस आदत की एक ज़ोरदार मिसाल भी मुझे मिली। मोरी गेट के ठीक बाहर एक बस स्टॉप था। उससे तक़रीबन बीस गज़ दूर एक सार्वजनिक मूत्रालय था। लेकिन बसों में चढ़ने वाले कभी उस मूत्रालय तक नहीं जाते थे। वे पास के एक पेड़ पर ही पेशाब कर देते थे जिससे वह बेचारा पेड़ छह महीने में ही सूख गया। उत्तर भारतीय पुरुष किसी दीवार अथवा खंभे को देख कर उस पर पेशाब किए बिना रह ही नहीं सकता।[12]

3

औपनिवेशिक शहर राष्ट्रवादियों के लिए साफ़ तौर पर दोहरा अर्थ पेश करता था। एक ओर तो शहर के दायरे में भारत की पराधीनता की सुस्पष्ट अभिव्यक्ति होती थी क्योंकि अँगरेज़ शासकों के हाथों उन्हें शहर में ही नित्य अपमान झेलना पड़ता था, दूसरी ओर शहर के प्रति राष्ट्रवादियों में एक लालसा भी थी क्योंकि शहरों में ही आधुनिकता का आश्वासन था। इन दोहरे अर्थों के कारण शहर के प्रति राष्ट्रवादियों का रवैया स्थायी रूप से द्वैधग्रस्त हो गया। दरअसल, राष्ट्रवाद था ही शहर के शिक्षित प्रभु वर्ग की राजनीति का नाम, जिसके तहत उसने स्वयं को अँगरेज़ों से बातचीत करने और देहात के ग़रीबों के नाम पर बोलने का हक़दार मान लिया था। राष्ट्रवादियों की शुरुआती पीढ़ी के लिए स्वाधीनता का अर्थ था औपनिवेशिक शहर की जीवन-शैली अपनाने की स्वतंत्रता। उसे लगता था आज़ादी मिलने पर उन्हें भी उन साफ़-सुथरी सिविल लाइंस कॉलोनियों में रहने का मौक़ा मिल जाएगा और वे एक ऐसी दुनिया बना सकेंगे जिसमें लगे हुए सार्वजनिक वृक्षों को कोई नुक़सान नहीं पहुँचाएगा। औपनिवेशिक जीवन-शैली की नक़ल करने की इस इच्छा को गांधी ने भंग कर दिया। उन्होंने प्राथमिकताएँ उलट दीं और उन मूल्यों को अपना लिया जिन्हें औपनिवेशिक समझ ने ठुकरा दिया था। भारतीय ग्राम के बारे में पश्चिम के रूमानी चिन्तन और दस्तकारी-उत्पादन की ख़ूबियों के सहारे गांधी ने गाँव के विचार को औपनिवेशिक शहर के ख़िलाफ़ गर्व के साथ खड़ा कर दिया। उन्होंने ग्रामीण जीवन की एक अपनी गाथा अलग से बुन डाली। उन्होंने इसके ज़रिये औपनिवेशिक शहर की व्यवस्था व नियमनिष्ठता को तो गड़बड़ा ही दिया, बल्कि भारतीय प्रभु वर्ग और मध्य वर्ग के खोखले नक़लचीपन का भी उपहास किया। गांधी राष्ट्रवादी विचार को शहरों से खींच कर देहात के दायरे में ले आए। उन्होंने लंबी-लंबी पदयात्राएँ की और उनके माध्यम से भारत की नई टोपोग्राफ़ी बना डाली

जिसमें शहरों को आपस में जोड़ने वाली रेल की पटरियों के बजाय गाँवों को आपस में जोड़ने वाली पगडंडियों का महत्त्व था। दूसरी तरफ़, गांधी ने गाँवों के साथ-साथ शहरों में भी सक्रियता बनाए रखी। ख़ास बात यह थी कि तीस के दशक के मध्य में सेवाग्राम आश्रम में रहने के लिए चले जाने से पहले उनकी सक्रियता का मुख्य क्षेत्र शहर ही था। उन्हें अपने श्रोता शहर में ही मिले और शहरी वर्गों को गोलबंद करने की बेमिसाल क्षमता के कारण ही उन्हें शुरुआती सफलताएँ मिलीं। गांधी ने समझ लिया था कि ब्रिटिश राज किस सीमा तक अपने शहरों की देन है और इन शहरों का अधिकांश भारतवासियों के जीवन से कितना कम लेना-देना है। वे इस निष्कर्ष पर पहुँच गए थे कि अगर अहिंसक सत्याग्रह के ज़रिये इन शहरों का चक्का जाम कर दिया जाए तो ब्रिटिश राज ख़ुद-ब-ख़ुद टूट जाएगा।

गांधी ने अपनी शहर की राजनीति में दो धाराओं को बड़ी ख़ूबी से आपस में गूँथ दिया था। एक तरफ़ तो वे अँगरेज़ों से बातचीत चलाते रहने की राजनीति करते रहते थे और दूसरी तरफ़ उन्होंने बोल-चाल की भाषा जैसी रोज़मर्रा की राजनीति ईजाद कर डाली जिसने औपनिवेशिक शहर के विजातीय और प्रभावशाली अंतरालों को राष्ट्रवादी राजनीति के उद्देश्यों के लिए बड़ी कुशलता से अधिग्रहीत कर लिया था। इस रोज़मर्रा की राजनीति ने सार्वजनिक व्यवहार के औपनिवेशिक नियमों को चुनौती दी और उनका मज़ाक़ भी उड़ाया। गांधी के पास इसके लिए तरह-तरह के हरबे-हथियार थे। उन्होंने पहनने-ओढ़ने की नई विधि खोज निकाली। वे धोती, शॉल और टोपी पहनते और एक डंडा लेकर चलते। उनकी इस पोशाक के ज़रिये ब्रिटिश राज के सार्वजनिक स्थलों पर देहात अपने क़दम रख देता था। 1931 में गांधी यही सब पहनकर शानदार वर्दीधारी राजपूत गार्डों के सामने से गुज़रते हुए चमचमाते हुए वायसरॉय भवन में लॉर्ड इरविन से मिलने गए (लुटियंस की डिज़ायन के अनुसार इस भवन का निर्माण कुछ समय पहले ही पूरा हुआ था)। इसी रूप में जब वे बकिंघम पैलेस में जॉर्ज पंचम और उनकी रानी मैरी के साथ चाय-पान करने गए तो बड़ी फटीचर क़िस्म की शॉल ओढ़े हुए थे। गांधी के इस पहनावे ने ब्रिटिश शाही शान-ओ-शौकत को ठेंगा दिखा दिया। उन्होंने सत्ता के अपने विधि-विधान की रचना की और बड़ी होशियारी से गढ़ी हुई अपनी ग्रामीण दुनिया के विज्ञान को औपनिवेशिक शहर के केंद्र में ले गए। उन्होंने शहरी जीवन में उपलब्ध निजी कक्षों के बजाय आश्रमों में रहने का निर्णय लिया। सामूहिक जीवन-शैली के प्रतीक ये आश्रम अक्सर शहर के हाशिये पर स्थित होते थे। यह भी औपनिवेशिक प्राथमिकताओं के खंडन का एक तरीक़ा था। सबसे महत्त्वपूर्ण बात यह थी कि उन्होंने ऐसे तौर-तरीक़े खोज निकाले जिनके इस्तेमाल से भारतीय जनता ब्रिटिश राज के सार्वजनिक स्थलों पर अपने कार्यक्रम करते हुए उन्हें हस्तगत कर सकती थी। गांधी के बाद राष्ट्रवादी राजनीति बहस के लिए निर्धारित सभा-कक्षों में अथवा

क्रांतिकारी आतंकवाद के भूमिगत तहख़ानों तक सीमित नहीं रह गई। गांधी के कारण राष्ट्रवादी राजनीति ने औपनिवेशिक शासन को खुली चुनौती देते हुए स्वयं को सड़कों और मैदानों में उँड़ेल दिया। यह राजनीति उमड़ते हुए जन-समूहों में व्यक्त होने लगी जिसके कारण लोग स्वयं से एक सामूहिक वजूद के रूप में साक्षात्कार कर पाए। गांधी ने राजनीतिक जुलूसों और जनसभाओं का बड़े ताक़तवर और नाटकीय रूप से प्रभावी इस्तेमाल भी शुरू किया।

भारत के शहरों के लिए जनसभा अपने-आप में एक नई चीज़ थी। उन्नीसवीं सदी के उत्तरार्द्ध में अँगरेज़ों की नक़ल में भारतीय प्रभु वर्ग और मध्य वर्ग पहले सामाजिक और फिर राजनीतिक मक़सद से सार्वजनिक स्थलों पर जमा होने लगा था। ये सभाएँ या तो शोक व्यक्त करने के लिए होती थीं या अभिनंदन करने के लिए होती थीं। या फिर जातियों के संघ कुछ फ़ायदे उठाने के लिए ब्रिटिश अधिकारियों से चिरौरी करने के लिए ये सभाएँ करते थे। इनमें से ज़्यादातर का आयोजन सुरक्षित और सुविधाजनक जगहों पर किया जाता था। ये थिएटरों, पालिका के सभा-भवनों अथवा विश्वविद्यालय के ऑडीटोरियमों में की जाती थीं। इनमें जनमानस को अपील करने वाले राजद्रोह की गंध तक नहीं होती थी। बीसवीं सदी के शुरुआती दौर में बाल गंगाधर तिलक जैसे लोग राजनीति को बंबई की सड़कों पर ले गए थे, लेकिन गांधी ने अपनी भारी-भरकम प्रार्थना-सभाओं के ज़रिये राष्ट्रवादी लक्ष्यों के लिए जनसभा की परिभाषा को पूरी तरह बदल डाला। औपनिवेशिक शहरों में जन-समूह को बड़े पैमाने पर जमा करने लायक़ जगहें न के बराबर ही थीं। औपनिवेशिक शहरों के स्थापत्य में चौड़ी सड़कें, मैदान, पार्क, स्मारक, रेसकोर्स और खेल के मैदान तो थे, लेकिन सार्वजनिक चौक नामक वह जगह कहीं नहीं बनाई गई थी जिस पर पश्चिमी देशों के शहरों में लोग किसी बात का विरोध करने के लिए जमा होते थे। गांधी की जनसभाओं ने औपनिवेशिक जनसभाओं की भद्रता और नियमानुकूलता का उल्लंघन करके राष्ट्रवादी चुनौती पेश की। गांधी की सभाएँ इन अवज्ञापूर्ण मुनादियों के ज़रिये घोषित होती थीं कि लोगों को अगली जनसभा और विदेशी कपड़ों की होली के लिए अमुक-अमुक जगहों पर जमा होना है। तीस के दशक के बीच के वर्षों के बारे में रचित उपन्यास *अनटचेबिल* के समापन-दृश्य में मुल्कराज आनंद ने राष्ट्रवादियों द्वारा औपनिवेशिक शहर की मर्यादा तोड़ने का उत्तेजक वर्णन किया है कि कैसे ब्रिटिश सभ्यता का प्रतीक-चिह्न क्रिकेट का मैदान विशाल जन समूह का सभा-स्थल बन गया, 'सभी नस्लों, रंगों, जातियों और धर्मों के आदमी, औरतें और बच्चे मैदान की ओर चले जा रहे थे...महात्मा से मिलने और मोहनदास करमचंद गांधी का अभिनंदन करने के लिए।'[13]

गांधी के सामने स्पष्ट था कि उपनिवेशवाद को उसके आधुनिक दुर्ग—शहर—में ही परास्त करना होगा। लेकिन उनके लिए जीत का अर्थ अँगरेज़ों द्वारा ख़ाली किए

गए शहर में बस जाना नहीं था। उनके विचार से भारतवासियों के लिए आज़ादी का मतलब था शहर को अस्वीकार करना और भारत की चिरंतन सभ्यतामूलक शक्तियों को एक बार फिर हासिल करने के लिए गाँव के अभयारण्य में लौट जाना। गांधी का आग्रह था कि 'शहर की इमारत का निर्माण जिस सीमेंट से होता है वह गाँव के रक्त से बनाया जाता है।'[14] लेकिन गांधी के विपरीत दूसरे राष्ट्रवादी देहात और शहर के सहज विरोध का कुछ और ही मतलब निकालते थे। मिसाल के तौर पर आंबेडकर ने ही आज़ाद भारत के बारे में प्राचीन भारत के ग्रामीण भाईचारे पर आधारित गांधी की 'असह्य स्वैर कल्पना' का मज़ाक़ इन शब्दों में उड़ाया था : 'ग्राम समुदाय के प्रति बुद्धिवादी भारतवासियों के लगाव को दयनीय न कहें तो भी उसकी मात्रा कुछ ज़्यादा ही है...आख़िर गाँव स्थानीयतावाद के गर्त, अज्ञान, तंगनज़री और सांप्रदायिकता के आगार के अलावा हैं ही क्या?'[15]

हालाँकि नेहरू गाँव के ऊपर इतनी कठोरता से नहीं बरसे, लेकिन शहर से उनका जुड़ाव आंबेडकर जितना ही स्पष्ट था। उनका शहर-प्रेम औपनिवेशिक अवधारणा की नक़ल करने की इच्छा पर आधारित नहीं था। उन्होंने अपने लेखन में अँगरेज़ों द्वारा भारतीय शहर को बाँट देने का ज़िक्र बड़ी कड़वाहट के साथ किया था। नेहरू ने लिखा था कि एक ओर 'सघन भीड़-भरा मुख्य शहर' रहता है और दूसरी ओर अँगरेज़ और उच्च-मध्य वर्गीय भारतवासियों की रिहाइश वाला शांत सिविल लाइंस नामक इलाक़ा होता है, जिस पर पैसा ख़र्च करने में कोई कमी नहीं रखी जाती है क्योंकि 'तक़रीबन सभी बड़ी या छोटी हैसियत वाले लोग सिविल लाइंस में ही रहते हैं।'[16] इसके अलावा नेहरू ने 'नई दिल्ली के अधिकारियों से भरे हुए' शहर और उसके ज़रिये औपनिवेशिक आधुनिकता के विराट लेकिन निर्जीव प्रदर्शन के प्रति भी अपनी अरुचि खुल कर ज़ाहिर की थी। नेहरू ने लिखा था, 'दिल्ली की सभी सरकारी इमारतें देखने में कोई ख़ास सुंदर नहीं हैं, हालाँकि उनमें से कुछ प्रभावित करने के मक़सद से बनाई गई हैं।'[17] न ही शहर को चुनने के पीछे नेहरू का इरादा भारत के अतीत को अमान्य करने का था। इसके उलट वे नई दिल्ली के मुक़ाबले पुरानी दिल्ली के प्रति जज़्बाती और सौंदर्यशास्त्रीय नज़रिये से अधिक आकर्षित थे : "एक प्राचीन शहर के पास एक तरह का मिज़ाज और ख़ास बात होती है। वहाँ हर पत्थर एक कहानी कहता हुआ लगता है और गंदी गलियों में भी इतिहास धड़कता रहता है...उसके सुनिश्चित और सकारात्मक माहौल को आप अपने अंदर महसूस कर सकते हैं।'[18] वास्तव में नेहरू का शहर के प्रति जुड़ाव उनकी आधुनिकता संबंधी समझ की देन था। वे औपनिवेशिक शहर की अप्रामाणिक आधुनिकता और सच्ची, उत्पादक और सार्वभौमिक आधुनिकता में फ़र्क़ करते थे। उनका मानना था कि भारत को यह सच्ची आधुनिकता अस्वीकार नहीं करनी चाहिए। उनके मुताबिक़ शहर आधुनिकीकरण की प्रक्रिया का वह केंद्रीय

स्थल था जिसके ज़रिये आधुनिकता को पूरे समाज में व्याप्त होते चले जाना था।

जब तक यह नौबत आई कि अँगरेज़ अपना बोरिया-बिस्तर बाँध कर जाने के लिए तैयार हुए, भारतीय मध्य वर्ग की अनुकरण करने की प्रवृत्ति ने गांधी द्वारा की गई आलोचना के बावजूद औपनिवेशिक केंद्रों को आधुनिक शहरों के मान्य संस्करणों के रूप में स्वीकार कर लिया। उस समय तक भारतीय प्रभु वर्ग अपने मनबहलाव और मौज-मज़े की कई जगहें बना चुका था—औपनिवेशिक शहर के पार्क, क्रिकेट मैदान और क्लब उसे पसंद थे। सड़कें काफ़ी कुछ साफ़-सुथरी थीं और कॉफ़ी हाउस और रेस्त्राओं में अँगरेज़ी व्यंजन मिलते थे। निचले तबक़े की ग़रीब उपस्थिति लगभग अदृश्य क़िस्म की थी। ये दरिद्र लोग भोर होने पर ख़ामोशी से आते, चाकरी करते और मध्यवर्गीय कॉलोनियों के पीछे बनी अपनी झोंपड़ियों की महत्त्वहीनता में खो जाते थे। 'अवैध' फेरी वालों और खोमचे वालों को पालिका-अधिकारी जब चाहते सड़कों से बुहार देते थे। ये पालिकाएँ आज़ादी मिलने से पहले ही काफ़ी कुछ राष्ट्रवादी राजनीतिकों के हाथ में आ चुकी थीं। ये ब्रिटिश राज द्वारा अप्रत्यक्ष शासन का किफ़ायती उदाहरण थीं।

विभाजन के कारण भारत के शहरी जगत में पहली बार गंभीर तनावों का समावेश हुआ। आधुनिक शहर का सार्वजनिक जीवन एक नए जोख़िम से ग्रस्त हो गया। इससे पहले सांप्रदायिक संघर्ष शहर के 'पुराने' हिस्सों तक ही सीमित रहता था; अब वह शहर की हर सड़क को आक्रांत कर चुका था। विभाजन ने बेमिसाल रफ़्तार से बहुत बड़े पैमाने पर विस्थापितों को शहरों में उँडेलना शुरू किया। भारतीय समाज में इससे पहले एक स्थान से दूसरे स्थान पर जाने की प्रवृत्ति बहुत कम थी (1931 में चार प्रतिशत से भी कम लोग अपने जन्म के राज्य या प्रांत से बाहर रहते थे)। विभाजन के कारण मानवीय इतिहास में आबादी का सबसे बड़ा स्थानांतरण घटित हुआ। कुछ महीनों के अंदर ही क़रीब डेढ़ करोड़ लोगों को नई सीमाएँ इधर या उधर से पार करनी पड़ीं (1951 में 73 लाख शरणार्थी भारत में पंजीकृत हुए एवं 1952 में पाकिस्तान की जनगणना ने 72 लाख मुहाजिरों को दर्ज किया)। पाकिस्तान से भारत आए आधे से ज़्यादा शरणार्थी शहरी इलाक़ों में बसे : 1941 से 1951 के बीच भारतीय शहरों की आबादी 40 फ़ीसदी बढ़ गई, हालाँकि इस बढ़ोतरी में युद्ध और अकाल के प्रभाव की भूमिका भी थी। दिल्ली पंजाबियों के शहर में बदल गई। कलकत्ता को पूर्वी बंगाल के लाखों शरणार्थियों को अपने आग़ोश में लेना पड़ा। बंबई का शहर अपने मुसलमान प्रभु वर्ग से लगभग वंचित हो गया। पुनर्वास की समस्याओं, आर्थिक उपाय और सार्वजनिक व्यवस्था की समस्याओं ने राज्य और शहरों के लिए भारी दिक़्क़तें पैदा कर दीं। शरणार्थियों को अस्थायी शिविरों में रखा गया था, लेकिन आगे चल कर ये तंबू-डेरे जर्जर क़िस्म की स्थायी कॉलोनियों में बदल गए। अभागे ग़रीबों ने जहाँ जो भी ख़ाली जगह मिली, उसी में

रिहाइश बना ली। सड़क के किनारे, रेल की पटरियों के साथ-साथ, ख़ाली ज़मीन या पार्क पर सभी जगह लोग ही लोग टिके हुए थे। इस तरह विभाजन ने भारतीय शहरों के आगामी इतिहास के एक रुझान को निश्चित कर ही दिया कि उन्हें आर्थिक और राजनीतिक कारणों से शरणार्थी हुए लोगों की बाढ़ बार-बार झेलनी ही पड़ेगी और वे फुटपाथों, पार्कों और ट्रैफ़िक चौराहों के निर्माण के बुनियादी मक़सदों का उल्लंघन करते हुए जहाँ हो सकेगा, अपना डेरा डालते रहेंगे।

यही थी वह तात्कालिक पृष्ठभूमि जिसके कारण चंडीगढ़ का निर्माण किया गया। पंजाब को एक नई राजधानी की ज़रूरत थी क्योंकि उसकी पुरानी राजधानी लाहौर पाकिस्तान में चली गई थी। नेहरू ने इसे उपनिवेशवाद से आक्रांत, विभाजन से प्रदूषित और अक्सर भ्रष्ट पालिकाओं की भींच में फँसे भारत के शहरों से अलग होकर नया शहर बनाने के मौक़े की तरह देखा। नेहरू आज़ाद भारत के लिए शहर का नवीकरण करना चाहते थे। वे औपनिवेशिक क़िस्म की आधुनिकता से मुक्त और अलग तरह की आधुनिकता के शो-केस के रूप में नया शहर रचना चाहते थे। अँगरेज़ों की ही भाँति उन्होंने पहले से मौजूद शहरों को संशोधित करने के बजाय नए सिरे से शुरुआत करने में दिलचस्पी दिखाई ताकि एक ख़ाली विस्तार पर नए भारत का विपुल स्थापत्यमूलक विचार खड़ा किया जा सके। नतीजे के तौर पर एक ऐसा विराट शहर बना जो पंजाब के जन-जीवन की बाह्य कक्षा में परिक्रमा करते रहने के लिए अभिशप्त था। चंडीगढ़ एक ऐसे शानदार मंच की तरह था जिस पर वह पंजाब का प्रतिनिधित्व करने वाली झाँकी की तरह तो प्रदर्शित हो सकता था लेकिन उसमें पंजाब की रोज़मर्रा की राजनीति का स्पर्श नहीं था। चंडीगढ़ राजनेताओं, नौकरशाहों और प्रशासकों का शहर था। चूँकि उस समय तक विभाजन के बाद आई शरणार्थियों की लहरें उतर चुकी थीं, इसलिए वह नितांत दरिद्रों और दीन-हीनों की बाढ़ से बच गया। इस प्रकार चंडीगढ़ को ख़ुशहाल तबक़ों के मिलन-बिंदु के रूप में विकसित होने का मौक़ा मिला। अवकाशप्राप्त सरकारी अफ़सरों, फ़ौजी अधिकारियों, गण्यमान्य पेशों में लगे लोगों और इन सब की चाकरी करने वाले बहुत बड़े तबक़े के लोग इस शहर के वासी बने। इन सब के बावजूद चंडीगढ़ आधुनिकता द्वारा प्रदत्त किसी भी उत्पादक क्षमता से वंचित रहा। उसके वास्तुशिल्पी ल कोर्बूज़ियर का आग्रह था कि इस शहर को सरकार की राजधानी ही रहना चाहिए, उद्योग या कारख़ाना-आधारित निर्माण का केंद्र नहीं बनना चाहिए। कोर्बूज़ियर ने एक नियम-पुस्तिका तैयार की थी जिसका शीर्षक था 'फ़ॉर द इस्टबलिशमेंट ऑफ़ इमीडिएट स्टेचू ऑफ़ द लैंड' इस पुस्तिका में वास्तुशिल्प की दृष्टि से कई धाकड़ और सनकी क़िस्म की घोषणाएँ भरी हुई थीं। इन्हीं में से एक थी कि शासन और उत्पादन को आपस में नहीं मिलाना चाहिए। इस शहर की रचना के बुनियादी सिद्धान्तों से जुड़ी कई भूली-बिसरी कहानियाँ सुनाने वाले मध्यवर्गीय नागरिक अभी

भी मौजूद हैं जिनसे अंदाज़ा लगाया जा सकता है कि यह शहर ऐसा क्यों है। लेकिन अगर रोज़ गार्डन अथवा लीज़र वैली के बारे में किसी झुग्गी वाले नौजवान से पूछा जाए तो पता चलेगा कि वे नाम के अलावा इन जगहों के बारे में ज़्यादा कुछ नहीं जानते। चंडीगढ़ पर कोर्बूज़ियर की अवधारणात्मक प्रवृत्तियाँ इतनी हावी थीं कि इस शहर के तात्पर्य और इसके वासियों के बीच कोई साझा समझ बन नहीं पाई। चंडीगढ़ के पास भी अन्य शहरों की भाँति अपनी झोंपड़पट्टी है और उसमें रहने वालों का चुनावी महत्त्व भी ज़ाहिर है। इस शहर की असली राजनीति इन्हीं झुग्गियों में रंग लाती है। ख़ासतौर से चंडीगढ़ के आसपास बसे झुग्गियों से भरे देहातों की आबादी का शहर की राजनीति से गहरा ताल्लुक़ है।

नई दिल्ली को अगर शाही दरबार और वायसरॉय की शाही सवारी परिभाषित करती थी, तो चंडीगढ़ उस राष्ट्रवादी कला-दीर्घा का अंग था जिसमें संविधान और पंचवर्षीय योजनाएँ सजी हुई थीं। चंडीगढ़ की रचना के पीछे वह बुनियादी संकेत निहित था जिसके ज़रिये आधुनिक विश्व में भारत ने अपनी दिशा और अपने स्थान का निर्धारण किया था। इस तरह चंडीगढ़ अपने-आप में रचनाशीलता के उस विशुद्ध आवेग का प्रमाण बन गया जो शहर संबंधी राष्ट्रवादी समझ की उपज था। प्रांतीय राजधानी होने के बावजूद चंडीगढ़ शुरुआत से ही एक राष्ट्रीय परियोजना का दर्जा रखता था। नेहरू की इसमें निजी दिलचस्पी थी और केंद्र सरकार ने इसके लिए खुल कर धन की व्यवस्था की थी। नई दिल्ली से चार सौ किलोमीटर दूर जिस जगह को इसके निर्माण के लिए चुना गया था, वह उजाड़ लेकिन दर्शनीय थी। वह एक विशाल मैदान था जो नीले आसमान के नीचे धीरे-धीरे ढलान पर उतरता हुआ हिमालय की तलहटी तक चला गया था। नेहरू ने इस जगह के महत्त्व की व्याख्या इस तरह की : 'चुना गया स्थल पुराने शहरों के क़र्ज़े के बोझ से दबा हुआ नहीं है।'[19] नेहरू का ख़याल था कि नया बनने वाला शहर 'अतीत की परंपराओं के बंधनों से मुक्त भारत की आज़ादी का प्रतीक...राष्ट्र की भविष्य में आस्था की अभिव्यक्ति' बन जाएगा। नेहरू के इन इरादों के साथ-साथ चंडीगढ़ अपने वास्तुशिल्पी की स्वैर कल्पना का साकार रूप भी था और यही पहलू उसके वजूद के लिए निर्णायक साबित हुआ। बीसवीं सदी में दूसरी बार भारत पर वास्तुशिल्पी महत्त्वाकांक्षाओं के उन्माद का साया पड़ने वाला था। लुटियंस की योजना के मुताबिक़ नई दिल्ली के रूप में ब्रिटिश राज की राजधानी का निर्माण पूरा हुए अभी केवल बीस वर्ष ही हुए थे कि ल कोर्बूज़ियर ने चंडीगढ़ के निर्माण पर काम शुरू कर दिया। 1950 की सर्दियों में दो भारतीय अधिकारी कोर्बूज़ियर के पेरिस स्थित निवास पर पहुँचे और उसके सामने प्रस्तावित शहर की डिज़ाइन बनाने की पेशकश की। वह फ्रांसीसी वास्तुशिल्पी इस आमंत्रण से अंदर-ही-अंदर पुलकित हो उठा। उसने अपनी डायरी में लिखा, 'मैं इसी लम्हे का तो इंतज़ार कर रहा था।' कोर्बूज़ियर की ख़ुशी स्वाभाविक

ही थी। 'आधुनिक सभ्यता के लिए अभी तक स्थापत्य का सृजन' न कर सकने वाली 'भारत जैसी मानवोचित और गहन सभ्यता' ने इस काम के लिए उसकी मदद जो माँगी थी।[20]

ल कोर्बूज़ियर ने चंडीगढ़ की डिज़ाइन बड़े मज़े में उन्मुक्त भाव से बनाई। उन्होंने उस दुनिया को समझने की कोई कोशिश नहीं की जिसके लिए शहर की रचना की जानी थी। वे अपने आपको कलाकार के रूप में पैगंबर मानकर चले और इस पैगंबरी भूमिका को संपूर्ण रूप से निभाते रहे। उन्होंने निर्माण-स्थल पर केवल एक सरसरी नज़र डाली और फटाफट शुरुआती योजना की रूपरेखा तैयार कर डाली। कोर्बूज़ियर केवल दो दिन पहले भारत आए थे। वे नई दिल्ली होते हुए चंडीगढ़ के निर्माण-स्थल पर पहुँचे थे इसलिए निश्चित रूप से उनके दिमाग़ में लुटियंस द्वारा रचित लाल पत्थरों के उस शहर की छवि ज़रूर रही होगी। कोर्बूज़ियर के साथ चंडीगढ़ के निर्माण पर काम करने वाले मैक्सवेल फ्राई की यादों में वह क्षण इस प्रकार अंकित है : 'कोर्बूज़ियर के हाथ में रंगीन पेंसिल थी और वे पूरी तरह तरंग में थे। उन्होंने कहा, 'यह रहा स्टेशन' और 'व्यापारिक क्षेत्र यहाँ बनेगा।' जब उन्होंने नई योजना पर पहली सड़क की रेखा खींची तो कहा, 'यह रहा इस शहर का शीर्ष' और 'यह रहा उसका उदर भाग, उसका केंद्र'।[21] कोर्बूज़ियर में प्राधिकार के प्रति पूर्ण समर्पण की भावना थी। वे स्वयं को आधुनिक युग का मयदानव मानते थे और नेहरू में उन्हें अपना युधिष्ठिर मिल गया था। जब भी उनके कामकाज में कोई स्थानीय विघ्न पड़ता, वे फ़ौरन आदेश देते, 'नेहरू को लिखो'। कोर्बूज़ियर की नोट बुकों में यह चीज़ बार-बार मिलती है। उन्हें लगता था कि जैसे वे किसी फ़राऊन द्वारा दी गई ज़िम्मेदारी को निभा रहे हैं (ऐसा लगता था कि भारत में काम करने से उन्हें 'वास्तुशिल्प की महान और भव्य कृतियों के निर्माण में ग़ुलामी के महत्त्व'[22] का अहसास हो गया था) और इस भूमिका के लिए उन्होंने स्वयं को जिस शैली से तैयार किया था वह उन्हीं के शब्दों में इस प्रकार थी : 'कठोरता से काम लो, अविकल और अभिमानी बनो और बागडोर अपने हाथ में रखो। माँगें करते रहो।'

यह एक विचित्र बात थी कि लोकतांत्रिक भारत ने ल कोर्बूज़ियर जैसा वास्तुशिल्पी चुना। लेकिन कोर्बूज़ियर की कल्पनाशीलता में निहित साहसिकता और नेहरू की उसके कार्यान्वयन के प्रति वचनबद्धता अपना अर्थ स्वयं बताती थी। चंडीगढ़ की डिज़ाइन में आधुनिक भारत के बारे में नेहरू के विचार का एक पहलू स्पष्ट दिखाई देता था कि भारत को ब्रिटिश राज की अंतर्विरोधी आधुनिकता और अपने निजी अतीत के मोह से पिंड छुड़ाना ही चाहिए। उसे एक ऐसा निर्णायक क़दम उठाना ही है जो उसे उसके प्राचीन और हाल के इतिहास से काट कर अलग कर दे। नेहरू के चिन्तन में समाई हुई तर्कणावादी और आधुनिकतावादी धाराएँ इस बिंदु पर उनके ऊपर इस क़दर हावी हो गई थीं कि उनका उस भारतीयता की

विरासत से मोह भंग हो गया था जिसकी जड़ें अतीत में थीं। यही कारण था कि चंडीगढ़ ने साहसपूर्वक अपने अंदर से इतिहास को निकाल कर फेंक दिया और औपनिवेशिक बिंब-विधान को ठोकर मार दी। न राष्ट्रवादी आवरण स्वीकार किया और न ही उसकी भावप्रवणता को तरजीह दी। उसके अक्षीय मार्गों के नाम शब्दशः इस तथ्य के प्रमाण हैं कि उसकी रचना में उपयोगितावाद की कितनी गहरी भूमिका थी। मध्य मार्ग और उत्तर मार्ग जैसे नामों में कहीं कोई महात्मा गांधी रोड शामिल नहीं थी। चंडीगढ़ के पास कोई राष्ट्रीय स्मारक भी नहीं था क्योंकि कोर्बूज़ियर ने उन्हें बनाने पर ख़ासतौर से पाबंदी लगा दी थी। इस शहर का आमूलवादी तात्पर्य उसके सांस्कृतिक अपरिचय और उसकी नवीनता की प्रस्तावना में निहित था। इस शहर ने अपनी स्थानिकता और अपने निर्माण-स्थल में कोई योगदान नहीं किया। उसने भारत के वास्तुशिल्पीय पर्यावरण को एक ज़बर्दस्त झटका दिया। चंडीगढ़ का निर्माण कुछ इस तर्ज़ पर किया गया कि वह विजातीय रूप, शैली और सामग्री का वैभवगान बन गया। उसने एक ऐसी तटस्थता हासिल करनी चाही जिसका कोण न शून्य से ज़्यादा था और न ही कम। यानी वह किसी भी तरह के सांस्कृतिक अथवा धार्मिक समूह द्वारा अपने ऊपर किए जा सकने वाले दावे से परे चला गया। इस मामले में चंडीगढ़ अँगरेज़ी भाषा की तरह था। जिस तरह सभी भारतवासियों को सिद्धान्ततः इस भाषा के कारण अलाभकारी स्थिति में चले जाना पड़ता था, उसी तरह चंडीगढ़ को कोई भी समूह अथवा समुदाय अपने अनुकूल बनाकर अपनी मुट्ठी में नहीं कर सकता था। औपनिवेशिक वास्तुशिल्प के मुहावरों से वाक़िफ़ यानी बंगलों और उनके अहातों से परिचित लोग भी कंकरीट की इस नई शक्तिमंत और साहसिक दुनिया को अपनाने में नाकाम रहे।

चंडीगढ़ बिना किसी दिक़्क़त के उस समस्या को नज़रअंदाज़ कर गया जिसने राष्ट्रवादियों को ही नहीं, कुछ अँगरेज़ों को भी परेशान किया था। वह समस्या यह थी कि भारत की 'राष्ट्रीय बनावट' कैसी होनी चाहिए। बीसवीं सदी के शुरुआती दशकों में ई.बी. हावेल, आनंद केंटिश कुमारस्वामी और टैगोर बंधुओं—रवीन्द्रनाथ व अवनीन्द्रनाथ—ने इस विषय पर एक अंतहीन बहस चलाई थी। चूँकि चंडीगढ़ ने परंपरा का अपवंचन कर दिया था, इसलिए उसे किसी-न-किसी तरह का सांस्कृतिक स्पंदन देने के लिए कुछ कहानियाँ गढ़ने की ज़रूरत भी पड़ी। वास्तुकारों और वास्तुकला के इतिहासकारों ने इधर-उधर से दलीलें खोज कर यह समझाने की कोशिश की कि इस शहर की डिज़ाइन आदि-पुरुष की आकृति सरीखी है। कुछ ने कहा कि यह भारतीय स्थापत्य के प्राचीन विज्ञान वास्तुशास्त्र के सिद्धान्तों के अनुरूप है। कुछ ने दावा किया कि यह फ़तेहपुर सीकरी के दीवान-ए-ख़ास से प्रेरित है या फिर हिंदू मंदिरों की संरचना का इस पर गहरा प्रभाव है। दरअसल, ये कोशिशें चंडीगढ़ का भारत के साथ सामंजस्य बैठाने, उसे इस देश के लिए ज्ञेय

बनाने और उसके उद्गम को भारत में ही खोजने के लिए की गई थीं, लेकिन इस चक्कर में चंडीगढ़ का असली तात्पर्य छूट गया था। चंडीगढ़ द्वारा राष्ट्रीय बनावट को जान-बूझ कर छोड़ना अपने-आप में संकेत था कि अब भारत की राजनीतिक सत्ता को बहिर्मुखी भी होना है और उसकी संप्रभुता को अंतर्राष्ट्रीय मान्यता प्राप्त करनी है ताकि राष्ट्र को विश्व में एक स्थान प्राप्त हो सके। नई दिल्ली का शहर और अन्य औपनिवेशिक स्थापत्य तो भारतवासियों पर रुआब डालने के उद्देश्य से रचे गए थे लेकिन चंडीगढ़ का मक़सद अंतर्राष्ट्रीय प्रभाव डालना था। इस मामले में इसका मुक़ाबला आधुनिक गणतांत्रिक सत्ता के उस पहले स्मारक से क़िया जा सकता था जिसे हम वाशिंगटन डीसी के नाम से जानते हैं। वाशिंगटन डीसी की ही तरह चंडीगढ़ भी महानगरीय लहजे में एक तरह की राष्ट्रवादी कविता को ही ध्वनित करता नज़र आता था।

इस सबके बावजूद भारतीय दायरे में अगर चंडीगढ़ किसी की याद दिलाता था तो वह था नई दिल्ली का शहर। वह भी नई दिल्ली की तरह अपने राजधानी होने के अहसास से बड़े अतिरंजित ढंग से जुड़ा हुआ था। इसका मुख्य विधायिका भवन कुछ इस तरह बनाया गया था मानो वह शहर का 'शीर्ष' हो। यह कुछ ज़्यादा ही समतल विस्तार के उत्तरी सिरे पर सबसे ज़्यादा उठी हुई एक जगह पर स्थित था। लुटियंस द्वारा रचित नई दिल्ली के ग्रीक दुर्ग की भाँति इस शीर्ष की कोशिश भी थी—अधिक-से-अधिक उन्नयन कोण हासिल करना। ल कोर्बूज़ियर की मान्यता थी कि विधायिका भवन को शेष शहर से बचा कर रखा जाना चाहिए इसलिए उन्होंने हिदायत दी थी : 'शहर के समस्त निर्माण को छिपा लो।'[23] वे चाहते थे कि दक्षिण की तरफ़ फैले हुए शहर की इमारतों से विधायिका भवन फ़ौजी बंकरों जैसे टीलों की आड़ के कारण दिखाई नहीं देना चाहिए। आज हालत यह है कि ये टीले वास्तव में फ़ौजी मोर्चाबंदी की तरह इस्तेमाल होते हैं। आतंकवाद के ख़िलाफ़ युद्धरत पंजाब के राजकीय प्रतीकों की रक्षा के लिए यहाँ हमेशा हथियारबंद सुरक्षा गार्डों की गश्त लगती रहती है। कोर्बूज़ियर का इरादा विधायिका भवन को सेंट्रल स्क्वायर के चारों तरफ़ बनी और आपस में संबंधित चार इमारतों से मिला कर बनाने का था। ये चार इमारतें थीं—सचिवालय, विधानसभा, उच्च न्यायालय और राजभवन। राजभवन को वे लुटियंस द्वारा रचित वायसरॉय हाउस जितना बड़ा तो नहीं, लेकिन उसी की तर्ज पर बनाने के मूड में थे, लेकिन नेहरू को एक लोकतांत्रिक राज्य के प्रांतीय अधिकारी की हैसियत के मुक़ाबले राजभवन की अभिकल्पना कुछ ज़्यादा ही मोहक लगी, इसलिए फिर इसे बनाया ही नहीं गया। उस विशाल चौक को सार्वजनिक स्थल की तरह छोड़ दिया गया। यह आज भी कंकरीट के एक उजाड़ खरंजे की तरह पड़ा हुआ है। इससे किसी का कोई संबंध नहीं है, न ही इस पर से कोई गुज़रता है।

चंडीगढ़ में रिहाइशी इलाक़े का विन्यास भी नई दिल्ली की आडंबरप्रियता की नक़ल में किया गया है। रिहाइशी क्षेत्र को एक-दूसरे से लगे हुए तीस सेक्टरों में बाँटा गया है। सभी सेक्टरों को कुछ इस तरह से बनाया गया है कि वे एक-दूसरे का दोहराव-सा लगने लगे हैं। इससे एक तरह की समतामूलकता की ऊपरी छवि पैदा हो गई। लेकिन, यह सिर्फ़ भ्रम ही था क्योंकि सेक्टरों के दर्जे को प्रशासकीय पदानुक्रम के हिसाब से कठोरतापूर्वक निर्धारित किया गया था। शुरुआती संख्याओं वाले सेक्टर उत्तर की तरफ़ तय किए गए। इन विशिष्ट सेक्टरों में नौकरशाहों और नेताओं के रहने का प्रावधान था। इनके बाद दक्षिणी सेक्टरों के मध्यवर्गीय आवासों का नंबर था। ऊँची संख्याओं वाले सेक्टरों में निचले स्तर के कर्मचारियों के लिए आवास तय किए गए। हर सेक्टर आंतरिक रूप से भिन्न भी था। घरों को भूखंड से पहचानने की विधि अपनाई गई और नियम यह बना कि संख्या जितनी छोटी होगी, भूखंड उतना ही बड़ा होगा। चार अंकों की संख्या वाले प्लॉट सबसे छोटे रखे गए। यानी चंडीगढ़ का हर पता अपने-आप में मकान मालिक की अधिकारी-तंत्र में हैसियत और उसकी आर्थिक स्थिति की ठीक-ठीक चुग़ली खाने वाला बन गया।

चंडीगढ़ को जिस सार्वदेशिकता की आकांक्षा थी, वह उसे कभी हासिल नहीं हो सकी। बजाय इसके कि भविष्य का यह शहर समाज पर शासन करता, उसे प्रबुद्ध बनाता और उसका आधुनिकीकरण करता, वह ख़ुद ही अजायबघर की चीज़ बन गया। एक ऐसी प्रदर्शनकारी वस्तु जिसे उसके ही हिंसक झगड़ों में लिप्त नागरिकों और मौसम की मार से बचाना ज़रूरी था। इसका ख़ाली-ख़ाली-सा और अलौकिक रूप से व्यवस्थित व्यापारिक केंद्र (जिसे कोर्बूज़ियर ने शहर का उदर भाग कहा था) आसपास के औद्योगिक विकास में कोई भूमिका नहीं निभा पाया। पंचकूला और एस.ए.एस. नगर जैसी औद्योगिक बस्तियाँ अपने भीड़-भड़क्के और अव्यवस्थित विस्तार के साथ इस केंद्र की उपेक्षा करती रहीं (ये बस्तियाँ चंडीगढ़ की सीमाओं का ही अंग हैं और उनकी धुँधुआती उपस्थिति निश्चित रूप से चार्ल्स एडुअर्ड ज्यॉनरेट उर्फ़ ल कोर्बूज़ियर को उनकी क़ब्र में भी बेचैन कर देती होगी)। इन औद्योगिक बस्तियों की आर्थिक गतिशीलता ने ही चंडीगढ़ को साठ और सत्तर के दशक में देश का सर्वाधिक तेज़ी से विकसित होने वाला शहरी क्षेत्र बना दिया। इस अर्थ में शायद चंडीगढ़ के शहर को कामयाब भी माना जा सकता है लेकिन वह एक दूसरे अर्थ में पूरी तरह नाकाम भी साबित हुआ है। वह धर्मनिरपेक्ष व्यक्तियों के समाज को जन्म नहीं दे पाया और न ही आधुनिकतावादी राजनीति का आधार बन पाया। पंजाब की खदबदाती राजनीति में फँस कर चंडीगढ़ की हैसियत सांप्रदायिक अस्मिताओं के संघर्ष के बीच नगण्य हो गई।

4

चंडीगढ़ ल कोर्बूज़ियर का आधुनिकतावादी घन प्रहार था। उसकी चोट से होने वाले लाभों के बारे में ज़रूरी था कि जवाहरलाल नेहरू न केवल देशवासियों को वरन स्वयं को भी आश्वस्त करते। इसीलिए उन्हें कहना पड़ा, 'इसकी चोट आपके दिमाग़ पर पड़ती है और आप सोचने के लिए मजबूर हो जाते हैं। हो सकता है कि इसके प्रभाव से आप छटपटा उठें लेकिन आपको विचार करने और नए ख़यालों को जज़्ब करने में मदद मिलेगी। आज भारत को अगर किसी चीज़ की ज़रूरत है तो यही कि उसके दिमाग़ पर कोई दस्तक दे जिससे सोचने की गुंजाइश निकल सके...इसीलिए चंडीगढ़ का महत्त्व बहुत ज़्यादा है।[24] आज़ाद भारत में चंडीगढ़ की तर्ज पर उसके बाद और भी कई प्रांतीय 'अवधारणात्मक' राजधानियों का निर्माण किया गया। ओटो कोइनिग्सबर्गर ने भुवनेश्वर, भोपाल और गांधीनगर की रचना की। इनमें चंडीगढ़ की छवि के सर्वाधिक निकट गांधीनगर था। गांधी को दी गई कंकरीट की इस हृदयहीन श्रद्धांजलि ने गुजरात की राजधानी के रूप में अहमदाबाद को प्रतिस्थापित कर दिया। ये नए शहर मुख्य नगर-नियोजकों और सार्वजनिक निर्माण विभाग में कार्यरत उनके इंजीनियरों के रहमोकरम पर छोड़ दिए गए थे। पीडब्ल्यूडी के नाम से मशहूर यह विभाग अँगरेज़ों की विरासत है। इसे उन्नीसवीं सदी के मध्य में स्थापित किया गया था। अपनी विलक्षण शैलीहीन शैली के साथ यह विभाग भारतीय सार्वजनिक जीवन में हर जगह व्याप्त रहता है।

नेहरू ने औद्योगिक शहरों के निर्माण को भी अनुप्राणित किया। इनमें एक था भिलाई जो अपने इस्पात-संयंत्र के कारण मशहूर हुआ। इस शहर में पला-बढ़ा एक लेखक बताता है कि इसकी 'डिज़ाइन केवल पेंसिल के एक टुकड़े और छः इंच के प्लास्टिक पैमाने की मदद से बना दी गई थी और उस डिज़ाइन में समांतर रेखाओं के अलावा और कुछ नहीं था'।[25] इसी तरह राउरकेला और दुर्गापुर के निर्माण के पीछे पूरी तरह से उपयोगितावादी दृष्टिकोण अपनाया गया। उजाड़ मैदानों में बिछाई गई एक विशाल झँझरी जैसी डिज़ाइन के ये शहर औद्योगिक छावनियों की तरह थे। यह ज़रूर है कि इन औद्योगिक शहरों को धीरे-धीरे एक नए क़िस्म की सार्वदेशिकता उपलब्ध करने में कामयाबी मिली। देश-भर से डॉक्टर, इंजीनियर और तकनीशियन यहाँ आए और खान-पान की दिक़्क़तों के बावजूद मिल-जुल कर काम करते रहे। किसी शहर में ब्रिटिश विशेषज्ञों की कॉलोनी थी, तो किसी में सोवियत और किसी में जर्मन विशेषज्ञों की। उष्ण कटिबंधीय गर्मी में पसीजते हुए इन विदेशियों के सामने अपने इस वनवास को कोसते रहने के अलावा कोई चारा न था।

लेकिन नेहरू की आधुनिकता अतातुर्क की भाँति अतिवादी नहीं थी। उनकी शहर संबंधी समझ का एक पहलू था अतीत से एक झटके में नाता तोड़ लेने की इच्छा।

दूसरा पहलू था ऐतिहासिक निरंतरता को क़ायम रखने की कोशिश तथा संस्कृतियों की परतों, उनके मिश्रण व उनकी संकुलता को सुरक्षित रखने का आग्रह। नेहरू के इस रुझान को सबसे ज़्यादा नफ़ासत के साथ अगर कोई औपनिवेशिक शहर व्यक्त कर सकता था, तो वह था बंबई। दूसरे औपनिवेशिक शहरों के विपरीत बंबई उत्पादन और व्यापार का वास्तविक केंद्र था। ऐतिहासिक रूप से भारत के आर्थिक आधुनिकीकरण की ऊर्जा बंबई के कल-कारख़ानों में पैदा होती थी।

1947 के बाद के भारत में बंबई एक अपवाद की तरह था। वह अपने-आप में एक द्वीप यूँ ही नहीं था। उसके ऊपर न तो सरकारी नौकरशाही का बोझ था और न ही नई दिल्ली से छूटती आर्थिक विचारों की तरंगें उसे बेचैन कर रही थीं। बंबई की दिलचस्पी केवल अकूत धन पैदा करने और फिर उसे चमकते हुए नियोन साइनबोर्डों में उड़ा देने में थी। वह ब्रिटेन से आए माल का गोदाम-भर नहीं था। उसकी हैसियत हमेशा से कहीं ज़्यादा थी। कलकत्ता के विपरीत बंबई स्थानीय तौर पर विकसित हुए अपने उद्योगपतियों पर गर्व कर सकता था। बंबई की यह सुस्थिर सार्वदेशिकता विभाजन के कारण हिल गई। जिन्ना जैसे लोग पाकिस्तान चले गए जिससे शहर में मुसलमानों की उपस्थिति कमज़ोर पड़ गई। विभाजन के बाद से ही पारसी समुदाय के प्रभाव में गिरावट आनी शुरू हो गई जबकि उससे पहले पारसी भारतीय सार्वजनिक जीवन के शीर्ष पर हुआ करते थे। विभाजन के कारण दसियों हज़ार शरणार्थी भी शहर में आ गए। इसके बावजूद बंबई का शहर भारत की सांस्कृतिक और व्यापारिक राजधानी बना रहा। आने वाले वर्षों में आम आदमी के मन में बंबई की छवि आधुनिक भारत के टोटेम की तरह बस गई।

बंबई की इस छवि के पीछे सिनेमा का हाथ था। रजत पट के कारण अधिकांश भारतवासियों के दिमाग़ पर बंबई का एक-न-एक बिंब अंकित हो ही गया चाहे वह विक्टोरिया टर्मिनस रेलवे स्टेशन की गुफानुमा गोथिक आकृति हो या उसके अपराध जगत की आकर्षक क्रूरताएँ हों। बंबई के फुटपाथ, उसकी गगनचुंबी इमारतें और किसी सुंदरी के गले में पड़े हार की तरह चमकती मैरिन ड्राइव की बत्तियाँ—ये तमाम दृश्य भारतवासियों की कल्पना के अंग बन गए। पचास के दशक के हिंदी सिनेमा में हुए बंबई के चित्रण ने भारत से जुड़ी एक ख़ास तरह की अवधारणा का प्रतिनिधित्व किया। राजकपूर और गुरुदत्त जैसे अभिनेता-निर्माता-निर्देशकों की पीढ़ी और ख़्वाजा अहमद अब्बास जैसे वामपंथी पटकथा-लेखकों ने अपनी प्रतिभा से भारत के जिस राष्ट्रवादी बिंब को फ़िल्मों में मंचित किया और जिसके गीत गाए, वह साफ़ तौर से नेहरू के विचार से प्रभावित लगता था। *आवारा, श्री चार सौ बीस* और *सीआईडी* जैसी फ़िल्मों में बंबई का चित्रण एक ऐसी जगह के रूप में हुआ जो एक साथ आश्चर्यलोक भी थी और जहाँ शोषण भी होता था। इस संयोग ने लोगों के लिए बंबई को संभावनाओं से छलकती एक लुभावनी मंज़िल का रूप दे दिया।

इन फ़िल्मों ने बंबई के निहित उतावलेपन और अवैयक्तिकता को ही प्रदर्शित नहीं किया, बल्कि यहाँ की भीड़ में खोकर अनाम हो जाने से मिलने वाले मुक्ति के अहसास तथा अजनबियों के प्रति हमदर्द रवैये को भी व्यक्त किया। बंबई की ये कहानियाँ प्राय: चैप्लिन शैली के 'आम आदमी' की निगाहों और समझ के ज़रिये कही जाती थीं। इन फ़िल्मों के नायक की आवारागर्द हस्ती अपनी शिक्षित निम्न-मध्यवर्गीय समझ के साथ परंपरा के रुतबे और अमीरी से उपजने वाले भ्रष्टाचार से संघर्ष करती नज़र आती थी। दर्शकों के सामने यह आवारा नायक इस महानगर के जंजालों और सम्मोहक जादू से बचता हुआ चला जाता था। ऐसी फ़िल्मों से एक लोकतांत्रिक, बहिर्मुखी और धर्मनिरपेक्ष राष्ट्रवादी अनुभूति नाटकीय रूप में पेश होती थी। इसका प्रभाव बहुत गहरा तो नहीं पड़ता था, लेकिन इसमें एक आह्वान की शक्ति तो होती ही थी। इस प्रकार हिंदी फ़िल्मों ने बंबई की पुष्टि ऐसे शहर के रूप में कर दी जिसमें उस राष्ट्रवादी अनुभूति को विकसित करने लायक गुंजाइश सबसे ज़्यादा थी।

परंतु, सिक्के का एक दूसरा पहलू भी था। पचास के दशक से बंबई का अपना इतिहास इस फ़िल्मी तस्वीर का खंडन कर रहा था। देश में सबसे ज़्यादा आधुनिक, समृद्ध और सार्वदेशिकता से संपन्न यह शहर राष्ट्रवादी आदर्शों के विपरीत एक भड़काऊ प्रांतीयतावाद की राजनीति में फँसा हुआ था। बंबई की प्रांतीयता का राजनीतिक स्रोत देश के आर्थिक विकास के अंतर्विरोधों में तलाशा जा सकता था। इस आर्थिक विकास ने कुछ लोगों को बेतहाशा अमीर बना दिया था और अधिकांश जनता दरिद्रता के गर्त में चली गई थी। इसी तरह के अंतर्विरोधों की देन था बंबई का राजनीतिक ज्वार-भाटा जिसमें लोकतांत्रिक जज़्बात से धड़कता हुआ समाज डूब-उतरा रहा था।

बंबई की समृद्धि उसके वाणिज्य की देन थी। साथ ही यह देश का सबसे पुराना औद्योगिक केंद्र भी था। इस शहर के पूँजीपतियों ने आज़ादी से पहले कांग्रेस के राष्ट्रवाद को अपने अनुकूल ढालने की कोशिश की थी और आज़ादी के बाद भी वे राज्य से निकट संबंध बनाए रहे। हालाँकि, नियोजन के दौर में इन संबंधों पर तनाव और द्वैध की छाया आ गई थी। जैसे-जैसे नियोजन की हैसियत गिरी और इंदिरा गांधी ने उसे मनचाहे आबंटन और तुष्टीकरण का औज़ार बनाया, वैसे-वैसे कोटा-परमिट राज के दौर में उद्योगपतियों और राजनेताओं में घनिष्ठता बढ़ती चली गई। यह रिश्ता औद्योगिक लाइसेंस ख़रीदने और बेचने पर आधारित था। बंबई के उद्योगपति (और फ़िल्मी सितारे) नई दिल्ली की सरकारों और पार्टियों के लिए राजनीतिक कोष का बड़ा ज़रिया बन गए। सत्तर के दशक से उनके और नई दिल्ली के राजनीतिक ठेकेदारों के बीच संबंध ख़ूब परवान चढ़े। ज़ाहिर है स्वतंत्र उद्यम और प्रतियोगिता के लिए मशहूर बंबई की इस प्रतिष्ठा के पीछे विडंबनापूर्ण यथार्थ कुछ और था।

सत्तर के बाद इस शहर ने जो भी समृद्धि अर्जित की, वह इजारेदारी लाइसेंसों को ख़रीदने के ज़रिये हासिल की गई थी। इनके बदले नई दिल्ली की शिखर राजनीति को बड़े पैमाने पर चुनावी चंदा और पार्टी चलाने के लिए धन दिया गया। इस तरह वहाँ एक विकृत इजारेदार पूँजीवाद पनपा जिसने बंबई के उद्योगों को अंतर्राष्ट्रीय और घरेलू प्रतियोगिता से संरक्षित करते हुए अक्षम बना दिया। सत्तर के उत्तरार्द्ध में बंबइया उद्योग के केंद्र सूती कपड़ा उद्योग में भारी गिरावट आई और रोज़गार देने की ज़िम्मेदारी सेवा क्षेत्र पर आ गई जो अस्थिर क़िस्म का था। कारख़ानों में नौकरियाँ मिलने के बजाय अब या तो वित्त और बैंकिंग की दुनिया में काम मिल सकता था या फिर दुकानों और निम्न-मध्यम वर्गीय घरों में घरेलू काम-काज की अनौपचारिक व अस्थायी नौकरियाँ रह गई थीं।

बंबई की समृद्धि कई क़िस्म की है और उसने शहर के अलग-अलग हिस्सों को उसी के मुताबिक़ अपनी भींच में ले रखा है। एक तरफ़ मालाबार हिल, पाली हिल और कफ़ परेड की बेतहाशा दौलत है। मालाबार हिल के बाग़-बग़ीचे पुराने व्यापारिक और औद्योगिक घरानों की कमाई की देन हैं। पाली हिल फ़िल्मी सितारों से चमचमाती रहती है। और कफ़ परेड की बदनुमा मीनारों में नए प्रबंधकीय और अन्य पेशों से आने वाली रक़म के ढेर लगे हुए हैं। सारी सुख-सुविधाएँ इन्हीं इलाक़ों में केंद्रित हैं। चेहरे का दूसरा रंग उसकी चालों और झोपड़पट्टियों में मिलता है। लेकिन, महानगर की आबादी इतनी सघन है कि अमीर चाहें तो भी ग़रीबों से दूर नहीं रह सकते और इसीलिए परस्पर विपरीत जीवन-शैलियों के दृश्य एक-दूसरे से सटे हुए दिखते हैं (शहर की जनसंख्यामूलक सघनता प्रति वर्ग किमी 17,000 व्यक्तियों की है जो लंदन की सघनता से 14 गुना ज़्यादा है)। हालाँकि इस सघनता का पूरे शहर में वितरण एक-सा नहीं है। एक तरफ़ विलिंगडन क्लब और बांबे जिमखाना के आलीशान लॉन और चाय-पार्टियाँ हैं। (इन जगहों को किसी ज़माने में एक रुपया प्रति वर्ष की दर से 99 वर्ष के पट्टे पर हासिल किया गया था।) दूसरी तरफ़ बंबई की आधी से अधिक आबादी यानी क़रीब पचास से साठ लाख लोग झोपड़पट्टियों में ठुँसे रहते हैं जो केवल आठ फ़ीसदी ज़मीन पर ही बनी हुई हैं। इन झुग्गियों में मज़दूर और निम्न-मध्य वर्ग के शिक्षित लोग रहते हैं। ये लोग कोई बहुत ज़्यादा ग़रीब नहीं हैं। क़रीब सात लाख लोग फुटपाथों पर सीवर पाइपों में या फ़्लाईओवरों के नीचे किसी-न-किसी प्रकार गुज़र-बसर कर रहे हैं। भारतीय राज्य ने इन झोपड़पट्टियों को नागरिक सुविधाओं के नाम पर कुछ भी नहीं दिया है। शहरी विकास के लिए बहुत छोटी राशि का प्रावधान किया जाता है।

इस परिस्थिति का नतीजा एक ऐसे शहर के रूप में निकला है जो ग़रीब व निम्न-मध्य वर्ग की आकांक्षाओं, निराशा और आक्रोश से खदबदा रहा है। निराशोन्मत्त जीवन-दशाओं के लिए अभिशप्त यहाँ की दरिद्र जनता को लगातार ऐसी सरकारों

और नेताओं को झेलना पड़ता है जो भाषा तो समता की बोलते हैं लेकिन उनका आचरण और उनके गठजोड़ ठीक उल्टे होते हैं। नेहरू भारतीय राजनीति की अभिकल्पना कुछ इस तरह से करते थे कि आने वाले समय में लोकतंत्र प्रतिकूल परिस्थितियों में रहने वाले लोगों को भी अपने हक़ों का दावा करने में सक्षम बना देगा और जैसे-जैसे ग़रीब जनता बेहतर जीवन की माँग के साथ स्वयं को संगठित करती जाएगी, वैसे-वैसे सामाजिक टकराव ग़रीब बनाम अमीर की शक्ल में विकसित होता चला जाएगा। लेकिन, ग़रीबी और असमानता के ख़िलाफ़ इस अनुमानित लोकतांत्रिक संघर्ष के मामले में भारत के आधुनिक शहर उसके देहातों से ज़्यादा बेहतर नहीं निकले। यह सही है कि ग़रीब आज पहले से कहीं ज़्यादा राजनीति में भाग ले रहे हैं। वे भाँप गए हैं कि चुनाव को सबक़ सिखाने और छोटे-छोटे फ़ायदों के लिए इस्तेमाल किया जा सकता है। वे बिजली लगवाने, नल लगवाने और सड़क बनवाने तक के लिए चुनाव का मौक़ा ताकते हैं। लेकिन, हुआ यह है कि शहरों में परंपरागत सामुदायिक बंधनों के कमज़ोर हो जाने के बावजूद स्वतंत्र व्यक्तियों का ऐसा समाज नहीं उभर सका है जो अपने मक़सदों को हित-आधारित संगठनों के ज़रिये हासिल कर सकता हो। अर्थात पश्चिम के उदारतावादी आनंदलोक की छवि की शहरों में पुनर्रचना नहीं हो सकी। शहर की आर्थिक विषमताओं और सामाजिक विविधताओं ने धर्म और जाति पर आधारित राजनीतिक समुदायों को पैदा कर दिया। अपने जातिगत या धार्मिक उद्गम पर गर्व करने वाले ये संगठन राज्य से सभी के लिए सार्विक अधिकारों और बेहतर सलूक की माँग कभी नहीं करते। उनका आग्रह होता है कि सुविधाएँ और संरक्षण केवल उनके अपने समुदाय को मिलने चाहिए, भले ही अन्य लोग उपेक्षित पड़े रहें।

भारत की लोकतांत्रिक राजनीति के इन्हीं पेचो-ख़म की पैदाइश है बंबई की राजनीति। ग़रीबों की हताशा उन्हें एक समान और स्थायी वर्गीय एकता के बंधनों में नहीं बाँध सकी। आर्थिक प्रक्रिया और राजनीतिक प्रतियोगिता की शैली वर्ग के उदय के ख़िलाफ़ चली गई। औद्योगिकीकरण के लिए नाना प्रकार की उत्पादक प्रौद्योगिकियों का इस्तेमाल करने से लेकर मेहनत और उसके मेहनताने के स्थानीय प्रावधान तक हर परिस्थिति ने मेहनतकश ग़रीबों को टुकड़ों-टुकड़ों में बाँटा। उनके बीच विभेदीकरण किया। वर्गीय संगठनों का वजूद टिकाऊ नहीं रह सका। बंबई जैसे शहर में अक्सर बन जाने वाले अड़ोस-पड़ोस के आवासीय रिश्तों की भी इसमें भूमिका रही। इसी तरह उपभोग-संरचना भी मज़बूत वर्गीय संबंधों का आधार नहीं बन पाई। सामाजिक पैमाने के शीर्ष पर स्थित शहरों का सर्वभारतीय प्रभु वर्ग देश के किसी भी होटल की लॉबी में एक साथ एक तबक़े के रूप में बिना किसी समस्या के विचरण करता मिल जाएगा, लेकिन शहरी ग़रीबों की उपभोग संबंधी आदतों के कारण उनकी कोई एक राष्ट्रव्यापी उपभोग-संरचना नहीं बन पाई।

किसी चाल या झोपड़पट्टी में रहने वाले लोग इतना करते हुए ज़रूर दिखे कि उन्होंने चंदा करके एक सामूहिक टीवी लगवा लिया या उपग्रहीय और केबल टीवी का कनेक्शन ले लिया। यह उनकी समृद्धि का प्रमाण तो क़तई नहीं था हालाँकि उस टीवी या केबल कनेक्शन को देख कर मालाबार हिल या कफ़ परेड के पैसे वाले लोग ऐसी छींटाकशी का लोभ सँवरण नहीं कर पाए, 'देखो, ये नौकर लोग आजकल क्या मज़ा कर रहे हैं।' दरअसल, वह सामूहिक टीवी ज़्यादा-से-ज़्यादा इस दावे का ही प्रमाण बन पाया कि ग़रीब लोग भी उन्हीं बिंबों का उपभोग करना चाहते हैं, जिनका अमीर करते हैं।

बंबई ने ट्रेड यूनियन और मज़दूर राजनीति का सक्रिय दौर भी देखा। लेकिन, कांग्रेस ने इस मोर्चे पर भी लोकतांत्रिक राजनीति को ऐसा लोकलुभावन स्वरूप दे दिया कि मज़दूरों के बीच हितों पर आधारित एकता की संभावनाएँ गड़बड़ा गईं। जब भी मज़दूर संगठनों का प्रभाव बढ़ता नज़र आता कांग्रेस के नेता फ़ौरन उनके ख़िलाफ़ सक्रिय हो जाते। साठ के दशक के उत्तरार्द्ध में ट्रेड यूनियनों और शहरी राजनीति में एकबारगी कम्युनिस्टों का प्रभाव बढ़ा था, लेकिन कांग्रेस ने उनके मुक़ाबले जातिगत और मराठा पहचानों को उभारने का खेल शुरू कर दिया। उसने मज़दूरों के ग्रामीण संपर्कों को आधार बना कर ग़रीबों और निम्न-मध्यम वर्ग के बीच अपने एजेंटों के ज़रिये चौधराहट की राजनीति की। इस तरह प्रांतीय कांग्रेस के बड़े नेताओं ने अपनी पार्टी की चुनावी पकड़ को सुनिश्चित किया। विधानसभा और लोकसभा चुनावों में पार्टी को जीत मिलती रही। लेकिन यह शिखर-राजनीति ज़्यादातर लोगों तक केवल चुनाव के समय ही पहुँचती थी। उसे ग़रीबों की दैनंदिन समस्याओं में कोई रुचि नहीं थी। इसलिए ग़रीब उत्तरोत्तर अशांत होते चले गए। उन्होंने महाराष्ट्र की राजधानी में खेले जा रहे राजनीति के खेल से अलग रहने से इनकार कर दिया। चारों तरफ़ हो रहे समृद्धि के निर्लज्ज प्रदर्शन में हिस्सा माँगने से तब भला वे कैसे चूक सकते थे!

यही थे वे हालात जिनमें शिव सेना जैसे आंदोलन का बंबई में स्वाभाविक जन्म हुआ। शिव सेना आधुनिक भारतीय राजनीति की गहराइयों में छिपी हुई संभावनाओं की अभिव्यक्ति बनकर उभरी और उसने इस राजनीति के सभी मुहावरों का इस्तेमाल किया। शिव सेना यानी 'शिवाजी की फ़ौज' ने अपना नाम मुग़लों के ख़िलाफ़ कामयाब लड़ाइयाँ लड़ने वाले सत्रहवीं शताब्दी के मराठा युद्ध सरदार से लिया। साठ के दशक के मध्य में इसकी स्थापना एक ग़ैरमहाराष्ट्रियनों (ख़ासतौर से दक्षिण भारतवासियों) की विरोधी पार्टी के रूप में की गई। शिव सेना ने बंबई के मराठीभाषियों के लिए रोज़गार और शिक्षा संबंधी अवसरों को सुरक्षित रखने के लिए संघर्ष किया। मराठीभाषी बंबई की आबादी के क़रीब चालीस फ़ीसदी और ज़्यादातर निचले स्तर के पदों पर कार्यरत थे। शिव सेना ने लोकलुभावन राजनीति की शिक्षा

कांग्रेस से ली। कम्युनिस्टों और हिंदू अतिवादियों से संगठनात्मक तौर-तरीक़े लिये। सिनेमा, समाचार-पत्र जगत और यहाँ तक कि सड़कों की राजनीति से भी शिव सेना ने सबक़ सीखे। शिव सेना शहर के मामले में भी पीछे नहीं रही और उसने शहर को नए ढंग से रचने की कोशिश की। नामों के जादू में राष्ट्रवादी आस्था को शिव सेना ने भी इस क़दर आत्मसात कर लिया कि उसे पार्कों और सड़कों के नाम बदलने से ही संतोष नहीं हुआ, उसने पूरे शहर का ही नाम बदल कर मुंबई कर दिया। शिव सेना की शुरुआती सफलता स्थानीय माँगों पर आधारित राजनीति विकसित करने पर निर्भर थी। इस उपलब्धि ने उसके समर्थकों को अहसास दिलाया कि वे भी कुछ हैं। आगे चलकर इस संगठन ने चुनाव की शिखर राजनीति पर भी महारत हासिल कर ली। प्रारंभ में उसने दक्षिण भारत के तमिलों को निशाना बनाया और दावा किया 'सभी लुंगी वाले अपराधी, जुआरी, अवैध शराब के व्यापारी, भड़वे, गुंडे और कम्युनिस्ट हैं।'[26] लुंगीवालों के ख़िलाफ़ शिव सेना की शत्रुता का आधार न तो नैतिक था और न सांस्कृतिक। उनकी नाराज़गी का आधार तो यह पक्का यक़ीन था कि अँगरेज़ी भाषा पर ज़्यादा अधिकार होने के कारण दक्षिण भारतीयों ने अच्छी तनख़्वाहों वाली क्लर्क और निचले स्तर की प्रबंधन संबंधी नौकरियाँ हथिया ली हैं। यह बाद में साबित हुआ कि शिव सेना अपना दुश्मन बदल भी सकती है। क़िस्म-क़िस्म के ग़रीबों और निम्न-मध्यम वर्गीय तबक़ों की बहुसंख्या को अपने समर्थन-आधार में बदलने के लिए शिव सेना ने अस्सी के दशक से धार्मिक गोलबंदी की कार्यदिशा अपनानी शुरू की और बंबई के मुसलमानों को अपना निशाना बनाया जो शहर की आबादी का 15 फ़ीसदी थे। इस तरह शिव सेना ने राष्ट्रीय स्तर पर अपने क़दम जमाने की कोशिश कर रही धर्मनिरपेक्षता बनाम हिंदुत्व की बहस का बंबई की स्थानीय शहरी राजनीति में समावेश कर दिया। 1984 में भाजपा से गठजोड़ के ज़रिये उसने हिंदू राष्ट्रवादी राजनीति की सवारी करनी शुरू की। ज़ाहिर है कि शिव सेना का रिश्ता राष्ट्रीय राजनीति और केंद्रीय राज्य से परोपजीवी क़िस्म का था। यही उसकी विशेषता भी थी। वह केंद्रीय राज्य के अस्तित्व के लिए ख़तरा बनने के बजाय उस पर निर्भर थी।

धीरे-धीरे शिव सेना की दैनंदिन ऊर्जा स्थानीय राजनीतिक दुनियादारी में खपने लगी और उसने नई दिल्ली के दूरस्थ आत्ममोह का विरोध करने की कोई कोशिश नहीं की। शिव सेना ने उन लोकतांत्रिक जज़्बात का भी फ़ायदा उठाया जिन्हें श्रीमती गांधी के चुनावी हथकंडों के कारण हवा मिली थी। उसने स्थानीय राजनीति के भ्रष्टाचार से गंधाते गलियारों का ताला अपने लिए खोल लिया और उसमें निम्न-मध्यम और ग़रीब वर्ग के प्रवेश को बढ़ावा दिया। जिस ज़माने में कांग्रेस का सांगठनिक ढाँचा दरक रहा था, उस समय शिव सेना ने 'अनौपचारिक' राजनीति का विस्तृत जाल फैला कर ख़ुद को ताक़तवर बनाया। यह 'अनौपचारिक' राजनीति बंबई जैसे शहरों

की ख़ास बात थी। शिव सेना ने शाखाएँ खोलीं, नौजवानों के क्लब बनाए और युवक मित्रमंडल गठित किए। शिव सेना ने पुरुषों के जो भ्रातृसंघ बनाए उनके पीछे साझा हितों के आधार पर स्वयंसेवी भाव से युक्त व्यक्तियों के संगठन का विचार था। शिव सेना ने इनका इस्तेमाल व्यक्तिवाद विरोधी सामुदायिक भाषा बोलने में किया। वह युवकों के बीच जिस मराठी संस्कृति को ले गई उसका पहले शिव सेना की तर्ज़ पर शुद्धिकरण कर लिया गया था। शिव सेना ने युवा शक्ति और उसकी सक्रियता पर बल दिया। यह पार्टी अपने जुलूसों (मोर्चों) के लिए मशहूर हो गई जिनके आगे मोटरसाइकिलों पर सवार नौजवान आक्रामक भाव से चला करते थे। सेना और बंबई की सड़क-संस्कृति के बीच घनिष्ठ रिश्ते थे। वह मुहल्ले के दादाओं पर निर्भर थी। उसने हिंसा पर इजारेदारी रखने वाले झोपड़पट्टियों के स्थानीय गुंडों और रंगबाज़ों से भी काम लिया। इस गुंडा राजनीति ने शिव सैनिकों को रोज़मर्रा की राजनीति में ख़ासा असरदार बना दिया और शिव सेना झोपड़पट्टियों के निवासियों में पैठ गई। लेकिन, सेना और झोपड़पट्टी के रिश्ते में अस्थायित्व के अंदेशे भी थे। विभिन्न समुदायों के मिश्रण से बनी यह आबादी बंबई शहर की सुंदरता और शुद्धता के लिए ख़तरा भी थी, इसलिए सेना नियमित रूप से सुंदरीकरण योजनाओं को भी चलाती रही जिनका मक़सद झुग्गियाँ ध्वस्त करना ही होता था। इसके बावजूद सेना ने झुग्गीवासियों का नेतृत्व करते हुए फ़्लोरा फाउंटेन जैसी जगहों पर उनका क़ब्ज़ा करवा कर भी दिखाया। दिन-भर चले इस क़ब्ज़े ने ग़रीबों को पल-भर के लिए अपनी शक्ति का स्वाद चखा दिया। उस दिन उन्हें लगा कि वे भी एक ऐसे क्षेत्र के स्वामी बन सकते हैं जो आमतौर पर उनकी पहुँच से बाहर और केवल विशिष्ट जनों के लिए सुरक्षित रहता है।

शिव सेना ने अपनी साख बंबई के ग़रीबों और निम्न-मध्यम वर्ग की सांस्कृतिक, स्वास्थ्य संबंधी और शैक्षिक सेवा के ठोस कार्यक्रमों के आधार पर बनाई। लेकिन, सेना का यह चरित्र साल्वेशन आर्मी जैसा नहीं था। सेना द्वारा सेवा करने का लाभ पहुँचाने के लिए जो इलाक़े या जन-समुदाय चुने गए, उनका चयन करने में बड़े सख़्त मानदंड अपनाए जाते थे। इस प्रक्रिया में सेना ने अपने दायरे से कई तबक़ों को शुरू से ही बाहर रखा। वह बंबई के शहरियों का बहुमत और अल्पमत में ध्रुवीकरण करके समर्थन-आधार बनाने पर तुली हुई थी। सेना ने निर्मम हिंसा के इस्तेमाल पर भी महारत हासिल की और पूरे अस्सी के दशक में बंबई के बाहरी इलाक़ों और महाराष्ट्र के अन्य शहरों में दंगे भड़काए जिनमें हर बार मुसलमानों और उनकी संपत्ति को निशाना बनाया गया। हिंसा, शिव सेना का प्राथमिक हथकंडा बन गई और इसके इस्तेमाल में अपनी कुशलता का सबसे बड़ा उदाहरण उसने दिसंबर 1992 और जनवरी 1993 में दिया। अयोध्या में कारसेवकों द्वारा बाबरी मस्जिद ढहाए जाने के कारण हुए जनवरी के दंगों में तो शिव सेना के सदस्य और

कार्यकर्ता पूरी बंबई में मतदाता सूचियाँ लेकर मुसलमानों के घरों की शिनाख़्त करते हुए घूमे ताकि उन पर हमला किया जा सके। मतदाता सूचियों का यह इस्तेमाल भारतीय लोकतंत्र की एक भीषण विडंबना थी। शिव सैनिकों ने लूट और हत्या का जो अभियान चलाया उसकी तुलना 1984 में नई दिल्ली में कांग्रेसियों द्वारा की गई सिख विरोधी हिंसा से ही की जा सकती थी। 1984 की दिल्ली की ही तरह 1993 की बंबई ने भी साबित किया कि पुलिस किस तरह हिंसा के शिकारों की रक्षा करने में कोताही बरत सकती है और वह किस हद तक सांप्रदायिक हो चुकी है।

आज़ादी के बाद बंबई भारत की शहर संबंधी राष्ट्रवादी अपेक्षाओं की मूर्तिमान प्रतीक लगती थी। औपनिवेशिक शहर की अवधारणा ने बंबई को कुछ संभावनाओं का अवदान दिया था, हालाँकि उसी के कारण वे संभावनाएँ विकृत हुई थीं। उम्मीद थी कि बंबई उस अवदान को साकार करके दिखाएगी। यह भी सोचा गया था कि आज़ादी अपने साथ सुसंगत आर्थिक विकास का वरदान लाएगी। हितों पर आधारित लोकतांत्रिक राजनीति का जन्म होगा। समतामूलक शहरी जीवन बनेगा और व्यक्ति-आधारित सार्वदेशिकता परवान चढ़ेगी। बंबई के बारे में राष्ट्रवादी सपना इन शब्दों में व्यक्त होता था : 'सभी तरह के भारत बंबई में मिल कर एक दूसरे में विलीन हो जाते थे। बंबई में जो भारत नहीं था, उससे भी समग्र भारत का मिलन हो जाता था...बंबई की असली ख़ूबसूरती यही थी कि वह किसी की नहीं थी और सभी की थी।'[27] बंबई के इसी स्वप्न के अंत की अनुभूति से पीड़ित होकर सलमान रश्दी ने इस शहर के शोकगीत को जन्म दिया। राष्ट्रवादी आदर्श ने जिस इतिहास को गति प्रदान की थी, वह सार्वदेशिकता के विचार के ऊपर से गुज़रता चला गया था। लेकिन, समस्या यह थी कि शहर के विचार को ठुकराने वाली कोई सहज चुनौती उपलब्ध नहीं थी। मसलन, गाँव शहर के प्रति-विचार की तरह उपलब्ध नहीं था। शिव सेना जैसे आंदोलन की भी शहर संबंधी समझ राष्ट्रवादी विचार से ही मिलती-जुलती थी। शिव सेना भी आधुनिक, सुसंगत, साफ़-सुथरे और कारगर शहर की रचना के लिए प्रतिबद्ध थी। फ़र्क़ केवल यह था कि उसकी भारत संबंधी दृष्टि राष्ट्रवादियों जैसी नहीं थी और यह काफ़ी बड़ा फ़र्क़ था। शिव सेना अपने आधुनिक शहर को एक दूसरी तरह के भारत में स्थित देखना चाहती थी। यह मानना ग़लत होगा कि शिव सेना का भारत संबंधी प्रांतीय क़िस्म का आंशिक विचार देश की राजनीतिक एकता को तोड़ने या भंग करने का इच्छुक था। शिव सेना ने केंद्र से ज़्यादा स्वायत्तता भी कभी नहीं माँगी। वह तो एक शक्तिशाली राज्य के विचार की समर्थक थी। न ही शिव सेना ने भारत की लोकतांत्रिक प्रकृति को कभी चुनौती दी। बजाय इसके उसने भारतीय समाज में चारों तरफ़ फैलने वाली लोकतांत्रिक भावनाओं से अपनी जीवनी-शक्ति प्राप्त की। दरअसल, शिव सेना का चिन्तन भारत के सांस्कृतिक तात्पर्य और उसका निर्माण करने वाले घटकों को अलग ढंग से

देखता है। वह भारत को सर्वदलीय जाति-मिश्रण की धरती के रूप में स्वीकार करने के लिए तैयार नहीं है। उसका ख़याल है कि भारत श्रेणीबद्ध व्यवस्था का नाम है जिसमें अंदरूनी तौर पर समरूप और एक-दूसरे से पूरी तरह कटे हुए समुदाय रहते हैं। शिव सेना की यह भारत संबंधी अवधारणा ही उसे बंबई की सार्वदेशिकता को मिटाने, उसकी आधुनिकता को छीनने और उसके फ़ायदे केवल एक बंद समुदाय में ही वितरित कर देने पर आमादा कर देती है।

5

नब्बे का दशक आते-आते भारतीय शहर एक नए उत्तर-राष्ट्रवादी दौर में पहुँच गया। जो शहर अपने क़दम जमा चुके थे, उन्होंने अपने पूर्वानुमानित रास्ते बदल लिये। आर्थिक विषमताओं और राजनीतिक अवसरों के दबावों ने अंतर्विरोधों को तीखा कर दिया। इनके गर्भ से राजनीतिक समुदाय की और भी एकतरफ़ा परिभाषा पैदा हुई, लेकिन इस अत्यधिक आंशिक समझ से शहरवासियों का लगाव पहले से ज़्यादा गहरा निकला। शहर और गाँव के बीच या औपनिवेशिक शहर और राष्ट्रवादी शहर के बीच की जाने वाली पुरानी तुलनाएँ प्रभावी नहीं रह गईं। इस दौर में भारत में शहर के फिर से आविष्कार की प्रक्रिया चली जिसके परिणामस्वरूप शहरों के नए मॉडल एक-दूसरे के आमने-सामने आ गए। क़स्बाई भारत आक्रामकता के साथ देश-भर में उभरा। उसका आधार था देहात द्वारा कमाई गई बेशी आमदनी। नगर और गाँव के बीच त्रिशंकु बनी हुई यह एक नई शहरी क़िस्म थी। इसे अपनी देशी सांस्कृतिक और राजनीतिक अभिरुचियों पर गर्व था। इसी के साथ-साथ इस दौर ने विभिन्न व्यवसायों में प्रशिक्षित उच्च वर्ग को भी पैदा किया। बहुराष्ट्रीय कंपनियों की चौधराहट में विकसित हो रही भारत की अर्थव्यवस्था के कारण इस वर्ग का दबदबा बढ़ा। यह वर्ग गतिशील और महत्त्वाकांक्षी था। यह वर्ग अपने औपनिवेशिक और राष्ट्रवादी पूर्वजों की भाँति ही अपनी छाप छोड़ने के लिए एक ऐसे फलक की तलाश में था जिस पर पहले से कोई दाग़ न लगा हुआ हो। साठ के दशक से ही ग्रामीण भारत के कई हिस्सों का ख़ासा आर्थिक विकास होने लगा था। वहाँ बेशी आमदनी जमा होती जा रही थी। इस नई समृद्धि का उद्‌गम विभिन्न इलाक़ों में अलग-अलग था : उत्तर में यह 'हरित क्रांति' के ज़रिये बढ़ी खेती की पैदावार का नतीजा थी। पश्चिमी भारत में यह 'श्वेत क्रांति' के ज़रिये हुई डेरी फ़ॉर्मिंग का परिणाम थी। दक्षिण में यह खाड़ी के देशों में काम कर रहे लोगों द्वारा भेजी गई विदेशी मुद्रा से निकली थी। यह तमाम आमदनी लघु उद्योगों में लगी। प्रांतीय शहरों व छोटे-छोटे क़स्बों में इसे जायदाद ख़रीदने में लगाया गया। अस्सी और नब्बे के दशक में फ़रीदाबाद, ग़ाज़ियाबाद, लुधियाना, मेरठ और मुज़फ़्फ़रनगर जैसे उत्तर

भारतीय प्रांतीय शहर बहुत तेज़ी के साथ बढ़े और लंबे-लंबे राष्ट्रीय मार्गों के किनारे देहाती क्षेत्र की गहराइयों तक अपना विस्तार करते चले गए। इससे देहात और शहर का फ़र्क़ धुँधला हुआ। इस तरह भारत में एक लाख से ज़्यादा आबादी वाले दो सौ से ज़्यादा शहर उभर आए। इनमें देश के 'नए मध्य वर्ग' की रिहाइश है। इन्हें अब दूरदराज़ के महानगरों को हसरत-भरी निगाह से देखने की ज़रूरत नहीं है। इन शहरों का रूप बंबई और दिल्ली से उद्भूत विचारों ने निर्धारित नहीं किया है। दिल्ली और बंबई के प्रति अगर इन शहरों में कुछ है, तो वह क्षोभ और अवज्ञा की भावना ही है। यह नया भारत ज़ी टीवी और केबल टीवी का भारत है। सरकारी दूरदर्शन की अपेक्षा अधिक संकोचहीन उपभोक्तावाद का प्रवर्तक यह भारत हिंदी और अँगरेज़ी के एक संकर संस्करण *हिंगलिश* की प्रसारण-ख़ुराक पर पलता है। उपभोग के लगभग सभी बड़े-से-बड़े अवसर इन नए शहरों में मौजूद हैं : मारुति कार के शो रूम, होटल, फ़ास्ट फूड रेस्त्राँ, रीबूक और प्रोलाइन ब्रांड बेचने वाली दुकानें, टाइटन घड़ियाँ और वीडियोकोन इलेक्ट्रॉनिक्स के उत्पाद। लेकिन इन शहरों में समतल सड़कें, फुटपाथ, स्ट्रीट लाइट्स और पार्क जैसे आधुनिकता के अनिवार्य चिह्न बहुत कम दिखाई पड़ते हैं, जबकि शहर से जुड़ी इन ख़ूबियों ने ही औपनिवेशिक और राष्ट्रवादी समझ को प्रेरित किया था। इन नए शहरों की सड़कें प्राय: नामहीन हैं जिससे उन पर चलने वालों को सांकेतिक क़िस्म की ऐतिहासिक स्मृति से भी छुटकारा मिल जाता है। यहाँ शहर की 'अवधारणात्मक' अनुभूति कमज़ोर है। नागरिक सुविधाओं की बड़ी कमी है और शहरी प्रारूप लापता हैं। पुलिस का प्रभावी बंदोबस्त भी नहीं है। महानगरों के मुक़ाबले ये शहर छोटे पैमाने के हैं इसलिए उनमें परस्पर अपरिचित नागरिकों के बीच अनाम और अवैयक्तिक रिश्तों को प्रोत्साहित करने की क्षमता भी कम है। इन शहरों ने ऐसे नए और विशेष प्रकार के सामाजिक संबंधों को जन्म दिया है जो न आधुनिक हैं और न पारंपरिक। कुल और जाति के बंधन अभी भी मज़बूत हैं। लेकिन गाँव के मुक़ाबले इनका दायरा अधिक व्यापक है, इसलिए धीरे-धीरे इन बंधनों का रूप अधिक भंगुर और उपयोगितावादी होता चला गया है।

प्रांतीय शहरों की संवेदना ने अब देश की राष्ट्रीय राजनीति पर अपना असर दिखाना शुरू कर दिया है। चुनावी नज़रिये से ये शहर महत्त्वपूर्ण हैं और बहुमत की दौड़ में लगी हुई पार्टियाँ यहाँ तीखी होड़ में फँसी हुई हैं। ख़ासतौर से उत्तर प्रदेश और बिहार के क्षेत्रों में चूँकि पुलिस और सुरक्षा के मामले में राज्य की तटस्थ उपस्थिति लापता है, इसलिए यह ज़िम्मा नेताओं और हथियारबंद गिरोहों के सरदारों की मनमर्ज़ी ने सँभाल लिया है। परिणामस्वरूप इन शहरों के चरित्र पर हिंसा की संस्कृति का साया पड़ चुका है। इससे उपजे संघर्षों ने दो तरह के रूप अख़्तियार किए हैं। एक ओर ये शहर जाति-आधारित राजनीति के अखाड़े बन गए हैं, और

दूसरी ओर भाजपा ने अपने हिंदू राष्ट्रवाद के नए समर्थकों की फसल भी यहीं से काटी है। नए शहरों को जाति-राजनीति की देन के पीछे मध्यवर्ती जातियों का हाथ है, जिन्होंने कामयाब मँझोले किसानों और ग्रामीण पूँजीपतियों के रूप में देहात से अपने संपत्ति संबंधी रिश्ते भी क़ायम रखे और मंडल आयोग की सिफ़ारिशों से प्रोत्साहित होकर शहरों की राजनीति में भी हस्तक्षेप किया। भाजपा जिस दूरदर्शन छाप धार्मिकता की नुमाइंदगी करती है, वह इन शहरों के वासियों के अनुकूल बैठती है। इनके वोटों की गोलबंदी भाजपा की रणनीति का एक अनिवार्य हिस्सा बन चुकी है। 1990 में लालकृष्ण आडवाणी की रथयात्रा दस हज़ार किलोमीटर का फ़ासला तय करते हुए इसी तरह के दर्जनों शहरों से गुज़री थी। एक डीसीएम टोयोटा वाहन को नुमाइशी क़िस्म के रथ में बदल कर आडवाणी ने हिंदुत्व की विजय-यात्रा कुछ इस तर्ज़ पर निकाली थी कि जहाँ-जहाँ से रथ निकला, अपने पीछे हिंसा और दंगे छोड़ता चला गया। रथ गुज़रने के बाद हर शहर में ऐसे साइनबोर्ड लगा दिए गए जो घोषणा करते थे कि इन शहरों पर क़ब्ज़ा कर लिया गया है और अब वे 'हिंदू राज्य' के अंग बन गए हैं। गांधी अपनी पदयात्राओं से गाँवों को आपस में जोड़ते थे, लेकिन आडवाणी की रथयात्रा की कोशिश इन नए शहरों को आपस में जोड़कर हिंदू एकता का अहसास पैदा करने की थी।

उत्तर भारतीय शहरों की इस भ्रष्ट आधुनिकता के मुक़ाबले बंगलूरु के रूप में एक अलग तरह की शहर-विषयक प्रवृत्ति सामने आई। कर्नाटक की राजधानी बंगलूरु देश का सबसे ज़्यादा अँगरेज़ीदाँ शहर है। इसे अँगरेज़ों ने अपनी छावनी के रूप में उन्नीसवीं सदी के शुरू में स्थापित किया था। औपनिवेशिक दौर में यह मैसूर रियासत के क्षेत्र में आता था। राष्ट्रवादियों के आंदोलनकारी जोश से यह कभी प्रभावित नहीं रहा। इसलिए आज़ादी के बाद इसकी सड़कों के नाम थोक में नहीं बदले गए। आज भी यहाँ क्वींस रोड, केंसिंग्टन रोड, सेंट मार्क्स रोड, ब्रिगेड रोड और कब्बन पार्क हैं। लंबे अरसे से इस शहर का चरित्र ठोस रूप से मध्यवर्गीय रहा है। औपनिवेशिक रूपरेखा ने इसकी शक्ल-सूरत को बचाए रखा है। झुग्गियाँ बंगलूरु में भी हैं, लेकिन अन्य भारतीय शहरों के मुक़ाबले कम दिखती हैं। लेकिन, यह शहर उत्तरी और दक्षिणी हिस्सों में स्पष्ट रूप से विभाजित है। उत्तर में छावनी इलाक़े हैं जिनमें ज़्यादातर तमिल लोग रहते हैं। दक्षिण ग़रीब कन्नड़भाषियों का केंद्र है। बंगलूरु की जलवायु, पार्क और हरियाली ने इसे बड़े अफ़सरों और सैनिक अधिकारियों के लिए वृद्धावस्था गुज़ारने के लिए आकर्षक बना दिया है। बंगलूरु का महत्त्व इसकी ख़ूबसूरती ने ही नहीं, इसकी शैक्षिक और वैज्ञानिक संस्थाओं ने भी बढ़ाया है। इसीलिए पचास के दशक में राजकीय स्वामित्व वाले कई बड़े-बड़े प्रतिरक्षा और संचार उद्योग इस शहर में लगाए गए थे। बंगलूरु वैज्ञानिक अनुसंधान के केंद्र के रूप में प्रतिष्ठित है और

इसने अपने प्रौद्योगिकीय आधार को भी व्यापक कर लिया है। सत्तर के दशक के बाद से इस शहर के विकास की गति काफ़ी तेज़ रही है और इसमें एक नया मध्य और उच्च वर्ग उभर आया है। इस वर्ग की समृद्धि ज़मीन के मालिकाने, सरकारी नौकरियों अथवा उद्योग जैसे पारंपरिक स्रोतों की देन नहीं है, बल्कि उसने अपने व्यावसायिक और तकनीकी कौशल से पैसा कमाया है। इस वर्ग की प्रकृति बेहद अंतर्राष्ट्रीय क़िस्म की है। इसनें उद्यमशीलता की भी कोई कमी नहीं है। इसके बहुत-से सदस्यों के पास अमेरिकी डिग्रियाँ हैं। इस मामले में वे ब्रिटिश विश्वविद्यालयों में पढ़े लोगों की पुरानी क़िस्म की प्रभुवर्गीय मानसिकता से अलग क़िस्म के हैं। चूँकि बंबई के अनाप-शनाप महँगे मकानों और जायदाद को ख़रीदना इनके लिए मुमकिन नहीं था, इसलिए उन्होंने बंगलूरु को अपना लिया। उनके लिए यह शहर बंबई के बाद भारतीय आधुनिकता का वैकल्पिक चेहरा है।

1991 में जब से उदारीकरण की शुरुआत हुई है, इस नए वर्ग की टिकाऊ क्षमता और आर्थिक ताक़त काफ़ी बढ़ गई है। विदेशी पूँजी के साथ-साथ ह्वेलट पैकार्ड, एशिया ब्राउन बावेरी, एगफ़ा व आईबीएम जैसी बहुराष्ट्रीय कंपनियाँ सस्ते कौशल की तलाश में इस शहर की ओर आकर्षित हुई हैं। इन विदेशी कंपनियों ने प्रशिक्षित पेशेवरों की वेतन-संरचना को पूरी तरह बदल डाला है। तीस वर्ष से भी कम आयु के भारतवासियों को ये कंपनियाँ ऐसी तनख़्वाहों पर रखने के लिए तैयार हो जाती हैं जो पब्लिक सेक्टर में काम कर रहे लोगों को रिटायरमेंट के क़रीब भी नसीब नहीं हो पातीं। 1990 के दशक से पहले अंतर्राष्ट्रीय निजी पूँजी की भारत की बंद अर्थव्यवस्था में बहुत छोटी भूमिका थी, लेकिन इस दशक में बंगलूरु इस पूँजी तक पहुँचने का सिंहद्वार बन गया है। इन बहुराष्ट्रीय निगमों की आर्थिक ताक़त के मुक़ाबले भारत में किसी का ठहरना नामुमकिन है। इनकी संभावनाओं के आकर्षण से कोई नहीं बच सकता। लेकिन समस्या यह है कि इन निगमों पर निर्भर रहने वाले भारतीय सामाजिक वर्ग अपने-आप में कमज़ोर क़िस्म के हैं। उनकी पीठ पर सहारा दे सकने वाली आर्थिक शक्तियों का हाथ नहीं है। नौकरशाहों, व्यापारियों और उद्योगपतियों की निगाह में इस वर्ग की क़ीमत कल के नवाबों जैसी ही है। अपनी अंतर्राष्ट्रीय अभिरुचियों के कारण उसे नैतिकतावादी राजनेताओं और सांस्कृतिक राष्ट्रवादियों के उलाहने सुनने पड़ते हैं। वैसे इस वर्ग की सीमाएँ किसी राष्ट्र-राज्य की भौगोलिक सीमाओं में बँधी हुई नहीं हैं। उसके सदस्य अपनी अंतर्राष्ट्रीय गतिशीलता पर गर्व करते हैं और अगर मौक़ा मिले तो उन्हें बंगलूरु के बिग किड्स कैंप, फ़िफ़्थ एवेन्यू और बार्टन सेंटर के 'सिंथेटिक' माहौल को छोड़कर सिंगापुर या दुनिया के किसी और अत्याधुनिक शहर के 'रियल' बाज़ारों में शॉपिंग करने में कोई हिचक नहीं होगी। बंगलूरु अनिवासी भारतवासियों की राजधानी बन चुका है। जिस तरह भारतीय राजनेता, उद्योगपति और फ़िल्मी सितारे वादज़ और ज़ूरिक़

के बैंकों में अपना धन जमा करना पसंद करते हैं, उसी तर्ज़ पर यह नया वर्ग भी भारत की एक पृथकतावादी समझ से लैस है।

बंबई और बंगलूरु भारतीय आधुनिकता की परस्पर विपरीत संभावनाओं के अलग-अलग अवतार हैं। ये दोनों ही इस बात के प्रतीक हैं कि राष्ट्रवादी कल्पनाशीलता की संभावनाएँ चुक गई हैं। उन्होंने भारत संबंधी जिस समझ को जन्म दिया है वह नेहरू की समझ से अलग है। बंबई में शिव सेना के एक समर्थक के लिए अपने आपको महाराष्ट्रीय अथवा हिंदू कहना ज़्यादा फायदेमंद हो सकता है। भारतीयता उसके लिए मात्र उपयोगितावादी महत्त्व की चीज़ रह गई है। उसे भारतीय पहचान से कम फ़ायदा होता है। इसी तरह बंगलूरु के एक युवा एमबीए अथवा सॉफ़्टवेयर विशेषज्ञ के लिए अंतर्राष्ट्रीय रोज़गार बाज़ार में भारत केवल एक स्टेशन की तरह है।

भारत के शहर दूर-दूर तक देहातों में फैली विशाल आबादी और अंतर्राष्ट्रीय अर्थतंत्र की उत्तेजक लहरों के बीच फँसे हुए हैं। भारतीय अभिरुचियाँ निरंतर बदल रही हैं। आधुनिकता के मौज-मज़े और उसके अंदेशों की दुनिया से निकलने वाली फुसफुसाहट अबाध रूप से कानों में गूँज रही है। आने वाले दशकों में यह त्रिकोणात्मक रिश्ता जो रूप लेगा, उसी से भविष्य के भारत की आर्थिक, सांस्कृतिक और राजनीतिक संभावनाएँ बनेंगी। सारी दुनिया जनसंख्या की दृष्टि से बेरोकटोक शहर की ओर खिसक रही है। जल्दी ही विश्व की आधे से अधिक आबादी शहरों में रहने लगेगी। लेकिन, भारत न केवल इस मामले में, बल्कि अन्य कई मामलों में अपवाद बना रहेगा। उसके शहरों में ठुँसी विशाल आबादी के बावजूद अधिकांश भारतीय खेती से प्राप्त जीविका पर निर्भर बने रहेंगे। इस अंतर्विरोध की गहनता की कोई सीमा नहीं है। पहला सवाल यह है कि क्या शहर देश के अर्थतंत्र को दिशा देते हुए अवसरों को अपने पक्ष में मोड़ सकेंगे? क्या वे भारतीय संस्कृति के पर्याय बन सकेंगे? निश्चित रूप से उन्हें हर काम में अंतर्राष्ट्रीय पूँजी की गतिशीलता से ताक़त मिल रही है, लेकिन वे इस पूँजी के मोहताज भी हैं। दूसरा सवाल यह है कि क्या इस देश का देहात अपनी लोकतांत्रिक संख्यात्मक शक्ति के दम पर महानगरों में रहने वाले भारतीय राज्य की दुनिया में हस्तक्षेप कर सकेगा? क्या वह उसे अपने लक्ष्यों और अपनी उम्मीदों के अनुरूप कर सकेगा? भारतीय समाज के अंतर्विरोधी जीवन पर आधुनिकता एक मुलम्मे की तरह चढ़ी हुई है। यह एक तरफ़ से चमकदार और चिकनी तथा दूसरी तरफ़ से खुरदुरी और फफोलेदार लगती है। सवाल यह है कि आधुनिकता के इस मुलम्मे की भूमिका निभाने के दायरे से भारतीय शहर कब तक निकल पाएँगे?

चार

हिंदू या भारतीय?

चालीस करोड़ मर्दों और औरतों की अलग-अलग हस्तियाँ। हर कोई एक-दूसरे से जुदा। हर कोई सोच और अहसास की अपनी निजी दुनिया में रहता हुआ।

नेहरू, 1946[1]

हम सब एक हैं, यह कहने वाला क़ानून बना कर एकता नहीं लाई जा सकती।

टैगोर, 1902[2]

1

सन् 1989 के आख़िरी दिन बड़े बेचैनी-भरे थे। इन्हीं दिनों अयोध्या में जमा की गई 1,67,000 ईंटों ने बहुत-से भारतवासियों का ध्यान अपनी ओर खींचा। ये कोई मामूली ईंटें नहीं थीं। ये राम-शिलाएँ थीं। इन्हें देश-भर से ही नहीं, देश के बाहर से भी लाया गया था। इस ढेर में जो ईंटें बड़े गर्व से प्रदर्शित की गई थीं उन्हें अमेरिका, कनाडा, दक्षिण अफ्रीका और कैरेबियन देशों के आप्रवासियों ने भेजा था। संघ परिवार ने राम-शिलाओं को अयोध्या तक लाने के लिए कई शिलापूजन समारोहों और यात्राओं का आयोजन किया था। इन कार्यक्रमों में हिंसा अक्सर एक धारा की तरह बहती रहती थी। संघ परिवार का दावा था कि इन ईंटों का इस्तेमाल एक विशाल और भव्य राम मंदिर बनाने के लिए किया जाएगा। यह मंदिर नक़्शे के हिसाब से ठीक उस जगह बनना था, जहाँ मान्यता के अनुसार कोटि-कोटि हिंदुओं के आराध्य देव भगवान राम का जन्म हुआ था। विवाद की बात यह थी कि ठीक उसी जगह सोलहवीं सदी से बाबरी मस्जिद खड़ी हुई थी। हिंदू नेता मस्जिद की जगह मंदिर बना कर अयोध्या के शांत क़स्बे को 'हिंदुओं का वेटिकन' बनाने का स्वप्न देख रहे थे। मंदिर के शिलान्यास के लिए एक बड़ा समारोह हुआ। इसमें हिंदू विधि-विधान से हुए पूजा-पाठ के

बीच ऐलान किया गया कि इसी दिन दोपहर एक बज कर पैंतीस मिनट पर सभी हिंदुओं के लिए अयोध्या की तरफ़ मुख करके जल चढ़ाना ज़रूरी है, चाहे वे उस समय कहीं भी हों।

शिलान्यास की विशेषता यह थी कि उसका संबंध किसी धार्मिक आराधना से नहीं था। वह एक राजनीतिक कार्रवाई थी जिसका समय तीज-त्योहारों के कैलेंडर के आधार पर तय न करके चुनाव का समय देख कर निर्धारित किया गया था। 'भारतीयकरण' के अभियान के प्रति समर्पित भाजपा के लिए यह कार्यक्रम चुनावी सफलता की लंबी मुहिम का एक महत्त्वपूर्ण पड़ाव था। वह पार्टी इसे 'एक राष्ट्र, एक जनता, एक संस्कृति' की अभिकल्पना को साकार बनाने के प्रयास के रूप में देख रही थी। राम-जन्मभूमि आंदोलन के इन्हीं कार्यक्रमों ने भाजपा को अस्सी के दशक के अंत तक राजनीतिक सत्ता की दहलीज़ पर पहुँचाया। भारतीयकरण की भाजपाई परियोजना एक ख़ास तरह की ऐतिहासिक समझ की देन थी। यह भारतीयता की उस परिभाषा के विपरीत थी जिसे 1947 के बाद राष्ट्रवादी प्रभु वर्ग ने स्थापित करना चाहा था। हिंदू राष्ट्रवादियों के लिए अयोध्या आंदोलन प्राक्-ऐतिहासिक अतीत से लेकर वर्तमान तक घटित हुई ऐसी घटनाओं का एकनिष्ठ आख्यान था। वैसे ये घटनाएँ अन्यथा एक-दूसरे से असंबद्ध लगती थीं। इस आख्यान में नौ लाख साल पहले हुए राम के जन्म से लेकर 1526 में भारत-भूमि पर पड़ने वाले मुग़लों के क़दमों तक हिंदुओं के साथ हुए ऐतिहासिक अन्याय की लोमहर्षक कहानियाँ थीं। आख्यान की परिणति में इस अन्याय का बदला लेने और आधुनिक भारत को उसके भव्य अतीत से सीधे-सीधे जोड़ देने के लिए ईश्वर द्वारा चुनी गई पार्टी के रूप में भाजपा के उदय तक की घटनाएँ शामिल थीं। इसी आंदोलन की परिणति 1992 में कारसेवकों द्वारा बाबरी मस्जिद के ध्वंस में हुई। बेलचों और कुदालों से लैस कारसेवकों की फ़ौज द्वारा मस्जिद पर की गई चढ़ाई से अयोध्या भारतीय राज्य पर हुए सर्वाधिक हाहाकारी हमले का रणक्षेत्र बन गई। यह एक ऐसी घटना थी जिसने भारत की राजनीतिक अस्मिता को झकझोर कर रख दिया।

भारतीय अस्मिता के बुनियादी सवाल पहले भी विवाद से परे नहीं थे। भारतीय राज्य ने उपनिवेशवादियों से जिन कटी-छँटी सीमाओं को विरासत में प्राप्त किया था, उनके मध्य रहने वाली आबादी के बीच काफ़ी बेजोड़ क़िस्म की विभिन्नताएँ थीं। चार वर्णों की सीमा में आने वाली हिंदुओं की अनगिनत जातियों और अछूत कहे जाने वाले पंचम वर्ण के अलावा मुसलमान, सिख, ईसाई, बौद्ध, जैन और कई जनजातियाँ भी इस आबादी में शामिल थीं। ये लोग क़रीब दर्जन-भर अलग-अलग भाषाएँ और हज़ारों बोलियाँ बोलते थे। इस आबादी में नाना प्रकार के जातीय और सांस्कृतिक समुदाय भी आते थे। ज़ाहिर है कि यह बेमेल सामग्री किसी राष्ट्र-राज्य की रचना करने लायक़ नहीं थी, क्योंकि इससे सामाजिक अस्मिता या एकता का

ऐसा कोई आधार नहीं निकलता था जिसके साथ आधुनिक राज्य का तालमेल बैठ सकता। न ही समाजवाद जैसा कोई विचारधारात्मक मतवाद अथवा सम्राट जैसा कोई प्रतीक उपलब्ध था, जिसके चारों ओर एक राष्ट्र के रूप में भारतीय जनता गोलबंद हो सकती। नेहरू ने भारतीयता की एक कामचलाऊ और फ़ौरी क़िस्म की दृष्टि गढ़ ली थी। आज़ादी के शुरुआती दशकों में लगने लगा था कि इससे काम चल जाएगा और यह भारत की एक राष्ट्र के रूप में अनुभूति का आधार बन जाएगी। लेकिन साफ़ तौर पर भारतीयता की यह एक राजनीतिक अवधारणा थी जिसे बनाए रखने के लिए देशवासियों को लगातार उसका क़ायल किया जाना ज़रूरी था। आगे चल कर भारतीयता की इस समझ का क्षय हो गया और ऐसी धारणाएँ उभर आईं जो मानती थीं कि राष्ट्र और राजनीतिक समुदाय बहुलवादी न होकर एकनिष्ठ क़िस्म के हैं। नब्बे का दशक भारतीयता की विभिन्न परिभाषाओं के बीच एक बार फिर ज़ोरदार टकराव लेकर आया। हिंदू राष्ट्रवादियों ने राज्य को हस्तगत करने और राष्ट्रीय समझ से बहुलवाद निकाल फेंकने की कोशिश की ताकि एक समरूप, एकनिष्ठ और हिंदू क़िस्म की भारतीयता को स्थापित किया जा सके। कुछ अन्य तत्त्वों ने भारतीय राज्य से पूरी तरह छुटकारा पाने के लिए संघर्ष किया ताकि वे अपने अलग राजनीतिक समुदाय की रचना कर सकें। उनका राजनीतिक समुदाय एकनिष्ठ हिंदू समुदाय के मुक़ाबले छोटा लेकिन अपनी अभिकल्पना में उतना ही समरूप और एकनिष्ठ था।

राजनीतिक समुदाय की परिभाषाओं को लेकर जो बहस थी, वह अयोध्या में प्रतीकात्मक रूप से एक परिणति पर पहुँच गई। अयोध्या का क़स्बा एक ऐसा मंच था जहाँ न तो औपनिवेशिक पराधीनता की अनुगूँजें थीं और न ही भविष्योन्मुखी स्मारकों के निशान थे। उस मंच पर एकदम अलग तरह का ऐतिहासिक नाटक पुनर्मंचित किया जा सकता था। जहाँ बाबरी मस्जिद ध्वस्त की गई थी, वह विवादित स्थल आज भी एक व्यावहारिक दुविधा की तरह देशवासियों को परेशान कर रहा है। सवाल यह है कि आख़िर अब उस जगह का क्या किया जाए? क्या वहाँ पर हिंदू राष्ट्रवादियों की इच्छानुसार एक नया राम-मंदिर बनवाया जाएगा? विवादित जगह पर तैनात सुरक्षा बल के सिपाही तो वहाँ आने वाले हर व्यक्ति को यही यक़ीन दिलाते हैं कि मंदिर तो बनना ही है। अथवा, क्या ध्वस्त की गई मस्जिद वहाँ पर दोबारा बनेगी? या फिर वहाँ तीसरे विकल्प के रूप में भारतीय राज्य की धर्मनिरपेक्ष अस्मिता के प्रतीक के तौर पर कोई राष्ट्रीय स्मारक बनना चाहिए?

2

राष्ट्रीय पहचान से जुड़ी इसी प्रकार की उलझनों ने आज़ादी के आंदोलन के दौरान

भी भारतीय मानस को परेशान किया था। एक तरफ़ अँगरेज़ों के ख़िलाफ़ लड़ाई चल रही थी और दूसरी तरफ़ भारतीय एकता और भारतीयता की तरह-तरह की परिभाषाएँ परस्पर होड़ कर रही थीं। नेहरू द्वारा दी गई परिभाषा इन्हीं में एक थी, लेकिन उसे किसी भी तरह समग्र भारतीय राष्ट्रवाद की प्रतिनिधि परिभाषा नहीं कहा जा सकता था। दरअसल, राष्ट्रवाद संबंधी विविध विचारों का उद्‌गम उन्नीसवीं सदी के उत्तरार्द्ध में हुए बौद्धिक और सांस्कृतिक उन्मेष में निहित था। यह एक असाधारण अवधि थी जिसमें नाना प्रकार के प्रयोग हुए। इस प्रक्रिया को संक्षेप में 'भारतीय राष्ट्रवाद' नहीं कहा जाना चाहिए। ऐसा कह देने से एक भ्रामक तस्वीर उभरने का ही अंदेशा होता है। दरअसल, इस दौर की धाराएँ अक्सर दुहरे और परोक्ष अर्थों से लैस होती थीं। उनका दायरा कांग्रेस जैसे राजनीतिक आंदोलन से परे चला जाता था। कई तरह के राजनीतिक और द्विभाषी विमर्श एक साथ चलते रहते थे। देशी भाषाओं के माध्यम से बड़ी कुशलता व कल्पनाशीलता के साथ यह दावा किया जाता था कि यह देश एक है और इसका एक राष्ट्रीय समुदाय है। बंगाल और महाराष्ट्र जैसे क्षेत्र यह दावा करने में आगे थे। ये इलाक़े अँगरेज़ों की सोहबत में सबसे ज़्यादा रहे थे और उनमें भारतीय समुदाय को परिभाषित करने के दौरान ही क्षेत्रीय पहचान का अहसास भी पैदा हो गया था। राष्ट्र और क्षेत्र के बीच संबंधों की समस्या का जन्म भी यहीं से हुआ। चूँकि ये अनुभूतियाँ एक साथ पैदा हुई थीं इसलिए यह मान लेने में कोई तुक नहीं थी कि आगे चलकर राष्ट्र क्षेत्रीय पहचान से जुड़ कर उसे अपने मातहत कर लेगा। इस बात को समझना बहुत ज़रूरी है कि क्षेत्र और राष्ट्र की समझ साथ-साथ और समांतर आत्म-परिभाषाओं के ज़रिये पैदा हुई थी। बिना यह समझे भारतीयता के ख़ास क़िस्म के परत-दर-परत चरित्र का तात्पर्य ग्रहण नहीं किया जा सकता। हमें ध्यान रखना होगा कि समान राष्ट्रीय समुदाय की खोज करने वाले इन विविध प्रयासों की अंतर्वस्तु और शैली एक-दूसरे से भिन्न थी। यही कारण है कि स्वतंत्र भारत के राष्ट्रवादी इतिहासकारों द्वारा उकेरे गए उन्नीसवीं सदी के बंगाली 'रेनासाँ' से लेकर 1947 में मिली आज़ादी तक राष्ट्रवादी आत्म-चेतना के आकर्षक चित्र में यथार्थ के कम और भावना के रंग ज़्यादा मिलते हैं।

इन राजनीतिक और बौद्धिक प्रश्नों का दायरा बहुत बड़ा था। इनमें देशभक्ति और राष्ट्रवाद से प्रभावित लेकिन परस्पर भिन्न उपनिवेशवाद विरोधी परियोजनाएँ एक साथ चल रही थीं। इन्हें केवल 'राष्ट्रवाद' के नाम से पुकारने का मतलब होगा इन अलग-अलग धाराओं का घालमेल कर देना। इनके लिए 'राष्ट्रवाद' का प्रत्यय इस्तेमाल करने का मतलब यह भूल जाना होगा कि उस युग में देशभक्ति ही नहीं, उसके साथ अँगरेज़ों के प्रति वफ़ादारी के रूप भी कितने स्थायी और व्यापक थे। एक ही व्यक्ति एक साथ मातृभूमि की वंदना करते हुए महारानी विक्टोरिया की शान में क़सीदे भी पढ़ सकता था (1911 में गांधी ने भारतवासियों को सलाह दी

थी कि वे ब्रिटेन के नए सम्राट जॉर्ज पंचम के सिंहासनारोहण के मौक़े पर अपनी वफ़ादारी व्यक्त करें, जबकि दो साल पहले ही वे पश्चिम की कड़ी आलोचना करते हुए *हिंद स्वराज* की रचना कर चुके थे। यह कृति आगे चल कर राष्ट्रवाद का मूर्तिमान प्रतीक मानी गई)। इन तमाम वैचारिक परियोजनाओं को केवल एक बात आपस में अवश्य जोड़ती थी कि भारत को एक देश न मानने के औपनिवेशिक विचार से होने वाले अपमान का जवाब कैसे दिया जाए। अहंमन्यता से बजबजाते जॉन स्ट्रैची के इस कथन से अंदाज़ा लगाया जा सकता है कि भारत के बारे में अँगरेज़ किस तरह सोचते थे : 'भारत न है और न कभी था। भारत नाम का ऐसा देश कभी था ही नहीं जिसमें यूरोपीय विचारों के अनुसार किसी तरह की भौगोलिक, राजनीतिक, सामाजिक अथवा धार्मिक एकता रही हो। ऐसे किसी राष्ट्र अथवा *भारत की जनता* का वजूद कभी था ही नहीं जिसकी इतनी चर्चा सुनी जाती है।'[3] बीस के दशक तक स्ट्रैची के इस भड़काऊ कथन के जवाब में तीन तरह की धाराएँ उभरीं। राष्ट्रवादी हिंदुओं ने दावा किया कि भारतीय एकता धर्म से उद्भूत समान संस्कृति में देखी जा सकती है। गांधी ने भी भारतवासियों के बीच परस्पर सूत्र का उद्गम धर्म में तलाश किया। साथ ही उन्होंने विविध धार्मिक परंपराओं की मदद से विभिन्न दर्शनों को ग्रहण करने वाली बहुलवादी नैतिकता का ताना-बाना भी बुना। नेहरू इस नैतिकता के सबसे ज़ोरदार प्रवक्ता बन गए। इसी के ज़रिये धर्म से किनारा करते हुए उन्होंने भारतीय एकता का आधार सांस्कृतिक संकरण के साझा ऐतिहासिक अतीत में खोजा। इस आधार को भविष्य समान वैकासिक लक्ष्यों को बेधने वाली परियोजना में निहित था।

इसमें कोई शक नहीं कि नेहरू भारत की सांस्कृतिक अंत:संबद्धता को बहुत बढ़ा-चढ़ा कर पेश करते थे। उन्होंने अतीत का जो चित्र बनाया था, उसमें आगामी भारत की उनकी कल्पना से मिलते-जुलते रंग भरे हुए थे। अन्य राष्ट्रवादियों की भाँति ही नेहरू भी भारतीय राष्ट्र की ऐतिहासिक नवीनता को भूल जाने के लिए तत्पर थे। जबकि असलियत यह थी कि उन्नीसवीं सदी से पहले इस उपमहाद्वीप का कोई भी निवासी अपना परिचय भारतीय के रूप में नहीं देता था। लोग एक दूसरे से जुड़ने के लिए जटिल क़िस्म की भाषा-शैली और शब्दावली का इस्तेमाल करते थे। इसी के ज़रिये लोगों को कुल, क्षेत्र और संप्रदाय के ख़ानों में बाँट कर स्वीकार किया जाता था। लेकिन इस पूरे संप्रेषण में 'भारतीय' शब्द कहीं नहीं था। हालाँकि उपमहाद्वीप का समाज गतिहीन नहीं था, लेकिन लोग अपने या पड़ोस के इलाक़ों से परे जाना पसंद नहीं करते थे। एक-दूसरे के बारे में उनकी जानकारी बहुत कम थी और इस जानकारी को बढ़ाने में भी उन्हें कोई रुचि नहीं थी। एक क्षेत्र में रहने वाले लोगों ने दूसरे क्षेत्रों के निवासियों के बारे में तरह-तरह की विचित्र धारणाएँ बना रखी थीं। इन्हीं पूर्वनिर्धारित कल्पनाओं के कारण परस्पर अन्योन्यक्रिया

मुश्किल हो गई थी। भारत नामक इस धरती के निवासियों में पहली दिलचस्पी विदेशियों ने ली। सबसे पहले यूनानियों ने इसका नाम *इंडिका* रखा। फिर यात्रियों, व्यापारियों और आक्रमणकारियों ने इस धरती में अपनी रुचि दिखाई। इनमें सबसे आगे थे अँगरेज़ जिन्होंने आँकड़ों की बारीकियों से खेलने की अपनी दीवानगी के मुताबिक़ पूरे उपमहाद्वीप में घूम-घूम कर इसके मानचित्र बनाए, तालिकाएँ तैयार कीं और क्षेत्रों व जन-समुदायों का वर्गीकरण किया। धीरे-धीरे यह धरती उनके क़ब्ज़े में चली गई। यह एक तथ्य है कि अगर विदेशी इसे न जीतते और यह धरती औपनिवेशिक मातहती का शिकार न होती, तो यहाँ के वासी अपने को राष्ट्रीय समुदाय के रूप में कल्पित भी न कर पाते। अँगरेज़ों ने अगर यहाँ की भौगोलिक सीमाओं को निर्धारित करने में दिलचस्पी न ली होती तो यह केवल एक अनगढ़ सांस्कृतिक क्षेत्र ही रह जाता। 1899 में संसद द्वारा बनाए गए क़ानून के बाद ही 'भारत' नाम का सुनिश्चित और मानचित्र में प्रदर्शित करने लायक़ क्षेत्र अस्तित्व में आ पाया (उन दिनों ब्रिटिश साम्राज्य के अधीन होने के कारण भारत को भी नक़्शों में गुलाबी रंग से प्रदर्शित किया जाता था)। लेकिन, अँगरेज़ इससे ज़्यादा कोई भूमिका निभाने के लिए तैयार नहीं थे। लॉर्ड कर्ज़न तो यह मानते ही नहीं थे कि भारतीय राष्ट्रीयता का कोई स्वाभाविक रूप भी है। उन्होंने भारत की 'प्राकृतिक सीमाओं' के दावे को ठुकरा दिया था। अँगरेज़ों की भूमिका केवल इतनी थी कि उन्होंने अपनी औपनिवेशिक प्रशासनिक तकनीकों के ज़रिये मनमाने ढंग से *इंडिया* नाम का एकीकृत और सीमाबद्ध विस्तार बना दिया था। ऐतिहासिक रूप से यह एक सर्वथा नई चीज़ थी।

लेकिन इन तथ्यों के बावजूद भारत को सिर्फ़ एक आविष्कार-भर मानना उचित नहीं होगा। यह मानना अतिसरलीकरण होगा कि अँगरेज़ी राज द्वारा प्रदत्त गुंजाइशों और राष्ट्रवादी प्रभु वर्ग के स्वार्थों के सायास संयोग से ही भारत की रचना हुई है। दरअसल, यह उतना नया भी नहीं है। प्राक्-औपनिवेशिक भारत में एक-जैसे सांस्कृतिक रूप आसानी से मिल जाते हैं। इनका उद्गम ब्राह्मणवादी और ग़ैर-ब्राह्मणवादी परंपराओं में रहा है। महाकाव्यों, मिथकों और लोक कथाओं के रूप में एक-दूसरे से मिलती-जुलती और साझा वर्णनात्मक संरचनाओं का भंडार मौजूद है। कला-रूपों और वास्तुकला की शैलियों के घरानों का प्रभाव कई-कई क्षेत्रों तक व्याप्त मिलता है। कर्मकांडीय आचरणों में काफ़ी विभिन्नता मिलती है लेकिन उनका धार्मिक अभिप्राय प्राय: एक ही है। ये तमाम समानताएँ उस सभ्यतामूलक बंधन का प्रमाण हैं जिसका प्रभाव समकालीन भारत की सीमाओं से परे पश्चिम में एशिया तक और पूर्व में इंडोनेशिया तक जाता है। विदेशियों को इस पूरे उपमहाद्वीप में जो सामाजिक संरचना सभी जगह दिखी, वह थी जाति-व्यवस्था। इस प्रणाली ने अँगरेज़ों को छोड़ कर सभी आगंतुकों पर प्रभाव डाला और उन्हें अपने उत्पादन संबंधों में

समायोजित कर लिया। हालाँकि जाति-व्यवस्था राजनीतिक एकता का प्रमाण नहीं थी, लेकिन उसके मिथकीय आख्यानों, सौंदर्यशास्त्रीय और कर्मकांडीय अभिप्रायों तथा जातियों के प्रारूपों में इतनी लाक्षणिक समानता थी कि उनके कारण उपमहाद्वीप के वासियों की जीवन-शैली में एक तरह की एकीकृत सुसंगति पैदा हो जाती थी।

भारत के संदर्भ में संस्कृति और राज्य-तंत्र का रिश्ता भी महत्त्वपूर्ण है। इस संबंध की बुनियाद में राजनीतिक समुदाय से जुड़ी तरह-तरह की कल्पनाएँ हैं। उदाहरणार्थ, ब्राह्मणवादी पुराण साहित्य में उपमहाद्वीप की भौगोलिक सीमाओं की अनुभूति मिलती है। इस पवित्र भूगोल का मानचित्र जगह-जगह फैले हुए तीर्थों से बनता है। आर्यावर्त या भारतवर्ष जैसे विशाल मिथकीय क्षेत्र की अभिकल्पनाओं से इस भूगोल को एक नाम भी मिल जाता है। ग्यारहवीं से चौदहवीं सदी के दौरान हुए मध्य एशियाई आक्रमणों के समय कई राजाओं ने अपनी प्रजा में राजनीतिक समुदाय की अनुभूति का समावेश करने के लिए *रामायण* जैसे महाकाव्यों पर राजनीतिक अर्थ आरोपित करके उनका इस्तेमाल किया था। दरअसल, इन महाआख्यानों के ज़रिये उस ज़माने के घटनाक्रमों को भी समझा जा सकता है। इन गाथाओं को संशोधित और परिवर्द्धित करके राजाओं का दैवीकरण और विजातीय आक्रमणकारियों का राक्षसीकरण कर दिया जाता था। हाल ही में अँगरेज़ों के शासन की शुरुआत से ठीक पहले कुछ क्षेत्रों में 'स्वदेश के प्रति पुराने क़िस्म की भक्ति' अर्थात एक तरह के प्राक्-राष्ट्रवाद के प्रमाण कुछ इतिहासकारों ने पेश किए हैं। इस प्रकार की देशभक्ति के सबसे पुख़्ता प्रमाण सत्रहवीं और अट्ठारहवीं सदी की मराठा रियासतों के संदर्भ में मिलते हैं। ये राज्य क्षेत्रीय सीमाओं के गहरे अहसास और समुदाय की गहरी समझ से लैस थे। ये अनुभूतियाँ जाति के बंधनों से परे जाते हुए ग़ैर-ब्राह्मण और भक्तिकालीन परंपराओं से पुष्टि प्राप्त करती थीं। इसी तरह उपमहाद्वीप में अपेक्षाकृत छोटी अवधियों के साम्राज्यों के प्रमाण भी उपलब्ध हैं जिनसे एकदम अलग तरह के राजनीतिक समुदाय की अवधारणा पर रोशनी पड़ती है। यह राजनीतिक समुदाय एक समान संस्कृति पर आधारित न होकर विभिन्न धार्मिक समूहों से मिल कर बना था। साम्राज्य की सत्ता इन समूहों को एक-दूसरे से सटे हुए लेकिन पृथक इलाक़ों में रहने देती थी। साम्राज्य इन समूहों से केवल इतना चाहता था कि वे उसकी संप्रभुता का सम्मान करें और उसे नियमित रूप से खिराज देते रहें। इन समूहों के धार्मिक और सामाजिक रीति-रिवाजों से साम्राज्य द्वारा कोई छेड़-छाड़ नहीं की जाती थी।

ज़ाहिर है कि राष्ट्रवाद की यह विरासत नाना प्रकार की और अव्यवस्थित थी। भारत के राष्ट्रवादी अतीत को कल्पित करने के लिए इससे प्रेरणा भी मिलती थी, लेकिन यह सावधानी की माँग भी करती थी। इससे कोई एक सुसंगत संदेश प्राप्त नहीं होता था। एक तरफ़ स्पष्ट था कि उपमहाद्वीप में क्षेत्रीय राष्ट्रीयताओं अथवा राष्ट्रों जैसी किसी अस्मिता का उदय नहीं हुआ है। इस्लाम और अँगरेज़ों का भारत-

प्रवेश टुकड़ों-टुकड़ों में हुआ था अर्थात इन दोनों ताक़तों ने अलग-अलग क्षेत्रों को अलग-अलग ढंग से जीत कर अपने अधीन किया था। विजेताओं की कोशिश थी कि इस प्रक्रिया में क्षेत्रीय स्तर पर कोई प्रभावी असंतोष पैदा न हो पाए। भारत न तो मज़बूती से एक था और न ही उसका विभाजन सुस्पष्ट था। राजनीतिक महत्त्व की कोई क्षेत्रीय अस्मिताएँ नहीं थीं, जो एकीकरण में बाधा डाल सकती हों या उसे कोई दिशा दे सकती हों। यानी भारत में किसी प्रशिया (जर्मन एकीकरण की धुरी) अथवा पीडमोंट (इतालवी एकीकरण की धुरी) का अस्तित्व नहीं था। दूसरी तरफ़ बेचैन कर देने वाली सच्चाई यह थी कि भारत के अतीत में जो भी एकीकरण हुआ था, उसका श्रेय औपनिवेशिक शासन को ही जाता था। बहरहाल, औपनिवेशिक इतिहासकार अपने मुताबिक़ प्रमाण तलाशने में लगे रहे और राष्ट्रवादी इतिहासकार अपने मुताबिक़। उन्होंने इतिहास की इन बेमेल कतरनों को झपटा और उन्हें अपने-अपने हिसाब से भारत के अतीत के इतिहास की तरह पेश कर दिया।

राष्ट्रवादियों के सामने समस्या यह थी कि भारत के एकताबद्ध भविष्य को वैचारिक आधार कैसे दिया जाए। गुज़रे ज़मानों के शाही राजवंश अपनी कथित उदारता और सहिष्णुता के बावजूद इसके लिए उपयोगी नहीं थे। न ही जाति-व्यवस्था इसका आधार बन सकती थी। हालाँकि पूरे उपमहाद्वीप में जाति सबसे बड़ी सांस्कृतिक निरंतरता थी लेकिन व्यावहारिक रूप से यह जोड़ने के बजाय बाँटने की भूमिका निभाती थी। नैतिक रूप से कोई भी राष्ट्रवादी इसे न्यायोचित ठहराने के लिए तैयार नहीं था। नस्ल और भाषा के उपकरण भी बेकार थे। बाहरी आक्रमण के ज़रिये पराधीन बनाए गए मूल निवासियों का सिद्धान्त फ़र्ज़ी था। आक्रमणों की संख्या तो इतनी ज़्यादा थी कि कई ज़ोरदार कोशिशों के बावजूद विदेशियों और देशियों को अलग-अलग करना नामुमकिन साबित हुआ। प्रभु वर्ग के पास संस्कृत (और अँगरेज़ी) जैसी भाषा थी जिसे वे एक समान आधार के रूप में पेश कर सकते थे, लेकिन इन भाषाओं में जनता से कोई संवाद स्थापित करना या जनजागरण करना मुमकिन नहीं था।

राष्ट्रवादी प्रभु वर्ग एकता के आधारों को प्राप्त करने के लिए तरसता रहा लेकिन ठोस तथ्यात्मक सामग्री की प्रकट अनुपलब्धता के कारण एकजुटता के उसूलों का निर्माण नहीं हो सका। इसी असमंजस पर विजय पाने के लिए कुछ लोगों ने खुलेआम स्वैर-कल्पना का सहारा लिया और एक समान ऐतिहासिक अतीत गढ़ डाला। भूदेव मुखोपाध्याय जैसे इतिहासकार ने भारत का इतिहास यूँ लिखा जैसे कि उन्होंने उसका सपना देखा हो। ख़ास बात यह थी इतिहास-लेखन के ज़रिये जिस अतीत का तोहफ़ा इन बुद्धिजीवियों ने ख़ुद को दिया था, वह कभी भी उनका नहीं था। इसकी रचना के लिए उन्हें सामग्री अँगरेज़ों द्वारा लिखित इतिहास से ही लेनी पड़ी। हालाँकि इसके बावजूद उन्होंने ब्रिटिश इतिहास-लेखन के महत्त्व को पूरी

तरह स्वीकार नहीं किया। उन्होंने उसकी अवज्ञा की और उसे तोड़ा-मरोड़ा भी। औपनिवेशिक इतिहास-लेखन की प्रेरणाएँ और रुचियाँ समय-समय पर काफ़ी बदलती रही थीं। वे काफ़ी कुछ महानगरीय सांस्कृतिक और राजनीतिक आवश्यकताओं पर निर्भर थीं। इसीलिए इस इतिहास में विलियम जोन्स द्वारा अट्ठारहवीं सदी के उत्तरार्द्ध में की गई हिंदू धर्म की खोज और ईसाई धर्म-प्रचार से प्रभावित उन्नीसवीं सदी के सुधारकों की धारणाओं के बीच इतना बड़ा अंतराल मिलता है। विलियम जोन्स विचारों से देववादी थे। उन्होंने भारतीय मिथकों व दंतकथाओं को ऐतिहासिक स्रोतों के रूप में लेते हुए भारतीय सभ्यता के अंदर मौलिक एवं मूल्यवान आंतरिक सुसंगति पर ज़ोर दिया था। जोन्स के मुक़ाबले उन्नीसवीं सदी में धर्म-प्रचार करने वाले सुधारक भारतीय सभ्यता के इन रूपों के प्रति इतने उत्साहित नहीं थे।

भारत का इतिहास लिखने के इन ब्रिटिश प्रयासों की परिणति जेम्स मिल की कृति द *हिस्ट्री ऑफ़ ब्रिटिश इंडिया* में हुई। इसे रचने में काफ़ी मेहनत की गई। इसका काफ़ी प्रभाव पड़ा। जेम्स मिल को दूर से बैठ कर भारत को देखने और उसके आधार पर नतीजे निकालने में कोई बौद्धिक संकोच नहीं हुआ। वे मानते थे कि 'कोई व्यक्ति...इंग्लैंड के अपने कमरे में बैठ कर एक साल के अंदर इतना ज़्यादा भारत-संबंधी ज्ञान प्राप्त कर सकता है, जितना उसे भारत में सारी उम्र रह कर भी आँखों और कानों के इस्तेमाल के ज़रिये नसीब नहीं होगा।"[4] जेम्स मिल की इस रचना की प्रकृति उपयोगितावादी थी। इसमें भारतीय अतीत का वर्णन करने के लिए भाषा, मिथकों अथवा संस्कृति से संबंधित सामग्रियों का इस्तेमाल किया ही नहीं गया था। पौराणिक कथाओं की जगह मिल ने तथ्यों के ज़रिये इतिहास की भित्ति खड़ी की थी। उनका मक़सद यह दिखाना था कि अँगरेज़ों की अधीनता के तहत ही भारतीय सभ्यता सबसे अच्छी तरह फल-फूल सकती है। मिल ने भारतीय सभ्यता की प्राचीनता पर दिमाग़ खपाने अथवा उसकी व्यतीत महानता में कोई दिलचस्पी नहीं दिखाई। ये बातें उनके लिए उपयोगी नहीं थीं क्योंकि इनसे शासन चलाने की समस्याओं के समाधान में कोई मदद नहीं मिल सकती थी। मिल इतिहास के ज़रिये उस समय की भारतीय संस्थाओं अथवा क़ानून की उपयोगिता अथवा उनमें किए जाने वाले सुधारों की लागत की गणना करना चाहते थे। ज़ाहिर है कि मिल के इतिहास को आसानी से अविवेकी और असभ्य यूरोपीय प्राच्य विद्या का नमूना ठहराया जा सकता था। लेकिन, इससे भारतवासियों को फ़ायदा यह हुआ कि उन्हें कई तरह की नई गुंजाइशें मिल गईं। मिल के इतिहास में भारत परिवर्तन और सुधारों के प्रति संवेदनशील देश के रूप में उभरता था। इस इतिहास ने भारत के अतीत को भी एक लचीली संरचना के रूप में प्रस्तुत किया। इससे भारतवासियों को अपने विकल्प खोजने की प्रेरणा मिली। मिल के इतिहास ने भारत को प्रगति के एकनिष्ठ ऐतिहासिक वृत्तांत के रूप में चित्रित किया जबकि हेगेल अथवा मार्क्स से प्रभावित

दार्शनिक इतिहास में भारत की छवि एक ऐसे देश के रूप में उभरती थी जो प्रगति नहीं कर सकता था। इस दर्शन के अनुसार भारत जड़ और अनगढ़ क़िस्म का था, अर्थात जो सार्वदेशिक विवेक-बुद्धि के विकास से प्रभावित नहीं हो सकता था।

बहरहाल, मिल का नज़रिया कई लोगों को बेहद आपत्तिजनक लगा। उन्होंने जिस बेबाकी से भारतीय एकता के किसी भी आंतरिक आधार को अस्वीकार किया था और भारतीय अतीत पर चोटें की थीं, उससे बहुत-से भारतीय बुद्धिजीवी आहत हो गए। परिणामस्वरूप ब्रिटिश पराधीनता के बावजूद बुद्धिजीवियों ने उपनिवेशवादियों की ऐतिहासिक मान्यताओं को उलटना शुरू कर दिया। उन्होंने ब्रिटिश पूर्वधारणाओं पर सवालिया निशान लगाए। उनकी जगह अपने वृत्तांत पेश किए जिनमें यह देश 'हम' के रूप में अपने जौहर दिखाता हुआ प्रदर्शित हुआ। अपना इतिहास लिखने की इस प्रेरणा का एक इस्तेमाल कुछ संकीर्ण लक्ष्यों की पूर्ति के लिए भी किया गया। मसलन—पारंपरिक जाति-वंशावलियों के इतिहास 'जातियों के इतिहास' के रूप में लिख डाले गए। जातियों के प्रभु वर्गों ने सोचा कि इन इतिहासों के आधार पर अँगरेज़ सरकार से तरह-तरह के फ़ायदों के लिए अनुनय-विनय करने में आसानी होगी। लेकिन, कुछ ऐसे बुद्धिजीवी भी थे जिन्होंने इतिहास-लेखन के इस अवसर का फ़ायदा जाति जैसी मुश्किल से समझ में आने वाली श्रेणी के दायरे और तात्पर्य को बदलने के लिए उठाया। उन्होंने जाति को साझा आस्थाओं और हितों के एक कहीं ज़्यादा बड़े समुदाय के रूप में परिभाषित करने का यत्न किया। यह एक बड़ी पेचीदा और उलझी हुई कोशिश थी। औपनिवेशिक भारत में हुए इतिहास-लेखन की इस सांस्कृतिक राजनीति की हाल के कुछ अध्ययनों में बड़ी सुंदरता और पूर्णता के साथ जाँच-पड़ताल की गई है। इतिहास-लेखन की इस सांस्कृतिक राजनीति के एक पुरोधा थे बंकिमचंद्र चट्टोपाध्याय। उन्होंने आह्वान किया था : 'हमारे पास एक इतिहास होना ही चाहिए।'[5] इस अपील के पचास साल के अंदर ही बीस के दशक तक इतिहास-लेखन की आकांक्षा राष्ट्रवादी बौद्धिक मानस पर छा गई। विद्वानों, राजनेताओं, कलाप्रेमियों और भविष्य के आतंकवादियों तक ने इतिहास-लेखन में हाथ आज़मा कर अपने राष्ट्रीय कर्तव्य की पूर्ति की। इतिहास-लेखन के इन प्रयासों ने राष्ट्रवाद को विभाजित और भ्रमित भी कर दिया। यह होना ही था क्योंकि भारतीय अतीत की सारवस्तु अत्यन्त विविध, विच्छिन्न और अक्सर बहुत अधिक अंतर्विरोधी थी। इतिहास-लेखन के ज़रिये इस प्रकार के भारतीय अतीत को एक क्रम और व्यवस्था में बाँधना अनिवार्य था। राष्ट्रवादी बौद्धिकता ने इस प्रक्रिया में जो इतिहास रचा, उसमें भविष्य के राजनीतिक संघर्षों की आहट सुनाई दे रही थी।

बुद्धिजीवियों के लिए यह साबित करना ज़रूरी था कि भारत अतीत में भी एक था। इसके लिए उन्हें एकता के आंतरिक आधार की ज़रूरत थी। परंपरानिष्ठ रहे हों या सुधारवादी, दोनों तरह के ब्राह्मण बुद्धिजीवियों ने इस आधार के लिए धर्म

को बुनियादी स्रोत के रूप में इस्तेमाल किया। बंगाल में भारतीय अतीत की हिंदू अवधारणा के आविष्कार और व्याख्या का काम जम कर हुआ। परिष्कृत साहित्यिक निबंधों की विधा के साथ-साथ मोटे तौर पर लिखी गई पाठ्य-पुस्तकों का सहारा भी लिया गया। भारत के इतिहास को हिंदू, मुसलमान और ब्रिटिश युगों में बाँटा गया। मूल उद्गम और समस्त इतिहास को परिभाषित करने वाले क्षण के रूप में प्राचीन हिंदू भारत को चिह्नित करके वैदिक संस्कृति और चौथी से सातवीं सदी के बीच के गुप्त साम्राज्य जैसी अवधियों को 'शास्त्रीय युग' घोषित कर दिया गया। इस इतिहास की दलील थी कि पतन का प्रारंभ इसी युग के बाद हुआ जिसके परिणामस्वरूप 'मुसलमान युग' का अंधकार छा गया। ग्यारहवीं सदी के बाद से यह युग समाज को उत्तरोत्तर भ्रष्ट करता दिखाया गया, जिससे भारत अँगरेज़ों की पराधीनता जैसी स्थितियों के लिए अभिशप्त हो गया। इतिहास-लेखन में क़रीब एक हज़ार साल की ऐसी विशाल अवधि भी दिखाई गई जो इन तीन युगों में शामिल नहीं थी। यह अवधि कुटिल और क्रूर हमलावरों के ख़िलाफ़ बहादुराना लेकिन अंत में असफल हिंदू प्रतिरोध के रूप में चित्रित हुई। इन तमाम प्रयासों में समस्या यह रह गई कि हिंदू धर्म की मदद से भी एकता का स्पष्ट और सहज आधार नहीं मिल पाया। जाति-व्यवस्था और हिंदू आस्थाओं की आश्चर्यजनक विविधता ने इन प्रयासों को नाकाम कर दिया। इसके बाद हिंदू धर्म के ताने-बाने को नए ढंग से रचना ज़रूरी हो गया जिसमें क्षेत्रीय उद्गम और मोटी-मोटी सांस्कृतिक समानताओं पर ज़्यादा ज़ोर दिया जाना था। धर्मविधियों, जातियों की अनन्यता और ख़ास देवी-देवताओं पर ज़ोर देने अथवा ब्राह्मणवादी परंपरा से चिपकने की कोशिश का मतलब था—न केवल बौद्धों और जैनों को अपने दायरे से निकाल देना वरन करोड़ों अछूतों से भी हाथ धो बैठना।

एकनिष्ठ हिंदू अतीत की खोज में सर्वाधिक आकर्षक भूमिका जिस राजनीतिक व्यक्तित्व ने निभाई वह थे विनायक दामोदर सावरकर। सावरकर के लेखन से ही आगे जाकर भारतीय जनता पार्टी ने हिंदुत्व का मंत्र लिया। महाराष्ट्र के चितपावन ब्राह्मण परिवार में जन्मे सावरकर नेहरू के समकालीन थे। वे स्वयं नास्तिक थे। उन्होंने बिना स्कूल-कॉलेज की मदद के यूरोपीय राष्ट्रवाद के इतिहास का अध्ययन किया और मेज़िनी के प्रशंसक बन गए। उन्होंने इटली के इस राष्ट्रवादी नेता की जीवनी का मराठी में अनुवाद किया और *यंग इटली* की तर्ज़ पर एक भूमिगत संस्था की नींव डाली। इस दल के सदस्यों ने पेरिस में कार्यरत एक रूसी क्रांतिकारी से बम बनाने का प्रशिक्षण लिया और लॉर्ड कर्ज़न को उड़ाने की साज़िश रची। 1857 की घटनाओं को अँगरेज़ों द्वारा सिपाही-विद्रोह के रूप में चित्रित किया गया था लेकिन सावरकर ने इसके जवाब में इसे स्वातंत्र्य-युद्ध क़रार दिया। उनके इतिहास-लेखन का नतीजा *द इंडियन वार ऑफ़ इंडिपेंडेंस, 1857* और 1923 में रचे गए *हिंदुत्व : हू इज़ ए हिंदू?* में निकला।

सावरकर ने व्याख्या की : 'हिंदुत्व शब्द नहीं बल्कि इतिहास है। यह न केवल आध्यात्मिक अथवा धार्मिक इतिहास है...वरन पूर्ण अर्थों में इतिहास है। हिंदूवाद तो हिंदुत्व की केवल एक व्युत्पत्ति, एक अंश और एक अंग भर है।'[6] सावरकर ने इस इतिहास का इस्तेमाल भारत और भारतवासियों को परिभाषित करने में आने वाली समस्याओं के समाधान के लिए किया।

सावरकर ने हिंदू और भारतीय के बीच एक वंशानुगत समीकरण देखा। उनकी निगाह में भारतीय राजनीतिक समुदाय के सदस्य अपने भौगोलिक जन्म-स्थान, प्रजातीय संपर्क, संस्कृत से उद्भूत भाषाओं पर आधारित साझा संस्कृति तथा 'समान क़ानून और धार्मिक अनुष्ठानों' की बिना पर एकजुट थे। इन तमाम प्रवृत्तियों को धारण करने वालों को उन्होंने 'बहुसंख्यक' समुदाय माना। तत्कालीन भारतीय आबादी की एक चौथाई संख्या मुसलमानों की थी। सावरकर ने इन प्रवृत्तियों से वंचित लोगों की श्रेणी में मुसलमानों, ईसाइयों व 'आदिवासियों' को रखा और उन्हें असुविधाजनक दोयम दर्जा प्रदान किया। सावरकर के विचार भावना की दृष्टि से बड़े रोमांचक थे और उनकी तासीर का आधार ब्राह्मण संस्कृति को जातीय राष्ट्रवाद की पदावली में व्यक्त करने की करामात थी। पश्चिम के इतिहास की अपनी समझ से उन्होंने यह कारीगरी अंजाम दी थी। इसी बौद्धिक व्यायाम की कोख से भारतीयता की वह परिभाषा निकली जो एकनिष्ठ और दिखने में आधुनिक थी। यह परिभाषा आगामी राजनीतिक परियोजनाओं को पूरा करने के लिए लोगों को ललकारती थी। राजनीतिक असर के लिहाज़ से इसमें बड़ी संभावनाएँ थीं। सावरकर के इन्हीं विचारों के संपर्क में आकर 1925 में एक और ब्राह्मण केशवराव बलिराम हेडगेवार ने राष्ट्रीय स्वयंसेवक संघ की स्थापना की। यह संगठन आज तक हिंदू राष्ट्रवादी संगठनों का आधार बना हुआ है। संघ से ही हिंदू महासभा के गठन की प्रेरणा निकली। 1950 तक महासभा हिंदू राष्ट्रवाद का मुख्य संगठन बनी रही। गांधी की कांग्रेस ने बड़ी चतुराई से सावरकर की भारतीय इतिहास और भारतीयता संबंधी समझ को हाशिये पर बनाए रखा। लेकिन, सावरकर की मान्यताएँ कभी मिटाई नहीं जा सकीं। कांग्रेस से बाहर, और उसके अंदर भी कई राष्ट्रवादी उन्हें सही मानते रहे।

भारतीय राष्ट्र की यह ब्राह्मण समझ आधुनिकतावादी थी। इसकी रूपरेखा बीसवीं सदी के संधिकाल में बनाई गई थी और इसे सावरकर-जैसी हस्तियों ने एक विचार-प्रणाली के रूप में विकसित किया था। दरअसल, इस समझ से निकली शक्तिशाली अंतर्धारा ने देश के राजनीतिक इतिहास पर काफ़ी गहरा असर डाला। यह अलग बात है कि इसके प्रभाव को कुछ कम करके आँका जाता है। 1947 के बाद के भारतीय राज्य की अधिकृत विचारधारा ने राष्ट्रवादी इतिहास की जिन-जिन प्रवृत्तियों को प्रायोजित किया, उनमें यह ब्राह्मणवादी समझ शामिल नहीं थी। दूसरे, हिंदू राष्ट्रवाद की राजनीतिक संगठन के रूप में अभिव्यक्ति ठीक तरीक़े से नहीं

हो पाई। इसके संगठनों ने अपनी स्वघोषित मंज़िल तक पहुँचने के अभियान को गड़बड़ाने में बार-बार आश्चर्यजनक महारत दिखाई। इसके बावजूद भारतीय राष्ट्र की यह समझ हमेशा आकर्षण के एक ध्रुव के रूप में मौजूद रही और गांधी और नेहरू जैसी हस्तियाँ लगातार इसके ख़िलाफ़ मोर्चाबंद संघर्ष करती रहीं। विभाजन के लिए हुए आंदोलन में हिंदू राष्ट्रवाद ने एक प्रमुख चालक शक्ति की भूमिका निभाई। इसके लिए उसने दोनों रास्ते चुने—अपने सांप्रदायिक संगठनों का भी सीधा इस्तेमाल किया और कांग्रेस के अंदर अपने असर का फ़ायदा भी उठाया। धर्मनिरपेक्ष राष्ट्रवादी हों या हिंदू राष्ट्रवादी, दोनों ही विभाजन की मुख्य ज़िम्मेदारी आमतौर पर मुसलमानों की 'सांप्रदायिकता' और पृथकतावाद पर डालते हैं। लेकिन ताज़ा ऐतिहासिक अनुसंधान ने इस रवैये पर सवालिया निशान लगा दिया है। यह सही है कि एक समरूप मुसलमान राष्ट्र के लिए बीसवीं सदी में बार-बार दलीलें दी गईं और इसके लिए ऐतिहासिक अतीत की अलग तरह की व्याख्या का सहारा भी लिया गया। यह भी सही है कि मुहम्मद अली जिन्ना ने 1940 में लाहौर में दिए गए अपने मशहूर भाषण में कहा था : 'हम जानते हैं कि पिछले बारह सौ साल का इतिहास भी एकता क़ायम करने में नाकाम रहा। इस दौरान भारत हमेशा हिंदू-भारत और मुसलमान-भारत में बँटा रहा।'[7] लेकिन, यह भी एक तथ्य है कि इन तमाम प्रयासों को उपमहाद्वीप के मुसलमानों के लिए स्वतंत्र राष्ट्र उपलब्ध करने के सुसंगत आवेग की तरह नहीं लिया जा सकता।

सच्चाई यह है कि मुसलमान राष्ट्र की माँग को असली आवेग मिलना काफ़ी कुछ हिंदू बहुसंख्या तथा कांग्रेस के रवैये और कार्रवाइयों पर निर्भर था। ब्रिटिश भारत के मुसलमानों का समुदाय हिंदू समुदाय से ज़्यादा एकरूप नहीं था। न ही हिंदुओं की अपेक्षा उनकी 'सांप्रदायिक' पहचान या हित प्रबल थे। धर्म मुसलमानों को जितना जोड़ता था, वर्ग और क्षेत्र उन्हें उतना ही बाँट देते थे। जिन प्रांतों में मुसलमानों का बहुमत था, वहाँ के हित उन प्रांतों के मुसलमान-हितों से अलग रहते थे, जहाँ वे अल्पसंख्या में थे (अँगरेज़ी राज की राजनीतिक खाता-बही में 'अल्पसंख्यक' और 'बहुसंख्यक' की शब्दावली से बचना नामुमकिन था)। फिर मुसलमान-राजनीति में कई उल्लेखनीय धर्मनिरपेक्ष स्वर भी थे और ऐसी शख़्सियतों में जिन्ना का नाम भी महत्त्वपूर्ण था। जिन्ना के बारे में यह कोई अनुचित मान्यता नहीं होगी कि उनका राजनीतिक मक़सद दो राष्ट्र बना कर भारत के दो हिस्से करना नहीं था बल्कि वे उन प्रांतों में अपने धर्मावलंबियों के हितों की हिफ़ाज़त करना चाहते थे जहाँ मुसलमान अल्पसंख्या में थे। लेकिन, जिन्ना को यह लक्ष्य बेधने में सफलता नहीं मिली। जिन्ना को डर था कि एक ऐसे विशाल लोकतंत्र में अल्पसंख्यकों के हित सुरक्षित नहीं रह सकते जिसके अविभाजित मतदाता-मंडल पर एक धार्मिक समुदाय अपने प्रबल संख्यात्मक बहुमत के साथ लगभग स्थायी रूप से हावी हो जाएगा।

अगर देखा जाए तो जिन्ना की यह बेचैनी पिछले दशक में इस देश के कई क्षेत्रों में पैदा हुई बेचैनियों से मेल खाती हुई लगती है। इन तमाम क्षेत्रों को भी एक विशाल लोकतंत्र में अपने हितों की नुमाइंदगी का भरोसा नहीं रह गया है।

जिन्ना ने मुसलमानों को एकनिष्ठ समुदाय अथवा 'राष्ट्र' के रूप में ज़रूर देखा था, लेकिन वे एकीकृत और महासंघीय भारत के तहत 'हिंदू राष्ट्र' के साथ ही मुसलमान राष्ट्र की परिकल्पना करते थे। कांग्रेस से उनके मतभेदों का मर्म भविष्य के इस राज्य की संरचना में निहित था। जिन्ना एकात्मक और केंद्राभिमुख राज्य के गठन को रोकने पर कमर कसे हुए थे। उनकी मान्यता थी कि राजनीतिक प्रतिनिधित्व की प्रणाली अपनाने से ऐसे राज्य में संख्यात्मक रूप से प्रबल धार्मिक समुदाय हावी हो जाएगा। एक तरह से यह महत्त्वाकांक्षा विशुद्ध धर्मनिरपेक्ष थी। लेकिन, राजनीति की आकस्मिकताओं ने उनकी इस इच्छा को विपरीत दिशा में तो धकेला ही, सामाजिक विभेद के सहजता से उपलब्ध ताक़तवर हथकंडे ने भी उनकी इच्छा को उलट दिया। 1947 से पहले के दशक में ही अलग राज्य के मुसलमान आग्रह को ठोस रूप मिल पाया। इस दलील में काफ़ी दम है कि 1937 के चुनावों के बाद प्रांतों में बनी कांग्रेसी सरकारों के कामकाज ने भी मुसलमानों के राजनीतिक अलगाव में बढ़ोतरी की। कई जगहों पर कांग्रेस की प्रांतीय सरकारों ने राष्ट्रवादी हिंदुओं के प्रभाव के कारण मुसलमानों का भरोसा खो दिया। इस तरह मुस्लिम लीग के प्रति आकर्षण को बढ़ावा मिला। कांग्रेस में मुसलमानों के विश्वास के इसी क्षय से ब्रिटिश भारत के 'अल्पसंख्यकों को अलग राष्ट्र' के रूप में नए सिरे से वर्णित करनें और उस राष्ट्र को भारत की सीमाओं से बाहर ले जाने की इच्छा को बल मिला। हिंदू राष्ट्रवादी समझ के राजनीतिक और बौद्धिक प्रभाव ने उपमहाद्वीप की विविध मुसलमान अस्मिताओं को कृत्रिम ढंग से एक समरूप पहचान बनाने के लिए मजबूर कर दिया। हिंदू राष्ट्रवादियों की इच्छा भी यही थी, क्योंकि वे अपनी संस्कृति और ऐतिहासिक अतीत की अनन्यता के आधार पर भारतीयता की सुस्पष्ट परिभाषा गढ़ना चाहते थे। इसीलिए जिन्ना ने विरोधस्वरूप कहा था कि पाकिस्तान का विचार तो हिंदुओं के सार्वजनिक आग्रह ने उन पर थोपा है। उपमहाद्वीप के मुसलमान राष्ट्रवाद की अंतर्निहित अस्थिरता उस समय प्रमाणित हुई जब 1971 में पूर्वी पाकिस्तान पश्चिमी पाकिस्तान से टूट कर अलग हो गया, बांग्लादेश की रचना हुई, और उसका आधार यह था कि पूर्व के बंगाली मुसलमान पाकिस्तान के राज्य पर पंजाबी प्रभु वर्ग के वर्चस्व के मुक़ाबले अपने हितों की रक्षा करना चाहते थे। मुसलमान राष्ट्रवाद की ये अस्थिरताएँ पाकिस्तान की राजनीति को दिन-प्रतिदिन बेचैन किए रहती हैं। कभी सिंध तो कभी बलूचिस्तान के प्रांतों में जारी यह संघर्ष इस राष्ट्रवाद पर आघात करता रहता है।

बहरहाल, हिंदू और मुसलमान क़िस्म के राष्ट्रवाद धर्म के संभावित इस्तेमाल

पर भरोसा करते रहे। उन्होंने धर्म के ज़रिये राजनीतिक समुदाय से 'निष्कासन' और 'सम्मिलन' की प्रक्रिया को परिभाषित करना जारी रखा। उधर गांधी ने आधुनिकतावादियों और धर्मनिरपेक्षों के आग्रहों के बावजूद राजनीति से धर्म को पृथक करने से इनकार कर दिया। गांधी ने इस ज़रिये उपनिवेशवादियों के इस आरोप को मानने से इनकार किया कि धर्म इस देश को हमेशा बाँटता ही रहेगा। साथ ही गांधी ने हिंदू राष्ट्रवादियों के नज़रिये के प्रति भी अरुचि ज़ाहिर की। हिंदू राष्ट्रवादी हिंदुओं को दमित, संत्रस्त और उत्पीड़ित बताने में लगे रहते थे। उनकी मान्यता थी कि हिंदुओं को औपनिवेशिक सत्ता ने ही नहीं, अतीत के मुसलमान शासन ने भी सताया है। इस उत्पीड़न का जवाब उनके पास युद्धप्रिय देशभक्ति के रूप में था जिसकी अभिव्यक्ति ख़ाकी हाफ़ पेंटधारी स्वयंसेवकों द्वारा पितृभूमि की वंदना में होती थी। गांधी ने कुशलता से हिंदू राष्ट्रवादियों द्वारा प्रदत्त इस छवि को उलट दिया : उन्होंने इतिहास में नारीसुलभ देशभक्ति की एक पुरानी भाषा खोज निकाली (सावरकर इसी देशभक्ति में मर्दाना गुणों का समावेश करना चाहते थे)। गांधी ने अपने जीवन, अपनी काया, अपनी आदतों और अपनी मुद्रा को एक साकार संदेश में बदल दिया कि इतिहास द्वारा सताए गए लोगों में ही शक्ति का निवास है। गांधी ने इस विचार को भी ठुकरा दिया कि गुज़रा हुआ इतिहास भविष्य की संभावनाओं को परिभाषित कर सकता है या वर्तमान के कार्यक्रम को उसके आधार पर दिशा मिल सकती है। अँगरेज़ इतिहास के शोध-निबंधों के प्रति काफ़ी प्रशंसा-भाव रखते थे क्योंकि इस विधा से उनकी वर्चस्व की इच्छा व्यक्त होती थी। उन्होंने औपनिवेशिक शासन को न्यायोचित ठहराने के लिए इतिहास का इस्तेमाल किया था। वे यह दिखाने के लिए भी इतिहास का इस्तेमाल करते थे कि अतीत में व्यक्त की गई असहमतियों से भी भारत की आगामी एकता की संभावना कमज़ोर हुई है। इसके विपरीत गांधी की मान्यता थी कि अँगरेज़ों की 'इतिहास-लेखन की आदत' को ठुकरा कर ही भारतीय अपने शासकों के सांस्कृतिक उत्पीड़न की भींच से ख़ुद को आज़ाद कर पाएँगे। इसीलिए उन्होंने कहा था : 'मैं गिब्बन और मोटले को 'महाभारत' के कमतर संस्करणों की तरह देखता हूँ।'[8]

पर गांधी इस बात से भी चौकन्ने थे कि कहीं उनके इस कथन को हिंदू इतिहास-लेखन के महाकाव्यात्मक रूप के प्रति उनका आकर्षण न समझ लिया जाए। इसलिए, वे यह स्पष्ट करना नहीं भूले कि अँगरेज़ों की नक़ल में लिखे गए धार्मिक राष्ट्रवादियों के वृत्तांत भी उनके लिए उतने ही त्याज्य हैं। गांधी ने लिखा : 'मुझे यक़ीन है कि वह राष्ट्र सुखी रहता है जिसके पास कोई इतिहास नहीं होता।'[9] अतीत के चुनिंदा टुकड़ों के आधार पर एक विश्वसनीय भविष्य बनाने के राष्ट्रवादी आग्रह के विपरीत गांधी ने इतिहास-लेखन की विधा को हमेशा गहन अविश्वास की निगाह से देखा। उन्होंने देश की लोकप्रिय धार्मिक परंपराओं से प्राप्त दंतकथाओं

और क़िस्सों पर ध्यान दिया एवं उनकी सीख को इतिहास की कथित शिक्षा पर प्राथमिकता दी। उपमहाद्वीप के अधिकांश वासी इन दंतकथाओं, उनके दार्शनिक तर्कों व प्रतीकों से वाक़िफ़ थे। यह तथ्य अपने-आप में एक साझा सभ्यतामूलक बंधन का प्रमाण था। समान ऐतिहासिक अतीत पर आधारित एकता के बजाय गांधी ने एक ख़ास तरह की धार्मिक नैतिकता का सहारा लिया जिसकी सामग्री लोक परंपराओं और भक्ति परंपराओं से ही नहीं, वरन ईसाई नैतिकता के तत्त्वों से भी ली गई थी।

इतिहास के विमर्श से ही सभी तरह के राष्ट्रवाद अपना सर्वव्यापी आधार प्राप्त करते हैं, लेकिन गांधी ने इसे मान्यता देने से इनकार करते हुए भारतीय अस्मिता की एक विशिष्ट परिभाषा रची। उनकी विलक्षण संवेदनशीलता और देशभक्ति से ओत-प्रोत प्रतीकों के आह्वान ने उन्हें न केवल राष्ट्रवादी प्रभु वर्ग के अखिल भारतीय नेता का दर्जा दिलाया बल्कि वे भारत के विभिन्न क्षेत्रों और समुदायों के बीच संत की मान्यता भी पा गए। जनता के बीच पूर्वप्रचलित विश्वासों और अस्मिताओं से जुड़ कर उन्होंने एक व्यापक भारतीय आस्था और पहचान की रचना की जो *स्वदेशी* के विचार से संबद्ध थी। *स्वदेशी* में निहित देशभक्ति उपमहाद्वीप के ज़्यादातर लोगों के दैनंदिन जीवन के भौतिक पहलुओं को अपने दायरे में समेट लेती थी। गांधी ने कपड़े को अंत:संबद्धता का प्रतीक बनाया जो बताता था कि वे आम आदमी के रोज़मर्रा के जीवन को कितना महत्त्व देते थे। उन्होंने अपने हाथ से सूत काता। अपना कपड़ा स्वयं बुना। इस प्रकार उन्होंने संदेश दिया कि इस स्वउत्पादन के ज़रिये भारतवासी उस आर्थिक स्वतंत्रता को फिर से प्राप्त कर सकेंगे जिसे उपनिवेशवाद ने हड़प लिया था और इसी प्रक्रिया में उन्हें अपना कुचला गया सांस्कृतिक आत्मसम्मान भी वापस मिल जाएगा। गांधी ने जनता को उत्पादन के समान रूपों के ज़रिये परस्पर जोड़ने की कोशिश की। जातिसूचक पारंपरिक पोशाकों की जगह खादी पहनने से एकता की अनुभूति पैदा हो सकती थी। गांधी उत्पादन में पूरी तरह आत्मनिर्भर समुदाय खड़ा करना चाहते थे। उनका यह प्रयास अत्यधिक नैतिकतावादी था और उसमें एक भू-क्षेत्रीय राष्ट्र-राज्य के विचार का कोई स्थान नहीं था। इसी मानसिकता के तहत विभाजन सिर पर आ जाने पर गांधी ने दावा किया : 'भारत और पाकिस्तान दोनों ही मेरे देश हैं। पाकिस्तान जाने के लिए मैं पासपोर्ट तो लेने से रहा।'[10]

3

चालीस के दशक में हिंदू और मुसलमान क़िस्म के राष्ट्रवादों का उफान आया और उसमें गांधी की दृष्टि आश्चर्यजनक तेज़ी के साथ डूबती चली गई। उनका प्रभाव सीमित होता चला गया। महाराष्ट्र के एक राष्ट्रवादी ब्राह्मण नाथूराम गोडसे

ने गांधी की हत्या कर दी। उनके शारीरिक उन्मूलन और विभाजन के परिणामों ने गांधीवादी विचार को वास्तव में मिटा-सा दिया। गांधी का 'अराजकतावादी समुदायवाद' राज्य की संस्था में विश्वास न करने वाली भाषा बोलता था। उन्होंने इसी मुहावरे में भारतीयता की बहुलवादी परिभाषा व्यक्त की थी। जनसाधारण की दैनंदिन सहिष्णुता में उन्हें गहरा यक़ीन था। लेकिन, गांधी के ये विचार-सूत्र उस सांप्रदायिक हिंसा के सामने असहाय साबित हुए जो ब्रिटिश राज की नियंत्रणकारी ताक़त हट जाने के कारण पूरे उपमहाद्वीप को आहत किए दे रही थी। भारतीय राज्य को जल्दी-से-जल्दी सक्रिय होना था। यह राज्य राष्ट्रवादी प्रभु वर्ग के हाथों में था। अंततः नेहरू इसके मुखिया बने। वह बड़े ख़तरनाक राजनीतिक संतुलन और घातक धार्मिक विभाजनों का समय था जिसमें नेहरू को भारतीय अस्मिता के सवाल का कारगर जवाब तैयार करना था। उन्हें एक ऐसी भारतीय अस्मिता रचनी थी जिसे राज्य आगे भी जारी रख सके और जिसे लोगों से मनवाया जा सके। राज्य की बागडोर नेहरू के हाथ में दैवयोग से ही आ गई थी। उनका प्रधानमंत्री बनना उनकी भारत संबंधी समझ की वैचारिक जीत का प्रमाण नहीं था। यहाँ तक कि उनकी समझ किसी सामान्य सहमति का प्रतिनिधित्व भी नहीं करती थी। इन विपरीत परिस्थितियों के बावजूद नेहरू ने भारतीयता की ऐसी परिभाषा स्थापित करने में सफलता प्राप्त की जो बड़ी जटिल और बहुलवादी थी, लेकिन जिसने कुछ समय के लिए स्थायित्व का भ्रम ज़रूर पैदा किया। इस विभ्रम को नेहरू के कौशल ने और बढ़ाया। उन्होंने बड़ी ख़ूबी से इस देश को एक महान ऐतिहासिक अनिवार्यता से संपन्न क़रार दिया और भारतीयता की अपनी परिभाषा को कुछ इस तर्ज़ पर पेश किया मानो वही एकमात्र संभव भारतीयता हो। उन्होंने भारतीय अतीत की काल्पनिक लेकिन आकर्षक कहानी का सहारा लिया। उन्हें सांस्कृतिक मिश्रण और परस्पर मेल-मिलाप की कथा बुननी पड़ी। उनका दावा था कि यह सांस्कृतिक मेल-मिलाप एकीकरण की दिशा में जाने वाली एक सभ्यतामूलक प्रवृत्ति है जिसे आधुनिक राष्ट्र-राज्य की संरचना के तहत साकार किया जा सकता है। नेहरू ने एकता की तरफ़ बढ़ते हुए भारतीय प्रयासों को विश्व-इतिहास की गति के व्यापक दायरे में परिभाषित किया। इस तरह वह आख्यान तैयार हुआ जिसमें तरह-तरह के जनसमुदाय एक साथ अपनी नियति को निर्धारित करने तथा आर्थिक प्रगति के लाभों में भागीदारी करने के लिए प्रयासरत दिखाई पड़ते थे।

अक्सर कहा जाता है कि 1947 के बाद नेहरू की राजनीति उस बौद्धिक समझ का कार्यान्वयन मात्र थी जो उन्होंने आज़ादी से पहले विकसित की थी। यह व्याख्या भारतीय अस्मिता के सवालों का जवाब खोजने में नेहरू द्वारा प्रदर्शित मौलिकता को नज़रअंदाज़ कर देती है। तीस और चालीस के दशकों में व्यक्त अपनी बौद्धिक धारणाओं के मुक़ाबले भारतीयता की वह परिभाषा अधिक परिष्कृत थी जिसे नेहरू

ने 1947 के बाद स्थापित किया था। यह बड़े नफ़ीस रंगों और गहरे निहितार्थों से संपन्न थी। नेहरू का कोई प्रतिद्वंद्वी इस तरह की कोई परिभाषा कभी पेश नहीं कर पाया जो भारतीय अतीत का इतना आत्यंतिक विस्तार लगती हो। आज भी इतनी कुशल और सक्षम कोई अन्य परिभाषा उपलब्ध नहीं है। नेहरू का भारतीयता संबंधी विचार मुश्किल हालात में किए गए प्रयोगधर्मी प्रयासों के दौरान उभरा। उसकी ताक़त उसकी वैचारिक गहनता में नहीं थी। उसकी ख़ूबी भारतीयता को एक तरह का स्थायी प्रत्यय मानने में भी नहीं थी। नेहरू ने तो भारतीयता को एक नहीं, बल्कि अनेक परतों वाली ज़रूरत के मुताबिक़ थोड़ा-बहुत बदली और कल्पित की जा सकने वाली अस्मिता के रूप में तैयार किया था। नेहरू आधुनिक पश्चिम की राजनीतिक और आर्थिक उपलब्धियों से प्रभावित तो थे, लेकिन वे उसके सांस्कृतिक मॉडल को कुछ कम पसंद करते थे। उनकी बुनियादी मान्यता थी कि भारतीय राष्ट्रवाद यूरोपीय नमूने के आधार पर नहीं रचा जा सकता। अकादमीय विश्लेषकों के हिसाब से तो औद्योगीकृत पश्चिम में विकसित राष्ट्रवाद के किसी-न-किसी रूप को अपना लिया जाना चाहिए था—चाहे वह रूप समान नागरिकता पर आधारित समुदाय का *गालिक* (फ्रांसीसी) संस्करण हो या साझा जातीय या सांस्कृतिक उद्गम के *वोल्किश* (जर्मन व स्लाव) विचार पर आधारित राष्ट्रवाद हो। नेहरू ने सचेत रूप से दावा किया कि भारतीय राष्ट्रवाद इन दोनों में किसी एक की नक़ल करने के लिए मजबूर नहीं है। यही थी वह सीमा जहाँ तक नेहरू के विचार गांधी और टैगोर से मिलते थे। नेहरू ने स्वयं स्वीकार किया है कि राष्ट्रीयता के बारे में इन दोनों हस्तियों के विचारों का उन पर काफ़ी असर पड़ा था। लेकिन नेहरू की राज्य संबंधी समझ टैगोर और गांधी से अलग थी। गुरुदेव और बापू राज्य को अनावश्यक क़िस्म की बाधा के रूप में देखते थे, लेकिन नेहरू की मान्यता थी कि राज्य की भू-क्षेत्रीय और संस्थागत संरचना के तहत ही भारतीय अस्मिता का उदय संभव है। राज्य की धारणा के संदर्भ में उन्हें लगता था कि अपने विचार और राज्य की संस्था के बीच एक ख़ास तरह का भारतीय समझौता काफ़ी फ़ायदेमंद हो सकता है। इसीलिए नेहरू ने 1947 के बाद इस समझौते को कारगर रूप दिया। भारतीय अतीत की नेहरूवादी समझ के आधार पर राज्य के एक अलग मॉडल को खड़ा किया गया : यह एक ऐसा राज्य था जो एक समरूप 'भारतीयता' आरोपित करने के बजाय सांस्कृतिक और धार्मिक विभिन्नताओं की सुरक्षा के लिए वचनबद्ध था।

आज़ादी की पूर्व संध्या पर 1946 में जेल के अंदर लिखे गए अपने ग्रंथ द *डिस्कवरी ऑफ़ इंडिया* (भारत की खोज) में नेहरू ने बड़ी नफ़ासत से भारतीय एकता और साझा भारतीयता से संबंधित बेचैनियों के बारे में अपनी बौद्धिक अनुक्रिया की। इस पुस्तक का शीर्षक भारत के अस्तित्व को असंदिग्ध रूप से घोषित करने के बावजूद तल्ख़ी के साथ यह भी मानता है कि नेहरू के वर्ग और पृष्ठभूमि के लोगों

को यह देश सहज रूप से उपलब्ध नहीं था और उन्हें अपने लिए इसकी रूपरेखा गढ़ने के लिए प्रयास करना था। नेहरू जैसे व्यक्ति के लिए ऐसी किताब लिखना आसान काम नहीं था। आख़िर उनके साथ उनका अँगरेज़ियत-भरा अतीत जुड़ा हुआ था और 25 साल की उम्र तक वे ऐसे दोस्तों की सोहबत में रहते रहे थे जो उन्हें 'जो' (Joe) कह कर बुलाते थे। टैगोर और गांधी एवं अन्य सभी राष्ट्रवादियों की भाँति नेहरू को भी ख़ुद को भारतीय बनाना था। 1936 में लिखी गई *आत्मकथा* के मुक़ाबले *भारत की खोज* उनके लिए कहीं अधिक स्वयं को रचने की प्रक्रिया थी। इस रचना के ज़रिये धीरे-धीरे और सायास एक विजातीय आलोचक भारतीयता के रंग में रँगता चला गया। उसने भारत के अतीत की पेचीदगियों को पहचानना और अपनाना शुरू किया। *द डिस्कवरी ऑफ़ इंडिया* को राष्ट्रवादी कल्पनाशीलता की अभिव्यक्ति मानना अनुचित नहीं होगा। पर यह कल्पनाशीलता अपने-आप में बेहद असाधारण थी। इसका दायरा बहुत विशाल था। वह विश्वास और आस्था के भावों से लबरेज़ थी। वह किसी शुद्धतावादी आग्रह अथवा इस या उस पक्ष में कठोरतापूर्वक खड़े होने के आग्रहों की शिकार नहीं थी।

टैगोर ने अपनी भारतीयता को काव्य-भाषा के ज़रिये प्राप्त किया था और गांधी ने इसके लिए धार्मिक परंपराओं का सहारा लिया था। नेहरू ने यही काम इतिहास के माध्यम से किया। अपने मिज़ाज के मुताबिक़ उन्होंने दुनिया को ऐतिहासिक निगाह से देखा। उनके ऐतिहासिक परिप्रेक्ष्य ने राजनीति की संभावनाओं की थाह ले सकने वाली उनकी समझ को तो परिभाषित किया ही, साथ में उन्हें इस तथ्य के प्रति भी चौकन्ना कर दिया कि आने वाली पीढ़ियाँ उनके कामों को किस निगाह से देखेंगी। लेकिन इतिहास के ज़रिये आज़ादी की पूर्व-संध्या पर *भारत की खोज* करते समय नेहरू भारतीय संस्कृति से संबंधित एक ख़ास तरह की अंतर्दृष्टि से भी प्रेरित थे। उनका विचार था कि भारतवासियों के लिए अतीत भाषा अथवा धर्म जितना ही बहुमूल्य है और यह कि भारतवासी न केवल अतीत का महत्त्व समझते हैं बल्कि उसके माध्यम से दुनिया को भी देखते हैं। नेहरू ने अपनी कृति में इसी अंतर्दृष्टि का विस्तार किया और यह करते समय उनकी विचारणा पर उस मार्क्सवादी दृष्टि और कुछ-कुछ उपदेशात्मक शैली का असर न के बराबर ही दिखाई पड़ा जिसका उन्होंने अपनी पिछली कृतियों *ग्लिम्प्सेज़ ऑफ़ वर्ल्ड हिस्ट्री* (1934) और *ऑटोबायोग्राफ़ी* (1936) में सहारा लिया था। भारतीय अतीत की अपनी कहानी कहने के लिए नेहरू ने अँगरेज़ों द्वारा लिखित 'पौर्वात्य' इतिहास की मदद ली लेकिन उन्होंने उसे पूरी तरह अपनी ज़रूरतों के हिसाब से इस्तेमाल किया। ब्रिटिश इतिहास में भारत को बंद समुदायों वाले समाज के रूप में चित्रित किया गया था। इसके मुताबिक़ इन समुदायों में हमेशा एक-दूसरे के ख़िलाफ़ भीषण संघर्ष फूट पड़ने के अंदेशे रहते थे और किसी राजशाही का नियंत्रण न रहने पर ये संघर्ष शुरू भी हो जाते थे। टैगोर

ने 1902 में लिखे गए अपने महान निबंध 'द मैसेज ऑफ़ इंडियन हिस्ट्री' में इस प्रकार के इतिहास को 'विदेशियों का इतिहास' क़रार दिया था :

> जो इतिहास हम स्कूलों में पढ़ते हैं और इम्तहान पास करने के लिए जिसे याद कर लेते हैं, वह एक डरावने सपने के वर्णन की तरह है—वह एक ऐसा दुस्वप्न है जिससे भारत गुज़र चुका है। यह इतिहास हमें उन अनजान लोगों के बारे में बताता है जो न जाने कहाँ से भारत में घुस आए थे। यह रक्तरंजित युद्धों की जानकारी देता है। सिंहासन के लिए बाप-बेटे की लड़ाई और भाई द्वारा भाई की हत्या के बारे में बताता है। इस इतिहास में लुटेरों का एक दल जाता है तो दूसरा उसकी जगह ले लेता है। पठान, मुग़ल, पुर्तगाली, फ्रांसीसी और अँगरेज़ सभी दुस्वप्न की तरह इस गड़बड़झाले को और उलझा-सा देते हैं।[11]

नेहरू ने इतिहास संबंधी टैगोर के इस सांकेतिक आह्वान को भारतीय अतीत के प्रामाणिक संदेश की तरह लिया और उसका विस्तार एक ऐसे इतिहास के रूप में किया जो अँगरेज़ों और हिंदू राष्ट्रवादियों द्वारा इतिहास के इस्तेमाल के तरीक़ों का उल्लंघन करता था। नेहरू को श्रेय जाता है कि उन्होंने पहली बार भारत के अतीत की ऐसी महागाथा रची जो न तो निरर्थक आँधी की तरह उमड़ कर ख़त्म हो जाती थी और न ही सिर्फ़ एक शानदार हिंदू उत्सव की तरह थी। बजाय इसके नेहरू के इतिहास में भारतीय अतीत विविधताओं के परस्पर समायोजन और आपसी स्वीकरण की प्रक्रिया के सहारे आगे बढ़ता नज़र आता था। नेहरू की कल्पना का भारत संस्कृतियों के निरंतर मिश्रण से गतिमान था और उसका इतिहास सांस्कृतिक जाति-संकरण तथा उसके ज़रिये होने वाले सामाजिक सहवर्धन का गुणगान करता था। नेहरू का भारत, 'एक ऐसे प्राचीन भोजपत्र की तरह' था 'जिस पर विचारों और दिवास्वप्नों की परतें एक-दूसरे पर कुछ इस तरह अंकित की जाती रही हैं कि कोई भी नई परत पहले से अंकित इबारत को पूरी तरह नहीं मिटा सकी।'[12]

नेहरू ने अतीत का रोमानीकरण भी किया। उन्होंने मातृभूमि के नारी-सुलभ रूप भारतमाता के 'उस पुराने वशीकरण' तक को स्वीकार कर लिया। उन्हें यह भी अहसास था कि वे 'तथ्यों के ज़रिये सावधानीपूर्वक तैयार किए गए इतिहास' को लिखने के बजाय एक 'जीवंत इतिहास' रच रहे हैं। उन्हें उम्मीद थी कि यह गाथा इतनी सशक्त साबित होगी कि 'मानवों की अनगिनत पीढ़ियों के बहुविध अतीत' को एकनिष्ठ राजनीतिक समुदाय के साझा इतिहास के बंधन में बाँध सकेगी। लेकिन ऐसा करने के चक्कर में नेहरू अपने इस अनिवार्य तर्क को भूलने के लिए तैयार नहीं थे कि इस उपमहाद्वीप के वासी भिन्न-भिन्न भी हैं और उनमें एक वंशबेलि जैसा सादृश्य भी है। देशवासियों की यह विभिन्नता कृत्रिम भू-क्षेत्रीय सीमाओं

में बँटी हुई थी। लेकिन, नेहरू ने विविधता की अनुभूति केवल बौद्धिक अथवा दस्तावेज़ी अध्ययन से प्राप्त नहीं की थी। उन्हें इस विविधता का अहसास राजनीति में सक्रियता के ज़रिये हुआ था। उन्होंने 1936-37 की धुआँधार चुनावी मुहिम को अपनी देशव्यापी तीर्थयात्रा की तरह देखा था। इस चुनावी पर्यटन ने नेहरू के स्मृति पटल पर एक सर्वथा निजी चित्रमाला अंकित कर दी थी जिसकी छवियाँ अक्सर करवट लेती रहती थीं। इसी से उन्होंने निष्कर्ष निकाला था कि प्रत्येक भारतीय के पास अपनी अलग शख़्सियत होती है :

> जिस तरह मेरा दिमाग़ लिखित इतिहास से प्राप्त चित्रों और कमोबेश सुनिश्चित तथ्यों से भरा हुआ था, उसी तरह मैंने महसूस किया कि एक बिना पढ़े-लिखे किसान के दिमाग़ में भी एक चित्र-दीर्घा होती है। हालाँकि ये चित्र अधिकांशतः मिथकों, परंपराओं, महाकाव्यों के नायक-नायिकाओं की देन होते हैं और इतिहास का इनमें बहुत कम योगदान होता है, फिर भी यह चित्र-दीर्घा काफ़ी सजीव होती है।[13]

सक्रिय राजनीति के अनुभव से नेहरू द्वारा निकाले गए इस निष्कर्ष को आज के फ़ैशन के अनुसार भारतीय संस्कृति का केंद्रविहीन विचार क़रार दिया जा सकता है। लेकिन, अपनी आत्मकथा में नेहरू ने जो संस्कृति संबंधी तर्क दिया था, उसकी पुष्टि उन्होंने अपने व्यावहारिक अनुभव से की : जिस तरह भारत में कभी किसी एक प्रधान शहर अथवा राजधानी का वजूद नहीं रहा उसी तरह 'भारतीय संस्कृति भी देश-भर में इतने व्यापक रूप से फैली हुई थी कि देश के किसी भी भाग को संस्कृति का केंद्र नहीं कहा जा सकता था।'[14]

भारत की खोज इस बात का प्रमाण थी कि नेहरू घूम-फिर कर घर लौट चुके थे। यानी वे संस्कृति की एकनिष्ठता के नहीं बल्कि उसकी प्रचुर विविधता के नतीजे पर पहुँच गए थे। तीस के दशक में जो बेचैनियाँ नेहरू को सता रही थीं और जिनका आधार उनकी आत्मकथा में व्याप्त था, वे अब शांत हो चुकी थीं। आत्मकथा में 'अकेलेपन और गृहहीनता' की अनुभूति ने नेहरू को यह कहने पर मजबूर कर दिया था कि 'जिस भारत को मैंने प्यार किया और जिसके लिए मैंने पसीना बहाया वह मुझे एक अजनबी और विस्मयकारी धरती की तरह लगता है।'[15] इस तरह नेहरू ने अपने घर की खोज कर ली लेकिन घर को जानने के लिए दुनिया को भी जानना ज़रूरी था ताकि विश्व-मंच पर भारत के लिए जगह तलाशी जा सके। दूसरे राष्ट्रवादियों की तरह नेहरू में घर की खोज करते ही चेतना को अंतर्मुखी कर देने वाला आक्रोश पैदा नहीं हुआ क्योंकि उन्होंने पश्चिम के रास्ते चक्कर काट कर भारत को नहीं पहचाना था। शायद इसीलिए वे अरविंद घोष अथवा विवेकानंद जैसे राजनीतिक बुद्धिजीवियों की तरह स्वयं को आधुनिक विश्व

के प्रदूषक प्रभाव से बचाने के लिए आत्मशोधन में नहीं लग गए, जबकि एक ज़माने में पश्चिमी आधुनिकता के संसर्ग में आने पर ही इन बुद्धिजीवियों में भारतीय बनने की चाह ने जन्म लिया था।

ईसैया बर्लिन ने लिखा है कि टैगोर ने 'अपनी प्रज्ञा का सर्वाधिक स्पष्ट प्रदर्शन बीच का वह रास्ता चुनने में किया जो काफ़ी कठिन था। न तो वे आमूलवादी आधुनिकतावाद की तरफ़ बहके और न ही उन्होंने अहंमन्यता भरे उदास परंपरावाद को चुना।'[16] टैगोर की तरह नेहरू में भी बीच के रास्ते पर चलने की क्षमता थी। वे ऐसा सांस्कृतिक संतुलन अख़्तियार करने में समर्थ थे जिससे उन्हें अपनी अँगरेज़ियत को अपनी भारतीयता की ही एक परत मानने का तर्क मिल जाता था। नेहरू के लिए अतीत की विशुद्धता में लौटने के कोई मायने नहीं थे और न ही ऐतिहासिक प्रक्षालन का कोई अर्थ था। उपनिवेशवाद उनके लिए अपमान था, लेकिन वह उन्हें आधुनिकता की महक से सुवासित भी कर देता था। आख़िरकार आधुनिकता को भी तो भारतीय संस्कृति के उस प्राचीन भोजपत्र पर अपनी इबारत लिखनी थी। इस सीमा तक *भारत की खोज* अवर्णित और अनगढ़ इतिहास के संसार में अग्रगति की तरह थी। नेहरू की मान्यता थी कि अतीत की पुनरोपलब्धि मात्र से भारतीय स्वसक्षम नहीं बनेंगे, क्योंकि अगर अपने समृद्ध और असाधारण अतीत के प्रति श्रद्धा ज़रूरी है तो उसके साथ-साथ आत्मालोचना कर सकने वाली ऐसी आधुनिकतावादी भाषा की भी ज़रूरत है जो अतीत की विकराल विफलताओं को स्वीकार कर सके।

आधुनिकता को स्वतंत्र भारत की परिभाषा का अनिवार्य अंग मान लेने का मतलब था राष्ट्रवाद की विराट और जटिल समझ को राज्य की शक्ल में धरती पर उतारने की ज़रूरत महसूस करना। *भारत की खोज* करते-करते नेहरू एक ऐतिहासिक बिंब तक पहुँच गए थे जो भारत में संस्कृति और राजसत्ता के बीच सूत्र की तरह था। यह बिंब इस विषय की स्थापित समझों के अनुकूल नहीं था, क्योंकि वह न तो उदारतावादी चिन्तन में फिट बैठता था न ही पारंपरिक क़िस्म की और अनुदार सोच के दायरे में। नेहरू की समझ इस उदारतावादी धारणा से कतरा कर निकल गई कि अपनी सांस्कृतिक बपौती से परे जाकर अपना और अपने राज्य का अपनी ज़रूरत के हिसाब से पुनर्निर्माण किया जा सकता है। यह उदारतावादी विचार व्यक्ति की तर्कबुद्धि को अमूर्त बना कर उसे किसी भी तरह की सांस्कृतिक पहचान से ऊपर रख देता था। इसी तरह नेहरू संस्कृति को अपने-आप में बंद और परिपूर्ण इकाई मानने की समझ से भी दूर रहे। यह विचार संस्कृति को भाषा अथवा आस्था की प्रधानता वाला वायुरोधी कक्ष मानकर चलता था। इसके ज़रिये एक अनुदारतावादी राज्य बनाया जा सकता था जो राज्य को अपना निर्माण करने वाले समुदाय का ताबेदार बना कर उससे अपने आक्रामक मंतव्य पूरे कराता रहे। या फिर इससे राज्य की एक सौम्य परिकल्पना निकलती थी अर्थात ऐसा राज्य जो

संस्कृतियों के संग्रहालय का परिचालक मात्र हो और समुदायों को वैसा-का-वैसा ही बनाए रखने की ज़िम्मेदारी निभाता रहे। इन दोनों तरह के राज्य-संबंधी विचारों के विपरीत नेहरू ने संस्कृति को गतिविधियों के एक ऐसे दायरे के रूप में समझा जिसमें संस्कृतियाँ एक-दूसरे की सीमाओं में आवागमन और परस्पर आदान-प्रदान करते हुए स्वयं को और एक-दूसरे को बदलती रहती हैं। उन्होंने भारतीय समाज को न तो उदारतावादी व्यक्तियों के समाज की तरह परिभाषित किया और न ही एकनिष्ठ व अनन्य समुदायों अथवा राष्ट्रीयताओं के रूप में। उन्होंने तो भारतीय समाज की व्याख्या अंतर्संबंधित विभिन्नताओं के आगार के रूप में की। यही थी वह अंतर्दृष्टि जिसके आधार पर 1947 के बाद नेहरू ने आचरण किया। इस अंतर्दृष्टि पर संदेह करने वाले लोग इसे नेहरू की आस्था का नाम दे देते हैं। जैसा माहौल नेहरू को काम करने के लिए मिला था, उसमें इस अवधारणा को क़ायम रख पाना वास्तव में बड़ी असाधारण बात थी। विभाजन ने इस सहज तर्क को दमदार बना दिया था कि मुसलमानों को पाकिस्तान के रूप में मुसलमान राष्ट्र मिल ही चुका है इसलिए भारत को घोषित रूप से धार्मिक पक्षधरता का वाहक हिंदू 'बहुसंख्यक' राज्य बन जाना चाहिए।

आज पचास साल बाद आज़ादी के पहले बीस वर्षों में किए गए प्रयासों की उस बेमिसाल नूतनता को समझना मुश्किल लग सकता है। बहुसंस्कृतिवाद का विचार अस्पष्ट होने के बावजूद आज सुपरिचित है। आज इसके चारों ओर बड़ी नफ़ीस क़िस्म की अध्यात्मवादी, दार्शनिक और क़ानूनी बहसें तैर रही हैं। लेकिन चालीस के दशक के उत्तरार्द्ध में बहुसंस्कृतिवाद किसी नए राज्य की संरचना करने का प्रचलित तरीक़ा नहीं था। यूरोपीय हो या कोई और इतिहास, ऐसा मॉडल शायद ही उपलब्ध था जिसके आधार पर भारत की नाना विविधताओं को लोकतांत्रिक उसूल के आधार पर राजनीतिक संरचना में बाँधा जा सकता हो। इस भारतीय मॉडल का आविष्कार तो व्यवहार के ज़रिये ही हो सकता था। 1947 के बाद किसी भी तरह की भारतीय पहचान के लिए न्यूनतम पूर्व शर्त यह थी कि राज्य की संस्था द्वारा भारतीयता को संविधानसम्मत ढंग से परिभाषित करके लागू कर दिया जाए। निस्संदेह यह शर्त फटाफट पूरी हो गई। नए राज्य को अधिकांशत: ब्रिटिश राज से विरासत में प्राप्त फ़ौजी और नौकरशाही क्षमताओं पर निर्भर रहना था। 1947 के बाद इन्हीं औपनिवेशिक विरासतों के औजारों से समग्र भू-क्षेत्र पर राजनीतिक पहचान प्रभावी ढंग से आरोपित की जा सकती थी। कांग्रेस एकमात्र प्रामाणिक भारतीय संगठन था जिसकी पहुँच देश के कोने-कोने में थी। लेकिन, बाद में पैदा हुए दुनिया के अन्य राष्ट्रवादी और उपनिवेशवाद विरोधी संगठनों की तरह कांग्रेस में राष्ट्रीय पहचान की अपनी व्याख्या लोगों पर थोपने की क्षमता न थी। उसकी कोई फ़ौजी शाखा नहीं थी। उपनिवेशवाद विरोधी आंदोलनों ने अपनी फ़ौजी शाखाओं के

ज़रिये न केवल विदेशी शत्रुओं से संघर्ष किया था वरन वे ख़ास तरह का राष्ट्रत्व थोपने के लिए उनका इस्तेमाल अपने देशवासियों के ख़िलाफ़ करने की हद तक चले गए थे। अल्जीरिया, इंडोनेशिया और वियतनाम में ऐसा ही हुआ था। इसके विपरीत भारतीय राज्य के पास फ़ौज और सिविल सर्विस के रूप में ऐसा प्रशिक्षित वर्ग था जिसकी भर्ती अखिल भारतीय आधार पर की गई थी। यह वर्ग पूरे देश में कामकाज के लिए आसानी के साथ आ-जा सकता था। अँगरेज़ों से विरासत में प्राप्त 'कारकुनों' का यह विशिष्ट तबक़ा आज़ादी के बाद समान राजनीतिक अस्मिता गढ़ने में लग गया। नेहरू ने इसमें आर्थिक नियोजन की संस्था भी जोड़ दी जो उनके विचार से विकास की साझा परियोजना में सभी भारतवासियों को भागीदार बनाने की प्रक्रिया को सुसंगति से परिपूर्ण करने के लिए ज़रूरी थी। एक तरफ़ राज्य को एकनिष्ठता देने वाले ये अभिकेंद्रीय तत्त्व थे और दूसरी तरफ़ मान्यता की माँग करती हुई सांस्कृतिक और राजनीतिक आवाज़ों की बहुलता थी। इसलिए नए राष्ट्र पर समरूप 'भारतीय' अस्मिता आरोपित करने की कोशिश नहीं की गई। राष्ट्रवाद के पश्चिमी सिद्धान्तों के परिप्रेक्ष्य से इसे संभावित कमज़ोरी के अंदेशों के रूप में देखा गया। हिंदू राष्ट्रवादियों का चिन्तन इसी विश्लेषण को सही मानता था लेकिन दरअसल, यही भारतीय राज्य की सर्वाधिक असाधारण उपलब्धि थी।

नागरिकता को जातीय मानदंडों के बजाय नागर और सार्वभौमिक मानकों के आधार पर परिभाषित किया गया। इसने भारतीय लोकतंत्र में सभी विविधताओं के सम्मिलन के सिद्धान्त की गारंटी कर दी। आने वाले दशकों में लोकतांत्रिक राजनीति के कारण ही एक राष्ट्र के रूप में भारत के वजूद को चुनौती मिली लेकिन शुरुआत में लोकतंत्र के ही कारण यह वजूद स्थायी बन पाया क्योंकि इस प्रणाली में नए राजनीतिक तत्त्वों को एकरूप भारतीय विन्यास में शामिल करने की क्षमता थी। लोकतंत्र व्यक्तियों के रूप में भारतवासियों के दावों को स्वीकार करने के लिए था, लेकिन व्यवहार में उसने समूहों के रूप में भी उनके दावों को मान्यता दी जिससे भविष्य के तनावों की बुनियाद पड़ी। जो भी हो, अलग-अलग समुदायों के सदस्यों के रूप में भारतवासियों के दावों को किसी-न-किसी प्रकार की मान्यता और उनके साथ समायोजन करने की ज़रूरत तो थी ही।

व्यक्ति और राष्ट्र के बीच में किसी भी तकलीफ़देह स्थिति को भड़कने से रोकने के लिए प्राय: भाषा और धर्म का इस्तेमाल किया जाता है। लेकिन भारत में इन दो चिह्नों से यह काम नहीं लिया गया। इन दोनों में से किसी को भी भारतीयता के सहज प्रमाण की तरह नहीं स्वीकारा गया। किसी एक राष्ट्रभाषा को अपनाया जाना चाहिए या नहीं—इस प्रश्न पर 1948-49 के दौरान संविधान सभा में सबसे लंबी और सबसे तल्ख़ बहस चली। एक बार तो यह लगा कि सभा इस मुद्दे पर स्थायी रूप से विभाजित हो जाएगी। आज़ादी से पहले अँगरेज़ों द्वारा मिली-जुली

प्रशासनिक इकाइयों की अवज्ञा करते हुए गांधी ने कांग्रेस को भाषावार इकाइयों में पुनर्गठित किया था। इसी नीति के अनुसार इलाक़ों में क्षेत्रीय भाषाओं के इस्तेमाल को बढ़ावा भी दिया गया था। गांधी की इस पहलक़दमी के कारण राजनीतिक विचार-विमर्श को स्थानीय तौर पर समझना-समझाना आसान हो गया था और कांग्रेस को एक जनांदोलन में बदलने में आसानी हुई थी। राष्ट्रीय स्तर पर नेतृत्व की भाषा अँगरेज़ी ही बनी रही, लेकिन हर कोई अँगरेज़ी के इस्तेमाल को अस्थायी और कामचलाऊ उपाय मानने पर सहमत था। आगे चल कर अँगरेज़ी की जगह किसी भारतीय भाषा द्वारा ले ली जानी थी। राष्ट्रभाषा बनने की सबसे ज़्यादा संभावनाएँ हिंदुस्तानी में थीं। यह एक ऐसी संकर भाषा थी जो पहले से ही संकर दो भाषाओं, हिंदी और उर्दू, से मिल कर बनी थी। हिंदुस्तानी को नागरी या उर्दू की फ़ारसी लिपि में लिखा जा सकता था। समस्या यह थी कि हिंदुस्तानी बोलने वालों की संख्या भी भारतीय आबादी के दो-बटा-पाँच हिस्से से थोड़ी ही ज़्यादा थी और ये सभी लोग उत्तर भारत में ही केंद्रित थे। इस तरह उत्तर के प्रभु वर्ग को दक्षिण के अपने समकक्षों से जोड़ने वाली भाषा केवल अँगरेज़ी ही रह गई।

विभाजन के बाद हिंदी बोलने वालों ने हिंदी को राष्ट्रभाषा बनाने के लिए दबाव डालना शुरू किया। ये लोग देश के सबसे बड़े भाषाई समूह का निर्माण करते थे। हिंदी के प्रवक्ताओं ने संविधान सभा में बहुमत का दावा करते हुए हिंदी से उर्दू शब्दों और अँगरेज़ी के तकनीकी शब्दों को निकालने की माँग रखी ताकि एक मानकीकृत, विशुद्ध और संस्कृतनिष्ठ हिंदी राष्ट्रभाषा बनाई जा सके (विचित्र बात यह थी कि ये लोग जिन अंकों को 'अरबी' मानकर हिंदी से निकाल फेंकने की माँग कर रहे थे, वे असल में संस्कृत से लिये गए थे)। इसी दौरान सवाल उठा कि संविधान रचने के लिए कौन-सी भाषा इस्तेमाल की जाए—प्रांजल अँगरेज़ी या विशुद्धीकृत हिंदी? इस प्रश्न पर लोग प्रतीकात्मक और अड़ियल ढंग से बँट गए। हिंदी समर्थकों ने संविधान-लेखन का अपना नमूना पेश किया जो सिर चकरा देने वाले संस्कृत-आधारित नवनिर्मित शब्दों से भरा हुआ था। इन लोगों ने अपनी बात मनवाने के लिए तर्क दिया कि आयरलैंडवासियों ने भी अपना संविधान गैलिक भाषा में लिखने का दुस्साहस किया है। इसके जवाब में नेहरू ने उन्हें बताया कि डि वैलेरा ने उनके साथ बातचीत में माना कि आइरिश लोगों को संविधान का गैलिक संस्करण बहुत मुश्किल लग रहा है इसलिए वे अँगरेज़ी संस्करण के समर्थक होते जा रहे हैं। अंत में संविधान के प्रावधान क़ानूनी अँगरेज़ी में व्यक्त किए गए। यह अँगरेज़ी भी बेहद कठिन और अधिकांश भारतवासियों की शब्द-सामर्थ्य से बाहर की चीज़ थी।

आख़िर में बेहद उत्तेजक माहौल में नेहरू और उनके समर्थक भाषा जैसे गंभीर महत्त्व के मसले पर एक संतोषजनक समझौता निकाल ले जाने में सफल रहे। हिंदी

को 'आधिकारिक' भाषा की मान्यता दी गई लेकिन उसे 'राष्ट्रीय' नहीं माना गया। एक दर्जन क्षेत्रीय भाषाओं को भी इसी तरह 'आधिकारिक' दर्जा मिला। भाषाओं की इस सूची को बढ़ाए जाने की भी गुंजाइश बनी रही : यह एक ऐसा बंदोबस्त था जो बड़ी ख़ूबी के साथ पहले से मान्यताप्राप्त भाषाओं के बोलने वालों के लिए कोई भी ख़तरा पैदा किए बिना नए दावेदारों को समायोजित कर लेता था। अँगरेज़ी को राज्य की भाषा बनाए रखने पर सहमति हो गई लेकिन आने वाले दशकों में धीरे-धीरे उसे हटाने का विकल्प भी क़ायम रखा गया। आबादी के एक बड़े हिस्से के भाषाई राष्ट्रवाद के सामने हार मानने के बजाय संविधान सभा ने बहुलवादी समझौते का उपाय निकाला जिसमें विभिन्न स्तरों पर विभिन्न उद्देश्यों के लिए विभिन्न भाषाओं के इस्तेमाल का प्रावधान था।

समझौते की इस कार्यनीति ने भारतीय अस्मिता को किसी एक प्रवृत्ति पर आश्रित करने से इनकार किया। अगर ऐसा किया जाता तो क्षेत्रीय संस्कृतियाँ राष्ट्रीय संस्कृति की बहुसंख्यकवादी परिभाषाओं की अनुचित अधीनस्थता में चली जातीं। इस कार्यनीति ने उस व्यावहारिक आचरण को सांविधिक उसूल की तरह अंकित कर दिया जिसके कारण कांग्रेस को राष्ट्रवादी आंदोलन का रूप मिला था। भारतीयता किसी एकनिष्ठ अथवा सबको अपने में समा लेने वाली पहचान के रूप में परिभाषित नहीं की गई। कम-से-कम दो आयाम अवश्य थे जिन्हें भारतीयता मान्यता देती थी। पहला तो यह था कि भारतीय नागरिक भाषाई और सांस्कृतिक समुदायों के सदस्य भी हैं यानी वे भारतीय होने के साथ-साथ ओड़िया अथवा तमिल भी हैं, कश्मीरी अथवा मराठी भी हैं। भारत की संघीय व्यवस्था में विभिन्न परतों से बनी भारतीयता को मूर्तिमान करने का उद्देश्य निहित था ताकि विभिन्न अस्मिताओं का साथ-साथ विकास हो सके। शुरू में नेहरू को उम्मीद थी कि क्षेत्रीय राज्य ब्रिटिश राज्य द्वारा स्थापित मिली-जुली और बहुभाषाई प्रशासनिक इकाइयों की तरह बने रहेंगे। हालाँकि इन राज्यों की सीमाएँ उपनिवेशवादियों ने अपने ढंग से खींची थीं, लेकिन उनकी मिश्रित भाषाई संस्कृति अतीत की ऐतिहासिक परंपराओं से मेल खाती थी अत: नेहरू ने आंतरिक पुनर्विभाजन की कोई ज़रूरत नहीं समझी।

परंतु, पचास के दशक के मध्य में कांग्रेस की प्रांतीय शाखाओं के अंदर ही ज़्यादातर प्रांत बना कर क्षेत्रीय सांस्कृतिक समूहों को मान्यता देने की ज़ोरदार माँगें उठीं। आख़िरकार नेहरू को भी इन्हें मानना पड़ा। इस मामले में पंजाब अपवाद रहा। सिखों की माँग को पंजाब के रूप में मान्यता 1966 में मिल पाई। नेहरू की निगाह में ये नए राज्य लोकतांत्रिक शासन को और सुग्राह्य बनाने वाले थे। उन्होंने भाषावार प्रांतों को भारतीयता का प्रभाव क्षीण करने वाला नहीं माना। इसी के मुताबिक़ भाषाई सीमाओं में बँधे क्षेत्रीय राज्यों का सिद्धान्त स्वीकृत किया गया। इन राज्यों में हिंदी या अँगरेज़ी के बजाय क्षेत्रीय भाषाओं को सरकारी काम-काज की भाषा

का दर्जा मिला। इन समायोजनों ने उसूल बना दिया कि भारतीयता की संस्थागत परिभाषा एक व्यापक दायरे में संशोधित की जा सकती है। इस तरह भारतीयता कोई सांस्कृतिक रूप से बंद अथवा निश्चल स्थिति नहीं रह गई।

धर्म का मुद्दा और भी जटिल था। इसके समाधान के लिए जिस तरह के समायोजनों का सहारा लिया गया, वे भी प्रयोगधर्मी थे। उनमें परंपरा का आसरा न लेकर कुछ नया करने का जोख़िम उठाने का रवैया साफ़ दिखता था। धर्म के बारे में नेहरू के संश्लिष्ट और परिवर्तनशील विचारों को आजकल बासी पड़ चुकी 'धर्मनिरपेक्षता' के ख़ाने में रख दिया जाता है। इससे एक अनुचित छवि पैदा होती है कि जैसे नेहरू के विचार अपरिवर्तनशील रहे हों। इसके उलट नेहरू हमेशा ही सक्रिय राजनीतिक विवेक-बुद्धि का इस्तेमाल करते थे। नेहरू मताग्रही नहीं थे, न ही वे ऐसे किसी सुविचारित सांविधिक सिद्धान्त के हामी थे जो उन्हें आँखें बंद करके क़ानून के अनुसार चलने पर मजबूर करता हो। सच्चाई तो यह है कि संविधान में 'धर्मनिरपेक्षता' शब्द श्रीमती गांधी ने आपातकाल में जल्दबाज़ी में किए गए संशोधनों के दौरान शामिल किया था। नेहरू तो धार्मिक पहचान से निकल सकने वाले वास्तविक और संभावित ख़तरों के बारे में अपनी तर्कसंगत समझ के आधार पर आचरण करते थे। चूँकि भारतवासियों ने अपना राज्य स्थापित कर लिया था और नए राज्य का प्राधिकार अपने नागरिकों का भरोसा जीतने पर निर्भर था, इसलिए सार्विक मताधिकार और एकनिष्ठ मतदाता मंडल पर आधारित लोकतंत्र को समुदायों में नहीं बँटने दिया जा सकता था। धर्मनिरपेक्षता का उसूल इसी लक्ष्य की पूर्ति के लिए था।

समस्या यह थी कि ब्रिटिश राज द्वारा प्रदत्त अलग मतदाता मंडलों के ज़रिये स्वयं को संरक्षित समझने के अभ्यस्त हो चुके समुदायों के लिए सार्विक लोकतंत्र के तहत संरक्षण के उपाय कैसे निकाले जाएँ। इस तरह के समुदायों में भारत का मुसलमान समुदाय प्रमुख था। विभाजन के बाद तो यह ज़रूरत और भी बढ़ गई थी क्योंकि भारतीय राज्य उन दिनों मुसलमानों का विश्वास जीतने की कोशिश कर रहा था। क्षेत्रीय भाषाई पहचान को संघात्मक ढाँचे में मान्यता दी जा चुकी थी। अब भारतवासियों को धार्मिक समुदायों के सदस्यों के रूप में क़ानूनी मान्यता दिए जाने का सवाल था। जन-लोकतंत्र में सर्वसत्तावादी चौधराहट के कुछ अंदेशे हमेशा रहते हैं। छोटे-छोटे धार्मिक समुदायों की इन अंदेशों से हिफ़ाज़त करना ज़रूरी था। अलग-अलग विशिष्टताओं के प्रति भारतीय क़ानून का संवेदनशील होना अनिवार्य था। इसीलिए संख्यात्मक रूप से कमज़ोर या अतीत में उत्पीड़न के शिकार रहे समुदायों के लिए प्रत्यक्ष संरक्षण का बंदोबस्त किया गया। जाति-आधारित आरक्षण दिया गया और विभिन्न धार्मिक समुदायों के लिए अलग नागरिक संहिताएँ बनाई गईं। चूँकि नेहरू संस्कृतियों को परस्पर संपर्क के ज़रिये परिवर्तनशील मानते थे इसलिए उन्होंने संरक्षण के इन विशेष प्रावधानों को भी परिवर्तनीय बनाने पर ज़ोर

दिया। उन्हें उम्मीद थी कि ये समुदाय वक़्त के साथ-साथ सुधारों को आत्मसात करेंगे लेकिन वे ऐसा कब करेंगे, यह निर्णय उन्हीं पर छोड़ दिया गया।

पचास के दशक के पूर्वार्द्ध से ही भारतीय राज्य ने ऐसे क़ानूनी सुधार किए जिनके आधार पर हिंदू रीति-रिवाजों को दिशा मिली। ऐसा करके उन्नीसवीं सदी की सुधारवादी परंपराओं को ही आगे बढ़ाने तथा और सघन करने का काम किया गया। अस्पृश्यता-निवारण, मंदिर-प्रवेश में जाति-भेद का उन्मूलन, अंतर्जातीय विवाह को मान्यता, बहुविवाह पर प्रतिबंध और महिलाओं के लिए समान उत्तराधिकार के क़ानून बना कर आज़ादी के बाद राष्ट्रवाद के शुरुआती आवेग को जारी रखा गया। नेहरू ने इन तमाम नए क़ानूनों का समर्थन किया लेकिन इसका मतलब यह नहीं था कि इस सिलसिले में हर बार पहल उन्होंने ही की थी। असल में ज़्यादातर क़ानून पूजा-पाठ करने वाले हिंदुओं की पहल पर ही बनाए गए थे। नेहरू ने हिंदू अनुदारवादियों द्वारा गोवध पर पाबंदी लगाने की पुरज़ोर माँग का विरोध भी किया। बाद में उन्होंने इस पर समझौता ज़रूर कर लिया लेकिन पहले यह गारंटी भी कर ली कि इस विवाद को केंद्र के दायरे से निकाल कर राज्य विधानसभाओं के पाले में फेंक दिया जाएगा। उन्होंने ज़ोर देकर कहा कि गोवध पर कोई भी प्रतिबंध सार्वजनिक और धर्मनिरपेक्ष तर्कों द्वारा पुष्ट होना चाहिए। केवल धार्मिक यक़ीन के आधार पर पाबंदी लगाने के बजाय इसे आर्थिक रूप से औचित्यपूर्ण भी ठहराया जाना चाहिए।

नेहरू ने धर्मनिरपेक्षता को अन्य धर्मों का स्थान लेने वाले नागरिक धर्म की तरह कभी नहीं लिया। वे धर्म को मिला कर सभी भारतवासियों पर धर्मनिरपेक्ष पहचान का ठप्पा लगाने और इस तरह समाज पर एक नई नैतिकता थोपने के पक्ष में तो क़तई नहीं थे। उन्हें भारत में धार्मिक विश्वासों की गहनता और बहुलता का पूरी तरह अहसास था। दरअसल, इसी वजह से उन्हें धार्मिक-सामाजिक अस्मिताओं को राजनीति के दायरे से बाहर रखने पर यक़ीन हो गया था। उन्होंने अपनी शक्ति धर्मनिरपेक्षता का मत स्थापित करने पर कभी ख़र्च नहीं की। उनकी कोशिश तो धर्म के राजनीतिक इस्तेमाल को रोकने की ही रही। इसी को वे 'सांप्रदायिकता' कहते थे। अपने इसी आग्रह के कारण वे लगातार राष्ट्रवादी और परंपरानिष्ठ हिंदुओं के साथ बहस में उलझे रहते थे। यह बहस पार्टी के अंदर और बाहर, दोनों जगह चलती रहती थी। जो भी हो, नेहरू राजनीति को धार्मिक माँगों से पृथक करने में कामयाब रहे।

हालाँकि भारतीयता की रचना आंतरिक विविधता के आधार पर हुई थी लेकिन नेहरू की दृष्टि में यह पहचान एक अंतर्राष्ट्रीय अस्मिता के रूप में भी उतनी ही परिभाषित होती थी। इसी के ज़रिये भारत को विश्व में उसका स्थान मिला था। राष्ट्रवादी आंदोलन के ज़्यादातर नेताओं की दुनिया घरेलू राजनीति में ही सिमटी हुई थी लेकिन नेहरू आज़ादी को ऐसे मौक़े की तरह देखते थे जिसका लाभ उठा कर भारत विश्व-मंच पर अपनी मौजूदगी क़ायम कर सकता था (नेहरू द्वारा अंतर्राष्ट्रीय

राजनीति के महत्त्व को दी गई मान्यता में केवल कम्युनिस्ट ही साझीदार थे, हालाँकि वे भिन्न कारणों से इस निष्कर्ष पर पहुँचे थे)। मुल्कों की अंतर्राष्ट्रीय हैसियत उनकी आर्थिक व फ़ौजी ताक़त पर निर्भर होती थी और दिक़्क़त यह थी कि भारत इन दोनों क्षेत्रों में कोई ख़ास दावा करने की स्थिति में नहीं था। अंतर्राष्ट्रीय कसौटियों के हिसाब से भारत कमज़ोर देश था। उसे अपने हितों की पूर्ति के लिए अलग तरह के मौक़े और हालात बनाने थे। नैतिकता और न्याय के आह्वान की मदद से भारत ताक़तवर देशों को चकित और परेशान कर सकता था। उसे उनकी शर्मिंदगी के परिणामस्वरूप कुछ रियायतें मिल सकती थीं। नेहरू इस मामले में गांधी के अनुयायी साबित हुए। उन्होंने अपने आपको उत्पीड़ित बताने वाली भाषा को भिन्न अर्थों के लिए इस्तेमाल किया। भारत को औपनिवेशिक ग़ुलामी का शहीद दिखाने के बजाय नेहरू ने भारत को अंतर्राष्ट्रीय राजनीति के मंच पर आत्मविश्वास से परिपूर्ण चरित्र के रूप में पेश किया। वे राष्ट्रमंडल में बने रहे, लेकिन ध्यान रखना चाहिए कि भारत ने राष्ट्रमंडल का सदस्य बने रहने का फ़ैसला एक गणतंत्र के रूप में किया था। नेहरू की अंतर्राष्ट्रीय समझ का यह सिर्फ़ एक प्रमाण था। यह इस बात का भी सबूत था कि नेहरू परत-दर-परत बने अतीत से प्रतिबद्ध थे और उन्हें इतिहास की भिन्न-भिन्न परिस्थितियों में बने संपर्कों से भारत को अलग करने में कोई दिलचस्पी नहीं थी। साथ ही इस निर्णय से नेहरू की दृढ़ता के ग़ैरजज़्बाती रूप का भी परिचय मिलता था। अतीत के मोहपाश में बँधने के बजाय देश के मौजूदा हितों से अतीत का तालमेल बैठाने में उनकी रुचि ज़्यादा थी।

1947 के बाद के दो दशकों में नेहरू ने एक आशु कवि की तरह भारतीयता की कविता रची और विभिन्न आग्रहों और हितों को एक जगह संयोजित करने की कोशिश की। नतीजे के तौर पर असाधारण क़िस्म का राष्ट्रवाद सामने आया जिसे सरसरी तौर पर या सहज मतवादी वक्तव्यों के ज़रिये व्याख्यायित करना मुश्किल था। इस राष्ट्रवाद ने नए राष्ट्र-राज्य के दायरे में उल्लेखनीय आंतरिक विविधताओं को समायोजित करने का प्रयास किया, और धर्म की तरफ़ से डाले गए लोकतांत्रिक दबावों का प्रतिरोध किया। इस राष्ट्रवाद ने बहिर्मुखी रवैया अपनाया। भारतीय बनने के सवाल का यह एक प्रयोगधर्मी जवाब था। यह किसी सैद्धांतिक सुसंगति का नतीजा नहीं था। यह तो संयोगों और आकस्मिकताओं द्वारा प्राप्त उपलब्धि थी। इसके आधार में भारत की वह तस्वीर थी जो एक साथ सुसंगत और विवादित कही जा सकती थी। यह राष्ट्रवाद न तो संस्कृति की किसी स्थायी छवि से आत्मविश्वास ग्रहण करता था और न ही ऐसी कोई छवि थोपने की कोशिश करता था। भारतीयता की परिभाषा का सरलीकरण करने अथवा उस पर अपनी इजारेदारी क़ायम न करने का प्रयास करना ही इस राष्ट्रवाद का सर्वाधिक महत्त्वपूर्ण गुण था। कई तरह की राजनीतिक मुसीबतों को झेलने के बाद भी यह राष्ट्रवाद कामयाबी का दावा कर

सकता था। विविधताओं और विभेदों की असुंदर, निराशाजनक और अपरिष्कृत शृंखला होने के बावजूद भारत का एकनिष्ठ राजनीतिक इकाई के रूप में क़ायम रहना ही इस सफलता का सबसे बड़ा प्रमाण है। नेहरू द्वारा किए गए प्रयोगों के बिना तो इसके बारे में सोचा भी नहीं जा सकता था।

4

1964 में नेहरू की मृत्यु के बीस साल के भीतर-भीतर भारत की परत-दर-परत बनी बहुलवादी राजनीतिक आत्म-पहचान गंभीर संकट में फँस गई। देश के बौद्धिक माहौल में आए बदलाव से इस संकट की गहनता को समझा जा सकता है। पश्चिम के रंग में रँगे हुए जिन बुद्धिजीवियों के समर्थन पर नेहरू को हमेशा भरोसा रहता था, वे ही नेहरू के नाम पर शासन कर रहे राज्य के ख़िलाफ़ हो गए। उन्होंने अपनी आलोचना का निशाना धर्मनिरपेक्षता की दुर्बोध धारणा को बनाया। इस प्रकार इन बुद्धिजीवियों ने अस्सी के दशक में एक उलझी हुई सच्चाई को सुलझाने की कोशिश की। आज़ादी के चालीस साल बाद इन बुद्धिजीवियों को दिख रहा था कि धर्म और जाति की पहचानों ने राष्ट्रीय राजनीति पर पूरी ताक़त के साथ हल्ला बोल दिया है। राष्ट्रवादी इस जड़सूत्रवादी मान्यता के हामी थे कि 'सांप्रदायिक' विक्षोभ के लिए उपनिवेशवाद ज़िम्मेदार है। लेकिन, उपनिवेशवाद को ख़त्म हुए भी चालीस साल बीत चुके थे। इसलिए यह यक्ष प्रश्न सिर पर खड़ा था कि धर्म और जाति के उभार का कारण क्या है?

'वैज्ञानिक स्वभाव' की रचना करने के आग्रहों से हमेशा ग्रस्त रहने वाले स्वयंभू नेहरूवादियों ने इसका दोष समाज के मत्थे मढ़ दिया। समाज उनकी निगाह में अंधविश्वासों, सीमित शिक्षा और पुरातनपंथ का शिकार था। लेकिन रोग के इस निदान को बहुत कम लोगों ने ठीक माना। इसके बाद लगा कि राज्य द्वारा आधुनिकीकरण और 'राष्ट्र-निर्माण' की परियोजना के लिए वचनबद्ध होने और उसी के मुताबिक़ आचरण की कोशिश करने के कारण ऐसा हुआ है। कुछ बुद्धिजीवियों ने समस्या की समाजशास्त्रीय व्याख्या करने की कोशिश की और धर्मनिरपेक्ष राज्य और उदारतावादी व्यक्तियों के समाज को रचने के प्रयास पर तोहमत लगाई। विचित्र बात यह थी कि उन्होंने नेहरू पर इल्ज़ाम लगाया कि वे यह सब करना चाहते थे। इन बुद्धिजीवियों ने ऐलान किया कि नेहरू की यह परियोजना असफल होने के लिए अभिशप्त थी। देश के एक प्रमुख बुद्धिजीवी ने इस परियोजना को 'एक अल्पसंख्यक समूह का सपना' क़रार दिया 'जो बहुसंख्या को अपनी आत्मछवि के हिसाब से रूपायित करना चाहता है, जो इतिहास पर अपनी इच्छा थोपना चाहता है लेकिन लोकतांत्रिक रूप से संगठित राज्यतंत्र में ऐसा करने की ताक़त जुटा पाने

में अक्षम है।[17] इन बुद्धिजीवियों के चिन्तन में नेहरू की छवि एक अभागे और कमज़ोर व्यक्ति के रूप में उभरी। उन्होंने नेहरू को न केवल एक बेहद धार्मिक समाज पर अपनी आधुनिकतावादी इच्छा थोपने का क़सूरवार ठहराया बल्कि उन्हें इसलिए भी आड़े हाथों लिया कि वे कमाल अतातुर्क या लेनिन की भाँति कठोरता से अपनी धर्मनिरपेक्ष इच्छा को लागू नहीं कर सके। इन बुद्धिजीवियों का यह तर्क भारतीय समाज की धार्मिक आस्था और उसके लोकतांत्रिक राज्य होने की रोशनी में इस निष्कर्ष पर पहुँचा कि बहुसंख्यकों की धार्मिक प्राथमिकता को ही शासन करने का अधिकार मिलना चाहिए। उन्होंने तर्क दिया कि 'एक खुले समाज वाले राज्य में समाज का चरित्र ही झलकेगा।'[18] यह दलील धर्म को केंद्र बना कर उसकी अभिव्यक्ति संविधान में भी करने के पक्ष में थी। इसकी मान्यता थी कि संविधान में से विभिन्न समुदायों और धर्मों के लिए संरक्षण के प्रावधानों जैसी 'विसंगतियाँ' निकाल फेंकनी चाहिए ताकि एकरूप और समरूप क़ानूनी संहिता बनाई जा सके। इस तर्क के मुताबिक़ लोकतंत्र का अर्थ सहज रूप से बहुसंख्या के शासन के अलावा कुछ नहीं था।

धर्मनिरपेक्षता पर एक ज़ोरदार हमला यह कह कर भी किया गया कि नेहरू के बाद से यह राज्य की व्यावहारिक विचारधारा ही बन गई है और आधुनिकतावादी प्रभु वर्ग इसके ज़रिये वैधता हासिल करने लगा है। जब भी इस वैधता को जनता का लोकतांत्रिक उभार चुनौती देता है तभी यह प्रभु वर्ग धर्मनिरपेक्षता की आड़ में अपनी जकड़ और बढ़ा देता है। इस तर्क के वाहक बुद्धिजीवियों ने कहा कि राजसत्ता की विचारधारा के रूप में धर्मनिरपेक्षता की कोख से राजनीति में हिंदू राष्ट्रवाद नामक राक्षस ने जन्म लिया है। इस राक्षस का धर्म से कोई रिश्ता नहीं है। वह तो उसे सत्ता हथियाने के लिए इस्तेमाल भर करना चाहता है। इन लोगों ने निष्कर्ष निकाला कि राज्य के मताग्रह के रूप में धर्मनिरपेक्षता समाज की क्षमताओं में घटते हुए विश्वास की भी ज़िम्मेदार है। भारत अतीत में धर्मों की आपसी समझ और सामाजिक शांति की क्षमताओं से संपन्न था, लेकिन सरकारी धर्मनिरपेक्षता ने इन्हें विकृत करके उपयोगितावाद में पतित कर डाला है। इस बौद्धिक दलील में उस राज्य-विरोध की अनुगूँजें थीं जो कभी गांधी और टैगोर के चिन्तन में सुनाई दिया था। लेकिन, भारतीय राज्य के ठोस यथार्थ की रोशनी में यह समझ से बाहर था कि आख़िर यह आलोचना व्यवहार में चाहती क्या है।

धर्मनिरपेक्षता पर हुए हमलों से लगता था कि भारतीय समाज एक बौद्धिक बेचैनी के दौर से गुज़र रहा है। ये समाज और उसकी राजनीतिक अस्मिता की शब्दावली में हो रहे व्यापक परिवर्तनों के लक्षण थे। 1947 से ही राज्य और समाज के बीच कांग्रेस पार्टी मुख्य सूत्र का काम कर रही थी। कांग्रेस दो अलग-अलग संसारों के

बीच संवाद क़ायम करने वाली ऐसी अनुवादक मशीन की तरह सक्रिय थी जिसके अनुवाद से कोई समान अर्थ तो कभी नहीं निकलता था, लेकिन एक-दूसरे को समझने की विरल स्थितियाँ अवश्य पैदा हो जाती थीं। आज़ादी के बीस साल बाद तक कांग्रेस समाज में अस्मिताओं की बहुलता को संगठित करने और उन्हें आपस में जोड़ने में भी कामयाब होती रही थी। लेकिन अस्सी के दशक के आते-आते यही कांग्रेस मुश्किलों में फँस चुकी थी। चूँकि यह पार्टी भारतीय राज्य के केंद्र में थी, इसलिए इसके संकट का मतलब था राज्य का संकटग्रस्त हो जाना। कांग्रेस की मुश्किलों का एक कारण निश्चित रूप से वह ऐतिहासिक थकान थी जिसकी वह कभी-न-कभी तो शिकार होनी ही थी। सत्तर के दशक तक कांग्रेस का काम अपनी राष्ट्रीय आंदोलन वाली प्रतिष्ठा से चलना बंद हो गया। लेकिन, इसका दूसरा कारण कांग्रेस की अपनी कारगुज़ारियाँ भी थीं। हालाँकि, उसे जिन हालात का सामना करना पड़ रहा था, वे कोई आसान नहीं थे। स्थिति यह थी कि लोकतांत्रिक प्रतियोगिता के कारण निरंतर की जा रही गोलबंदी के ज़रिये ग़रीब और निचले दर्जे के तबक़ों का राजनीति में प्रवेश होता जा रहा था। इनमें से कई की शिनाख़्त क़ानूनी तौर पर परिभाषित समूहों के राजनीतिक संगठनों की तरह की जा सकती थी। पिछड़ों और अन्य पिछड़े वर्गों एवं अनुसूचित जातियों और जनजातियों के संगठन उभर रहे थे। ये समूह स्थानीय दायरों में अपने हितों को देखते थे। सत्तर के दशक के बाद से इन्हें क्षेत्रीय पार्टियों और राजनीतिक संरचनाओं की बहुलता के बीच समर्थन मिलना शुरू हुआ। इन तरह-तरह के राजनीतिक समूहों में सामाजिक विभिन्नताएँ कहीं ज़्यादा झलकने लगीं, क्योंकि पहले से ही विभेदीकृत समाज में असमान आर्थिक विकास ने भी नई परतें पैदा कर दी थीं। दूसरी तरफ़ देश-भर से समर्थन जुटाने और पूरे राष्ट्र के नाम पर बोलने की कांग्रेसी क्षमता में निरंतर गिरावट आ रही थी। अपने वर्चस्व के ज़माने में कांग्रेस अपने आंतरिक संघवाद के दम पर टिकी रहती थी। उसमें राष्ट्रीय और क्षेत्रीय नेतृत्व के बीच सौदेबाज़ी और बातचीत के ज़रिये देश-भर से समर्थन जुटाने की क्षमता थी। इसी वजह से स्थानीय स्तर पर धर्म और जाति-आधारित दलबंदियाँ नहीं हो पाती थीं। कांग्रेस 'राष्ट्र' से अथवा अपने आपको राष्ट्रीय मानने वाले किसी समुदाय से सीधे अपील करने से परहेज़ करती थी। कांग्रेस की राष्ट्रीय सत्ता उसके क्षेत्रीय पार्टी संगठनों की बुनावट का परिणाम थी।

1970 के दशक के पूर्वार्द्ध में पार्टी के अंदर हुए सत्ता के केंद्रीकरण ने उसकी क्षेत्रीय जड़ों को खोखला कर दिया जिससे विनाशकारी नतीजे और अंदेशे निकले। क्षेत्रीय माँगों का पार्टी के ज़रिये समाधान होना बंद हो गया। उनके नाराज़गी-भरे क्षेत्रीय दावे सीधे-सीधे केंद्र के ख़िलाफ़ किए जाने लगे। पचास के दशक में माँग यह थी कि एकल भाषा-भाषी राज्यों को सांस्कृतिक मान्यता मिलनी चाहिए। साठ के दशक में महाराष्ट्र जैसे राज्यों में आंदोलन शुरू हो गए जिनमें उन राज्यों के

स्थानीय वासियों (धरती-पुत्रों) के लिए आर्थिक लाभ आरक्षित करने पर ज़ोर दिया गया था। अस्सी तक आते-आते ये माँगें बढ़ कर पूर्ण स्वायत्तता में बदल गईं और पंजाब व कश्मीर में पृथकतावादी आंदोलन शुरू हो गए।

सत्ता के केंद्रीकरण ने भारतीय अस्मिता की संघवादी परतों का दम घोंट दिया। केंद्र ने क्षेत्रीय माँगों को 'राष्ट्र-विरोधी' बना कर 'राष्ट्रीय एकता-अखंडता' के लिए ख़तरा क़रार देने का हथकंडा अपनाया। इसके बहाने केंद्रीकरण में और बढ़ोतरी को उचित ठहराया गया जिससे असंतोष और भड़का। इस दिशा में उठाए गए हर क़दम के नतीजे और ज़्यादा भयानक हुए। लोकतंत्र को लोकलुभावन ढंग से पुनर्परिभाषित करने से राष्ट्रीय राजनीति पहले से कहीं ज़्यादा अस्थिर हो गई, सामाजिक अस्मिताएँ और ज़्यादा भड़क गईं और उन्हें राजनीतिक मक़सद से और ज़्यादा गोलबंदी के लिए बढ़ावा मिला। क्षेत्रीय सूबेदारों की मदद के बिना आम चुनाव जीतने के लिए श्रीमती गांधी ने कांग्रेस को संघात्मक पार्टी से बदल कर जन-पार्टी बना दिया। अपने इस नए रूप में कांग्रेस उसी दुविधा में फँस गई जिसमें प्रतियोगितामूलक लोकतंत्र के तहत कार्यरत हर जन-पार्टी फँस जाती है। अब कांग्रेस को 'राष्ट्रीय' हित के नाम पर बोलने और शासन करने का दावा करना था, लेकिन ऐसा करने के लिए उसे लोगों से अलग-अलग समुदायों के सदस्यों के रूप में प्रत्यक्ष अपील करनी थी। जातिगत पहचान के आधार पर गोलबंदी करने का हथकंडा कांग्रेस स्थानीय और क्षेत्रीय राजनीति में अरसे से अपनाती रही थी। लेकिन नई परिस्थिति में तो इससे कहीं आगे जाकर कांग्रेस का पूरा आचरण निर्णायक रूप से बदल गया। इससे पहले राष्ट्रीय नेतृत्व ने चुनावी मक़सद से धार्मिक पहचान का आह्वान कभी नहीं किया था। अस्सी के दशक में यह संकोच भी टूट गया और राष्ट्रीय आम चुनावों में भी धार्मिक और जातिगत भावनाओं का जम कर इस्तेमाल होने लगा।

धार्मिक अल्पसंख्यक समूहों में असुरक्षा की भावनाएँ भड़काई जाने लगीं। पंजाब और क़श्मीर में हिंदू अल्पसंख्यकों व उत्तर प्रदेश में मुसलमान अल्पसंख्यकों से कहा गया कि अगर वे राज्य द्वारा अपनी हिफ़ाज़त और तरफ़दारी चाहते हैं तो उन्हें कांग्रेस को वोट देना पड़ेगा। धर्मनिरपेक्षता की राजनीति का मतलब यह निकाला गया कि राज्य को सभी धर्मों का बराबर-बराबर ख़याल रखते हुए दिखना चाहिए। अपनी चौतरफ़ा उदारता का परिचय देने के लिए मुसलमानों से की गई अपील को संतुलित करने हेतु श्रीमती गांधी हिंदू पूजा-स्थलों में जाने लगीं। उन्होंने अपने आसपास कई हिंदू प्रतीक चिह्न जमा कर लिये और अपने निजी दायरे में संदिग्ध क़िस्म के साधुओं को शामिल करने लगीं। कांग्रेस के उसूलों से हुए इस विचलन की सीमा और नतीजों का पता तब चला जब 1984 में श्रीमती गांधी की हत्या के बाद सिख-विरोधी हिंसा हुई और प्रमाण मिले कि नई दिल्ली में इसे कांग्रेसियों ने ही भड़काया था। 'राष्ट्रीय' पार्टी बने रहने की कांग्रेस की क्षमता संकीर्ण और

प्रांतीयतावादी राजनीति से उसके जुड़ाव पर निर्भर हो गई। यह एक अंतरविरोध था।

गांधी और नेहरू के राष्ट्रवाद ने न केवल धर्मों का आह्वान करने से, वरन राष्ट्र को बहुसंख्यक समुदाय की भाषा में परिभाषित करने से भी सोच-समझ कर परहेज़ किया था। लेकिन, हुआ यह कि भारतीय राजनीति के लोकप्रियतावादी दौर ने लोकतंत्र को बहुसंख्यकों के शासन की तरह पुनर्परिभाषित कर दिया। लोकतंत्र की इस सरलीकृत समझ ने व्यवहार में राष्ट्रवादी कल्पनाशीलता की परतें उधेड़ना शुरू कर दीं। इसके दो नतीजे निकले। पहला, लोकतंत्र के नए रूपों ने क्षेत्रों को अलगाव में डाल दिया। अस्सी के दौरान राष्ट्रीय आम चुनावों से प्राप्त किए गए बहुमत के आधार पर क्षेत्रों के राजनीतिक असंतोष की केंद्र द्वारा उपेक्षा और उन्हें मुख्यधारा से काट देने को उचित ठहराने की कोशिश हुई। भारतीय लोकतंत्र की विशालता और देश-भर में मतदाताओं और संसदीय सीटों के बँटवारे का लाभ उठा कर असंतुष्ट क्षेत्रों की उपेक्षा के बावजूद अधिक सीटों वाले क्षेत्रों में समर्थन जुटाकर आम चुनाव जीते जा सकते हैं (मसलन, उत्तर प्रदेश से 85 सांसद जिता लाने से होने वाला लाभ पंजाब और कश्मीर से क्रमशः तेरह और छः सांसद जिताने के मुक़ाबले बहुत ज़्यादा है)—इस तरह चुनाव की लोकतांत्रिक प्रक्रिया एक ऐसे औज़ार में बदल गई जो कुछ क्षेत्रों को तक़रीबन अधिकारहीन ही बना देता था। दूसरे, बहुसंख्यकों के लोकतंत्र का तर्क जैसे-जैसे फैला, वैसे-वैसे कांग्रेस के प्रतिद्वंद्वियों को भी राष्ट्र की नुमाइंदगी का दावा करने का मौक़ा मिला। ख़ासतौर से बहुसंख्यक लोकतंत्र ने हिंदू राष्ट्रवादियों को उभरने का अवसर दे दिया। कांग्रेस राष्ट्रीय आंदोलन की वारिस बनी रही और आज़ादी की लड़ाई के प्रतीक चिह्न उसके पास ही दिखते रहे, परंतु स्वातंत्र्य-संघर्ष की ऐतिहासिक सच्चाई पुरानी पड़ती चली गई और उसका प्रतीकवाद पहले जितना प्रभावी नहीं रह गया। ख़ासतौर पर उसका असर मतदाताओं की नई पीढ़ी पर बहुत कम था। आपातकाल को ख़त्म करते हुए 1977 के चुनावों ने कांग्रेस को पहली बार अपदस्थ तो किया ही, यह तथ्य भी उजागर कर दिया कि मतदाताओं की तीन-चौथाई संख्या वह है जो या तो 1947 के बाद पैदा हुई है अथवा उसने मतदान लायक़ उम्र आज़ादी के बाद ही हासिल की। राजनीतिक अस्मिताओं का विवाद अस्सी के दशक के बाद से ही भारतीय सार्वजनिक जीवन पर छाया हुआ है और इसने कांग्रेस के संकट की कोख से ही जन्म लिया है। पहले केंद्रीकरण हुआ और संघात्मक तौर-तरीक़ों की उपेक्षा हुई जिससे कट्टर क्षेत्रीयतावाद को प्रोत्साहन मिला। फिर मतदाता मंडल को 'राष्ट्रीय' बना दिया गया और लोकतंत्र को पुनर्परिभाषित किया गया जिससे कांग्रेस स्थानीय अस्मिताओं को राष्ट्रीय दायरे में लाने के लिए मजबूर हुई। इससे उन तत्त्वों को फ़ायदा हुआ जो धर्म और जाति पर आधारित इन समूहों का अधिक प्रत्यक्ष और अंतरंग प्रतिनिधित्व करने का दावा करते थे।

5

कांग्रेस का संकट भारतीय राज्य का संकट बन गया और प्रकारांतर से भारतीय अस्मिता के संकट में बदल गया। कांग्रेस ने हमेशा एक मध्यमार्गी पार्टी की तरह काम किया था। किसी एक श्रेणी या हित का प्रवक्ता न बनकर यह दल देश-भर में व्यक्तियों और समूहों को अपने गठजोड़मूलक चरित्र में आत्मसात करता रहा था। कांग्रेस की परिणामवादी राजनीति में कुछ इस ढंग की दृढ़ता थी कि इसके कारण आज़ादी के पहले बीस सालों में हिंदू राष्ट्रवादियों द्वारा प्रदत्त भारतीयता की वैकल्पिक परिभाषाएँ अपना दायरा विस्तृत नहीं कर पाई थीं। लेकिन इस अवधि के बाद लोकतांत्रिक प्रतियोगिता इतनी तीखी हो गई कि कांग्रेस को उसमें टिकने के लिए अधिक एकनिष्ठ क़िस्म की अस्मिताओं के समर्थन का आह्वान करना पड़ा। उसके इसी क़दम ने राजनीतिक प्रतिनिधित्व की पुरानी संरचना को भंग कर दिया। इससे क्षेत्र और केंद्र में प्रतिद्वंद्वी पार्टियों को आगे बढ़ने के मौक़े मिल गए।

उत्तर प्रदेश की राजनीति में इस प्रक्रिया का पूर्वाभ्यास पहले सूक्ष्म रूप में हुआ। देश में सर्वाधिक आबादी वाला उत्तर प्रदेश बीस के दशक से ही कांग्रेस की राजनीति का केंद्र बना हुआ था (बारह प्रधानमंत्रियों में से सात इसी प्रदेश की देन हैं)। कांग्रेस ने सवर्णों, अछूतों और मुसलमानों के गठजोड़ से यहाँ अपना समर्थन आधार बनाया था, लेकिन नब्बे का दशक आते-आते कांग्रेस के प्रभाव में बेतहाशा गिरावट आ गई जिसका नतीजा प्रदेश की राजनीति के बिखराव में निकला। सवर्ण हिंदू राष्ट्रवादियों के साथ चले गए। मध्यवर्ती जातियों ने मुसलमानों के साथ गठजोड़ बना कर क्षेत्रीय पार्टियाँ बना लीं और दलित व अन्य अति पिछड़े उन नेताओं और दलों की तरफ़ आकर्षित हो गए जो आंबेडकर के आदर्शों को नई शब्दावली में पेश कर रहे थे। हालत यह बनी कि कोई एक समूह ऐसा नहीं रहा जो प्रदेश की राजनीति पर वर्चस्व क़ायम कर सकता हो। एक अनपेक्षित उलटबाँसी की तरह क्षेत्रीय स्तर पर राजनीतिक जड़ता और बिखराव ने देश की राष्ट्रीय राजनीति को ही प्रभावित कर डाला। 1991 के आम चुनावों और फिर 1996 के आम चुनावों के नतीजों में एक के बाद एक 'त्रिशंकु' लोकसभाएँ बनीं। अल्पमतीय अथवा गठजोड़ सरकारें गठित हुईं। कोई एक राष्ट्रीय पार्टी सत्ता पर क़ाबिज़ होने में नाकाम हो गई।

हिंदू राष्ट्रवादियों के पुनरुत्थानशील प्रयासों को इन हालात में सबसे ज़्यादा गुंजाइश मिली। इस राष्ट्रवाद की जड़ें किसी भी बहुलवादी राष्ट्रवाद से कम गहरी नहीं थीं। इसका उद्गम उन्नीसवीं सदी में औपनिवेशिक शासन के प्रति ब्राह्मणों की अनुक्रिया में देखा जा सकता था। अस्सी के दशक में हिंदू राष्ट्रवाद के पुनरुत्थान की सबसे बड़ी वजह यह थी कि उसने एक नए तरह की क्षमता विकसित कर ली थी।

वह केवल ब्राह्मणों और सवर्णों के बजाय अपने दायरे में हिंदुओं की अन्य जातियों को भी लाने में कामयाब हो गया था। साथ ही उसने भारतीय मध्य वर्ग के मानस को भी प्रभावित किया। इस वर्ग को हिंदू राष्ट्रवाद के रूप में एक ऐसा धार्मिक मुहावरा मिल गया जो ख़ासतौर से लोकतांत्रिक माहौल में खपने के लिए गढ़ा गया था। यह राजनीतिक हिंदुत्व क़तई ग़ैर-पारंपरिक था। दरअसल, अकादमीय प्रयासों के बावजूद हिंदू धर्म की कोई परिभाषा आज तक तय नहीं हो पाई है। केवल एक बात पर सभी सहमत हैं कि यह नैसर्गिक रूप से विकेंद्रीकृत संरचना वाला धर्म है। इसमें जाति, क्षेत्र व संप्रदाय के मुताबिक़ धर्मविधि संबंधी आचरण बदलता रहता है एवं इसका कोई सर्वमान्य धर्मशास्त्र भी नहीं है। अँगरेज़ों की हुकूमत के दौरान ब्राह्मणों के तत्त्वावधान में हिंदू धर्म की अधिक एकनिष्ठ और एकीकृत परिभाषा उभरी थी। लेकिन, वह ईसाइयत और इस्लाम की चुनौतियों से उन्हीं की नक़ल के ज़रिये निबटने की कोशिश का ही परिणाम थी। यह 'हिंदू' पहचान वैष्णव, शैव अथवा शाक्त की परंपरागत हिंदू पहचान जैसी नहीं थी। यह तो किसी भी क्षेत्रीय अथवा उपराष्ट्रीय पहचान की ही तरह एक आधुनिक क़िस्म की अवधारणा थी। 1947 के बाद से क़ानून के ज़रिये रची गई जाति की विधिक अस्मिताओं जैसी ही थी यह 'हिंदू' अस्मिता।

हिंदू आत्म-परिभाषा सांस्कृतिक रूप से एकदम नई कृति थी। भारतीय मध्य वर्ग को उसने अपनी ओर खींचा। संख्यात्मक दृष्टि से बढ़ता हुआ यह वर्ग पश्चिमीकरण के कुछ चुनिंदा पहलुओं को भी अपना रहा था, इसलिए अस्सी के दशक में उपभोक्तावाद के उदय व बाज़ार के विस्तार से उसके अंदर न तो व्यक्तिवादी भोगवाद पैदा हो पाया और न ही इसके ज़रिये उदारतावाद में रचे-बसे व्यक्तियों की संख्या बढ़ी। बजाय इसके उपभोक्तावाद और बाज़ार के ज़रिये इस मध्य वर्ग को परिवार जैसी सामूहिक इकाई के स्तर पर आधुनिकता के सुखों को आज़माने का मौक़ा मिल गया (नब्बे के दशक के मध्य की सुपर हिट हिंदी फ़िल्म *हम आपके हैं कौन?* इसका प्रमाण है। इस फ़िल्म में कहानी तो न के बराबर थी लेकिन पूरी फ़िल्म में चार घंटे तक दावत और शादी के रूप में उपभोग का घरेलू समारोह चलता रहता है)। आमतौर पर भारतवासी आधुनिकता को धार्मिक श्रद्धा, नैतिकतावाद और पारिवारिक सद्गुणों के रास्ते से ही ग्रहण करते हैं। उनकी इसी प्रवृत्ति से वह नवीन हिंदू धर्म निकला जिसके प्रमाण चौराहों की लाल बत्तियों पर देखे जा सकते हैं जहाँ रुकी कारों के इग्नीशन से लटके चाबियों के गुच्छों में देव-आकृतियाँ झूलती रहती हैं। इन कारों में भक्ति-संगीत के कैसेट बजते रहते हैं। उच्च-मध्यम वर्ग की इस नवीन हिंदू दुनिया में धार्मिक भावनाएँ अपने मूल संदर्भों से निर्देशित नहीं होतीं और न ही उनकी अभिव्यक्ति तिलक या चंदन जैसे चिह्नों से होती है। इस संसार में व्यक्ति की दिनचर्या पूजा-पाठ और दुनियादारी की अवधियों में भी नहीं बँटी होती। घरेलूपन और धार्मिक श्रद्धा की भावनाओं से ऊर्जा ग्रहण

करने के साथ-साथ राजनीतिक हिंदुत्व ने युवा शक्ति को भी अपने अभियान में शामिल किया। कॉलेजों और विश्वविद्यालयों में शिक्षा के सकारात्मक अनुभव के बजाय इन नौजवानों को केवल इम्तहान पास करने का निरर्थक अनुभव होता था। हिंदुत्व की दुनिया से उन्हें कुछ सोद्‌देश्य क्षणों की सौगात मिली।

धार्मिक श्रद्धा और युवा शक्ति के मेल का लाभ संघ परिवार के उग्रवादी संगठनों ने उठाया। अपने इन बिरादराना संगठनों से भाजपा को साध्वी ऋतंभरा जैसे लोग मिले जिनकी असाधारण भाषणबाज़ी भीड़ को उत्तेजित करने के लिए काफ़ी थी। ऋतंभरा के भाषणों ने सामूहिक भावनाओं को भड़काया, लोगों को हिंदुत्व के प्रति आश्वस्त किया और साथ ही हिंदुत्व के शत्रुओं के प्रति उन्हें ग़ुस्से से भी भर दिया। ऋतंभरा की आवाज़ के कैसेट पूरे 'उत्तर भारत में उसी तरह मिलने लगे जैसे एक रुपए का सिक्का मिलता है।"[19] हिंदुओं को हुई क्षति के अहसास से आवेशित ऋतंभरा की आवाज़ में आह्वान भी था और अपने क़िस्म की दलीलें भी थीं। इस आवाज़ ने हिंदुओं को वंचित होने की अनुभूति कराई और दावा किया कि पहले तो इतिहास ने उन पर अपमान, अन्याय और तिरस्कार थोपा और अब भारतीय राज्य भी उनकी अस्मिता को अस्वीकार कर रहा है :

> राम मंदिर के निर्माण के बारे में कुछ लोग कहते हैं कि हिंदुओं को ईंट-पत्थरों के ढाँचे के लिए नहीं लड़ना चाहिए। उन्हें ज़मीन के एक टुकड़े पर विवाद नहीं करना चाहिए। मैं इन लोगों से पूछना चाहती हूँ, 'अगर कोई राष्ट्रीय झंडा जला देगा तो क्या तुम कहोगे "क्या फ़र्क़ पड़ता है, यह तो केवल दो मीटर-भर कपड़ा ही है, जिससे कोई बड़ी राष्ट्रीय क्षति तो नहीं हुई"। सवाल दो मीटर कपड़े का नहीं है बल्कि राष्ट्र के अपमान का है। राम-जन्म भूमि का संघर्ष धरती के एक छोटे-से टुकड़े के लिए नहीं है। यह तो राष्ट्रीय अखंडता का सवाल है। हिंदू ईंट-पत्थर के मंदिर के लिए नहीं लड़ रहा है। वह तो एक सभ्यता को बचाने के लिए, अपनी भारतीयता के लिए, राष्ट्रीय चेतना के लिए और अपनी सच्ची प्रकृति को मान्यता दिलाने के लिए लड़ रहा है।[20]

सांस्कृतिक रूप से वंचित होने का मुहावरा भारतीय राजनीति की गहराइयों में पहले से ही गूँजता रहा था। आज़ादी के बाद गांधीवादी समाजवाद के प्रणेता राममनोहर लोहिया और जयप्रकाश नारायण ने यही आवाज़ उठाई थी। इन दोनों नेताओं ने अपनी-अपनी शैली में उस राज्य के नवउपनिवेशवाद पर हमला किया था जो उनकी निगाह में नाम के लिए भारतीय था और जिसके ऊपर अँगरेज़ी बोलने वाले आधुनिकतावादी प्रभु वर्ग का शासन था। लोहिया और जयप्रकाश की राजनीतिक परियोजनाएँ दिशाभ्रष्ट होकर ध्वस्त हो गईं जिससे हिंदू राष्ट्रवादियों को यह भाषा

हड़पने का मौक़ा मिल गया। इन तत्त्वों ने उत्तर भारत के देहाती इलाक़ों में वंचना की अनुभूति दिलाने वाले मुहावरे बेहद असरदार ढंग से लागू किए। ध्यान रखना होगा कि इसी इलाक़े में कभी गांधीवादी समाजवाद का प्रभाव था। हिंदू राष्ट्रवादियों को इसके ज़रिये नए समूहों का समर्थन मिला और शहरी मध्य वर्ग व शिक्षित युवा वर्ग उनके साथ जुड़ गया। आज सांस्कृतिक अन्याय का अहसास और शहीद बनने के लिए दी जाने वाली ललकार भाजपा का राजनीतिक ट्रेडमार्क बन चुका है। कांग्रेस के प्रभाव में आई गिरावट से भाजपा को सीधा लाभ हुआ है और वह ख़ुद को कांग्रेस का वैध उत्तराधिकारी बताकर पेश भी करती है। नब्बे के दशक के मध्य में पनपी गठजोड़ात्मक राजनीति के बजाय वह कांग्रेस की ही भाँति पूर्ण बहुमत अथवा एक पार्टी की सरकार लाने की तरफ़दार है।

समस्या यह है कि भाजपा का राष्ट्रवाद अपनी परिभाषा में नेहरू के राष्ट्रवाद का ठीक उलटा है। वह सावरकर के हिंदुत्व संबंधी विचार के प्रति खुल कर निष्ठा व्यक्त करती है। वह 'हिंदूपन' को ज़रूरी बताते हुए हिंदुओं के कथित वैभवशाली अतीत का गुणगान करती रहती है। उसके घोषणा-पत्रों पर विवेकानंद की ऐसी उक्तियाँ छपी रहती हैं—'अतीत में से ही भविष्य का निर्माण होता है। यह अतीत ही है जो भविष्य बन जाता है।'[21] नेहरू से मतभेद के बावजूद इस हिंदू राष्ट्रवाद ने आधुनिक राज्य को भी अपने शस्त्रागार में शामिल कर लिया है। उसकी महत्त्वाकांक्षा एक ऐसा भारतीय राष्ट्र-राज्य उपलब्ध करना है जो अपनी तार्किक परिणति तक ले जाया जा सकेगा अर्थात जिसमें सांस्कृतिक और जातीय रूप से विशुद्ध समरूप समुदाय होगा, जिसमें एकनिष्ठ भारतीय नागरिकता होगी और जिसकी हिफ़ाज़त करने वाले राज्य के पास भगवान राम के साथ-साथ एटम बम भी होगा। भाजपा एक ऐसी पार्टी है जिसने राष्ट्रवाद के पश्चिमी अनुभव की तर्ज़ पर आधुनिकीकरण की महत्त्वाकांक्षा को बड़े समर्पित भाव से जीवित रखा है। वह पारंपरिक हिंदू राज्य-तंत्र की ओर लौटने की पेशकश नहीं करती और न ही उसे ग्राम-गणराज्यों से निर्मित राज्यविहीन भारत की गांधीवादी परिकल्पना में कोई रुचि है। भाजपा यह भी ज़ोर नहीं देती कि सभी भारतवासियों को धार्मिक अर्थों में हिंदू ही होना चाहिए। उसकी महत्त्वाकांक्षाएँ तो विशुद्ध राज्यवादी हैं। वह राज्य का सहारा लेकर सांस्कृतिक और धार्मिक विभिन्नताओं को दी गई किसी भी क़ानूनी और राजनीतिक मान्यता का उन्मूलन कर देना चाहती है। हालाँकि भाजपा ख़ुद को 'सांस्कृतिक राष्ट्रवाद' की सकारात्मक परियोजना का वाहक बताती है लेकिन असल में उसका कार्यक्रम नकारात्मक है। वह ग़ैर-हिंदूपन के उन सभी चिह्नों को पोंछ डालना चाहती है जो वास्तव में भारत के अभिन्न अंग हैं।

भाजपा के नकारात्मक इरादे का इससे बड़ा सबूत और क्या हो सकता है कि वह संविधान में संशोधन करके 'विसंगतियों' की जगह समान नागरिक संहिता

क़ायम करना चाहती है। भाजपा ने इस संदर्भ में सबसे ज़्यादा ज़ोर मुसलमानों की अलग नागरिक संहिता को ख़त्म करने पर दिया है जो मुसलमान समाज में विवाह और तलाक़ की प्रक्रिया को विनियमित करती है। दूसरे, भाजपा मुसलमान बहुसंख्या वाली कश्मीर घाटी के लिए संविधान में विशेष प्रावधान बनाए रखने के ख़िलाफ़ है। इस प्रावधान में कश्मीरियों को भारतीय संघ में विलय के सवाल पर जनमत-संग्रह के अधिकार मिले हुए हैं। इस क़ानून के तहत अन्य क्षेत्रों के भारतीय कश्मीर में अचल संपत्ति नहीं ख़रीद सकते। इन मुद्दों से ऐसी कई उलझनें जुड़ी हैं जिनका समाधान आसान नहीं है। इन मसलों को छूने से महिलाओं और व्यक्तियों के अधिकार संस्कृतियों और समूहों के बरअक्स खड़े हो जाते हैं। भाजपा की शर्तों पर बहस न भी की जाए, तो भी ये मुद्दे बहसतलब हैं। दरअसल, भाजपा की राजनीतिक सफलता धार्मिक श्रद्धा के सार्वजनिक प्रदर्शन और पूजा के कमरे की धार्मिकता को लोकप्रियतावादी सांस्कृतिक जनतंत्र के दायरे में ले जाने पर ही निर्भर नहीं है, वह क़ानूनियत की भाषा और सांविधिक सुधारों जैसे उच्च विमर्शों में उसकी प्रवीणता पर भी टिकी है। कांग्रेस को इस पहलू पर एक अरसे से महारत रही है और अब भाजपा भी उसी के नक़्शे-क़दम पर चल रही है। भाजपा का यह गुण क्षेत्रीय विपक्षी पार्टियों से भिन्न है। इन पार्टियों की उँगलियाँ जनता की नब्ज़ पर तो रहती हैं, लेकिन भारतीय संविधान के ज़रिये की जाने वाली राजनीति में उनकी गति बहुत कमज़ोर होती है।

क़ानून के राज्य व समाज के साथ संबंधों की भाजपाई समझ पूरी तरह उसकी अपनी है। उसका भारत के विगत इतिहास से कोई लेना-देना नहीं है। दरअसल भाजपा चाहती है कि भारत अपने इतिहास से अपने संबंधों को और भी गहराई से तोड़ ले। इस मामले में वह उन्नीसवीं सदी में स्थापित औपनिवेशिक शासन अथवा बीसवीं सदी के मध्य में भारतीय राज्य के उदय से हुए ऐतिहासिक संबंध-विच्छेद से भी आगे चली जाना चाहती है। अस्सी और नब्बे के दशकों में धर्मनिरपेक्षता के संकट पर हुई जिस बहस से राजनीतिक और बौद्धिक जगत गूँज उठा था, उसमें भाजपा द्वारा प्रस्तावित इस परिवर्तन और उसके परिणामों से कतरा जाने की प्रवृत्ति थी। इसमें कोई शक नहीं है कि 1947 के बाद जिस बहुलतावादी राष्ट्रवाद की रूपरेखा बनाई गई उसके पीछे पश्चिम की सांविधिक सैद्धांतिकता का हाथ था। यह बहुलतावादी राष्ट्रवाद भी त्रुटिहीन क़ानूनी भाषा बोलता था। लेकिन यह राजसत्ता और भारतीय समाज के विविध सांस्कृतिक रीति-रिवाजों के बीच संबंधों की जिस गहरी समझ पर आधारित था वह अतीत की कुछ बड़ी-बड़ी राजनीतिक संरचनाओं के काम-काज से निकली थी। बहुलतावादी राष्ट्रवाद का ख़याल था कि ये राजनीतिक संरचनाएँ समाज के धार्मिक रीति-रिवाजों और परिवेश में अत्यंत सीमित हस्तक्षेप के कारण ही टिक सकी थीं। इस समझ के विपरीत हिंदू राष्ट्रवाद

की राजनीतिक पेशकश इतिहासप्रदत्त सच्चाई से सहमत नहीं दिखती। राष्ट्रवाद की यह क़िस्म चाहती है कि नाना प्रकार की धार्मिक और सांस्कृतिक गतिविधियों को राज्य के नियंत्रण में लाया जाना चाहिए। यह राष्ट्रवाद भारतीय जीवन में चौतरफ़ा व्याप्त तरह-तरह के समझौतों और समन्वयों की जकड़बंदी करके उन्हें एकल क़ानूनी व्यवस्था द्वारा नियंत्रित करने की इच्छा रखता है।

भारतीयता को पुनर्परिभाषित करने की आकांक्षा रखने वाला हिंदू राष्ट्रवाद हमेशा ही मज़बूत राज्य को ऐसे औज़ार के रूप में देखता रहा है जिसके ज़रिये नई अस्मिता गढ़ी जा सकती है। उलझन यह है कि जब हिंदू राष्ट्रवाद के भारतीय राज्य पर क़ाबिज़ होने की नौबत आई, ठीक उसी समय राज्य की क्षमताओं में भारी गिरावट आ गई। 1991-96 के दौरान चली कांग्रेस सरकार द्वारा अपने पीछे छोड़ी गई एक प्रमुख विरासत के अनुसार राजनीतिक निर्णय के अधिकार एक बार फिर क्षेत्रीय सरकारों के पास चले गए। राज्यों को अधिकारों की यह वापसी विकेंद्रीकरण के किसी सैद्धांतिक आग्रह के कारण नहीं हुई थी बल्कि इसके पीछे पी.वी. नरसिंह राव की एक घाघ कार्यनीति थी। उनकी चाल थी कि आर्थिक उदारीकरण की कई अलोकप्रिय नीतियों के कार्यान्वयन की तोहमत क्षेत्रीय नेताओं के मत्थे मढ़ दी जाए। इस चक्कर में जो हालात बने, उन्हें इस तरह समझा जा सकता है : निचली जातियों, दलितों और किसान-आधारित पार्टियों के दम पर क्षेत्रीय राजनीति में केंद्र की चौधराहट के ख़िलाफ़ फिर से ऊर्जा आई। नब्बे के दशक में हुए इस प्रमुख राजनीतिक घटनाक्रम में आर्थिक उदारीकरण की नीतियों ने भी अपना योगदान किया। कांग्रेस के घटते प्रभाव की रोशनी में क्षेत्रीय दल इस संभावना से डर गए कि अगर हिंदू राष्ट्रवादियों के हाथों में केंद्रीय सत्ता आ गई तो वे भारतीय पहचान पर अपनी मर्ज़ी की एकनिष्ठ परिभाषा थोप देंगे। इस प्रकार निचली जातियों और क्षेत्र-आधारित पार्टियों की राजनीति हिंदू राष्ट्रवादियों की इच्छा-पूर्ति में सबसे बड़ी बाधा बन गई।

भारत में क्षेत्रीयतावादी विचार अपने-आप में एकनिष्ठ होने के बजाय बहुलतावादी रहा है। इस विचार की रचना तरह-तरह के ऐतिहासिक अतीतों, राजनीतिक शासन और आर्थिक विकास के तरह-तरह के अनुभवों की देन है। क्षेत्रीयतावाद के सबसे ज़ोरदार उदाहरण तो अस्सी और नब्बे के दशकों में चले हिंसक पृथकतावादी आंदोलन हैं जिन्होंने एकताबद्ध और अखंड भारत के विचार को ही रद्द करने की कोशिश की थी। कोई भी समूह या संगठन आसानी से पृथकतावाद की तरफ़ नहीं मुड़ता। पृथकतावाद का झंडा उठाने वालों को पूरा यक़ीन होता है कि भारतीय राज्य के संस्थापक सिद्धान्त सकारात्मक नहीं रह गए हैं। उनका पृथकतावाद उस लोकप्रियतावादी लोकतंत्र का परिणाम होता है जिसके कारण केंद्रीय स्तर पर उनकी आवाज़ को मान्यता मिलनी बंद हो चुकी है। असमान आर्थिक विकास से भी इन

समूहों को कोई लाभ नहीं हुआ है। असम जैसे ग़रीब राज्यों का आरोप है कि उनके संसाधनों का शोषण करके उन्हें अभावग्रस्त बना दिया गया है। असम की माँग है कि सरकार को आर्थिक विकास के फ़ायदे उस तक पहुँचाने के लिए अधिक समतामूलक नीतियों पर अमल करना चाहिए। इसके उलट पंजाब जैसे ख़ुशहाल क्षेत्र चाहते हैं कि केंद्र को अपनी समतामूलक योजनाओं में कटौती करनी चाहिए। ऊपर से धर्मनिरपेक्षता की नीति से भी क्षेत्रों को फ़ायदा नहीं हुआ है। कांग्रेस ने धर्मनिरपेक्षता से खिलवाड़ किया जिससे हिंदू राष्ट्रवादियों के केंद्र पर क़ब्ज़े का अंदेशा पैदा हो गया। परिणामस्वरूप कश्मीर के मुसलमानों, पंजाब के सिखों, असम के आदिवासियों और नगालैंड के ईसाइयों में गहरी बेचैनियाँ पैदा हो गईं। इन तमाम दलीलों में दम है। कश्मीर और नगालैंड के पृथकतावादियों के दावों को न्यायोचित न मानना कभी-कभी मुश्किल लगने लगता है। लेकिन, एक राजनीतिक परियोजना के रूप में इन पृथकतावादी प्रयासों का गठन काफ़ी भद्दे ढंग से किया गया है। इनकी व्यावहारिक सफलता की संभावनाएँ काफ़ी कमज़ोर हैं। हथियारबंद बग़ावत को काबू में करने की भारतीय राज्य की क्षमता निर्विवाद है। चाहे सीधे-सीधे कुचलना पड़ा हो, या बाग़ियों को लंबे युद्ध में फँसा देने की तरकीब अपनानी पड़ी हो, भारतीय राज्य ने अपनी भू-क्षेत्रीय पहचान को घरेलू चुनौतियों के हाथों कभी खंडित नहीं होने दिया। इस मामले में उसने ब्रिटिश राज से मिली परंपराओं को अक्षुण्ण रखा है। पंजाब और कश्मीर में हथियारबंद पृथकतावादियों द्वारा भारतीय राज्य और अपने ही प्रदेशवासियों के ख़िलाफ़ छेड़े गए युद्ध का हश्र बताता है कि पृथकतावाद ने अपनी क्षमताओं को किस क़दर बढ़ा-चढ़ा कर आँक रखा था। वैसे भी पंजाब, कश्मीर और नगालैंड जैसे क्षेत्र चारों तरफ़ से ज़मीन से घिरे हुए ऐसे इलाक़े हैं जो अपनी भू-राजनीतिक सामरिक स्थिति में स्वतंत्र राज्य बन ही नहीं सकते। फ़ौजी और आर्थिक रूप से उनका टिकना नामुमकिन है। भारतीय संघ के आर्थिक बाज़ार और संसाधनों से इन क्षेत्रों का अलगाव उनकी जनता के लिए विनाशकारी साबित होगा।

क्षेत्रीयता के भारत संबंधी विचार की एक दूसरी क़िस्म भी है। केंद्र द्वारा राज्यों को आर्थिक अधिकार दिए जाने के बाद इसे प्रमुखता मिली है। इस विचार के समर्थक नेता अपने-अपने इलाक़ों में बड़े ताक़तवर हैं। इनमें ज़्यादातर ने अपना राजनीतिक जीवन कांग्रेस के बाहर गुज़ारा है। वे केंद्र के निर्देशों पर चलने से इनकार करते रहे हैं और धीरे-धीरे उन्होंने केंद्र का प्रतिरोध करने की वास्तविक शक्तियाँ प्राप्त कर ली हैं। नेताओं की इस नई नस्ल के उदाहरण हैं—लालू प्रसाद यादव, मुलायम सिंह यादव और एच.डी. देवगौड़ा जैसे लोग। इनमें से किसी के सामाजिक उद्‌गम और सक्रियता के दायरे का सवर्णों से कोई ताल्लुक़ नहीं रहा है। इनके पास अपने अलग-अलग क्षेत्रीयतावादी परिप्रेक्ष्य हैं। भारतीय संघ को भंग

कर देने जैसे सुझाव के तो ये लोग सख़्त ख़िलाफ़ हैं, लेकिन इनके पास भारतीय अस्मिता का कोई सुसंगत विचार भी नहीं है। इसका पता उनकी आर्थिक दृष्टि से लगता है। वे अर्थव्यवस्था को क्षेत्रीय इकाइयों के ऐसे झुंड के रूप में देखते हैं जिसमें हर इकाई दूसरे की क़ीमत पर अधिकाधिक लाभ कमाने में जुटी रहेगी। अर्थव्यवस्था को एकीकृत राष्ट्रीय अर्थतंत्र के रूप में देखना इनके चिन्तन-क्षेत्र से बाहर की चीज़ है। भारत के प्रधानमंत्री के रूप में देवगौड़ा ने शुरुआती महीनों में ही यह गारंटी कर ली थी कि सरकारी और निजी क्षेत्र के निवेश का बड़ा हिस्सा उनके गृह-राज्य कर्नाटक को ही मिले।

नेहरू की निगाह में भारत की संभावनाएँ दो बातों पर निर्भर थीं : सबके लिए समान विकास की परियोजना तथा अतीत के अंत:संबंधों से उद्भूत संभावनाएँ। कई दशकों तक चले राज्य द्वारा निर्देशित-नियंत्रित विकास के माध्यम से देश को विशाल राष्ट्रीय अर्थतंत्र मिल गया है। इसका काम-काज केंद्रीय सरकार की देख-रेख की माँग करता है। क्षेत्रीय असमानता घटाने के लिए भारतीय राज्य को विकास के लाभों के पुनर्वितरण के अधिकारों की ज़रूरत भी है। अब यह साफ़ हो चुका है कि उदारीकरण का असर असमान रूप से पड़ा है। महाराष्ट्र, गुजरात और कर्नाटक जैसे विकसित अधिरचना से संपन्न प्रांतों में ज़्यादा निवेश हुआ है और बिहार, राजस्थान, ओडिशा जैसे कम विकसित प्रांतों की उपेक्षा की गई है। अगले दस-बीस वर्षों में बाज़ार द्वारा चुनिंदा इलाक़ों को फ़ायदा पहुँचाने की इस प्रवृत्ति से पैदा हुए तनावों का असर भारतीय संघ पर तो पड़ेगा ही, भारतीय अस्मिता का साझा स्वरूप भी इससे प्रभावित होगा। यह बुनियादी सवाल है जिसका जवाब खोजने के लिए असाधारण कौशल और समझ की ज़रूरत पड़ेगी। देश के प्राकृतिक पर्यावरण से जुड़ी समस्याओं पर तो और भी ज़्यादा गंभीरता से विचार करना पड़ेगा। आख़िर इसी पर्यावरण में वर्तमान और आगामी पीढ़ियों को अपना जीवन गुज़ारना है। यह ठीक है कि भारतीय राज्य का पर्यावरण संबंधी रिकॉर्ड बहुत अच्छा नहीं है, लेकिन उसकी विनियमनकारी शक्तियों में की गई कोई भी कटौती पर्यावरण के लिए और जोख़िम बढ़ा देगी। प्रदूषण को नियंत्रित करना और मुश्किल हो जाएगा और इससे राज्यों को किसी भी सलाह पर कान दिए बिना मनमानी करने की छूट मिल जाएगी।

इस नए क़िस्म के क्षेत्रीयतावाद के दूरगामी परिणामों का सर्वाधिक प्रभाव संस्कृति के क्षेत्र में पड़ने वाला है। क्षेत्रीय नेताओं के विचार अनिवार्यत: प्रांतीय संकीर्णता से भरे हुए हैं और उनका ध्यान केवल अपनी क्षेत्रीय भाषा की प्रधानता वाले नख़लिस्तानों को विकसित करने पर ही रहता है। क्षेत्रीय नेताओं की इस प्रवृत्ति को देश की विशाल सांस्कृतिक धाराओं के मुक़ाबले रखते ही समस्या दिखाई दे जाती है। पिछले दस वर्षों में देश को दो ऐसे प्रधानमंत्री मिले जो केवल अँगरेज़ी पर महारत रखते थे। एक प्रधानमंत्री देवगौड़ा के रूप में मिला जो केवल क्षेत्रीय

भाषा कन्नड़ में ही पारंगत था (मानना पड़ेगा कि एक प्रधानमंत्री ऐसा भी था जो दर्जन-भर भाषाएँ बोल सकता था)। ज़ाहिर है कि भारतीय अस्मिता से जुड़े हुए जिस द्विभाषी और द्विसांस्कृतिक विचार ने राष्ट्रीय आंदोलन में प्राण फूँके थे वह तीन सांस्कृतिक दायरों में बँटता जा रहा है : छोटा-सा लेकिन ताक़तवर अँगरेज़ी बोलने वाला महानगरीय प्रभु वर्ग; हिंदी बोलने वाला शहरी मध्यवर्गीय और निचली जातियों वाला विशाल समूह; और क्षेत्रीय भाषाओं की संस्कृति वाला समूह। इन तीनों समूहों के राजनीतिक अंत:संबंधों से अस्मिताओं की बड़ी पेचीदा पच्चीकारी निर्मित होती दिखाई दे रही है। हो सकता है कि इस डिज़ाइन से भारतीयता की कोई नई तस्वीर निकले। वैसे भी इस पूरे माहौल में जो बात सर्वाधिक आश्वस्त करती है वह यही है कि राजनीतिक आज़ादी के पचास साल बाद भी भारतीय लोग काफ़ी गहराई के साथ भारत के किसी-न-किसी विचार से प्रतिबद्ध दिखाई दे रहे हैं। संदेह के अच्छे-ख़ासे कारण भी मौजूद हैं। नब्बे का दशक जिस सांस्कृतिक तस्वीर को लेकर सामने आया है उसमें परत-दर-परत बनी भारतीय राजनीतिक अस्मिता से एक गंभीर संबंध-विच्छेद के अंदेशे निहित हैं। समस्या यह है कि उस अस्मिता की जगह लेने लायक़ कोई सुसंगत विचार अभी तक सामने नहीं आ पाया है। प्रत्येक सांस्कृतिक खेमा दूसरे के प्रति संदिग्ध और क्षुब्ध है। ये सांस्कृतिक खेमे एक-दूसरे की भाषा बोलने के लिए तैयार नहीं दिखते। इन हालात में हिंदी सीखने की कोशिश करता हुआ एक प्रधानमंत्री कुछ वर्ष पहले आशा की एक किरण की तरह उभरा था।

6

फ्रांसीसी कलाकार और कवि हेनरी मिशॉक्स ने भारत का कल्पना-विहार करते हुए एक मनमौजी टिप्पणी की थी : 'भारत के सभी सर्वश्रेष्ठ लोग तो शुरू से ही हार मान चुके थे। उन्होंने भारत और पूरी दुनिया से ही उम्मीद छोड़ दी थी। अँगरेज़ों ने सबसे बड़ा कमाल तो यह किया कि अब हिंदू लोग अपने देश की चिंता करने लगे हैं।'[22] ब्रिटिश राज के सिद्धान्तवेत्ता हमेशा यह दावा करते रहे हैं कि एक भू-क्षेत्रीय राज्य के रूप में भारत के पास प्राकृतिक एकता के गुण नहीं हैं। इन सिद्धान्तवेत्ताओं को स्व-शासन लायक़ भारतीय दूर-दूर तक दिखते ही नहीं थे। उन्हें तो केवल धार्मिक आस्थाओं और सामंती राज्य की शृंखलाओं में जकड़े लोग ही दिखाई देते थे। लेकिन, ब्रिटिश प्रभुत्व ने इस स्थिति को बदलने की भूमिका निभाई। उसने ऐसे हालात बनाए जिनसे भारतवासियों को एक आधुनिक अस्मिता ग्रहण करने का अवसर मिला। राज्य ने उन्हें राजनीतिक पहचान की गारंटी दी। बीसवीं सदी में भारतवासियों ने इस अवसर का लाभ उठाया और स्वयं अपना आविष्कार कर डाला। आविष्कार का यह क्रम अभी भी जारी है। उन्होंने भारत के बुनियादी विचार

को सावधानी से पाला और कभी-कभी उसके प्रति अपना आक्रोश भी व्यक्त किया।

1947 से आज तक लगातार भारत नाम की यह ऐतिहासिक और राजनीतिक कृति परस्पर संबंधित अपनी समस्त संस्कृतियों के साथ समान राजनीतिक सत्ता के तहत बनी रही है। संस्कृतियों की बहुलता कभी-कभी मुश्किलें खड़ी करती है। उनका यह जोड़ आकस्मिक भी है और दुर्बल भी। भारतीय राष्ट्रवाद और हिंदू राष्ट्रवाद दोनों ही भू-क्षेत्रीय अखंडता और राष्ट्रीय एकता के पैरोकार हैं। दुनिया के किसी भी राष्ट्रवाद की तरह इन दोनों राष्ट्रवादों के संदर्भ में भी ये दोनों पहलू विचारधारात्मक कथा-योजनाओं और शानदार मिथकों के अलावा कुछ नहीं हैं। भारतीय संघ और भारतवर्ष के प्रत्यय के बारे में भी यह बात सच है। लेकिन, ख़ालिस्तान हो या तमिल ईलम, कश्मीर हो या बोडोलैंड, पृथकतावादी कल्पनाओं के इन लघु अंशों पर भी यह तथ्य लागू होता है। संस्कृति और अर्थशास्त्र की आपसी खींचतान जारी है। संस्कृति विशाल संघात्मक राज्यों के ख़िलाफ़ मान्यता का आग्रह करती है, लेकिन अर्थतंत्र के दबाव अंत:संबद्धता और आकार संबंधी विस्तार का पक्ष लेते हैं। भारत की बुनियादी समझ इसी खींचतान के बीच संतुलन बनाने के संघर्ष में बनती हुई एक सुसंगत राजनीतिक परियोजना में व्यक्त हुई है। यह समझ सांस्कृतिक विविधताओं का सम्मान करते हुए विकास के समान उद्यम के प्रति वचनबद्ध है।

भारतीय राज्य की उम्र पचास साल हो चुकी है। इस प्रश्न पर कि हममें से भारतीय कौन है, पहले की ही तरह ज़ोरदार बहस जारी है। राज्य और उसके संसाधनों को हस्तगत करने की होड़ ने ही भारतीयता संबंधी इस प्रतियोगिता को क़ायम रखा है एवं लोकतांत्रिक राजनीति की लगातार मौजूदगी के कारण ज़्यादा-से-ज़्यादा लोग भारतीय राज्य को हासिल करने की प्रतियोगिता में भाग ले पा रहे हैं। यह प्रतियोगिता आर्थिक अवसरों, सांस्कृतिक मान्यता और राज्य पर स्वामित्व के लिए है। इस संघर्ष की तीव्रता का अंदाज़ा इस बात से लगाया जा सकता है कि राज्य पर कितने तरह के दावे एक साथ किए जा रहे हैं। लोकतंत्र और आर्थिक प्रगति के पहलुओं के कारण इन दावों में उत्तेजना भी है और निराशा भी। विरासत में मिली विविधता का प्रसार हो रहा है। इसे स्वीकार करना और इसके साथ रहना भारतवासियों की व्यावहारिक ज़रूरत है। इस विविधता से निबटने के लिए भारतीय इतिहास ने दो रास्ते पेश किए हैं : सैद्धांतिक रूप से असंगत, प्रयोगधर्मी और बहुलवादी रास्ता, अथवा पूरी तरह तर्कसंगत और शुद्धिकरण करने वाली एकनिष्ठता का रास्ता। भारतीय इतिहास ने ही अपने सहस्रों वर्षों पुराने जीवन में पहली बार भारतवासियों को इन दो रास्तों में से एक का चुनाव करने की ज़िम्मेदारी भी दी है। उन्हें फ़ैसला करना ही होगा कि अयोध्या में जहाँ बाबरी मस्जिद खड़ी थी, अब वे वहाँ क्या बनाना चाहते हैं।

उपसंहार

आधुनिकता का लबादा

तो आपको आत्मज्ञान चाहिए? जिस तरह महात्मा गांधी जेल गए थे और सलाख़ों के पीछे बैठ कर उन्होंने अपनी आत्मकथा लिखी थी, या जिस तरह नेहरू भारत को खोजने इंग्लैंड गए थे, उसी तरह आपको भी आत्मज्ञान के लिए अमेरिका आना चाहिए। चीज़ें तभी साफ़ दिखती हैं जब उन्हें थोड़ी दूर से देखा जाए।

ए.के. रामानुजन, अन्नैयाज़ एंथ्रोपलॉज़ी[1]

मैसूर का एक विद्वान ब्राह्मण अन्नैया शिकागो में रहता था। अपने इस आत्मनिर्वासन का ज़्यादातर वक़्त उसने शिकागो विश्वविद्यालय के पुस्तकालयों में ही गुज़ारा। वहीं किताबों के बीच सहसा उसने अपना निजी भारत खोज लिया। 'भारत में रहते समय अन्नैया अमेरिकी, अँगरेज़ी अथवा यूरोपीय चीज़ों पर फ़िदा रहता था। अमेरिका पहुँचने पर उसका भारत के बारे में अध्ययन बढ़ता चला गया। जो भी मिलता उससे अन्नैया भारत के बारे में ही बातें करना शुरू कर देता।'[2] एक दिन जब वह *हिंदुइज़्म : कस्टम एंड रिचुअल* नामक नवप्रकाशित मानवशास्त्रीय प्रबंध के अध्ययन में मग्न था तो एक तस्वीर देख कर उसकी आँखें चमक उठीं। यह तस्वीर मैसूर में तथ्यों को जमा करने के दौरान उस कृति के रचयिता द्वारा खींची गई थी। ज़ाहिर था कि उस निष्ठावान अमेरिकी शोधकर्ता ने दक्षिण भारतीय ब्राह्मणों के यहाँ होने वाली पारंपरिक अंत्येष्टि का उदाहरण देने के लिए उस चित्र को अपनी पुस्तक में शामिल किया था। जैसे ही अन्नैया की आँखें उस चित्र पर पड़ीं, उसे एक अलौकिक अनुभूति हुई और उसकी आँखों के सामने उसके अपने अतीत की तस्वीर कौंध गई। उसने चित्र में अपने परिजनों के चेहरों को पहचान लिया : असल में वह अन्नैया के पिता की अंत्येष्टि की फ़ोटो ही थी जिनके निधन की ख़बर शिकागो में पुस्तकालय की किताबों के अंबार तले दबे बेटे तक नहीं पहुँच पाई थी। अन्नैया के जीवन का यह क्षण बड़ा रहस्यमय था। उसे लगा कि जैसे

कहीं कुछ खो गया हो। लेकिन, कहीं दूर शांत हो चुके तारे के आलोक से उसे अभिज्ञान जैसी अनुभूति भी हुई।

अन्नैया जैसी ही दुनिया अन्य भारतवासियों की भी है। उन्हें अपने ही बारे में अपना निजी आत्मबोध पश्चिम की जिज्ञासा से निर्मित दर्पण को देखकर मिलता रहा है। पिछली एक सदी से यही हो रहा है। इसी तरह भारत का सार्वजनिक जीवन भी पश्चिमी चिन्तन के आधार पर बने ढेर सारे आत्म-बिंबों से बना है। इन बिंबों में राष्ट्रवादी हिंदुओं की वह प्रवृत्ति भी शामिल है जिसने प्राच्यविद्याविदों की फीकी पड़ती जा रही धारणाओं से प्रेरणा ली थी। इसी कारण यह राष्ट्रवाद आत्ममोह से ग्रस्त रहता है। यह सिलसिला दलित पैंथरों तक जाता है जो साठ के दशक के अमेरिकी ब्लैक पैंथरों की तर्ज़ पर गठित हुए थे।

भारतवासी अपने चिन्तन की अंतरंग दुनिया में ऐसे ही हैं। ख़ुद को समझने के लिए वे पिछली एक सदी से पश्चिम की जिज्ञासाओं के आधार पर बने दर्पणों में अपना अक्स निहारते रहे हैं। यही हाल भारतीय सार्वजनिक जीवन का भी है। उसकी संरचना भी पश्चिमी चिन्तन द्वारा प्रदत्त सामग्रियों के आधार पर बने ढेर सारे आत्म-बिंबों का नतीजा है। राष्ट्रवादी हिंदुओं से लेकर दलित पैंथरों तक पश्चिम के आइने में झलकती तस्वीरें साफ़ देखी जा सकती हैं। अगर प्राच्यविद्या की फीकी पड़ती जा रही धारणाओं ने हिंदू राष्ट्रवाद की आत्मग्रस्तता को जन्म दिया है, तो दलित पैंथरों ने साठ के दशक के अमेरिकी ब्लैक पैंथर आंदोलन की तर्ज़ पर स्वयं को गठित किया है। लेकिन, इसका मतलब यह नहीं कि भारत ने पश्चिम से सिर्फ़ लिया ही है, उसने पश्चिम को दिया भी है। भारत ने अपने बुनियादी विचार और अपने अस्तित्व से दूसरों को आत्मपहचान बनाने में मदद की है। ईसा पूर्व तीसरी सदी के मेगस्थनीज़ से लेकर अलबरूनी से होता हुआ भारतीय प्रभाव पुर्तगाली मिशनरियों, फ्रीड्रिख़ श्लेगल और शॉपेनहावर जैसी रोमानी हस्तियों तक दिखाई देता है। इसी तरह थियोसॉफ़ी (ब्रह्मविद्या) में आस्था रखने वालों से लेकर किपलिंग, ई.एम. फोर्स्टर व पॉल स्कॉट के लेखन और बीटल्स और गोआ ट्रांस जैसे संगीत को भी भारत ने स्पर्श किया है। अन्य संस्कृतियों ने बार-बार अपने ऐतिहासिक क्षणों की व्याख्या करने के लिए भारत को काफ़ी हद तक इस्तेमाल किया है। इस प्रक्रिया में कभी तो ये सभ्यताएँ आश्वस्त हुईं और कभी भारत के बरअक्स आत्मसंदेह की शिकार हो गईं। इसके अलावा ऐसे मौक़े भी आए हैं जब भारत पश्चिम को जानने के लिए अपनी ख़ास तरह की 'देशी' विधियों को खोज निकालने की कोशिश करता दिखा। दरअसल, भारत और पश्चिम के एक-दूसरे को जानने और अनजान बने रहने के इन परस्पर गुँथे हुए बंधनों को अलग-अलग करना नामुमकिन है। दोनों पक्ष एक-दूसरे की सामग्री हड़पने में लगातार व्यस्त रहते हैं। कोई भी अपनी संस्कृति की वायुरोधी विशुद्धता के आरामदेह एकांत में वापस नहीं जा सकता।

अर्थात भारत पर किए जाने वाले किसी भी विचार-विमर्श को ज्ञान की राजनीति के जोख़िम भरे मैदान से गुज़रना ही होगा। इस मैदान से सुरक्षित निकल जाने का रास्ता ढूँढ़ना किसी राजनीतिक कार्रवाई से कम नहीं समझा जाना चाहिए। इसके लिए वैसी ही समझ की ज़रूरत भी है और कोई पहले से तयशुदा क़ुतुबनुमा, कोई प्रणाली अथवा मुहावरा इसमें मददगार नहीं हो सकता।

भारत के बुनियादी विचार की रचना संस्कृति और राजनीति की ऐसी ही मुठभेड़ों के ज़रिये हुई है। इन अन्योन्यक्रियाओं ने ऐसे तीन सवाल पैदा किए हैं जिनका व्यावहारिक जवाब भारतवासियों को खोजना ही है। उनके लिए कौन-कौन-सी संभावनाएँ मौजूद हैं? उनके सामने कौन-कौन-सी चुनौतियाँ आ सकती हैं? और उस इतिहास का महत्त्व क्या है जो उनके द्वारा बनाया जा रहा है? इन तीनों प्रश्नों के उत्तर निश्चित रूप से विवादों और संशोधनों की माँगों को जन्म देंगे। लेकिन, इस बात से इनकार नहीं किया जा सकता कि ये सवाल हमारी आँखों में झाँक रहे हैं और इन्हें फ़ौरन हल करना अनिवार्य है। इन प्रश्नों को पेश करने के दौरान इस पुस्तक ने बार-बार यह बताने की कोशिश की है कि इस बारे में किसी भी निर्णय पर पहुँचने के लिए पश्चिमी राजनीतिक चिन्तन की भाषा और विचार-श्रेणियों का इस्तेमाल ज़रूरी है। यह बात इस यक़ीन के आधार पर नहीं कही जा रही है कि पश्चिमी राजनीति के विचार मानवीय चिन्तन और अनुभूति की चरम परिणति का नतीजा हैं। असल में इसके पीछे मान्यता यह है कि ये विचार ख़ासतौर से भारत और आमतौर से ग़ैर-पश्चिमी दुनिया के व्यावहारिक अनुभव पर अपनी गहरी ऐतिहासिक छाप छोड़ चुके हैं। पश्चिमी राजनीतिक विचारों और ग़ैर-यूरोपीय दुनिया के बीच एक-दूसरे को प्रभावित करने का यह इतिहास बहुत पुराना है। बीसवीं सदी में यह अन्योन्यक्रिया अपनी गहनता और व्यापकता में ऐतिहासिक रूप से बेमिसाल ऊँचाइयों पर पहुँच गई है। इस सदी में राज्य, राष्ट्र, क्रांति, लोकतंत्र, समता, प्रजातीय शुद्धता, आर्थिक विकास और ऐसे ही बहुत-से विचार न केवल पश्चिम की दुनिया के पर्याय बन गए वरन उन्होंने समूची दुनिया की पुनर्रचना कर डाली है। यह ज़रूर है कि स्थानीयता के लिहाज से इन विचारों का लहजा बदलता रहा है। यद्यपि हमेशा और हर जगह इसके अच्छे परिणाम नहीं हुए, फिर भी इनके अच्छे या बुरे नतीजों से बचने में कोई कामयाब नहीं हो सका है। पश्चिमी राजनीतिक विचारों के ऐतिहासिक विकास-क्रम और कथित सार्वभौमिकता पर किए जाने वाले किसी भी चिन्तन के लिए ज़रूरी है कि ग़ैर-यूरोपीय लोगों और संस्कृतियों पर पड़ने वाले इनके असर पर विचार किया जाए। इन विचारों के कारण इन संस्कृतियों और लोगों को ऐसे हालात का सामना करना पड़ा है जिनका पहले से क़तई अंदाजा नहीं लगाया जा सकता था। इन विचारों ने ग़ैर-यूरोपीय दुनिया को भीषण विकृतियों का सामना करने पर मजबूर किया और कभी-कभी तो ये विचार हास्यास्पद रूप से बेअसर भी साबित

हुए। पश्चिमी राजनीतिक सिद्धान्त का भविष्य पश्चिम के बाहर हुए उसके हश्र से तय होने वाला है और इस बारे में जो भी अंतिम फ़ैसला होगा उसमें भारत का अनुभव भारी भूमिका निभाएगा।

बीसवीं सदी के भारतवासियों ने पश्चिम द्वारा प्रदत्त कई विचारों को अपनी ओर से अपनाया और अपनी सीमाओं से बाहर की दुनिया से अन्योन्यक्रिया के अवसरों का स्वागत किया। जीविका ही नहीं, विचारों की खोज तक में उन्होंने लंबी-लंबी समुद्री यात्राएँ कीं। अपनी धरती से बनी दूरियों ने उन्हें भारत को देखने की एक दृष्टि प्रदान की। इसी दूरी के कारण कभी तो उनके नज़रिये में स्पष्टता आई, तो कभी दृष्टि-दोष आया। कभी इसी दूरी ने उनमें अपनी धरती के प्रति ललक भी पैदा की। जिस स्वदेश से वे यात्रा पर चले थे उसके बारे में सटीक समझ बनाना उनके लिए बेहद मुश्किल साबित हुआ। कई बार तो स्वदेश के बारे में उनकी समझ काल्पनिक ही बनकर रह गई क्योंकि वे इस सवाल का तथ्यसम्मत जवाब नहीं खोज पाए कि दुनिया के मानचित्र पर भारत है कहाँ? इतिहास में इस बात की मिसालें मौजूद थीं कि कोलंबस की भाँति भारत की भौगोलिक स्थिति के बारे में बेतहाशा ग़लती करना ही नहीं, उस ग़लती से लाभान्वित होने की संभावना भी नामुमकिन नहीं है। हमें ध्यान रखना चाहिए कि भारत को भौगोलिक क्षेत्र की बजाय अवधारणात्मक अस्तित्व के रूप में देखने की श्रद्धेय परंपरा भी रही है। रवींद्रनाथ टैगोर ने कहा भी था, 'किसी देश का अस्तित्व भू-क्षेत्रीय नहीं वरन उद्भावना के रूप में होता है।'[3] पर्यटकों के सामने भारत की छवि कुछ इसी तरह परोसी भी जाती है कि 'भारत तो एक मनोदशा है।' बहरहाल, पर्यटकों को दिया जाने वाला भारत संबंधी संदेश जो भी हो, 1947 के बाद से भारत एक ऐसा सीमाबद्ध व गणनीय भू-क्षेत्र है जिसका यथातथ्य नक़्शा बना हुआ है। इस क्षेत्र पर एक संप्रभु राजनीतिक सत्ता का शासन है और यह एक राज्य के रूप में अंतर्राष्ट्रीय राज्य-प्रणाली का मान्यताप्राप्त सदस्य है। आधुनिक राजनीति की अंतर्राष्ट्रीय रूप से प्रचलित कसौटी पर स्वयं को संप्रभु साबित करने के लिए इस भारत को अपने आप पर ही हिंसा करनी पड़ती है। भारत ने अपने अवधारणात्मक अस्तित्व को भू-क्षेत्रीय रूप में क्यों ढाला—इस प्रश्न का उत्तर ऐसी पहेली बना हुआ है जो दक्षिण एशिया की राजनीतिक कल्पनाशीलता को उत्तेजित करती रहती है। वैसे तो कोई भी राज्य अपने स्थानिक विस्तार और अपने निवासियों की पहचान के लिहाज से हमेशा विवाद के अंदेशों से ग्रस्त रहता है, लेकिन भारत की विवादग्रस्तता का एक ख़ास कारण भी है जिसे हम विभाजन की स्थायी समस्या के रूप में जानते हैं।

करोड़ों लोगों के जीवन पर निर्णायक प्रभाव डालने वाली कार्रवाई होने के बावजूद विभाजन के चरित्र के बारे में अंतिम मूल्यांकन न हो पाना अपने-आप में विलक्षण है। गांधी भारत को सभ्यतामूलक एकता के रूप में समझते थे। उनके

इस विचार की पूरी तरह अवज्ञा कर ब्रिटिश राज ने अपना यह अंतिम कारनामा अंजाम दिया था और इसे वह धर्म के आधार पर धरती के दो टुकड़े करने की तर्कसंगत कार्रवाई की तरह पेश करता था। भारत छोड़ कर जा रहे अँगरेज़ों को वैसे तो यक़ीन था कि उपमहाद्वीप अपने धार्मिक जज़्बात में पिछड़ा हुआ और अंधविश्वासी है लेकिन इसके बावजूद उन्होंने धर्म को ही सिद्धान्त बना कर उसके आधार पर दो आधुनिक राष्ट्र बना डाले। इस तरह विभाजन संगत और असंगत का विकट घालमेल बन गया। उससे निकली बेचैनी के प्रभाव में कुछ इतिहासकार प्रभु वर्ग के दाँव-पेचों के मामूली-मामूली पहलुओं के ज़रिये इसकी तस्वीर फिर से बनाने में जुट गए। कुछ ने विभाजन के तर्क को व्याख्यायित करने के लिए उसमें भूमिका निभाने वाले नेताओं की कथित राजनीतिक योजनाओं का सहारा लिया। कुछ इतिहासकारों ने विभाजन का सिर्फ़ एक विभीषिका के रूप में वर्णन किया और उसे धार्मिक भावनाओं और विवेकहीनता के विशुद्ध विस्फोट की तरह देखा। तर्क और तर्कहीनता के रंगों से बनी विभाजन की इस तस्वीर का सबसे नाटकीय और कड़वा साहित्यिक बयान सआदत हसन मंटो की कहानी 'टोबा टेक सिंह' में मिलता है। मंटो की यह सर्वश्रेष्ठ कहानी इस तरह शुरू होती है :

> बँटवारे के दो-तीन साल बाद पाकिस्तान और हिंदुस्तान की हुकूमतों को ख़याल आया कि अख़्लाक़ी क़ैदियों की तरह पागलों का भी तबादला होना चाहिए, यानी जो मुसलमान पागल हिंदुस्तान के पागलख़ानों में हैं उन्हें पाकिस्तान पहुँचा दिया जाए और जो हिंदू और सिख पाकिस्तान के पागलख़ानों में हैं उन्हें हिंदुस्तान के हवाले कर दिया जाए।[4]

विभाजन उपमहाद्वीप की जनता के मानस में हमेशा अपनी आहटें गुँजाता रहता है। कहीं दूर मन के छिपे हुए कोनों में विभाजन की सरसराहटें एक ऐसी दुनिया का अहसास दिलाती रहती हैं जिसमें आधुनिक राजनीति की अपरिहार्य हताशाएँ निवास करती हैं। जिन लोगों ने विभाजन में भूमिका निभाई, वह उन्हीं के डरों की उपज था। उनमें हिंदू भी थे, मुसलमान भी थे, सिख भी थे और अनीश्वरवादियों के साथ-साथ उनमें अँगरेज़ तक शामिल थे। विभाजन ने अपने दुष्प्रभावों के साथ ज़िंदा रहने वाले लोगों की आशंकाओं और भय को कम नहीं किया बल्कि उन्हें और बढ़ाया। विभाजन के अनिश्चित और अर्थपूर्ण क्षण को काग़ज़ों पर उतारने यानी भारत और पाकिस्तान नामक ब्रिटिश राज के दो उत्तराधिकारी राज्य बनाने का ज़िम्मा ब्रिटिश वकील सिरिल रेडक्लिफ़ को दिया गया था। यद्यपि विभाजन जैसी भीषण घटना में कोई कविता निहित नहीं हो सकती थी, फिर भी डब्ल्यू.एच. ऑडेन की रेडक्लिफ़ पर लिखी इन पंक्तियों में उस अभूतपूर्व क्षण में निहित अफ़रा-तफ़री, आशंका और अबूझ पहेली जैसे आयामों के दर्शन किए जा सकते हैं :

एकांत हवेली थी जिसमें वह रहता था
उसके प्राणों की रक्षा की ख़ातिर बग़ीचे में हर वक़्त पुलिस का पहरा था
बैठा था वह तय करने लाखों की क़िस्मत
नक़्शे थे उसके पास सभी पुराने और ग़लत
जनगणना की सूची में भी काफ़ी गड़बड़ थी
पर सुधारने का, विवादित जगहों की जाँच का समय नहीं था, हड़बड़ थी
मौसम भीषण तपिश भरा था
और तिस पर उसको पेचिश भी, दौड़ा-दौड़ा फिरता था
फिर भी सात हफ़्तों में काम हो गया, सरहदें बन गईं
अच्छी या बुरी, एक महाद्वीप के माथे पर रेखाएँ खिंच गईं

अगले दिन ही शुरू हुआ जहाज़ से ब्रिटेन का सफ़र
हर अच्छे वकील की तरह वह भूल गया सब कुछ वहाँ पहुँच कर
फिर वापस आएगा वह क्योंकर
क्लब में कहा नहीं था उसने, उसको था मारे जाने का डर![5]

सवाल यह है कि रेडक्लिफ़ ने आख़िरकार विभाजन के नाम पर किया क्या था? क्या उन्होंने किसी एक भू-क्षेत्र को दो राष्ट्रों में बाँट-भर दिया था? या विभाजन के ज़रिये एक सभ्यता दो भू-क्षेत्रों में तोड़ दी गई थी? विभाजन अवधारणा के स्तर पर पहेली ही बना हुआ है जिसके कारण उसके कार्यान्वयन से जुड़ी विस्तृत बारीकियाँ आज भी रहस्यों में लिपटी हुई हैं। भारत छोड़ने से पहले रेडक्लिफ़ ने सीमाएँ निर्धारित करने वाले अपने सभी नोट्स और काग़ज़ात नष्ट कर दिए थे। सीमा निर्धारण करने के लिए रेडक्लिफ़ के सीमा आयोग को 'एक-दूसरे से सटे' हुए बहुसंख्या वाले इलाक़ों के आधार पर सीमा-रेखाएँ खींचने की हिदायत दी गई थी। साथ ही रेडक्लिफ़ के आयोग को 'अन्य पहलुओं' का ध्यान रखने के लिए भी कहा गया था। लेकिन, न तो कभी इन तमाम कारकों को और न ही विभाजित किए जाने वाले क्षेत्र की इकाई को अलग-अलग सुनिर्दिष्ट किया गया। इस पहलू को पूरी तरह से विवादग्रस्त और अस्पष्ट छोड़ दिया गया कि 'बहुसंख्या' और 'अल्पसंख्या' को ज़िले के आधार पर या तहसील की छोटी इकाई के आधार पर या गाँव के आधार पर अथवा किस आधार पर तय किया जाना चाहिए। इन्हीं कारणों से विभाजन ने दक्षिण एशिया के मानस में आधुनिक राजनीति की एक ख़ास छवि व्याप्त कर दी जिसे सीमाओं की अश्लील अभिव्यक्ति की संज्ञा दी जा सकती है। यह एक ऐसी छवि है जो राष्ट्रवाद की मौजूदा क़िस्मों को तो उकसाती ही है, पृथकतावाद के रूप में नए राष्ट्रवादी दावों को भी प्रेरणा देती है। यह छवि

राष्ट्रवादी आकांक्षाओं के परितोष का सिर्फ़ भ्रम पैदा करती है। एक असफल स्वैर कल्पना की तरह भारत का विभाजन आदमज़ात के लिए वर्जित अंतहीन गलियारों के विवाद की तरह मोहभंग को जन्म देता है।

रेडक्लिफ़ को भारत के बारे में कोई जानकारी नहीं थी। यहाँ की गर्मी में पाँच हफ़्तों तक पसीना बहाने के दौरान ही उन्हें भारत का थोड़ा-बहुत परिचय मिला। इस छोटी-सी अवधि में वे विभाजन का मानचित्र तैयार करने की असंभव ज़िम्मेदारी निभाने के लिए नक़्शों से जूझते रहे। 15 अगस्त की रात बारह बजे यूनियन जैक को आख़िरी बार उतारा जाना था। इससे ठीक एक दिन पहले रेडक्लिफ़ ने अपने सौतेले बेटे को लिखा :

> मैंने सोचा कि शायद तुम्हें भारत से आए पत्र के लिफ़ाफ़े पर राजमुकुट छपा देख कर अच्छा लगेगा। कल शाम के बाद पत्राचार की इस सामग्री का इस्तेमाल करने की इजाज़त किसी को कभी नहीं मिलेगी और भारत पर 150 साल का ब्रिटिश शासन ख़त्म हो जाएगा—शुक्रवार की सुबह यूनियन जैक उतार दिया जाएगा और उसकी जगह जो ध्वज फहराया जाएगा उसके बारे में मैं फ़िलहाल भूल गया हूँ, शायद उसके बीच में चरखा बना होगा या मकड़ी का जाला। मैं सुबह वायसरॉय हाउस में भारतीय संघ के पहले गवर्नर जनरल के रूप में माउंटबेटन को शपथ लेते देखने जाऊँगा और उसके बाद मैं दिल्ली हवाई अड्डे पर जम जाऊँगा और उस वक़्त तक इंतज़ार करता रहूँगा जब तक इंग्लैंड से कोई विमान नहीं आ जाता। पंजाब और बंगाल के बारे में मेरे फ़ैसले के बाद भारत का कोई भी व्यक्ति मुझे पसंद नहीं करेगा। क़रीब आठ करोड़ असंतुष्ट लोग मुझे ढूँढ़ना शुरू कर देंगे। मैं उनके हत्थे नहीं चढ़ना चाहता। कितनी मेहनत, कितना सफ़र, और कितना पसीना बहा चुका हूँ मैं—उफ़, हर वक़्त कितना पसीना![6]

अँगरेज़ों ने बड़ी धूमधाम से भारत छोड़ा था। उस वक़्त बड़े शानदार व्याख्यान दिए गए थे। लेकिन उनके गमन का असली स्मृति-लेख रेडक्लिफ़ का यह व्यक्तिगत बयान ही था जो थकान, डर और ईमानदार करुणा से भरा हुआ था।

विभाजन भारत के बुनियादी विचार के मर्म में एक अकथनीय दुख की तरह भरा हुआ है। विरोधाभास यह है कि विभाजन के जिस क्षण ने भारत को संभव बनाया, उसी के कारण इस विचार के आत्यंतिक मूल्य का क्षय हो गया। इस दुर्घटना के कारण राष्ट्रवादी दृष्टि की एक अनिवार्य आस्था कमज़ोर पड़ गई कि भारत में विभिन्नताओं को जमा करने और उनके साथ जीवित रहने की असाधारण क्षमता है। टैगोर इस संत्रास को झेलने के लिए जीवित नहीं थे। गांधी ने इस पीड़ा

को सहा, मगर बहुत थोड़े दिन। लेकिन, नेहरू को विभाजन के काले साये में इस अकथनीय दुख को अपने और अपने राष्ट्र के जीवन का अंग बनाना पड़ा ताकि भारत के बुनियादी विचार को मलिनता से निकाल कर कुछ गौरव प्रदान किया जा सके। यही थी नेहरू की योजना जिस पर उन्होंने अमल किया।

इतिहास अभी तक विभाजन के घावों पर मरहम नहीं लगा पाया है। फ्रांसीसियों के लिए जो महत्त्व 1789 का है, वही महत्त्व भारतवासियों के लिए विभाजन का बना हुआ है क्योंकि यही वह क्षण था जब भारतीय राष्ट्र ने जन्म लिया था और इसके लिए उसे अपने-आप से एक हिंसक संबंध-भंग करना पड़ा था। यह क्षण भारत की अस्मिता को परिभाषित करने के साथ-साथ उसे संदिग्ध भी बनाए रखता है। विभाजन भारतवासियों के कंधों पर विविधताओं के प्रति सहिष्णुता का उत्तरदायित्व भी डालता है, लेकिन उससे एक राष्ट्र बनने अर्थात राष्ट्रीयता के प्रति एक साथ पूर्ण रूप से समर्पित होने की अपेक्षा भी करता है। भारत की विविधताओं की जड़ें बहुत गहरी हैं और उनके महत्त्व से इनकार नहीं किया जा सकता, लेकिन उनके कारण देश में विभाजन के एक और संकट का ख़तरा हमेशा बना रहता है। ये विविधताएँ ही नए विभाजनों की महत्त्वाकांक्षा को जन्म देती हैं। यह परेशानी तब तक बनी रहेगी जब तक भारतीय लोग विभाजन के राजनीतिक और ऐतिहासिक महत्त्व से अपना तादात्म्य नहीं स्थापित कर लेते। इस समस्या की सबसे ताज़ा मिसाल हिंसा और विस्थापन के अनुभव की जाँच-पड़ताल करने के ज़रिये विभाजन की व्याख्या करने की कोशिश है। निश्चित रूप से इसे एक बेहतरीन बौद्धिक प्रयास समझा जाना चाहिए क्योंकि आम लोगों की इस त्रासदी से ही विभाजन की भित्ति बनी थी। पर समस्या यह है कि राज्य की ऐतिहासिक स्मृति में बहुत कम स्थान ले सकने वाले इस अनुभव के अनुसंधान ने जान-बूझकर विभाजन के राज्य संबंधी परिप्रेक्ष्य को नज़रअंदाज किया है और इस चक्कर में विभाजन का तात्पर्य ही उसके हाथ से निकल गया है।

हमें यह नहीं भूलना चाहिए कि विभाजन के केंद्र में राज्य की संस्था के ऊपर हुआ टकराव था। विवाद यह था कि ब्रिटिश राज द्वारा छोड़ी गई संपूर्ण आबादी और पूरे भू-क्षेत्र पर शासन के प्राधिकार का कोई एक ही उत्तराधिकारी होना चाहिए या एक से अधिक। जो लोग पृथक होकर अपना अलग राज्य स्थापित करना चाहते थे, उन्हें विभाजन की पेशकश में ख़ास तरह का आश्वासन लगता था। वे समझते थे कि अपना छोटा-सा राज्य बना कर वे राज्य की संस्था से ज़्यादा नज़दीकी रिश्ता क़ायम रख पाएँगे। मुसलमान 'पृथकतावादियों' की तत्कालीन प्रेरणाओं पर इस संदर्भ में विचार करने पर लगता है कि वे आधुनिक राजनीतिक संवेदनशीलता के अनुकूल ही थीं। अंततः ये पृथकतावादी आधुनिक राज्य की निर्वैयक्तिकता को ही कम करना चाहते थे। अठारहवीं सदी से ही राज्य की निर्वैयक्तिकता को कम करने

की कोशिशें अलग राष्ट्र बनाने के आह्वान का रूप ले लेती रही हैं। जैसा कि हम जानते हैं राष्ट्र का प्रचलित अर्थ होता है समान धर्म, भाषा, संस्कृति, प्रजाति अथवा इतिहास के आधार पर की जाने वाली एकजुटता का दावा। कुल मिला कर राष्ट्र से अधिक शक्तिशाली कोई आधुनिक विचार अभी तक सामने नहीं आ पाया है जो राज्य जैसी विजातीय संस्था का पर्याय बन गया हो। हालाँकि यह भी एक तथ्य है कि इतिहास को ज़्यादा खँगालने की तकलीफ़ उठाए बिना ही किसी भी राष्ट्र के काल्पनिक और अप्रामाणिक चरित्र को साबित किया जा सकता है। इसके बावजूद राष्ट्र और राज्य में एक गहन रिश्ता बन चुका है।

दरअसल राष्ट्र की भाँति आधुनिक राज्य का अस्तित्व भी काल्पनिक ही है। यह अपनी परिभाषा में अवैयक्तिक है और राज्य बने रहने के लिए उसे अवैयक्तिक ही रहना होता है। हॉब्स ने लेवाइथन के जिस विकट बिंब की रचना की थी, उसमें राज्य कल्पित हैसियत की तरह उभरता है। वह ऐसा 'कृत्रिम व्यक्ति' बन जाता है जो शासित और शासक दोनों को अपने दायरे में समा लेता है लेकिन फिर भी किसी का अपना नहीं रहता। हॉब्स के राज्य को समाज के किसी एक तत्त्व के पर्याय के रूप में सीमित नहीं किया जा सकता। अवधारणात्मक और व्यावहारिक रूप से राज्य एक ऐसा विजातीय और अप्राकृतिक अस्तित्व है जो अक्सर अपनी ही प्रजा के लिए जीवित संकट बन जाता है। लेकिन, राज्य प्रजा के लिए सुरक्षा की पेशकश भी करता है। राज्य की प्रजा के रूप में नागरिक एक-दूसरे को व्यक्ति के रूप में या समूह के रूप में ख़तरे में डालते हैं। सबसे बर्बर क्रूरता पड़ोसी द्वारा ही पड़ोसी पर ढाई जाती है। एक-दूसरे की बग़ल में रहने वाले या एक-दूसरे की जीवन-शैली से काफ़ी अच्छी तरह परिचित लोग ही एक-दूसरे पर ज़ुल्म करते हैं। हर राज्य के पास अपने अस्तित्व के बारे में कुछ प्रकृति-प्रदत्त चिह्न होते हैं। इन्हीं चिह्नों को हॉब्स 'प्रकृति की अवस्था' कहते थे। राज्य के इन प्रकृति-प्रदत्त चिह्नों की मातहती में रहने में फ़ायदा ज़्यादा है और नुक़सान कम क्योंकि राज्य की सुरक्षा के आश्वासन के बिना रहने का मतलब है लगातार भयग्रस्त अस्तित्व के लिए अभिशप्त हो जाना। ज़ाहिर है कि आधुनिक राजनीति के अंतर्निहित ख़तरे केवल वे ही नहीं हैं जो राज्य अपनी नागरिक प्रजा के लिए पेश करता है बल्कि नागरिकों का प्रत्येक समूह भी अपने-आप में धर्म, वर्ण, लिंग, जातीयता और अन्य हितों के आधार पर बँटा रहता है। राज्य द्वारा पेश किए गए ख़तरे तो सामाजिक विभेद की इन क़िस्मों द्वारा पेश जोख़िमों के सामने कुछ भी नहीं हैं।

राज्य से छुटकारा पाने की महत्त्वाकांक्षा और उससे पलायन करके गाँव की संस्था में लौट जाने अथवा राज्य का उन्मूलन कर देने की महत्त्वाकांक्षा अपने-आप में एक दयनीय इच्छा ही है। राज्य द्वारा शासित समस्त प्रजा या उसके किसी अंश की पहचान का राज्य के साथ सम्मिश्रण करने की कोशिश भी भटकाव को ही

जन्म देती है। अर्थात राज्य को किसी एक धर्म, संस्कृति अथवा जातीय पहचान से जोड़ने जैसी कोशिशों से विभाजन का ख़ौफ़नाक और खोखला यथार्थ ही पैदा हो सकता है। राज्य की प्रजा बनने के लिए मजबूर लोगों के लिए आधुनिक राजनीति में केवल एकमात्र नियामक आकांक्षा यह हो सकती है कि राज्य को और अधिक विश्वसनीय बनाया जाए ताकि वह नागरिकों के साथ और आपस में दूसरे राज्यों के साथ अपने व्यवहार में अधिक गरिमापूर्ण और सभ्य हो सके। राजनीतिक सत्ता को सभ्य बनाने की इस परियोजना के लिए सांविधिक लोकतंत्र का मॉडल दुनिया की अधिकांश आबादी के लिए अभी तक सबसे भरोसेमंद साबित हुआ है। हालाँकि सांविधिक लोकतंत्र को मानवीय प्रतिभा द्वारा वांछित सर्वश्रेष्ठ उपलब्धि नहीं कहा जा सकता, लेकिन यह अन्य अवधारणाओं के मुक़ाबले अधिक व्यावहारिक है। यह दूसरे मॉडलों के मुक़ाबले परोपकार व आत्मत्याग के गुणों से अधिक संपन्न तो है ही, राज्य और उसके नागरिकों के बीच एक सीमा तक तादात्म्य बनाए रखने की कोशिश करने के मामले में भी यह मॉडल काफ़ी कुछ प्रभावी रहा है। आधुनिक जगत में निष्ठा और तादात्म्य अंततः बेहद गहन राजनीतिक रिश्ते ही हैं। चाहे धर्म हो, भाषा हो, संस्कृति हो या अंतर्निर्भरता हो : ये सभी निष्ठाएँ और सभी तरह के तालमेल आपस में एक-दूसरे के होने की अनुभूति को विकसित करने में सहायक होते हैं। इसमें मुद्दे की बात यह है कि अगर ज़रूरी और लाभप्रद हो तो राज्य के साथ तादात्म्य अथवा उसके प्रति निष्ठा को निरंतर सहमति के ज़रिये ही टिकाया जा सकता है।

यही कारण आज लोकतंत्र को मिली इतनी व्यापक मान्यता का आधार है। लोकतंत्र राजनेताओं के लिए भी उतना ही ज़रूरी है जितना नागरिकों के लिए। इस मॉडल में नेताओं को अपने शासितों के लगातार बदलते आग्रहों के मुक़ाबले अपनी ग्राह्यता बनाए रखने के प्रयास में जुटे रहना होता है और नागरिकों को भयमुक्त जीवन की आकांक्षा पूरी करने के लिए लगातार निर्णय देने और चुनने की प्रक्रिया में संलग्न रहना पड़ता है। नागरिकों की इसी आकांक्षा ने म्याँमार के दमघोंटू शासन में आंग सान सू ची द्वारा लोकतंत्र की प्रत्यक्ष, सम्मोहक और लोकप्रिय माँग को प्रतिध्वनित किया है—सू ची के अनुसार 'अगर पूछा जाए कि आख़िर उन्हें लोकतंत्र की इतनी ज़्यादा ज़रूरत क्यों महसूस होती है तो राजनीति से न्यूनतम जुड़ाव वाले व्यक्ति का भी जवाब होगा, "हम तो केवल अपना जीवन आज़ादी और शांति से बिना किसी को नुक़सान पहुँचाए और बिना चिंता और भय के उचित रोज़ी-रोटी के साथ गुज़ारना चाहते हैं...।"[7] म्यांमार के लोकतंत्र का गीत संदेश देता है कि लोग केवल 'भात खाने वाले यंत्र-मानव' नहीं रहना चाहते। लोकतंत्र के इस तर्क के विरोधियों ने संस्कृति का सहारा लेते हुए 'एशियाई मूल्यों' और 'एशियाई रास्ते' की दलील दी है। उन्हें लगता है कि इस हथकंडे के ज़रिये वे अपने-अपने राज्यों

का लोकतंत्र की माँग से पिंड छुड़ा लेंगे। लेकिन उनकी समस्या यह है कि संस्कृति की परिभाषा अपने-आप में विवादों को आमंत्रित करती है। 'राष्ट्रीय संस्कृति' और किसी महाद्वीप की संस्कृति से जुड़ी परिभाषा के बारे में तो यह बात और भी सच है। किसी संस्कृति की कुछ प्रवृत्तियों को चुन कर उन्हें उभारना और दूसरी प्रवृत्तियों को सुविधापूर्वक भूल जाना अथवा संस्कृति को एक बंद दायरे की तरह लेकर कुछ ख़ास लक्ष्यों की पूर्ति का माध्यम बनाने की कोशिश करना एक राजनीतिक रणनीति के अलावा कुछ नहीं है।

राज्य का एक उद्‌देश्य अपने नागरिकों की जान-माल की हिफ़ाज़त करना ही नहीं, बल्कि उनकी पहचान को बचाना भी होता है। इसकी पूर्ति के लिए अक्सर एक जोख़िम-भरे सरलीकरण का सहारा ले लिया जाता है कि आंतरिक सांस्कृतिक विविधताओं के चक्कर में फँसने के बजाय नागरिक पहचान पर क्यों न समरूप राजनीतिक अस्मिता आरोपित कर दी जाए। अगल-बगल के राज्यों के मुक़ाबले अलग से शिनाख़्त की जा सकने वाली अस्मिता का एक सुव्यवस्थित साँचा बनाने की कोशिश की जाती है। भारत का सार्वजनिक जीवन आजकल इसी बहस में उलझा हुआ है कि आख़िर उसका सांस्कृतिक राष्ट्रवाद किन-किन सामग्रियों से मिलकर बनाया जाना चाहिए। अंततः भारतवासियों को इस राष्ट्रवाद की अपनी क़िस्म तैयार करनी ही पड़ेगी। यह ज़रूरत आजकल ख़ासतौर पर महत्त्वपूर्ण हो गई है क्योंकि भारत की विविधतामूलक सांस्कृतिक आबो-हवा कई तरह के घरेलू और अंतर्राष्ट्रीय सांस्कृतिक कार्य-व्यापारों के दौर से गुज़र रही है। जोख़िम यह है कि इस आबो-हवा का बड़ी कुशलता और निष्ठुरता के साथ शोषण किया जा सकता है। लेकिन इसका मतलब यह नहीं है कि भारत को चिंतित होकर अंतर्मुखी दायरे में क़ैद हो जाना चाहिए। भारत के अतीत ने इस संस्कृति को अत्यंत समृद्ध, विविध और सुनम्य रंगों का अवदान दिया है और इनकी मदद से एक व्यापकतम सांस्कृतिक राष्ट्रवाद का चित्र बनाया जा सकता है।

लोकतंत्र भारत के लिए बेहद महत्त्वपूर्ण है। लेकिन इसका कारण सिर्फ़ यह नहीं है कि लोकतंत्र का बुनियादी विचार ही काफ़ी आकर्षक है अथवा इस देश में लोकतंत्र के पैर जमाने के लिए सांस्कृतिक और ऐतिहासिक ज़मीन पहले से मौजूद है। अभी तक भारतीय लोकतंत्र अपने टिके रहने को आर्थिक सफलता की शर्त से भी नहीं जोड़ पाया है। ऊपर से उत्तर-आधुनिकतावाद की 'आभासी' दुनिया के बुद्धिजीवियों ने तो लोकतंत्र को विचारधारात्मक रूप से अवांछित और विरोधाभासी भी क़रार दे दिया है। इन हालात में भारतीय राज्य की निरंतर स्थिरता ने ही लोकतंत्र के वजूद को बचाए रखने की भूमिका निभाई है। अन्य सभी राज्यों की तरह लोकतांत्रिक राज्य भी बाह्य ख़तरों का मुक़ाबला करने की अपनी क्षमता के दम पर टिका हुआ है। ये बाह्य ख़तरे मूलतः दो तरह के हैं : फ़ौजी चुनौती और

भूमंडलीय अर्थतंत्र के दबाव। भविष्य में भारतीय राज्य को जिन फ़ौजी और अर्थ संबंधी अंतर्राष्ट्रीय परिस्थितियों से गुज़रना है, उनमें बहुत बड़ा परिवर्तन आ चुका है। समाजवादी परियोजना के बिखराव के कारण भारतीय प्रतिरक्षा के मॉडल का आधार सोवियत संघ समाप्त हो चुका है। पश्चिमी और मध्य एशिया के सामरिक हालात बदल चुके हैं। इस क्षेत्र के पुराने और नए राज्यों को लग रहा है कि अपने सांस्कृतिक और धार्मिक संपर्कों पर ज़ोर देने से उन्हें आपसी लाभ हो सकता है। इन हालात में भारत राजनीतिक रूप से अकेला लोकतांत्रिक राज्य रह गया है। उसके आसपास ग़ैरलोकतांत्रिक राज्यों का एक धनुष बना हुआ है—पश्चिम में पाकिस्तान है, उत्तर में चीन है और दक्षिण में म्यांमार।

समाजवादी प्रभुत्व के ध्वस्त हो जाने से भारत के लिए आर्थिक विकल्पों की दुनिया भी बदल गई है। लगभग पूरी बीसवीं सदी को समाजवाद और बाज़ार के बीच की बौद्धिक बहस से भर देने वाले विवाद का पलड़ा फ़िलहाल बाज़ार के पक्ष में काफ़ी झुक गया है। लेकिन बाज़ार आख़िरकार एक औज़ार ही है। वह अपने-आप में कोई मूल्य नहीं बन सकता। एक मूल्य के रूप में समता आज भी वह कसौटी बनी हुई है जिस पर हर समाज को कसा जाता है। सारी दुनिया की भाँति भारत में भी अब आर्थिक बहस इस मुद्दे के आसपास केंद्रित है कि भारत को भूमंडलीय प्रतियोगिता और व्यापार में कितनी और कैसी भागीदारी करनी चाहिए। आज विचारणीय प्रश्न यह है कि क्या अंतर्राष्ट्रीय व्यापार सभी देशों के लिए सार्वजनिक हित का साधन बन सकता है? क्या इसे एक ऐसे खेल के रूप में देखना उचित होगा जिसमें कुछ खिलाड़ी दूसरे की क़ीमत पर लाभ उठाने चले जाते हैं? पिछले दो सौ सालों के दौरान इन सवालों के कई ठोस जवाब सामने आए हैं। लेकिन बावजूद इसके एडम स्मिथ से लेकर गैट के दायरे में होने वाले दाँव-पेंचों तक यह सवाल आज भी नए-नए जवाबों के लिए खुला हुआ है। अभी यह भी तय नहीं हो पाया है कि इस प्रश्न का उत्तर देने का अधिकार किसके पास है : बहुराष्ट्रीय विशेषज्ञों अथवा 'विश्व अर्थशास्त्रियों' के पास? अथवा उन ट्रेड यूनियनों के सदस्यों, उन राजनीतिक दलों के समर्थकों और उन नागरिक संगठनों के पास जिन्हें भूमंडलीय पूँजी की घुसपैठ और फिर उसके विनिवेश के नतीजों को सीधे-सीधे झेलना पड़ा है?

सैनिक सुरक्षा और आर्थिक सुरक्षा की आवश्यकताओं के बीच फ़ैसला करना हमेशा काफ़ी मुश्किल रहा है। राजनीतिक चिन्तन की कोई भी, यानी अनुदारवादी, उदारतावादी, समाजवादी अथवा गांधीवादी परंपरा इस तरह के सवालों का निस्संकोच सामना नहीं कर पाई है। आधुनिक लोकतंत्रों में सैनिक सुरक्षा के बारे में आकलन करने का काम तक़रीबन अलग तरह के विशेषज्ञों के हाथ में रहा है। लेकिन आर्थिक मसलों के बारे में निर्णय-प्रक्रिया को नागरिकों की माँगों, आस्थाओं और

आंदोलनों से काट कर अलग रखने के विरोध की परंपराएँ ख़ासी मज़बूत हैं। राज्यों के बीच यदा-कदा अचानक भड़क उठने वाले युद्धों के मुक़ाबले अंतर्राष्ट्रीय पूँजी की चुनौतियाँ कहीं निर्बाध ढंग से अपने जवाबों की माँग करती हैं। ज़ाहिर है कि भारतीय लोकतंत्र की दैनंदिन जीवन-क्षमता उसके आर्थिक प्रदर्शन पर निर्भर है और इसीलिए उसका आकलन स्थिरता, वृद्धि-दर और वितरण की भाषा में होना स्वाभाविक ही है। शासकों और उनका चुनाव करने वालों को मिल-जुल कर अंतर्राष्ट्रीय बाज़ार के अवसरों और ख़तरों के प्रति व्यावहारिक अनुक्रिया करने की विधियाँ बनानी होंगी। उपमहाद्वीप की आगामी पीढ़ियों के जीवन को तय करने में भारत की पर्यावरणीय और पारिस्थितिकीय सुरक्षा अथवा उसके शोषण संबंधी निर्णयों का भी भारी महत्त्व है।

बहरहाल, अंतिम विश्लेषण में भारत के लोकतंत्र की जीवन-क्षमता और उसका बुनियादी तर्क आंतरिक विविधता को बनाए रखने की क्षमता पर निर्भर करेगा। साथ-साथ लोकतंत्र को यह क्षमता भी पैदा करनी होगी कि नागरिक समूहों को अपने अलग राष्ट्र-राज्य बनाने के सपने देखने की सामग्री और तर्क कैसे न मिलने दिए जाएँ। विभाजन की योजनाएँ हों या आंतरिक शुद्धता की कल्पनाएँ—इन सभी को केवल इस स्वैर कल्पना से प्रेरणा मिलती है कि समस्याओं के आदि और अंत का स्रोत सीमाएँ ही हैं। हम जानते हैं कि यह एक ग़लत आग्रह है। किसी राष्ट्र को एकजुट रखने की कोई विचारधारात्मक और सांस्कृतिक गारंटी नहीं होती। उसका वजूद तो मानवीय कौशल पर ही निर्भर करता है। परियोजना चाहे कोई भी हो, उसकी पेशकश राजनीति की दुनिया में ही होती है। वहीं उसके पक्ष-विपक्ष में फ़ैसला दिया जाता है। यही कारण है कि भारतवासियों के लिए राजनीति का मैदान पहले से कहीं ज़्यादा महत्त्वपूर्ण हो गया है।

राज्य की हैसियत से इस विश्व का सदस्य बनने के लिए भारत को अपना आधुनिक लबादा ख़ुद तैयार करना पड़ा है। अपने आपको गढ़ने की इस प्रक्रिया में भारतवासियों ने न जाने कितनी बेचैनियों, पीड़ाओं और जोख़िमों का सामना किया है। लेकिन उन्होंने इस दौरान स्वतंत्रता के नए आयामों के दर्शन भी किए हैं। भारतीय अनुभव का संदेश यह है कि लोकतंत्र अव्यवस्थित, बेहद जटिल और अपने ही आश्वासन पर खरे न उतर पाने की असंतुष्टि के साथ-साथ आज मानवीय जीवन के अर्थ के लिए महत्त्वपूर्ण भी है। भारतीय अनुभव इस बात का प्रमाण है कि ऐतिहासिक और सांस्कृतिक निष्कपटता एशियाई संस्कृतियों को लोकतंत्र के विचार के प्रति अजनबी नहीं बना देती। पर इसका मतलब यह भी नहीं निकालना चाहिए कि ये संस्कृतियाँ या कोई भी अन्य संस्कृति लोकतंत्र के सर्वथा अनुकूल है। संस्कृति और लोकतंत्र के बीच एक ख़बरदार क़िस्म का संघर्ष तो होता ही रहेगा। एशिया में लोकतांत्रिक अनुभव का इतिहास लोकतंत्र-विरोधियों के लिए एक

चेतावनी की तरह है और समर्थकों के लिए आशा का आधार। 1995 में जब सू ची को नज़रबंदी से रिहा किया गया तो रंगून में दोपहर के बाद होने वाली सभाएँ उन्मुक्त हँसी से गूँज उठी थीं। यह हँसी आशाओं की अभिव्यक्ति थी। यह आज़ादी की हँसी थी जो भय का नाश कर देती है और ख़ामोश आवाज़ में कहती है कि अब हुकूमत करना किसी का दैवी अधिकार नहीं रहा।

संदर्भ

1. जवाहरलाल नेहरू, द *डिस्कवरी ऑफ़ इंडिया* (कलकत्ता, 1946), पृ. 30-31
2. वेद मेहता, *पोर्टेट ऑफ़ इंडिया* (नई दिल्ली, 1970), पृ. 279

परिचय : भारत एक, विचार अनेक

1. वी. एस. नायपॉल, इंडिया : ए वूंडिड सिविलाइज़ेशन (हार्मंड्सवर्थ, 1977), पृ. 8
2. ए.के. रामानुजन, 'व्हेयर मिरर्स आर विंडोज़ : टुवर्ड्स एन एंथोलॉजी ऑफ़ रिफ्लेक्शंस', *हिस्ट्री ऑफ़ रिलीजंस,* खंड 28, क्रमांक 23 (1989), पृ. 188

अध्याय एक : लोकतंत्र की विचारयात्रा

1. बी.आर. आंबेडकर, संविधान सभा में भाषण (25 नवंबर, 1949), *कांस्टिटुएंट एसेंबली डिबेट्स,* खंड 12 (नई दिल्ली, 1950), पृ. 979
2. द *हिंदू*, इंटरनेशनल एडीशन, खंड 22, क्रमांक 34 (1996), पृ. 11
3. टॉमस बेबिंगटन मैकॉले, 'गवर्नमेंट ऑफ़ इंडिया', हाउस ऑफ़ कामंस में भाषण, द *वर्क्स ऑफ़ लॉर्ड मैकॉले,* खंड viii, सं. : लेडी ट्रेवेलियान (लंदन, 1866), पृ. 122
4. पुरुष सूक्त, द *ऋग्वेद,* अनु : वेडी डोनिगर आ' फ्लाइर्टी (हार्मंड्सवर्थ, 1981), पृ. 31
5. टॉमस बेबिंगटन मैकॉले, मिनट ऑन एजूकेशन, 2 फ़रवरी, 1835, *मैकॉले : प्रोज़ एंड पोइट्री,* डी.एम. यंग द्वारा संकलित (लंदन, 1952), पृ. 729
6. जवाहरलाल नेहरू का के.पी.एस. मेनन को पत्र, *संकलित रचनाएँ,* द्वितीय शृंखला, खंड 4 (नई दिल्ली, 1986), पृ. 585
7. ग्रैनविले ऑस्टिन की कृति द *इंडियन कांस्टीट्यूशन : कार्नरस्टोन ऑफ़ ए नेशन* (ऑक्सफ़ोर्ड, 1966) में उद्धृत, पृ. 325
8. बी.आर. आंबेडकर, वही
9. जवाहरलाल नेहरू का के.एन. पणिक्कर को पत्र, *संकलित रचनाएँ,* द्वितीय शृंखला, खंड 15, (नई दिल्ली, 1995), पृ. 433
10. जवाहरलाल नेहरू, एस. गोपाल की कृति *जवाहरलाल नेहरू : ए बायोग्राफ़ी* में उद्धृत, खंड 3 (लंदन, 1984), पृ. 227

11. इंदिरा गांधी (नेहरू) का नेहरू को पत्र, सोनिया गांधी (सं.) की कृति *फ़्रीडम्स डॉटर : लेटर्स बिटवीन इंदिरा गांधी एंड जवाहरलाल नेहरू 1922-39* (नई दिल्ली, 1989), पृ. 389
12. द *हिंदू*, उमा वासुदेव की कृति *इंदिरा गांधी : रिवोल्यूशन इन रिस्ट्रेंट* में उद्धृत (दिल्ली, 1974), पृ. 276
13. टी. अंजैया, *इंडिया टुडे* (1-15 मार्च, 1982), पृ. 24, हेनरी सी. हार्ट की कृति *पॉलिटिकल लीडरशिप इन इंडिया* में उद्धृत, अतुल कोहली (सं), *इंडियाज़ डेमोक्रेसी* (प्रिंसटन, 1988), पृ. 54

अध्याय दो : भविष्य के मंदिर

1. जवाहरलाल नेहरू, जवाहरलाल नेहरू'ज़ स्पीचिज़, खंड 3, 1953-57 (नई दिल्ली, 1958), पृ. 3
2. जवाहरलाल नेहरू, केंद्रीय सिंचाई बोर्ड की 19वीं सालाना बैठक में भाषण, नई दिल्ली (5 दिसंबर, 1948), जवाहरलाल नेहरू'ज़ स्पीचिज़, खंड 1, 1946-49 (नई दिल्ली, 1949), पृ. 86
3. जवाहरलाल नेहरू, हेनरी सी हार्ट की कृति *न्यू इंडिया'ज रिवर्स* (बंबई, 1950), पृ. 186
4. लॉर्ड केनिंग, बी.आर. टॉम्लिंसन की कृति द *इकॉनोमी ऑफ़ मॉडर्न इंडिया 1960-70* (कैंब्रिज, 1993) में उद्धृत, पृ. 151-2
5. विलियम हंटर, *इंग्लैंड्स वर्क इन इंडिया* (लंदन, 1886), प्रमित चौधरी के आलेख 'चेंजिंग पर्सेप्शंस ऑफ़ पॉवर्टी इन इंडिया : स्टेट एंड पॉवर्टी' में उद्धृत, *सांख्य : द इंडियन जरनल ऑफ़ स्टेटिस्टिक्स,* विशेष खंड 55 (1993), पृ. 311
6. दादाभाई नौरोजी, विपिन चंद्र की कृति द *राइज़ एंड ग्रोथ ऑफ़ इकोनॉमिक नेशनलिज़्म इन इंडिया* (नई दिल्ली, 1966) में उद्धृत, पृ. 638
7. महादेव रानाडे, विपिन चंद्र में उद्धृत, पृ. 69
8. मोक्षगुंडम विश्वेसरैया, *रिस्ट्रक्चरिंग इंडिया* (लंदन, 1920), पृ. 133
9. कराची अधिवेशन में मूल अधिकारों और अर्थनीति पर भारतीय राष्ट्रीय कांग्रेस का प्रस्ताव, मॉरिस गायर और ए. अप्पादुरै (सं.) की कृति *स्पीचिज़ एंड डॉक्यूमेंट्स ऑफ़ इंडियन कांस्टीट्यूशन 1921-47* (दो खंड, बंबई), खंड-1, पृ. 248-9 पर उद्धृत।
10. पी.सी. महलनोबीस का पीतांबर पंत को पत्र, 23 जून 1954, *पंत पेपर्स,* नेहरू स्मारक म्यूज़ियम एंड लाइब्रेरी, नई दिल्ली।
11. ई.पी. थॉमसन, *एलिए होमेज : एडवर्ड थॉमसन एंड रवीन्द्रनाथ टैगोर* (दिल्ली, 1993), पृ. 58
12. रवींद्रनाथ टैगोर, *सांख्य : द इंडियन जरनल ऑफ़ स्टेटिस्टिक्स,* खंड-2 (1993), पृ. 2
13. जगदीश भगवती, *इंडिया इन ट्रांजीशन : फ्रीइंग द इकॉनोमी* (दिल्ली, 1994), पृ. 74
14. पी.सी. महलनोबीस का पीतांबर पंत को पत्र, 23 जून 1954, *पंत पेपर्स,* नेहरू स्मारक संग्रहालय एवं पुस्तकालय, नई दिल्ली।
15. उपरोक्त।
16. ए.के. सेन, 'ए नोट ऑफ़ द महलनोबीस मॉडल ऑफ़ सेक्टोरल प्लानिंग', अर्थनीति, खंड-1,

अंक-2 (1958), पृ. 31-2
17. ए.एच. हेंसन, माइकल लिप्टन और पॉल स्ट्रीटन (सं.) की कृति द *क्राइसिस ऑफ़ इंडियन प्लानिंग : इकॉनोमिक प्लानिंग इन द 1960'ज़* (लंदन, 1968) में पृ. 45 पर उद्धृत।
18. पी.सी. महलनोबीस, 'द एशियन ड्रामा' एन इंडियन व्यू', सांख्य (सीरीज़ बी), खंड 31 (1969), पृ. 445
19. वही, उपरोक्त, पृ. 446
20. उपरोक्त, पृ. 444
21. उपरोक्त, पृ. 448
22. पी.सी. महलनोबीस, 'सोशल इंफ़ार्मेशन फ़ॉर नेशनल डेवलपमेंट', सांख्य (सीरीज़ बी) : खंड-25 (1963), पृ. 50
23. जगदीश भगवती, *इंडिया इन ट्रांजीशन : फ्रीइंग द इकॉनोमी* (दिल्ली, 1994), पृ. 53-4.
24. उपरोक्त, पृ. 98
25. उपरोक्त, पृ. 98
26. एच.डी. देवगौड़ा, *फ़ाइनेंशियल टाइम्स* (19 नवंबर 1996), सर्वे : इंडिया, पृ. 1
27. विमल जालान, *इंडिया'ज़ इकॉनोमिक पॉलिसी : प्रिपेयरिंग फ़ॉर द ट्वेंटी-फ़र्स्ट सेंचुरी* (नई दिल्ली, 1996), पृ. 177
28. पुरुषोत्तमदास ठाकुरदास वग़ैरह, *ए प्लान ऑफ़ इकॉनोमिक डेवलपमेंट फ़ॉर इंडिया*, मुद्रण 1 (लंदन, 1944), पृ. 14
29. ज्यां ड्रेज और अमर्त्य सेन, *इंडिया : इकॉनोमिक डेवलपमेंट एंड सोशल अपोर्च्यूनिटी* (दिल्ली, 1995), पृ. 92

अध्याय तीन : शहर और सपना

1. निसीम एज़ेकिएल, 'ईरानी रेस्त्राँ इंस्ट्रक्शंस', *कलेक्टिड पोइम्स 1952-1988* (दिल्ली, 1989), पृ. 240
2. आर.के. नारायण, 'लॉले रोड', *मालगुडी डेज़* (लंदन, 1984), पृ. 111
3. जॉर्ज, विस्काउंट वालेंटिया, *वॉयजिज एंड ट्रेवल्स टु इंडिया, सीलोन, द रेड सी, अबीसीनिया रोड इजिप्ट इन द इयर्स 1802, 1803, 1805 एंड 1806* (तीन खंड, लंदन, 1809), पृ. 236. नॉर्मा इवेंसन की कृति द *इंडियन मेट्रोपोलिस* (न्यूहैवन एंड लंदन, 1989) में पृ. 20 पर उद्धृत।
4. मिर्ज़ा ग़ालिब, अमीन-उद्-दीन अहमद ख़ान को पत्र, राल्फ़ रसेल और खुर्शीदुल इस्लाम, *ग़ालिब : लाइफ़ एंड लेटर्स* (दिल्ली, 1969), पृ. 316-17
5. डब्ल्यू.एच. रसेल, *माई डायरी इन द इयर्स 1958-9*, दो खंड (लंदन, 1860), एंथनी डी. किंग की रचना *कोलोनियल अरबन डेवलपमेंट* (लंदन, 1976) में पृ. 125 पर उद्धृत।
6. रेवरेंड एम.ए. शेरिंग, द *सेक्रेड सिटी ऑफ़ हिंदूज़ : एन एकाउंट ऑफ़ बनारस इन एंशिएंट एंड मॉडर्न टाइम्स* (लंदन, 1868, पुनर्मुद्रण दिल्ली, 1975), पृ. 181-2
7. एम.के. गांधी, *एन ऑटोबायोग्राफ़ी ऑर द स्टोरी ऑफ़ माई एक्सपेरिमेंट्स विद ट्रुथ* (1927, पुनर्मुद्रण अहमदाबाद, 1990), पृ. 201-202
8. लार्ड लिटन का लॉर्ड सैलिसबरी को पत्र, 11 मई 1876, बर्नार्ड एस. कोह्न 'रिप्रेजेंटिंग

अथॉरिटी इन विक्टोरियन ब्रिटेन', *एन एंथ्रोपॅलोजिस्ट एमंग द हिस्टोरियंस एंड अदर एसेज* (दिल्ली, 1987), पृ. 661

9. लार्ड स्टैमफ़ोर्डम, रॉबर्ट ग्रांट अरविंग की रचना *इंडियन समर : लुटियंस, बेकर एंड इंपीरियल दिल्ली* (न्यू विन एंड लंदन, 1981), पृ. 73
10. रॉबर्ट बायरन, *लेटर्स होम,* (सं.) लूसी बटलर (लंदन, 1991), पृ. 151
11. नीरद चौधरी, *दाई हेड, ग्रेट अनार्क! इंडिया* (1921-1952) (लंदन और न्यूयॉर्क, 1987), पृ. 710
12. उपरोक्त, पृ. 714
13. मुल्कराज आनंद, *अनटचेबिल* (1935, पुनर्मुद्रण लंदन, 1940), पृ. 136
14. एम.के. गांधी, 'टॉक विद प्रेस करस्पोंडेंट्स (28 मई 1946)', *हरिजन,* 23 जून 1946, *कलेक्टिड वर्क्स ऑफ़ महात्मा गांधी,* खंड 34 (अहमदाबाद, 1981), पृ. 226
15. बी.आर आंबेडकर, *कांस्टीटुएंट एसेंबली डिबेट्स,* खंड 7 (नई दिल्ली, 1949), पृ. 39.
16. जवाहरलाल नेहरू, *एन ऑटोबायोग्राफ़ी* (लंदन, 1936), पृ. 143
17. जवाहरलाल नेहरू, *संकलित रचनाएँ,* द्वितीय शृंखला, खंड 17 (नई दिल्ली, 1995), पृ. 313
18. उपरोक्त।
19. जवाहरलाल नेहरू, *कंस्ट्रक्शन ऑफ़ द न्यू कैपिटल एट चंडीगढ़ : प्रोजेक्ट रिपोर्ट* (बिना दिनांक), रवि कालिया की कृति *चंडीगढ़ : द मेकिंग ऑफ़ एन इंडियन सिटी* (दिल्ली 1987) में पृ. 12 पर उद्धृत।
20. ल कोर्बूज़ियर, रवि कालिया की कृति *चंडीगढ़ : द मेकिंग ऑफ़ एन इंडियन सिटी* (दिल्ली, 1987) में पृष्ठ 87 पर उद्धृत
21. मैक्सवेल फ्राई, 'ल कोर्बूज़ियर एट चंडीगढ़', रसेल वाल्डेन (सं.), *द ओपेन हैंड : एसेज़ आन ल कोर्बूज़ियर* (कैंब्रिज एम ए, 1977), पृ. 354
22. ल कोर्बूज़ियर, *स्केचबुक्स,* खंड 3 1954-57, फ्रांक्वा फ्रंक्लियू द्वारा संपादित (कैंब्रिज एम ए. 1982), पृ. 16-17
23. ल कोर्बूज़ियर, लारेंस वेल की कृति *आर्किटेक्चर, पॉवर एंड नेशनल आइडेंटिटी* (न्यूहैविन एंड लंदन, 1992) में पृ. 109 पर उद्धृत।
24. जवाहरलाल नेहरू, वास्तुकला पर संगोष्ठी व प्रदर्शनी में भाषण, *जवाहरलाल नेहरू'ज़ स्पीचिज़,* खंड-4, 1957-1963 (नई दिल्ली, 1964), पृ. 176
25. अरविंद कृष्ण महरोत्रा, 'पार्शियल रिकाल', *सिविल लाइंस,* अंक 1 (दिल्ली, 1994), पृ. 8
26. जयंत लेले के आलेख 'सेफ्रनाइजेशन ऑफ़ द शिव सेना : द पॉलिटिकल इकॉनोमी ऑफ़ सिटी, स्टेट एंड नेशन', सुजाता पटेल और एलिस थार्नर (सं.) *बांबे : मेटाफ़र फ़ॉर मॉडर्न इंडिया* (बंबई, 1995), पृ. 190
27. सलमान रुश्दी, द *मूर्स लास्ट साई* (लंदन, 1995), पृ. 350

अध्याय चार : हिंदू या भारतीय?

1. जवाहरलाल नेहरू, द *डिस्कवरी ऑफ़ इंडिया* (कलकत्ता, 1946), पृ. 497

2. रवीन्द्रनाथ टैगोर, 'द मैसेज ऑफ़ इंडियन हिस्ट्री' (1902), *विश्वभारती क्वार्टरली,* खंड 22, अंक-2 (1956), पृ. 110
3. जॉन स्ट्रैची, *इंडिया* (लंदन, 1885), पृ. 5
4. जेम्स मिल, *द हिस्ट्री ऑफ़ ब्रिटिश इंडिया* (1817), दस खंड, एच.एन. विल्सन द्वारा संपादन (पाँचवाँ संस्करण, लंदन, 1858), खंड-1, पृ. 22
5. बंकिम चंद्र चट्टोपाध्याय, रंजीत गुहा की कृति *एन इंडियन हिस्टोरियोग्राफ़ी ऑफ़ इंडिया : ए नाइंटींथ सेंचुरी एजेंडा एंड इट्स इंप्लीकेशंस* (कलकत्ता, 1988), पृ. 57
6. वी.डी. सावरकर, *हिंदुत्व : हू इज़ ए हिंदू?* (1923), (छठा संस्करण, नई दिल्ली, 1989), पृ. 3
7. मुहम्मद अली जिन्ना, ऑल इंडिया मुस्लिम लीग के लाहौर अधिवेशन में अध्यक्षीय भाषण, *स्पीचिज़ एंड राइटिंग्स ऑफ़ मि. जिन्ना,* जमील-उद्-दीन अहमद द्वारा संपादित (लाहौर, 1942), पृ. 161
8. एम. के. गांधी 'माई जेल एक्सपीरिएंसिज़' xi, *यंग इंडिया,* 11 सितंबर, 1924, *कलेक्टिड वर्क्स ऑफ़ महात्मा गांधी,* खंड 25 (अहमदाबाद, 1967), पृ. 128
9. उपरोक्त।
10. एम.के. गांधी, *कलेक्टिड वर्क्स ऑफ़ महात्मा गांधी,* खंड lxxxviii (अहमदाबाद, 1983), पृ. 265
11. रवीन्द्रनाथ टैगोर, 'द मैसेज ऑफ़ इंडियन हिस्ट्री' (1902), विश्वभारती क्वार्टरली, खंड-22, अंक 2 (1956), पृ. 105
12. जवाहरलाल नेहरू, *द डिस्कवरी ऑफ़ इंडिया* (कलकत्ता, 1946), पृ. 38-9
13. उपरोक्त, पृ. 46
14. जवाहरलाल नेहरू, *एन ऑटोबायोग्राफ़ी* (लंदन, 1936), पृ. 430
15. उपरोक्त, पृ. 374
16. इसैया बर्लिन, 'रवीन्द्रनाथ टैगोर एंड द कांशसनेस ऑफ़ नेशनलिटी', *द सेंस ऑफ़ रियलिटी* (लंदन एंड न्यूयॉर्क, 1996), पृ. 260
17. टी.एन. मदान, 'सेक्यूलरिज़्म इन इट्स प्लेस', *जरनल ऑफ़ एशियन स्टडीज़,* खंड 46, अंक 4 (1987), पृ. 748
18. उपरोक्त।
19. तपन बसु, वग़ैरह, *ख़ाकी शॉर्ट्स एंड सैफ्रन फ़्लैग्स : ए क्रिटिक ऑफ़ द हिंदू राइट* (नई दिल्ली, 1993), पृ. 100
20. साध्वी ऋतंभरा, सुधीर कक्कड़ की कृति द *कलर्स ऑफ़ वॉयलेंस : कल्चरल आइडेंटिटीज़, रिलीजन एंड कांफ़्लिक्ट* (शिकागो, 1996), में पृष्ठ 157 पर उद्धृत।
21. स्वामी विवेकानंद, भारतीय जनता पार्टी के घोषणा-पत्र *पार्टी मेनिफेस्टो : अवर विज़न, अवर फ़ेथ, अवर कमिटमेंट* (नई दिल्ली, 1996), में पृष्ठ 5 पर उद्धृत।
22. हेनरी मिशॉक्स, *ए बारबेरियन इन एशिया,* अनु. सिल्विया बीच (न्यूयॉर्क, 1949), पृ. 26

उपसंहार : आधुनिकता का लबादा

1. ए.के. रामानुजन, *'अन्नैयाज़ एंथ्रोपोलॉजी'*, अनु. नारायण हेगड़े, रामचंद्र शर्मा (सं.), *फ्रॉम कावेरी टु गोदावरी : मॉडर्न कन्नड़ शॉर्ट स्टोरीज़* (नई दिल्ली, 1992), पृ. 44
2. उपरोक्त, पृ. 47
3. रवीन्द्रनाथ टैगोर, *रवीन्द्र रचनावली*, खंड-1, पृ. 1, आशीष नंदी की रचना द *इल्लिजिटिमेसी ऑफ़ नेशनलिज़्म : रवीन्द्र नाथ टैगोर एंड द पॉलिटिक्स ऑफ़ द सेल्फ़* (दिल्ली, 1994), पृ. 9
4. सआदत हसन मंटो, 'टोबा टेक सिंह', *किंगडम्स एंड अदर स्टोरीज़*, अनु. ख़ालिद हसन (लंदन, 1987), पृ. 11
5. डब्ल्यू.एच. ऑडेन, 'पार्टीशन', कलेक्टिड पोइम्स (लंदन, 1976), पृ. 803-4
6. सिरिल रेडक्लिफ़ का मार्क रेडक्लिफ़ को पत्र, एडमंड हेवर्ड की रचना द *ग्रेट एंड द गुड : ए लाइफ़ ऑफ़ द लॉर्ड रेडक्लिफ़* (चीशेस्टर, 1994) में पृष्ठ 42 पर उद्धृत।
7. आँग सान सू ची, 'इन क्वेस्ट ऑफ़ डेमोक्रेसी', *फ्रीडम फ्रॉम फ़ियर एंड अदर राइटिंग्स* (लंदन, 1995), पृ. 173

ग्रंथावली : एक निबंध

यह निबंध भारत के विषय में और अधिक अध्ययन में मदद के लिए तैयार किया गया है। इसे पुस्तक की संपूर्ण ग्रंथावली के रूप में नहीं देखा जाना चाहिए। चर्चित अवधि के लिहाज़ से तो यह ग्रंथावली और भी अपर्याप्त है। मैंने इस विषय में उपलब्ध अथाह सामग्री में से ये कृतियाँ चुनी हैं। संक्षिप्त नामों के संपूर्ण रूप अंत में दिए गए हैं।

भारत के बारे में शुरुआती जानकारी फटाफट हासिल करने के लिए तीन उपयोगी एटलसों पर एक नज़र डाली जा सकती है। ये हैं : जोसेफ़ ई. श्वार्ज़बर्ग की *ए हिस्टोरिकल एटलस ऑफ़ साउथ एशिया* (शिकागो, 1978) व *ए सोशल एंड इकॉनोमिक एटलस ऑफ़ इंडिया* (दिल्ली, 1987) एवं गॉर्डन जॉनसन की *ए कल्चरल एटलस ऑफ़ इंडिया* (न्यूयॉर्क, 1996)। भारतीय मानचित्र कला के बेहतरीन सर्वेक्षण के लिए सूज़न गोल की कृति *इंडियन मैप्स एंड प्लांस : फ्रॉम अर्लिएस्ट टाइम्स टू द एडवेंट ऑफ़ यूरोपियन सर्वेज़* (नई दिल्ली, 1989) देखें। भारतीय उपमहाद्वीप के बारे में कई विशेषज्ञ ग्रंथावलियाँ मिलती हैं लेकिन मॉरीन पैटर्सन की ग्रंथावली *साउथ एशियन सिविलाइज़ेशंस : ए बिबिलियोग्राफ़िक सिंथेसिस* (शिकागो, 1981) सर्वाधिक विस्तृत है। फ्रांसिस राबिंसन द्वारा संपादित *कैंब्रिज एनसाइक्लोपीडिया ऑफ़ इंडिया* (कैंब्रिज, 1989) में सामान्य संदर्भ आसानी से मिल सकते हैं। भारतीय संस्कृति और समाज का 'परिचय' तैयार करने के कई प्रयास हुए हैं। इनमें सर्वाधिक रोचक और विश्वसनीय निर्मल कुमार बोस की रचना *द स्ट्रक्चर ऑफ़ हिंदू सोसाइटी* (नई दिल्ली, 1975) है। ए.एल. बाशम द्वारा रचित *द वंडर दैट वाज़ इंडिया* (लंदन, 1954) और रिचर्ड लॅनॉय की रचना *द स्पीकिंग ट्री : ए स्टडी ऑफ़ इंडियन कल्चर एंड सोसाइटी* (ऑक्सफ़ोर्ड, 1971) अधिक विस्तृत है। कला और धर्म के ऊपर विशेष जानकारी के लिए हाइनिरिख ज़िमर की पुस्तक *मिथ्स एंड सिंबल्स इन इंडियन आर्ट एंड सिविलाइज़ेशन* (न्यूयॉर्क, 1962)

बेहद उपयोगी है। *न्यू कैंब्रिज हिस्ट्री ऑफ़ इंडिया* के कई खंड प्रकाशित हो चुके हैं और नए खंडों की रचना जारी है। यह शृंखला भारत संबंधी इतिहास-लेखन के क्षेत्र में मानक के रूप में स्थापित हो चुकी है। इसलिए भारत के सामान्य इतिहास की सुव्यवस्थित जानकारी के लिए इस सर्वाधिक महत्त्वपूर्ण कृति का अध्ययन किया जाना चाहिए। ख़ासतौर से अट्ठारहवीं सदी और उपनिवेशवाद के आगमन की अवधि पर सी.ए. बेली द्वारा लिखित *इंडियन सोसाइटी एंड द मेकिंग ऑफ़ ब्रिटिश एंपायर* (कैंब्रिज, 1988) का अध्ययन आधुनिक भारत को समझने के लिए एक अनिवार्य प्रस्थान बिंदु के रूप में लिया जा सकता है। दुर्भाग्य से उन्नीसवीं और बीसवीं सदी पर इस स्तर की कोई रचना मौजूद नहीं है। दरअसल, पिछले डेढ़ सौ वर्षों के इतिहास का संक्षिप्त और व्याख्यात्मक प्रस्तुतिकरण करने वाला कोई भी उल्लेखनीय काम मेरी नज़र में नहीं आया है। अध्ययन की ज़रूरत को थोड़ा-बहुत पूरा करने के लिए इन रचनाओं का इस्तेमाल किया जा सकता है—जूडिथ ब्राउन की कृति *मॉडर्न इंडिया : द ऑरिजिंस ऑफ़ ए डेमोक्रेसी* (ऑक्सफ़ोर्ड, 1985) कामचलाऊ लेकिन नीरस क़िस्म की है। सुमित सरकार की रचना *मॉडर्न इंडिया 1885-1947* (नई दिल्ली, 1983) वामपंथी 'सामाजिक इतिहास' के परिप्रेक्ष्य से रची गई है और विपिन चंद्र वग़ैरह द्वारा रचित *इंडियाज़ स्ट्रगल फ़ॉर इंडिपेंडेंस* (नई दिल्ली, 1988) वामपंथी राष्ट्रवादी दृष्टिकोण का प्रतिनिधित्व करती है। आयशा जलाल की रचना *डेमोक्रेसी एंड अथॉरिटेरियनिज़्म इन साउथ एशिया : ए कंपेरेटिव एंड हिस्टोरिकल पर्सपेक्टिव* (कैंब्रिज, 1995) शुरू में कई अच्छे और महत्त्वपूर्ण तुलनात्मक प्रश्न उठाती है, मसलन—आज़ादी मिलने के बाद भारत, पाकिस्तान और बांग्लादेश का लोकतंत्र संबंधी अनुभव इतना अलग-अलग क्यों साबित हुआ? लेकिन, विश्लेषण और निष्कर्ष के मामले में आयशा जलाल का रवैया ख़ासा मनमाना निकलता है। ऐतिहासिक समाजशास्त्र के दो संक्षिप्त और गहन प्रयास अरुण बोस की रचना *इंडियाज़ सोशल क्राइसिस* (दिल्ली, 1989) और सतीश सब्बरवाल की कृति *द रूट्स ऑफ़ क्राइसिस : इंटरप्रिटिंग कंटंपरेरी इंडियन सोसाइटी* (नई दिल्ली, 1996) के रूप में सामने आते हैं। इतिहास-लेखन संबंधी विचारोत्तेजक निबंध के लिए दीपेश चक्रवर्ती का आलेख 'पोस्ट कोलोनियलिटी एंड द आर्टीफ़ाइस ऑफ़ हिस्ट्री : हू स्पीक्स फ़ॉर 'इंडियन' पास्ट्स?', *रिप्रेज़ेंटेशंस,* अंक 37 (शरद 1992), देखें।

1947 के बाद की अवधि पर हुआ अधिकांश लेखन अनैतिहासिक क़िस्म का है। उस पर विश्व-युद्ध के बाद समाज-विज्ञान के क्षेत्र में चली बौद्धिक हवाओं की गहरी छाप है। इस लेखन पर ख़ासतौर से प्रकार्यवाद (फंक्शनलिज़्म), व्यवहारवाद, मार्क्सवाद और हाल ही में प्रचलित हुए उत्तर-आधुनिकतावाद का प्रभाव दिखाई देता है। भारतीय राजनीति के सामान्य परिचय के लिए ये ग्रंथ सबसे अच्छे माने

जा सकते हैं : डब्ल्यू.एच. मॉरिस जोंस, *गवर्नमेंट एंड पॉलिटिक्स ऑफ़ इंडिया* (लंदन, 1964); रजनी कोठारी, *पॉलिटिक्स इन इंडिया* (नई दिल्ली, 1970); पॉल ब्रास, *द पॉलिटिक्स इन इंडिया सिंस इंडिपेंडेंस* (दूसरा संस्करण, कैंब्रिज, 1994) और रमेश ठाकुर, *द गवर्नमेंट एंड पॉलिटिक्स ऑफ़ इंडिया* (बेसिंग्स्टोक, 1995)। मार्क्सवादी परिप्रेक्ष्य के लिए अचिन विनायक की पुस्तक *द पेनफ़ुल ट्रांजीशन : बुर्जुआ डेमोक्रेसी इन इंडिया* (लंदन, 1990) देखी जा सकती है। इन सभी में बौद्धिक दृष्टि से रजनी कोठारी की रचना सर्वाधिक प्रभावी है। लेकिन आधुनिक भारत की राजनीति की पूरी समझ हासिल करने के लिए इतिहास-लेखन की समृद्ध धारा में डुबकी लगाना ज़रूरी है।

राजनीतिक प्राधिकार और सत्ता के सामाजिक आधार के रूपों से संबंधित दीर्घकालीन परिप्रेक्ष्य के लिए रोमिला थापर की कृति *फ्रॉम लाइनेज टु स्टेट : सोशल फ़ॉर्मेशंस इन द मिडफ़र्स्ट मिलिनियम बीसी इन द गंगा वैली* (ऑक्सफ़ोर्ड, 1990) अपने शीर्षक से जितनी लगती है उससे भी ज़्यादा महत्त्वपूर्ण है। इसमें प्राचीन भारत में 'राज्यों' और 'राज्य-व्यवस्था' के उदय से संबंधित रोचक लेकिन अप्रत्यक्ष क़िस्म की दलीलें मिलती हैं। राजनीतिक रूपों और सामाजिक सत्ता से उनके संबंधों पर महत्त्वपूर्ण रचनाओं के एक उपयोगी संग्रह के रूप में हरमन कुल्के (सं.) की रचना *द स्टेट इन इंडिया 1000-1700* (दिल्ली, 1995) को लिया जा सकता है। इस विषय पर लॉयड रुडोल्फ़ एंड सूज़ेन एच रुडोल्फ़ की पुस्तक *इन परस्यूट ऑफ़ लक्ष्मी : द पॉलिटिकल इकॉनोमी ऑफ़ द इंडियन स्टेट* (शिकागो, 1987) का अध्याय दो अवश्य पढ़ना चाहिए। पिछले तीस साल में ऐसे कई महत्त्वपूर्ण ऐतिहासिक अनुसंधान हुए हैं जो केंद्रीय और क्षेत्रीय सत्ता के बीच संघर्ष, राजनीतिक प्राधिकार के सामाजिक आधार और भू-क्षेत्रीयता और संप्रभुता की अवधारणाओं पर प्रकाश डालते हैं। इन रचनाओं की सूची नहीं बनाई जा सकती, लेकिन मेरी समझ में इनमें इन रचनाओं का विशेष महत्त्व है : बर्टन स्टीन, *पीजेंट, स्टेट एंड सोसाइटी इन मिडिवल साउथ इंडिया* (दिल्ली, 1980) : निकोलस डिर्क्स, *द हॉलो क्राउन : इथनोहिस्ट्री इन एन इंडियन किंगडम* (कैंब्रिज, 1987); संजय सुब्रह्मण्यम, *द पॉलिटिकल इकॉनोमी ऑफ़ कॉमर्स : सदर्न इंडिया 1500-1650* (कैंब्रिज, 1989); आंद्रे विंक, *लैंड एंड सॉवरिनटी इन इंडिया : एग्रेरियन सोसाइटी एंड पॉलिटिक्स अंडर द ऐटींथ सेंचुरी मराठा स्वराज्य* (कैंब्रिज, 1986); मुज़फ़्फ़र आलम, *द क्राइसिस ऑफ़ मुग़ल एंपायर इन नॉर्थ इंडिया* (दिल्ली, 1986) और सी.ए. बेली की कृति *इंडियन सोसाइटी एंड द मेकिंग ऑफ़ द ब्रिटिश एंपायर* (कैंब्रिज, 1988) का तीसरा और चौथा अध्याय।

भारत पर औपनिवेशिक शासन के प्रभाव के बारे में विवाद अभी भी ज़ोर-शोर से जारी है। सत्तर के दशक से इतिहास-लेखन सामाजिक प्रक्रिया में क्रम-भंग के

बजाय उसकी निरंतरता पर ज़ोर दे रहा है। इससे भारतीय समाज की पुनर्रचना करने के मामले में उपनिवेशवाद की अक्षमता पर रोशनी पड़ी है। एरिक स्टोक्स ने बड़ी ख़ूबी के साथ इस तर्क को अपनी रचना 'द फ़र्स्ट सेंचुरी ऑफ़ ब्रिटिश कोलोनियल रूल : सोशल रिवोल्यूशन ऑर सोशल स्टेगनेशन?', *पास्ट एंड प्रेजेंट,* अंक 58 (1977) में आगे बढ़ाया है। इसके बाद ऐसे कई संशोधनवादी अध्ययनों का सिलसिला मिलता है जिनका इरादा यह दिखाना है कि ब्रिटिश राज को किस तरह तत्कालीन भारतीय संरचनाओं और शासन-व्यवस्थाओं के मुताबिक़ ख़ुद को ढालना पड़ा था। इस प्रकार के अनुसंधान पर सिंहावलोकनात्मक दृष्टि डालने के लिए देखें : फ्रेंक पर्लिन, 'स्टेट फ़ॉर्मेशन रिकंसीडर्ड', *एमएएस,* खंड 19, अंक 3 (1985) और डेविड वाशबुक, 'प्रोग्रेस एंड प्राब्लम्स : साउथ एशियन इकॉनोमिक एंड सोशल हिस्ट्री सिरका 1720-1860' *एमएएस,* खंड 22, अंक 1 (1988)। उपनिवेशवाद के बावजूद समाज प्रक्रिया में निरंतरता देखने वाली दृष्टि को सी.ए. बेली ने अपनी रचना *एंपायर एंड इन्फोर्मेशन : इंटेलीजेंस गैदरिंग एंड सोशल कम्युनिकेशन इन इंडिया, 1780-1870* (कैंब्रिज, 1996) में आगे विकसित किया है। बेली ने दिखाया है कि प्राच्यविद्याविदों ने अपनी भारत संबंधी अधिकांश जानकारियाँ किस तरह स्थानीय सूत्रों से प्राप्त की थीं। इतिहास-लेखन की इन प्रवृत्तियों के कई तत्त्वों की अनुगूँजें मार्क्सवादी इतिहासकारों में मिलती हैं। वे अपनी रचनाओं में उपनिवेशवाद और राष्ट्रवादी पूँजीपति वर्ग को 'अर्द्धविकसित आधुनिकीकरण', 'असफल पूँजीवाद' और 'ऐतिहासिक नाकामी' का ज़िम्मेदार ठहराते नज़र आते हैं। कहीं-कहीं उन्होंने ग्रामशी द्वारा प्रदत्त 'निर्वाच्य क्रांति' की अवधारणा का इस्तेमाल करके आधुनिक भारत के विकास-क्रम की व्याख्या करने का प्रयास किया है। उदाहरण के लिए वी.सी. जोशी (सं.), *राममोहन राय एंड द प्रोसेस ऑफ़ मॉडर्नाज़ेशन इन इंडिया* (दिल्ली, 1975) में संकलित निबंधों पर नज़र डालें। पार्थ चटर्जी ने अपने लेख 'द कांस्टीट्यूशन ऑफ़ नेशनलिस्ट डिस्कोर्स' (संकलित : भीखू पारिख व थॉमस पेंथम (सं.), *पॉलिटिकल डिस्कोर्स : एक्सप्लोरेशंस इन इंडियन एंड वेस्टर्न पॉलिटिकल थॉट* (नई दिल्ली, 1987) में इसी तर्क को और भी स्पष्टता से पेश किया है। उपनिवेशवाद के बारे में एक बौद्धिक विमर्श यह भी है कि ब्रिटिश राज के कारण समाज में विशेष तौर से अवधारणात्मक क़िस्म की निर्णायक असंगतियाँ और व्याकुलताएँ पैदा हुईं। सुदीप्त कविराज ने अपनी दो कृतियों में इस पहलू के प्रमाण पेश किए हैं। सुदीप्त कविराज की ये रचनाएँ इस प्रकार हैं : 'ऑन स्टेट, सोसाइटी एंड डिस्कोर्स इन इंडिया', संकलित : जेम्स मेनर (सं.) *रिथिंकिंग थर्ड वर्ल्ड पॉलिटिक्स* (हार्लो, 1991) और 'ऑन द कंस्ट्रक्शन ऑफ़ कोलोनियल पावर : स्ट्रक्चर, डिस्कोर्स, हेजेमनी', डैगमार एंगेल्स और शुला मार्क्स (सं.), *कंटेस्टिंग कोलोनियल हेजेमनी : स्टेट एंड सोसाइटी इन अफ़्रीका एंड इंडिया* (लंदन, 1994)। ब्रिटिश राज द्वारा अपनाई गई प्रशासन

और शासन की तकनीकों के कारण भारतवासियों की राजनीतिक संभावनाओं में आए परिवर्तन का अध्ययन करने वाली कई रचनाएँ उपलब्ध हैं : डेविड वाशब्रक, 'लॉ, स्टेट एंड एग्रेरियन सोसाइटी इन कोलोनियल इंडिया', *एमएएस,* खंड 15, अंक 3 (1981); रिचर्ड सुआमरेज स्मिथ, 'रूल बाई-रिकार्ड्स एंड रूल-बाई-रिपोर्ट : कांप्लीमेंटरी ऑस्पेक्ट्स ऑफ़ द ब्रिटिश इंपीरियल रूल ऑफ़ लॉ', *कंट्रीब्यूशंस टु इंडियन सोशियोलॉजी,* एन.एस. खंड 19, अंक 1 (1985); बर्नार्ड कॉह्न, 'द सेंसस, सोशल स्ट्रक्चर एंड ऑब्जेक्टिफ़िकेशन इन साउथ एशिया', संकलित : *एन एंथ्रोपोलोजिस्ट एमंग द हिस्टोरियंस एंड अदर एसेज़* (दिल्ली, 1987); और अर्जुन अप्पादुरै, 'नंबर इन द कोलोनियल इमेजिनेशन' संकलित : केरोल ए. ब्रेकनरिज और पीटर वान डर वीर (सं.), *ऑरिएंटलिज़्म एंड द पोस्ट-कोलोनियल प्रेडिकामेंट* (फ़िलाडेल्फ़िया, 1993)। औपनिवेशिक युग के दौरान जाति-श्रेणियों में हुए परिवर्तन के ज्ञानवर्द्धक अध्ययन के लिए देखें : रश्मि पंत, 'द कॉग्निटिव स्टेटस ऑफ़ कास्ट इन कोलोनियल हिस्टोरियोग्राफ़ी', *आईइएसएचआर,* खंड 24, अंक 22 (1987)। धार्मिक मानस पर उपनिवेशवाद के प्रभाव के लिए ज्ञानेंद्र पांडे की पुस्तक द *कंस्ट्रक्शन ऑफ़ कम्युनलिज़्म इन कोलोनियल नॉर्थ इंडिया,* (दिल्ली, 1990) और रोमिला थापर की रचना 'इमेजिंड रिलीजस कम्युनिटीज़? एंशिएंट हिस्ट्री एंड द मॉडर्न सर्च फ़ॉर ए हिंदू आइडेंटिटी', *एमएएस,* खंड 23, नं. 2 (1989) का अध्ययन किया जा सकता है। मुसलमान समुदाय के विचारों पर राजनीतिक प्रतिनिधित्व के उदारवादी रूपों के प्रभाव को लेकर फ़रज़ाना शेख़ की पुस्तक *कम्युनिटी एंड कंसेंसस इन इस्लाम : मुस्लिम रिप्रेजेंटेशन इन कोलोनियल इंडिया* 1886-1947 (कैंब्रिज, 1989) में विचार किया गया है। उन्नीसवीं सदी में औपनिवेशिक शासन और उसके आचरण की रूपरेखा बनाने वाले विचारधारात्मक सिद्धान्तों के लिए इन पुस्तकों को देखा जा सकता है : जेम्स मिल, *हिस्ट्री ऑफ़ ब्रिटिश इंडिया* (दस खंड, लंदन, 1817) (दो खंडों में संक्षिप्त संस्करण, शिकागो 1972), हेनरी समनर मेन, *विलेज कम्युनिटीज़ इन ईस्ट एंड वेस्ट* (लंदन, 1871) और जेम्स फ़िट्ज़जेम्स स्टीफ़न, *लिबर्टी, इक्वॅलिटी एंड फ्रेटर्निटी* (लंदन, 1873)। एरिक स्टोक्स की रचना द *इंग्लिश यूटिलिटेरियनिज़्म एंड इंडिया* (ऑक्सफ़ोर्ड, 1959) इन शहर-आधारित विचारधाराओं और ब्रिटिश राज के बीच संबंधों पर एक क्लासिक कृति है। इसकी तुलना रंजीत गुहा की रचना *ए रूल ऑफ़ प्रॉपर्टी फ़ॉर बंगाल : एन एसे ऑन द आइडिया ऑफ़ परमानेंट सेटलमेंट* (नई दिल्ली, 1982) से की जा सकती है। हाल ही में इसी विषय को थॉमस आर मेटकॉफ़ ने *आइडियॉलॉजी ऑफ़ द राज* (कैंब्रिज, 1994) में फिर उठाया है। इसके अलावा जावेद मजीद ने *अनगवर्न इमेजिनिंग्स : जेम्स मिल्स द हिस्ट्री ऑफ़ ब्रिटिश इंडिया एंड ऑरिएंटिलिज़्म* (ऑक्सफ़ोर्ड, 1992) में इस विषय को केवल जेम्स मिल के

संदर्भ में छुआ है। अँगरेज़ों के भारत संबंधी नज़रिये के लिए फ्रांसिस हचिंस की कृति द *इल्यूज़न ऑफ़ परमानेंस : ब्रिटिश एटीट्यूड्स टु इंडिया* (प्रिंसटन, 1967) आज भी उपयोगी है। ब्रिटिश इतिहास-लेखन के दायरे में हुए भारतीय इतिहास के अध्ययन से संबंधित नए विकास के लिए देखें : सी.ए. बेली, 'रिटर्निंग द ब्रिटिश टु साउथ एशियन हिस्ट्री : द लिमिट्स ऑफ़ कोलोनियल हेजेमनी', *साउथ एशिया*, खंड 17, अंक 2 (1994)।

भारतीय राष्ट्रवाद के इतिहास में अधिकांशतः भारतीय राष्ट्रीय कांग्रेस के इतिहास पर ज़ोर दिया गया है और इस पार्टी पर कुछ बड़ी-बड़ी हस्तियाँ छायी रही हैं। ज़्यादातर लेखन राष्ट्रवादी महागाथाओं की शैली की गिरफ़्त में है। इस दायरे में पट्टाभि सीतारमैया का अध्ययन द *हिस्ट्री ऑफ़ द इंडियन नेशनल कांग्रेस* (दो खंड, बंबई 1946-7) क्लासिक माना जाता है। साठ के दशक के बाद से इतिहासकारों ने राष्ट्रवादी पूर्वग्रहों पर सवाल उठाने शुरू किए। कैंब्रिज में कुछ इतिहासकारों ने ब्रिटिश साम्राज्य की ऐतिहासिक भूमिका और अप्रत्यक्ष शासन की उसकी रणनीतियों पर पुनर्विचार करना शुरू किया। उन्होंने दलील दी कि इन रणनीतियों के कारण ही भारतीय प्रभु वर्ग उपनिवेशवाद के साथ समझौते में गया जिसके परिणामस्वरूप इस वर्ग के बीच राजनीतिक होड़ बढ़ी। इसी प्रतियोगिता से राष्ट्रवाद निकला। राष्ट्रवादी इतिहास-लेखन के विपरीत किए गए इस प्रयास ने प्रभु वर्ग की आदर्शवादी छवि को केंद्र से हटा कर उन दुष्कर एवं अक्सर अरुचिपूर्ण प्रक्रियाओं पर रोशनी डाली जिसके तहत राष्ट्रीय स्तर की गोलबंदी का आधार प्रांतीय और स्थानीय स्तर के चौधरियों से समझौते पर टिका हुआ था। कैंब्रिज स्कूल के इतिहास-लेखन के लिए देखें : अनिल सील, द इमर्जेंस ऑफ़ इंडियन नेशनलिज़्म (कैंब्रिज, 1968); जॉन गैलेघर, गार्डन जॉन्सन और अनिल सील (सं.), *लोकेलिटी, प्रॉविंस एंड नेशन : एसेज ऑन इंडियन पॉलिटिक्स 1870 टु 1940* (कैंब्रिज, 1973); डेविड वाशब्रुक, द *इमर्जेंस ऑफ़ प्रॉविंशियल पॉलिटिक्स : द मद्रास प्रेसीडेंसी 1870-1920* (कैंब्रिज, 1976); जूडिथ ब्राउन, *गांधीज़ राइज़ टु पावर* (कैंब्रिज, 1972) और सी.ए. बेली, द *लोकल रूट्स ऑफ़ इंडियन पॉलिटिक्स* (ऑक्सफ़ोर्ड, 1975)। आज़ादी से पहले की कांग्रेस के सामान्य इतिहास के लिए ये रचनाएँ देखी जा सकती हैं : बी. आर. टॉम्लिंसन, द *इंडियन नेशनल कांग्रेस एंड द राज* (लंदन, 1976) के अलावा निबंधों के दो उपयोगी संकलन भी देखें : डेविड लो (सं.), *कांग्रेस एंड द राज : फेसेट्स ऑफ़ द इंडियन स्ट्रगल 1917-1947* (लंदन, 1977) और पॉल ब्रास व फ्रांसिस रॉबिंसन (सं.), द *इंडियन नेशनल कांग्रेस एंड इंडियन सोसाइटी 1885-1985* (दिल्ली, 1987)। इसी सिलसिले में एक महत्त्वपूर्ण भारतीय परिप्रेक्ष्य के लिए देखें विपिन चंद्र (सं.), 'द लेफ़्ट इन इंडिया', विशेषांक : *स्टडीज़ इन हिस्ट्री*, खंड 3, अंक 12 (1981)। इस ग्रंथ में जोशी और जोश के लेखों पर विशेष ध्यान दिया

जा सकता है। आज़ादी के बाद उभरे 1947 से-पहले के कांग्रेस के अंदरूनी तनाव पर रवींद्र कुमार का लेख 'द स्ट्रक्चर ऑफ़ पॉलिटिक्स इन इंडिया ऑन द ईव ऑफ़ इंडिपेंडेंस', *अकेज़नल पेपर्स ऑन हिस्ट्री एंड सोसाइटी,* दूसरी श्रृंखला, 16, *एनएमएमएल,* (दिल्ली, 1989) उपयोगी रहेगा। रवींद्र कुमार द्वारा संपादित *एसेज ऑन गांधियन पॉलिटिक्स* (ऑक्सफ़ोर्ड, 1971) में गांधी और गांधीवादी राजनीति की जाँच-पड़ताल की गई है। सुमित सरकार ने भी 'द लॉजिक ऑफ़ गाँधियन नेशनलिज़्म : सिविल डिसओबीडिएंस एंड द गांधी इरविन पैक्ट (1930-1931)' *आईएचआर,* खंड 3, अंक 1 (1976) में इसी विषय को उठाया है। गांधी की जनता के बीच में प्रचलित छवि के लिए शाहिद अमीन की रचना 'गांधी एज़ महात्मा : गोरखपुर डिस्ट्रिक्ट, ईस्टर्न यूपी, 1921-2' रंजीत गुहा (सं.), *सबालटर्न स्टडीज़,* खंड 3 (दिल्ली, 1984) में अध्ययन योग्य है।

निम्नवर्गीय प्रसंग के रूप में इतिहास-लेखन की परियोजना को रंजीत गुहा ने शुरू किया था। इस प्रवृत्ति ने राष्ट्रवादी इतिहास-लेखन के साथ-साथ 'कैंब्रिज स्कूल' द्वारा उसके संशोधन की भी निरंतर आलोचना की। निम्न वर्ग के इतिहासकारों ने अपना ध्यान प्रभु वर्ग की राजनीति के दायरे के बाहर केंद्रित किया। उन्होंने निम्नवर्गीय जन-विद्रोह की घटनाओं तथा निम्न वर्ग (कारीगर, ग़रीब किसान और भूमिहीन मज़दूर) की स्वाभाविक राजनीतिक चेतना के रूपों की खोज की। इन इतिहासकारों ने दावा किया कि निम्न वर्ग प्रतिरोध की सुसंगत अवधारणाओं को समझता है और उन्हें धनी किसानों, शहरी व्यापारियों और उपनिवेशवादियों के अधिकारियों के ख़िलाफ़ निर्देशित करता है। इस क़िस्म के इतिहास-लेखन के लिए *सबालटर्न स्टडीज़,* खंड 1-8 (दिल्ली, 1982-94) और इनकी चुनी हुई रचनाओं के लिए देखें रंजीत गुहा और गायत्री चक्रवर्ती स्पिवाक (सं.), *सिलेक्टिड सबालटर्न स्टडीज़* (न्यूयॉर्क, 1988)। निम्नवर्गीय इतिहास-लेखक इस प्रश्न का सहज उत्तर देने में परेशानी महसूस करते हैं कि इस वर्ग की क्रांतिकारी संभावनाओं का इतने प्रभावी ढंग से शमन क्यों हो गया। कांग्रेस नेतृत्व के अनुदारतावादी रुझानों का ज़िक्र करने से केवल प्रभु वर्ग के चरित्र पर ही रोशनी पड़ती है। पार्थ चटर्जी ने अपनी पुस्तक *नेशनलिस्ट थॉट एंड द कोलोनियल वर्ल्ड : ए डेरीवेटिव डिस्कोर्स* (नई दिल्ली, 1986) में इसी प्रश्न को आधार बनाया कि कैसे राष्ट्रवादी प्रभु वर्ग ने निम्न वर्ग की इस अनुमानित ऊर्जा को अपने हितों के लिए इस्तेमाल करके उसके आमूलवादी पहलुओं को प्रभावहीन किया। लेकिन यह पुस्तक भी अंततः इन प्रश्नों का उत्तर देने से कतराती नज़र आती है। हाँ, यह ज़रूर है कि पार्थ चटर्जी द्वारा भारतीय राष्ट्रवाद के विचारधारात्मक रूपों और तात्पर्यों पर ध्यान केंद्रित करने से उसके चरित्र की पुनर्व्याख्या करने का रास्ता खुल गया : ऐसी पुनर्व्याख्या के लिए सुदीप्त कविराज की दो रचनाएँ 'द इमेजिनरी इंस्टीट्यूशन ऑफ़ इंडिया', पार्थ

चटर्जी और ज्ञानेंद्र पांडे (सं.), *सबालटर्न स्टडीज़,* खंड 7 (दिल्ली, 1992) और द *अनहैप्पी कांशसनेस : बंकिमचंद्र चट्टोपाध्याय एंड द फ़ॉर्मेशन ऑफ़ नेशनलिस्ट डिस्कोर्स इन इंडिया* (दिल्ली, 1995) तथा पार्थ चटर्जी की दूसरी पुस्तक द *नेशन एंड इट्स फ्रेगमेंट्स : कोलोनियल एंड पोस्टकोलोनियल हिस्ट्रीज़* (प्रिंसटन, 1993) देखी जा सकती हैं।

विभाजन और उसकी पृष्ठभूमि से जुड़ी हुई पेचीदा घटनाएँ काफ़ी विवादग्रस्त हैं। इस सिलसिले में तीस के दशक से शुरू हुई निर्णायक घटनाओं के अध्ययन के लिए देखें : 1937 के निर्वाचन के बाद प्रांतीय सरकारों के गठन पर रवि एस. वासुदेवन की रचना 'व्हाई द कांग्रेस एक्सेप्टिड ऑफ़िस इन 1937', *स्टडीज़ इन हिस्ट्री,* खंड 4, अंक 1 व 2 (1988) और कांग्रेस से मुसलमानों के अलगाव पर मुकुल केशवन की रचना 'इनवोकिंग ए मेजोरिटी : द कांग्रेस एंड द मुस्लिम ऑफ़ द यूनाइटिड प्रॉविंसेज़, 1945-47', पी.सी. चटर्जी (सं.), *सेल्फ़ इमेजिज़, आइडेंटिटी एंड नेशनलिटी* (शिमला, 1989)। आयशा जलाल की कृति द *सोल स्पोक्समैन : जिन्ना, द मुस्लिम लीग एंड द डिमांड फ़ॉर पाकिस्तान* (कैंब्रिज, 1985) दो राष्ट्रों के सिद्धान्त की सर्वाधिक सफल और प्रभावशाली आलोचना है लेकिन इसका व्याख्यात्मक कौशल अपने-आप में कई सवालों को जन्म देता है। जलाल की रचना के कारण उठी कई समस्याओं पर असीम राय ने अपनी रचना 'द हाई पॉलिटिक्स ऑफ़ इंडियाज़ पार्टीशन : द रिवीज़निस्ट पर्सपेक्टिव' में बड़ी सफ़ाई से ग़ौर किया है। यह प्रबंध मुशीरुल हसन द्वारा संपादित बेहतरीन संकलन *इंडियाज़ पार्टीशन : प्रॉसेस, स्ट्रेटेजी, मोबिलाइज़ेशन* (दिल्ली, 1994) में संकलित है। इससे पहले के तत्संबंधित प्रयासों के लिए देखें : सी.एच. फ़िलिप्स और एम.डी. वेनराइट (सं.), द *पार्टीशन ऑफ़ इंडिया : पॉलिसीज़ एंड पर्सपेक्टिव्ज़ 1935-1947* (लंदन, 1969)। विभाजन पर सबालटर्न परिप्रेक्ष्य से ज्ञानेंद्र पांडे ने शोध कार्य किया है। उनकी आने वाली किताब काफ़ी महत्त्वपूर्ण होगी। इस बीच में पांडे की रचना 'द प्रोज़ ऑफ़ अदरनेस' देखें जो डेविड आर्नल्ड और डेविड हार्डीमन (सं.), *सबालटर्न स्टडीज़,* viii (दिल्ली, 1994) में संकलित है। इस पर शुरुआती विवादात्मक प्रतिक्रिया के लिए देखें आयशा जलाल का लेख 'सेक्युलरिस्ट्स, सबालटर्स एंड द स्टिग्मा ऑफ़ 'कम्युनलिज़्म' : पार्टीशन हिस्टोरियोग्राफ़ी रिविजिटिड', *आईइएसएचआर,* खंड xxxiii, अंक 1 (1996)। 'आज़ादी' अथवा 'सत्ता के हस्तांतरण' पर विपुल विवादात्मक साहित्य के परिचय के लिए देखें आर.जे. मूर, 'द ट्रांसफ़र ऑफ़ पावर : एन हिस्टोरियोग्राफ़िकल सर्वे', *साउथ एशिया,* खंड 9, अंक 1 (1986); और एच.वी. ब्रास्टिड और कार्ल ब्रिज, 'द ट्रांसफ़र ऑफ़ पावर इन साउथ एशिया : एन हिस्टोरियोग्राफ़िकल रिव्यू', *साउथ एशिया,* खंड 17, अंक 3 (1994)। इस मुद्दे पर भारतीय नज़रिये के लिए देखें रवींद्र कुमार द्वारा लिखित 'इंट्रोडक्शन',

ए.के. गुप्ता (सं.), *मिथ एंड रियलिटी : द स्ट्रगल फ़ॉर फ्रीडम, 1945-47* (नई दिल्ली, 1987)।

स्वातंत्र्योत्तर राजनीति के अधिकांश अध्ययन राष्ट्र-राज्य के सांविधिक ढाँचे में ही सीमित मिलते हैं। संविधान-निर्माण की प्रक्रिया से संबंधित रचनाओं में संविधान सभा की बहसों का अध्ययन मुग्ध कर देता है। इसके लिए देखें *कांस्टीट्वेंट एसेंबली डिबेट्स 1946-1950* (12 खंड, दिल्ली, 1946-50)। इसके अलावा बी. शिवा राव वग़ैरह द्वारा रचित द *फ्रेमिंग ऑफ़ इंडियाज़ कांस्टीट्यूशन* (पाँच खंड, नई दिल्ली, 1965-71) भी देखें। ग्रेनविले ऑस्टिन की रचना द *इंडियन कांस्टीट्यूशन : कार्नरस्टोन ऑफ़ ए नेशन* (ऑक्सफ़ोर्ड, 1966) भी इस सिलसिले में सुलभ है। संविधान सभा के समाजशास्त्रीय चरित्र के बेहतरीन अध्ययन के लिए एस.के. चौबे की रचना *कांस्टीट्वेंट एसेंबली ऑफ़ इंडिया : स्प्रिंगबोर्ड ऑफ़ रिवोल्यूशन* (नई दिल्ली, 1973) अवश्य पढ़नी चाहिए। 1947 के बाद से सांविधिक क़ानून पर एक सामान्य विमर्श के लिए देखें उपेंद्र बख़्शी, द *इंडियन सुप्रीम कोर्ट एंड पॉलिटिक्स* (लखनऊ, 1980) और आर. सुदर्शन, 'द पॉलिटिकल कांसीक्वेंसिज़ ऑफ़ कांस्टीट्यूशन डिस्कोर्स', टी.वी. सत्यमूर्ति (सं.), *स्टेट एंड नेशन इन द कंटेक्स्ट ऑफ़ सोशल चेंज*[1] (दिल्ली, 1994)। बी.बी. मिश्रा ने अँगरेज़ों से विरासत में मिली भारतीय प्रशासनिक प्रणालियों की जाँच-पड़ताल *गवर्नमेंट एंड ब्यूरोक्रेसी इन इंडिया, 1947-1976* (दिल्ली, 1986) में की है। डेविड पॉटर ने भारतीय नौकरशाहों की सामाजिक पृष्ठभूमि और प्रशिक्षण का विश्लेषण *इंडियाज़ पॉलिटिकल एडमिनिस्ट्रेटर्स, 1918-1983* (ऑक्सफ़ोर्ड, 1986) में किया है। राजनीतिक दलों, नेताओं और संसदीय राजनीति पर विपुल साहित्य मौजूद है। डब्ल्यू.एच. मॉरिस जोन्स ने अपनी किताब *पार्लियामेंट इन इंडिया* (लंदन, 1957) में पचास के दशक की भारतीय राजनीति का पूरा वृत्तांत पेश किया है। उनका यह प्रयास काफ़ी कुछ पाठ्य-पुस्तकों के नज़दीक बैठता है। राजनीतिक व्यवस्था पर कांग्रेस का वर्चस्व बहुत लंबे अरसे तक रहा है। इस विषय में रजनी कोठारी का प्रबंध 'द कांग्रेस 'सिस्टम' इन इंडिया', एशियन सर्वे, खंड 4, अंक 2 (1964) को एक बुनियादी रचना के रूप में लिया जाना चाहिए। यद्यपि 1947 के बाद भारतीय राजनीति पर कांग्रेस हावी रही, लेकिन 60 के दशक के बाद उसके सांगठनिक स्वरूप के बारे में महत्त्वपूर्ण अध्ययन प्रकाशित नहीं हुए। साठ के दशक में प्रकाशित मायरन वीनर, *पार्टी बिल्डिंग इन ए न्यू नेशन : द इंडियन नेशनल कांग्रेस* (शिकागो, 1967) और स्टेनले कोचनेक, द *कांग्रेस पार्टी ऑफ़ इंडिया : द डायनामिक्स ऑफ़ वन पार्टी*

1. *सोशल चेंज एंड पॉलिटिकल डिस्कोर्सेज़ इन इंडिया टी.वी.* सत्यमूर्ति के संपादन में *सोशल चेंज एंड पॉलिटिकल डिस्कोर्स इन इंडिया : स्ट्रक्चर्स ऑफ़ पावर, मूवमेंटस ऑफ़ रेज़िस्टेंस* के वॉल्यूम 1 के रूप में है।

डेमोक्रेसी (प्रिंसटन, 1968) जैसी रचनाओं के बाद हमें 1990 में जेम्स मेनर का प्रबंध 'पार्टीज़ एंड द पार्टी सिस्टम' मिलता है जिसे अतुल कोहली द्वारा संपादित *इंडियाज़ डेमोक्रेसी* (प्रिंसटन, 1990) में संकलित किया गया है।

जीवनियों के ज़रिये भी आधुनिक राजनीति को समझने में काफ़ी मदद मिलती है और पुस्तकालयों की अलमारियाँ ऐसी जीवनियों से भरी पड़ी हैं। दुर्भाग्य से इनमें ज़्यादातर बेकार हैं। पढ़ने लायक़ जीवनियाँ इस प्रकार हैं : सर्वपल्ली गोपाल की रचना *जवाहरलाल नेहरू : ए बायोग्राफ़ी* (तीन खंड, लंदन, 1975-84) में अधिकांशतः 1947 के बाद विदेश नीति के संदर्भ में नेहरू के जीवन को चित्रित करने का प्रयास किया गया है। जूडिथ ब्राउन की पुस्तक *गांधी* (न्यूहैवन एंड लंदन, 1989) तथा एक घनिष्ठ सहयोगी द्वारा दी गई अंतरंग झलक के लिए निर्मल कुमार बोस की रचना *माई डेज़ विद गांधी* (नई दिल्ली, 1953, नई दिल्ली, 1974) भी महत्त्वपूर्ण है। कांग्रेस के दक्षिणपंथी खेमे का प्रतिनिधित्व करने वाली दो रचनाएँ राजमोहन गांधी ने लिखी हैं—*पटेल : ए लाइफ़* (अहमदाबाद, 1991) और *द राजाजी स्टोरी* (दो खंड, नई दिल्ली, 1984)। इसके अलावा कुछ और जीवनियाँ भी महत्त्वपूर्ण हैं—लेनार्ड गोर्डन, *ब्रदर्स अगेंस्ट द राज : ए बायोग्राफ़ी ऑफ़ शरत एंड सुभाष चंद्र बोस* (नई दिल्ली, 1990); सी.पी. श्रीवास्तव, *लाल बहादुर शास्त्री* (दिल्ली, 1995); ज़रीर मसानी, *इंदिरा गांधी* (लंदन, 1975) और पुपुल जयकर, *इंदिरा गांधी* (नई दिल्ली, 1992)। ब्रिटेन में पैदा हुए नृतत्त्वशास्त्री वेरियर एल्विन के जीवन का रामचंद्र गुहा द्वारा किया गया अध्ययन प्रकाशित होने वाला है। इससे भारत के आदिवासियों का सवाल उठाने वाली एक महत्त्वपूर्ण हस्ती पर प्रकाश पड़ेगा। इस सिलसिले में रामचंद्र गुहा का प्रबंध 'सेवेजिंग द सिविलाइज़्ड : वेरियर एल्विन एंड द ट्राइबल क्वेश्चन इन लेट कोलोनियल इंडिया', *ईपीडब्ल्यू*, खंड 31, विशेषांक अंक 35-7 (सितंबर, 1996) भी उपयोगी है। आधुनिक भारतीय राजनीति में निर्णायक भूमिका निभाने वाली हस्तियों की क़लम से निकली रचनाएँ पढ़ना भी अनिवार्य है। देखें : महात्मा गांधी, *मॉरल एंड पॉलिटिकल राइटिंग्स,* तीन खंड, सं. राघवन अय्यर (ऑक्सफ़ोर्ड, 1986-7), जवाहरलाल नेहरू, *ऑटोबायोग्राफ़ी* (लंदन, 1936) और *द डिस्कवरी ऑफ़ इंडिया* (कलकत्ता, 1946)। कांग्रेस के दक्षिणपंथी खेमे के चिन्तन में झाँकने के लिए देखें : के.एम. मुंशी, *पिलग्रिमेज टु फ्रीडम 1902-1950* (नई दिल्ली, 1967) और राजेंद्र प्रसाद, *ऑटोबायोग्राफ़ी* (नई दिल्ली, 1957)। कांग्रेसी मुसलमानों के दृष्टिकोण को मौलाना अबुल कलाम आज़ाद की पुस्तक *इंडिया विंस फ्रीडम* (मद्रास, 1989) में व्यक्त किया गया है। आज़ादी के बाद की अवधि के ऐसे वृत्तांत ज़्यादा नहीं हैं। इस सिलसिले में जयप्रकाश नारायण की पुस्तक *ए रिवोल्यूशनरीज़ क्वेस्ट,* सिलेक्टिड वर्क्स, सं. विमल प्रसाद (दिल्ली, 1980) और राममनोहर लोहिया की रचना *व्हील ऑफ़ हिस्ट्री* (हैदराबाद, 1955) देखें। नेहरू

और इंदिरा के ज़माने के एक बुद्धिजीवी की स्मृतियों के लिए देखें राज थापर, *ऑल दीज़ ईयर्स : ए मेमोयर* (नई दिल्ली, 1991)।

भारत की राष्ट्रीय और क्षेत्रीय चुनावी राजनीति के अध्ययन को अभी तक मुख्य बौद्धिक अनुशासन की हैसियत नहीं मिल पाई है। इस क्षेत्र में सक्रिय लोगों को काफ़ी व्यस्त भी रहना पड़ता है। हाल ही में चुनावों के अध्ययन को व्यापक सरोकारों से जोड़ने के स्वागत योग्य प्रयास हुए हैं। 1996 में विजय बहादुर सिंह और योगेंद्र यादव ने विकासशील समाज अध्ययन केंद्र के तत्वावधान में जो शोध कार्य शुरू किया है उसमें इस क्षेत्र को समृद्ध करने का आश्वासन है। यह परियोजना बशीरुद्दीन अहमद द्वारा किए गए शुरुआती काम का विकास है। इसके प्रारंभिक नतीजों के लिए देखें योगेंद्र यादव आदि, 'द मेच्योरिंग ऑफ़ ए डेमोक्रेसी', *इंडिया टुडे*, खंड 21, अंक 16 (1996)। डेविड बटलर, अशोक लाहिड़ी और प्रणय रॉय द्वारा रचित *इंडिया डिसाइड्स : इलेक्शंस 1952-1995* (नई दिल्ली, 1995) भारतीय चुनाव-शास्त्र की बाइबिल मानी जाती है। हर आम चुनाव के बाद इसमें ताज़ा आँकड़े जोड़े जाते हैं। 1967 के महत्त्वपूर्ण चुनाव के लिए देखें : रजनी कोठारी, 'द पॉलिटिकल चेंज ऑफ़ 1967', *ईपीडब्ल्यू*, वार्षिकांक,1967 और डब्ल्यू.एच. मॉरिस जोंस 'फ्रॉम मोनोपोली टु कंपीटीशन', पॉलिटिक्स मेनली इंडियन (बंबई, 1978)। 1980 के चुनाव के लिए देखें जेम्स मेनर, 'द इलेक्टोरल प्रॉसेस एमिड अवेकनिंग एंड डिके : रिफ्लेक्शंस ऑन द इंडियन जनरल इलेक्शंस ऑफ़ 1980', पीटर लाइन और जेम्स मेनर (सं.), *ट्रांसफ़र एंड ट्रांसफ़ोर्मेशन : पॉलिटिकल इंस्टीट्यूशन इन द न्यू कॉमनवेल्थ* (लीसेस्टर, 1983)। चुनावी अध्ययनों के दो महत्त्वपूर्ण संकलन रजनी कोठारी व मायरन वीनर (सं.), *इंडियन वोटिंग बिहेवियर* (कलकत्ता, 1965) और डी.एल. शेठ (सं.), *सिटीजंस एंड पॉलिटिक्स : ऑस्पेक्ट्स ऑफ़ कंपीटीटिव पॉलिटिक्स इन इंडिया* (बंबई, 1975) हैं। हैरी ब्लेयर का अध्ययन 'कास्ट एंड ब्रिटिश सेंसस इन बिहार : यूजिंग ओल्ड डाटा टु स्टडी कंटंपरेरी पॉलिटिकल बिहेवियर', जेराल्ड बैरियर (सं.), द *सेंसस इन ब्रिटिश इंडिया* (नई दिल्ली, 1981) भी इस सिलसिले में बेहद दिलचस्प है। ओलिवर मेंडलसन ने खेतिहर समाज पर चुनावी राजनीति के व्यापक प्रभावों पर अपने विचारपूर्ण अध्ययन में प्रकाश डाला है, 'द ट्रांसफॉर्मेशन ऑफ़ अथॉरिटी इन रूरल इंडिया' *एमएएस*, खंड 27, अंक 4 (1993)। पिछले कुछ वर्षों में हुए गठजोड़ों और कांग्रेस का प्रभाव क्षीण होने के बाद के राजनीतिक क्रम पर योगेंद्र यादव ने अपने प्रबंध 'रिकनफ़िगरेशन इन इंडियन पॉलिटिक्स : स्टेट एसेंबली इलेक्शंस 1997-1995, *ईपीडब्ल्यू*, खंड 32 अंक 2-3 (1996) में प्रकाश डाला है। 1996 के चुनाव पर देखें सुदीप्त कविराज की रचना 'द जनरल इलेक्शंस इन इंडिया', *गवर्नमेंट एंड अपोज़ीशन*, खंड 32, अंक 1 (1997)।

भारतीय राजनीति के सामाजिक आधारों, मतभेदों व टकराव की शिनाख़्त करने

के मक़सद से रचा गया साहित्य भी काफ़ी मात्रा में मौजूद है। इसमें कहीं जाति, कहीं वर्ग, कहीं क्षेत्र, कहीं भाषा तो कहीं धर्म के पहलुओं पर प्रकाश डाला गया है। फ्रेंसिन फ्रेंकेल और एम.एस.ए. राव द्वारा संपादित *डॉमिनेंस एंड स्टेट पावर इन इंडिया : डिक्लाइन ऑफ़ द सोशल ऑर्डर* (दो खंड, दिल्ली, 1990) इन सभी पर रोशनी डालने वाला सर्वाधिक महत्त्वपूर्ण संकलन है। इसके लिए रामाश्रय रॉय और रिचर्ड सिसन द्वारा संपादित *डाइवर्सिटी एंड डॉमिनेंस* (दो खंड, नई दिल्ली, 1990) भी उपयोगी है। इसमें छिब्बर और पेट्रोचिक, ब्लेयर वांडरबक एवं शाह व वुड के निबंधों पर ख़ास ध्यान दिया जा सकता है। जाति को आमतौर पर भारतीय समाज-व्यवस्था की बुनियादी इकाई माना जाता है। इसने कई अध्येताओं का ध्यान आकर्षित किया है। जाति का एक विचारधारात्मक और धर्मसिद्धान्त संबंधी प्रणाली के रूप में अध्ययन करने के मामले में लुई दुमों की रचना *होमो हाइरार्कीकस : द कास्ट सिस्टम एंड इट्स इंप्लीकेशंस* (लंदन, 1970) क्लासिक मानी जाती है। इस कृति पर दुमों के पश्चिम की विशिष्टताओं को खोजने संबंधी पूर्वग्रहों का प्रभाव है। इसकी कई आलोचनाएँ भी सामने आई हैं जिनमें ये रचनाएँ श्रेष्ठ हैं : अर्जुन अप्पादुरै, 'इज होमो हाइरार्कीकस?', *अमेरिकन एंथ्रोपोलोजिस्ट,* खंड 13, (1986); जियाफ्नी हॉथान, 'कास्ट एंड पॉलिटिक्स इन इंडिया सिंस 1947', डेनिस मैकगिलव्रे (सं.), *कास्ट आइडियोलॉजी एंड इंटरेक्शन* (कैंब्रिज, 1984); आंद्रे बेते, 'होमो हाइरार्कीकस, होमो इक्वलिस', संकलित : द *आइडिया ऑफ़ नेचुरल इनइक्वलिटी एंड अदर एसेज़* (दिल्ली, 1987)। इस सिलसिले में दीपंकर गुप्ता द्वारा संपादित *सोशल स्ट्रेटिफ़िकेशन* (दिल्ली, 1991) के निबंध भी देखें। निकोलस डिर्क की रचना 'कास्ट्स ऑफ़ माइंड', *रिप्रेजेंटेशंस,* अंक 37 (1992) जाति की तीखी ऐतिहासिक आलोचना है। 'संस्कृतीकरण' का विचार एम.एन. श्रीनिवास की देन है। उन्होंने इसे समाज में ऊँचा दर्जा हासिल करने और आधुनिकीकरण का वाहक बताया है। इस विचार के लिए देखें श्रीनिवास की पुस्तक सोशल चेंज इन *मॉडर्न इंडिया* (कैलिफ़ोर्निया, 1966), *कास्ट इन मॉडर्न इंडिया एंड अदर एसेज़* (लंदन, 1962) और एम.एन. श्रीनिवास (सं.), *कास्ट : इट्स ट्वेंटियथ सेंचुरी अवतार* (नई दिल्ली, 1996)। इस आख़िरी किताब में जातिगत आरक्षण की नीति पर कुछ आलोचनात्मक लेख हैं। इस नीति को मंडल आयोग की रपट में की गई सिफ़ारिशों के आधार पर बनाया गया था। रपट के अध्ययन के लिए देखें, बी.पी. मंडल (अध्यक्ष), *रिपोर्ट ऑफ़ द बैकवर्ड क्लासेज़ कमीशन* (सात खंड, नई दिल्ली, 1981)। हाल ही में एक और उपयोगी संकलन सी.जे. फुलर द्वारा संपादित आया है : *कास्ट टुडे* (दिल्ली, 1996)। इसमें फुलर और बेते की रचनाएँ विशेष रूप से ध्यान देने योग्य हैं। राजनीति में जाति की भूमिका के लिए देखें रजनी कोठारी (सं.), *कास्ट इन इंडियन पॉलिटिक्स* (नई दिल्ली, 1970) और डी.एल. शेठ, 'कास्ट एंड पॉलिटिक्स : ए

सर्वे ऑफ़ द लिटरेचर', *कंट्रीब्यूशंस टु साउथ एशियन स्टडीज़* खंड-1 (दिल्ली, 1979)। रजनी कोठारी और घनश्याम शाह ने गुजरात में मोडासा का एक अध्ययन किया है जिसे स्थानीय राजनीतिक गोलबंदी और उसके परिणामों पर जाति के प्रभावों का संभवतः सर्वश्रेष्ठ तथ्यात्मक अध्ययन माना जा सकता है : 'कास्ट ओरिएंटेशन ऑफ़ पॉलिटिकल फेक्शंस', रजनी कोठारी आदि, *पार्टी सिस्टम्स एंड इलेक्शन स्टडीज़* (बंबई, 1967)। ब्राह्मणवादी व्यवस्था पर दो परिप्रेक्ष्यों के लिए जॉन ए. हाल और सतीश सब्बरवाल की रचनाएँ देखें। हाल का विमर्श काफ़ी कुछ गेलनर जैसा है : 'द लैंड ऑफ़ द ब्राह्मनाज़', *पावर्स एंड लिबर्टीज़ : द काऐजेज़ एंड कांसीक्वेंसिज़ ऑफ़ द राइज़ ऑफ़ द वेस्ट* (ऑक्सफ़ोर्ड, 1985)। सब्बरवाल की रचना अधिक समाजशास्त्रीय है, *वेजिज़ ऑफ़ सेगमेंटेशन : कंपेरेटिव हिस्टोरिकल स्टडीज़ ऑन यूरोप एंड इंडिया* (नई दिल्ली, 1995)।

जाति और वर्ग के बीच संश्लिष्ट संबंधों पर ज्यौफ्री हॉथान की रचना 'सम पॉलिटिकल काऐजिज़ ऑफ़ क्लास एंड कास्ट होस्टलिटी इन इंडिया', सी क्लार्क, डी. ले और सी. पीच (सं.), *ज्योग्राफ़ी एंड इथनिक प्लूरलिज़्म* (लंदन, 1984) प्रकाश डालती है। भारतीय कम्युनिस्टों और वामपंथी दलों पर कई अच्छी रचनाएँ उपलब्ध हैं : जी. ओवरस्ट्रीट और डब्ल्यू. विंडमिलर, *कम्युनिज़्म इन इंडिया* (बर्कले, 1959), और पॉल ब्रास और मार्कुस फ्रांडा (सं.), *रेडिकल पॉलिटिक्स इन साउथ एशिया* (कैंब्रिज एम ए, 1973)। क्रांतिकारी कम्युनिज़्म और नक्सलवादी आंदोलन की जाँच-पड़ताल सुमंत बनर्जी ने अपने अनुसंधान *इन द वेक ऑफ़ नक्सलबाड़ी* (लंदन, 1985) में की है। इस विषय पर अधिक गहराई से चिन्तन रवींद्र रे ने अपनी पुस्तक *द नक्सलाइट एंड देयर आइडियॉलोजी* (दिल्ली, 1988) में किया है। टी.जे. नॉसिटर ने *मार्क्सिस्ट स्टेट गवर्नमेंट इन इंडिया : पॉलिटिक्स, इकॉनोमी एंड सोसाइटी* (लंदन 1988) और रॉस मलिक, *इंडियन कम्युनिज़्म* (दिल्ली, 1994) ने संसदीय कम्युनिज़्म की धारा पर विचार किया है। निचली जातियों और दलितों की राजनीति ने अस्सी और नब्बे के दशक में राजनीति पर परिवर्तनकारी असर डाला है। इस विषय को गेल ऑम्वेड्ट ने अपनी पुस्तक दलित *विज़ंस : द एंटी-कास्ट मूवमेंट एंड द कंस्ट्रक्शंस ऑफ़ एन इंडियन आइडेंटिटी* (लंदन, 1995) में उठाया है। दलितों के स्वर की प्रत्यक्ष अनुभूति के लिए कांचा इलैया का असाधारण निबंध *व्हाई आई एम नॉट ए हिंदू : ए शूद्रा क्रिटीक ऑफ़ हिंदू फ़िलॉसफ़ी, कल्चर एंड पॉलिटिकल इकॉनोमी* (कलकत्ता, 1996) पढ़ना आवश्यक है।

क्षेत्रों की राजनीति पेचीदा तो है ही और उसका महत्त्व भी बढ़ता जा रहा है। इस विषय में सामान्य ब्योरा देने वाली अच्छी रचनाएँ अपेक्षाकृत कम हैं। शुरुआती अवधि के बारे में मायरन वीनर द्वारा संपादित संग्रह *स्टेट पॉलिटिक्स इन इंडिया* (प्रिंसटन, 1968), इक़बाल नारायण द्वारा संपादित *स्टेट पॉलिटिक्स इन इंडिया*

(मेरठ, 1976) और जॉन आर. वुड द्वारा संपादित *स्टेट पॉलिटिक्स इन कंटेंपरेरी इंडिया* (बोल्डर सीओ, 1984) देखें। भारतीय राज्यों व मुख्यमंत्रियों के बारे में जेम्स मेनर की प्रकाशित पुस्तकें इस साहित्य को काफ़ी समृद्ध करेंगी। कुछ ख़ास क्षेत्रों पर अलग से अच्छे अध्ययन उपलब्ध हैं। पंजाब, कश्मीर और असम के संकट पर हुए शोध की सूची काफ़ी लंबी है। इसमें से ये रचनाएँ उपयोगी साबित हो सकती हैं : पंजाब पर पॉल ब्रास, 'द पंजाब क्राइसिस एंड द यूनिटी ऑफ़ इंडिया', अतुल कोहली (सं.), *इंडियाज़ डेमोक्रेसी* (प्रिंसटन, 1990) और रॉबिन जेफ़री, *व्हाट्स हैपनिंग टु इंडिया? पंजाब, इथनिक कांफ्लिक्ट एंड टेस्ट फ़ॉर फेडरलिज़्म,* (दूसरा संस्करण, लंदन, 1994)। असम पर संजीव बरुआ, "इथनिक कांफ़्लिक्ट एज ए स्टेट-सोसाइटी स्ट्रगल : द पोइटिक्स एंड पॉलिटिक्स ऑफ़ असमीज़ माइक्रो-नेशनलिज़्म', *एमएएस,* खंड 28 अंक 3 (1994)। कश्मीर के विवादग्रस्त इतिहास पर कोई एक पुस्तक पर्याप्त नहीं है : अलिस्टर लैंब की रचना *कश्मीर : ए डिस्प्यूटिड लीगेसी 1846-1990* (हर्टिंगफ़ोर्डबरी, 1991) और प्रेमशंकर झा की रचना *कश्मीर 1947 : राइवल वर्सेज़ ऑफ़ हिस्ट्री* (दिल्ली, 1996) का तुलनात्मक अध्ययन किया जा सकता है। इस सिलसिले में सुमित गांगुली की रचना *द क्राइसिस इन कश्मीर* (कैंब्रिज, 1997) और अस्सी के शुरुआती वर्षों से शुरू हुए घटनाक्रम के आवेगपूर्ण वृत्तांत के लिए तवलीन सिंह की रचना *कश्मीर : ए ट्रैजडी ऑफ़ एरर्स* (नई दिल्ली, 1995) पढ़ी जा सकती है। कश्मीर मुद्दे पर नेहरूवादी नज़रिये के लिए देखें शिशिर के. गुप्ता, *कश्मीर : ए स्टडी इन इंडिया-पाकिस्तान रिलेशंस* (लंदन, 1967)। भाषाई राजनीति पर ज्योतिरिंद्र दास गुप्ता, *लैंग्वेज कांफ्लिक्ट एंड नेशनल डेवलपमेंट : ग्रुप पॉलिटिक्स एंड नेशनल लैंग्वेज पॉलिसी इन इंडिया* (बर्कले, 1970) और पॉल ब्रास, *लैंग्वेज, रिलीजन एंड पॉलिटिक्स इन नॉर्थ इंडिया* (लंदन, 1974) में विचार किया गया है। इस मुद्दे से जुड़े ताज़ा विवादों पर एक बड़े साफ़ नज़रिये के लिए देखें डी.एल. शेठ, 'द ग्रेट लैंग्वेज डिबेट : पॉलिटिक्स ऑफ़ मेट्रोपोलिटन वर्सिज़ वर्नाक्युलर इंडिया', उपेंद्र बख़्शी और भीखू पारिख (सं.), *क्राइसिस एंड चेंज इन कंटेंपरेरी इंडिया* (नई दिल्ली, 1995)। सत्तर के दशक से 'ग्रासरूट्स' राजनीति यानी ग़ैरदलीय राजनीति की सक्रियता और संघर्ष में बढ़ोतरी होती चली गई है। इस घटनाक्रम पर स्मितु कोठारी ने अपने आलेख 'सोशल मूवमेंट्स एंड द रिडेफ़िनेशन ऑफ़ डेमोक्रेसी', फ़िलिप ओल्डनबर्ग (सं.), *इंडिया ब्रीफिंग 1993* (बोल्डर सीओ, 1993) में विचार किया है। इसके अलावा 1983 से ही दिल्ली से लगातार प्रकाशित *लोकायन बुलेटिन* में भी इस विषय से संबंधित सामग्री प्रकाशित होती रही है। अधिक लंबे अध्ययन के लिए देखें गेल ऑम्वेड्ट, *रिइन्वेंटिंग रिवोल्यूशन : न्यू सोशल मूवमेंट्स एंड द सोशलिस्ट ट्रेडिशन इन इंडिया* (न्यूयॉर्क, 1993)। नारीवाद और महिलाओं के राजनीतिक आंदोलनों के लिए देखें

ऑम्वेड्ट की रचना *वी विल स्मैश दिस प्रिज़न : इंडियन वोमेन इन स्ट्रगल* (लंदन, 1980)। महिला राजनीति के लिए 1979 से दिल्ली से प्रकाशित *मानुषी* नामक मासिक पत्रिका का अध्ययन भी ज़रूरी है।

विचित्र बात यह है कि इंदिरा गांधी के शासनकाल के बारे में कोई प्रामाणिक अध्ययन उपलब्ध नहीं है। कुलदीप नैयर के पत्रकारीय लेखन से इस विषय पर कुछ रोशनी पड़ती है : *बिटवीन द लाइंस* (नई दिल्ली, 1969) और *इन जेल* (नई दिल्ली, 1978)। आपातकाल का नाम लेकर डराया काफ़ी जाता है लेकिन भारतीय राजनीतिक व्यवस्था के लिए इसके महत्त्व की शिनाख़्त करने वाले अध्ययन बहुत कम हैं : देखें—मैक्स जिंस, स्ट्रेंस ऑन इंडियन डेमोक्रेसी (नई दिल्ली, 1988) और सुदीप्त कविराज, 'इंदिरा गांधी एंड इंडियन पॉलिटिक्स', *ईपीडब्ल्यू*, खंड 21, अंक 38-9 (1986)। आपातकाल की नई दिल्ली में जनता के बीच हुई अनुक्रिया पर एम्मा टार्लो की प्रकाशित पुस्तक *अनसॅटलिंग मेमोरीज़ : नैरेटिव्स ऑफ़ द एमरजेंसी इन देलही* इस क्षेत्र में बुनियादी योगदान साबित हो सकती है। इस शोध में जो चित्र उभरता है वह सताई हुई जनता से भिन्न प्रकार का है। युवा कांग्रेस और संजय गांधी की भूमिका पर किसी भी तरह का साहित्य उपलब्ध नहीं है। असल में भारतीय राजनीति में युवकों की भूमिका पर आवश्यक ध्यान दिया ही नहीं गया है।

कुछ युद्धों और सेना संबंधी घटनाओं के अध्ययन को छोड़ कर भारतीय फ़ौज और राजनीति के संबंधों पर उल्लेखनीय साहित्य बहुत थोड़ा है। स्टीफ़न कॉन की मूल्यवान रचना द *इंडियन आर्मी : इट्स कंट्रीब्यूशन टु द डेवलपमेंट ऑफ़ ए नेशन* (बर्कले, 1971) के बाद से इस विषय पर कोई दमदार काम नहीं हुआ है। राजू टॉमस की रचना *इंडियाज़ सिक्यूरिटी पॉलिसी* (प्रिंसटन, 1987) अपने शीर्षक द्वारा निर्धारित सीमाओं से आगे नहीं जा पाती। घरेलू राजनीति में अर्द्धसैनिक बलों के बढ़ते हुए इस्तेमाल पर देखें कुलदीप माथुर, 'द स्टेट एंड द यूजिज़ ऑफ़ कोअर्सिव पावर इन इंडिया', *एशियन सर्वे*, खंड 32, अंक 4 (1992) और स्टीफ़न कॉन, 'द मिलिट्री एंड इंडियन डेमोक्रेसी', अतुल कोहली (सं.), *इंडियाज़ डेमोक्रेसी* (प्रिंसटन, 1990)। अस्सी के दशक के मध्य तक सांप्रदायिक हिंसा संबंधी आँकड़ों के लिए देखें गोपाल कृष्ण, 'कम्युनल वॉयलेंस इन इंडिया : ए स्टडी ऑफ़ कम्युनल डिस्टरबेंस इन देहली', *ईपीडब्ल्यू*, खंड 20, अंक 2 (1982), और पी.आर. राजगोपाल, *कम्युनल वॉयलेंस इन इंडिया* (नई दिल्ली, 1987)। भारत में हिंसा के स्थान पर व्यापक विमर्श के लिए देखें : वीणा दास (सं.), *मिरर्स ऑफ़ वायलेंस : कम्युनिटीज़, रायट्स एंड सरवाइवर्स इन साउथ एशिया* (दिल्ली, 1990); ज्ञानेंद्र पांडेय, 'इन डिफेंस ऑफ़ द फ्रेगमेंट्स : राइटिंग ऍबाउट हिंदू-मुस्लिम रायट्स इन इंडिया टुडे' *रिप्रेजेंटेशंस*, अंक 37 (शरद, 1992) और दक्षिण एशिया पर तुलनात्मक परिप्रेक्ष्य के लिए देखें

स्टेनली तंबइया, *लेविलिंग क्राउड्स : इथनोनेशनलिस्ट कांफ्लिक्ट्स एंड कलेक्टिव वायलेंस इन साउथ एशिया* (बर्कले, 1996)। राज्य द्वारा नागरिकों के अधिकारों के अतिक्रमण के दो प्रभावशाली दस्तावेज़ी विवरणों के लिए देखें लुइंगम लुईथुई और नंदिता हक्सर, *नगालैंड फ़ाइल* (नई दिल्ली, 1984), और ए.आर. देसाई (सं.), वायलेशन *ऑफ़ डेमोक्रेटिक राइट्स इन इंडिया* (नई दिल्ली, 1986)। राज्य के बुनियादी तर्क के आग्रहों और व्यक्तिगत अधिकारों के अंत:संबंधों से जुड़े हुए मुद्दों पर भारतीय संदर्भ में न के बराबर ही विचार किया गया है।

आपातकाल के बाद राजनीतिक घटनाएँ तेज़ी से घटीं। भारतीय राज्य संकट में फँसता हुआ लगा। इस अंदेशे ने कई तरह के बौद्धिक लेखन को प्रेरित किया। तरह-तरह की सामग्री तेज़ी से प्रकाश में आई। इस सिलसिले में सबसे महत्त्वपूर्ण लेखन के लिए देखें : रजनी कोठारी की दो रचनाएँ—'द क्राइसिस ऑफ़ द मॉडरेट स्टेट एंड द डिक्लाइन ऑफ़ डेमोक्रेसी', पीटर लिअन और जेम्स मेनर (सं.), *ट्रांसफ़र एंड ट्रांसफॉर्मेशन* (लीसेस्टर, 1983) एवं रजनी कोठारी, *स्टेट अगेंस्ट डेमोक्रेसी : इन सर्च ऑफ़ ह्यूमेन गवर्नेंस* (दिल्ली, 1988); सुदीप्त कविराज, 'ऑन द क्राइसिस ऑफ़ पॉलिटिकल इंस्टीट्यूशंस ऑफ़ इंडिया', *कंट्रीब्यूशंस टु इंडियन सोशियोलॉजी एन. एस.,* खंड 18, अंक 2 (1984) एवं 'ए क्रिटीक ऑफ़ पैसिव रिवोल्यूशन' *ईपीडब्ल्यू,* विशेषांक, खंड 23, अंक 45-7 (1988); डी.एल. शेठ, 'द क्राइसिस ऑफ़ रिप्रेजेंटेशन, आशा कौशिक (सं.), *डेमोक्रेटिक कंसर्स : द इंडियन एक्सपीरिएंस* (जयपुर, 1994), अतुल कोहली, *डेमोक्रेसी एंड डिस्कांटेंट : इंडियाज़ ग्रोइंग क्राइसिस ऑफ़ गवर्नेबिलिटी* (कैंब्रिज, 1990); सतीश सब्बरवाल, *इंडिया : द रूट्स ऑफ़ क्राइसिस : इंटरप्रिटिंग कंटंपरेरी इंडियन सोसाइटी* (नई दिल्ली, 1996); और 'डेमोक्रेटिक पॉलिटिकल स्ट्रक्चर्स', टी.वी. सत्यमूर्ति (सं.), *स्टेट एंड नेशन इन द कांटेक्स्ट ऑफ़ सोशल चेंज* (दिल्ली, 1994)।

राजनीतिक संस्कृति जैसे विषय पर सफल लेखन बहुत कम ही हुआ है। इस बारे में आशीष नंदी की रचनाएँ अवश्य पढ़ी जानी चाहिए। उनकी कृति *द इंटीमेट एनेमी : लॉस एंड रिकवरी ऑफ़ सेल्फ़ अंडर कोलोनियलिज़्म* (दिल्ली, 1983) तो क्लासिक का दर्जा हासिल कर चुकी है। इसके अलावा उनके निबंधों के दो संकलन भी दृष्टव्य हैं : *एट द एज ऑफ़ साइकोलॉजी : एसेज़ इन पॉलिटिक्स एंड कल्चर* (दिल्ली, 1980) और द *सेवेज फ्रायड* (दिल्ली, 1995)। इसके अलावा उनके दो निबंध 'द पॉलिटिकल कल्चर ऑफ़ इंडियन स्टेट', *डेडलस,* खंड 118, अंक 4 (1989), और 'कल्चर, स्टेट एंड द रिडिस्कवरी ऑफ़ इंडियन पॉलिटिक्स', *ईपीडब्ल्यू,* खंड 19, अंक 49 (1984)। लॉयड और सूज़न रुडोल्फ़ का ग्रंथ द *मॉडर्निटी ऑफ़ ट्रेडिशन* (शिकागो, 1967) भी पढ़ा जा सकता है।

भारत की कृषि अर्थव्यवस्था का ऐतिहासिक परिचय धर्म कुमार द्वारा संपादित *द कैंब्रिज इकॉनोमिक हिस्ट्री ऑफ़ इंडिया वाल्यूम 2 सी 1757-सी 1970* (कैंब्रिज, 1983) में सुलभ है। इस ग्रंथ में स्टोक्स, कुमार और चौधरी की रचनाएँ देखें। के.एम. चौधरी और सी.जे. ड्यूवी द्वारा संपादित *इकॉनोमी एंड सोसाइटी : स्टडीज़ इन इंडियन इकॉनोमी एंड सोशल हिस्ट्री* (नई दिल्ली, 1978) से इस विषय की ऐतिहासिक पृष्ठभूमि पर और जानकारी मिल जाती है। उपनिवेशवाद के अध्ययन से पहले उपमहाद्वीप की अर्थव्यवस्था की रूपरेखा के लिए देखें के.एन. चौधरी, *एशिया बिफोर यूरोप : इकॉनोमी एंड सिविलाइजेशन ऑफ़ द इंडियन ओशन बिफ़ोर द राइज़ ऑफ़ इस्लाम* (कैंब्रिज, 1990)। बीसवीं सदी की अर्थव्यवस्था के विषय में बी.आर. टामलिंसन की रचना द *इकॉनोमी ऑफ़ मॉडर्न इंडिया 1860-1970* (कैंब्रिज, 1993) 1947 तक नैरंतर्य के पहलुओं पर प्रकाश डालती है। प्रमित चौधरी की कृति द *इंडियन इकॉनोमी* (लंदन, 1978) भी संप्रेषणीय और सहायक साबित होती है। फ्रेंसिन फ्रेंकेल की रचना *इंडियाज़ पॉलिटिकल इकॉनोमी 1947-1977* (प्रिंसटन, 1978) में उल्लिखित अवधि का विस्तृत अध्ययन है। लॉयड और सूज़ेन रुडोल्फ़ की रचना *इन परस्यूट ऑफ़ लक्ष्मी : द पॉलिटिकल इकॉनोमी ऑफ़ द इंडियन स्टेट* (शिकागो, 1987) अमेरिकी राजनीति विज्ञान की विश्लेषण पद्धति से लगातार बँधी रहती है और इसके कारण कई बार इससे विषय पर नई रोशनी भी पड़ती है। राजकोषीय और अर्थतंत्र के समष्टिगत अध्ययन के लिए विजय जोशी और इयन लिटिल की पुस्तक *मॅक्रोइकॉनोमिक्स एंड पॉलिटिकल इकॉनोमी 1964-1991* (वाशिंगटन डीसी और दिल्ली, 1994) प्रामाणिक है। मार्क्सवादी पद्धति के तहत बेहतरीन विश्लेषण के लिए देखें प्रणव बर्धान की रचना *पॉलिटिकल इकॉनोमी ऑन डेवलपमेंट इन इंडिया* (दिल्ली, 1984)। 1991 के बाद आर्थिक नियंत्रणों को ढीला करने के बारे में देखें : जगदीश भगवती, *इंडिया इन ट्रांज़ीशन : फ्रीइंग द इकॉनोमी* (दिल्ली, 1993), और विजय जोशी और इयन लिटिल, *इंडियाज़ इकॉनोमिक रिफ़ॉर्म्स 1997-2001* (दिल्ली, 1997)। उदारीकरण पर दो आलोचनात्मक दृष्टियों के लिए देखें : अमित भादुड़ी और दीपक नैयर, *द इंटेलिजेंट पर्संस गाइड टु लिबरलाइजेशन* (नई दिल्ली, 1996), और ज्याँ द्रेज़ व अमर्त्य सेन, *इंडिया : इकॉनोमिक डेवलपमेंट एंड सोशल अपोर्चुनिटी* (दिल्ली, 1995)।

राज्य संबंधी ब्रिटिश चिन्तन को प्रभावित करने में भारत की भूमिका का इतिहास अभी लिखा जाना बाक़ी है। फिलहाल देखें : डब्ल्यू.जे. बार्बर, *ब्रिटिश इकॉनोमिक थॉट एंड इंडिया 1600-1858* (ऑक्सफ़ोर्ड, 1975) और एस. अंबिराजन, *क्लासिकल पॉलिटिकल इकॉनोमी एंड ब्रिटिश पॉलिसी इन इंडिया* (कैंब्रिज, 1978)। ब्रिटिश नीति के भारत पर पड़ने वाले प्रभावों पर, आशानुरूप ही, काफ़ी विवाद है। औपनिवेशिक शासन के नकारात्मक प्रभावों के लिए देखें : अमिय कुमार बाग़ची, 'दि

इंडस्ट्रियलाइज़ेशन इन इंडिया एंड द नाइंटींथ सेंचुरी : सम थियरिटिकल इंप्लीकेशंस', *जरनल ऑफ़ डेवलपमेंट स्टडीज़,* खंड 12, अंक 2 (1976)। इस लेख की तुलना इयन लिटिल के निबंध 'इंडियन इंडस्ट्रियलाइज़ेशन बिफ़ोर 1945', संकलित : एम. गेरसोविट्ज़ (सं.), *द थियरी एंड एक्सपीरिएंस ऑफ़ इकॉनोमिक डेवलपमेंट* (लंदन, 1982) से की जा सकती है। ब्रिटिश राज के बौद्धिक और संस्थागत परिणामों के लिए देखें, एस. अंबिराजन, 'इंडिया : द आफ़्टरमाथ ऑफ़ एंपायर', *हिस्ट्री ऑफ़ पॉलिटिकल इकॉनोमी,* खंड 13, अंक 3 (1981)। औपनिवेशिक शासन पर 'आर्थिक राष्ट्रवादियों' के विचारों का अकेला सबसे बड़ा अध्ययन विपिन चंद्र ने अपनी पुस्तक *द राइज़ एंड ग्रोथ ऑफ़ इकॉनोमिक नेशनलिज़्म इन इंडिया* (नई दिल्ली, 1966) में किया है। यह अध्ययन उपयोगी तो है लेकिन इसके बावजूद अर्थतंत्र संबंधी आधुनिक भारतीय विचार के बौद्धिक इतिहास की रचना अभी बाक़ी है। ब्रिटिश शासन के दौरान हुई आर्थिक गतिविधियों के गर्भ से उत्पन्न हितों और उन हितों की राजनीति के लिए देखें आदित्य मुखर्जी, 'द इंडियन कैपिटलिस्ट क्लास एंड कांग्रेस ऑन नेशनल प्लानिंग एंड पब्लिक सेक्टर 1930-47', संकलित : के.एन. पणिक्कर (सं.), *नेशनल एंड लेफ्ट मूवमेंट्स इन इंडिया* (दिल्ली, 1980) और क्लॉड मार्कोविट्ज़, *इंडियन बिजनेस एंड नेशनल पॉलिटिक्स* (कैंब्रिज, 1985)। भारत में एकीकृत मज़दूर वर्ग के गठन में आई समस्याओं का एक महत्त्वपूर्ण अध्ययन राजनारायण चंदावरकर की कृति *द ऑरिजिंस ऑफ़ इंडस्ट्रियल कैपिटल इन इंडिया : बिजनेस स्ट्रैटेजीज़ एंड द वर्किंग क्लास इन बांबे 1900-1940* (कैंब्रिज, 1994) के रूप में उपलब्ध है।

1947 के बाद की अवधि की अर्थव्यवस्था पर रचे गए साहित्य पर नियोजन का विषय हावी है। भारतीय नियोजन की ऐतिहासिक पृष्ठभूमि की जानकारी के लिए ए.एच. हेंसन की रचना *द प्रॉसेस ऑफ़ प्लानिंग : ए स्टडी ऑफ़ इंडियाज़ फ़ाइव इयर प्लांस 1950-1964* (ऑक्सफ़ोर्ड, 1966) का अध्ययन आवश्यक है। प्रमित चौधरी के दो आलेख 'द ऑरिजिंस ऑफ़ मॉडर्न इंडियाज़ इकॉनोमिक डेवलपमेंट स्ट्रैटेजी', संकलित : माइक शेपर्डसन और कोलिन सिमंस, *द इंडियन नेशनल कांग्रेस एंड द पॉलिटिकल इकॉनोमी ऑफ़ इंडिया 1885-1985* (एल्डरशाट, 1988) एवं 'इकॉनोमिक प्लानिंग इन इंडिया', संकलित : टी.वी. सत्यमूर्ति (सं.), *इंडस्ट्री एंड एग्रीकल्चर इन इंडिया सिंस इंडिपेंडेंस* (दिल्ली, 1995) भी देखे जा सकते हैं। इसी तरह बी.आर. टॉम्लिंसन की रचना 'हिस्टोरिकल रूट्स ऑफ़ इकॉनोमिक पॉलिसी', संकलित : सुब्रत रॉय और विलियम ई. जेम्स (सं.), *फ़ाउंडेशन ऑफ़ इंडियाज़ इकॉनोमिक पॉलिसी : टुवार्ड्स एन एजेंडा फॉर द 1990ज़* (नई दिल्ली, 1992) और बलदेव राज नायर की कृति *द मॉडर्नाइजेशन इंपेरिटिव एंड इंडियन प्लानिंग* (दिल्ली, 1972) भी उपयोगी हो सकती हैं। नियोजन के आर्थिक परिणामों पर काफ़ी साहित्य

रचा गया है। इसमें सबसे अच्छी कृति के लिए देखें सुखमय चक्रवर्ती, डेवलपमेंट प्लानिंग : द इंडियन एक्सपीरिएंस (दिल्ली, 1987)। चक्रवर्ती का आलेख *'नेहरू एंड इंडियन प्लानिंग'*, साउथ एशिया रिसर्च, खंड-1, अंक-2 (1989) भी उपयोगी है। इसी प्रकार सुखमय चक्रवर्ती और जगदीश भगवती की संयुक्त रचना 'कंट्रीब्यूशन टु इंडियन इकॉनोमिक एनालैसिस', *अमेरिकन इकॉनोमिक रिव्यू*, एलआईएक्स, अंक-4, विशेषांक (1969), और फ्रेंसिन फ्रेंकेल की उल्लिखित की जा चुकी कृति *इंडियाज़ पॉलिटिकल इकॉनोमी, 1947-1977* का अध्ययन भी ज़रूरी है। पश्चिमी और भारतीय अर्थशास्त्रियों के एक-दूसरे पर प्रभाव के लिए देखें : जॉर्ज रोज़ेन, *वेस्टर्न इकॉनोमिस्ट्स एंड ईस्टर्न सोसाइटीज़ : एजेंट्स ऑफ़ सोशल चेंज इन साउथ एशिया, 1950-70* (दिल्ली, 1985)। यह रचना कुल मिलाकर निराशाजनक ही है, फिर भी इससे थोड़ी-बहुत जानकारी मिल सकती है। महलनोबीस की एक जीवनी अशोक रुद्र द्वारा लिखित *पी.सी. महलनोबीस* (दिल्ली, 1996) प्रकाशित हुई है लेकिन यह एक अपर्याप्त प्रयास है। भारतीय नियोजन की बढ़ती हुई कठिनाइयों का पॉल स्ट्रीटन और माइकल लिप्टन द्वारा संपादित द *क्राइसिस ऑफ़ इंडियन प्लानिंग : इकॉनोमिक प्लानिंग इन द 1960ज़* (लंदन, 1968), और जगदीश भगवती और पद्मा देसाई की रचना *इंडियाज़ प्लानिंग फ़ॉर इंडस्ट्रियलाइजेशन* (लंदन, 1970) में जिक्र मिलता है। 1947 के बाद नीति-निर्माण की वास्तविक प्रक्रिया का अध्ययन बहुत ही कम हुआ है। नियोजन की राजनीति का कुछ परिप्रेक्ष्य टी.जे. बायर्स (सं.), *द स्टेट एंड डेवलपमेंट प्लानिंग इन इंडिया* (दिल्ली, 1994) में उपलब्ध है।

खेतिहर सुधारों पर रचे गए साहित्य का विस्तृत सर्वेक्षण पी.सी. जोशी की रचना *लैंड रिफ़ॉर्म्स इन इंडिया : ट्रेंड्स एंड पर्सपेक्टिव्ज़* (बंबई, 1975) में उपलब्ध है। भूमि सुधारों की नाकामी के विषय पर रोनाल्ड हेरिंग की पुस्तक *लैंड टु द टिलर : द पॉलिटिकल इकॉनोमी ऑफ़ एग्रेरियन रिफ़ॉर्म इन साउथ एशिया* (न्यूहैविन, 1983) एक अनिवार्य रचना है। 'हरित क्रांति' के शुरुआती अध्ययन के लिहाज़ से फ्रेंसिन फ्रेंकेल की रचना *इंडियाज़ ग्रीन रिवोल्यूशन : इकॉनोमिक क्राइसिस एंड पॉलिटिकल कॉस्ट्स* (प्रिंसटन, 1971) उपयोगी है। खेतिहर क्षेत्र द्वारा आर्थिक नीति को अपने पक्ष में न मोड़ पाने के कारणों पर आशुतोष वार्ष्णेय ने *डेमोक्रेसी, डेवलपमेंट एंड द कंट्रीसाइड : अरबन-रूरल स्ट्रगल्स इन इंडिया* (कैंब्रिज, 1995) में प्रकाश डाला है। यान ब्रेमन ने 'अनौपचारिक' खेतिहर अर्थव्यवस्था में रोज़गार तलाशने वाले अतिदरिद्रों को *फुटलूज़ लेबर : वर्किंग इन इंडियाज़ इनफॉर्मल इकॉनोमी* (कैंब्रिज, 1996) में अपना विषय बनाया है।

वैकासिक अर्थशास्त्र के सिद्धान्त और व्यवहार के लिहाज़ से भारतीय अनुभव काफ़ी उर्वर रहा है। इसके सुस्पष्ट परिचय के लिए देखें : अमर्त्य सेन, 'द कंसेप्ट ऑफ़ डेवलपमेंट', एच. चेनरी और टी.एन. श्रीनिवासन (सं.), *हैंडबुक ऑफ़*

डेवलपमेंट इकॉनोमिक्स, खंड 1 (ऑक्सफ़ोर्ड, 1988), और अमर्त्य सेन, 'इंडियन डेवलपमेंट : लेसंस एंड नॉनलेसंस', *डेडलस,* खंड 118, अंक 4 (1989)। विकास की अवधारणा को व्यापक अर्थ प्रदान करने वाली अत्यंत परिष्कृत क़िस्म की सैद्धांतिक रचनाओं के लिए देखें : अमर्त्य सेन, *इनइक्वलिटी रिएग्जामिंड* (ऑक्सफ़ोर्ड, 1992) और पार्थ दासगुप्ता, *एन इनक्वायरी इन टु पावर्टी, डेस्टीट्यूशन एंड वेल-बीइंग* (ऑक्सफ़ोर्ड, 1993)। माइकल लिप्टन और जॉन टॉय की पुस्तक *डज़ एड वर्क इन इंडिया?* (लंदन, 1990) में विदेशी सहायता की भूमिका पर ग़ौर किया गया है। उपमहाद्वीप की जनसांख्यिकी पर प्रकाशित किंग्सली डेविस की प्रामाणिक रचना *द पॉपुलेशन ऑफ़ इंडिया एंड पाकिस्तान* (प्रिंसटन, 1951) के प्रकाशन के बाद इस स्तर की कोई और कृति सामने नहीं आई है। इस सिलसिले में रॉबर्ट कैसेन की कृति *इंडिया : पॉपुलेशन, इकॉनोमी, सोसाइटी* (लंदन, 1978) और पैट्रीशिया और रोज़र जैफ़री की सद्यःप्रकाशित पुस्तक *पॉपुलेशन, जेंडर एंड पॉलिटिक्स* (कैंब्रिज) पठनीय है। जनसंख्या नीति की अंतर्निहित परंपरानिष्ठा पर आलोचनात्मक परिप्रेक्ष्य के लिए देखें अमर्त्य सेन का निबंध, 'पापुलेशन : डिल्यूज़न एंड रियलिटी', *न्यूयॉर्क रिव्यू ऑफ़ बुक्स* (22 सितंबर, 1994)।

अक्सर देखा गया है कि वैकासिक साहित्य जिन धारणाओं का इस्तेमाल करता है, उन्हीं की ऐतिहासिकता की तरफ़ से बेपरवाह रहता है। इसी तर्ज़ पर वैकासिक साहित्य के तहत भारतीय संदर्भ में ग़रीबी की अवधारणा का उसके बदलते हुए ऐतिहासिक तात्पर्य को ध्यान में रखे बिना प्रयोग किया गया है। ज़ाहिर है कि ग़रीबों के अवधारणात्मक इतिहास को उकेरने की तुरंत आवश्यकता है। बहरहाल, इस सिलसिले में देखें : प्रमित चौधरी, 'चेंजिंग पर्सेप्शंस ऑफ़ पावर्टी इन इंडिया : स्टेट एंड पावर्टी', *सांख्य : इंडियन जरनल ऑफ़ स्टेटिस्टिक्स,* खंड 55, अंक 3 (1993)। एंगस मेडिसन ने इसी विषय का आँकड़ागत विश्लेषण किया है, 'द हिस्टोरिकल ऑरिजिंस ऑफ़ इंडियन पावर्टी', *बैंका नेज़नाले डेल लावोरे क्वार्टरली रिव्यू,* खंड 23, अंक 92 (1970)। शासन की प्रजा के रूप में ग़रीबों के ऐतिहासिक उदय के लिए नंदिनी गोप्त का उत्तर भारत के संदर्भ में किया गया काम उल्लेखनीय है : देखें उनका निबंध 'द 'प्राब्लम' ऑफ़ द अरबन पुअर : पॉलिसी एंड डिस्कोर्स ऑफ़ द लोकल एडमिनिस्ट्रेशन', *ईपीडब्ल्यू,* खंड 31, अंक 50 (1996)। अतुल कोहली ने अपनी रचना *द स्टेट एंड पावर्टी इन इंडिया* (कैंब्रिज, 1978) में भारतीय संघ के विभिन्न राज्यों में ग़रीबी उन्मूलन की नीतियों की सफलता का तुलनात्मक अध्ययन किया है। ग़रीबी के विषय में संबंधित व्यावहारिक और नैतिक मुद्दों पर ज्याँ द्रेज़ और अमर्त्य सेन (सं.) की रचना *द पॉलिटिकल इकॉनोमी ऑफ़ हंगर,* तीन खंड (ऑक्सफ़ोर्ड, 1990) एक अनिवार्य रचना है। शिक्षा जैसे केंद्रीय महत्त्व के विषय पर निश्चित रूप से आवश्यक ध्यान नहीं दिया

गया है। शिक्षा नीति की शुरुआती विसंगतियों पर देखें कृष्ण कुमार, *पॉलिटिकल एजेंडा ऑफ़ एजुकेशन : ए स्टडी ऑफ़ कॉलोनियलिस्ट एंड नेशनलिस्ट आइडियाज़* (नई दिल्ली, 1991)। बाद की नाकामियों के लिए देखें जे.पी. नायक, *पॉलिसी एंड परफॉरमेंस इन इंडियन एजूकेशन 1947-1974* (नई दिल्ली, 1975), माइरन वीनर, *द चाइल्ड एंड द स्टेट इन इंडिया : चाइल्ड लेबर एंड एजूकेशन पॉलिसी इन कंपेरेटिव पर्सपेक्टिव* (प्रिंसटन, 1991)। इसके अलावा ज्याँ द्रेज़ और अमर्त्य सेन द्वारा संपादित *इंडियन डेवलपमेंट : सिलेक्टिड रीजनल पर्सपेक्टिज़* (दिल्ली, 1996) में भी इस विषय पर सामग्री है।

भारत में काले धन की अर्थव्यवस्था की मात्रा के लिए देखें, सूरज बी. गुप्ता, *ब्लैक इनकम इन इंडिया* (नई दिल्ली, 1992)। इशर जज अहलूवालिया ने भारत के ख़राब आर्थिक प्रदर्शन के कारणों की जाँच अपने अध्ययन *इंडस्ट्रियल ग्रोथ इन इंडिया : स्टेगनेशन सिंस द मिड सिक्सटीज़* (दिल्ली, 1985) में की है। प्रेम शंकर झा ने *इंडियन इकॉनोमी ऑफ़ स्टेगनेशन* (बंबई, 1980) में इसी विषय को उठाया है। दीपक लाल ने अपनी रचना *द हिंदू इक्विलीबिरयम* (ऑक्सफ़ोर्ड, 1988) में इसी पहलू पर प्रयोजनमूलक दृष्टि डाली है। अतुल कोहली ने अपने निबंध 'द पॉलिटिक्स ऑफ़ इकॉनोमिक लिबरलाइज़ेशन इन इंडिया', *वर्ल्ड डेवलपमेंट,* खंड 17, अंक 3 (1989) में इस विषय पर विचार किया है कि अस्सी के दशक में हुए उदारीकरण के प्रयास सीमित क्यों रहे। विजय जोशी के आलेख 'मॅक्रोइकॉनोमिक पॉलिसी एंड इकॉनोमिक रिफ़ार्म', के. बनर्जी और टी. वकील (सं.), *इंडिया जॉइनिंग द वर्ल्ड इकॉनोमी* (नई दिल्ली, 1995) में 1991 के आर्थिक संकट की व्याख्या की गई है। आर्थिक सुधारों से जुड़े आर्थिक व राजनीतिक मुद्दों पर रॉबर्ट कैसेन और विजय जोशी द्वारा संपादित *इंडिया : द फ़्यूचर ऑफ़ इकॉनोमिक रिफ़ॉर्म्स* (दिल्ली, 1995) में विचार किया गया है। इस सिलसिले में विशेष तौर से राजनीतिक संदर्भ में सुधार-प्रक्रिया पर रॉबर्ट एस जेनकिंस ने 'थियराइजिंग द पॉलिटिक्स ऑफ़ इकॉनोमिक एडजस्टमेंट : लेसंस फ्रॉम द इंडियन केस', *जरनल ऑफ़ कॉमनवेल्थ एंड कंपेरेटिव पॉलिटिक्स,* खंड 33, अंक 1 (1995) में ग़ौर किया है। इसके अलावा जेनकिंस के डी. फ़िल. पर आधारित *डेमोक्रेटिक एडजस्टमेंट : एक्सप्लेनिंग द पॉलिटिकल सस्टेनिबिलिटी ऑफ़ इकॉनोमिक रिफ़ॉर्म इन इंडिया,* (ससेक्स विश्वविद्यालय, 1997) में इसी विषय पर विचार किया गया है।

भारत और अन्य देशों के आर्थिक प्रदर्शन पर कई तुलनात्मक अध्ययन किए गए हैं (उदाहरणार्थ देखें, द्रेज़ और सेन की पुस्तक *इंडिया : इकॉनोमिक डेवलपमेंट एंड सोशल अपोर्चूनिटी,* दिल्ली, 1995 का तीसरा और चौथा अध्याय)। लेकिन, नीति-निर्माण के संस्थागत संदर्भ का तुलनात्मक अध्ययन न के बराबर है। इस संबंध में उपयोगी ढंग से विकसित किए जा सकने वाले काम के उदाहरण के लिए देखें

रॉबर्ट वेड का लेख, 'हाउ टु मेक 'स्ट्रीट लेविल' ब्यूरोक्रेसीज़ वर्क बेटर : इंडिया एंड कोरिया', *आईडीएस बुलेटिन,* खंड 23, संख्या 4 (1992)।

शहरी इतिहास की विधा भारत में अविकसित है। कुछ ख़ास भारतीय शहरों के विस्तृत अध्ययन अवश्य किए गए हैं। भारत के शहरों पर दो आकर्षक पुस्तकों के लिए देखें : नोर्मा इवेंसन, द *इंडियन मेट्रोपोलिस* (लंदन और न्यू हैवन, 1989) जो चार सबसे बड़े महानगरों (कलकत्ता, नई दिल्ली, मुंबई और मद्रास) पर केंद्रित है, तथा जाइल्स टिलस्टन, द *ट्रेडिशन ऑफ़ इंडियन आर्किटेक्चर* (लंदन और न्यू हैवन, 1989) जो केवल स्थापत्य संबंधी और सौंदर्यशास्त्रीय पहलुओं पर प्रकाश डालती है। यूरोपीय और 'एशियाई' शहर के बीच तुलना की एक शास्त्रीय व्याख्या के लिए देखें मैक्स वेबर, द *सिटी* (ग्लेको, 1958)। वेबर के विचार को पुष्ट करने वाले एशियाई प्रमाणों के लिए देखें विलियम रो द्वारा उन्नीसवीं सदी के हैंको का असाधारण अध्ययन, *हैंको : कॉमर्स एंड सोसाइटी इन ए चाइनीज़ सिटी 1796-1889* (स्टेनफ़ोर्ड, 1984), और *हैंको : कांफ्लिक्ट एंड कम्युनिटी इन ए चाइनीज़ सिटी 1796-1895* (स्टेनफ़ोर्ड, 1989)। किसी भारतीय शहर पर इस तरह का कोई अनुसंधान नहीं किया गया है। वेबर की थीसिस की तुलनात्मक आलोचना जैक गुडी ने अपनी पुस्तक द *ईस्ट इन द वेस्ट* (कैंब्रिज, 1996) में की है। शहरी केंद्रों में पारंपरिक और आधुनिक गतिविधियों के बीच की जानकारी के लिए देखें टॉमस ट्रिम्बर्ग, द *मारवाड़ीज : फ्रॉम ट्रेडर्स टु इंडस्ट्रियलिस्ट्स* (दिल्ली, 1978)। बेहतरीन जीवनीपरक अध्ययन के लिए देखें विजेंद्र त्रिपाठी, *कस्तूरभाई लालभाई एंड हिज़ इंटरप्रिनरशिप* (नई दिल्ली, 1978)। पचास के दशक में भारत के शहरों के बारे में कई दिलचस्प और महत्त्वाकांक्षी सैद्धांतिक अध्ययन हुए हैं। देखें, रॉबर्ट रेडफ़ोल्ड और मिल्टन सिंगर, 'द कल्चरल रोल ऑफ़ सिटीज़', मैन इन इंडिया, खंड 36, अंक 3 (1950); मिल्टन सिंगर 'द ग्रेट ट्रेडिशन इन ए मेट्रोपोलिटन सेंटर : मद्रास', संकलित : मिल्टन सिंगर (सं.), *ट्रेडिशनल इंडिया : स्ट्रक्चर एंड चेंज* (फ़िलाडेल्फिया, 1959) और जी.एस. गुरिए, 'सिटीज़ ऑफ़ इंडिया', *सोशियोलॉजिकल* बुलेटिन, खंड 2 (1953)। शहर और गाँव की मानक तुलना के लिए देखें लुई दुमों, 'द 'विलेज कम्युनिटी' फ्रॉम मेन टु मुनरो', *कंट्रीब्यूशन टु इंडियन सोशियोलाजी,* खंड 9 (1966); क्लाइव डेवी, 'इमेजिज़ ऑफ़ द विलेज कम्युनिटी : ए स्टडी इन एंग्लो-इंडियन आइडियॉलाजी', *एमएएस,* खंड 6, अंक 2 (1972); एम.एन. श्रीनिवास, 'द इंडियन विलेज : मिथ एंड रियलिटी', संकलित : *द डॉमिनेंट कास्ट एंड अदर एसेज़* (दिल्ली, 1987); और रोड्स मर्फी, 'सिटी एंड कंट्रीसाइडस एज आइडियॉलाजीकल इशूज़ : इंडिया एंड चाइना', *सीएसएसएच,* खंड 14, अंक 3 (1972)।

सी. ए. बेली ने अपनी पुस्तक *रूलर्स, टाउंसमेन एंड बाज़ार्स : नार्थ इंडियन सोसाइटी इन द एज ऑफ़ ब्रिटिश एक्सपेंशन 1770-1870* (द्वितीय संस्करण, दिल्ली, 1992) में शहरी जीवन पर उपनिवेशवाद के प्रभाव के बारे में भी विचार किया है। इस सिलसिले में रिचर्ड जी. फ़ॉक्स द्वारा संपादित पुस्तक *अरबन इंडिया : सोसाइटी, स्पेस एंड इमेज* (ड्यूक विश्वविद्यालय, 1970) और एंथोनी डी. किंग, *कोलोनियल अरबन डेवलपमेंट* (लंदन, 1976) के निबंध भी उपयोगी होंगे। भारत के प्रांतीय शहरों में जन-राजनीति के उदय पर देखें सूरत से संबंधित अध्ययन डगलस हेंस, *रिटोरिक एंड रिचुअल इन कोलोनियल इंडिया* (बर्कले, 1991); और बनारस से संबंधित अध्ययन सांद्रा फ्रीटेग, *कलेक्टिव एक्शन एंड कम्युनिटी : पब्लिक एरीनाज़ एंड द इमर्जेंस ऑफ़ कम्युनलिज़्म इन नॉर्थ इंडिया* (बर्कले, 1989)। कैनेथ गिलियन द्वारा रचित *अहमदाबाद* (बर्कले, 1968) 'पारंपरिक' भारतीय शहर का बेहतरीन वृत्तांत पेश करती है। भारतीय शहरों को सुधारने के ब्रिटिश संकल्प पर देखें जे.बी. हैरिसन का निबंध 'इलाहाबाद : ए सेनिटरी हिस्ट्री', संकलित : के. बालहैचेट और जे. हैरिसन (सं.), द *सिटी इन साउथ एशिया : प्रिमॉडर्न एंड मॉडर्न* (लंदन, 1980)। पैट्रिक गेड्स के कामों और विचारों के ज़रिये सुधारों के संबंध में एक भिन्न दृष्टि मिल सकती है कि ये सुधार किसी और दिशा में भी हो सकते थे : देखें जे. टिरविट (सं.), *पैट्रिक गैडिस इन इंडिया* (लंदन, 1947)। संस्कृति, इतिहास और शहरी रूपों में समस्वरता खोजने के गैडिस के अपने प्रयासों के संबंध में देखें 'द टैंपिल सिटीज़', *मॉडर्न रिव्यू* (इंडिया), अंक 25 (1919)।

शहरी भारत में समाज-परिवर्तन और राष्ट्रवादी राजनीति के उदय के दो उपयोगी इतिहासों के लिए देखें : रवींद्र कुमार, 'द चेंजिंग स्ट्रक्चर ऑफ़ अरबन सोसाइटी इन कोलोनियल इंडिया', *आईएचआर*, खंड 5, अंक 1-2 (1978); रवींद्र कुमार, 'द रोल ऑफ़ अरबन सोसाइटी इन नेशनलिस्ट पॉलिसी', संकलित : इंदु बंगा (सं.), द *सिटी इन इंडियन हिस्ट्री, अरबन डेमोग्राफ़ी, सोसाइटी एंड पॉलिटिक्स* (दिल्ली, 91)। राष्ट्रवाद में शहरों की भूमिका का अध्ययन रजत के. राय की रचना *द अरबन रूट्स ऑफ़ इंडियन नेशनलिज़्म : प्रेशर ग्रुप्स एंड कांफ्लिक्ट ऑफ़ इंटरेस्ट इन कैलकटा पॉलिटिक्स 1875-1939* (नई दिल्ली, 1975) में मिलता है। शहरों में राजनीतिक कार्रवाई के लोकप्रिय रूपों तथा उन्हें नियंत्रित करने की कांग्रेसी नेताओं की इच्छा के बीच तनावों पर रंजीत गुहा ने 'डिसिप्लिन एंड मोबिलाइज', संकलित : पार्थ चटर्जी और ज्ञानेंद्र पांडेय (सं.), *सबालटर्न स्टडीज़*, vii (दिल्ली, 1992) विचार किया है। इसके अलावा इस विषय में जिम मैसेलोज़ ने भी अपने आलेख 'ऑडिएंसिज़, एक्टर्स एंड कांग्रेस ड्रामाज़ : क्राउड ईवेंट्स इन बांबे सिटी इन 1930', संकलित : जिम मैसेलोज़ (सं.), *स्ट्रगलिंग एंड रूलिंग : द इंडियन नेशनल कांग्रेस, 1885-1985* (दिल्ली, 1987) ग़ौर किया है।

भारत की शहरी जनसांख्यिकी और समाजशास्त्र पर काफ़ी साहित्य रचा गया है। इसका मानक परिचय आशीष बोस की रचना, *इंडियाज़ अरबनाइज़ेशन 1901-2001* (नई दिल्ली, 1980) में दिया गया है। इसके अलावा देखें राय टर्नर (सं.), *इंडियाज़ अरबन फ़्यूचर* (बर्कले, 1962), तथा अधिक तकनीकी और सीमित विश्लेषण के लिए देखें चार्ल्स बेकर, जेफ़री विलियमसन और एडविन मिल, *इंडियन अरबनाइजेशन एंड इकॉनोमिक ग्रोथ सिंस 1960* (बाल्टीमोर, 1992)। तृतीय विश्व में शहरीकरण पर एक तुलनात्मक परिप्रेक्ष्य के लिए पॉल बायरॉक का प्रामाणिक अध्ययन *सिटीज़ एंड इकॉनोमिक डेवलपमेंट,* (ऑक्सफ़ोर्ड, 1988), चतुर्थ खंड। शहरों की तरफ़दारी करने का आरोप लगाने वाले विवादास्पद दावे के लिए देखें : मिशेल लिप्टन, *व्हाई पुअर रिमेन पुअर : अरबन बाइस इन वर्ल्ड डेवलपमेंट* (कैंब्रिज एमए, 1977)। शहरों की सामाजिक संरचना और राजनीति के दो उपयोगी लेकिन पुराने पड़ चुके संकलन हैं सतीश सब्बरवाल (सं.), 'प्रॉसेज़ एंड इंस्टीट्यूशन इन अरबन इंडिया', *कंट्रीब्यूशंस टु इंडियन सोशियोलॉजी एन. एस.,* खंड xi, अंक 1 (1977) (इसमें विशेष तौर पर सब्बरवाल द्वारा लिखा गया परिचय पठनीय है), तथा डोनाल्ड बी. रोजेंथाल (सं.), द *सिटी इन इंडियन पॉलिटिक्स* (फ़रीदाबाद, 1976)। आव्रजन और उसके राजनीतिक नतीजों के लिए देखें मायरन वीनर, *संस ऑफ़ द सायल : माइग्रेशन एंड इथनिक कांफ्लिक्ट इन इंडिया* (प्रिंसटन, 1978)।

अलग-अलग भारतीय शहरों पर भी प्रचुर सामग्री उपलब्ध है। इसमें कुछ रचनाओं की गुणवत्ता काफ़ी अच्छी है। डायना एल. ऍक की रचना *बनारस : सिटी ऑफ़ लाइट* (न्यूयॉर्क, 1982) बनारस का सामान्य इतिहास बताने के मामले में सर्वश्रेष्ठ है। नीता कुमार की रचना द *आर्टीजंस ऑफ़ बनारस : पापुलर कल्चर एंड आइडेंटिटी, 1880-1986* (प्रिंसटन, 1988) और जोनाथन पैरी की रचना *डेथ इन बनारस* (कैंब्रिज, 1994) भी अनिवार्यतः पठनीय हैं। नई दिल्ली के निर्माण के बारे में रॉबर्ट ग्रांट अरविंग ने *इंडियन समर : लुटियंस, बेकर एंड इंपीरियल डेलही* (न्यू हैवन एंड लंदन, 1989) में बड़े लगाव के साथ वर्णन किया है। इस शहर का शुरुआती इतिहास रॉबर्ट फ्राइकेनबर्ग (सं.), *डेलही थ्रू द एजिज़* (दिल्ली, 1986) में संकलित निबंधों में मौजूद है। विशेष तौर पर देखें बेली और नारायणी गुप्ता का निबंध। कलकत्ता के विषय पर सुकांत चौधरी द्वारा संपादित *कलकत्ता : द लिविंग सिटी,* दो खंड (कलकत्ता, 1990) के निबंध काफ़ी दिलचस्प हैं। इस शहर की लोकप्रिय संस्कृति की जाँच-पड़ताल सुमंत बनर्जी ने द *पार्लर एंड द स्ट्रीट* (कलकत्ता, 1981) में की है। चंडीगढ़ पर भी विपुल साहित्य उपलब्ध है। ख़ासतौर से उसकी वास्तुकला पर। शहर के रूप को समझने और उसके निर्माण के इतिहास को समझने के लिए नोर्मा इवेंसन की रचना *चंडीगढ़* (बर्कले, 1966) और रवि कालिया की रचना *चंडीगढ़ : द मेकिंग ऑफ़ एन इंडियन सिटी* (दिल्ली, 1987) अनिवार्य हैं। चंडीगढ़ पर छिड़े

राजनीतिक विवाद की जाँच योगेंद्र मलिक ने 'कांफ़्लिक्ट ओवर चंडीगढ़ : ए केस स्टडी ऑफ़ एन इंटरस्टेट डिस्प्यूट इन इंडिया', *कंट्रीब्यूशंस टु एशियन स्टडीज़*, खंड 3 (1973) में की है। मधु सरीन ने अपनी रचना *अरबन प्लानिंग इन थर्ड वर्ल्ड : द चंडीगढ़ एक्सपीरिएंस* (लंदन, 1982) में इस शहर में ग़रीबों की उपेक्षा की आलोचना की है। राष्ट्रीय पहचान की संरचना में चंडीगढ़ जैसे शहरों के प्रतीकात्मक महत्त्व की चर्चा दो पुस्तकों में की गई है। देखें स्वेन निल्सन, *न्यू कैपिटल्स ऑफ़ इंडिया, पाकिस्तान, बांग्लादेश* (लंदन, 1973); और लॉरेंस जे वेल, *आर्किटेक्चर, पॉवर एंड नेशनल आइडेंटिटी* (न्यू हैवन, 1992)। शरद द्विवेदी और राहुल महरोत्रा ने *बांबे* (बंबई, 1995) में; और गिलियन टिंडल ने *सिटी ऑफ़ गोल्ड : ए बायोग्राफ़ी ऑफ़ बांबे* (लंदन, 1982) में इस शहर का बेहतरीन सचित्र इतिहास पेश किया है। बंबई के सामाजिक, राजनीतिक और सांस्कृतिक पहलुओं पर एक अनिवार्य और व्यापक संकलन दो खंडों में सुजाता पटेल और एलिस थार्नर ने संपादित किया है—*बांबे : ए मेटाफ़र फ़ॉर मॉडर्न इंडिया* (बंबई, 1995) में, इसमें लेले और ह्यूज के शिव सेना पर आलेख तथा शर्मा का 1993 के दंगों पर निबंध पठनीय है। दूसरा खंड *बांबे : मोज़ाइक फ़ॉर मॉडर्न कल्चर* (बंबई, 1995) इस शहर के सांस्कृतिक और साहित्यिक पहलुओं की जानकारी देता है। दोनों खंडों में संकलित निबंध यह बताने की कोशिश करते नज़र आते हैं कि बंबई का सार्वदेशिक स्वप्न अस्सी और नब्बे के दशक में क्यों भंग हो गया। शिव सेना के सांगठनिक रूप और सामाजिक आधार का अध्ययन दीपंकर गुप्ता ने अपने शोध *नेटिविज़्म इन ए मेट्रोपोलिस : शिव सेना इन बांबे* (नई दिल्ली, 1982) में किया है। 1992-93 के दंगों पर जिम मेसलोज़ ने *साउथ एशिया*, खंड xvii, विशेषांक (1994) में संकलित अपने आलेख 'द बांबे रायट्स ऑफ़ जनवरी 1993 : द पॉलिटिक्स ऑफ़ अरबन कनफ़्लेग्रेशन' में विचार किया है। इस दंगे का घटनाक्रम वी.के. रामचंद्रन ने 'रीन ऑफ़ टेरर : शिव सेना पोग्रॉम इन बांबे', *फ़्रंटलाइन* (मद्रास), 12 फ़रवरी 1993 और दिलीप पडगाँवकर (सं.), *व्हेन बांबे बर्न्ड* (नई दिल्ली, 1993) में वर्णित किया है। बंगलुरु पर साहित्य आसानी से उपलब्ध नहीं है। दो विस्तृत और अधिकांशतः तकनीकी क़िस्म के अध्ययनों के लिए देखें वी.एल.एस. प्रकाश राव और बी.के. तिवारी *द स्ट्रक्चर ऑफ़ एन इंडियन मेट्रोपोलिस : ए स्टडी ऑफ़ बंगलूरु* (बंबई, 1979); और विनोद व्यासुलु और ए.के.एन. रेड्डी (सं.), *एसेज़ ऑन बंगलूरु* (बंगलूरु, 1986)। शहर के ग़रीब तबक़े पर ज़हरीली शराब कांड के संदर्भ में जेम्स मेनर ने *पावर, पावर्टी एंड पॉयज़न : डिसास्टर एंड रिस्पांस इन एन इंडियन सिटी* (नई दिल्ली, 1993) में ग़ौर किया है। तेज़ी से विकसित होते हुए नए प्रांतीय शहरों और उनकी ख़ास तरह की राजनीति पर अकादमीशियनों ने लगभग नहीं के बराबर ही ध्यान दिया है। इन जगहों के रोचक पत्रकारीय वर्णन के लिए देखें, पंकज मिश्रा,

बटर चिकन इन लुधियाना : ट्रेवल्स इन स्मॉल टाउन इंडिया (नई दिल्ली, 1995)। ग़रीबी और झुग्गियों पर अवधारणात्मक लेखन की दो रचनाएँ बड़ी प्रभावी साबित हुई हैं और दोनों में दीर्घकालीन ऐतिहासिक नज़रिया अपनाया गया है। उनमें एक है दीपेश चक्रवर्ती की 'ओपन स्पेस/पब्लिक स्पेस : गार्बेज, मॉडर्निटी एंड इंडिया', साउथ एशिया, खंड xiv, अंक 1 (1994); और दूसरी है सुदीप्त कविराज की रचना 'फ़िल्थ एंड 'द पब्लिक स्फ़ेयर'', आस्टरीशीजी जीटश्रिफ़ फ़र सोशियोलॉजी, खंड 21, अंक 2 (1996)। और अधिक विशेष अध्ययनों के लिए देखें पॉल वीब, *सोशल लाइफ़ इन एन इंडियन स्लम* (दिल्ली, 1975), जेरेमी सीरबुक, लाइफ़ एंड लेबर इन ए बांबे स्लम (लंदन, 1987), एवं तुलनात्मक दृष्टि के लिए देखें सीरबुक की ही रचना *इन द सिटीज़ ऑफ़ साउथ : सींस फ़्रॉम ए डेवलपिंग वर्ल्ड* (लंदन, 1996)।

अस्सी के दशक से ही भारत में धर्म की राजनीति का विकास काफ़ी विचारोत्तेजक विषय रहा है और इसके कारण भी स्पष्ट हैं। राजनीतिक हिंदुत्व के उदय के साथ ही भारतीय अस्मिता और धर्म के संबंधों पर बहस होने लगी है। हिंदू दर्शनों और मतभेदों के बेहतरीन परिचय के लिए देखें : के.एम. सेन, हिंदुइज़्म (लंदन, 1961); हाइनरिख वॉन स्टीटनक्रान, 'व्हाट इज़ हिंदुइज़्म? ऑन द हिस्ट्री ऑफ़ ए रिलीजिस ट्रेडिशन', संकलित : हाँस कुंग वग़ैरह, *क्रिस्चियनिटी एंड वर्ल्ड रिलीजंस* (लंदन, 1987)। सनातन धर्म और परंपरा की भारतीय अवधारणाओं पर एक दिलचस्प निबंध के लिए देखें वैद्यनाथ सरस्वती, *थिंकिंग एबाउट ट्रेडिशन : द इंडियन विज़न* (वाराणसी, 1987)। दक्षिण एशिया में इस्लाम पर देखें असीम रॉय, द *इस्लामिक सिंक्रेटिस्टिक ट्रेडिशन इन बंगाल* (प्रिंसटन, 1983) और असीम रॉय (सं.), *इस्लाम इन साउथ एशिया : ए रीजनल पर्सपेक्टिव* (नई दिल्ली, 1996)। इसकी ग्रंथावली भी उपयोगी है। पार्थ चटर्जी ने अपनी रचना द *नेशन एंड इट्स फ्रेगमेंट्स : कोलोनियल एंड पोस्ट कोलोनियल हिस्ट्रीज़* (प्रिंसटन, 1993) में और ज्ञानेंद्र पांडेय (सं.) ने *हिंदूज एंड अदर्स : द क्वेश्चन ऑफ़ आइडेंटिटी इन इंडिया टुडे* (नई दिल्ली, 1993) में हिंदू राजनीतिक अस्मिता के उदय की ऐतिहासिक पृष्ठभूमि के कई पहलुओं का अध्ययन किया है। आधुनिक हिंदू राजनीतिक अस्मिता के उदय के संदर्भ में विनायक दामोदर सावरकर के व्यक्तित्व की केंद्रीय भूमिका रही है। लेकिन उनका अध्ययन केवल उनके प्रशंसकों ने किया है। चूँकि कोई बेहतर अध्ययन उपलब्ध नहीं है इसलिए देखें : धनंजय कीर, *वीर सावरकर* (तृतीय संस्करण, बंबई, 1988)। ब्रूस ग्राहम ने हिंदू राष्ट्रवादी राजनीतिक संगठनों के गठन की अपनी रचना *हिंदू नेशनलिज्म एंड इंडियन पॉलिटिक्स : द ऑरिजिंस एंड डेवलपमेंट ऑफ़ द भारतीय जनसंघ* (कैंब्रिज, 1996) में जाँच की है। इसी विषय पर क्रिस्टॉफ़ जैफरलो ने काफ़ी गहराई से अपनी महत्त्वपूर्ण कृति, द *हिंदू नेशनलिस्ट मूवमेंट एंड इंडियन*

पॉलिटिक्स, 1925 टु द 1990ज़ (लंदन, 1990) में विचार किया है। हिंदू राष्ट्रवाद के प्रवक्ताओं के मुख से ही उसका आख्यान सुनना भी आवश्यक है। इसके लिए पुरानी पीढ़ी के बुद्धिजीवी और राजनेता बलराज मधोक की दो कृतियाँ देखी जा सकती हैं : *इंडियाइजेशन : व्हाट, व्हाई एंड हाऊ?* (दिल्ली, 1970) और *रेशनेल ऑफ़ हिंदू स्टेट* (दिल्ली, 1982)।

भारतीय धर्मनिरपेक्षता पर बहस ने विपुल साहित्य को जन्म दिया है। इनमें ये रचनाएँ अनिवार्य हैं : डोनाल्ड ई. स्मिथ, *इंडिया एँज ए सेकुलर स्टेट* (प्रिंसटन, 1963); टी.एन. मदान, 'सेकुलरिज्म इन इट्स प्लेस', *जेएएस,* खंड 46, अंक 4' (1987); और 'विदर इंडियन सेकुलरिज़्म?', *एमएएस,* खंड 27, अंक 3 (1993)। इसके अलावा देखें टी.एन. मदान (सं.), *रिलीजन इन इंडिया* (दिल्ली, 1991) और मॉडर्न मिथ्स, लॉक्ड माइंड्स (दिल्ली, 1997); आशीष नंदी, 'एन एंटी सेकुलरिस्ट मेनिफेस्टो', *सेमिनार* (दिल्ली), अंक 314 (1985); और 'द पॉलिटिक्स ऑफ़ सेकुलरिज्म एंड द रिकवरी ऑफ़ रिलीजस टॉलरेंस', संकलित : वीणा दास (सं.), *मिरर्स ऑफ़ वायलेंस* (दिल्ली, 1990), *ईपीडब्ल्यू,* खंड 29, अंक 28 (1994) के आलेख। 'धर्मनिरपेक्षता, आधुनिकता और राज्य' विषय पर *ईपीडब्ल्यू,* खंड xxix, अंक 4 (1994) के विशेषांक में ख़ास तौर से भार्गव, बिलग्रामी और चटर्जी के निबंध देखें। इस संबंध में रामचंद्र गांधी ने एक असाधारण और रोचक निबंध लिखा है *सीताज़ किचन : ए टेस्टिमनी ऑफ़ फेथ* (नई दिल्ली, 1992)। लोकप्रिय धर्म के विषय पर देखें, सी.जे. फुलर, द *कैम्फ़र फ़्लेम : पॉपुलर हिंदुइज़्म एंड सोसाइटी इन इंडिया* (प्रिंसटन, 1992)। राम के मिथक के ऐतिहासिक इस्तेमाल के बारे में सूचना-सम्पन्न निबंध के लिए देखें शेल्डन पोलक, 'रामायण एंड द पॉलिटिकल इमेजिनेशन इन इंडिया' *आईएएस,* खंड 52, अंक 2 (1993)। अयोध्या के व्यापक इतिहास और हिंसा द्वारा उसे आक्रांत किए जाने के विषय में देखें आशीष नंदी वग़ैरह, *क्रियेटिंग ए नेशनलिटी : द राम जन्म-भूमि मूवमेंट एंड फ़ियर ऑफ़* द *सेल्फ़* (दिल्ली, 1995)। धार्मिक हिंसा के दो महत्त्वपूर्ण और तुलनात्मक वृत्तांतों के लिए देखें, सी.ए. बेली 'द प्रि-हिस्ट्री ऑफ़ 'कम्युनलिज़्म'? रिलीजस कांफ्लिक्ट इन इंडिया 1700-1860', *एमएएस,* खंड 19, अंक 2 (1985) और ज्ञानेंद्र पांडेय, द *कंस्ट्रक्शन ऑफ़ कम्युनलिज़्म इन कोलोनियल नॉर्थ इंडिया* (दिल्ली, 1990)।

धर्म के अलावा भारतीय पहचान को क्षेत्रीय और 'जातीय' अस्मिता ने भी चुनौतियाँ दी हैं। जातीयता पर काफ़ी साहित्य है लेकिन उसकी गुणवत्ता का स्तर एक-सा नहीं है। इस सिलसिले में ज्योतिरिंद्र दासगुप्ता का आलेख 'एथनिसिटी, डेमोक्रेसी एंड डेवलपमेंट इन इंडिया : असम इन ए जनरल पर्सपेक्टिव', संकलित : अतुल कोहली (सं.), *इंडियाज़ डेमोक्रेसी* (प्रिंसटन, 1990); दीपंकर गुप्ता का

निबंध, 'द इनडिस्पेंसेबिल सेंटर : एथनिसिटी एंड पॉलिटिक्स इन द इंडियन नेशन स्टेट', *जनरल ऑफ़ कंटेंपरेरी एशिया,* खंड 20, अंक 4 (1990); और एल.एम. खूबचंदानी का आलेख, 'सेल्फ़ इमेज एंड आइडेंटिटी ऑफ़ द पंजाबी पीपुल : इथनिक एंड लिंगुइस्टिक रिअलिटीज़', संकलित : पी.सी. चटर्जी (सं.), *सेल्फ़ इमेजिज़, आइडेंटिटी एंड नेशनलिटी* (शिमला, 1989)। अस्सी के दशक के बाद से विकसित हुई क्षेत्रीय अस्मिताओं के बारे में देखें पूर्वोद्धृत किया जा चुका पॉल ब्रास का पंजाब पर और संजीव बरुआ का असम पर निबंध। सिखों के बारे में दो ऐतिहासिक अध्ययन हैं : रिचर्ड जी. फ़ॉक्स, *लायंस ऑफ़ द पंजाब : कल्चर इन मेकिंग* (बर्कले, 1985); हरजोत ओबेरॉय, द *कंस्ट्रक्शन ऑफ़ रिलीजस बाउंड्रीज़ : कल्चर, आइडेंटिटी एंड डाइवर्सिटी इन सिख ट्रेडिशन* (दिल्ली, 1994)। ओबेरॉय की कृति फ़ॉक्स की कई धारणाओं को संशोधित करती है। सूज़न बी. डिवाल ने आदिवासी राजनीतिक आंदोलन को अपने अध्ययन का विषय बनाया है। उनकी कृति है *डिस्कोर्स ऑफ़ एथनिसिटी : कल्चर एंड प्रोटेस्ट इन झारखंड* (नई दिल्ली, 1992)। क्षेत्रीय और राष्ट्रीय अस्मिताओं पर ऐतिहासिक परिप्रेक्ष्य के लिए देखें, पॉल वालेस (सं.), *रीजन एंड नेशन इन इंडिया* (नई दिल्ली, 1985), ख़ासतौर पर एंब्री, लॉयड और सूजेन रुडोल्फ़ के निबंध, और रिचर्ड जी. फ़ॉक्स (सं.), *रीम एंड रीजन इन ट्रेडिशनल इंडिया* (नई दिल्ली, 1977)। इसमें एन्स्ली एंब्री का निबंध 'फ्रंटियर्स इन टु बाउंड्रीज़ : फ्रॉम द ट्रेडिशनल टु द मॉडर्न स्टेट' विशेष रूप से ज्ञानवर्द्धक है। सी.ए. बेली ने देशभक्ति पर दिए गए अपने राधाकृष्णन व्याख्यान (ऑक्सफ़ोर्ड विश्वविद्यालय), 1996 में इस मान्यता के ख़िलाफ़ तर्क दिया है कि भारतीय राष्ट्रवाद सिर्फ़ आधुनिकता की प्रक्रियाओं का ही परिणाम है। बेली भारतीय राष्ट्रवाद के पुराने स्वदेशी उद्गम का दावा करते हैं। भारत में क्षेत्रीय और राष्ट्रीय अस्मिताओं के निर्माण में आधुनिकता की भूमिका पर ज़ोर देते हुए अस्मिताओं की रचना में भाषा के स्थान के लिए देखें सुदीप्त कविराज, 'राइटिंग, स्पीकिंग, बीइंग : लैंग्वेज एंड द हिस्टोरिकल फ़ॉर्मेशन ऑफ़ आइडेंटिटीज़ इन इंडिया', संकलित : डॉगमार हेलमेन-राजनायगम और डीटमार रदरमंड, *नेशनलस्टाट एंड स्प्राचकां फ्लिक्टे इन सुद अंड सुडोस्टासीन* (स्टुटगार्ट, 1991)। इन अस्मिताओं के निर्माण में सिनेमा की भूमिका पर भी सामग्री बढ़ती जा रही है : देखें एम.एस.एस. पांडियन, *द इमेज ट्रैप : एम.जी. रामचंद्रन इन फ़िल्म एंड पॉलिटिक्स* (नई दिल्ली, 1992)। यह रचना रोचक तो है लेकिन 'भ्रांत चेतना' की धारणा से प्रतिबद्ध है। इसके अलावा देखें चिदानंद दासगुप्ता, द *पेंटिड फेस : स्टडीज़ इन इंडियाज़ पॉपुलर सिनेमा* (दिल्ली, 1991)। *जरनल ऑफ़ आर्ट्स एंड आइडियाज़* (नई दिल्ली) और *इकॉनोमिक एंड पॉलिटिकल वीकली* (ख़ास कर 1993 के बाद से) के अंकों में प्रकाशित भारतीय सिनेमा और राजनीति पर जीवंत बहस का अध्ययन किया जा सकता है।

अन्य संस्कृतियों, विशेषकर पश्चिमी संस्कृति के साथ भारत के रिश्ते पर अकादमीय शोध बढ़ता जा रहा है। इस सिलसिले में रेमंड श्वाब की रचना क्लासिक मानी जाती है, *द ऑरिएंटल रेनासाँ : यूरोप्स रिडिस्कवरी ऑफ़ इंडिया एंड द ईस्ट 1660-1880* (1950, नया संस्करण न्यूयॉर्क, 1984)। इसके अलावा देखें विलियम हाल्बफ़ास, *इंडिया एंड यूरोप* (न्यूयॉर्क, 1988)। रोनाल्ड इंडेन की रचना *इमेजिनिंग इंडिया* (ऑक्सफ़ोर्ड, 1990) विद्वत्ता और ओज से परिपूर्ण विवादात्मक कृति है। तपन रायचौधुरी की रचना *यूरोप रिकंसीडर्ड : पर्सेप्शंस ऑफ़ द वेस्ट इन नाइंटींथ सेंचुरी बंगाल* (दिल्ली, 1988) भारतीय पक्ष की कहानी कहती है। नेहरू युग के एक बुद्धिजीवी द्वारा इस संबंध की व्याख्या के लिए देखें के.एम. पणिक्कर, *एशिया एंड वेस्टर्न डॉमिनेशन* (लंदन, 1959)।

समकालीन भारत के विभिन्न आयामों की अंतर्दृष्टि प्राप्त करने के लिए अँगरेज़ी और भारतीय भाषाओं का कथा साहित्य संभवत: सर्वाधिक रोचक और विपुल सिद्ध होगा। अँगरेज़ी में लिखने वाले भारतीय लेखकों में मुल्कराज आनंद, आर.के. नारायण, खुशवंत सिंह, नयनतारा सहगल, सलमान रुश्दी, विक्रम सेठ, अमिताभ घोष, फ़िरदौस कांगा, उपमन्यु चटर्जी, रोहिंटन मिस्त्री के साथ-साथ शोभा डे की बेस्ट-सेलिंग किताबें भी पठनीय हैं। अन्य भाषाओं के साहित्यकारों में देखें सआदत हसन मंटो, यू.आर. अनंतमूर्ति, ओवी विजयन, महाश्वेता देवी, भीष्म साहनी और निर्मल वर्मा।

साल 1997 से दुनिया में भारत की बढ़ती मौजूदगी के चलते दुनिया की निगाह उसकी तरफ ज्यादा उठने लगी है जिसका कारण आर्थिक वृद्धि और उसकी स्पष्ट भूराजनीतिक महत्त्वाकांक्षाएँ है। इसके चलते खुद भारत के भीतर भी सघन बहसें और खोजबीन शुरू हुई हैं। समकालीन और आधुनिक भारत के विषय में लिखा भी बहुत जा रहा है जिसमें कुछ लेखन वास्तव में उल्लेखनीय गुणवत्ता से युक्त है। मैंने इधर के वर्षों में प्रकाशित कुछ ऐसी और किताबों को चुना है जिनका सीधा सम्बन्ध मेरी इस पुस्तक में उठाए गए विषयों से है।

उपमहाद्वीप की सामान्य इतिहास-पुस्तकों में बहुत आसानी से उपलब्ध होनेवाली किताब बारबरा और थॉमस मैटकाफ़ की *ए कंसाइज हिस्ट्री ऑफ़ इंडिया* (कैम्ब्रिज, 2002) है जिसमें भारतीय इतिहास से ताल्लुक रखनेवाली आधारभूत संरचनात्मक श्रेणियों (मसलन जाति व धार्मिक समुदाय) पर ज़ोर दिया गया है। पीटर रॉब की *अ हिस्ट्री ऑफ़ इंडिया* (लंदन, 2002) और डेविड लुडेन की *इंडिया एंड साउथ एशिया : अ हिस्ट्री* (न्यूयॉर्क, 2002), डिटेमर रॉथरमंड की *इंडिया : द राइज़ ऑफ़ एन एशियन जिआंट* (न्यू हैवन एंड लंदन, 2008), में 1947 के बाद के भारत का सूचनापरक सर्वेक्षण मिलता है। 1947 के बाद के भारत की अब तक की सबसे अच्छी इतिहास-पुस्तक *इंडिया आफ्टर गांधी : द हिस्ट्री ऑफ़*

वर्ल्ड'स लार्जेस्ट डेमोक्रेसी (लंदन, 2007) है जो अपने विवरणों में समृद्ध और निर्णयों में ठोस है। मेरी अपनी पुस्तक *इनकारनेशंस : ए हिस्ट्री ऑफ़ इंडिया इन फिफ्टी लाइव्ज़* (लंदन, 2016) भारतीय इतिहास के वृहत्तर परिप्रेक्ष्य का विवरण उन हस्तियों के जीवन के सन्दर्भ में प्रस्तुत करती है जिनके विचार और विरासत आज भी देश के टकरावों और संघर्षों को उजागर करते हैं।

राष्ट्रीय और क्षेत्रीय दोनों स्तरों पर भारत की राजनीति को लेकर हमारी समझ को कुछ सहयोगी रचनाओं से भी लाभ पहुँचता है। एक महत्त्वपूर्ण विश्वकोषीय प्रकृति की पुस्तक है : द *ऑक्सफोर्ड कम्पेनियन टु पॉलिटिक्स इन इंडिया* (नई दिल्ली, 2010) जिसका सम्पादन नीरजा गोपाल जयाल और प्रताप भानु मेहता ने किया है। दूसरी है : अतुल कोहली और प्रेरणा सिंह सम्पादित द *रुटलेज हैंडबुक ऑफ़ इंडियन पॉलिटिक्स* (लंदन, 2012)।

भारत की चुनावी राजनीतिक संरचना में परिवर्तन, खासतौर पर कांग्रेसोत्तर दलीय व्यवस्था का क्षेत्रीकरण (जिसका विश्लेषण इस पुस्तक के दूसरे अध्याय में किया गया है) और उसके बाद राष्ट्रीय स्तर पर 'दो पार्टी गठबन्धन व्यवस्था' की विकास-प्रक्रिया को सुहास पल्सीकर, के.सी. सूरी और योगेन्द्र यादव द्वारा सम्पादित *पार्टी कम्पीटिशन इन इंडियन स्टेट्स : इलेक्टोरल पॉलिटिक्स इन पोस्ट-कांग्रेस पॉलिटी* (ऑक्सफोर्ड, 2014) में कुशलतापूर्वक समझा गया है। 2014 के आम चुनाव में 1984 के बाद पहली बार संसद में बहुमत की सरकार बनी। क्षेत्रीय राजनीतिक रुझानों पर क्या इसका विपरीत प्रभाव पड़ेगा, इस विषय में एक शुरुआती विश्लेषण के लिए *कांटेम्परेरी साउथ एशिया* (2015 खंड : 23, अंक 2) के विशेषांक को देखा जा सकता है जिसके सम्पादक लुइस टिलिन हैं। इसमें भी टिलिन और क्रिस्टोफर जैफर्लो के लेख विशेष ध्यातव्य हैं। इस सम्बन्ध में सुहास पल्सीकर का आलेख 'इंडियाज सेकेंड डॉमिनेंट पार्टी सिस्टम' भी देखने योग्य है जो *इकॉनॉमिक एंड पॉलिटिकल वीकली* (मार्च 18, 2017, खंड-52, अंक 17) में प्रकाशित है। सुहास पल्सीकर, संजय कुमार और संजय लोढ़ा सम्पादित *इलेक्टोरल पॉलिटिक्स इन इंडिया : रिसर्जेंस ऑफ भारतीय जनता पार्टी* (रुटलेज, न्यूयॉर्क) भी उपयोगी है। एक अपेक्षाकृत नया प्रकाशन जो भारतीय चुनावी और राजनीतिक अध्ययन के लिए एक हाउस जर्नल के तौर पर स्थापित हुआ है, वह है *स्टडीज इन इंडियन पॉलिटिक्स* (2013 में पहली बार प्रकाशित)।

चुनावी राजनीति में नीची जातियों के प्रवेश और भारत के राजनीतिक अभिजात वर्ग की सामाजिक संरचना को समझने के लिए देखें, क्रिस्टोफर जैफर्लो की *इंडियन रिवोल्यूशन : द राइज़ ऑफ़ द लॉवर कास्ट्स इन नॉर्थ इंडिया* (न्यूयॉर्क, 2003) और उनकी *रिलीजन, पॉलिटिक्स एंड कास्ट इन इंडिया* (नई दिल्ली, 2010) में उनका लेख 'द फ्लेबियनाइजेशन ऑफ़ द इंडियन पॉलिटिकल क्लास'। इससे भिन्न प्रणालीगत

नज़रिये के लिए देखें : कंचन चन्द्रा की *व्हाई एथनिक पार्टीज सक्सीड* (कैम्ब्रिज, 2007) जो जाति-आधारित राजनीति के कुछ सूत्रों की तरफ़ संकेत करती है।

भारत की लोकतांत्रिक राजनीति में हिंसा, संरक्षण और भ्रष्टाचार की भूमिका ने इधर काफी ध्यान खींचा है। चुनावों में हिंसा पर तुलनात्मक अध्ययन के लिए देखें : स्टीवन विल्किंसंस की *वोट्स एंड वायलेंस : इलेक्टोरल कम्पीटिशन एंड एथनिक रूट्स इन इंडिया* (कैम्ब्रिज, 2004) और आशुतोष वार्ष्णेय की *एथनिक कांफ्लिक्ट एंड सिविल लाइफ : हिन्दूज एंड मुस्लिम्स इन इंडिया* (न्यू हेवन, 2002), और इस क्षेत्र के अधिकारी विद्वानों के विचारों के लिए, पॉल ब्रास की *द प्रोडक्शन ऑफ़ हिन्दू-मुस्लिम वायलेंस इन कांटेम्परेरी इंडिया* (सीएटल, 2003)। इसी विषय पर आधारभूत काम जोनाथन स्पेंसर की *एंथ्रोपॉलॉजी, पॉलिटिक्स एंड द स्टेट : डेमोक्रेसी एंड वायलेंस इन साउथ एशिया* (कैम्ब्रिज, 2007) है, हालाँकि इसका अध्ययन क्षेत्र श्रीलंका है। क्षेत्र की राजनीति को समझने के लिए संरक्षण की शास्त्रीय अवधारणा के गैर-पैथालॉजिकल प्रयोगों पर आकर्षक तर्क अनास्तासिया पिलिआव्स्की (सम्पादक) की *पेट्रोनेज एज पॉलिटिक्स इन साउथ एशिया* (कैम्ब्रिज, 2014) में है। मिलन वैष्णव की *व्हेन क्राइम्स पेज : मनी एंड मसल इन इंडियन पॉलिटिक्स* (येल, 2017) भी देखें।

चयन की आधार-इकाई और लोकतांत्रिक राजनीति में आत्म-पहचान के तौर पर जाति लगातार ध्यान खींचती रही है, सामाजिक परिवर्तन और ठहराव के एक पैमाने के रूप में भी। इस विषय पर तुलनात्मक अध्ययन के लिए देखें : अनुपमा राव की *द कास्ट क्वेश्चन : दलित एंड द पॉलिटिक्स ऑफ मॉडर्न इंडिया* (बर्कले, 2009), घनश्याम शाह एवं अन्य की *अनटचेबिलिटी इन रूरल इंडिया* (नई दिल्ली, 2006) और अश्विनी देशपांडे की द *ग्रामर ऑफ़ कास्ट : इकॉनॉमिक डिस्क्रिमिनेशन इन कांटेम्परेरी इंडिया* (नई दिल्ली, 2011)। गम्भीर और सादा ऐतिहासिक विवरण के लिए देखें : सुसान बेले की *कास्ट, सोसायटी एंड पॉलिटिक्स इन इंडिया फ्रॉम द एट्टींथ सेंचुरी टु मॉडर्न एज* (कैम्ब्रिज, 1999)।

विधिक इतिहास एवं अध्ययन इधर के वर्षों में विशेष तौर पर समृद्ध रहे हैं। सुजित चौधरी, माधव खोसला एवं प्रताप भानु मेहता की द *ऑक्सफोर्ड हैंडबुक ऑफ़ द इंडियन कांस्टीट्यूशन* (नई दिल्ली, 2016) भारत के संवैधानिक विधिशास्त्र के क्षेत्र और दुविधाओं के सन्दर्भ में एक आवश्यक मार्गदर्शिका है। अभिव्यक्ति की स्वतंत्रता के प्रावधानों के उलटफेर पर अद्‌भुत विवरण है गौतम भाटिया की *ऑफेंड, शॉक ओर डिस्टर्ब : फ्री स्पीच अंडर द इंडियन कांस्टीट्यूशन* (नई दिल्ली, 2016)

दो महत्त्वपूर्ण पुस्तकें जो भारत के संविधान की स्थिति का विश्लेषण करती हैं, देवेश कपूर एंड प्रताप भानु मेहता द्वारा सम्पादित 'पब्लिक इंस्टीट्यूशन इन इंडिया'

(नई दिल्ली, 2007) और इसकी अगली कड़ी 'रीथिंकिंग पब्लिक इंस्टीट्यूशन इन इंडिया' (नई दिल्ली, 2017)

नरेन्द्र मोदी के उद्‌भव पर कोई विश्लेषणात्मक अध्ययन अभी भी आना बाकी है; लेकिन कुछ उपयोगी सूचनाओं के लिए द *नमो स्टोरी : ए पॉलिटिकल लाइफ* (नई दिल्ली, 2013), किंशुक नाग को देखा जा सकता है। 2002 में गुजरात की मुस्लिमविरोधी हिंसा के प्राथमिक ब्योरों के लिए देखें : सिद्धार्थ वरदराजन सम्पादित *गुजरात : द मेकिंग ऑफ ए ट्रेजेडी* (नई दिल्ली, 2002) और इस घटना में राजनेताओं व सरकारी अधिकारियों की भूमिका और उसे छिपाने की प्रक्रिया की गहरी छानबीन के लिए राना अय्यूब की द *गुजरात फाइल्स : अनॉटमी ऑफ़ ए कवर अप* (नई दिल्ली, 2016) विशेष उल्लेखनीय है।

भारत की लोकतांत्रिक संस्थाओं के अच्छे ऐतिहासिक अध्ययन अब सामने आने लगे हैं। देखें : 1952 में भारत के पहले राष्ट्रीय चुनावों पर ओर्नित शानी का अध्ययन *हाउ इंडिया बिकेम डेमोक्रेटिक* (कैम्ब्रिज, 2018) और निबन्धों में डेविड गिलमार्टिन का काम।

भारत के आर्थिक क्षितिज पर तीन प्रमुख सर्वेक्षण हैं : अरविंद पानगढ़िया की *इंडिया इमरजिंग जियांट* (नई दिल्ली, 2010)। बाजार-उन्मुख उदारीकरण के समर्थन में उन्होंने इसमें खुलकर अपने तर्क प्रस्तुत किए हैं। ज्यां द्रेज और अमर्त्य सेन की *इंडिया : डेवलेपमेंट एंड पार्टीशिपेशन* (नई दिल्ली, 2002) में भारत द्वारा अपनाई गई विकास मॉडल की सीमाओं और विकृतियों का रेखांकन है (इसके कुछ तर्कों और तथ्यों को द्रेज एवं सेन ने अपनी *एन अनसर्टेन ग्लोरी : इंडिया एंड इट्स कंट्राडिक्शंस* (प्रिंसटन, 2013) में अपडेट किया है)। भारत के सामने मौजूद चुनौतियों पर प्रभावशाली और सन्तुलित नजरिए के लिए देखें : विजय जोशी की *इंडिया'ज लांग रोड : द सर्च फॉर प्रॉस्पेरिटी* (नई दिल्ली, 2016)

आर्थिक नियोजन की समाप्ति और आर्थिक नियमन से केन्द्र राज्य के अलग होने पर कुछ लोग भारत के आर्थिक मॉडल को 'स्पर्द्धा-आधारित संघवाद' कहने लगे हैं। इससे हमारा ध्यान संघ के 29 राज्यों और उनके विभिन्न स्तरीय आर्थिक प्रदर्शन की ओर जाता है। असीम सिन्हा की 'द रीजनल रूट्स ऑफ डेवलपमेंट पॉलिटिक्स इन इंडिया' (ब्लूमिंग्टन, 2005) में तीन राज्यों के कई दशकों का विश्लेषण इसी सन्दर्भ में किया गया है। देश के सभी राज्यों की समाज कल्याण संबंधी उपलब्धियों के तुलनात्मक अध्ययन के लिए देखें : राजेश्वरी देशपांडे, लुइस टिलिन और के.के. कैलाश की *पॉलिटिक्स ऑफ़ वेलफेयर : कम्पेरिजंस अक्रॉस इंडियन स्टेट्स* (नई दिल्ली, 2015) और प्रेरणा सिंह की *हाउ सॉलिडेरिटी वर्क्स फॉर वेलफेयर: सबनेशनलिज्म एंड सोशल डेवलपमेंट इन इंडिया* (कैम्ब्रिज, 2015) जो क्षेत्रीय और उप-राष्ट्रीय एकताओं तथा बेहतर कल्याण-उपलब्धियों पर बात करती

है और आत्यन्तिक राष्ट्रीय विचारधारा की सामाजिक उपयोगिता पर प्रश्न उठाती है। राज्य विशेष पर विशिष्ट अध्ययन के लिए देखें : एन.के. सिंह व निकोलस स्टर्न (सं.) की *द न्यू बिहार : रीकिंडलिंग गवर्नेंस एंड डेवलेपमेंट* (नई दिल्ली, 2013) और दो अध्ययन जो अन्य भारतीय राज्यों के लिए गुजरात को आदर्श राज्य मानने के विचार को चुनौती देते हैं : निकिता सूद का *लिबरलाइजेशन, हिन्दू नेशनलिज्म एंड द स्टेट : ए बायोग्राफी ऑफ़ गुजरात* (नई दिल्ली, 2012) तथा इंदिरा हिर्वे अमिता शाह और घनश्याम शाह की (सम्पादित) *ग्रोथ और डेवलेपमेंट : व्हिच वे इज गुजरात गोइंग?* (नई दिल्ली, 2014)। सिर्फ़ राज्यों के नहीं, राज्य के भीतर विभिन्न ज़िलों की आर्थिक प्रगति पर आरम्भिक साक्ष्यों के लिए देखें : प्रवीण चक्रवर्ती एवं विवेक दहिजा का आईडीएफसी इंस्टीट्यूट ब्रीफिंग पेपर *इंडिया'ज इनकम डाइवर्जेन्स : गवर्नेंस ओर इकॉनॉमिक मॉडल?* (मुम्बई, 2017)।

ग्रामीण और कृषि-केन्द्रित भारत में, भूमि और मूलभूत अधिकारों के लिए संघर्ष इधर नए सिरे से सघन हुए हैं। देश के कुछ हिस्सों में (अधिकतर माओवाद और नक्सलवाद से प्रेरित) हिंसक विद्रोहों के विवरण के लिए सुदीप चक्रवर्ती की *रेड सन : ट्रैवल्स इन नक्सलाइट कंट्री* (नई दिल्ली, 2008) तथा नन्दिनी सुन्दर की *बर्निंग फोरेस्ट : इंडिया'ज वार इन बस्तर* (नई दिल्ली, 2016)। शहरी और ग्रामीण भारत में भूमि सम्बन्धी मसलों पर राजकीय कानून और बाजार के दबावों की भूमिका के अध्ययन के लिए संजय चक्रवर्ती की *द प्राइस ऑफ़ लैंड : एक्वीजिशन, कांफ्लिक्ट, कांसीक्वेंसेज* (नई दिल्ली, 2013)। अब विरल हो चले ग्राम-अध्ययन क्षेत्र में दो उल्लेखनीय प्रकाशन हैं : *द चेंजिंग विलेज इन इंडिया : इनसाइट्स फ्रॉम लांगिट्यूनिडल रिसर्च* (नई दिल्ली, 2016) जिसका सम्पादन हिमांशु प्रवीण झा एवं गैरी रोजर्स ने किया है। दूसरा है दीपंकर गुप्ता का विचारोत्तेजक निबन्ध, 'विदर द इंडियन विलेज : कल्चर एंड एग्रीकल्चर इन 'रूरल' इंडिया' (*इकॉनॉमिक एंड पॉलिटकल वीकली,* फरवरी 19, 2005)। भारत की विशाल 'अनौपचारिक अर्थव्यवस्था' पर केन्द्रित बारबरा हैरिस व्हाइट की 'इंडिया वर्किंग : एस्से ऑन सोसायटी एंड इकॉनॉमी' (2003) अत्यन्त ज्ञानवर्धक है। ऐसे ही जान ब्रेमन का काम भी।

वैश्विक अर्थव्यवस्था में भारत की बढ़ती उपस्थिति को समझना गैर-तकनीकी पाठकों के लिए मुश्किल रहा है। 2008 के आर्थिक संकट से भारत जैसे निबटा, इसका विश्लेषण रिजर्व बैंक के तत्कालीन गवर्नर वाई.वी. रेड्डी द्वारा *इंडिया एंड द ग्लोबल फाइनेंशियल क्राइसिस : मैनेजिंग मनी एंड फाइनेंस* (नई दिल्ली, 2009) में किया गया है। उनके बाद इस पद पर रहनेवालों में से एक रघुराम राजन की पुस्तक *फाल्ट लाइंस* (प्रिंसटन, 2010), और उसमें भी विशेष तौर पर 'आफ्टर वर्ड : व्हाट लाईज़ अहेड फॉर इंडिया', देखने लायक है।

चीन और भारत की तुलना अब प्रचलन में है। इस सन्दर्भ में एक श्रेष्ठ अध्ययन

है प्रणब वर्धन की *अवेकनिंग जिआंट्स, फीट ऑफ़ क्ले : असेसिंग द इकॉनॉमिक राइज़ ऑफ़ चाइना एंड इंडिया* (प्रिंसटन, 2010)

विद्वानों की दुनिया में शहर और शहरीकरण को लेकर एक ख़ासी रुचि देखने को मिली है। वास्तुविद एवं शहरी इतिहासकार राहुल मेहरोत्रा निर्माण जगत को समझने के लिहाज से सबसे भरोसेमंद मार्गदर्शकों में एक हैं। देखें : *आर्किटेक्चर इन इंडिया* (बर्लिन, 2011), *द स्टेट ऑफ़ आर्किटेक्चर* (मुम्बई, 2016) और कैवन मेहता तथा रंजीत होस्कोते के साथ आयोजित की गई उनकी महत्त्वपूर्ण प्रदर्शनी का कॅटेलॉग। भारत के महान आधुनिक शहर, मुम्बई की सांस्कृतिक अभिकल्पना को समझने के लिए देखें ज्ञान प्रकाश की *मुंबई फेबल्स* (प्रिंटसन, 2010)। इसी शहर की मौजूदा अँधेरी दुनिया के अन्वेषण के लिहाज से कैथरीन बू की पुरस्कृत कृति *बिहाइंड द ब्यूटीफुल फोरवर्स : लाइफ, डेथ एंड होप इन ए मुंबई अंडरसिटी* (न्यूयॉर्क, 2010) एक नया मानक स्थापित करती है।

राष्ट्रवाद के बदलते चरित्र और इसके चलायमान तत्त्वों—धर्म, भाषा, संस्कृति को लेकर काफी अध्ययन हुए हैं। शेल्डन पोलोक द्वारा सम्पादित 'लिटरेरी कल्चर्स इन साउथ एशिया : रिकंस्ट्रक्शंस फ्रॉम साउथ एशिया' (बर्कले, 2003) उपमहाद्वीप के जीवन में एक लम्बे काल-खंड के दौरान भाषा के स्थान को लेकर एक जरूरी काम है। उनकी ही *द लैंग्वेज ऑफ़ द गॉड्स इन द वर्ल्ड ऑफ़ मैन : संस्कृत, कल्चर एंड प्री-मॉडर्न इंडिया* (बर्कले, 2006) भी देखें। भाषा की राजनीति पर दो अहम अध्ययन हैं : सुमति रामास्वामी की *पैशंस ऑफ़ द टंग : लैंग्वेज डिवोशन इन तमिल इंडिया 1891-1970* (नई दिल्ली, 1997) और आलोक राय की *हिन्दी नेशनलिज्म* (नई दिल्ली, 2000)।

भारतीय धर्मनिरपेक्षतावाद का सतत पुनरीक्षण, और देश के सार्वजनिक जीवन में धर्म के विभिन्न प्रयोगों ने कई बहसों को जन्म दिया है और कुछ समझदारी भी बढ़ाई है। इस पर आई अनेक पुस्तकों में सबसे अलग स्थान है राजीव भार्गव द्वारा सम्पादित *सेक्युलरिज्म एंड इट्स क्रिटीक* (1998) का। हिन्दू राष्ट्रवाद पर उपयोगी आलेखों का संग्रह है क्रिस्टोफ जैफर्लो द्वारा सम्पादित *द संघ परिवार : ए रीडर* (नई दिल्ली, 2005)। हाल में हुए कुछ अध्ययनों में उपमहाद्वीप में सरहदों के निर्माण की लम्बी, दुविधाग्रस्त और मानवीय पीड़ा से युक्त प्रक्रिया और राष्ट्रीय पहचान से इसके बोझिल रिश्ते पर ज़ोर दिया है। ज़ोया चटर्जी की *स्पॉयल्स ऑफ़ पार्टीशन : बंगाल एंड इंडिया, 1947-1967* (कैम्ब्रिज, 2007), वज़ीरा फ़ाज़िला-याकूबाली ज़मीन्दार की *द लांग पार्टीशन एंड द मेकिंग ऑफ़ मॉडर्न साउथ एशिया : रिफ्यूज़ीज, बाउंड्रीज, हिस्ट्रीज* (न्यूयॉर्क, 2007) और बेटेनस गुयो-रिचर्ड की *शैडो स्टेट्स : इंडिया, चाइना एंड द हिमालयाज, 1910-1962* (कैम्ब्रिज, 2017)।

नए राज्यों की रचना के पीछे की जटिल राजनीति पर, जो रोज़-ब-रोज़ एक

गम्भीर मुद्दा होता जा रहा है—देखें : लुइज़ टिलिन की *रीमैपिंग इंडिया : न्यू स्टेट्स एंड देयर पोलिटिकल ऑरिजिंस* (लंदन, 2013)। 'साथ आने' की बजाय 'साथ बने रहने' पर आधारित सामन्ती मॉडल के रूप में भारत की विशिष्ट स्थिति पर व्यापक तर्कों के लिए देखें : अल्फ्रेड स्तीपान, जुआन लिंज व योगेन्द्र यादव की *क्राफ़्टिंग स्टेट-नेशंस : इंडिया एंड अदर मल्टीनेशनल डेमोक्रेसीज़* (बाल्टीमोर, 2010)।

पिछले वर्षों में अंग्रेजी मासिक 'द कैरेवान' ने विवरणात्मक एवं खोजी पत्रकारिता के क्षेत्र में स्वयं को एक विशिष्ट स्थान पर स्थापित किया है। वेबसाइटों में 'स्क्रॉल' और 'द वायर' ने अहम स्थान प्राप्त किया है। 'स्क्रॉल' ने राजनीति और संस्कृति तथा 'द वायर' ने विदेश नीति और सुरक्षा विषयों पर, जबकि indiaspend.com पर आप भारत के उत्तेजनापूर्ण सार्वजनिक विमर्श के आँकड़ों और तथ्यों को प्राप्त कर सकते हैं।

संक्षिप्त नाम

सीएसएसएच : कंपेरेटिव स्टडीज़ इन सोसाइटी एंड हिस्ट्री
ईपीडब्ल्यू : इकॉनोमिक एंड पॉलिटिकल वीकली
आईएचआर : इंडियन हिस्टोरिकल रिव्यू
आईइएसएचआर : इंडियन इकॉनोमिक एंड सोशल हिस्ट्री रिव्यू
जेएएस : जनरल ऑफ़ एशियन स्टडीज़
एमएएस : मॉडर्न एशियन स्टडीज़

विषय एवं नामावली